龚斌 著

世说新语索解

华东师范大学出版社

图书在版编目(CIP)数据

世说新语索解/龚斌著.—上海:华东师范大学出版社,2016

ISBN 978-7-5675-5610-2

Ⅰ.①世… Ⅱ.①龚… Ⅲ.①《世说新语》-古典小说评论 Ⅳ.①I207.41

中国版本图书馆 CIP 数据核字(2016)第 198537 号

世说新语索解

著　　者	龚　斌
策划编辑	王　焰
项目编辑	庞　坚　陈庆生
审读编辑	车　心
责任校对	张　雪
装帧设计	崔　楚
封面题签	龚　斌

出版发行	华东师范大学出版社
社　　址	上海市中山北路3663号 邮编 200062
网　　址	www.ecnupress.com.cn
电　　话	021-60821666 行政传真 021-62572105
客服电话	021-62865537 门市(邮购)电话 021-62869887
地　　址	上海市中山北路3663号华东师范大学校内先锋路口
网　　店	http://hdsdcbs.tmall.com

印刷者	上海盛通时代印刷有限公司
开　　本	787×1092　16开
印　　张	29.25
字　　数	493千字
版　　次	2016年12月第1版
印　　次	2016年12月第1次
书　　号	ISBN 978-7-5675-5610-2/I·1580
定　　价	75.00元

出版人　王　焰

(如发现本版图书有印订质量问题,请寄回本社客服中心调换或电话021-62865537联系)

前言

最近三十余年来，《世说新语》成为读者最喜爱的古代文学经典之一。迄今为止将近一千五百年的《世说》接受史，进入空前繁荣时期。

《世说》的接受方式，大致有两种：一种是不同版本的差异、字词训诂的整理与研究，恢复文本的本来面目；一种是解读《世说》的内容，诠释当时的人物品题、审美意识，探求社会历史与精神意识的真相。以上两种方式相辅相成，前者是阅读、研究《世说》的基础，后者是含英咀华，品尝书中蕴含的文化内涵。比较而言，解读《世说》的文化内涵更重要也更困难。

我阅读与研究《世说》，大约始于本世纪初。一开始就偏重于解读《世说》的内容，边读边写读书笔记。受陈寅恪先生《书世说新语文学类"钟会撰四本论始毕"条后》、《支愍度学说考》两篇论文的影响，以《世说》中有关人物鉴赏的篇目，如"言语"、"文学"、"雅量"、"赏誉"、"品藻"等为重点，探索当时的人文精神及审美意蕴。几年中，断断续续写了四五十篇读书笔记，后来发表过一些。2005年后，开始校释《世说》全书，从文本整理至解读内容，全方位研究《世说》，但仍以解读为主。2011年末，拙著《世说新语校释》由上海古籍出版社出版。2014年，应山西《名作欣赏》杂志之约，又发表《世说索解》三十余篇。

近年，有朋友建议我再写一本关于《世说》的书，形式稍微通俗一些，让更多的读者读懂这部经典。为此，我也曾考虑以随笔的形式介绍《世说》，拟名为"世说新语鉴赏"。不意延宕有年，终于无法动笔。原因是觉得杂采文史知识未免不深不精，讲一些相似的故事，来一点平庸的思考，弄不好有媚俗之讥。另外，《世说》全书一千三百多条，是每条都写，还是择要而谈？《世说》中多有一句两句的短章，背景不明，如何鉴赏？结果废笔而叹。

去年，决定还是回到我当初解读《世说》的状态，写一部《世说索解》，而且不能丢掉陈寅恪的传统和高标准，以索解《世说》的历史真相与文化内涵为主。语言通俗顺畅一些，但仍是学术著作，偶尔作一点文学上的鉴赏。本来计划写三百篇左右，后来觉得有些条目实在无话可说；再者，全书篇幅过大，最后删削成二百五十篇左右。有些内容相关的条目，或者彼条有助于解释此条，则放在一篇中相互阐发。这样，实际上涉及的条目大致有三四百条。

　　须向读者说明的是：拙著《世说新语校释》中有关《世说》内涵的解读，是以早先的读书笔记为主要架构。这本《世说新语索解》中的不少篇章，又以《校释》为基础，再补充有关的历史史实，作进一步的解读。所以，在一定程度上可以把《索解》看作是《校释》的不完全的浓缩本。由于基本上删去了《世说》异文的考订及字词解释，读者或许会更便捷地进入文本的解读，把握重点和难点，理解故事的深刻意蕴。

　　随着《世说》热的兴起，各种解释、今译、赏析《世说》的通俗读物不断面世，起到了普及这部经典的良好作用。同时，以现代理念诠释《世说》也成为必然趋势。不过，在普及《世说》的潮流中也出现一些问题，最突出的是以今人的思想行为，甚至照搬现代西方的文艺理论，来解释魏晋人物和"世说新语时代"，牵强附会，自然难得历史真相。我始终认为，求真是学术研究的灵魂，即使读书也是为求历史之真，体会人物感情之真。不论探求历史真相，还是了解古人思想行为，都应该以求真为旨趣。正确解读或欣赏《世说》，前提是弄清历史事实、社会习俗及理解古人的思想意识。否者，以今人甚至一己的思想意识解读《世说》，或者作过度的诠释，都难免会唐突古人。

　　当然，我对自己的《世说》解读，也不完全自信。可以肯定，《世说》中还有不少未发之覆。可是，仅由片言只语就想探骊得珠，其难难于上青天。我衷心希望喜爱《世说》的广大读者与专门研究者，读《世说》有所发现，有所发明。无数人的一孔之见，能汇聚成望远镜和显微镜，有可能照亮《世说》中的未发之覆，于是，古人的真面会越来越清晰。

龚　斌

目录

德行第一

1. 徐稚下陈蕃之榻 / 1
2. 郭林宗并造袁奉高、黄叔度 / 4
3. 陈太丘荷天下重名 / 6
4. 无义之人入有义之国 / 7
5. "严若朝典"与"柔爱之道" / 8
6. "生孝"与"死孝" / 10
7. "名教中自有乐地" / 12
8. 邓攸弃己子全弟子 / 14
9. 桓常侍闻人道深公 / 16
10. 王子敬病笃 / 18

言语第二

11. 边文礼见袁奉高 / 21
12. 祢衡击鼓 / 22
13. 何平叔服五石散 / 24
14. 李喜畏法而至 / 26
15. 向子期入洛 / 27
16. 蔡洪入洛 / 30
17. 诸名士共至洛水戏 / 31
18. 王济、孙楚各言其土地人物之美 / 34
19. 庾公造周伯仁说肥瘦 / 36
20. 卫洗马初欲渡江 / 37
21. 温峤视王导为管夷吾 / 39
22. 顾司空机警援翰 / 40

23. 高坐道人不作汉语 / 41
24. 佛图澄与诸石游 / 43
25. 陶公疾笃 / 45
26. 竺法深在简文坐 / 47
27. 张玄之、顾敷对顾和之问 / 48
28. "国自有周公" / 50
29. 简文帝诵庾仲初诗 / 51
30. 简文入华林园 / 53
31. "正赖丝竹陶写" / 55
32. "贫道重其神骏" / 57
33. 刘尹与桓宣武共听讲《礼记》 / 59
34. "此若天之自高耳" / 60
35. 刘真长为丹阳尹 / 61
36. 王右军与谢太傅共登冶城 / 63
37. "贤圣去人，其间亦迩" / 65
38. 支公好鹤 / 66
39. 顾长康目江陵城 / 68
40. 王子敬评羊叔子 / 69
41. 王子敬从山阴道上行 / 71
42. 芝兰玉树 / 72
43. 道壹道人好整饰音辞 / 73
44. "世尊默然，则为许可" / 75
45. 司马太傅斋中夜坐 / 76
46. 宣武移镇南州 / 78
47. "何以共重吴声" / 79
48. 谢灵运好戴曲柄笠 / 81

政事第三

49. 陈仲弓为太丘长 / 83
50. 贺太傅作吴郡 / 84

51. 山公知管时任 / 86
52. 嵇绍咨山涛出处 / 88
53. 王安期为东海郡 / 90
54. 王丞相拜扬州 / 92
55. 庾公评王丞相遗事 / 94
56. "人言我愦愦，后人当思此愦愦" / 96
57. 谢公不许搜索兵厮逋亡 / 98

文学第四

58. 王弼清谈 / 101
59. 何平叔神伏王辅嗣 / 102
60. 王辅嗣论"无" / 104
61. 裴徽释傅嘏、荀粲二家之义 / 106
62. 乐令辞约旨达 / 108
63. 郭象与裴遐清谈 / 110
64. 殷中军论佛经 / 112
65. 南北学问之异 / 114
66. 刘惔与殷浩清谈 / 116
67. 支道林"逍遥义" / 118
68. 支道林造《即色论》 / 120
69. 许询、王修共决优劣 / 122
70. 佛经以为圣人可致 / 123
71. 于法开与支公争名 / 125
72. 刘尹之"名通" / 126
73. 殷中军解"梦棺器"与"梦矢秽" / 128
74. 谢公问毛诗何句为佳 / 130
75. 诸贤共论《易象妙于见形论》 / 131
76. 僧意、王苟子论圣人有情无情 / 133
77. 殷仲文与慧远论《易》体 / 135
78. 阮籍作《劝进文》 / 136

79. "正在有意无意之间" / 139

80. 庾阐始作《扬都赋》/ 140

81. 习凿齿出为衡阳郡 / 142

82. 孙兴公作《天台赋》成 / 144

83. 谢万作《八贤论》/ 146

84. 袁宏文思敏捷 / 148

方正第五

85. 宗世林不与魏武交 / 151

86. 夏侯玄既被桎梏 / 153

87. 夏侯玄不与陈骞交 / 155

88. "皇太子圣质如初" / 157

89. 王武子俊爽不可屈 / 159

90. 杜预拜荆州刺史 / 161

91. 山公大儿不愿见晋武帝 / 163

92. 王大将军当下石头 / 164

93. 孔群难释横塘之憾 / 166

94. 王丞相作女伎 / 168

95. "远惭荀奉倩，近愧刘真长" / 170

雅量第六

96. "汝看我眼光，乃出牛背上" / 172

97. 裴遐遇事颜色不变 / 173

98. 王公不备庾公 / 175

99. "未知一生当著几量屐" / 177

100. 坦腹东床 / 178

101. 羊曼真率 / 180

102. 庾翼盘马 / 181

103. 王劭、王荟共诣桓宣武 / 182

104. 谢公作"洛生咏" / 184

105. 支道林还东 / 186
106. 郗嘉宾饷米释道安 / 187
107. 王僧弥、谢车骑共王小奴许集 / 188
108. 殷仲堪、王恭读俳谑赋 / 190

识鉴第七

109. 许子将目曹操 / 192
110. 傅嘏不交夏侯太初 / 193
111. 山公阎与道合 / 196
112. 羊祜评王夷甫 / 197
113. "人生贵得适意尔" / 199
114. 刘真长不忧殷浩不起 / 201
115. 谢公在东山携妓游肆 / 203
116. 郗超不以爱憎匿善 / 204
117. 王珣评殷仲堪为荆州刺史 / 206

赏誉第八

118. 世目李元礼 / 208
119. 谢子微见许子将兄弟 / 209
120. "裴楷清通，王戎简要" / 211
121. 裴令公目夏侯太初诸人 / 214
122. 卫伯玉见乐广而奇之 / 216
123. 乐广清言简至 / 218
124. 林下诸贤各有俊才子 / 219
125. "卫君谈道，平子三倒" / 222
126. 时人题目高坐 / 223
127. 王丞相品鉴刁玄亮、戴若思、卞望之 / 224
128. 王导深器何充 / 226
129. 杜弘治墓崩 / 227
130. 谢公称蓝田"掇皮皆真" / 229

131. 桓温称王敦为"可儿" / 230
132. 王长史、林公论真长清言 / 232
133. 王右军评谢万石诸人 / 233
134. 时人评王长史清言 / 235
135. 王长史叹林公清言 / 236
136. 神情、山水与作文 / 238
137. 简文论殷浩清言 / 239
138. 法汰名重之由 / 241
139. 谢太傅道王坦之 / 242
140. "阿龄于此事故欲太厉" / 244
141. "张文，朱武，陆忠，顾厚" / 245
142. "真长性至峭，何足乃重？" / 247
143. "虽不相关，正是使人不能已已" / 249
144. 王恭有时相思王忱 / 250

品藻第九

145. 庞士元目吴士 / 252
146. 杨乔高韵，杨髦神检 / 253
147. 明帝问周伯仁、郗鉴 / 256
148. 谢鲲答明帝之问 / 257
149. 田舍贵人：王敦比谢尚 / 259
150. 王丞相评谢仁祖、何次道 / 261
151. 简文评何平叔、嵇叔夜 / 262
152. 桓温论晋武帝出齐王之与立惠帝 / 264
153. "我与我周旋久，宁作我" / 265
154. 抚军问孙兴公 / 267
155. "第一流复是谁" / 269
156. "肤清"与"神清" / 270
157. 孙兴公何如许掾 / 272
158. 郗嘉宾评谢公、右军 / 274

159. "林公谈何如嵇公" / 275
160. 谢遏诸人共道竹林优劣 / 276
161. 谢公评林公 / 278
162. 袁彦伯为吏部郎 / 279
163. "人固不可以无年" / 280

规箴第十

164. 孙休好射雉 / 282
165. 谢鲲谏王敦 / 283
166. 郗太尉规箴王丞相 / 285
167. 顾和答王丞相 / 287
168. 远公在庐山中 / 288

捷悟第十一

169. 杨修捷悟 / 291

夙惠第十二

170. 元方、季方听客与太丘论议 / 294
171. "何氏之庐" / 295

豪爽第十三

172. 祖车骑阻王敦欲下都 / 298
173. 庾稚恭常有中原之志 / 300
174. 桓公读《高士传》/ 301

容止第十四

175. 魏武捉刀 / 304
176. 何平叔美姿容 / 305

177. 刘伶土木形骸 / 307
178. 陶侃一见庾亮便改观 / 308
179. 南楼理咏 / 310
180. 时人见林公 / 312

自新第十五

181. 戴渊少时游侠 / 314

企羡第十六

182. 王右军《兰亭集序》/ 316

伤逝第十七

183. 魏文帝临王仲宣之丧 / 319
184. 王浚冲经黄公酒垆下过 / 320
185. "情之所钟，正在我辈" / 323
186. 郗嘉宾丧 / 324
187. 王东亭哭谢公 / 326

栖逸第十八

188. 阮步兵长啸苏门山中 / 329
189. 嵇康遇孙登 / 331
190. 南阳高士刘骥之 / 333
191. 康僧渊在豫章 / 335
192. 许玄度隐在永兴 / 336
193. 谢庆绪"累心处都尽" / 338

贤媛第十九

194. "狗鼠不食汝余" / 340

195. 许允妇才智超人 / 342
196. 王经母临终自若 / 344
197. 山公妇夜穿墉以观嵇、阮 / 346
198. 贾充前妇刚介有才气 / 347
199. 湛氏截发待客 / 350
200. "我见汝亦怜，何况老奴" / 352
201. "不意天壤之中，乃有王郎" / 353
202. 王夫人有"林下风气" / 355

术解第二十

203. 郭璞术数之精 / 357
204. 郗愔信道甚精勤 / 359

巧艺第二十一

205. 韦仲将能书 / 361
206. 钟会善书，荀勖善画 / 363
207. 顾长康画妙绝于时 / 365
208. 庾道季评戴安道画行像 / 367
209. "传神写照，正在阿堵中" / 369

宠礼第二十二

210. 羊孚往卞范之许 / 371

任诞第二十三

211. 竹林七贤 / 373
212. 阮籍遭母丧饮酒食肉 / 375
213. 裴楷吊丧 / 378
214. 孔群好饮酒 / 379

215. 周顗秽杂无检节 / 381
216. 谢镇西往尚书墓还 / 383
217. 袁彦道樗蒲 / 384
218. "张屋下陈尸,袁道上行殡" / 386
219. "何可一日无此君" / 388
220. 王子猷出都遇桓子野 / 390
221. "名士不必须奇才" / 392

简傲第二十四

222. 阮籍戏刘公荣 / 394
223. 陆士衡诣刘道真 / 395
224. 谢万往见王恬 / 397
225. 王子敬兄弟见郗公 / 398

排调第二十五

226. 诸葛恪与豫州别驾相嘲 / 401
227. 《头责子羽文》 / 402
228. 王浑与妇钟氏共坐 / 406
229. 荀鸣鹤、陆士龙共语 / 407
230. 唯闻王丞相作吴语 / 409
231. 谢幼舆、周侯互嘲 / 411
232. 谢安捉鼻曰:"但恐不免耳" / 412
233. 了语与危语 / 414

轻诋第二十六

234. "元规尘污人" / 416
235. 王丞相轻蔡公 / 418
236. 简文与许玄度共语 / 419
237. 王坦之与林公绝不相得 / 421

238. 孙长乐作《王长史诔》/ 422
239. 谢公不喜裴启《语林》/ 424
240. 韩康伯无风骨 / 426

假谲第二十七
241. 愍度道人立心无义 / 428

黜免第二十八
242. 殷中军废后恨简文 / 431

俭啬第二十九
243. 郗公大聚敛 / 433

汰侈第三十
244. 石崇每与王敦入学戏 / 435

忿狷第三十一
245. 王令诣谢公 / 437

尤悔第三十三
246. 王大将军于众座中论周侯 / 439
247. 温峤每爵皆发诏 / 440

纰漏第三十四
248. "臣进退维谷" / 443

惑溺第三十五

249. 荀奉倩与妇至笃 / 445

仇隙第三十六

250. 司马无忌欲报父仇 / 448
251. 王右军素轻蓝田 / 449

德行第一

1. 徐稚下陈蕃之榻

陈仲举言为士则，行为世范，登车揽辔，有澄清天下之志。《汝南先贤传》曰："陈蕃字仲举，汝南平舆人。有室荒芜不扫除，曰：'大丈夫当为国家扫天下。'值汉桓之末，阉竖用事，外戚豪横，及拜太傅，与大将军窦武谋诛宦官，反为所害。"为豫章太守，《海内先贤传》曰："蕃为尚书，以忠正忤贵戚，不得在台，迁豫章太守。"至，便问徐孺子所在，欲先看之。谢承《后汉书》曰："徐稚字孺子，豫章南昌人。清妙高跱，超世绝俗。前后为诸公所辟，虽不就，及其死，万里赴吊。常预炙鸡一只，以绵渍酒中，暴干以裹鸡，径到所赴冢隧外，以水渍绵，斗米饭，白茅为藉，以鸡置前，酹酒毕，留谒即去，不见丧主。"主簿曰："群情欲府君先入廨。"陈曰："武王式商容之闾，席不暇暖。许叔重曰：'商容，殷之贤人，老子师也。车上歫曰式。'吾之礼贤，有何不可？"袁宏《汉纪》曰："蕃在豫章，为稚独设一榻，去则悬之，见礼如此。"(《德行》1)

初唐诗人王勃作《腾王阁序》，赞美豫章说："人杰地灵，徐孺下陈蕃之榻。"用的典故就是《德行》这一条。

陈蕃是东汉后期最著名的政治精英。刘孝标注引《汝南先贤传》说，陈蕃"有室荒芜不扫除，曰：'大丈夫当为国家扫天下。'"真是气概非凡！"言为士则，行为世范"二句赞美陈蕃名声之高，具有非凡的影响力。他是道德的标杆，士人的榜样。"登车揽辔，有澄清天下之志"二句，则描画出陈蕃一往无前、欲为国家扫天下的勇武之姿和浩然之志。当时以陈蕃为代表的一群正直的士大夫，站在政治斗争的前沿，铁肩担道义，祛浊扬清，欲挽狂澜于既倒。与陈蕃不同，还有一群超世绝俗、怀瑾握瑜的高士，不肯仕进，不谈是非名教，也不激烈批评朝政，但声名也很高。这些人可以称作"在野派"。徐稚就是"在野派"中的精英。三国吴谢承《后汉书》说徐"清妙高跱,超世绝俗",前后官府请他出来做官,一概拒绝。这位生长在"江南卑薄之域"的隐士,却以道德之高扬名天下。《周易·系辞》说:"君子之道,或出或处,或默或语。"以陈蕃和徐稚为代表的两种名士,虽出处异趣,但同样是东汉崇尚道德节操风气的产物,所以都是为朝廷及天下士大夫推崇的高士贤人。

大概在汉桓帝延熹五年(162),陈蕃出为豫章太守。刚到豫章,连府舍还未进,就急匆匆问徐稚所在,要马上去看他。主簿等下属对这位新来长官的举动困惑不解。陈蕃便以周武王克殷,礼遇贤人商容,以至席不暇暖的故事来解释。于是,文化史上留下了"徐稚下陈蕃之榻"的佳话。

古时接待宾客,多数情况是连榻而坐。陈蕃为徐稚独设一榻,那是高规格的礼遇。汉末著名的政治领袖如陈蕃、李膺之流,犹如高峻陡峭的山峰,气象峥嵘,且笼罩着耀眼的光环,可望而难即,一般人很难被其赏接,更不要说享受独榻的待遇了。《后汉书》卷六六《陈蕃传》说蕃"性方峻,不接宾客,士民亦畏其高"。故陈蕃礼贤徐稚,非同寻常。

上文已说过,陈蕃和徐稚是完全不同的人格类型。陈蕃如此倾倒徐稚,原因主要在后者也是道德的化身,尽管两人的道德实践初看殊异:一者以儒家的仁政为理想,以道义为己任,与腐朽的宦官势力殊死战斗。一者远离政治,即使与做官的老师也保持着距离。据袁宏《后汉纪》说:徐稚年轻时曾从黄琼咨访大义,但当黄琼后来进位至三司,就绝对不和他交往了。如果说陈蕃以士大夫的责任、担当以及浩然正气为人们敬仰,那么,徐稚则以超世绝俗的品格、个人道德的完善和独特的人格魅力倾倒世人。《后汉书》卷五三《徐稚传》李贤注引谢承《后汉书》说:徐稚"异行矫时俗,闾里服其德化。有失物者,县以相还,道无拾遗。四察孝廉,五辟宰府,三举茂才"。可见徐稚以他高尚的道德矫正世俗的卑下。陈蕃之流用谠言高论、抨击朝政的激烈的方式来改造社会,而徐稚则完全以自己的道德力量感化社会。这两种方式,也许都需要。但在某些情况下,不张扬的道德感化,甚至会胜过激烈的批判。

徐稚超世绝俗的例子还有不少。前面说到黄琼做了高官徐稚就不与之交往,但黄琼死后归葬,徐稚背着粮食,徒步走到江夏吊丧,设鸡酒薄祭,哭完却不讲自己的姓名(见《东观汉纪》)。徐稚吊郭林宗的母亲也是如此。《太平御览》卷五六一引《郭太别传》说:"林宗有母丧,徐往吊,置生刍一束于庐前而去。林宗曰:'此必南州徐孺子也,《诗》不云乎:"生刍一束,其人如玉。"吾无德以堪之。'"徐置生刍一束于庐前而去,即"不见丧主"。照古代的礼制,吊丧时应当执丧主——即丧家的主人之手。刘孝标注引谢承《后汉书》说,徐稚到人家的坟头祭吊,常常备好炙鸡一只,用绵浸在酒里,然后晒干了裹好鸡,径直跑到所要祭吊的坟冢的墓道之外,用水把绵湿透,白茅上铺上饭,把鸡放在前面,洒酒毕,即去,不见丧主。徐稚这些奇怪的动作究竟是什么意思?一般的读者可能不太懂。朱熹解释道:"以绵渍酒藏之鸡中去吊丧,便以水浸绵为酒以奠之便归。所以如此者,是要用他自家酒,不用别处底。所以绵渍酒者,盖路远难以器皿盛故也。"(《朱子语类》卷一三五)绵浸了酒晒干,到墓地再用水浸绵,绵中之水就有了酒气。因为路远,器皿盛酒不容易带,所以发明了这种"富有创意"的方法。以上几个例子,都是讲徐稚赴葬吊死,然又不令丧主得知。《礼记·祭统》说:"礼有五经,莫重于祭,……唯贤者能尽祭之义。"徐稚能尽祭之义,所谓义风高张;可是不见丧主,又是突破礼制。守礼尽义与真率通脱融为一体,这就是谢承《后汉书》所说的"清妙高跱,超世绝俗"。宜乎其德馨流遐,风度卓绝,倾倒士庶,连陈蕃也要独设一榻以待之了。

东汉是普遍崇尚风操节义的社会。陈蕃荐举徐稚这样的高士,既合乎他的道德向往,也是作为一郡之长的选拔人才的责任。然而对于新太守的至高礼遇,徐稚的回应仅仅是"既谒而退"。他不应征辟,不愿意同陈蕃肩并肩向污浊社会开战。其中缘由何在?此点可由范晔《后汉书》卷五三《徐稚传》得知:黄琼归葬时,徐稚赴之,不告姓名而去。郭林宗等人疑是徐稚,派人轻骑追之。徐对来人说:"为我谢郭林宗,大树将颠,非一绳所维,何为栖栖不遑宁处?"徐稚真是个先觉之达人,已预感东汉大厦之将倾,非人力所能挽回,故奉先师"邦无道可卷而怀之"之教,选择了隐居不出,远害全身的道路。

如果说,陈蕃等东汉党锢人物是儒家思想的身体力行者,那么徐稚这些不应征辟的处士,既宗奉儒家的礼义廉耻,也实践养真全性的道家哲学。历史证明徐稚的选择是明智的。他不仅避免了像陈蕃一样惨遭宦官杀戮的命运,在当时享有大名,而且在后世也被誉为少见的高士,受到人们长久的纪念。东晋温峤为江州刺史,亲祭徐孺子之墓(《晋书》卷六七《温峤传》)。殷允为豫章太守,曾于太元六年(381)作《祭徐孺子文》,赞扬徐稚说:"惟君资纯玄粹,含真太和,卓尔高尚,道映南岳。逍遥环堵,万物不干其志。负褐行吟,轩冕不易其乐。时携虚榻,伫金兰之眷;千里命契,寄生刍之咏。非夫超悟身名,遁世无闷者,孰若是乎?"殷允视徐稚为声名两忘的隐士,虽然有点把他"玄学化"的味道,但还是道出了这位古贤实践道家精神的真相。历史上仰慕并仿效徐稚德行的人并不少,而陈蕃为徐稚独设一榻的故事,则在中国文化史上流传更广,成为礼贤下士的代名词。

2. 郭林宗并造袁奉高、黄叔度

郭林宗至汝南造袁奉高,《续汉书》曰:"郭泰字林宗,太原介休人。泰少孤,年二十,行学至城皋屈伯彦精庐,乏食,衣不盖形,而处约昧道,不改其乐。李元礼一见称之曰:'吾见士多矣,无如林宗者也。'及卒,蔡伯喈为作碑曰:'吾为人作铭,未尝不有惭容,唯为《郭有道碑颂》无愧耳。'初,以有道君子征。泰曰:'吾观乾象人事,天之所废,不可支也。'遂辞以疾。"《汝南先贤传》曰:"袁宏字奉高,慎阳人。友黄叔度于童齿,荐陈仲举于家巷,辟大尉掾,卒。"车不停轨,鸾不辍轭,诣黄叔度,乃弥日信宿。人问其故,林宗曰:"叔度汪汪如万顷之陂,澄之不清,扰之不浊,其器深广难测量也。"《泰别传》曰:"薛恭祖问之,泰曰:'奉高之器,譬诸泛滥,虽清易挹也。'"(《德行》3)

郭林宗或许可以列为汉末名士之冠,其行事和风度,不仅为时人仰慕不已,后人也津津乐道。关于郭林宗的生平,刘孝标注引《续汉书》,称他"处约昧道"。此四字高度概括了郭林宗甘于清约、追求道义的精神品格。他是精神的富有者,不屑一切形而下的存在。不过,如果要深刻理解他的行为与作风,那么他所说的"吾观乾象人事,天之所废,不可支也"这句是不可忽略的,表明他对汉末时局的判断:天象、人事都已显示朝廷将要倾覆,非人力所可支撑了。理解了郭林宗,等于读懂了这个故事的大半。

现在回到故事本身。郭林宗至汝南并造袁奉高、黄叔度。造袁奉高是"车不停轨,鸾不辍轭"。轨,两个车轮之间的距离。鸾,车铃。这两句意思是说,车轮不停,鸾铃还在响。极言下车短暂,升车迅速。车轮尚未停下,铃声犹未止息,而人已经走了。倘若要描述,差不多是这样的情景:郭林宗过袁奉高之门,车子放慢了,招呼一声:"老兄,别来无恙否?"奉高出门应曰:"无恙。谢郭兄!"林宗一声:"驾!"车轮飞快,铃声叮叮当当,一会儿不见了踪影。

可是,郭林宗造黄叔度却是截然相反的情景:"弥日信宿"——流连二天二夜。一是这般匆匆,一是如此缠绵,差异实在太大,难怪有人不解,要追问原因了。林宗回答道:"叔度是蓄水万顷的湖泊,澄之不清,扰之不浊,其器深广难测量也。"《世说》记载的林宗的回答,其实未惬人意,因为未解释造访袁奉高何以如此短暂。刘孝标有感于此,又注引《泰别传》,林宗把袁奉高比作侧出的清泉(氿泉),清而易识,当然用不到久留。黄叔度就不一样,如万顷湖泊,外力澄之也罢,扰之也罢,总是不清不浊,是深广难测的人才。

汉末人物识鉴之风盛行,郭林宗精于鉴裁人物,罕有人及。申屠蟠当年家里穷,替人当漆工,林宗"见而奇之"(《后汉书》卷五三《申屠蟠传》)。王允年轻时,林宗见而奇之,说:"王生一日千里,王佐才也。"与之定交(《后汉书》卷六六《王允传》)。林宗称黄叔度深广难测,同样表现了他的识鉴之精。对此,不妨用《后汉书》卷五三《黄宪传》印证之:当时另一名士戴良说:"良不见叔度,不自以为不及;既睹其人,则瞻之在前,忽焉在后,固难得而测矣。"也以为黄叔度难得而测,与郭林宗所评完全相同。

那么,何谓"深广难测"?我们用《后汉书》作者范晔《黄宪传论》再加阐释。范晔说:"黄宪言论风旨,无所传闻,然士君子见之者,靡不服深远,去玼吝,将以道周性全,无德而称乎。余曾祖穆侯以为宪隤然其处顺,渊乎其似道,浅深莫臻其分,清浊未议其方。"可见,黄叔度处世是什么也不说,什么也不干,无论是顺是逆,是险是夷,皆和光同尘,平静待之。这样一个"言论风旨,无所传闻"的人物,当然如万顷之陂,莫测深浅清浊。

然而问题还有:毫无作为的黄叔度,何以当时的士君子无不佩服他的深远,并从他的行为,反观自己身上的毛病?答案还是深藏在汉末的时代环境中。郭林宗说过,一切迹象都已表明,朝廷已经无可支撑。面对大厦将倾,知识者如何处世就成为绝大问题。基本上有两种态度:一种远离俗世如黄叔度,遵循老子无为哲学,柔顺处世,深沉得人所难测。一种改造俗世如陈蕃、范滂一类党锢人物,坚守儒家"士志于道"的传统,处士横议,扬清祛浊。但从士君子见黄叔度无不服其深远,说明远离俗世的处世态度获得多数人的赞同。明知不可为而不为,正是"其智可及,其愚不可及",实质是一种大智慧。郭林宗造黄叔度流连信宿,两人相契相得。蔡邕《郭有道碑》称郭泰:"夫其器量弘深,姿度广大,浩浩焉,汪汪焉,奥乎不可测已。"可见,郭泰也似深远不可测的万顷之陂,思想作风与黄叔度何其相似！林宗欣赏黄宪，自然很容易理解了。

3. 陈太丘荷天下重名

　　客有问陈季方：《海内先贤传》曰："陈谌字季方，寔少子也。才识博达，司空掾公车征，不就。""足下家君太丘，有何功德，而荷天下重名？"季方曰："吾家君譬如桂树生泰山之阿，上有万仞之高，下有不测之深；上为甘露所沾，下为渊泉所润。当斯之时，桂树焉知泰山之高，渊泉之深，不知有功德与无也！"（《德行》7）

　　陈太丘"有何功德，而荷天下重名"？客人提出的问题放在后面解答。先解释季方答客人之问。季方以桂树生于泰山之阿的比喻，称赞父亲的功德。后汉人物品题往往以自然景物为喻，评论和鉴赏人物的风度、气质、性情，这种风气在中国美学史上具有重要意义。有关美学史著作对此论之已详，不必重复。季方说"吾家君譬如桂树生泰山之阿"，则桂树喻家君陈太丘。但徐震堮《世说新语校笺》（以下省称徐震堮《校笺》）却说："玩文义，谌盖以桂树自比，而以泰山比其父，'吾'下疑脱'于'字。"杨勇《世说新语校笺》（以下省称杨勇《校笺》）从徐震堮《校笺》，补"于"字。按，查《世说》各种版本，"吾家君"全同，无有作"吾于家君"者。疑"吾"字下脱"于"字，没有依据。客问"足下家君"云云，季方答"吾家君"如何如何，上下文意贯通。然则，季方以泰山下桂树比喻其父，究竟何意？笔者以为季方说其父如泰山下的桂树，"上为甘露所沾，下为渊泉所润"，意谓受惠于天地自然之滋养；桂树不知泰山之高，不测渊泉之深，家君也"不知有功德与无也"，一切自然而然。言外之意是家君行事一任自然，他的功德是自然的显现。故徐震堮《校笺》理解有误，而疑脱字更属曲解；杨笺补"于"字，更要不得，须删去。

　　陈太丘的功德，天下皆知。客人问季方有两种可能：一是确实不理解太丘何以荷天下重名；一是故意问之，以观察当时年纪不大的季方究竟如何回答。太丘早有重名，依我判断，客人之问，当属于后者。

　　季方以比喻赞美其父功德的意思，并不好懂。故这里略述太丘的功德。陈寔荷有天下重名，乃实至名归。范晔《后汉书》、袁宏《后汉纪》、蔡邕《陈寔碑》、《世说新语》等历史文献，都有关于陈寔功德的记载。陈寔"四为郡功曹，五辟豫州,六辟三府,再辟大将军"(蔡邕《陈寔碑》),而以太丘长称于世。论陈寔的职位,不过是小小的县令。但这低微的县令,却是道德的化身。在他身上,体现出自西汉武帝之后循吏的一切美德。蔡邕赞美他:"于乡党则恂恂焉,斌斌焉,善诱善导,仁而爱人,使夫少长,咸安怀之。其为道也,用行舍藏,进退可度,不徼訏以干时,不迁贰以临下……德务中庸,教敦不肃,政以礼成,化行有谧。"他是原始儒家思想的践行者,道德的修养达于圣者的境界。读《后汉书》卷六二《陈寔传》,诸如"以德报怨"、"善则称君,过者称己"、"修德清净,百姓以安",乡人感叹"宁为刑罚所加,不为陈君所短"……陈寔身上体现出道德的楷模以及教化的巨大作用。历史学家一致称东汉风俗淳美,主要原因就在于有一批官员躬行修身,然后以礼义廉耻教化人民。陈寔虽是小小县令,道德的至高境界使"天下服其德",离任而去,"吏人追思之"。以至豫州百城,皆图画他及两个儿子的形象。人民的叹服与追思,决不是慑于权力的胁迫,而是发自内心的真纯。反观后世及当今的某些执政者,人格卑下,道德沦丧,只知用自编的法令约束人民,鱼肉大众。请问:百姓何以安?人民岂会叹服?

4. 无义之人入有义之国

荀巨伯远看友人疾,《荀氏家传》曰:"巨伯,汉桓帝时人也。亦出颍川,未详其始末。"值胡贼攻郡,友人语巨伯曰:"吾今死矣,子可去。"巨伯曰:"远来相视,子令吾去,败义以求生,岂荀巨伯所行邪?"贼既至,谓巨伯曰:"大军至,一郡尽空,汝何男子,而敢独止?"巨伯曰:"友人有疾,不忍委之,宁以我身代友人命。"贼相谓曰:"我辈无义之人,而入有义之国。"遂班军而还,一郡并获全。(《德行》9)

清顾炎武《日知录》卷一三"两汉风俗"条说:光武帝有感于前汉"师儒虽盛,大义未名",王莽摄政,士大夫诏媚献符瑞者遍于天下,"故尊崇节义,敦厉名实,所举用者,莫非经明行修之人,而风俗为之一变"。《世说》此条,正反映后汉风俗之淳。

荀巨伯说:"败义以求生,岂荀巨伯所行邪?"即孔、孟所谓"舍生取义"者也。此类"临寇让生",大义薄天,以至贼亦感化之事,汉晋间不罕见。《后汉书》卷二七《杜林传》："建武六年(30)，弟成物故，（隗）嚣乃听林持丧东归。既遣而悔，追令刺客杨贤于陇坻遮杀之。贤见林身推鹿车，载致弟丧，乃叹曰：'当今之世，谁能行义？我虽小人，何忍杀义士！'因亡去。"《后汉书》卷三九《刘平传》："建武初，平狄将军庞萌反于彭城，攻败郡守孙萌。平时复为郡吏，冒白刃伏萌身上，被七创，困顿不知所为，号泣请曰：'愿以身代府君。'贼乃敛兵止，曰：'此义士也，勿杀。'"《后汉书》卷八四《列女·姜诗传》："赤眉散贼经诗里，弛兵而过，曰：'惊大孝必触鬼神。'时岁荒，贼乃遗诗米肉，受而埋之，比落蒙其安全。"《后汉书》卷五三《徐稚传》记稚子胤"笃行孝悌，亦隐居不仕"，"汉末寇贼从横，皆敬胤礼行，转相约勒，不犯其间。"东汉风俗尊崇节义，归功于"经明行修"的地方官吏。他们本身道德修养甚高，加之以德义治政及教化人民，风俗遂转趋纯美。

至西晋，东汉的仁义之道虽遭乱世犹不尽堕。《晋书》卷八九《韦忠传》载：忠被迫为陈楚功曹，逢山羌破郡，楚携子出走，贼箭创之。"忠冒刃伏楚，以身捍之，泣曰：'韦忠愿以身代君，乞诸君哀之。'亦遭五矢。贼相谓曰：'义士也！'舍之。"同上《刘敏元传》载：永嘉乱时与同郡管平避乱，为贼所劫。敏元已免，请以身代管平。群盗相谓曰："义士也！害之犯义。"乃俱免之。刘辰翁云："巨伯固高，此贼亦入德行之选矣。"王世懋云："贼语亦佳。"《论语·为政》说："道之以德，齐之以礼，有耻且格。"《论语·颜渊》说："君子之德风，小人之德草。草上之风必偃。"一个时代风俗的美与恶，首先与官吏的自身道德修养有关，又与尊崇、激励良善的价值观有关。看荀巨伯不败义而求生，君子之德如风，以至贼也懂得义与不义。试看千百年来，败义逐利者遍天下。执掌权柄者，整天布道者，钟鸣鼎食者，居然国也窃，钩也窃，素质还不如汉末的胡贼，可不长叹焉哉！

5. "严若朝典"与"柔爱之道"

华歆遇子弟甚整，虽闲室之内，严若朝典。《魏志》曰："歆字子鱼，平原高唐人。"《魏略》曰："灵帝时与北海邴原、管宁俱游学相善，时号三人为一龙。谓歆为龙头，宁为龙腹，原为龙尾。"陈元方兄弟恣柔爱之道，而二门之里，两不失雍熙之轨焉。(《德行》10)

华歆与陈元方两家的不同家风，当世人士十分推崇、仰慕。陈登就说："夫闺门雍穆，有德有行，吾敬陈元方兄弟。渊清玉洁，有礼有法，吾敬华子鱼。"（《魏志·陈矫传》）华歆以礼治家，家门之内，严若朝典。关于礼的本质与形式，《礼记》都有详细的规定。《礼记·曲礼上》说："毋不敬。"郑玄注："礼主于敬。""俨若思。"郑玄注："俨，矜庄貌，人之坐思，貌必俨然。"敬，是礼的外在表现形式。为了做到敬，规定繁缛的等级，不可逾越。《礼记·曲礼上》又说："道德仁义，非礼不成。教训正俗，非礼不备。分争辨讼，非礼不决。君臣上下，父子兄弟，非礼不定……"总之，礼是万能的，无所不用。不难理解，礼的内在本质是等级制度，要求所有社会成员各安其位。华歆家门之内严若朝典，就靠礼的严肃与约束。华歆遇弟子甚整，整，作端方、严肃讲。一家之长整，子弟孰敢不整？当然，礼主敬并非只是下敬上，上亦须敬下。上下相敬，自然和谐。这是礼学的精华，值得重视。华歆之家上下雍熙，是遵循《礼记》"毋不敬"之教，既严肃又上下相敬的结果。

东汉礼学有着崇高地位，名门望族，无不以礼治家，以礼学教育和培养子弟。《后汉书》卷一六《邓禹传》附《邓训传》说："训虽宽中容众，而于闺门甚严，兄弟莫不敬惮，诸子进见，未尝赐席接以温色。"《后汉书》卷一五《李通传》："（通）为人严毅，居家如官廷。"李贤注："《续汉书》曰：'守居家与子孙尤谨，闺门之内如官廷也。'"《后汉书》卷六七《魏朗传》："朗性矜严，闭门整法度，家人不见堕容。"后汉梁鸿之妻给丈夫食品，"不敢于鸿前仰视，举案齐眉"（《后汉书》卷八三《梁鸿传》），更是后世熟知的佳话。

到了魏晋，随着儒学衰落，《老》《庄》流行，礼学虽也受到一定的冲击，但《礼记》仍然是士大夫必读之书。原因是以等级制为核心的礼学，是统治阶级不可缺少的宝贝。晋代以礼治家者，西晋的何曾和东晋的庾亮都很特别，值得一说。《晋书》卷三三《何曾传》载："曾性至孝，闺门整肃，自少及长，无声乐嬖幸之好。年老之后与妻相见，皆正衣冠，相待如宾。己南向，妻北面，再拜上酒，酬酢既毕便出，一岁如此者不过再三焉。"《晋书》卷四三《庾亮传》说："亮美姿容，善谈论，性好庄老，风格峻整，动由礼节，闺门之内，不肃而成，时人或以为夏侯太初、陈长文之伦也。"何曾当时以豪奢著名，忠于司马氏，品德很成问题，可是看他年老之后与妻子相见，好像是接待外交使者。庾亮性好庄老，行为却绝不放诞，闺门之内，不肃而成，并不整天板着面孔，让子弟敬惮。

陈元方兄弟恣柔爱之道，是别一样的门风。兄弟友爱，遵循亲亲之道。《史记》卷五八《梁孝王世家》记窦太后对景帝说:"吾闻殷道亲亲,周道尊尊,其义一也。"亲亲,指兄弟之间的和睦友爱;尊尊,指对先祖的尊敬。两者皆源于人情,出于自然。君臣父子、人伦道德为名教之本,然名教出于自然。《论语·学而》:"孝弟也者,其为仁之本与。"朱熹集注:"然仁生于爱,爱莫大于爱亲。故曰'孝弟也者,其为人之本也。'""严若朝典"为名教,是为礼;"柔爱之道"为自然,是为情。情礼二者似若殊道,实同源于孝弟;孝弟出于爱亲,爱亲出于人之本性。故"二门之里,两不失雍熙之乐"。

当然,情礼有时冲突。"闲室之内,严若朝典",敬是敬了,毕竟太过严肃。至于何曾一年之中仅见妻子三回,还要整其衣冠。扼杀了伉俪之情的礼,只剩下虚伪和无趣。故庾亮"闺门之内,不肃而成",最值得称道。不刻意尊尊亲亲,对礼仪持较为通达的态度,敬爱,和睦,都沉浸在长幼的互亲互爱里,才是真正的自然与和谐。

6. "生孝"与"死孝"

王戎、和峤同时遭大丧,俱以孝称。王鸡骨支床,和哭泣备礼。《晋诸公赞》曰:"戎字濬冲,琅邪人,太保祥宗族也。文皇帝辅政,钟会荐之曰:'裴楷清通,王戎简要。'即俱辟为掾。晋践阼,累迁荆州刺史,以平吴功封安丰侯。"《晋阳秋》曰:"戎为豫州刺史,遭母忧,性至孝,不拘礼制,饮酒食肉,或观棋奕,而容貌毁悴,杖而后起。时汝南和峤亦名士也,以礼法自持。处大忧,量米而食,然憔悴哀毁,不逮戎也。"武帝谓刘仲雄曰:王隐《晋书》曰:"刘毅字仲雄,东莱掖人,汉城阳景王后也。亮直清方,见有不善,必评论之。王公大人,望风惮之。侨居阳平,太守杜恕致为功曹,沙汰郡吏三百余人。三魏金曰:'但闻刘功曹,不闻杜府君。'累迁尚书、司隶校尉。""卿数省王、和不?闻和哀苦过礼,使人忧之。"仲雄曰:"和峤虽备礼,神气不损;王戎虽不备礼,而哀毁骨立。臣以和峤生孝,王戎死孝。陛下不应忧峤,而应忧戎。"《晋阳秋》曰:"世祖及时谈以此贵戎也。"(《德行》17)

大约在晋武帝太康初,王戎母丧,和峤父丧。两人都是孝子,王戎哀伤太过,以至"鸡骨支床"。这是说王戎居丧瘦骨嶙峋,难以起立而缠绵床席。恩田仲任

《世说音释》引谢肇淛《文海披沙》解释"鸡骨支床"一语说:"言瘦骨如鸡,仅堪支持床上。或据饮酒食肉,遂以为杀鸡甚多,以鸡之骨支床,大误,可笑。"谢肇淛的解释是正确的。鸡骨细瘦,人瘦骨立,故以"鸡骨"形容之。否则,饮酒食肉哪会全吃鸡?鸡骨岂堪支床?至于和峤"哭泣备礼",指遵守丧礼规定,早晚到时哭泣。

晋武帝听闻王戎、和峤守丧之事,对刘仲雄说:"你近来看过几次王、和了?听说和峤哀哭超出了丧礼的规定,真使人担心呢?"仲雄回答晋武帝说:"王戎虽备礼,但神气不损;王戎虽不备礼,而哀毁骨立。我以为和峤是生孝,王戎是死孝。陛下不应该担心和峤,应该担心的倒是王戎。"刘仲雄这番话,是对王戎、和峤居丧的评价。然则何谓"生孝"?何谓"死孝"?理解这个问题,是读懂这则故事的关键,与认识和评价古代丧礼制度密切相关。

近人沈剑知《世说新语校笺》说:"《潜确居类书》七〇引《典略》:'戴伯鸾母卒,居庐啜粥,非礼不行。弟叔鸾食肉,哀至乃哭。二人俱有毁容。世谓伯鸾死孝,叔鸾生孝。'生孝死孝之称,始见于是。然以备礼为死孝,越礼为生孝,与《世说》为异。生孝者,以尽生人之礼;死孝者,则尽哀死之情也。"据《典略》所载,"生孝"、"死孝"之说起于后汉。戴伯鸾兄弟母丧,伯鸾一依丧礼,居庐喝粥,世称"死孝";叔鸾饮酒吃肉,悲从心来就哭,世称"生孝"。沈剑知由此发现,伯鸾兄弟的"生孝""死孝",与《世说》此条所说的"生孝""死孝"不同,并进而解释"生孝""死孝"的含义:"生孝"以尽生人之礼,"死孝"是尽哀死之情。沈氏的发现与解释,很有启示意义。

戴伯鸾兄弟的"生孝""死孝",与《世说》适成相反。究竟以何者为是?当以《世说》中刘仲雄的评论为是。"和峤虽备礼,神气不损",此为"生孝";"王戎虽不备礼,哀毁骨立",此为"死孝"。"生孝"者遵守丧礼,虽然"量米而食",在父母墓庐里喝着薄薄的粥,一副孝子的样子。但如果没有刻骨铭心的哀痛,神气不会损伤。"死孝"就不一样,看似不守丧礼的形式,有时饮酒食肉,也不早晚按时哭泣,然而父母之丧的哀痛时时如刀锥剺心,要么不哭,痛恸则口吐鲜血,以至于死。故死孝之哀痛,过于生孝,盖有真情在焉。

"生孝"重礼之形式,"死孝"是真情之流露。刘孝标注引《晋阳秋》说:"世祖及时谈以此贵戎也。"贵戎即贵其真情。中国古代的孝文化是礼的核心部分,历史上"死孝"的人物极多。比如《后汉书》卷二六《韦彪传》:"彪孝行纯至,父母卒,哀毁三年,不出庐寝。服竟,羸瘠骨立异形,医疗数年乃起。"《晋书》卷四九《阮籍传》记籍母丧,"毁瘠骨立,殆致灭性"。《德行》47载吴坦之母丧,"不免哀制"——即哀毁过礼,不胜丧而死。《言语》15注引嵇绍《赵至叙》说,赵"自痛弃亲远游,母亡不见,吐血发病,服未竟而亡",守父母之丧,最后悲痛竟随父母而去,那是"死孝"的极端。至于"哀毁骨立"的人物,真是举不胜举。当然,人们看重"死孝",是看重、敬佩孝子的真情,本意并不是倡导"死孝"。"死孝"导致神气大损,严重者三年守丧未满,却先损了性命。这有违丧礼,更辜负父母生前的期望,其实不能说是孝子。

7. "名教中自有乐地"

王平子胡毋彦国诸人,皆以任放为达,或有裸体者。《晋诸公赞》曰:"王澄字平子,有达识,荆州刺史。"《永嘉流人名》曰:"胡毋辅之字彦国,泰山奉高人,湘州刺史。"王隐《晋书》曰:"魏末阮籍,嗜酒荒放,露头散发,裸袒箕踞。其后贵游子弟阮瞻、王澄、胡毋辅之之徒,皆祖述于籍,谓得大道之本。故去巾帻,脱衣服,裸丑恶,同禽兽。甚者名之为通,次者名之为达也。"乐广笑曰:"名教中自有乐地,何为乃尔也!"(《德行》23)

晋代的任诞放达之风,阮籍是始作俑者。从此条刘孝标注引王隐《晋书》可见,王平子、胡毋辅之诸人"以任放为达",都是学阮籍的样子,并认为是"得大道之本"。所谓"大道之本"即自然也,意谓任诞放达,正合乎人的自然情性。

然阮籍作达和王平子等人的任诞,不过是形迹相似,内在的动因不一样。《任诞》13载:"阮浑长成,风气韵度似父,欲作达。步兵曰:'仲容已预之,卿不得复尔。'"刘孝标注引东晋戴逵《竹林七贤论》说:"籍之抑浑,盖以浑未识己之所以为达也。后咸兄子简,亦以旷达自居。父丧,行遇大雪,寒冻,遂诣浚仪令,令为它宾设黍臛,简食之,以致清议,废顿几三十年。是时竹林诸贤之风虽高,而礼教尚峻,迨元康中,遂至放荡越礼。乐广讥之曰:'名教中自有乐地,何止于此?'乐令之言有旨哉!谓彼非玄心,徒利其纵恣而已。"《任诞》所记阮籍不让阮浑作达及戴逵的评论,对于理解竹林诸贤之达与元康名士之达大有帮助。

阮籍抑浑欲作达,原因确实是"浑未识己之所以为达也"。自汉末以来,名教虽然遭到一些行为放达之士的撼动,但仍保持着传统的尊严。魏末,司马懿父子阴谋夺取曹魏政权,更将名教作为杀戮异己的利器。《任诞》2载,阮籍母丧,在晋文王坐饮酒食肉,当面遭到礼法之士何曾的激烈攻击,主张把阮籍"流之海外"。嵇康《与山巨源绝交书》自称:"又每非汤、武而薄周、孔,在人间不止此事,会显世教之不容。"以及阮籍不遵守丧礼,食黍臛遭致清议,以致三十年不能做官。这些事例,都可证明魏末"礼教尚峻"确是事实。阮籍越礼放荡,是出于对虚伪名教的痛恨。嵇康在《释私论》中说:"越名教而任自然。"标榜自然并把它作为对抗名教的武器。纵心任情便是自然,也就是贵游子弟所说的"得大道之本"。关于纵欲即自然的观点,嵇康《难自然好学论》作了论证:"六经以抑引为主,人性以从欲为欢。抑引则违其愿,从欲则得自然。然则自然之得,不由抑引之六经;全性之本,不须犯情之礼律。故仁义务以理伪,非养真之要术;廉让生于争夺,非自然之所出也。"将六经与自然对立,认为从欲任情是自然,礼律、仁义是虚伪。阮籍的《大人先生传》也将名教与自然对立,以为大人者,"乃与造物同体,天地并生,逍遥浮世,与道俱成。"而尧舜之事区区不足道。

　　阮籍、嵇康以自然对抗名教,本心不是真要否定名教,而是愤慨于历来的伪君子和当今的司马氏糟蹋了名教,将名教作为杀戮异己的手段。阮籍不愿儿子学他的样,就证明了他内心深处还是相信名教的。阮籍痛恨虚伪的假名教,但又无力挽救真名教,只能放浪形骸,逍遥浮世。那种近乎自我作贱的行为,正是他深哀巨痛的表现。可是,阮浑和元康以后的贵游子弟不理解阮籍任达的深层原因,却一味仿效其纵放的形迹。

　　乐广对王平子、胡毋彦国之徒的任放为达不以为然,称"名教中自有乐地,何为乃尔也"。这句话确有深旨。乐广为当时清言名家,《晋书·乐广传》称广"尤善谈论,每以约言析理,以厌人心"。"名教中自有乐地"之说,显然与嵇康的"越名教而任自然"的命题背道而驰,意谓名教与自然两者不存在冲突和对抗,名教亦可满足人的情性的需求,何必以赤身裸体来标榜得大道之本呢?乐广的看法,与郭象的"圣人观"如出一辙。郭象注《庄子·逍遥游》曰:"夫圣人虽在庙堂之上,然其心无异于山林之中,世岂识之哉?徒见其戴黄屋,佩玉玺,便谓足以缨绂其心矣;见其历山川,同民事,便谓足以憔悴其神矣;岂知至至者之不亏哉?"郭象所说的"圣人","应物而无累于物",虽在庙堂之上,戴黄屋,佩玉玺,历山川,同民事,但其心冥寂,无异于山林之中,神情茂畅,永无亏缺。"庙堂之上"云云,即是身处名教,"无异山林之中";"至至者之不亏"云云,即体顺自然,无累于物。因此,乐广"名教中自有乐地"之说,乃是对嵇康、阮籍"越名教而任自然"之说的否定。王平子、胡毋彦国之徒祖述阮籍,以任放为达,以为这就是"得大道之本"。乐广则认为"彼非玄心",不理解名教与自然其实并不冲突。乐广清谈,常以"约言析理","名教中自有乐地"一语,非常简约地指明了名教与自然的统一关系,成了晋代学术思想和主流社会人生哲学的极佳概括。意蕴深厚,值得玩味。

8. 邓攸弃己子全弟子

邓攸始避难,于道中弃己子,全弟子。《晋阳秋》曰:"攸字伯道,平阳襄陵人。七岁丧父母及祖父母,持重九年。性清慎平简。"邓粲《晋纪》曰:"永嘉中,攸为石勒所获,召见立幕下与语,说之,坐而饭焉。攸车所止,与胡人邻毂,胡人失火烧车营,勒吏案问胡,胡诬攸。攸度不可与争,乃曰:'向为老姥作粥,失火延逸,罪应万死。'勒知遣之。所诬胡厚德攸,遗其驴马护送,令得逸。"王隐《晋书》曰:"攸以路远,斫坏车,以牛马负妻子以叛,贼又掠其牛马。攸语妻曰:'吾弟早亡,唯有遗民,今当步走,儋两儿尽死,不如弃己儿,抱遗民,吾后犹当有儿。'妇从之。"《中兴书》曰:"攸弃儿于草中,儿啼呼追之,至莫复及。攸明日系儿于树而去,遂渡江,至尚书左仆射,卒。弟子绥,服攸齐衰三年。"既过江,取一妾,甚宠爱。历年后讯其所由,妾具说是北人遭乱,忆父母姓名,乃攸之甥也。攸素有德业,言行无玷,闻之哀恨终身,遂不复畜妾。(《德行》28)

这则故事记邓攸的德行有二事:一件事在永嘉之乱中,邓攸逃难途中弃己子,全弟子。另一件事是过江之后,邓攸娶妾,由于当初未曾细细询问,娶了自己的外甥女,以至哀恨终身,不再畜妾。这两件事《世说》列为"德行",却都招致后人的批评。

邓攸弃己子,全弟子的经过,刘孝标注引《晋阳秋》、邓粲《晋纪》及《中兴书》叙述得很完整。在危机之时,邓攸作出了常人难以作出的艰难抉择。但他把亲生儿子缚在树上的行为,确实残忍,遭到后人的严厉批评。刘应登说:"按邓攸弃儿全侄,局于势之不可两全耳。儿追及之,系之而去,毋乃无人心、天理乎?不复有子,于此见天道之不诬也。"王世懋说:"世难万不两全,势不周全则可,何苦系之树,必欲杀之?本欲颂邓公高谊,乃令成一大忍人,《中兴书》于是为不情矣。"郎瑛说:"呜呼!可与同行,而又系之树,有人心者可忍之耶?此所以伯道无儿。岂天道无知哉?晋之好名,至此极矣。查宋俞德邻《佩韦斋辑闻》卷一说:'邓攸,晋之贤者,世谓天道无知,使邓伯道无儿。然考之晋史,攸遭贼,欲全兄子,遂弃己子,追至,缚于道旁。夫追而不及,尚当怜之,追及矣而缚于道旁,其绝灭天理甚矣,天之不祚伯道,亦岂以是欤?'"清王鸣盛《十七史商榷》说:"邓攸逃难,弃其子而携其弟之子,'其子朝弃而暮及,攸乃系之树而去。'噫,甚矣!攸意以为不弃其子无以显其保全弟子之名,好名如此,不仁可知。"考察上述批评,可以发现一种共同的倾向,即对邓攸的指责,都集中在他缚儿子于树的残忍无人道,而且以为他的这种举动是"好名",却对弃己子全弟子的行为本身不作讨论。笔者以为,刘应登诸人的批评是偏颇的,未必理解汉晋时代的社会伦理观念。

确实,邓攸为全兄子,系己子于树,未免不合天理人情。但是,弃己子、全弟子,是合乎古代的宗族观念的。我们发现,在乱世荒年时,弃己子而全兄弟之子者,并不罕见,非仅邓攸。《后汉书》卷三九《刘平传》:"更始时天下乱,平弟仲为贼所杀,其后贼复忽然而至,平扶侍其母奔走逃难。仲遗腹女始一岁,平抱仲女而弃其子,母欲还取之,平不听,曰:'力不能两活,仲不可以绝类。'遂去不顾,与母俱匿野泽中。"《魏志·夏侯渊传》裴注引《魏略》:"时兖、豫大乱,渊以饥乏,弃其幼子,而活亡弟孤女。"《晋书》卷七八《孔愉传》附《孔严传》:"余杭妇人经年荒,卖其子以活夫之兄子。武康有兄弟二人,妻各有孕,弟远行未反,遇荒岁,不能两全,弃其子而活弟子。严并褒荐之。"《晋书》卷九六《列女·郑休妻石氏传》:"休前妻女既幼,又休父布临终,有庶子沈生,命弃之,石氏曰:'奈何使舅之胤不存乎!'遂养沈及前妻女。力不兼举,九年之中,三不举子。"中国古代社会诸事悠悠,莫大于宗族的兴盛与家族的传承。若某个家族绝嗣断种,他人无不哀之,千方百计接续其种。再者,己子与侄子,都是一个家族的后代,爱己子、爱侄子,一视同仁,盖己子侄子对于家族的传承具有同等意义。这与后世,特别是今人爱己子,疏侄子完全两样。对此,梁代王僧虔之言就是极好的证明。《南史》卷二三《王僧虔传》说:"孝武初,出为武陵太守,携诸子侄。兄子俭中途得病,僧虔为废寝食,同行客慰喻之。僧虔曰:'昔马援处子侄之间,一情不异,邓攸于弟子,更逾所生,吾实怀其心,诚未异古。亡兄之胤,不宜忽诸,若此儿不救,便当回舟谢职。'"王僧虔为得病的亡兄之子废寝忘食,以马援和邓攸为榜样。可见王僧虔赞扬"邓攸于弟子,更逾所生"是高义,因为亡兄之胤,是不能忽略的头等大事。显然,刘应登等人都不理解邓攸的高义。故应该肯定邓攸的德行,讽刺邓攸"好名如此",简直冤枉古人。至于系儿于树而去,那是情急之下的万般无奈,说其"残忍",犹未免严厉。

第二件事发生在渡江之后,邓攸买妾,不加询问,以至出了大纰漏,确实是人生的一大污点。余嘉锡《世说新语笺疏》(以下省称余嘉锡《笺疏》)说:"《曲礼》曰:'取妻不取同姓,故买妾不知其姓则卜之。'郑注曰:'为其近禽兽也。'嘉锡案:古者姓氏有别,所买之妾若出于微贱,不能知其氏族之所自出,犹必询之卜筮,以决其疑。自汉以后,姓氏归一,人非生而无家,未有不知其姓氏者。此妾既具知其父母姓名,而攸曾不一问,宠之历年,然后询其邦族,虽哀恨终身,何嗟及亦!白圭之玷,尚可磨乎?"顾炎武《日知录》卷六"取妻不取同姓"条引《左传》《国语》等文献,说:"是知礼不娶同姓者,非但防嫌,亦以戒独也。"娶妻不娶同姓乃《礼》之明文,邓攸岂会不知?《世说》此条把邓攸买妾作为"德行",自然是着眼于知悉真相后"哀恨终身,遂不复畜妾"。然大错已铸,哀恨又有何用?《世说》归入"德行",有点不伦不类。

9. 桓常侍闻人道深公

桓常侍闻人道深公者,辄曰:"此公既有宿名,加先达知称,又与先人至交,不宜说之。"《桓彝别传》曰:"彝字茂伦,谯国龙亢人,汉五更桓荣十世孙也。父颢,有高名。彝少孤,识鉴明朗,避乱渡江,累迁散骑常侍。僧法深不知其俗姓,盖衣冠之胤也。道徽高扇,誉播山东,为中州刘公弟子。值永嘉乱,投迹杨土,居止京邑,内持法纲,外允具瞻,弘道之法师也。以业慈清净,而不耐风尘,考室剡县东二百里?岬山中,同游十余人,高栖浩然。支道林宗其风范,与高丽道人书,称其德行。年七十有九,终于山中也。"(《德行》30)

此条疑问不少。一是桓常侍是否指桓彝,二是深公年岁问题,三是桓常侍所言究竟为何事。

刘孝标注引《桓彝别传》,以为桓常侍指桓彝。程炎震怀疑刘孝标注,以为桓常侍恐怕是桓温:"以两人之年考之,桓且长于深公十岁,此恐是元子语,非茂伦语。"程氏得出桓彝年长深公十岁的结论,依据是《高僧传》卷四《竺法深传》和《晋书》卷七四《桓彝传》各自记载的两人年龄。《高僧传》说竺法深于宁康二年(374)卒,春秋八十有九。按,由晋孝武帝宁康二年上推,竺法深当生于晋武帝太康七年(286)。又《晋书》卷七四《桓彝传》叙苏峻之乱,桓彝死守不降,城陷被害,年五十三。据《晋书》卷七《成帝纪》记载,桓彝被杀在咸和三年(328)六月。由此上推,桓彝生于晋武帝咸宁二年(276)。刘孝标注忽略竺法深卒于何年,谓深公年七十九卒。假若孝标亦以为深公卒于宁康二年,则桓彝长于深公二十岁。若从《高僧传》年八十九卒,桓彝亦长于深公十岁。

深公究竟卒时年七十九,还是八十九,可据其生平事迹考定。《高僧传》说深公年十八出家,事中州刘元真为师。深公年十八,为晋惠帝太安二年(303)。《高僧传》又说深公年二十四,讲《法华大品》,后面说深公于永嘉初避乱过江。据深公年八十九推算,二十四岁在永嘉三年(309),渡江或在此年或稍后。若据刘孝标注,深公卒时年七十九,则其生于晋惠帝元康六年(296),渡江之年当在晋元帝大兴或永昌初了。这显然不太可能。故《高僧传》所记比刘孝标注可信。

《晋书》卷七四《桓彝传》说"彝少孤贫",可知其父颢早亡,桓彝还未成年。桓彝年既长于竺法深十岁,则桓彝年少时,竺法深可能尚未出生。桓彝说深公"先达知称,又先人至交","先达"指前辈名士,而"先人"必是桓彝的先辈。试想,竺法深少于桓彝十岁,如何同桓彝的先人"至交"? 程炎震怀疑桓常侍所言是桓温语,非桓彝语,是合乎情理的。

假如"桓常侍"确是桓温之误,此条所存的疑问就迎刃而解。桓温称"此公既有宿名",完全是晚辈尊重长辈的口气。"先达知称",即是《高僧传》所说的"中宗元皇及肃祖明帝,丞相王茂弘、太尉庾元规并钦其风德,友而敬焉"。"与先人至交",先人指其父桓彝。《高僧传》说:"至哀帝好重佛法,频遣两使殷勤征请。潜以诏旨之重,暂游宫阙,即于御筵开讲《大品》,上及朝士,并称善焉。于时简文作相,朝野以为至德,以潜是道德标领……"可知竺法深在晋哀帝之世及简文作相时,重游宫阙,倾倒朝野。桓温闻人道深公,或许是时人对竺法深出入宫阙颇有微词。《言语》48记竺法深在简文坐,刘惔问:"道人何以游朱门?"看似嘲谑,口气中多少带点鄙薄意味。又考《方正》45:"后来少年,多有道深公者。深公谓曰:'黄吻年少,勿为评论宿士。昔尝与元、明二帝,王、庾二公周旋。'"桓温"闻人道深公者",与"后来少年,多有道深公者",当是同一件事。"闻人道"之"人",或许就是《方正》48所说的"黄吻年少"。桓温说"不宜说之",也就是深公所说的"勿为评论宿士"。桓温所言与深公所说,若合符契。评论宿士的"黄吻年少",所指何人? 我怀疑就是刘惔为首的一批年轻人。

10. 王子敬病笃

王子敬病笃,道家上章应首过,问子敬:"由来有何异同得失?"子敬曰:"不觉有余事,惟忆与郗家离婚。"《王氏谱》曰:"献之娶高平郗昙女,名道茂,后离婚。"《献之别传》曰:"祖父旷,淮南太守。父羲之,右将军。咸宁中,诏尚余姚公主,迁中书令,卒。"(《德行》39)

王氏世奉五斗米道,子敬病重时请道士奏上天曹,请为陈厄。问其有何得失,子敬惟忆与郗家离婚为憾。子敬缘何与郗家离婚? 病笃时又为何以此事为憾? 以上二点须探索。

郗昙为郗愔弟,郗愔之姊嫁与王羲之,故郗愔于王子敬为母舅,郗昙既是岳父也是从舅。郗昙之父郗鉴(即王羲之岳父)是东晋前期名臣。晋明帝崩,郗鉴与王导、卞壶、温峤、庾亮等并受遗诏,进位车骑大将军、开府仪同三司,加散骑常侍。咸和初,进司空。讨灭苏峻后,拜司空,加侍中,解八郡都督,更封南昌县公,以先爵封其子昙。《雅量》19载:郗鉴与王导书求女婿,导语郗云,往东厢任意选之,而王家诸郎闻来觅婿,咸自矜持云云。此时郗鉴门望虽不敌王家,但也可算门户相当。

后来王羲之为子敬觅妇,向郗昙大表殷勤。王羲之《杂帖》云:"献之字子敬,少有清誉,善隶书,咄咄逼人。仰与公宿旧通家,光阴相接。承公贤女淑质直亮,确懿纯美,敢欲使子敬为门闾之宾,故具书祖宗职讳。可否之言,进退唯命。羲之再拜。"当年对郗家何等款诚,为何后来与之离婚,前恭而后踞? 王家怠慢郗家,见《贤媛》29:"王右军郗夫人谓二弟司空、中郎曰:'王家见二谢,倾筐倒庋;见汝辈来,平平尔。汝可不烦复往。'"司空,指郗愔。中郎,指郗昙。余嘉锡《笺疏》以为"此王家乃指其夫右军"。二谢,据刘孝标注,乃指谢安、谢万。据陶弘景《真诰·阐幽微》,"逸少升平五年辛酉卒,年五十九"。《资治通鉴》卷一〇一载:升平五年正月,东安简伯郗昙卒。则王羲之与郗昙同卒于升平五年(361)。另据唐张怀瑾《书断》卷中说：王献之太元十一年(386)卒于官，年四十三。张彦远《历代名画记》所记同。据上可确定，王羲之与郗家论婚，必在升平五年之前，此时王献之还不满十七岁。如果当时王家就冷淡郗家，羲之何必与其通婚？《晋书》卷六七《郗愔传》："(愔)转为临海太守，会弟昙卒，益无处世意，在郡优游，颇称简默，与姊夫王羲之、高士许询并有迈世之风，俱栖心绝谷，修黄老之术。"可见，羲之在世时与郗愔关系较好。故郗夫人所说的"王家"，不是指右军，而是指王氏兄弟。

王氏兄弟对谢家和郗家厚此薄彼，实有原因。一是谢家方兴未艾。谢安、谢万是当时士林倾慕的名士，尤其是谢安神情萧散，擅长清谈，与之交游者皆当世名流，声名极盛，以至有"谢安不肯出，将如苍生乎"的赞美。而郗家兄弟资望不如谢家。二是与郗超之死有关。郗愔子郗超为大司马桓温参军，深受温宠信。温图谋不轨，许多重大的举措都是郗超为之谋划。后迁中书侍郎，权重一时。谢安执掌大权后，郗超深嫉之。《晋书》卷六七《郗超传》曰："常谓其父名公之子，位遇应在谢安右，而安入掌机权，愔优游而已，恒怀愤愤，发言慷慨，由是与谢氏不穆。安亦深恨之。"王子敬却颇得谢安青睐，先为谢安长史；安进号卫将军，复为长史。对于王子敬的书法，谢安也很欣赏。子敬于谢安有知遇之恩，难怪二谢来，要"倾筐倒庋"了。郗超一死，子敬兄弟立刻傲慢起来。《简傲》15载："王子敬兄弟见郗公，蹑履问讯，甚修外生礼。及嘉宾死，皆着高屐，仪容轻慢。命坐，皆云：'有事，不暇坐。'既去，郗公慨然曰：'使嘉宾不死，鼠辈敢尔！'"郗超权重且有智谋，是郗家的顶梁柱。郗超在世时，王子敬兄弟见郗公"甚修外生礼"，大半是慑于郗超的权势。郗超一死，仪容轻慢，前后判然有别。

王子敬与郗家离婚的原因不可知。可能与子敬被迫选尚余姚公主有关。余嘉锡《笺疏》引程炎震说："《御览》一百五十二引《中兴书》曰：'新安愍公主道福，简文第三女，徐淑媛所生，适桓济，重适王献之。'献之以选尚主，必是简文即位之后，此咸宁当作咸安。"子敬选尚余姚公主，主要是诏命难违。蒋凡以为"献之和郗道茂感情虽好，但却被迫离婚。"并举宋文帝诏江教尚临汝公主，江教上表让婚，言及"子敬灸足以违诏"一事，证明献之再婚并非出于自愿(详见《世说新语研究》，学林出版社，1998年)。蒋凡"被迫离婚"之说，言而有据。至于称子敬与郗道茂"感情幸福"，恐怕未必。因为子敬深爱妾桃叶，感情不会专一于道茂。宋郭茂倩《乐府诗集》引《古今乐录》说："《桃叶歌》者，王子敬所作也。桃叶，子敬妾名，缘于笃爱，所以歌之。"据此看来，"缘于笃爱"者乃桃叶。子敬与郗家离婚，是否与笃爱桃叶也有些关系？

不过,子敬与道茂离婚后,觉得咎在己身,怅恨不绝,多次致信道茂。其中一书曰:"虽奉对积年,可以为尽日之欢,常苦不尽触颃之畅。方欲与姊极当年之匹,以之偕老,岂谓乖别至此。诸怀怅塞实深,当复何由日夕见姊邪?俯仰悲咽,实无已已,惟当绝气耳。"从此信看,子敬确实"怅塞实深",不能自已。"惟当绝气耳",意谓只有一死,才能了却怅恨之情。又在另一书札中表示对郗氏的担忧:"兄告说姊故黄瘦,忧驰可言。"这可证明"惟当绝气"之说并非表面文章。他临终前的忏悔,是真诚可信的。

言语第二

11. 边文礼见袁奉高

边文礼见袁奉高,罔也。失次序。文士传曰:"边让字文礼,陈留人。才俊辩逸,大将军何进闻其名,召署令史,以礼见之。让占对闲雅,声气如流,坐客皆慕之。让出就曹,时孔融、王朗等并前为掾,共书刺从让,让平衡与交接。后为九江太守,为魏武帝所杀。"奉高曰:"昔尧聘许由,面无怍色。皇甫谧曰:"由字武仲,阳城槐里人也。尧舜皆师而学事焉。后隐于沛泽之中,尧乃致天下而让焉。由为人据义履方,邪席不坐,邪膳不食,闻尧让而去。其友巢父闻由为尧所让,以为污己,乃临池洗耳。池主怒曰:'何以污我水?'由于是遁耕于中岳颍水之阳,箕山之下,终身无轻天下色。死葬箕山之巅,在阳城之南十里。尧因就其墓,号曰箕山公神,以配食五岳,世世奉祀,至今不绝也。"先生何为颠倒衣裳?"文礼答曰:"明府初临,尧德未彰,是以贱民颠倒衣裳耳。"按:袁阆卒于太尉掾,未尝为汝南。斯说谬矣。(《言语》1)

　　边文礼见袁奉高,或许是匆忙之故,举止失措。奉高就以尧聘隐士许由的典故,嘲戏边让为何"颠倒衣裳"。边文礼当即回答:"明府初临,尧德未彰,是以贱民颠倒衣裳耳。"反嘲奉高以尧自况,其实"尧德未彰",我颠倒衣裳来见明府,何必有愧色。两人的一番对话,纯是嘲戏,亦即语言游戏。

　　前人读此则故事,往往以正经的眼光看待奉高以尧自比,不理解这是语言游戏,寻求精神愉悦。因为不理解,便纠缠于奉高自比尧的不对或不足道。例如宋刘应登说:"奉高见一士,乃以尧聘许由自比,亦非。"刘辰翁说:"奉高如此,不足道。"明袁中道说:"奉承语,非辩。"(曹臣《舌华录》卷八《辩语》)今世有些《世说》研究者,同样不理解两人对话的游戏性质,或称"袁阆出言不逊,以尧聘许由自比",或说奉高以尧自况,无自知之明。其实,奉高哪怕再狂妄,也不敢以尧自比。翻遍史书,即使历代帝王也罕见以尧自比,何况只是一州太守。再说边文礼回敬袁奉高"尧德未彰",也是开玩笑。袁中郎误解是"奉承语,非辩"。袁奉高以尧聘许由的典故开边文礼"颠倒衣裳"的玩笑,后者立马称前者"尧德未彰",以滑稽对戏言。一以戏言调笑对方"颠倒衣裳",一以滑稽解释自己何以"颠倒衣裳"。在戏言与滑稽的交锋中,得到了快乐。哪里是在辩论尧还是非尧呢!总之,奉高戏言,非狂妄而自比尧;边让以"尧德未彰"答之,亦是戏言,既非奉承,亦非辩论。

　　袁奉高、边文礼的一问一答,既风趣又机智。二相比较,边文礼的应答更胜一筹。盖前者的问语可以经思索而得,后者如响应声,仓促之际,更须敏捷与才能。而擅长口辩正是边文礼突出的才能。刘孝标注引《文士传》说:"让占对闲雅,声气如流,坐客皆慕之。"蔡邕《荐边文礼》赞美边让"口辩辞长,而节之以礼度"。《边让别传》称边让"才辩俊逸"(《太平御览》卷七〇七引)。边文礼应答袁奉高,是"占对闲雅,声气如流"的极佳例子。所谓"占对",指口授对答。《后汉书》卷四五《袁安传》附《袁敞传》:"(张)俊自狱中占狱吏上书自讼。"章怀注:"占谓口授也。"占对属于言辞口辩的才能,与构思之后的文章书写是不同的。

　　自汉末开始,甚重口辩,应对敏捷且音韵优雅者,常为时人仰慕。如《后汉书》卷六七《刘佑传》:"每有奏议,应对无滞,为僚类所归。"《后汉书》卷八〇下《文苑传·郦炎传》:"言论给捷,多服其能理。"《三国志·魏志·王粲传》注引《典论》:"粲才既高,辩论应机。"《吴志·张纮传》载张尚"以言语辩捷见知,擢为侍中、中书令"……众坐客皆慕边让"占对闲雅",即可证明当时人格审美以言辞便捷为美,魏晋清言之风于此开其端,影响后世甚巨。

　　边文礼见袁奉高,归于《言语》之首,至少有两层意义。一是表明欣赏言语的精彩,仰慕才辩俊达之士,此种风气始于汉末。二是语言的游戏成了娱乐的一种方式,越来越偏离言以载道的实用目的。当然,《言语》所记并不都是嘲戏,多数语言或一语中的,或机智不凡,或哲理深邃,令人回味赏玩。但嘲谑与戏言风趣有味,同样被看作语言艺术,这应当是不争的事实。

12. 祢衡击鼓

　　祢衡被魏武谪为鼓吏,正月半试鼓。衡扬枹为《渔阳》掺挝,渊渊有金石声,四坐为之改容。《典略》曰："衡字正平,平原般人也。"《文士传》曰："衡不知先所出,逸才飘举。少与孔融作尔汝之交,时衡未满二十,融已五十。敬衡才秀,共结殷勤,不能相违。以建安初北游,或劝其诣京师贵游者,衡怀一刺,遂至漫灭,竟无所诣。融数与武帝笺,称其才,帝倾心欲见。衡称疾不肯往,而数有言论。帝甚忿之,以其才名不杀,图欲辱之,乃令录为鼓吏。后至八月相会,大阅试鼓节,作三重阁,列坐宾客。以帛绢制衣,作一岑牟,一单绞及小帻。鼓吏度者,皆当脱其故衣,著此新衣。次传衡,衡击鼓为《渔阳》掺挝,蹋地来前,躡駋脚足,容态不常,鼓声甚悲,音节殊妙,坐客莫不慷慨,知必衡也。既度,不肯易衣。吏呵之曰:'鼓吏,何独不易服!'衡便止。当武帝前,先脱裈,次脱余衣,裸身而立。徐徐乃著岑牟,次著单绞,后乃著裈。毕,复击鼓掺槌而去,颜色无怍。武帝笑谓四坐曰:'本欲辱衡,衡反辱孤。'至今有《渔阳》掺挝,自衡造也。为黄祖所杀。"孔融曰:"祢衡罪同胥靡,不能发明王之梦。"皇甫谧《帝王世纪》曰:"武丁梦天赐己贤人,使百工写其像,求诸天下。见筑者胥靡,衣褐于傅岩之野,是谓傅说。"张晏曰:"胥靡,刑名。胥,相也;靡,从也。谓相从坐轻刑也。"魏武惭而赦之。(《言语》8)

　　祢衡被魏武谪为鼓吏,先须交代此事的原委。据刘孝标注引《文士传》、《魏志·荀彧传》裴松之注引《平原祢衡传》,祢衡年未二十,有辩才,尚气刚傲,建安初北游至许下。见不如己者不与语,自公卿国士以下,衡不称其官名,皆名之云阿某,或以姓呼之其儿。呼孔融为大儿,呼杨修为小儿,荀彧犹强可与语,除此三人之外,他都看作木梗泥偶,似人而无人气,酒瓮饭囊耳。百官大会,祢衡在坐,皱着眉头唉声叹气。有人讥笑他说:"英豪相聚之乐,不该悲叹啊。"祢衡四顾众人,回答说:"在此积尸列柩之间,仁人安能不悲乎?"确实目中无人,狂妄至极。

　　不过,祢衡狂妄归狂妄,实在是少见的青年才俊,文笔好,博闻强记,善恶分明,敢以直言。孔融极为叹赏,数次与曹操书,称祢衡之才。孔融那篇很著名的《荐祢衡表》,通篇赞美祢衡:"淑质贞亮,英才卓砾。初涉艺文,升堂覩奥。目所一见,辄诵于口。耳所瞥闻,不忘于心。性与道合,思若有神……鸷鸟累百,不如一鹗。使衡立朝,必有可观。……临敌有余。"比作春秋时的任座、史鱼,前汉的贾谊、终军。曹操听说许昌来了这么个青年才俊,很想见见。谁想到祢衡眼中只有大儿孔融和小儿杨修,根本瞧不起曹操。托辞有病,不肯谒见,还说一些放肆的话。曹操大怒,本想杀了祢衡,但毕竟没有应杀之罪,便录为鼓吏而辱之。以上便是祢衡被曹操录为鼓吏的原因。

正月半试鼓,祢衡扬枹为《渔阳》掺挝,鼓声不绝,音节美妙,响亮有金石声,四坐为之改容。被有司呵责后,祢衡当着曹操的面,裸体而立,然而意态从容,再扬枹击鼓。鼓声凄苍,寄寓着对于时代与个人的悲慨无望之情。祢衡蔑视权威,意气飞扬之容态,曹操不禁为之气馁,笑着对周围的人说:"本欲辱衡,衡反辱孤。"

祢衡为《渔阳》掺挝,最能表现他蔑视权威的狂傲个性,也最能抒发他怀才不遇的悲愤之情。鼓声是有声的诗,慷慨悲壮,与他的口辩和文章一样"飞辩骋辞,溢气坌涌",艺术感染力非凡,"坐客莫不慷慨"就是明证。这时,有一个人感慨最深。此人即是最欣赏祢衡的孔融。他痛心才能堪比贾谊、终军的英才,不能发"明王"之梦,却谪为卑贱的鼓吏,横遭侮辱。孔融之叹,点出了这则故事的意蕴:英才贤才难发"明王"之梦。难怪孔融这句并不难懂的感慨,前人似乎不很理解。例如刘辰翁说:"孔语仓卒为操掩盖,固当有此。"孔融明明是讽刺曹操不用英才,反而侮辱之,怎么是为曹操掩盖呢?

当然,曹操总算还有一点度量,听了孔融的话,"惭而赦之"。历来至高无上的威权人物,口含天宪,总以为自己绝对正确,人民永远看不到他们有惭愧的时候。曹操有惭愧的心理感受,证明人性未泯,是人间真英雄。遗憾的是曹操终究认为祢衡是"虚名",把他送给了刘表,后来刘表再送给黄祖。祢衡终因出言不逊,为黄祖所杀,时年二十六岁。祢衡固然狂傲,毕竟是英才。就看他击鼓的神态及鼓声之妙,有几人能及?目中无人,一般而言是人之弱点;然蔑视威权,自尊自重自信,以平等观看大千世界,有何不好?为何举世不能容一个性格突出的天才?为何性格狂傲就遭杀身之祸?中国历史上代有英才贤才,可是有几个"明王"能发尊贤爱才之梦?李白《望鹦鹉洲悲祢衡》诗说:"魏帝营八极,蚁观一祢衡。黄祖斗筲人,杀之受恶名。吴江赋鹦鹉,落笔超群英。锵锵振金玉,句句欲飞鸣。鸷鹗啄孤凤,千春伤我情。"我读李白诗,遐想当年祢衡击鼓,又憾恨多少英才难发"明王"之梦,也难免伤情。

13. 何平叔服五石散

何平叔云:"服五石散,非唯治病,亦觉神明开朗。"《魏略》曰:"何晏字平叔,南阳宛人,汉大将军进孙也。或云何苗孙也。尚主,又好色,故黄初时无所事任。正始中,曹爽用为中书,主选举,宿旧者多得济拔。为司马宣王所诛。"秦承祖《寒食散论》曰:"寒食散之方虽出汉代,而用之者寡,靡有传焉。魏尚书何晏首获神效,由是大行于世,服者相寻也。"(《言语》14)

何晏生平有两件事开了风气之先。一是开魏晋清谈之风,他是魏末清谈的中心人物。二是服五石散(一名寒食散),开了魏晋服药之风。刘孝标注引秦承祖《寒食散论》说:"寒食散之方虽出汉代,而用之者寡,靡有传焉。魏尚书何晏首获神效,由是大行于世,服者相寻。"就指出何晏是服寒食散的大师,影响深远。

何晏之前,服五石散虽有,毕竟罕见。《言语》12记钟毓兄弟小时,乘父钟繇昼寝,共偷服药酒。又《吴志·诸葛恪传》说:"使君病未善,平当有常服药酒,自可取之。"不知此药酒是否服五石散之后须饮的热酒?若是,则钟繇服五石散要早于何晏,而诸葛恪与何晏年代相当。贺昌群《魏晋清谈思想初论》自注:"《魏志》卷二十九《管辂传》注引《辂别传》云:辂与赵孔曜至冀州见裴使君(徽),使君曰:'君颜色何以消减于故邪?'孔曜言:'体中无药石之疾。'按:裴徽为冀州刺史,在正始九年以前,晏死于十年,则皇甫谧所言'晏死之后,服者弥繁',今观赵孔曜之言,似何晏生前,服药石者已繁有徒矣。"贺昌群氏仅以孔曜之言,就称何晏之前服药石者已繁,证据似乎不足。孔曜不过表白体中无药石之病,不能由此得出何晏生前服五石散已普遍之结论。服五石散之风虽然早于何晏,但效果甚微。皇甫谧说何晏服散获效后,"京师歙然,转以相授,历岁之困,皆不终朝而愈。众人喜于近利者,不睹后患。晏死之后,服者弥繁,于时不辍"。秦承祖、皇甫谧言何晏死后,服散之风始大行于世,当为事实而可信。

何晏之后服散之风大行,与何晏"首获神效"极有关系。孙思邈说:"五石散太猛毒,宁食野葛,不服五石。"(宋沈括《梦溪笔谈》卷一八)何晏服散首获神效,必定掌握了服散的方法。尔后"京师歙然,转以相授",就是相授何晏服散之法,积年宿疾,得以一朝而愈。

何晏说服五石散"非唯治病,亦觉神明开朗"。后者指神清气爽。隋巢元方《诸病源候总论》六《寒食散发候篇》:"皇甫谧云:'近世尚书何晏,耽好声色,始服此药,心加开朗,体力转强。'"可见何晏服散目的是增强性欲能力。苏轼也说:

"世有食钟乳鸟喙而纵以求长年者,盖始于何晏。晏少而富贵,故服寒食散以济其欲。"(见《资治通鉴》卷一一五《晋纪》三七胡注)据皇甫谧、苏轼之言,服五石散有助于性欲。魏晋时富贵之家多蓄家妓,侍妾众多,服散盛行,与蓄妓不无关系。五石散药性猛烈,"服者相寻",死者亦相寻,但数百年不辍,犹如刀口舔血。原因何在?一大半应该从在上流社会声色之好方面寻找。

14. 李喜畏法而至

司马景王东征,《魏书》曰:"司马师字子元,相国宣文侯长子也。以道德清粹,重于朝廷,为大将军、录尚书事。毌丘俭反,师自征之。薨。谥景王。"取上党李喜,以为从事中郎。因问喜曰:"昔先公辟君不就,今孤召君,何以来?"喜对曰:"先公以礼见待,故得以礼进退;明公以法见绳,喜畏法而至耳。"《晋诸公赞》曰:"喜字季和,上党铜鞮人也。少有高行,研精蓺学,宣帝为相国,辟喜,喜固辞疾。景帝辅政,为从事中郎,累迁光禄大夫,特进。赠太保。"(《言语》16)

魏高贵乡公曹髦正元二年(255)正月,忠于曹魏的毌丘俭起兵反司马师。司马师东征毌丘俭,征召上党李喜(《晋书》作李憙,喜、憙古通)作从事中郎。李喜来了。司马师问:"昔先公辟君不就,今孤召君,何以来?"喜回答道:"先公以礼见待,故得以礼进退;明公以法见绳,喜畏法而至耳。"由李喜之答,可知二点:一是司马懿及子司马师征召人才,手段似有不同。二是司马师用严酷的法令胁迫人才。畏于法,故李喜不得不至。对以上二点,须从曹氏集团与司马氏集团殊死之争的时代大背景加以探索,才能得其历史真相。

昔日司马懿辟李喜不至,事见刘孝标注引《晋诸公赞》:"宣帝为相国,辟喜,喜固辞疾。"在齐王曹芳嘉平元年(249)前后,司马懿父子与曹氏集团之间的斗争空前激烈。司马懿是战略家,目光远大,讲究策略,对忠于曹魏的大臣并非一概以杀戮胁迫。又司马懿个性"内忌而外宽,猜忌多权变",娴熟阴谋权术。宽恕曹爽的司马鲁芝和主簿杨综,便是很好的例子。此事见于《三国志·魏志·曹爽传》裴松之注引《世语》:"初,爽出,司马鲁芝留在府,闻有事,将营骑斫津门出赴爽。爽诛,擢为御史中丞。及爽解印绶,将出,主簿杨综止之曰:'公挟主握权,舍此以至东市乎?'爽不从。有司奏综导爽反。宣王曰:'各为其主也。'宥之,以为尚书郎。"司马懿宽恕曹爽的僚属,并以"各为其主"这一传统的君臣观念作为宽恕他们的依据。不能不说,司马懿尚算文明,不是动不动就用暴力胁迫异己力量。李喜回答司马师说,"先公以礼见待,故得以礼进退"。其实所谓"以礼见待",不过是司马懿的"外宽",是"权变"的手段;"以礼进退",说明在政治的重压下,还有一点点进退的余地。

等到曹爽兄弟及其党羽消灭,司马懿胜券在握,此时就不再宽宥曹党了。魏的忠臣王凌起兵反司马氏,兵败自杀,司马懿"收其余党,皆夷三族,并杀(曹)彪"。悉数抓捕魏诸王公,关起来,不得交关(见《晋书》卷一《宣帝纪》),用非常残酷血腥的手段消灭曹氏的残余势力。

司马懿死,其子司马师、司马昭兄弟相继消灭忠于曹氏的毌丘俭、文钦、诸葛诞。曹氏的旧臣效忠司马氏唯恐不及,而司马兄弟对一切敌对势力都采取暴力胁迫的手段,政治的野蛮与险恶前所未见。此种形势,有识之士看得很清楚。例如司马懿死后,许允悄悄地对大名士夏侯玄说:"不必再担忧了。"夏侯玄感叹说:"士宗啊,你怎么看不清呢,司马懿此人犹能以通家年少遇我,子元、子上容不得我啊。"(《三国志·魏志·夏侯玄传》裴松之注引《魏氏春秋》)夏侯玄所感叹,与李喜答司马师之语正可互相印证,说明司马师对于有二心的人,采用霹雳手段,绝不客气。兹举几例:《晋书》卷四五《刘毅传》:"文帝辟为相国掾,辞疾,积年不就,时人谓毅忠于魏氏,而帝以其顾望,将加重辟,毅惧,应命。"《三国志·魏志·常林传》:"子峕嗣,为太山太守,坐法诛。"裴注引《晋书》:"诸葛诞反,大将军东征,峕坐称疾,为司马文王所法。"可见,不附司马氏,便有忠于魏氏的嫌疑。在此之前,嵇康不愿仕司马氏,亦至被杀。司马兄弟以峻法对待不合作者,故李喜自称"畏法而至"。魏晋之际,去就进退事关身家性命,稍有不慎,身败名裂。中国每次朝代的改易,何以要士人付出如此惨重的代价!读史至此,能不嘘唏?

15. 向子期入洛

嵇中散既被诛,向子期举郡计入洛,文王引进,问曰:"闻君有箕山之志,何以在此?"对曰:"巢、许狷介之士,不足多慕。"王大咨嗟。《向秀别传》曰:"秀字子期,河内人,少为同郡山涛所知,又与谯国嵇康、东平吕安友善,并有拔俗之韵,其进止无不同,而造事、营生业亦不异。常与嵇康偶锻于洛邑,与吕安灌园于山阳,不虑家之有无,外物不足怫其心。弱冠著《儒道论》,弃而不录,好事者或存之。或云是其族人所作。困于不行,乃告秀,欲假其名。秀笑曰:'可复尔耳。'后康被诛,秀遂失图。乃应岁举,到京师诣大将军司马文王。文王问曰:'闻君有箕山之志,何能自屈?'秀曰:'常谓彼人不达尧意,本非所慕也。'一坐皆说。随次转至黄门侍郎、散骑常侍。"(《言语》18)

大概在魏元帝景元四年(263),司马昭杀了名士的领袖嵇康。嵇康被杀的原因,史家谈得很多,不外乎嵇康是曹魏的女婿,想助毌丘俭造反,以及言论放荡,等等。说穿了,司马昭杀嵇康的根本原因,是嵇康骨头太硬,不愿归附司马氏父子。既然你不归附我,那留你何用!故司马昭杀嵇康,是对不合作者的"杀一儆百"。用严刑峻法胁迫士人归附,是司马师、司马昭兄弟的一贯手段。中国政治的黑暗和恐怖,莫此为甚。正直的士人处在这样一个恐怖的时代,出处进退的艰难,千年之下,仍让人浩叹。

向秀素有"箕山之志",有"拔俗之韵",常与嵇康锻铁,与吕安灌园,远离现实政治。然而,恐怖政治会找上门来。好友嵇康被杀,这对于怀有"箕山之志"的向秀来说,是无比沉重的打击,引起心灵的巨大震动。逍遥竹林、行吟草泽的生活被击碎,弥天大网正撒下来,眼前是令人发怵的刀光血影。向秀于是"失图"——茫然无所措手足,不知路在何方。好友死于非命,连"箕山之志"都行不通了,向秀只能上洛阳归附司马昭。如果说嵇康被杀标志"名教"粉碎了"自然",那么,向秀见司马昭,意味着"自然"不是"名教"的对手,"自然"无可奈何归顺"名教",向"名教"投降。为什么"自然"终究不敌"名教"?原因十分简单:"名教"的背后是暴力,是"枪杆子",是"刀把子"。当知识者不信"名教",甚至批判"名教"的虚伪时,"名教"就丢开"礼义廉耻"的漂亮外衣,露出它的狰狞面目:暴力。摧毁异端,最有力的武器是杀戮。在硬骨头嵇康被杀之后,向秀等一批持不同政见者,顷刻群龙无首,惊恐于头上悬着的司马氏的屠刀,分化瓦解了。自秦始皇以来的历代政治,始终重复着这样的模式与场景。暴力,永远是统治者最喜欢的法宝。

现在,到了洛阳的向秀见到了司马昭。司马昭问:"闻君有箕山之志,何以在此?"语气中全是胜利者对失败者的揶揄。听到这种话,向秀可能会脸红。如果换了嵇康,也许会反唇相讥。但向秀毕竟不是嵇康,何况是自己跑到洛阳,还脸红什么呢?还好有一副伶牙俐齿可以应对,回答说:"巢、许狷介之士,不足多慕。"从前怀有"箕山之志",向往巢父、许由敝屣天下的隐士,现在竟然说"巢、许不足多慕"。刘孝标注引《向秀别传》,向秀的话就说得更软了,说是"巢、许不达尧意",贬低巢、许见识鄙陋,谄媚司马昭是圣明的尧。在思想的高压——不,准确地说,在暴力的威胁之下,崇尚自然的自由主义者只能屈服,自我贬损、自我抹黑,打掉自信与自尊。向秀是如此,千百年来的知识者也多半如此。知识批判暴政,不敌暴政对知识的批判。即使知识者意识到"处士横议"毫无作用,远离政治,以求明哲保身,暴政也绝不放过他们,威逼驯顺与迫使违心会联翩而至,非要知识者屈服不可。最终,绝望的大多数人无路可走,只能屈服于暴政,向暴政投降。这难道不是普遍的宿命?因此,向秀最后仕司马氏,在中国政治史及士人精神史上具有典型意义,应该引起我们长久的思考。

向秀最后仕司马氏,主要原因是在暴力的胁迫之下自我贬损以求免祸。除此之外,可能还有哲学思想上的原因。余嘉锡《笺疏》引《庄子·逍遥游》"尧让天下于许由"一节和郭象注,以及姚范《援鹑堂笔记》卷五〇,以为郭象注《逍遥游》出于向秀,并说:"向子期之举郡计入洛,虽或怵于嵇中散之被诛,而其以巢、许为不足慕,则正与所注《逍遥游》之意同。阮籍、王衍之徒所见大抵如此,不独子期一人籍以逊词免祸而已。"其说有可取之处。《逍遥游》赞美许由任道无为,而尧治天下劳苦不已。郭注却说:"尧以不治治之,非治之而治者也。""夫治之由乎不治,为之出乎无为也,取于尧而足,岂借之许由哉!若谓拱默乎山林之中而后得称无为者,此庄老之谈所以见弃于当涂。当涂者自必于有为之域而不反者,斯之由也。"称尧无为而治,一反庄生本意。"巢、许狷介之士,不足多慕"之言,确实与郭注同一意旨,调和了名教和自然之间的冲突。然向秀回答司马昭之言,主要是嵇康被杀后,格以严酷的政治形势而发生的"思想转向"。但这"转向"并非出于心悦诚服,而颇有一点"假检讨"的味道。当然我们应该体会到,向秀看似轻松巧妙的应答背后,其实是无奈与内心的痛苦。《晋书》本传说向秀作散骑侍郎,"在朝不仕职,容迹而已"。可见其仕司马氏不过敷衍罢了。不能也无力公开反抗暴政,那么,貌似归顺,来个"假投降",实质仍然不合作——消极反抗,也总算是一种反抗吧。

16. 蔡洪入洛

蔡洪《洪集录》曰："洪字叔开，吴郡人，有才辩，初仕吴朝。太康中，本州从事举秀才。"王隐《晋书》曰："洪仕至松滋令。"赴洛，洛中人问曰："幕府初开，群公辟命，求英奇于仄陋，采贤俊于岩穴。君吴楚之士，亡国之余，有何异才，而应斯举？"蔡答曰："夜光之珠，不必出于孟津之河；旧说云：'随侯出行，有蛇斩而中断者，侯连而续之，蛇遂得生而去。后衔明月珠以报其德，光明照夜同昼，因曰隋珠。'左思《蜀都赋》所谓'随侯鄙其夜光也'。盈握之璧，不必采于昆仑之山。韩氏曰：'和氏之璧，盖出于井里之中。'大禹生于东夷，文王生于西羌，按《孟子》曰：'舜生于诸冯，东夷人也。文王生于岐周，西戎人也。'则东夷是舜非禹也。圣贤所出，何必常处。昔武王伐纣，迁顽民于洛邑，《尚书》曰：'成周既成，迁殷顽民，作《多士》。'孔安国注曰：'殷大夫心不则德义之经，故徙于王都，迩教诲也。'得无诸君是其苗裔乎？"按：华令思举秀才入洛，与王武子相酬对，皆与此言不异。无容二人同有此辞，疑《世说》穿凿也。（《言语》22）

傲慢是胜利者的普遍品格。

太康元年（280），王濬楼船沿江而下，势如破竹。三月，至于建邺。孙皓投降，吴亡。"吴之旧望，随才擢叙"（《晋书》卷三《武帝纪》），开始任用东吴的望族。这自然是胜利者对于失败者的"怀柔"手段。但好歹亡国奴中的有才华者得到任用的机会。蔡洪就是最早得到任用的人才。刘孝标注引《洪集录》说是"太康中举秀才"，其时间可能在太康初。《晋书》卷五四《陆喜传》说："太康中下诏曰：'伪尚书陆喜等十五人，南士归称，并以贞洁不容皓朝，或忠而获罪，或退身修志，放在草野，主者可皆随本位就下拜除，敕所在以礼发遣，须到随才授用。'乃以喜为散骑常侍。"估计蔡洪与陆喜同时被晋朝起用。

亡国奴到了洛阳，遭到洛中人的轻视。洛中人的傲慢，典型地反映出北方胜利者与南方失败者之间的紧张关系。比起蔡洪有幸被起用，吴中人才不被起用的更多。陆机《荐贺循郭讷表》说："……诚以庶士殊风，四方异俗，壅隔之害，远国益甚。至于荆、扬二州，户各数十万，今扬州无郎，而荆州江南乃无一人为京城职者,诚非圣朝待四方之本心。"据姜亮夫《陆平原年谱》,此表作于元康八年(298),距吴亡几近二十年,然荆州、江南人士为京官者仍竟无一人。这种情况,印证洛中人所谓"君吴楚之士,亡国之余,有何异才,而应斯举",说得太对了。即使如陆机那样出身东吴最著名望族的青年才俊,也难有起用的机会,迟至太康末才与弟陆云赴洛。张华素重其名,如旧相识,说:"伐吴之役,利获二俊。"然而既素重其名,为何太康中不见朝廷征召陆机兄弟?二陆至洛,卢志还在大庭广众中挑衅陆机:"陆逊、陆抗,于君近远?"逼得陆机毅然反击卢志的挑衅。这就不难理解,太康初年蔡洪赴洛,胜利者正陶醉在不可一世的傲慢中,亡国奴必然会受到他们的肆意嘲弄。

面对胜利者的嘲笑,蔡洪反唇相讥,嘲笑洛中人是周武王伐纣后迁到洛邑的殷之顽民。蔡洪的反击精彩至极,意谓你们洛中人恐怕是当初商殷灭亡后被迁到洛邑的顽民吧,你不过是顽民的后裔了。前人于此好像很不解洛中人与蔡洪两相对峙的性质,如明人凌濛初说:"未便是排调、轻诋。"李贽说:"大无味。"一说是互相开玩笑,一说是太无味,就是看不到胜利者与失败者的严重冲突。甚可怪也。

与洛中人与蔡洪的对抗相似,胜利者王浑也曾嘲笑亡国奴周处,周处同样奋起反击。《晋书》卷五八《周处传》载:"王浑登建邺宫酾酒,既酣,谓吴人曰:'诸君亡国之余,得无戚乎?'处对曰:'汉末分崩,三国鼎立,魏灭于前,吴亡于后,亡国之戚,岂惟一人!'浑有惭色。"可见,轻视亡国奴的现象绝非个别。但北方的胜利者连做梦都不会想到,仅仅三十年之后,他们也做了亡国奴,怀着国破家亡的无穷痛苦,来到曾被他们万般轻视的东吴,惭愧无以复加。放下了从前胜利者的叫人仰视的身段,才得以偏安南方。历史真喜欢捉弄人。从来就没有永远的胜利者。

17. 诸名士共至洛水戏

诸名士共至洛水戏。《竹林七贤论》曰:"王济诸人尝至洛水解禊事。明日,或问济曰:'昨游有何语议?'济云云。"还,乐令广也。问王夷甫曰:"今日戏乐乎?"虞预《晋书》曰:"王衍字夷甫,琅邪临沂人,司徒戎从弟。父乂,平北将军。夷甫蚤知名,以清虚通理称。仕至太尉,为石勒所害。"王曰:"裴仆射善谈名理,混混有雅致;《晋惠帝起居注》曰:"裴頠字逸民,河东闻喜人,司空秀之少子也。"《冀州记》曰:"颜弘济有清识,稽古善言名理。履行高整,自少知名。历侍中、尚书左仆射,为赵王伦所害。"张茂先论《史》《汉》,靡靡可听。《晋阳秋》曰:"华博览洽闻,无不贯综。世祖尝问汉事,及建章千门万户。华画地成图,应对如流,张安世不能过也。"我与王安丰戎也。说延陵、子房,亦超超玄箸。《晋诸公赞》曰:"夷甫好尚谈称,为时人物所宗。"(《言语》23)

西晋全盛时期,洛水是一条欢乐的河,智慧的河,文化的河。文学、思想与艺术之花,受到洛水的滋润,开放着灿烂的花朵。这次诸名士至洛水,据刘孝标注引《竹林七贤论》,是农历三月上巳日解禊——临水祓除宿垢与不祥。那是古已有之的春天的盛大节日,处处是欢乐。《晋书》卷二一《礼志下》说:"晋中朝公卿以下至于庶人,皆禊洛水之侧。"解禊并不仅仅是民俗,也是名士谈文论艺,探寻幽眇的知识与智慧的盛宴。成公绥《洛禊赋》说:"祓除解禊,司会洛滨。"褚爽《禊赋》说:"伊暮春之令月,将解禊于通川。"洛水两岸,暮春景色与智慧之花融成一幅美妙的图画,使后人遐想不已。

诸名士从洛水归,乐广问王夷甫(一说王济)今日快乐否,王回答说他们谈论的内容有三。

"裴仆射善谈名理,混混有雅致。"刘孝标注引《冀州记》说,裴頠稽古善言名理。《晋书》卷三五《裴頠传》称裴清言"词论丰博",时人谓"頠为言谈之林薮"。又记裴頠"深患时俗放荡,不尊儒术,何晏、阮籍素有高名于世,口谈浮虚,不遵礼法……乃著崇有之论以释其蔽"。"善谈名理",指明了裴頠的学术特点。所谓名理,最初的意义是讨论名实二者之间的关系,循名责实,归于刑名之学的范畴,以先秦名家为主,同时包含法家,具有现实品格。《文心雕龙·论说》:"魏武初霸,术兼名法。傅嘏、王粲,校练名理。迄至正始,务欲守文,何晏之徒,始盛玄论,于是聃周当路,与尼父争涂矣。"以上刘勰论魏代学术思想的整体变迁,而名理之学演变的趋势与之相同。魏初的名理学派术兼名法,是为现实政治服务的。正始之后,逐渐脱离现实,演变成"玄论"。汤用彤论名理及名理之学的演变说:"名理者,名分也,人君臣民各有其职位,此政治之理论也。又为名目之理,识鉴人物,论人物之性也。晋人善谈名理,言玄理也,此非原来之意义。"又说:"一如名理之学为汉人清议之进一步,玄学亦为名理之学之更进一步,故名理之学可谓准玄学。"(详见汤用彤《魏晋玄学论四则》)。汤先生指出汉人清议、晋人名理以及名理与玄学三者的关系,可资参考。总之,魏晋名理之学一是内涵宽泛,论政治理论、论人物才性、论玄学,皆可称名理;二是随时代不同,所言名理内容亦有差别。《文学》19注引邓粲《晋纪》:"(裴)遐以辩论为业,善叙名理。"《文学》20注引《玠别传》:"玠少有名理,善《易》《老》。"《文学》42:"王(濛)叙致作数百语,自谓是名理奇藻。"上述例子中论才性可称名理,清谈《庄》《老》亦可称名理。《晋书》卷三五《裴颜传》载:裴颜患时俗放荡,不尊儒术,作《崇有论》释浮虚之蔽。据此,裴颜善谈之名理,当非后来卫玠、王濛的玄远之学。

"张茂先论《史》《汉》,靡靡可听。"东汉杜笃《祓禊赋》:"谭诗书,咏伊吕、歌唐虞。"(《御定历代赋汇·逸句》一)可知东汉时洛水祓禊已有"谭诗书"之内容。魏晋之前,《史记》《汉书》是最重要、流传最广的两部史学著作,《史》《汉》研究成为史学中的显学。比较而言,汉魏时期研究《汉书》的特多,如应劭《汉书集解音义》、服虔《汉书音训》、韦昭《汉书音义》(以上见《隋书》卷三三《经籍志》)。刘孝标注引《晋阳秋》说:"世祖尝问汉事,及建章千门万户。华画地成图,应对如流,张安世不能过也。"可知张华非常熟悉汉事,可惜未有历史著作传世。"靡靡可听",即《晋书》本传说的"听者忘倦"。

"我与王安丰说延陵、子房,亦超超玄箸。"这是评论历史人物。魏晋谈论历史人物一时成为风气,评论人物的文章应运而生。例如孔融《周武王汉高祖论》、丁仪《周成汉昭论》、曹植《周成汉昭论》《汉二祖优劣论》。这些人物评论循名责实,所谓"校练名理"。名理之学涵容人物评论,具有现实意义,为选拔人才提供经验。此外还有形而上的学术原因,即探讨人物的才性(才能与德性)之间的关系。所以,评论人物在起初时同现实政治密切相关。正始后清谈盛行,谈论历史人物及人物的才性渐渐变为玄谈。钱穆《魏晋玄学与南渡清谈》说:"此事尚在渡江前,已见时人以谈为戏。无论所谈是名理,是历史,抑是古今人物,要之是出言玄远,要之是逃避现实,而仍求有所表现。各标风致,互骋才锋,实非思想上研核真理,探索精微之态度,而仅为日常生活中一种游戏而已。"笔者以为钱穆拘泥于乐广"戏乐"之问,以至忽略了"戏乐"的学术性质。其实,西晋的"谈"或"谈论",仍以学问为根底的学术探讨,并不都是出言玄远的语言游戏。《企羡》2载:"王丞相过江,自说昔在洛水边,数与裴成公、阮千里诸贤共谈道。"王导之言最有说服力,证明西晋全盛时洛水边是谈道的佳处。谈道者,谈论义理也。又《晋书》卷九〇《潘京传》载:京举秀才至洛,与尚书令乐广共谈累日。广深叹其才,谓京曰:

"君天才过人,恨不学耳。若学,必为一代谈宗。"京感乐广之言,遂勤学不倦。时武陵太守戴昌亦善谈论,与京共谈,京假借之,昌以为不如己,笑而遣之,令过其子若思,京方极其言论。昌窃听之,乃叹服曰:"才不可假。"遂父子俱屈。由乐广"若学,必为一代谈宗"以及戴昌叹服京"才不可假",可见谈论须才也须学,乐广、戴若思先后与潘京谈论,都是学问的较量。若只是互骋才锋的语言游戏,何须勤学不倦?这次诸名士在洛水以谈为戏,"谈"是谈道、谈学术,"戏"则是谈论义理和学术的快乐。裴𬱟善谈名理,就并不全是"出言玄远"。张华论《史》《汉》,也不会玄远。魏晋名理学固然渐趋玄虚,但在晋武帝时还未发展到出言皆玄远、皆逃避事实的阶段。即使江左的清谈,出言玄远,辨析精微,仍具研核真理的精神及学术价值,不因为谈论的精神愉悦就以为仅仅是一种游戏而已。

18. 王济、孙楚各言其土地人物之美

王武子,《晋诸公赞》曰:"王济字武子,太原晋阳人,司徒浑第二子也。有俊才,能清言,起家中书郎,终太仆。"孙子荆《文士传》曰:"孙楚字子荆,太原中都人也。"《晋阳秋》曰:"楚,骠骑将军资之孙,南阳太守宏之子。乡人王济,豪俊公子,为本州大中正,访问宏为乡里品状,济曰:'此人非乡评所能名,吾自状之曰:天才英特,亮拔不群。'仕至冯翊太守。"各言其土地人物之美。王云:"其地坦而平,其水淡而清,其人廉且贞。"孙云:"其山崔巍以嵯峨,其水㳌渫而扬波,其人磊砢而英多。"按:《三秦记》、《语林》载蜀人伊籍称吴土地人物,与此语同。(《言语》24)

王武子(济)、孙子荆(楚)二人同是太原郡人,关系极好。《晋书》卷四二《王济传》称济"少有逸才,风姿英爽,气盖一时","好弓马,勇力绝人,善《易》及《庄》《老》,文词俊茂,伎艺过人,有名当世"。既有逸才,又善清言,加上伎艺过人,人人敬佩这位青年才俊。汉末之后,人物品鉴之风盛行。《王济传》说:"每侍见,未尝不咨论人物及万机得失。"甚至晋武帝也向他咨论当世人物。据刘孝标注引《晋阳秋》,王济曾为"本州大中正"。大中正的职责是品评本州人物。因与孙楚友善,故不待大中正的属官访问品评,王济便目孙楚是"天才英特,亮拔不

群"。至于孙楚其人,"才藻卓绝,爽迈不群"(《晋书》本传),才能气质与王济很相近。

两人各言其土地人物之美,其意义是说明土地与人物之间,也就是地理环境与人民习性之间的内在关系。王济说:土地平坦,水流清澈而平浅,则人民廉让忠贞。孙楚说:高山峻岭,水流激荡扬波,则人民磊落英多。王、孙两人都是太原人,却各言土地人物之美不同。为此,刘孝标注曰:"按《三秦记》《语林》载,蜀人伊籍称吴地人物,与此语同。"明人王世懋说:"注是也。吴、蜀当此语,是本色。按,王、孙同为太原人,不当风土之异如此。"刘孝标、王世懋以为王济、孙楚是各言吴、蜀二地风土人物之美,王济所言乃吴土地人物,孙楚所称乃蜀土地人物。这样解释就正确了。

殊方异俗,以致人民的习性气质亦有差异,这一意识可能早已有之。比如汉武帝望见江充而异之,谓左右曰:"燕赵固多奇士。"(《汉书》卷四五《江充传》)但是热烈谈论土地差异、人物优劣,并且理性地讨论风土人物二者之间的关系,应该是汉末出现的新风气。溯其源,当起于汉代选拔人才的地方察举制度。如孔融《汝颍优劣论》(《艺文类聚》卷二二引)、卢毓《冀州论》(《初学记》八引)、《九州人士论》(见《隋书·经籍志》)皆论地域与人物气质之间的关系。

汉末以后,关于地域与人民习性、士人优劣之关系,多所探究与评论。《言语》72记王坦之令伏滔、习凿齿论青、楚人物优劣。伏滔列举古今青土之"有才德者",习凿齿则列数楚地杰出人物,末了说:"比其人则准的如此,论其土则群圣之所葬,考其风则诗人之所歌,寻其事则未有赤眉、黄巾之贼。"由此可见,习凿齿论土地人物,将人、土、风、事四种因素结合起来考察,得出楚地人物优于青土人物。王朗、朱育、虞翻三人论会稽人物之美则是更典型的例子。《三国志·吴志·虞翻传》裴松之注引《会稽典录》载,朱育对太守濮阳兴说:"昔初平末年,王府君以渊妙之才,超迁临郡,思贤嘉善,乐采名俊,问功曹虞翻曰:'闻玉出昆山,珠生南海,远方异域,各生珍宝。且曾闻士人叹美贵邦,旧多英俊,徒以远于京畿,含香未越耳。功曹雅好博古,宁识其人邪?'翻对曰:'夫会稽上应牵牛之宿,下当少阳之位,东渐巨海,西通五湖,南畅无垠,北渚浙江,南山攸居,实为州镇,昔禹会群臣,因以命之。山有金木鸟兽之殷,水有鱼盐珠蚌之饶,海岳精液,善生俊异,是以忠臣继踵,孝子连间,下及贤女,靡不育焉。'王府君笑曰:'地势然矣,士女之名可悉闻乎?'翻对曰:'不敢及远,略言其近者耳……'"以董黯等十余人对之。王朗所云"玉出昆山,珠生南海",虞翻所云"海岳精液,善生俊异",皆阐明地域与物产、民性之关系。又卢毓《冀州论》曰："冀州，天下之上国也。尚书何平叔、邓玄茂谓其土地尢珍，人生质朴，上古以来，无应仁贤之例。"何平叔、邓玄茂论冀州人物，正与王朗、虞翻论会稽人士，王武子、孙子荆言吴蜀土地人物相同。《晋书》卷六二《祖纳传》："时梅陶及钟雅数说余事，纳辄困之，因曰：'君汝颍之士利如锥，我幽冀之士钝如槌，持我钝槌，捶君利锥，皆当摧矣。'"祖纳以锥与槌比汝颍之士和幽冀之士，意为后者优于前者。《晋书》卷一一八《载记》一八《姚兴传》下："兴如三原，顾谓群臣曰：'古人有言，关东出相，关西出将，三秦饶俊异，汝颍多奇士。'"凡此皆可见，地域差异与土地、人物之美有关，此在汉末之后已成共识，成为学术新风。

19. 庾公造周伯仁说肥瘦

庾公造周伯仁。虞预《晋书》曰："周𫖮字伯仁，汝南安城人。扬州刺史浚长子也。"《晋阳秋》曰："𫖮有风流才气，少知名，正体嶷然，侪辈不敢媟也。汝南贡秦，渊通清操之士，尝叹曰：'汝、颍固多贤士，自顷陵迟，雅道殆衰，今复见周伯仁。伯仁将祛旧风，清我邦族矣。'举寒素，累迁尚书仆射，为王敦所害。"伯仁曰："君何所欣说而忽肥？"庾曰："君复何所忧惨而忽瘦？"伯仁曰："吾无所忧，直是清虚日来，滓秽日去耳。"（《言语》30）

庾公（亮）是晋明帝穆皇后之兄，东晋初期的大名士。周伯仁（𫖮），扬州刺史周浚长子，也是东晋之初的大名士。故事说庾亮拜访周𫖮，周问："您有什么高兴喜悦之事而忽然胖了？"庾亮回答说："您有什么忧愁伤心之事而忽然瘦了？"周𫖮说庾公胖了。是否庾公真胖？其实不是。《晋书·庾亮传》说"亮美姿容"。庾亮死，何充临葬，不胜伤感，说："埋玉树着土中，使人何能已已！"（《伤逝》9）魏晋时以玉形容人的肤色白。庾亮貌美，风度温雅，故何充喻之为"玉树"。而晋人以肥为丑。庾亮是美男子，怎么可能忽然之间就莫明其妙的肥了？因此周𫖮之问，绝对不是庾亮真的胖，而是戏谑取乐。同样，庾亮之问也是如此。《晋书·周𫖮传》说"（𫖮）少有重名，神彩秀彻。"本篇40注引邓粲《晋纪》说："伯仁仪容弘伟。"据此，周𫖮也是个光彩照人、体魄魁伟的俊男子。再有《赏誉》56说："世目周侯'嶷如断山。'"意思说周颛像陡立的山峰,气势非凡。假若周颛瘦弱,岂能有"巍如断山"的气象?所以,庾亮之问也是开玩笑。汉末以降,人们相互嘲戏取乐的风气很普遍,庾亮、周颛见面说肥瘦,正是这种风气的体现。

问人肥瘦,最早见于《韩非子·说林上》:"子夏见曾子,曾子曰:'何肥也?'对曰:'战胜故肥也。'曾子曰:'何谓也?'子夏曰:'吾入见先王之义则荣之,出见富贵之乐又荣之,两者战于胸中,未知胜负,故臞。今先王之义胜,故肥。'"《淮南子·精神训》亦载之,文字略有不同。高诱注:"精神内守无思虑,故肥。"《韩非子》《淮南子》中之"问肥瘦",是借寓言说明精神内守之影响,犹言"心宽体胖"。至魏晋则变为嘲戏取乐。《三国志·吴志·诸葛恪传》注引《恪别传》:"(孙)权尝问恪:'顷何以自娱,而更肥泽?'恪对曰:'臣闻富润屋,德润身,臣非敢自娱,修己而已。'"《三国志·魏志·王粲传》注引《吴质别传》:"质黄初五年朝京师,诏上将军及特进以下皆会质所,大官给供具。酒酣,质欲尽欢。时上将军曹真性肥,中领军朱铄性瘦。质召优,使说肥瘦。真负贵,耻见戏,怒谓质曰:'卿欲以部曲将遇我邪?'骠骑将军曹洪、轻车将军王忠言:'将军必欲使上将军服肥,即白宜为瘦。'真愈忿,拔刀瞋目,言:'俳敢轻脱,吾斩尔。'遂骂坐。……"《吴质别传》说"质召优,使说肥瘦",优为优伶,为表演者。由此可知,"说肥瘦"成了表演作乐的节目。不意曹真不喜欢被人戏笑,几乎闹出人命。而庾公、伯仁不比武人曹真,温文尔雅说肥瘦,并以此寄意。周颛所说的"清虚",喻清静虚淡之玄心。滓秽,喻世情杂念。周伯仁之言,乃自我夸耀清虚寡欲,亦即诸葛恪所言"修己"之意。然读者所见,不过是应对便捷,由此取乐而已。

20. 卫洗马初欲渡江

卫洗马初欲渡江,形神惨悴,语左右云:"见此芒芒,不觉百端交集。苟未免有情,亦复谁能遣此!"《晋诸公赞》曰:"卫玠字叔宝,河东安邑人。祖父瓘,太尉。父恒,黄门侍郎。"《玠别传》曰:"玠颖识通达,天韵标令,陈郡谢幼舆敬以亚父之礼。论者以为出王眉子、平子、武子之右。世咸谓'诸王三子,不如卫家一儿'。娶乐广女。裴叔道曰:'妻父有冰清之姿,婿有璧润之望,所谓秦晋之匹也。'为太子洗马,永嘉四年,南至江夏,与兄别于梁里涧,语曰:'在三之义,人之所重,今日忠臣致身之运,可不勉乎?'行至豫章,乃卒。"(《言语》32)

发生在四世纪初的晋室南渡,绝对是中国历史上的一出大悲剧。当异族的铁骑踏碎了北中国的广袤山河,自皇室以至平民,无不亲历血与火的煎熬,直面国破家亡、生离死别的巨大悲痛。生于斯、长于斯的故土家园,从此消失,永无重归的可能;父母兄弟,此后天各一方,永不照面。民族与个人的路,究竟在何方……

卫玠渡江之际的感叹,最真实地表现了当年南渡人士内心难以排遣的无尽悲伤。历史人物的言语多如恒河沙数,最精彩的比沙中的金子还要少。这些少之又少的语言,永远闪着金光。卫玠的感叹,就是沙中的金子。《玠别传》说:卫玠善清言,王平子每闻卫玠议论,辄绝倒于座,前后为之三倒,时人遂曰:"卫君谈道,平子三倒。"后人读卫玠渡江之初感叹,大都为之动容。宋刘应登说:"此匆匆出语耳,而微辞逸旨,超然风埃之表。江左诸公,叔宝真言语之科也。"明王世懋说:"至今读之欲绝,况在当时德音面聆者耶?"正如王世懋所说,今日我们读卫玠之语,仍受强烈感染,久久回味而不能忘怀。何以语言的感染力可以穿透千年历史的帷幕,直达至永远?最根本的原因是深刻传达出历史巨变之时所有亲历者的普遍情感——饱含着山河破碎,亲人生离死别,前途难卜,寄人篱下,种种悲哀与伤感。"见此芒芒"二语,触景生情,以江水无穷无尽,茫茫难辨,表现前景不明,"百端交集"之感。卫玠之语令人绝倒,也同"苟未免有情"二句揭示人的情感性有关。"有情无情"之辩,是魏晋玄学的论题之一。庄子与惠子曾辩论过圣人有情还是无情。惠子谓有情,庄子谓无情。后者认为圣人行与道俱,不为情累(见《庄子·德充符》)。此即"圣人无情"说,为传统之旧义。"苟未免有情",意谓常人非圣人,难免有喜怒哀乐之五情。即使圣人处此境地,亦不复能遣此国破家亡之痛。卫玠之语,将历史巨变之际人们的普遍情感熔铸于寥寥数语中,精炼至极,具有恒久的感染力。

晋室南渡之际卫玠"百端交集",实质是"未免有情"之人的必然表现。《晋书》卷七五《王承传》记承渡江,"既至下邳,登山北望,叹曰:'人言愁,我始欲愁矣。'"所叹一同卫玠,所谓"苟未免有情,亦复谁能遣此"!沈约《宋书》卷一一《律志序》曾叙述北中国沦丧,对流落在江外的中原人的长久影响。他说:"自戎狄内侮,有晋东迁,中土遗氓,播徙江外,幽、并、冀、邕、兖、豫、青、徐之境,幽沦寇逆。自扶莫而裹足奉首,免身于荆、越者,百郡千城,流寓比室。人伫鸿雁之歌,士蓄怀本之念……"可见,晋室南渡对于背井离乡的中原士人的影响广泛且持久。卫玠的感叹,就是最早的"人伫鸿雁之歌"。余嘉锡《笺疏》谓卫玠"当将欲渡江之处,以北人初履南土,家国之忧,身世之感,千头万绪,纷至沓来,故曰不觉百端交集,非复寻常逝水之叹而已"。余氏的解释很深刻,超二刘远矣。刘应登称卫玠之语是"微辞逸旨",又说"叔宝真言语之科",把卫玠的家国之忧仅仅看作"言语之科",恐未得卫玠北来之情怀。至于刘辰翁说卫玠语"似痴似懒,似多似少,转使柔情易断,非丈夫语。"简直不知所云,可以说是完全没有读懂卫玠之语。

21. 温峤视王导为管夷吾

温峤初为刘琨使来过江。于时江左营建始尔,纲纪未举。温新至,深有诸虑。既诣王丞相,陈主上幽越,社稷焚灭,山陵夷毁之酷,有黍离之痛,温忠慨深烈,言与泗俱,丞相亦与之对泣。叙情既毕,便深自陈结,丞相亦厚相酬纳。既出,欢然言曰:"江左自有管夷吾,此复何忧?"《史记》曰:"管仲夷吾者,颍上人,相齐桓公,九合诸侯,一匡天下。"《语林》曰:"初温奉使劝进,晋王大集宾客见之。温公始入,姿形甚陋,合坐尽惊。既坐,陈说九服分崩,皇室弛绝,晋王君臣莫不歔欷。及言天下不可以无主,闻者莫不踊跃,植发穿冠。王丞相深相付托。温公既见丞相,便游乐不住,曰:'既见管仲,天下事无复忧。'"(《言语》36)

温峤为刘琨使来过江的原委具见本篇35:温峤本来在北方,为刘琨左司马。北中国沦丧于异族之手,刘琨志存晋朝,对温峤说:"今晋祚虽衰,天命未改,吾欲立功于河北,使卿延誉于江南,子其行乎?"派温峤奉使江南。温峤也是有志之士,回答刘琨说:"峤虽不敏,才非昔人,明公以桓、文之姿,建匡立之功,岂敢辞命!"据《资治通鉴》卷九〇《晋纪》一二,晋元帝建武元年(317)六月,刘琨遣温峤诣建康劝进。当时,元帝司马睿初至江南,政权处于草创阶段,百废待兴。温峤见此情况,"深有诸虑"。诣王导时,讲述北方社稷焚灭,山陵夷毁之痛,声泪俱下。王导亦与之对泣。使人感佩的是,温峤"深自陈结",王导则"厚相酬纳"。北方来的忠贞慷慨之士与江南的首辅王导,很快就结成牢固的联盟。联盟的基础主要是复兴晋朝的远大目标的契合,再有双方人格的相互尊重和欣赏。

温峤初过江时的忧虑以及赞美王导是江左管夷吾,在南渡人士中具有普遍性。《晋书》卷六五《王导传》说:"导为政务在清静,每劝帝克己励节,匡主宁邦。

于是尤见委杖,情好日隆,朝野倾心,号为'仲父'。"又说:"桓彝初过江,见朝廷微弱,谓周𫖮曰:'我以中州多故,来此欲求全活,而寡弱如此,将何以济?'忧惧不乐往。见导极谈世事,还谓𫖮曰:'向见管夷吾,无复忧矣!'"元帝则称王导为"吾之萧何"。可见晋室南渡之初,北来士族见朝廷微弱,深有诸虑,当不止温峤或桓彝一人也。王导尽力辅佐元帝,人比之仲管,亦众人所共言。清钱大昕《廿二史考异》二二说:"按《温峤传》亦有此云云,一事而传闻异辞也。"钱氏以为一事而传闻异辞,恐非当时实情。温峤"深自陈结",正印证了《晋书·王导传》所说的"朝野倾心"。

而王导"厚相结纳",是其巩固东晋政权的最重要的方略。《晋书·王导传》记元帝初至江南,王导就进计说"虚己倾心,以招俊乂",吴士顾荣、贺循是最有名望的人物,若此二人来,则吴人无不归心。元帝于是派王导亲自拜访循、荣二人,由是吴会人士纷纷归附东晋。洛京倾覆后,中原人士避乱江左,王导劝元帝"收其贤人君子,以与图事"。温峤渡江而来,王导见峤是难得的贤人君子,故"厚相结纳"。温峤日后果然成为东晋初期最杰出的人物之一。事实证明,"江左管夷吾"的称号,于王导最为确切。至于王导作出的诸多贡献,陈寅恪《述东晋王导之功业》一文论之甚详,读者可参看。

22. 顾司空机警援翰

王敦兄含为光禄勋。《含别传》曰:"含字处弘,琅邪临沂人。累迁徐州刺史、光禄勋。与弟敦作逆,伏诛。"敦既逆谋,屯据南州,含委职奔姑孰。邓粲《晋纪》曰:"初,王导协赞中兴,敦有方面之功。敦以刘隗为间己,举兵讨之。故含南奔武昌,朝廷始警备也。"王丞相诣阙谢。《中兴书》曰:"导从兄敦,举兵讨刘隗,导率子弟二十余人,旦旦到公车,泥首谢罪。"司徒、丞相、扬州官僚问讯,仓卒不知何辞。顾司空时为扬州别驾,援翰曰:"王光禄远避流言,明公蒙尘路次,群下不宁,不审尊体起居何如?"(《言语》37)

此则故事前半部分叙王敦谋反及王含叛逃,与事实恐有出入。王敦谋逆,起兵于武昌,并非一开始屯据南州(姑孰)。王含为光禄勋,得知弟敦谋反,弃职奔武昌,不是奔姑孰。刘孝标注引邓粲《晋纪》说:"含南奔武昌,朝廷始警备也。"

《晋书》卷九八《王敦传》："永昌元年(322)，敦率众内向。"指由武昌挥师内向京都建康。关于王敦谋反之初的事实，《晋书》卷六《元帝纪》的记载真实可信：永昌元年春正月，王敦举兵于武昌，龙骧将军沈充帅众应之。三月，以司空王导为前锋大都督，戴若思、周顗、王邃、刘隗等防御京师及周边军事要地。四月，王敦前锋攻石头，王师败绩。王敦自为丞相，录尚书事。东晋政权事实上落于王敦之手。王含叛奔武昌，应当在敦举兵之初。王导率领子弟天天至宫阙待罪，也必定在王敦谋反的春正月，因为到三月，王导为前锋大都督。如果不是元帝信任，王导不可能被委以重要的军事职位，率众抵抗王敦的叛军。至于王敦屯据南州，那是王敦得志之后，已经在太宁元年(323)四月了。

王导率子弟二十余人，天天诣宫阙"泥首谢罪"，那是非常时期的非常之举。《晋书》卷六五《王导传》说："王敦之反也，刘隗劝帝悉诛王氏，论者为之危心。"在任何朝代，谋反历来是灭族之罪。刘隗劝帝悉诛王氏，有非常正当的理由。当然，他十分想悉诛王氏，因为王敦举兵的名义就是讨伐挑拨离间的刘隗。王氏一族处于巨大的危险之中，故"论者为之危心"。王导天天率子弟诣阙待罪，正反映王氏面对的是灭顶之灾。

故事重点在后半部分，写顾司空机警援翰。"司徒、丞相、扬州官僚问讯，仓卒不知何辞。"此二句是说王导的僚属皆来扬州西府打听府主的消息。可焦头烂额的王导在仓卒之间不知如何回答下属。这不难理解，王导天天诣阙谢罪，前途凶险莫测，叫他如何明确回答？这时，扬州别驾顾和举笔代王丞相回答。王含明明叛逃武昌，共王敦作逆，却说"远避流言"；王导率子弟每天到公车谢罪，顾和谓是"蒙尘路次"。谋反的王氏家族，倒像是受了外来的委屈，值得大家同情。文辞极为委婉得体，故《世说》属之"言语"。"群下不宁，不审尊体起居何如"二句，则转到僚属一方，写扬州官僚的心情及对王丞相起居的迫切关怀。顾司空于仓卒之际援翰，真是面面俱到，滴水不漏，语言畅达又有文采，表现出个性机警，思维敏捷，善于文翰等品质。昔年顾和未知名，谒见王丞相。王导称赞他"珪璋特达，机警有锋"(见《言语》33)。锋，犹锋芒、锋发，指才华的外露。此次于难言的情况下援翰，依然"机警有锋"，令人嗟叹。

23. 高坐道人不作汉语

高坐道人不作汉语。或问此意，简文曰："以简应对之烦。"《高坐别传》曰：

"和尚胡名尸黎密，西域人，传云：国王子，以国让弟，遂为沙门。永嘉中始到此土，止于大市中。和尚天姿高朗，风韵道迈，丞相王公一见奇之，以为吾之徒也。周仆射领选，抚其背而叹曰：'若选得此贤，令人无恨。'俄而周侯遇害，和尚对其灵坐，作胡祝数千言，音声高畅，既而挥涕收泪，其哀乐废兴皆此类。性高简，不学晋语，诸公与之言，皆因传译。然神领意得，顿在言前。"《塔寺记》曰："尸黎密冢曰高坐，在石子冈。常行头陀，卒于梅冈，即葬焉。晋元帝于冢边立寺，因名高坐。"（《言语》39）

  高坐其命，刘孝标注引《高坐别传》作"尸黎密"，梁《高僧传》、僧佑《出三藏记集》作"帛尸黎密多罗"。帛，与"白"同，西域龟兹王姓白。故尸黎密为龟兹人。据传是龟兹王子，而以国让弟，出家为沙门。

  简文之语，乃回答高坐不作汉语之原因，以为是"以简应对之烦"。照简文的解释，似乎高坐烦于应对，故不作汉语。然《高坐别传》明明说，"性高简，不学晋语。诸公与之言，皆因传译"。可见高坐不作汉语，是不会，非"以简应对之烦"而不说。西域东来僧人，因译经和弘法的需要，多下苦功学习汉语。如高坐那样的名僧，不学汉语是很少见的。有人对此不解，故问简文。《高僧传》记高坐过江，与王导、庾亮、周颛、谢鲲、桓彝、卞壶、王敦等名士皆有交往。王导尝谓尸黎密曰："外国有君一人而已。"密笑曰："我如诸君，今日岂得在此。"当时以为佳言。尸黎密答王导之语，当然也是经过"传译"。尽管不学晋语，但看高坐的回答，微讽诸君忙碌红尘，而我敝屣富贵，故得以在此。高远之意趣，以简略之语出之，令人回味不尽，确实"神领意得，顿在言前"，活现出尸黎密"天姿高朗，风韵遒迈"的风度，难怪王导、周颛见之赞叹，引为同类。

  高坐不学晋语，简文必当知之。所以简文之答，实在是答非所问，充其量只是表现了他的言辞巧妙，善于应对。本篇60载：简文在暗室中坐召宣武，宣武至，问上何在。简文曰："某在斯。"时人以为能。可见简文具有应对敏捷的才能。"以简应对之烦"之答，与"某在斯"相同，也不过是巧于言辞，其实没有道出高坐不作汉语的真实原因。当然，清谈家推崇"言约旨远"，"以简应对之烦"，也确乎是尸黎密的风度。从这点说，简文之答，也有一定道理。

  此外，尸黎密初到中土之行踪，亦稍作辨证。《出三藏记集》说："永嘉中始到此土，止建初寺，丞相王导一见而奇之。"《高僧传》说："晋永嘉中始到中国，值乱仍过江止建初寺。"刘孝标注引《高坐别传》说:"永嘉中始到此土,止于大市中。"徐震堮《校笺》则以为高坐始到中国,止洛阳大市寺中:"《高僧传》一〇'安慧则止洛阳大市寺。'洛阳有东西大寺,见《洛阳伽蓝记》。则止于大市,是过江前事;王导见而奇之,乃过江以后。注连类而言,殊不别白。"徐氏的注释其实有误。永嘉中,在刘聪、刘曜、石勒等攻击下,洛阳城内"人相食,百官流亡者十八九",刘曜等"焚烧宫室,逼辱妃后","百官士庶死者三万余人"(《晋书》卷五《孝怀帝纪》)。在洛阳已成血光之城之际,尸黎密岂会留止大市寺?《高僧传》说尸黎密值乱过江,正是见北方大乱,无法立足,遂随晋室南渡而至建康。《景定建康志》卷一六说:"按《宫苑记》:'吴大帝立大市在建初寺前,其寺亦名大市寺。'"据此,建康亦有大市寺,在建初寺前。徐震堮《校笺》未考。尸黎密过江至建康,可能于大市寺和建初寺都住过,《高僧传》与《世说》各记一端,故若有异。

24. 佛图澄与诸石游

佛图澄与诸石游,《澄别传》曰:"道人佛图澄,不知何许人,出于敦煌,好佛道,出家为沙门。永嘉中至洛阳,值京师有难,潜遁草泽,闻石勒雄异好杀害,因勒大将军郭默略见勒,以麻油涂掌,占见吉凶。数百里外听浮图铃声,逆知祸福。勒甚敬信之。虎即位,亦师澄,号大和尚。自知终日,开棺无尸,唯袈裟法服在焉。"林公曰:"澄以石虎为海鸥鸟。"《赵书》曰:"虎字季龙,勒从弟也。征伐每斩将搴旗。勒死,诛勒诸儿,袭位。"《庄子》曰:"海上之人好鸥者,每旦之海上从鸥游,鸥之至者数百而不止。其父曰:'吾闻鸥鸟从汝游,取来玩之。'明日之海上,鸥舞而不下。"(《言语》45)

《世说》人物的语言大多很简短,有的没有背景,也不交代事情的原委。这就造成理解上的困难,至于它背后的意蕴是什么,就更难探知了。此条林公所说的"澄以石虎为海鸥鸟"一语,好像天外飞来峰,突兀而现,成了《世说》一书中最难解的人物语言之一。

佛图澄,《晋书》有传。刘孝标注引《澄别传》曰:"道人佛图澄,不知何许人,出于敦煌,好佛道,出家为沙门。永嘉中至洛阳,值京师有难,潜遁草泽,闻石勒雄异好杀害,因勒大将军郭默略见勒,以麻油涂掌,占见吉凶。数百里外听浮图铃声,逆知祸福。勒甚敬信之。虎即位,亦师澄,号大和尚。自知终日,开棺无尸,唯袈裟法服在焉。"诸石,指石勒、石虎,后赵政权的两个无比凶残暴虐的君主。佛图澄从西域来到洛阳传道,正碰上西晋覆灭,中国北方兵祸连天。石勒专行杀戮,沙门遇害者甚众。佛图澄凭着他的匪夷所思的道术,才得到石勒的信任。石勒死,石虎即位,尊信佛图澄比石勒有过之无不及。

支道林称"澄以石虎为海鸥鸟",是用《庄子》的典故。刘孝标注:《庄子》曰:"海上之人好鸥者,每旦之海上从鸥游,鸥之至者数百而不止。其父曰:'吾闻鸥鸟从汝游,取来玩之。'明日之海上,鸥舞而不下。"刘孝标注引的《庄子》关于海鸥鸟的寓言,不见于今本《庄子》,当是《庄子》的佚文。照一般的理解,支道林此语的意思是把佛图澄比作"海上之人好鸥者",石虎比作"海鸥鸟"。那么,进一步要追问的问题必然是:佛图澄与石虎什么关系?真如海人与鸥鸟一样两相无心吗?对此,古今学者多有探索。宋人刘辰翁说:"谓玩石虎于掌中耳。"日人秦士铉《世说笺本》说:"《索解》:以无心待之也。"徐震堮《校笺》则说刘辰翁此语未允,"盖谓澄以无心应物,故物我相忘也。"张㧑之《世说新语译注》说:"这里是说佛图澄清静无机心,物我两忘。"以上诸家称佛图澄"无心应物","物我两忘",自然是由海人无机心,鸥鸟数百从之游而得出的结论。然而问题是:石虎是否海鸥鸟?张万起、刘尚慈《世说新语译注》就提出了与上述诸家不同的解释:"林公的意思是说佛图澄好似海上好鸥者,真诚坦荡、清静无利害之心。而石虎并非海鸥鸟。"以为佛图澄无利害之心,但石虎并非海鸥鸟。张永言《世说新语"海鸥鸟"一解》(载《语文学论集》)引用美国学者芮沃寿(Arther F. Wright) Fo-t'u-teng: A Biongraphy (Haruard Journal of Asiatic Studies 11/3 and 4[1948])一文,对林公之语作出了与众不同的解释,芮氏说:"这个故事的要点是海鸥鸟被设想为能觉察威胁而相应改变行为,所以支道林的意思是佛图澄在他与石氏的关系中把他们认作具有野性和警惕性的鸟类——不是很聪明,但善能觉察他(佛图澄)这一方的任何不忠,如同《庄子》故事中鸥鸟那样。"(p.374, n.42)继引芮氏之文后,张氏评论道:"只有这样解释,才能抉发佛图澄的深心和支道林的睿智。《高僧传》卷四《义解一·晋剡洲山支遁》说支'聪明秀彻',又引郗超的话说他'神理所通,玄拔独悟'。就从他对佛图澄与诸石游一事所作的简短评语的深刻含义,我们也能约略领会到这一点。芮氏的见解发表于四十年代,远在当世诸家注释《世说新语》之前,而一直没有受到人们的注意……"(转引自范子烨《中古文人生活研究》）按，芮氏对《世说》此条的解释，确实道人所未道。他把石虎说成是警觉的海鸥鸟，能觉察佛图澄对他的任何不忠，此点诚是。然而，《庄子》佚文之要旨在"无心应物"。当海人无机心时，鸥鸟从之而游；海人一有机心，鸥鸟就"舞而不下"。那么，我们看现实中的佛图澄与石虎，是否像海人和海鸥鸟？《晋书》卷九五《佛图澄传》记石虎暴虐好杀，佛图澄常劝解喻譬，他自身的处境也非常险恶。因此，将石虎比作有警觉之鸥鸟尚可，而称佛图澄为"无机心之海人"则不类。芮沃寿只解释石虎似海鸥鸟，而并未解释佛图澄是否"无机心之海人"？大概也以为实在很难把佛图澄说成无机心。事实上澄公在乱世中弘扬佛法，处处用心用智，绝非"无心应物"、"物我相忘"。因此，支道林"澄以石虎为海鸥鸟"一语，不是有点胡言乱语的味道吗？

鄙意以为林公之言有夫子自道意味。这首先须了解林公之言的背景。从《晋书·佛图澄传》得知，支道林在京师，闻佛图澄与诸石游，乃曰："澄公其以季龙为海鸥鸟也。"其，表示推测，是"大概"、"也许"的意思。而《言语》此条中林公之言，删去"其"字，成为判断句，意思就大不一样了，容易使人误解。我以为《佛图澄传》所记的支遁之言，可能更接近真实。支道林聪颖绝伦，岂会不知澄公与石虎，不可能如海人与鸥鸟一样？《高僧传》卷四《支遁传》说，支遁平生多与诸名士游处，王洽、刘恢、殷浩、许询、郗超、孙绰、王羲之、谢安等一代名流，皆著尘外之狎。晚年应朝廷征请，淹留京师，讲经不辍。所谓"尘外之狎"即方外之游，虽身披袈裟，立志弘道，却又不拘行迹，出入朱门。支遁遂由澄公与诸石游之行事，感触己与诸名士之游处，言外之意是己著尘外之狎，大概也像海人一样陶然忘机。故林公此语，当是其心声曲折表露耳。称其"睿智"尚可，然未可赞其"深刻"也。

25. 陶公疾笃

陶公疾笃，都无献替之言，朝士以为恨。《陶氏叙》曰："侃字士衡，其先鄱阳人，后徙寻阳。侃少有远檗纲维宇宙之志。察孝廉入洛，司空张华见而谓曰：'后来匡主宁民，君其人也。'刘弘镇沔南，取为长史，谓侃曰：'昔吾为羊太傅参佐，语云：君后当居身处。今相观，亦复然矣。'累迁湘、广、荆三州刺史，加羽葆鼓吹，封长沙郡公、大将军，赞拜不名，剑履上殿。进太尉，赠大司马，谥桓公。"按，王隐《晋书》载侃临终表曰:"臣少长孤寒,始愿有限,过蒙先朝,历世异恩。臣年垂八十,位极人臣,启手启足,当复何恨!但以余寇未诛,山陵未复,所以愤慨兼怀,唯此而已,犹冀犬马之齿,尚可少延,欲为陛下北吞石虎,西诛李雄,势遂不振,良图永息。临书振腕,涕泗横流。伏愿遴选代人,使必得良才,足以奉宣王猷,遵成志业,则虽死之日,犹生之年。"有表若此,非无献替。仁祖闻之曰:"时无竖刁,故不贻陶公话言。"《吕氏春秋》曰:"管仲病,桓公问曰:'子如不讳,谁代子相者?竖刁何如?'管仲曰:'自宫以事君,非人情,必不可用!'后果乱齐。"时贤以为德音。(《言语》47)

陶侃是东晋司马氏政权的大功臣。如果陶侃不以大局为重,不肯出兵平定苏峻之乱,则东晋政权不太可能起死回生。陶侃功高,封长沙郡公、大将军,赞拜不名,剑履上殿,进太尉。《世说》此条说"陶公疾笃,都无献替之言,朝士以为恨",意谓陶侃病危时,不是献其可,去其否,对此朝士感到遗憾。古语云:"人之将死,其言也善。"以为临终之人,会说善言。刘孝标注引王隐《晋书》载陶侃临终之前表,以为"有表若此,非无献替",质疑《世说》所记。孝标的质疑是合理的。王隐《晋书》载陶侃上表经孝标删节,而《晋书》本传所载详细多了。陶侃表先愤慨"余寇未诛,山陵未复",北中国山河仍在异族之手,然后憾恨"西平李雄,北吞石季龙"之良图未叙,再希望陛下选择良才代己,最后献其可,指出可以依赖的"群俊",如王导、郗鉴、庾亮、殷羡。诚如孝标所说:"有表若此,非无献替。"

陶侃疾笃事实上有献替之言,已如上述。其实《世说》感兴趣者乃在谢尚"时无竖刁,故不贻陶公话言"二句。仁祖以"时无竖刁"来解释陶公疾笃为何没留下话言(善言)。竖刁是齐桓公时人,"自宫以事君",是违反人情的典型小人。陶公疾笃时,可能确实不存在竖刁之类的小人,但无竖刁不能说明当时没有无忠无义之人,而献替也不等同于仅仅去掉竖刁式人物。谢尚二语实质上有意曲解"献替之言"的涵义,制造认知上的混乱。《晋书》本传说谢尚"辩悟绝伦",所谓"时无竖刁"二句就是"辩悟绝伦"的例子,属于戏言。耍一点小聪明,说几句俏皮话,即兴创作,化严肃的话题为浅薄的笑话,以口舌儇利取悦于浅人。

假定谢尚与朝士确实不知有陶公上表之事,则仁祖之言就有粉饰太平之嫌。"时无竖刁",自然是政治清平,臣子守道尽忠。天下太平,大家都是好人,用不到献也用不到替。这样的话,时贤听来舒服,于是,居然以为"德音",谬为赞誉。然则,世上固然无竖刁之类的小人,但称之为"群贤"的人,又有谁来真正担当"诛余寇,复山陵"的重任呢?

26. 竺法深在简文坐

竺法深在简文坐,刘尹问:"道人何以游朱门?"答曰:"君自见其朱门,贫道如游蓬户。"《高逸沙门传》曰:"法师居会稽,皇帝重其风德,遣使迎焉。法师暂出应命,司徒会稽王天性虚澹,与法师结殷勤之欢,师虽升履丹墀,出入朱邸,泯然旷达,不异蓬宇也。"或云下令。别见。(《言语》48)

如《高逸沙门传》所说,竺法深数十年"升履丹墀,出入朱邸"。他先后受元帝、明帝、哀帝、简文帝敬重,同王导、庾亮等为方外之交。哀帝好佛法,多次派人至剡山,殷勤征请竺法深。竺法深推辞不果,奉诏重游宫阙,于御席开讲《大品经》。当时简文帝作相,朝野以为竺法深至德,为道俗标领,在朝廷中极受尊重。自东晋元帝至简文帝,六十余年中,除王导、庾亮卒后隐居剡山三十多年,竺法深出入宫廷、朱邸亦有三十余年。

刘惔问:"道人何以游朱门?"显然是讽刺口吻。《高僧传》卷四《竺法深传》就说惔"嘲之"。刘惔为人刻薄,出语锐利不饶人。当然,刘惔嘲笑竺法深,也有他的理由。因为僧人出家,离世绝俗,应该隐于深山,诵经寺庙,何必岁岁年年出入朱邸?竺法深回答很巧妙:"你自己看到的是朱邸,在贫道看来是蓬户。"意谓于我所见朱门无异蓬户。竺法深之语,一看就知出于《庄子》哲学。郭象注《庄子·逍遥游》"藐姑射之山"说:"夫圣人虽在庙堂之上,然其心无异于山林之中,世岂识之哉!"再有嵇康《答难养生论》说:"(圣人)虽居君位,飨万国,恬若素士接宾客也。虽建龙旗,服华衮,忽若布衣在身也。"竺法深之答,泯灭朱门、蓬户之别,乃合圣人无心,合道自得之义。自至人观之,无大无小,无贵无贱,朱门亦犹蓬户。东晋高僧名僧或深或浅都受过《庄》《老》思想的熏陶,他们与之交往的名士绝大多数是老庄之徒,清谈不绝。名僧若不谙《庄》《老》,如何能出入上流社会?

然宁稼雨对竺法深之语有新解,以为法深之语体现了佛经中之维摩"不二"思想:"维摩所说的'眼性于色'和'意性于法'都是同一个意思,即人的眼睛及其由此产生的意念都要服从他接触的自然现象及其规律。明白了这个道理,那么就会对客观外界的各种变化及其差别采取无动于衷的态度。能够达到这样的境界，才是'寂灭'，才是入不二法门。文中竺法深那种'升履丹墀，出入朱邸，泯然旷达，不异蓬宇'的态度，正是'眼性于色'、'意性于法'的绝佳表现。因为他已经进入'寂灭'和'不二'的境界，所以才能对'朱门'和'蓬户'的差别熟视无睹。"（见宁稼雨《魏晋士人人格精神——〈世说新语〉的士人精神史研究》，下同。）鄙意以为宁稼雨解释经中"眼性于色"、"意性于色"未必正确。我们先看《维摩诘经》的原文："妙意菩萨曰：'眼、色为二。若知眼性，于色不贪、不恚、不痴，是名寂灭。如是耳声、鼻香、舌味、身触、意法为二。若知意性，于法不贪、不恚、不痴，是名寂灭。安住其中，是为入不二法门。'"（大正藏第14册 No.0475《维摩诘所说经》）这段经文讲寂灭之道，即眼性、意性对于色（外在世界）皆能"不贪、不恚、不痴"，这就叫"寂灭"。换言之，人们所见所念皆是空，不起贪、恚、痴（三毒），是名"寂灭"。僧肇注释上一段经文说："存于情尘故三毒以生。若悟六情性，则于六尘，不起三毒，此寂灭之道也。"宁氏解释"眼性于色""意性于色"，说是"即人的眼睛及其由此产生的意念都要服从他接触的自然现象及其规律"云云，恐未得经文真意。

  假若一定要说竺法深之言与佛教哲学有关，那还不如以佛经"诸法皆空"来解释确切得多。《金刚经》说："佛告须菩提：'凡所有相，皆是虚妄。若见诸相非相，则见如来。'"又说："世尊，是实相者即是非相，是故如来说名实相。""不应住色生心，不应住声、香、味、触、法生心，应无所住而生其心。若心有所住，则为非住。"佛经以为所有相皆是虚妄，所见、所闻、所触、所受、所念，皆虚妄不实。故不应住色生心，执著于相。如果以此解释，则刘惔所见朱门，也是非相不实，不过名朱门。而我贫道看来，朱门非相，蓬户亦非相，皆虚妄不实，二者并无区别。刘惔见朱门便以为朱门为实，此乃"住色生心"。我贫道非住于朱门，非住于蓬户，则见如来。是否如此解释，更为确切？当然，本文前已说过，竺法深之答出于《庄子》哲学。如果一定要说与佛学有关，则当源于"诸法非实相"、"诸法皆空"的基础原理。

27. 张玄之、顾敷对顾和之问

  张玄之、顾敷，是顾和中外孙，皆少而聪惠，和并知之，而常谓顾胜。亲重偏至，张颇不恹。敷别见。《续晋阳秋》曰："张玄之字祖希，吴郡太守澄之孙也。少以学显,历吏部尚书,出为冠军将军、吴兴太守。会稽内史谢玄同时之郡,论者以为南北之望。玄之名亚谢玄,时亦称'南北二玄'。卒于郡。"于时张年九岁,顾年七岁,和与俱至寺中。见佛般泥洹像,弟子有泣者,有不泣者。和以问二孙。玄谓"被亲故泣,不被亲故不泣。"敷曰:"不然,当由忘情故不泣,不能忘情故泣。"《大智度论》曰:"佛在阴庵罗双树间,入般涅槃,卧北首,大地震动。诸三学人,金然不乐,郁伊交涕。诸无学人,但念诸法,一切无常。"(《言语》51)

这是两个聪明孩子的智力较量。张玄之是顾和的外孙,顾敷是孙子。顾和喜欢中外孙都聪慧,但常以为顾敷胜。张玄之内心不服,觉得外祖父"亲重偏至",即对孙子亲。一次,顾和带两个孩子到寺庙中,看到佛般泥洹像,佛弟子有泣者,有不泣者。顾和便问中外孙,何以如此?张玄之用"被亲""不被亲"解释,借题发挥,暗指顾敷是孙子,故"被亲";自己是外孙,故"不被亲"。内心不服顾和常谓顾敷胜己,不过是偏心于孙子的偏见。张玄之的不满,借解释佛般泥洹像曲折传出,实在巧妙。

顾敷听罢,当即应对:"不然,当由忘情故不泣,不能忘情故泣。"表面解释佛弟子泣与不泣之原因在"忘情"和"不能忘情",其实讥刺张玄之不能忘情,以致内心不服。"忘情""不忘情"是指"圣人有情无情"。圣人无情,是汉以来儒生的旧说,虽经王弼的新解释,不过仍是人们讨论的问题。比如王戎丧儿万子,悲不自胜,对看望他的山简说:"圣人忘情,最下不及情。"(见《伤逝》17)。盖在晋人新观念中,人固有情但须不累于情,故"忘情"终胜于"不能忘情"。二小儿皆言在此而意在彼,意味深长,叹为观止。尤其是顾敷之答,深契玄学精神,令人击节叹赏。

为了说明顾敷是用玄学眼光解释佛般泥洹像,不妨先还原佛般泥洹时的真实情景。刘孝标注引《大智度论》,说佛般涅槃,"诸三学人,金然不乐,郁伊交涕。诸无学人,但念诸法,一切无常",其实已经看出佛般泥洹时弟子们有两种态度:一种悲伤涕泣,一种但念诸法无常。然《大智度论》语焉不详,而《佛般泥洹经》则详细叙述和描写佛般泥洹之前及之后的过程。其中记佛般泥洹的情景非常具体细致:"天地大动,诸天散华香,悲哭呼冤:'法王灭度,吾等依谁?'国王十四万众,蹕身呼佛:'众生长衰,当奈痛何?'或有绝而复稣者。第二帝释告诸天曰:'佛常云:生无不死者。尔等当念非常苦空非身之谛,莫复啼哭。'""诸比丘有宛转地,啼哭且云:'三界眼灭,何其疾乎!自今之后,世为长衰。'有住哭者,息绝尸视者,中有深思:'佛在常云:无生不死。啼哭为身,何益明法哉?'"可知佛般泥洹时,悲哭呼号者,是痛感佛灭后"三界眼灭","世为长衰",再也没有光明的引领者,再也听不到佛的教诲。这是一种佛弟子。另一种佛弟子停止哭泣,深思佛的平日教诲,无生不死,佛也会死,天也会死。啼哭无益于弘扬佛法。所以,哭泣的佛弟子是难抑悲痛,不哭的佛弟子是想到佛的教诲,意识到诸法无常。寺中的佛般泥洹像,正是再现了佛般泥洹时的真实场面。顾敷年仅七岁,未必读过《大智度论》《佛般泥洹经》,也未必理解佛弟子哭泣与不哭泣的原因。他只是用他所知所闻的中国哲学解释佛般泥洹像。这与当时用"格义"方法解读佛教的风气如出一辙。顾敷之言又提供了一个佳例——中国人以本土固有文化和思维理解外来的佛教文化。一个年仅七岁的小孩,居然能如此中国化地解释佛像,令人惊奇不已。

28. "国自有周公"

何骠骑亡后,何充别见。征褚公入。既至石头,王长史、刘尹同诣褚。褚曰:"真长何以处我?"真长顾王曰:"此子能言。"褚因视王,王曰:"国自有周公。"《晋阳秋》曰:"充之卒,议者谓太后父褚裒宜秉朝政,裒自丹徒入朝。吏部尚书刘遐劝裒曰:'会稽王令德,国之周公也,足下宜以大政付之。'裒长史王胡之亦劝归藩,于是固辞归京。"(《言语》54)

征褚裒入朝,《晋书》卷九三《褚裒传》谓在永和初,《资治通鉴》卷九七《晋纪》一九谓在永和元年(345)。考《晋书》卷七七《何充传》:"充以卫将军褚皇后父,宜综朝政,上疏荐裒参录尚书,裒以地逼,固求外出。"何充卒于永和二年(346)则充荐褚裒入朝时,何充还在世。疑《世说》此条说"何骠骑亡后,征褚公入",与事实不符。刘孝标注引《晋阳秋》记何充卒后,议者谓太后父褚裒宜秉朝政,裒自丹徒入朝,亦误。

何充上疏荐褚裒综理朝政,原因是裒为康献褚皇后之父。当初康帝病危,庾冰、庾翼欲立简文帝,何充建议立皇太子。奏可。建元二年(344)。康帝崩,太子即皇帝位,是为穆帝。何充建议征褚裒入朝,不排除以褚裒为政治靠山的用心。

然而，褚裒入朝的举动遭到强力阻击。他刚到石头，王长史、刘尹便一同来见褚裒。褚裒显然已经意识到京师的政治气氛对自己并不有利，所以问刘尹：真长何以安排我呢？这句话的潜台词是：我该怎么办？刘尹精明，把皮球踢给王长史。于是褚裒的目光转向王。王只有一句话："国自有周公。"意思说，国自有周公辅政，你自己看着办吧。褚裒一听当然明白，于是坚持不入京，回到京口。

褚裒入京不成这一事件，主要由对话缀连，其中最精彩的一句即"国自有周公"。此语一出，一场事关朝廷选择首辅的难题顷刻化解。周公是谁？会稽王司马昱也。会稽王资格很老，为元帝少子，成帝崩，与武陵王晞、庾冰、何充等并受顾命。康帝疾笃，庾冰、庾翼兄弟意立会稽王。后来晋废帝废，皇太后下诏称会稽王"人望攸归，为日已久"。虽是多年之后的事，但"人望攸归"二句确是事实。永和元年四月，"诏会稽王昱录尚书六条事"（《晋书》卷八《穆帝记》），"周公"开始辅政。

何充征褚裒入京辅政未果事件，背后是围绕国家最高权力归属的一场政治博弈。外戚荣贵，在大多数情况下，并不是凭借道德和才能的正当获得，而是假椒房之宠以恩升。若帝王不限制外戚的权力，或者外戚不虑进退之机，结果往往以祸败告终。这种例子在历史上实在太多了。褚裒之前，庾亮、庾冰兄弟，以明穆庾皇后之恩宠，权势显赫，连皇帝也受庾氏的挟制。结果，引发苏峻之乱，几乎亡国。王长史、刘尹当然深知外戚擅权的危害，作为会稽王座上常客，起来维护皇室的权力，称"国自有周公"，阻击褚裒入朝辅政。非常值得嘉许的是，褚裒明理，懂得外戚权力不宜过重，曾不止一次求外出。及穆帝立，康献皇太后临朝，有司以为宜加褚裒不臣之礼，拜侍中、卫将军、录尚书事。褚裒以近戚之故，上疏请居藩。永和元年，复征褚裒，将为扬州刺史、录尚书事，王长史、刘尹、刘遐皆以为大政应付会稽王，"于是固辞归藩，朝野叹服之"（见《晋书》卷九三《褚裒传》）。可见，褚裒不同于庾亮兄弟，知道近戚须避讥嫌，固辞归京口。明智者褚裒，理所当然获得朝野一致叹服。

29. 简文帝诵庾仲初诗

初荧惑入太微，寻废海西。《晋阳秋》曰："泰和六年闰十月，荧惑入太微端门。十一月，大司马桓温废帝为海西公。"《晋安帝纪》曰："桓温于枋头奔败，知民望之去也，乃屠袁真于寿阳。既而谓郗超曰：'足以雪枋头之耻乎？'超曰：'未厌有识之情也。公六十之年,败于大举,不建高世之勋,未足以镇厌民望。'因说温以废立之事。时温凤有此谋,深纳超言,遂废海西。"简文登阼,复人太微,帝恶之。徐广《晋纪》曰:"咸安元年十二月,荧惑逆行入太微,至二年七月,犹在焉。帝惩海西之事,心甚忧之。"时郗超为中书在直。《中兴书》曰:"超字景兴,高平人,司空愔之子也。少而卓荦不羁,有旷世之度,累迁中书郎、司徒左长史。"引超入曰:"天命修短,故非所计,政当无复近日事不?"超曰:"大司马方将外固封疆,内镇社稷,必无若此之虑。臣为陛下以百口保之。"帝因诵庾仲初诗庾阐《从征诗》也。曰:"志士痛朝危,忠臣忧主辱。"声甚凄厉。郗受假还东,帝曰:"致意尊公,家国之事,遂至于此! 由是身不能以道匡卫,思患预防,愧叹之深,言何能喻?"因泣下流襟。《续晋阳秋》曰:"帝外压强臣,忧愤不得志,在位二年而崩。"(《言语》59)

东晋王室不幸,百年之中几乎都在军事强人的操控之下。元帝不幸,在江南刚站稳脚跟,中兴之业稍有气象,就遭遇王敦谋反,痛失权柄,忧愤中撒手西归。简文帝更不幸,遭遇桓温,成为窝囊的傀儡皇帝。身边几无忠臣义士可以依靠,论境遇之凶险不堪,远不如其父元帝。

太和六年(371)闰十月,荧惑入太微,桓温废帝司马奕为海西公。皇太后下诏,会稽王司马昱以统皇极。大司马桓温率百官逢迎简文于会稽王邸,至朝堂改换服饰,拜受皇帝玺绶。咸安元年(371)冬十一月,简文即皇帝位。桓温出次中堂,令兵守卫。数日后,桓温奏废太宰武陵王晞及子综,并逼新蔡王晃自污与武陵王晞等谋反。简文帝受制于桓温,只能流泪。而桓温把武陵王晞、新蔡王晃等收付廷尉,接着杀东海王二子及其母。简文帝之性命,完全掌握在桓温手中。这是何等残酷又无奈的现实。

简文帝刚登上帝位,见荧惑又入太微。不禁想起不久前荧惑入太微,桓温废海西公,今又见灾星,是否厄运要落到我头上? 简文心甚忧虑。可见他时时刻刻生活在恐惧中。简文心知郗超是桓温宠幸的智囊人物,且作抚军时,曾辟超为掾,故引之入而问之,以观察对方的反映。他说"正当无复近日事不",疑虑桓温是否重演废黜故技。郗超真不愧是桓温的心腹,在皇帝面前还赞美主子,并信誓旦旦,以一族百口担保,说桓温必无废立之事。简文听后,不说信或不信,诵庾仲初(阐)诗云:"志士痛朝危,忠臣忧主辱。"其意是否激励郗超做志士忠臣? 简文大概不会有此奢望。"声甚凄厉",显然是悲哀朝中无有志士忠臣。

郗超请假还东，简文还要他致意其父郗愔。其用意何在？可能是简文了解郗愔是晋朝的忠臣，不会坐视国君的艰难处境，希望他能"志士痛朝危，忠臣忧主辱"。但问题是郗超肯不肯向"尊公"转达简文帝的"愧叹之深"？窃以为郗超不太会这样做。我们看他把与桓温往返的密计，都藏在小书箱里，唯恐忠晋的父亲看到后发怒（见《伤逝》12），他怎么可能转达简文帝的忧愤，描述主上"泣下流襟"的悲惨样子，让父亲"志士痛朝危，忠臣忧主辱"，在痛与忧中伤害身体呢？由此推断，简文帝让郗超致意"尊公"，属于多此一举。身为九五之尊，受强臣控制，又无志士、忠臣"以道匡卫"，东晋王室之衰弱可悲，竟至于此！简文诵庾仲初诗，"声甚凄厉"，又"泣下流襟"。言辞举止之间，恐惧、无助、愤激诸情绪无不真实。宋王应麟《困学纪闻》卷一三："晋简文咏庾阐诗云：'志士痛朝危，忠臣忧主辱。'东魏孝静咏谢灵运诗曰：'韩亡子房奋，秦帝鲁连耻。本自江海人，忠义动君子。'至今使人流涕。"确实，读《世说》此条，简文帝形象使人嘘唏不已。而《资治通鉴》卷一〇三《晋纪》二五胡注评简文之语说："此亦清谈，但词溢于言外耳。"恐未达简文之无助处境与深衷隐曲。

30. 简文入华林园

简文入华林园，顾谓左右曰："会心处不必在远，翳然林水，便自有濠、濮间想也。濠、濮，二水名也。《庄子》曰：'庄子与惠子游濠梁水上，庄子曰："儵鱼出游从容，是鱼之乐也。"惠子曰："子非鱼，安知鱼之乐邪？"庄子曰："子非我，安知我之不知鱼之乐也。"''庄周钓在濮水，楚王使二大夫造焉，曰："愿以境内累庄子。"庄子持竿不顾，曰："吾闻楚有神龟者，死已三千年矣，巾笥而藏之庙。此宁曳尾于涂中，宁留骨而贵乎？"二大夫曰："宁曳尾于涂中。"庄子曰："往矣！吾亦宁曳尾于涂中。"'觉鸟兽禽鱼，自来亲人。"（《言语》61）

简文入华林园，顾谓左右几句话，道出了人与自然的全部秘密，读之至味酞淳，千古常新。简文之语至少有下面三层意思：

"会心处不必在远。""会心处"，犹了悟处，会意处。至情至理，皆在身边，不必远求。《庄子》以为道无所不在，目之所击，耳之所闻，手之所触，心之所感，莫不有道。道满于虚空,满于整个宇宙。陶渊明说"园日涉以成趣",也是"会心处不必在远"的佳例。自家田园,近在咫尺,日涉其中,必有会心,趣味自生。华林园中一草一木,一云一水,一禽一鸟,皆是"会心处",足供游览和遐思。

"翳然林水,便自有濠、濮间想。"此二句即"会心处"之内涵。若止见眼前翳然林水,就说不上有会心。由眼前翳然林水,而生濠、濮间想,方算得有会心。就像日涉自家园田,不生趣味,反而厌倦无聊,就根本无会心。"自有濠、濮间想"是玄思,是悟道。这二句典型地体现出晋人欣赏自然山水由实入虚的审美方式。王羲之《兰亭诗》说:"群籁虽参差,适我无非新。"只要用心去体悟,则天地万物,无论巨细、远近,皆会产生生命与自然之间相通、相近之亲和感。

晋人游观万物,"玄对山水"——以玄思观照外物。那么"濠、濮间想"指什么?此可由刘孝标注引《庄子·秋水》中的二节文字探知。一节文字叙庄子和惠子游于濠水之上,庄子说:"鲦鱼出游从容,是鱼之乐也。"感知鱼快乐地游来游去,自由自在。庄子非鱼,安知鱼之乐?盖庄子能体察物情。万物各尽其性,鱼之游,鸟之飞,兽之走,形态各异,逍遥自在却是同一的。庄子理解这一点,故知鱼之乐。另一节文字写庄子钓于濮水,不愿受楚王之聘。他宁愿做曳尾于涂中的活乌龟,而不愿做庙堂上死去三千年的神龟。此节文字表达庄子的达生之趣——生命重于一切,高于一切。万物得以逍遥自在的基础是什么?宝贵的生命,唯一的生命。庄子深知生之乐是最大的快乐,是一切快乐之源。鱼若无生,何来从容出游之乐?神龟已死,何有曳尾涂中之乐?故庄子钓于濮水的故事,是"濠、濮间想"的不可或缺的组成部分。有人以为孝标的庄子钓于濮水这段注,与正文旨意不合,可删去(见刘强《有竹居新评世说新语》,岳麓书社,2013年,页53)。其实,庄子的达生与自由是完全一致的。试想,没有生命,何来自由?所有的逍遥,难道不是生命的欢歌吗?

"觉鸟兽禽鱼,自来亲人。"这是人与自然相融为一的美妙感觉。万物有情性,与人的情性可以相通。因人与自然皆是自然孕育而生。鸟兽禽鱼之天性,与人之天性,一样乐生,一样喜自由。如此,人必会亲近万物,万物也必会亲近人。人与万物的互相亲近,世界就呈现大和谐,大圆满。冯友兰《论风流》说:"真正风流底人,有情而无我,他的情与万物的情有一种共鸣。他对于万物,都有一种深厚底同情。……照《世说新语》所说,他们见到客观底世界,而又有甚深底感触。在此感触中,主观客观,融成一片。表示这种感触,是艺术的极峰。"魏晋风流的内涵比较宽泛,诸如旷达、任诞、清言、傲世等,但最动人、最有魅力的还是对万物的一往情深。情深,体现为对万物的一种深厚的同情,还有亲切平等的爱。不用说,简文帝无大略,但够得上风流。他对万物有仁爱之心,否则,不可能说出"会心处不必在远"几句充满哲理和深情的话,让无数后人回味不尽,击节赞叹。

31. "正赖丝竹陶写"

谢太傅语王右军曰:"中年伤于哀乐,与亲友别,辄作数日恶。"王曰:《文字志》曰:"王羲之字逸少,琅邪临沂人。父旷,淮南太守。羲之少朗拔,为叔父廙所赏,善草隶,累迁江州刺史、右军将军、会稽内史。""年在桑榆,自然至此,正赖丝竹陶写。恒恐儿辈觉损欣乐之趣。"(《言语》62)

谢安与王羲之的对话,看似易懂,其实难解。

难解之一是对话的时间。谢安说"中年伤于哀乐",王羲之说"年在桑榆",则二人对话究竟在何时?余嘉锡《笺疏》说:"谢安晚岁,虽期功之惨,不废妓乐。盖藉以寄兴消愁。王坦之苦相谏阻,而安不从。至谓'安北出户,不复使人思',正愤其不能相谅耳。惟右军深解其意,故其言莫逆于心。"依余笺,似乎王羲之所说"正赖丝竹陶写",是谢安晚岁,虽期丧不废妓乐,羲之深解其意,故有此莫逆之言。然据谢安和王羲之行事,余笺实误。考《晋书》卷七九《谢安传》,安卒于太元十年(385),时年六十六。《晋书》卷八〇《王羲之传》记羲之年五十九卒,不言年月。南朝梁陶弘景《真诰》一六《阐幽微》注曰:"(羲之)至升平五年辛酉岁卒亡,年五十九。"《真诰》所记是可信的。以羲之升平五年(361)年五十九岁推算,羲之年长谢安十七八岁。假定谢安四十岁,则羲之年五十七八。于谢安正在中年,于羲之却已"年在桑榆"。若是谢安晚岁,羲之必早已亡故。故谢安与羲之对话必在升平五年之前,时羲之为会稽内史,安年四十左右,尚隐居东山,而弟谢万未卒。

人至中年,华发始生,肌肤渐渐不复坚实,踏上了衰老之路。古人年命短促,中年逝世者比比皆是。陶诗说:"昨暮同为人,今旦在鬼录。"去日苦多,来日苦短。今与亲友别,未知还有来日相聚不?"辄作数日恶",正是衰老的表现。王羲之"年在桑榆","辄作数日恶"的感觉更多更深刻,故说"自然至此";又以为"正赖丝竹陶写"心中的不愉快。那么,心中之恶为何"正赖丝竹陶写"?何谓丝竹?乐器有两种:金石和丝竹。金石是钟、磬,丝竹是琴、箫、笙、瑟等弦乐器。在魏晋之前,金石乐器用于宗庙、祭祀等庄严的场合,表现高尚的情志。《史记》卷二四《乐书二》说:"金石丝竹,乐之器也。"正义曰:"乐为德华,若莫之能用,故须金石之器也。"儒家所说的"礼乐之治"的"乐",其实是指用金石之器演奏的古乐或雅乐,表现道德。因为"乐者,德之华也",乐是道德的外在光华。丝竹则多用于俗乐。《宋书·乐志三》说:"相和,汉旧歌也。丝竹更相和。"俗乐相和歌用丝竹演奏,属于清商曲调范围,声音清越,有着凄绝哀婉的美感。

　　至迟自西汉始,由于丝竹之乐声音优美,越来越受到人们的喜爱。但丝竹表现哀伤的情感,不属于雅乐,一直受到传统偏见的排斥。《汉书》卷七六《张敞传》说:"口非恶旨甘,耳非憎丝竹也,所以抑心意绝耆欲者。"《汉书》卷八七《扬雄传》说:"抑止丝竹晏衍之乐,憎闻郑卫幼眇之声。"可见古板迂腐的儒者,耳憎丝竹,犹如憎闻郑卫之声,因为丝竹之声摇荡心意,助长嗜欲。但尽管有些人憎听丝竹,丝竹以其曼妙的声音,哀婉的美感,动人心魄,艺术感染力远胜古乐、雅乐,受到广泛欢迎。音乐新潮汹涌澎湃,表现出无限生命力。丝竹之所以令人流荡忘返,最大的秘密在于丝竹之乐几乎是妓乐的同义词。美丽的倡伎与美妙的丝竹合二而一,丝竹声中长袖曼舞,谁人能抵挡她的魅力?

　　魏晋时代蓄妓之风盛行,豪贵之家妓乐具有极高的水准。妓谓女妓(妓女),即歌舞女艺人,妓或写作伎。王羲之所说的"正赖丝竹陶写","丝竹",虽然可以独乐,比如"清琴独抚",但在上流社会,往往是妓乐的代名词。这里再举例说明之。《晋书》卷七〇《钟雅传》载:明帝崩,国丧还未满一年,尚书梅陶私奏女妓。钟雅劾奏梅陶:"……陶无大臣忠慕之节,家庭侈靡,声妓纷葩,丝竹之音,流闻衢路。宜加放黜,以整王宪。"《晋书》卷九九《殷仲文传》说:"后房妓妾数十,丝竹不绝。"可见,丝竹就是声妓。谢安也蓄妓。《晋书》卷七九《谢安传》说:"安虽放情丘壑,然每游赏必以妓女从。"谢安性好音乐,晚年登台辅,朞丧不废乐。家里养着妓女,又好音乐。显然,谢安喜欢的音乐,必是妓乐。王羲之说"正赖丝竹陶写",其实就是"正赖妓乐陶写"。

　　最难解在"恒恐儿辈觉损欣乐之趣"一句。难解首先是断句问题,苏轼以"觉"字断句,作《游东西岩》诗(自注:即谢安东山也)云:"谢公含雅量,世运属艰难。况复情所钟,感慨萃中年。正赖丝与竹,陶写有余欢。常恐儿辈觉,坐令高趣阑……"(见苏轼《集注分类东坡先生诗》卷二)照苏轼的断句,右军"恒恐"一语意思就是：常担心儿辈发觉，欣乐之趣就减少了。后人一般都如此断句如此解释。但问题来了，为何儿辈发觉你丝竹陶写，你就兴味顿减？丝竹陶写又不是作贼，何必恒恐儿辈发觉？可见，苏轼这样断句与理解，不合逻辑。其实，"觉损"是一个词，不应中间断开。郭在贻《世说新语词语考释》说："觉损二字应连读，觉者，减也，差也；损，也有差、减的意思。觉损是同义并列复合词。今考《上古全晋文》卷十九《王导书》：'改朔情增伤感，湿蒸事何如？颇小觉损不？'所谓'颇小觉损'，即是稍许减轻的意思。"按，郭说是。《抱朴子·外篇·交际》："岂以有之为益，无之觉损乎？"《外台秘要方》一八："能食起即停，如未觉损，终而复始，以差为度。"以上二例中"觉损"一词，亦为减轻、减少义。然羲之"恒恐儿辈觉损欣乐之趣"究竟何意，仍不得确解。日人秦士铉《世说笺本》解释道："晚年只赖丝竹陶写忧愁，得延日耳。夫我为之，不过为陶写忧愁而已，而常恐儿辈认我好之，遂亦仿效以为欣乐之具。为虑儿辈沉溺，致损我欣乐之趣。考苏轼诗云：'况复情所钟，感慨萃中年。正赖丝与竹，陶写有余欢。常恐儿辈觉，坐令高趣阑。'又：'人生此乐须天赋，莫遣儿曹取次知。'可以阐明其意。"以为儿辈因我喜爱丝竹而仿效之，担心沉溺其中，遂少我欣乐之趣。这样解释似乎仍未惬人意。若明乎右军所说的丝竹就是妓乐，"恒恐儿辈觉损欣乐之趣"一句或许可得确解。如前所述，传统的音乐理论以为音乐是道德的外显，而丝竹属于俗乐，常常与美色结合在一起，沉溺妓乐，不免有伤德性。妓乐遭到音乐正统派攻击的例子俯拾皆是。谢安作伎，就遭遇刘夫人的"破坏"。《贤媛》23说：谢公夫人帏诸婢，使在前作伎，使太傅暂见便下帏。太傅索更开，夫人云："恐伤盛德。"声色之乐一在声，一在妓，现在刘夫人却只让丈夫听声，不让观色，趣味是否减去大半？谢安要拉开帷幕观色，刘夫人半是正经半是讽刺说了句"恐伤盛德"。实在难以想象谢公此时作何回答，是何表情。谢安作妓乐遭遇的尴尬，最形象不过地解释了"觉损欣乐之趣"的内涵。也许王右军丝竹陶写时，他的夫人和儿子也像谢安夫人那样跑出来说："恐伤盛德。"右军兴趣正浓时，被浇上一头冷水，顿时便索然无趣。

32. "贫道重其神骏"

支道林常养数匹马。或言道人畜马不韵，支曰："贫道重其神骏。"《高逸沙门传》曰："支遁字道林，河内林虑人。或曰陈留人，本姓闵氏，少而任心独往，风期

高亮,家世奉法。尝于余杭山,沈思道行,泠然独畅。年二十五始释形入道。年五十三终于洛阳。"(《言语》63)

支道林养马,大概是晚年之事。《高僧传》卷四《支遁传》载:晋哀帝即位,征请出都,止东安寺讲经。涉将三载,乃还东山。"人尝有遗其马者,遁爱而养之,时或有讥者,遁曰:'爱其神骏,聊复畜耳。'"可知,支道林养马时在兴宁末,而马是他人所送,并非主动养马。

为何"道人畜马不韵"? 徐复观解释说:"'或言道人畜马不韵',是认为畜马谋利,这便是不清不雅。"(见徐复观《中国艺术精神》)按,有人说道人蓄马不韵,肯定不认为支道林养马为谋利。徐复观的推测不可取。鄙意以为说道人养马为不韵,盖凡养马不出于两种需求。一战争。马义为武事。《周礼·夏官·序官》:"夏官司马。"贾公彦疏:"郑云:'象夏所立之官。马者,武也,言为武者也。'"魏晋视武者为贱,故有人称道人养马为不韵。二利用畜力。骑马代步,驮马货运。马是人们生产活动中的得力助手。僧人以弘法为目的,用不到养牲畜。《四分律行事钞资持记》说:"养马图力,养猪图食,出家人行道不图色力。"僧人不图力畜食,何必养马? 指即人言支道林蓄马不韵之故也。

支道林回答说:"贫道重其神骏。"可见他养马完全不在功利。袁中道评点说:"韵正在此。"冯友兰《论风流》说:"他养马并不一定是要骑。他只是从审美的眼光,爱其神骏。"徐复观说:"支道林答以'重其神骏',表示他并非以此谋利,而只把它当作艺术品来欣赏,这便合于玄的要求而韵了。"(同上)这些评论,开始触及到支道林养马的真正意图,乃在于用审美眼光,欣赏马之神骏。但尚须进一步阐说:支道林重马之神骏,与魏晋玄学有何关系?《高僧传》卷四《支遁传》说:"(遁)每至讲肆,善标宗会,而章句或有所遗,时为守文者所陋。谢安闻而善之,曰:'此乃九方堙之相马也,略其玄黄,而取其骏逸。'"谢安评支道林讲经善标宗会,以九方堙相马为喻。若以谢安之言移来评支道林养马"重其神骏"一语,则最得支道林的美学与哲学趣味。他讲经善标宗旨,章句或有所遗,可知学问主得意忘言。相马亦复如是,马形之肥瘦,毛色之玄黄,皆可忽略,所重止在神骏。得意忘言是魏晋玄学的根本原则及审美方法,凡品题人物重神韵,清言讲经善标宗旨,相马取其骏逸,皆忘言得象,忘象得意,深契玄学精神的内核。

33. 刘尹与桓宣武共听讲《礼记》

刘尹与桓宣武共听讲《礼记》。桓云："时有入心处，便觉咫尺玄门。"刘曰："此未关至极，自是金华殿之语。"《汉书叙传》曰："班伯少受诗于师丹，大将军王凤荐伯于成帝，宜劝学，召见宴昵，拜为中常侍。时上方向学，郑宽中、张禹朝夕入说《尚书》、《论语》于金华殿，诏伯受之。"（《言语》64）

桓温幕府集聚了当时天下一流名士，形成东晋中期学术和文学的中心。桓温经常是学术讲坛的组织者，常召集诸名胜讲论谈玄。《文学》29 说："宣武集诸名胜讲《易》，日说一卦。"刘尹与桓宣武听讲《礼记》，也应该在温府，只是不知讲者是谁。

或许已经讲完，桓温谈了体会："时有入心处，便觉咫尺玄门。""入心处"同"会心处"，犹领悟之处。"咫尺玄门"，意谓《礼记》离玄门极近。"玄门"一词来自《老子》第一章："玄之又玄，众妙之门。"指义理幽眇处，与"玄中"义近。《文学》51记支道林与殷浩谈才性四本，"数四交，不觉入其玄中"。"玄中"谓义理深奥处。《文学》58 载：司马道子问谢玄："惠子其书五车，何以无一言入玄。""玄"，亦指精深玄妙处。

《礼记》是儒家重要经典，汉末以降，儒学衰落，但《礼记》仍为有国者重视。史书上常见讲论《礼记》的记载：正始七年（246）十二月，齐王曹芳命讲《礼记》。高贵乡公甘露元年（256）四月，复命讲《礼记》（见《魏志》卷四）。晋武帝太康三年（282），讲《礼记》通（《晋书》卷一九《礼志》上）。上述帝王命讲《礼记》，目的是依照礼经制订各种礼仪和礼制，实用的意义远大于研究的意义。

东晋时期随着玄学的兴盛，名士讲《礼记》《论语》等儒家经典，渐渐离开实用而演变为学术研究，成为清谈的内容。讲《礼记》，与谈《庄》《老》无本质区别。从桓温说《礼记》"咫尺玄门"可看出，一些清谈名士以为《礼记》的精妙处，同玄学仅在咫尺之间。这种对《礼记》的新见解，是过去从未出现过的，表明以学术眼光看待《礼记》，已不同于世俗政权讲论《礼记》纯是政治需要。最值得注意的是以"玄门"形容《礼记》的精深义理，儒道于是相通。作为儒家群经之首的《周易》早已成为清谈的"三玄"之一,那么《礼记》也可以作为玄谈的思想资料,就很容易理解。

不过,刘尹认为《礼记》仍"未关至极,自是金华殿语"。意思说《礼记》同至极无关,毕竟是庙堂之学。这是修正桓温"咫尺玄门"的看法。至极,终极,玄学家称之为"无",是宇宙的本体,义同于"道"。佛学家称之为"法性"。《高僧传》卷六《慧远传》说"远乃叹曰:'佛是至极,至极则无变,无变之理,岂有穷邪?'因著《法性论》曰:'至极以不变为性,得性以体极为宗。'"在刘尹看来,《礼记》可资谈论,但与玄学的本体"无"无关,毕竟俗世用以治世,非是幽眇的玄门理窟。桓温与刘惔对于《礼记》不同体会,说明《礼记》虽然开始玄学化,但其地位毕竟不能与《庄》《老》比肩。

34. "此若天之自高耳"

王长史与刘真长别后相见,《王长史别传》曰:"濛字仲祖,太原晋阳人。其先出自周室,经汉、魏,世为大族。祖父佐,北军中侯。父讷,叶令。濛神气清韶,年十余岁,放迈不群。弱冠检尚,风流雅正,外绝荣竞,内寡私欲。辟司徒掾、中书郎,以后父赠光禄大夫。"王谓刘曰:"卿更长进。"答曰:"此若天之自高耳。"《语林》曰:"仲祖语真长曰:'卿近大进。'刘曰:'卿仰看邪?'王问何意,刘曰:'不尔,何由测天之高也?'"(《言语》66)

东晋盛行清谈,故王长史(濛)、刘真长(惔)别后相见,话题不离清谈。王濛说刘惔"卿更长进","长进"是指清言的长进,不是道德或技艺的长进。《言语》42 支道林对王濛说:"君义言了不长进。"《品藻》37 桓温与刘惔评论会稽王,桓问刘,"闻会稽王语奇进,尔邪?"刘回答说:"极进,然故是第二流中人耳。"桓问:"第一流复是谁?"刘说:"正是我辈耳!"由上二例可证,"义言"、"语"指清言;进,谓长进,进步。王濛称赞刘惔"卿更长进",可能两人已经谈过,因此王觉得对方的清言水平胜过从前。刘惔则回答说:"此若天之自高耳。"两人的对话过于简略,并不好懂。刘孝标注引《语林》的叙述,就稍微详细了。当王濛称赞刘惔长进后,刘说:"卿仰看邪?"要王抬起头来看。王濛自然莫名其妙,问是什么意思。刘惔解释道:"不让你抬起头看,你哪能知道天之高呢?"王濛称赞刘惔长进,本是恭维的话,刘惔却并不受用;岂止不受用,甚至不满得很。

"天之自高"出于《庄子·田子方》:"至人之于德也,不修而物不能离焉,若天之自高,地之自厚,日月之自明,夫何修焉。"意谓至人的德行是自然而然的。刘惔以"天之自高"自比,其意也是说自己清言超拔,出于自然,非靠修习而得。刘应登解刘惔之言说:"盖不喜王有长进之言,故谓己为天之本自高,特看者不测耳,非近日方长进也。皆戏语。"其说甚确。大凡道德、学问或技艺的长进,须用不断修习的功夫。但在刘惔看来,这终究是常人手段,不算稀奇。只有天赋超拔,如天之自高,自然而然,凡庸难及,才是真正高明。所以王濛的恭维,刘惔觉得极不中听。说"卿更长进",那么,这不是说我从前平平吗?靠自己的修习才长进吗?若是天才,难道还靠长进吗?长进就不是天才。岂不是视己为第二流人物?于是,刘惔叫王濛抬头看天,对方莫名其妙后,再以教训的口吻对王濛说"不尔,何由测天之高也?"言外之意,你哪能测出我之高深呢!

此则故事很有趣,以简洁的语言刻画出刘惔高自标置的个性及言辞简至的作风。在同时代的清谈名士中,刘惔确属第一流人物。虽说高自标置,不肯屈居人下是许多名士共有的习气,但像刘惔那样目空一切,老子天下第一的狂妄,还是比较罕见的。

35. 刘真长为丹阳尹

刘真长为丹阳尹,许玄度出都,就刘宿。《续晋阳秋》曰:"许询字玄度,高阳人,魏中领军允玄孙。总角秀惠,众称神童。长而风情简素。司徒掾辟,不就,蚤卒。"床帷新丽,饮食丰甘。许曰:"若保全此处,殊胜东山。"刘曰:"卿若知吉凶由人,吾安得不保此!"《春秋传》曰:"吉凶无门,唯人所召。"王逸少在坐曰:"令巢、许遇稷、契,当无此言。"二人并有愧色。(《言语》69)

永和三年(347),侍中刘惔为丹阳尹。许询至京师建康,住在刘惔处,"床帷新丽,饮食丰甘",享受着优厚的物质生活。许询不禁感慨道:"若保全此处,殊胜东山。"东山指会稽东山,许询与王羲之、支遁等游处。刘惔回答说:"卿若知吉凶由人,吾安得不保此!"意谓我知祸福无门,唯人是召,我岂不知保全此荣华耳。一个是著名隐士,一个是风流名士,居然眷恋荣华富贵,说出来的话俗不可耐,连一旁的王羲之也听不下去,忍不住讥讽二人:"假若巢、许遇见稷、契,应该不会有这样的话。"二人并有愧色。

　　语言表现性格与思想。三人的语言,表现出各自的性格与情趣。许询为当时著名隐士,风情简素,好泉石,乐隐居,有才藻,善属文,时人皆钦爱之。许询至都,见者倾都。名声之大,几至不可思议。丹阳尹刘惔接到郡中殷勤招待,九天之中见许询十一次。然而如清风朗月一般的许询,在丹阳郡府中享受了几天优厚生活后,居然说"殊胜东山",让人大跌眼镜,怀疑他风情简素,流连泉石的隐士形象,究竟是真相还是假象?至于刘惔为风流名士之冠,常与时人商略古今人物,且论人严苛,不留情面,平时憎恶俗人,是个无上清高的人物。现在居然声称要用心保全功名利禄,同样令人惊诧。

　　还是王羲之能分别雅俗,风骨凛凛,以巢父、许由与稷、契的典故,讥嘲二位朋友:许玄度非真隐士巢、许,居然谓官宦利禄胜于东山之隐;刘真长亦非三代之稷、契,唯知保全荣华而无功于生民。二人俗不可耐的表演遭王羲之当头棒喝,从得意忘形中回过神来,于是"并有愧色"。

　　刘惔、许询有此俗情俗谈,同他们平日的清高形象距离太远,因此有人怀疑这则故事的真实性。王世懋就有疑问:"二君故复有此破绽邪?"李贽则作别样解读,以为许询之言都是戏言,王羲之却当真了,落入二人圈套。他说:"许初制刘,最消薄得好;刘亦不受许刺,直自认真去,又好。王乃并刺刘、许,落在刘、许圈襆中矣。余固代刘客一语云:'我自有玄度新许,不用巢、由旧许也。'"(《初潭集·君臣·能言之臣》)照李贽的解读,在刘惔处过着"床帷新丽,饮食丰甘"的许询,开始讽刺刘惔。刘惔知其调侃自己,作当真的口气说:"卿若知吉凶由人,吾安得不保此?"二人设好圈套,看羲之如何反应。结果逸少听着二人的对话,信以为真,便说"令巢、许遇稷、契,当无此言",落入二人圈套。李贽之解把刘、许当作有趣之人,而右军成了被人玩弄的傻瓜。李贽自然是以好意忖度许、刘,可惜终究是曲解。若二人一唱一和演出试探王羲之的双簧,何以右军说完,"二人并有愧色"?"有愧色"的表情,明白无误地证明,二人之言确是谬误,绝非戏言。否则,哈哈一笑了事,惭愧什么呢?

36. 王右军与谢太傅共登冶城

王右军与谢太傅共登冶城。《扬州记》曰："冶城，吴时鼓铸之所。吴平，犹不废。王茂弘所治也。"谢悠然远想，有高世之志。王谓谢曰："夏禹勤王，手足胼胝；《帝王世纪》曰："禹治洪水，手足胼胝。世传禹病偏枯，足不相过，今称'禹步'是也。"文王旰食，日不暇给。《尚书》曰："文王自朝至于日昃，不遑暇食。"今四郊多垒，《礼记》曰："四郊多垒，卿大夫之辱也。"宜人人自效，而虚谈废务，浮文妨要，恐非当今所宜。"谢答曰："秦任商鞅，二世而亡，《战国策》曰："卫商鞅，诸庶孽子，名鞅，姓公孙氏。少好刑名学，为秦孝公相，封于商。"岂清言致患邪？"（《言语》70）

大概在晋成帝咸康五、六年间（349、350），谢安始冠，从会稽来到京城，与年长十多岁的王羲之共登冶城。谢安早有隐居之志，登上冶城之际，望天地茫茫，思古今悠悠，顿时生出高世之志。年长的王羲之看着这个年轻人的高情远志，便用大禹辛劳治水的故事，开导年轻人当此"四郊多垒"之时，不该"虚谈废务，浮文妨要"，结果，谢安立马反诘王羲之，以为清言与政局无关。

王右军、谢太傅对清谈有不同看法，这在中国古代政治史与思想史上具有典型意义。终东晋一朝，在如何评价清谈、清谈与西晋灭亡有无关系此二大问题上，始终存在对立二派。追溯至西晋将亡前夕，清谈领袖王衍为石勒俘虏，死前幡然醒悟道："呜呼！吾曹虽不如古人，向若不祖尚浮虚，戮力以匡天下，犹可不至今日。"（《晋书》卷四三《王戎传》附《王衍传》）总算是意识到"祖尚浮虚"的清谈风气，导致了中朝覆灭。稍后干宝《晋纪总论》论西晋之亡，亦归罪于清谈浮虚之害。东晋勤于事功者如陶侃，批评浮虚之士曰："老庄浮华，非先王之法言，不可行也。君子当正其衣冠，摄其威仪，何有乱头养望自谓宏达邪？"（《晋书》卷八三《干宝传》）戴邈上疏曰："世丧道久，人情玩于所习；纯风日去，华竞日彰，犹火之消膏而莫之觉也。"（《晋书》卷六九《戴若思传》附《邈传》）卞壸勤于吏事，"时贵游子弟多慕王澄、谢鲲为达，壸厉色于朝曰：'悖礼伤教，罪莫斯甚。中朝倾覆，实由于此。'欲奏推之。"将西晋灭亡归罪于浮虚。然王导、庾亮不以为然。（《晋书》卷七〇《卞壶传》)桓温北伐,登楼眺望中原,慨然曰:"遂使神州陆沉,百年丘墟,王夷甫诸人不得不任其责!"(《晋书》卷九八《桓温传》)范宁以为浮虚相扇,儒雅日替,其源始于王弼、何晏,二人之罪深于桀纣,著论称王、何游辞浮说,导致中原倾覆。(《晋书》卷七五《范汪传》附《宁传》)凡此皆可见终东晋之世,关于清谈是非之争从未停止。虽有干宝、陶侃诸人严斥浮虚之风,但清谈始终为东晋最高统治者偏爱、袒护。《方正》45注引《高逸沙门传》说:"晋元、明二帝,游心玄虚,托情道味。"至于简文帝更是清谈核心人物。辅宰王导、庾亮、谢安,皆是清言领袖。反对清言一派,难占上风。右军、桓温虽指责虚谈之害,实际上也未免清谈。

清谈于后世仍引发争议。隋王通《文中子·周公篇》说:"虚玄长而晋室乱,非老、庄之罪也;斋戒修而梁国亡,非释迦之罪也。"朱熹不同意王通之说,其《养生主说》说:"所以清谈盛而晋俗衰,盖其势有所必至。而王通犹以为非老、庄之罪,则吾不能识其何说也。"(《晦庵先生朱文公文集》卷六七)刘应登说:"右军之言,真当时药石。谢傅引秦喻晋,亦不类矣。"此为是王非谢。王世懋说:"此在谢自为德音,然王是救时急务。"此为是谢非王。李贽说:"东山片言折狱。"(《初潭集·君臣·贤相》)赞美谢安一言定论。可见评价清谈实非易事。

平心而论,清谈老庄虽助长玄虚之风,然西晋灭亡主因不在清谈。西晋乱源之起,责任在晋武帝。武帝平吴之后,天下一统,"遂怠于政术,耽于游宴,宠爱后党,亲贵当权,旧臣不得专任,彝章紊乱,请谒行矣"。贪图享乐,宠爱后党,排斥旧臣,吏治开始腐败。又立愚昧的惠帝,后党与宗室猜忌不协,杨后以诏以杨骏辅政。"中原之乱,实始于斯矣。"(以上见《晋书》卷三《武帝纪》)惠帝立,贾后凶残,先是诛杀杨太后之党,后杀杨太后。随后,八王骨肉相残,掀起阵阵腥风血雨,最终"生灵板荡,社稷丘墟"(《晋书》卷四《惠帝纪》),北中国沦为异族杀戮之地。推寻西晋覆灭的原因,实在与清言无多大关系。谢安以秦二世而亡的史实,反诘王羲之说:"岂清言致患耶?"为魏晋清谈辩护,是有充分说服力的。诚然,清言太盛,固然能转变一时的士风——譬如以浮华相尚,但也仅仅是士风而已。一个国家的灭亡,最终还是应该到当时的经济、政治中去寻找,尤其是到权力核心的阴暗处寻找。自秦始皇以来的两千多年的君主专制政体本身,就已决定君主独裁的善恶及统治集团内部的权斗,才是改变历史走向的根本因素。几个哲学家,一群清言家,即使很热衷形而上的谈论,岂能动摇政权的基石?历史上诸如"清谈误国"、"妖言惑众"之类的指责或罪名,多半是独裁者转移视线的政治手段。自己政术拙劣,误了国,殃了民,不作反思,不下"罪己诏",反而抹黑几个探幽索隐的思想者，把亡国的责任推到别人头上。至于范宁，居然说"王弼、何晏之罪深于桀、纣"，那简直是颠倒黑白。一个儒者迂到这种地步，就不能不让人怀疑他是否别有用心。

魏晋清谈有否负面影响？有。如东晋时期全社会热衷清谈，确实助长浮华不实之风。但即使如此，也不能叫清谈家担责。清谈的本质就是形而上的义理思辨，与政治、军事几乎不发生关系。若清谈谈政治、谈权术、谈阴谋、谈打仗、谈如何愚民，那还是清谈吗？所以，清谈本来就是哲学、学术的思想盛宴，属于思辨爱好者的事。至于执政者或政治家也喜欢清谈，以至忽略了民生或武备，那是政治家的失责，是不能叫清谈家负责的。东晋朝廷无大作为，应该在东晋的皇帝和世家大族那边找原因，不能叫清谈负责。至于魏晋清谈对哲学、艺术、文学、美学诸多领域的巨大贡献，更需深入研讨，决不能如范宁那样，以儒者之腐见，抹煞得一干二净。

37. "贤圣去人，其间亦迩"

谢公云："贤圣去人，其间亦迩。"子侄未之许。公叹曰："若郗超闻此语，必不至河汉。"《超别传》曰："超精于理义，沙门支道林以为一时之俊。"《庄子》曰："肩吾问于连叔曰：'吾闻言于接舆，大而无当，往而不反，怪怖其言，犹河汉而无极也。'"（《言语》75）

去人，离人，即与常人相去之意。圣人与凡众同还是不同？这是汉晋间学术界经常讨论的问题。先秦儒家以为人人皆可以为尧舜，尤其是持"性善说"的孟子，言必称尧舜，认为人人皆有善心，保持并发扬它，就能进到尧舜的境界。《孟子·滕文公》上借齐国勇臣成覸之口说："彼，大夫也；我大夫也，吾何畏彼哉？"又借孔子弟子颜渊之口说："舜，何人也？予，何人也？有为者亦若是。"意思说，圣贤、舜、文王、周公，自己和他们差不多，只要有为，也能成为圣贤。

然自汉代以来，普遍认为圣人卓绝，与凡众绝殊。汉王充《论衡·实知篇》说："儒者论圣人以为前知千岁，后知万世，有独见之明，独听之聪，事来则名，不学自知，不问自晓，故称圣则神矣。……知圣人卓绝与贤殊也。"儒者以为圣人卓绝异于贤人。则圣人去凡众更不止万里矣。《文选》所载杨修《答临淄侯笺》说："圣贤卓荦，固所以殊绝凡庸也。"仍持汉代儒者之见。至魏末，何晏、王弼等论圣人有情无情，遂重新审视圣人与凡众同异问题。何晏以为圣人无情，仍属传统旧说。王弼则谓圣人"茂于人者神明也"，"同于人者五情也"，乃突破旧说，肯定圣人与凡人皆有五情。谢安以为"贤圣去人，其间亦迩"，亦属魏晋新说。谢安子侄未之许，可见仍袭圣人殊绝凡庸之旧说也。

持圣人不可至之旧说者，在东晋当然不止谢安子侄。《言语》50 记孙盛之子齐由、齐庄，小时诣庾亮，亮问齐庄何字，答曰："字齐庄。"公曰："欲何齐？"曰："齐庄周。"公曰："何不慕仲尼而慕庄周？"对曰："圣人生知，故难企慕。"可见，连小儿也知圣人难以企及，故改而"齐庄周"。这说明圣人凡众相去殊远之旧说，在东晋仍大有市场。

谢公见子侄未之许，便转而引郗超为同调，称郗超若闻己说，必不会怪怖其言，犹河汉而无极。然郗超何以会赞同谢安之说，此点颇难索解。可能与郗超奉佛有关。佛经说："一切众生，皆有佛性，但能修智慧，断烦恼，万行具足，便成佛也。"（见《文学》44 注引释氏经）一切众生，只要祛练神明，皆可成佛，这与圣人可学亦可至同一理路。稍后于谢安，高僧竺道生孤明先发，宣讲"一阐提人皆能成佛"（见《高僧传》卷七《竺道生传》），旧学以为邪说。这同谢安之说不为子侄所许正复相似。谢安所谓"贤圣去人，其间亦迩"，及竺道生"一阐提人皆能成佛"之说，依鄙人之见，皆受王弼"圣人有情"之新说的启发。

38. 支公好鹤

支公好鹤，住剡东岇山。《支公书》曰："山去会稽二百里。"有人遗其双鹤，少时翅长欲飞。支意惜之，乃铩其翮。鹤轩翥不复能飞，乃反顾翅，垂头，视之如有懊丧意。林曰："既有陵霄之姿，何肯为人作耳目近玩？"养令翮成，置使飞去。（《言语》76）

支公为什么好鹤？须先解释之。古人以为鹤是飞禽中的高贵者。《诗·小雅·鹤鸣》："鹤鸣于九皋，声闻于野。"毛传："兴也，皋，泽也。言身隐而名著也。"郑笺："……鹤在中鸣焉,而野闻其鸣声。兴者,喻贤者虽隐居人咸知之。"孔颖达《正义》："毛以为鹤鸣于九皋之中,其声闻于外方之野。鹤处九皋,人皆闻之,以兴贤者隐于幽远之处,其名闻于朝廷之间。贤者虽隐,人咸知之,王何以不求而置之于朝廷乎?"《诗经》以处于九皋之中的鸣鹤,比作在野的贤人。义《太平御览》卷九一六引葛洪《抱朴子》说:"周穆王南征一军尽化,君子为猿为鹤,小人为虫为沙。"这当然是不可信的天方夜谭,不过见出古人以为飞禽中的鹤相当于人中君子的观念。鹤声闻九皋,清亮无比,声音特别美妙,所以陆机临终,慨叹"华亭鹤唳"不可复闻。其次,鹤善飞,翔于云霄,一举千里。其飞翔之高远,强健优美,其余飞禽难以企及。故道书称鹤是"羽族之宗长,仙人之骐骥"。而且,据说鹤的寿命能至千岁,《列仙传》中常见它作为仙人的伴侣。再者,鹤毛丰、修颈、体轻、腿长,能舞,体态优美。据说西晋时羊叔子有鹤能舞,"鹤舞"遂成后世文学中的典故。鹤有以上种种独特的品性,汉晋时期上流社会喜鹤、养鹤成为风气,如陆机《诗疏》所说:"今吴人园囿中及士大夫家皆养之。"支公好鹤,是否有着自比在野君子的深层寄托,这点难知,但欣赏鹤的鸣声、形态之美,应当是可以肯定的。

现在阐发支公好鹤的哲学与美学意味。双鹤"翅长欲飞",此为鹤之天性。然支公惜之,乃铩其翮。鹤垂头丧气,因天性已残,徒有凌霄之姿,无奈作"耳目近玩"。支公养令翮成,使之飞去,鹤之天性复得。支公铩翮及养翮,在认识上是由残物之性到全物之性的转变;在哲学上源于对《庄子》"法天贵真"及"养生"学说的体认。

作为超一流清谈家,支公必然烂熟《庄子》于心。《庄子》一书常谈物之"真性"问题。例如《马蹄》说:"马蹄可以践霜雪毛,可以御风寒。龁草饮水,翘足而陆,此马之真性也。虽有义台路寝,无所用之。及至伯乐曰:'我善治马。'烧之、剔之、刻之、雒之、连之以羁馽,编之以皁栈,马之死者十二三矣。"又说:"马陆居则食草饮水,喜则交颈相靡,怒则分背相踶,马知已此矣。夫加之以衡扼,齐之以月题,而马知介倪闉扼鸷曼诡衔窃辔。故马之知而态至盗者,伯乐之罪也。"此用伯乐治马的寓言,阐发万物适性而足的道理。再如《养生主》说:"泽雉十步一啄,百步一饮,不蕲畜乎樊中,神虽王不善也。"郭象注:"夫俯仰乎天地之间,逍遥乎自得之场,固养生之妙处也,又何求于入笼而服养哉!"(以上见清郭庆藩《庄子集释》)以草泽中的雉鸟逍遥自足,不愿养在笼中,说明精神受到桎梏,乃是养生的大患。而从《庄子》法天贵真,适性逍遥的思想出发,运用于人际交往,就自然得出嵇康《与山巨源绝交书》的结论:"夫人之相知,贵识其天性,因而济之。"

显然,支公从铩翮至养翮,全合庄生之旨。双鹤有凌霄之姿,出于天性;碧空万里,才是它们最欢乐的所在。铩翮作"耳目近玩",乖其天性,不得其所,岂能不"懊丧"?支公放鹤,理解鹤的天性,是魏晋人崇尚自由精神的生动体现。

39. 顾长康目江陵城

桓征西治江陵城甚丽,盛弘之《荆州记》曰:"荆州城临汉江,临江王所治。王被征,出城北门而车轴折。父老泣曰:'吾王去不还矣!'从此不开北门。"会宾僚出江津望之,云:"若能目此城者有赏。"顾长康时为客在坐,目曰:"遥望层城,丹楼如霞。"桓即赏以二婢。(《言语》85)

这个故事叙一次有趣味的审美活动。征西将军桓豁(一说桓温)是这次活动的主持人,而顾恺之(长康)则是中心人物。后者以他鲜明如画的描绘江陵城,获得了桓征西的奖励——二个婢女。可以想象,桓征西、顾恺之以及众宾客,所有人都兴高采烈。

描写楼台宫殿的作品,魏晋时最著名的是何晏《景福殿赋》。作品形容景福殿之高:"远而望之,若朱霞而曜天文;近而察之,若仰崇山而载重云。"顾恺之目江陵城说:"遥望层城,丹楼如霞。"与何平叔"远而望之"四句相近,简直像是对前辈作品的精炼概括。

何晏稍后,魏诞也作《景福殿赋》,其中有二句特别值得重视,即"周览升降,流目评观"。前一句是写上下周遭的欣赏,后一句写边观赏边评论。虽然不详评观的形式,不知末了是奖赏优胜者婢女呢还是奴仆,但评观的内容应该就是评价建筑之美。又有夏侯惠《景福殿赋》说:"周步堂宇,东西眷昒。彩色光明,粲烂流延。素壁冒潢,赫奕情练。尔乃察其奇巧,观其微形……"(以上皆见《艺文类聚》卷六二)也是描写景福殿的建筑之美。"察其奇巧,观其微形",从整体至细节,是欣赏和评价建筑的一般过程,所谓"流目评观"是也。

以上这些描写建筑的赋,反映出魏晋时期建筑艺术的辉煌成就,以及随之而产生的建筑审美。评观建筑的整体结构直至细微之处,然后用色彩鲜艳的语言描写这种由人力创造的固化的美感。

探源建筑领域的审美,在顾恺之之前已经流行,时间上甚至可以追溯到汉代。比如汉代王褒《甘泉宫赋》、李尤《德阳殿赋》、王延寿《鲁灵光殿赋》,都是建筑审美的产物。

桓征西治江陵城甚丽,率领宾客目此城,这种即兴式的审美活动,也有悠久的传统。例如曹操造铜雀台新成,带领诸子登台,命各为赋。曹植援笔立成,文章很可观,令曹操十分惊异。魏明帝造崇文观,"征善文者充之"(同上)为什么魏明帝使善文者充实崇文观?原因是文士能吟诗作赋,描绘台观之形,赞赏建筑之美。在"流目评观"之中,产生多量的文学和艺术作品。

魏晋是一个产生美、崇尚美、懂得欣赏美的时代。人物美、山水美、建筑美,这三个领域的审美,相通相融。顾恺之此人非常能体现上面所说的相通相融的审美。他是杰出画家,又是著名文士,十分执著艺术创造与审美,时人谓之"痴"。恺之品鉴人物,形容山水,善用形象思维,语言精美。著名的例子如描述会稽山川之美:"千岩竞秀,万壑争流,草木蒙笼其上,若云蒸霞蔚。"显然,恺之目江陵城,与状会稽山川相同,皆以诗一般的语言,描绘审美对象,色彩鲜明,气韵生动,具有画意。宗白华曾称赞顾恺之形容会稽山水,说:"中国伟大的山水画的意境,已包含于晋人对自然美的发现中了!"(《美学散步》)明人凌濛初评论顾恺之目江陵城说:"虎头每有画意。"李贽说:"亦是虎头画笔。""丹楼如霞",城楼高耸,流丹溢彩,确有画意。

桓征西十分满意顾恺之所目,当即赏以二婢。在文学创作或审美活动中,好文之主奖励优胜者的风气,早在西汉就已存在,命文士献赋献颂,赐以金帛,待以不次之位。赏赐文士,是中国文学艺术发展的助推器,这是文化史上不争的事实。何况,赏以婢女在当时属常见之事,恐怕不会比今天颁发一张质疑声不断的"茅盾文学奖证书",或奖励若干人民币来得低俗。

40. 王子敬评羊叔子

王子敬语王孝伯曰:"羊叔子自复佳耳,然亦何与人事?《晋诸公赞》曰:"羊祜字叔子,太山平阳人也。世长吏二千石,至祜九世,以清德称。为儿时游汶滨,有行父止而观焉,叹息曰:'处士大好相,善为之,未六十,当有重功于天下。

即富贵,无相忘。'遂去,莫知所在。累迁都督荆州诸军事。自在南夏,吴人说服,称口羊公,莫敢名者。南州人闻公哀,号哭罢市。"故不如铜雀台上妓。"《魏武遗令》曰:"以吾妾与妓人皆著铜雀台上,施六尺床穗帷,月朝十五日,辄使向帐作伎。"(《言语》86)

羊祜字叔子,西晋名臣。羊祜作荆州刺史时,虽与吴军对垒,但以仁义先行。吴军统帅陆抗称赞"祜之德量,虽乐毅、诸葛孔明不能过也"(《晋书·羊祜传》)。在朝正义无私,疾恶邪佞。灭吴之谋也首出于祜。祜死之日,天大寒,晋武帝涕泪沾须鬓,皆为冰霜。南州人士莫不恸哭,为之罢市。不论身前身后,羊祜都享有盛名。

对于这样一位晋代历史上操行道德堪称一流的前贤,王子敬居然称其"故不如铜雀台上妓"。子敬此言究竟何意?历来说者纷纭。刘应登说:"此亦戏言,谓羊公清德,自佳而已,不如铜雀妓,可以娱人耳目。"刘辰翁说:"此正堕泪之言,人不能识耳。"王世懋说:"羊公盛德,此语殊伤子敬之厚。"近人刘盼遂说:"按子敬此语,于羊公可谓丑诋极矣。考《晋书·羊祜传》云:'时人语曰:二王当国,羊公无德。'本书《识鉴篇》注引《晋阳秋》及《汉晋春秋》羊祜事综合观之,则知子敬轻诋羊公之故矣。"余嘉锡《笺疏》说:"子敬吉人辞寡,亦复有此放诞之言,有愧其父多矣。"杨勇《校笺》说:"王子敬之诋羊公,亦见当时风气之变。王子敬事道,羊祜事儒,道同伐异,汉代甚然,至晋中叶,益为剧烈。王之斯言,可见一斑。"近有范子烨又立新说云:在子敬看来,羊公"虽然足称佳名,却远不如魏武帝铜雀台上的女孩子们活得潇洒自在。显然,子敬对羊祜并无贬意,所谓'故不如铜雀台上妓',不过是艺术家一时兴之所至而发的高论而已。"(见《世说新语研究》第六章"世说新语文本直解",黑龙江教育出版社,1998年)

以上诸说,刘应登称是"戏言",刘辰翁谓有寄托,余嘉锡指为放诞,杨勇以为道之不同,范子烨称是艺术家的一时高论,主流意见是说子敬丑诋羊公;且于"然亦何与人事"一语皆不作解释。鄙意以为前人解释《世说》此条,以日人秦士铉《世说笺本》比较可取。秦士铉先释"人事"一词:"孝武曰:'王敦、桓温磊砢之流,不可复得。小如意,好豫人家事。'曹操曰:'司马懿非人臣,必豫汝家事。'是自称则曰人家事,他称之则曰汝家事。可见人事为自家事矣。"再释"不如铜雀台上妓"一语:"《索解》:羊公盛德,死使人堕泪,是自佳耳。然以人世之情观之,不如魏武使妓歌舞远甚矣。即'不如生前一杯酒'之意也。按人事者,即羊祜身上事也。……羊叔子亦然,州人追慕堕泪,非不佳,然无益于叔子身后事,却不如生前歌舞之为乐也。"《世说笺本》释"人事"为"自家事",其说是也。《言语》92:"谢太傅问子侄:'子弟亦何预人事?'""何预人事"即无关我事。豫,义同预,谓关涉。然谓"人事"为"羊祜身上事","何与人事"为"无益于(羊祜)身后事",其说并不妥当。羊叔子佳,州人追思堕泪,此即生有遗爱,死有令名也,岂是"无益于身后事"?"何与人事",即"何与我事"。解释"人事"为"羊叔子身上事"、"羊叔子身后事",皆非。鄙意以为王子敬与王孝伯当言及羊祜之佳,孝伯或称应以叔子懿行勖之,而子敬不以为然,谓羊叔子固自佳,然与我有无关系呢?我何必效法前贤,还不如使铜雀台上妓女歌舞为乐矣。子敬之语,确有"使我有身后名,不如实时一杯酒"之意。所谓子敬丑诋羊公之说,皆因不明"然亦何与人事"一语所致。

41. 王子敬从山阴道上行

王子敬云:"从山阴道上行,《会稽土地志》曰:"邑在山阴,故以名焉。"山川自相映发,使人应接不暇,若秋冬之际,尤难为怀。"《会稽郡记》曰:"会稽境特多名山水,峰崿隆峻,吐纳云雾。松栝枫柏,擢干竦条,潭壑镜彻,清流写注。王子敬见之曰:'山水之美,使人应接不暇。'"(《言语》91)

《言语》中有二则描述会稽山水之美。一则是本篇88:"顾长康从会稽还,人问山川之美。顾云:'千岩竞秀,万壑争流,草木蒙笼其上,若云蒸霞蔚。'"描述会稽千岩万壑之美,气韵生动,语言精炼,词采焕发,且有画意。另一则即是王子敬描述山阴道上的风景应接不暇。二相比较,王子敬山阴道上行,更胜顾恺之。奥秘何在?顾恺之偏重具体描述审美客体,王子敬偏重审美主体的情感表达。"应接不暇"与"尤难为怀"二语,表达出审美者的愉悦和深情。王子敬从山阴道上行,成为中国美学史上的佳话。

汉末之后,中国山水美感兴起。至东晋,北来士人及吴地知识者生活在江左秀美的自然环境中,山水美感得到长足的发展。尤其是会稽一带山水之美,天下独绝。顾长康从会稽还,人问山川之美,说明会稽山水,闻名天下。会稽人士欣赏山水之美,见于诗文者颇多。例如王羲之传世的《兰亭序》,描写兰亭山水美:"此地有崇山峻岭,茂林修竹,又有清流激湍,映带左右。"沉浸在美好的山水中,"游目骋怀,以极视听之娱,信可乐也"。山水与人之深情融而为一。在兰亭曲水流觞之时,谢安等数十名士作兰亭诗,竞相描写会稽山水之美:"相与欣佳节,率尔同褰裳。薄云罗阳景,微风翼轻航。"(谢安)"肆眺崇阿,寓目高林。青萝翳岫,修竹冠岭。谷流传响,条鼓鸣音。玄崿吐润,霏雾成阴。"(谢万)"地主观山水,仰寻幽人踪。回沼激中逵,疏竹间修桐。因流转轻觞,冷风飘落松。时禽吟长涧,万籁吹连峰。"(孙统)……(以上见逯钦立辑校《先秦汉魏晋南北朝诗·晋诗》卷一三)

上述《兰亭诗》同顾长康品评会稽山水一样,偏重审美客体的静态描写,少有审美主体的深情贯注。王子敬山阴道上行则不同,描写山水景物仅一句:"山川自相映发。"于是,山川就有了生命。这生命其实是审美者赋予。人钟情于山川,山川就呈现活泼的生命。山川吐纳云雾,激水成响,擢干辣条,万籁吹峰,皆是山川具有生命的表征。"山川自相映发",就是山川生命的流动。"使人应接不暇",呼应"于山阴道上行"。行走之中,美景纷至沓来。这一句非常高明。静态刻画,止有一景。应接不暇,则是无限景,此景去,彼景来,不断展开之中,惊喜不断。主客体之间每时每刻都在交流,"游目骋怀"、"信可乐也"之意全出。"若秋冬之际,尤难为怀",更是一往情深,不能已已。山川美景,最美在深秋,山瘦水清,色彩缤纷。王子敬之语,表明晋人对四时之景有深刻体会。宗白华《〈论世说新语〉和晋人的美》说:"晋人向外发现了自然,向内发现了自己的深情。"王子敬从山阴道上行,传会稽山水之神,体现出晋人对山水的一往情深,感动读者至永远。

42. 芝兰玉树

谢太傅问诸子侄:"子弟亦何预人事,而正欲使其佳?"诸人莫有言者。车骑答曰:谢玄。"譬如芝兰玉树,欲使其生于阶庭耳。"(《言语》92)

谢安,是东晋谢氏家族发达的奠基者和设计师,没有他的努力,谢氏不可能成为南朝著名望族,从而在中国政治史、文化史上留下深深的印记。

隋唐之前，中国社会由门阀统治，政治权力及社会资源几乎都由世家大族掌控。门第观念根深蒂固，家族的兴旺发达，是每一个家族世代追求的目标。培养子弟，自然就成为家族的头等大事。如果家族中出现佳子弟，便意味着家族有了兴旺的希望。《魏志》卷二二《陈群传》说：陈群幼时，父陈寔常奇异之，谓宗人父老曰："此儿必兴吾宗。"《晋书》卷八三《顾和传》说：顾和总角便有清操，族叔顾荣说："此吾家麒麟，兴吾宗者必此子也。"

谢安培养子弟不遗余力，手段颇多，有时身教，有时言教，以启发为主，值得效法。这次问诸子侄，又用启发式：子弟与我何关，而希望他佳？诸人没法回答这问题，只有谢玄，以"芝兰玉树，欲使其生于阶庭"的比喻，非常形象且有趣味地回答叔父的提问。刘辰翁评点说："对易问难，他人无此怀也。"其实，"问难"未必，谢安之问并不深奥。"对易"则非，"诸人莫有言者"，说明回答谢安的提问非三言二语就能说清楚。而谢玄以"芝兰玉树"之喻，道出谢安家教之目的，是使一门多出佳子弟。谢玄的比喻，贴切形象，使谢安十分高兴。钱穆解释此则说："谢安此问，止见欲有佳子弟，乃当时门第中之一般心情。所谓子弟亦何预人事，则有时尚老庄而故作此放达语。若真效老庄，真能放达，更何须有佳子弟？""正如崇阶广庭，苟无芝兰玉树装点，眼前便觉空阔寂寥，又何况尽长些秽草恶木？车骑之答，所以为雅有深致。"谢安之问与谢玄之答，是谢安培养子弟的又一佳例，不妨看作南朝世家大族教育子弟的缩影。

自谢玄以"芝兰玉树"比喻佳子弟后，后人常相沿用。《梁书》卷五二《顾宪之传》说：宪之"迁给事黄门侍郎，兼尚书吏部郎中。宋世，其祖觊之尝为吏部，于庭植嘉树，谓人曰：'吾为宪之种耳。'至是，宪之果为此职。"又《梁书》卷二五《徐勉传》说：徐勉丧子悱，痛悼甚至，作《答客喻》云："夫植树阶庭，钦柯叶之茂。""芝兰玉树"不仅仅是文学中的常用典故，而且成为寄托家族良好愿望的行为或者一种民俗。

43. 道壹道人好整饰音辞

道壹道人好整饰音辞，王珣《游严陵濑诗叙》曰："道壹姓竺氏。"《名德沙门题目》曰："道壹文锋富赡，孙绰为之赞曰：'驰骋游说，言固不虚。唯兹壹公，绰然有余。譬若春圃，载芬载敷。条柯猗蔚，枝条扶疏。'"从都下还东山，经吴中。已而会雪下,未甚寒。诸道人问在道所经。壹公曰:"风霜固所不论,乃先集其惨淡。郊邑正自飘瞥,林岫便已皓然。"(《言语》93)

道壹道人谈吐文采斐然,音韵调谐,为时人所称。孙绰赞道壹"文锋富赡""譬若春圃",即指其整饰音辞。

此条记道壹之言,乃描述吴中雪景。"风霜"四句皆为六字句,二、四句用韵,整饰有文采、有韵味,且抑扬顿挫,确如孙绰所赞,"譬若春圃,载芬载敷"。从《高僧传》卷五《道壹传》所载之道壹书札,也可见其文锋富赡。道壹息于虎丘山,丹阳尹请壹还都,壹答曰:"虽万物惑其日计,而识者悟其岁功。……且荒服之宾,无关天台,幽薮之人,不书王府。"同样抑扬爽朗,音辞整饰。

道壹好整饰音辞,为一时风气使然,而与佛经的转读、梵呗不无关系。道壹之师是著名高僧法汰。《高僧传》卷五《法汰传》称汰"含吐蕴借,词若兰芳"。由此可见法汰谈吐也极有文采。道壹音辞之妙,恐怕与法汰也有关系。

佛教为了弘扬大法,吸引信徒,经师的讲读和歌赞,就非常注意声文二方面的动听悦耳。对此,《高僧传》卷一三《经师》记之甚详,以为中土之歌,西方之赞,虽歌赞为殊,"而并以协谐钟律,符靡宫商,方乃奥妙"。"但转读之为懿,贵在声文两得。若唯声而不文,则道心无以得生;若唯文而不声,则俗情无以得入。"转读(咏经)、梵呗(歌赞),皆须"声文两得",方至奥妙。显然,道壹整饰音辞,即修饰声文。这是经师转读、梵呗时的要求。再看道壹描绘吴中雪景的四句,真可称为"声文两得"。

道壹好整饰音辞,还有可能得支昙籥的转读之法。据《高僧传》卷一三《支昙籥传》,支昙籥曾为吴虎丘山僧,晋孝武初,敕请出都,止建初寺。"特禀妙声,善于转读。尝梦天神授其声法,觉因裁制新声。梵响清靡,四飞却转,反折还喉迭哜。虽复东阿先变,康会后造,始终循环,未有如籥之妙。后进传写,莫匪其法。"《道壹传》说:"及帝崩汰死,壹乃还山,止虎丘山。"帝,指简文帝司马昱。若简文帝卒,道壹即往虎丘山,则此时支昙籥尚未离开,壹有可能与支相见,得其转读之妙。即或支先已应孝武帝之召至都,而虎丘弟子传其声法,道壹既止虎丘有相当时日,则熟知支昙籥转读之妙也当在情理之中。

整饰音辞的风气,非仅与经师转读、梵呗有关,而且也同汉末以来言吐应对及文学创作渐重音韵有关。汤用彤《魏晋玄学论稿·读〈人物志〉》说:"故整饰音辞,出言如流,宫商朱紫发言成句,乃清谈名士所尚。"《世说》一书中的一流清谈家,以音辞优美,使听众折服的故事不少。如支遁"才藻新奇,花烂映发",竟使王羲之"披襟解带,流连不能已"(《文学》36)。"花烂映发"者,正与孙绰赞道壹"譬若春圃,载芬载敷"的意思相同,指音辞整饰优美。其余言谈、作文整饰音辞的例子,于《世说》中所见甚多。如《言语》24:"其地坦而平,其水淡而清,其人廉且贞。""其山崔巍以嵯峨,其水浃渫而扬波,其人磊砢而英多。"《言语》81:"王司州至吴兴印渚中看。叹曰:'非唯使人情开涤,亦觉日月清朗。'"《言语》85:"顾长康目江陵城曰:'遥望层城,丹楼如霞。'"《言语》96:"毛伯成既负其才气,常称:'宁为兰摧玉折,不作萧敷艾荣。'"以上这类言谈,都声韵协谐,辞藻优美,所谓"声文两得"。

44. "世尊默然,则为许可"

范宁作豫章,《中兴书》曰:"宁字武子,慎阳县人。博学通览,累迁中书郎、豫章太守。"八日请佛有板。众僧疑,或欲作答。有小沙弥在坐末曰:"世尊默然,则为许可。"众从其义。(《言语》97)

东晋孝武帝太元十四年(389)十一月,范宁上疏,指王国宝为奸人。国宝大惧,与司马道子共谮范宁,出为豫章太守。范宁是当时著名的经学家,在豫章"崇儒抑俗",兴办学校,晚年虽患目疾,"犹勤经学,终年不辍",集解《春秋穀梁传》(见《晋书》本传)。同时,范宁又皈依佛教,《高僧传》卷六《慧持传》说:"豫章太守范宁,请讲《法华》、《毗昙》。"这次,四月八日请佛,大概是举行浴佛的法事活动。

浴佛又称"灌佛"。《列祖提纲录》卷四说:"今日四月八,我佛降生之日,天下精蓝,皆悉浴佛。"(卍续藏第 64 册 No. 1260)"浴佛偈"说:"我今灌沐诸如来,净智功德庄严聚,愿彼五浊众生类,速证如来净法身。"浴佛的方法与程序可见《浴佛功德经》,此不赘述。"请佛有板",徐震堮《校笺》解释道:"板,简牍也。请佛有疏,书于板上谓之板。"范宁四月八日请佛,"众僧疑,或欲作答"。众僧所疑何事,无从推断。据后面小沙弥之言,应当也是请佛事,众僧或欲作答,似乎犹豫,在可否之间。这时,次于末坐的小沙弥说:"世尊默然,则为许可。"居然一言定音,众人咸从其义。

小沙弥之言获得众人赞同,在于"世尊默然,则为许可",确实是佛家的通行规则。对此可以找出许多例证:《高僧传》卷一〇《杯度传》:"时潮沟有朱文殊者,少奉法,度多来其家。文殊谓度云:'弟子脱舍身没苦,愿见救济。脱在好处,愿为法侣。'度不答。文殊喜曰:'佛法默然,已为许矣。'"《长阿含经》卷一:"尔时如来闻此天语,默然可之。时首陀会天见佛默然许可,即礼佛足,忽然不现,还至天上。"《鼻乃耶》卷七:"毘舍佉即长跪请佛及五百阿罗汉,世尊默然可之。"《维摩经·入不二法门品》曰:"于是文殊师利问维摩诘:'我等各自说已,仁者当说,何等是菩萨入不二法门?'时维摩默然无言。文殊师利叹曰:'善哉善哉!乃至无有言语文字,是真入不二法门。'"注曰:"肇曰:'上诸菩萨措言于法相,文殊有言于无言,净名无言于无言,此三明宗虽同而亦有深浅。'世谓为维摩一默。"(见丁福保《佛学大辞典》)小沙弥固然聪敏可喜,智慧超人,然世尊默然即为许可,在佛门固是"无有言语"之"不二法门"。袁中道谓小沙弥之语"似戏",似未达其义。

小沙弥之言聪慧又合佛法,已如上述。这则故事中尚有范宁请佛之行为,也值得分析。余嘉锡《笺疏》说:"范武子湛深经术,粹然儒者。尝深疾浮虚,谓王弼、何晏之罪,深于桀、纣,其识高矣。而亦拜佛讲经,皈依彼法。盖南北朝人,风气如此。韩昌黎所谓不入于老,则入于佛也。"余先生以南北朝人的风气解释东晋以降,佛道逐渐由冲突走向融合,成为思想界的大趋势。孙绰的《喻道论》是佛道融合这一大趋势的标志。他说佛是"体道者",与儒家的圣人并无区别,所谓"周孔即佛,佛即周孔,盖内外名之耳",佛与周孔"其旨一也"。又说"周孔救其弊,佛教名其本耳,共为首尾,其教不殊",周孔与佛教的区别,不过是"迹"的不同,其所以迹是相同的(见《弘明集》卷三)。意思是儒道异在外在形式,体道则同。范宁谓王弼、何晏之罪深于桀纣,实在是夸大了清谈的弊病,把西晋陆沉的责任推给清谈,立论非常偏颇。范宁请讲《法华》《毗昙》,是认识到佛教与儒学都能体道之后对佛教的皈依。在东晋开始的儒道交融的大趋势中,范宁是继孙绰之后的又一个重要人物。

45. 司马太傅斋中夜坐

司马太傅斋中夜坐,《孝文王传》曰:"王讳道子,简文皇帝第五子也。封会稽王,领司徒、扬州刺史,进太傅。为桓玄所害,赠丞相。"于时天月明净,都无纤翳。太傅叹以为佳。谢景重在坐,《续晋阳秋》曰:"谢重字景重,陈郡人。父朗,东阳太守。重明秀有才会,终骠骑长史。"答曰:"意谓乃不如微云点缀。"太傅因戏谢曰:"卿居心不净,乃复强欲滓秽人清邪?"(《言语》98)

司马道子此夜有闲,坐于斋中。见皓月当空,一丝云片儿都无,叹以为佳,沉醉在素洁的月光中。在坐的谢景重听罢道子的赞叹,回答说:"我以为不如微云点缀更佳。"如此一来,同是赞美明月之美,有了两种不同的审美视角,道子以为月色澄净为美,谢景重以为微云点缀更美。

究竟何者为美?在道子之前的文学作品中其实可以找到答案:"微云点缀"的美景,已被许多诗人描写并赞美。例如卓文君《白头吟》:"皎若云间月。"曹丕《芙蓉池作》诗:"丹霞夹明月,华星出云间。"孙绰残诗:"迢迢云端月,的烁霞间星。"陶渊明《拟古》之七:"皎皎云间月,灼灼叶中华。"陶渊明《闲情赋》:"月媚景于云端。"可证以云间月为美起源甚早且很普遍。以至写人的姿态之美,也以轻云蔽月形容。曹植《洛神赋》形容洛神:"仿佛兮若轻云之蔽月。"《晋书》卷九二《顾恺之传》:"(顾)欲图殷仲堪,仲堪有目病,固辞。恺之曰:'明府正为眼耳,若明点瞳子,飞白拂上,使如轻云之蔽月,岂不美乎!'"说明曹植、顾恺之以"轻云蔽月"为美,并以此刻画人物之美,区别仅仅在于一用于文学,一用于绘画。

"微云点缀"的明月为什么比"都无纤翳"的明月更美?在于前者具有美的丰富性与多样性,后者单纯而无变化。我们都有过赏月的经验:深邃无比的夜空中微云缥缈,一缕二缕,沐浴着月华,如透明的轻纱,鲜艳、灵动、变幻,似彩色的梦。有时悠悠地追着月亮,有时轻轻地拂过明月,像是快乐的嬉戏。澄净的月亮,则如无瑕白璧,又像端庄的圣女。那是宇宙中单纯又庄重的美,简直能清洁我们的灵魂。然而,天月明净之美终究是显露,微云点缀则是含蓄与妩媚。

明人凌濛初评谢景重之语说:"谢故有致。""有致",指有意趣,属于哲学与美学层面的悟解。刘孝标注引《续晋阳秋》说"重明秀有才会"。"才会"指有悟解的才能。谢景重"乃不如微云点缀"之语,确实能证明他对月夜的美感具有超人一等的悟解。

至于司马道子戏谢说:"卿居心不净,乃复强欲滓秽太清邪?"那是戏言。可能他赞同谢景重"乃不如微云点缀"的看法,却又吝啬给予对方赞美,便用此戏语应付过去。但在仓促之间说出这句不无趣味的话,也不很容易。李贽评点道:"答亦自佳。"其说是也。

46. 宣武移镇南州

宣武移镇南州,制街衢平直。人谓王东亭曰:《王司徒传》曰:"王珣字元琳,丞相导之孙,领军洽之子也。少以清秀称,大司马桓温辟为主簿。从讨袁真,封交趾望海县东亭侯,累迁尚书左仆射,领选、进尚书令。""丞相初营建康,无所因承,而制置纡曲,方此为劣。《晋阳秋》曰:"苏峻既诛,大事克平之后,都邑残荒。温峤议徙都豫章,以即丰全。朝士及三吴豪杰,谓可迁都会稽。王导独谓:'不宜迁都。建业往之秣陵,古者既有帝王所治之表,又孙仲谋、刘玄德俱谓是王者之宅。今虽凋残,宜修劳来旋定之道,镇静群情。且百堵皆作,何患不克复乎?'终至康宁,导之策也。"东亭曰:"此丞相乃所以为巧。江左地促,不如中国,若使阡陌条畅,则一览而尽。故纡余委曲,若不可测。"(《言语》102)

晋哀帝兴宁二年(364)四月,桓温北伐,帅师进军合肥。五月,加桓温扬州牧,录尚书事。七月,复召温入参朝政。温不从。八月,复征桓温入朝。温至赭圻,诏又使尚书车灌止之,温遂城赭圻居之,再三推让录尚书事,遥领扬州牧。赭圻,《资治通鉴》卷一○一《晋纪》二三胡三省注:"赭圻在宣城界。"兴宁三年春正月,桓温又自赭圻而东镇姑孰。姑孰在建康南,故得南州之称。去年桓温据赭圻,筑城居之。今年移镇南州后,又筑城,建造街市大道,平整且直。

有人在王东亭(珣)面前评论建康城与南州城建筑的优劣,以为王丞相造的建康城弯曲迂回,不如南州城地势平整,街道条畅。王珣大不以为然,以为建康城正体现出王丞相筑城的巧妙,原因是江左地方狭小,不如北方广袤辽阔,假若使阡陌条畅,就会一览无遗,故纡余委曲,若不可测,这正是王丞相的创造。王珣之言,堪称城市建筑学的经典,李贽连赞:"至言至言!"(《初潭集·君臣》"能言之臣"条)"制街衢平直"与"制置迂曲",是城市建筑两种不同的美学理念。前者显豁、宏大,一览无遗;后者迂曲,若隐若现,若不可测。王珣肯定王导当初建造建康城之巧妙,妙在因地制宜,利用狭小的空间,营造迂曲之美。王导来自北方,不会不熟悉汉代长安城与洛阳城的城池苑囿,空间尺寸十分巨大,条畅开阔。王导初营建康城,变平直条畅为纡余委曲,若不可测,此固缘江左地促,然亦因美学观念转变所致。在相对狭小之空间中,变化以求丰富,曲折以显深邃,较之一览无遗,更显生动而具美感。东晋之后,"纡余委曲,若不可测"之空间造型,遂成为中国园林艺术之圭臬。

47. "何以共重吴声"

桓玄问羊孚:"何以共重吴声?"《羊氏谱》曰:"孚字子道,泰山人。祖楷,尚书郎。父绥,中书郎。孚历太学博士、州别驾、太尉参军。年四十六卒。"羊曰:"当以其妖而浮。"(《言语》104)

桓玄、羊孚两人的回答,反映出东晋人对吴声的爱好以及评价。吴声,指吴声歌曲,是产生于建业及附近地区的民歌。

《晋书》卷二三《乐志》说:"吴歌杂曲,并出江南。东晋以来,稍有增广。始皆徒歌,既而被之管弦。盖自永嘉渡江之后,下及梁陈,咸都建业,吴声歌曲起于此也。"据此可知,吴声原为江南徒歌,永嘉南渡之后,受士人和乐工的喜欢,被之管弦。如《子夜歌》、《欢闻歌》、《欢闻变歌》,皆出于民间。士人喜爱,遂至纷纷仿作。据传,《前溪歌》七首为车骑将军沈玩(应为沈充,参考王运熙《吴声西曲杂考》)所制(见《宋书·乐志》);《长史变歌》三首为司徒长史王廞临败所制(同上);《桃叶歌》三首为王子敬所制(见《乐府诗集》卷四五引《古今乐录》)。魏晋时期的豪富和贵族畜妓成风,妓妾皆唱吴歌艳曲。士人也喜唱吴声。有一次会稽王司马道子宴集朝士,置酒于东府,尚书令谢石乘醉唱起了"委巷之歌"。所谓"委巷之歌"便指吴声。以上事实证明,东晋"共重吴声"确已形成风气。

羊孚以为举世共重吴声,"当以其妖而浮"。妖者,妍也,艳也,美也。浮者,轻也,浅也,俗也。"妖浮"之义,大致从两个层面言之:一是内容层面,一是语言层面。前者指吴声几为清一色的男女情歌,色泽艳丽,与古乐、雅乐迥异。此点人皆共知。后者指南方语音轻清浮浅,与北方语音的质重沉浊不同。对此,北齐颜之推《颜氏家训·音辞篇》言之甚明:"南方水土和柔,其音清举而切诣,失在浮浅,其辞多鄙俗。北方山川深厚,其音沉浊而讹钝,得其质直,其辞多古语。"唐陆德明《经典释文序录》说:"方言差别,固自不同。河北江南,最为钜异,或失在浮清,或滞于沉浊。""妖而浮"之"浮",当即颜氏所言之"浮浅",陆氏所言之"浮清"。

为何东晋共重"妖而浮"的吴声?若从吴声的内容层面说,那些咏唱男女风情的吴歌,正合东晋士人追求性爱的生活情趣。王珉与嫂婢谢芳姿深爱,芳姿作《团扇郎》歌;王子敬笃爱妾桃叶,作《桃叶歌》三首。这二个显例说明吴声的产生和流传,与男女情爱的关系甚大。然而,据陈寅恪《从史实论切韵》一文(载《陈寅恪史学论文集》)考证,"泊乎永嘉乱起,人士南流,则东晋之士族阶级,无分侨旧,悉用北音",王导等虽往往用吴语延接士庶,但不过用以笼络江东人心,"迨东晋司马氏之政权既固,南士之地位日渐低落,于是吴语乃不复用于士族之间矣。"读陈先生此文有一疑问:东晋士族之间不用吴语,为何独独喜用吴语唱吴声?窃以为解释这一疑问,除上文言及东晋士族追求性爱的生活情趣外,尚须从音乐的审美视角来探讨。两晋之际翻天复地的社会大变动,前代的雅乐和伶人散亡殆尽。《晋书》卷二三《乐志》下说:"永嘉之乱,海内分崩,伶官乐器,皆没于刘、石。""太常贺循答云:'……旧京荒废,今既散亡,音韵曲折,又无识者,则于今难于意言。'"至"永和十一年,谢尚镇寿阳,于是采拾乐人,以备太乐,并制石磬,雅乐始颇具"。虽然明帝、成帝等有意于雅乐的重建,但这不过是朝廷制礼作乐的例行公事,雅乐本身重在教化,殊少审美价值。谢尚虽有功于雅乐的完备,但真正喜欢的是吴声。他曾在佛国门楼上弹琵琶,作《大道曲》(见《乐府诗集》卷七五引《乐府广题》),便是青睐吴声的明证。吴声词虽鄙俗,但声调软侬缠绵,南渡的士族,可从未接触过如此新鲜动听的乐歌,自然极容易接受。故东晋士族之间的交往仍操北音,而乐舞的欣赏则不妨"南化"。

再则,南渡士族随着侨居时日渐久,不可能不被吴语同化。《轻诋》30说:"支道林入东,见王子猷兄弟。还,人问:'见诸王何如?'答曰:'见一群白颈乌,但闻唤哑哑声。'"余嘉锡《笺疏》说:"道林之言,讥王氏兄弟作吴音耳。"东晋士族延接士庶时操北音,日常家居时恐也不会完全排斥吴音。在吴音的环境中历经数世,浸润日久自会喜欢吴声,而且仿作言情艳歌。

总之,东晋共重吴声,原因大致有三:一是东晋士人深于情,追求男女性爱的享受,吴声与他们的生活情趣一拍即合。二是吴声"妖而浮",情调缠绵,风姿绰约,具有很高的欣赏价值。三是东晋士族交际虽操北语,但毕竟处于吴音的语言环境中,日久渐不觉南音浮浅,喜欢吴声亦在情理之中。

48. 谢灵运好戴曲柄笠

谢灵运好戴曲柄笠,丘渊之《新集录》曰:"灵运,陈郡阳夏人。祖玄,车骑将军。父涣,秘书郎。灵运历秘书监、侍中、临川内史。以罪伏诛。"孔隐士谓曰:"卿欲希心高远,何不能遗曲盖之貌?"《宋书》曰:"孔淳之字彦深,鲁国人。少以辞荣就约,征聘无所就。元嘉初,散骑郎征,不到。隐上虞山。"谢答曰:"将不畏影者,未能忘怀。"《庄子》云:"渔父谓孔子曰:'人有畏影恶迹而去之走者,举足逾数而迹逾多,走逾疾而影不离,自以尚迟,疾走不休,绝力而死。不知处阴以息迹,愚亦甚矣。子修心守真,还以物与人,则无异矣。不修身而求之人,不亦外事者乎?'"(《言语》108)

崔豹《古今注》说:"曲盖,太公之所作也。武王伐纣,大风折盖。太公因折盖之形而制曲盖焉。"战国常以赐将帅。自汉朝乘舆用四,谓为曲盖。有军号者赐其一也。曲盖,为轩冕结绶者之象征。孔、谢问答之意义,余嘉锡《笺疏》释之甚确:"笠者,野人高士之服,而曲柄笠,笠上有柄,曲而后垂,绝似曲盖之形。灵运好戴之,故淳之讥其虽希心高远,而不能忘情于轩冕也。灵运以为唯畏影者乃始恶其迹,心苟漠然不以为意,何迹之足畏?如淳之言,将无犹有贵贱之形迹存乎胸中,未能尽忘乎?"

兹进而解释谢灵运之说与《庄子》哲学及魏晋玄学之间的关系。灵运以《庄子·渔父》中"畏影恶迹"者的寓言,说明心与迹二者的关系。《庄子》哲学主张无己、无心,《逍遥游》所说的"至人无己",即为最高境界。泯灭物我,顺乎自然,无往非适,即为"无己"。郭象、向秀注释《庄子》,大谈"丧我"、"自忘"、"忘情",以为自忘才能超然自得,无心才能应对万物。郭象注《逍遥游》:"我苟无心,亦何为不应世哉。"注《齐物论》:"吾丧我,我自忘矣,天下有何物足识哉!故都忘内外,然后超然俱得。"在庄周看来,如许由这样的隐士是高于圣人尧舜的。而郭象及后来的玄学家则调停圣人和隐士之间的对立,并把圣人说成是无为而治,妙合自然。最特出的例子是郭象注《逍遥游》:"夫圣人虽在庙堂之上,然其心无异于山林之中,世岂识之哉!徒见其戴黄屋,佩玉玺,便谓足以缨绂其心矣;见其历山川,同民事,便谓足以憔悴其神矣;岂知至者之不亏哉。"如此,圣人虽居廊庙,无异山林,名教与自然由矛盾趋于统一。总之,无己无心,便能混同万物,冥一贵贱,超然自得。而畏影恶迹者,其心尚未忘怀。若连自身皆忘,则何由外在之迹?

魏晋名士多以这种哲学相标榜,并用来指导和解释自己的行为。如《言语》48:"竺法深在简文坐,刘尹问:'道人何以游朱门?'答曰:'君自见其朱门,贫道如游蓬户。'"竺法深讥刘惔内心犹有朱门、蓬户的贵贱之分,未能内外都忘,混同万物,而他自己泊然无感,泯一贵贱,以无心应对万物。再如陶渊明《饮酒诗》其五:"结庐在人境,而无车马喧。问君何能尔,心远地自偏。"结庐人境而无车马喧嚣,盖在"心远";若心寂寞无所感,则虽在繁华之闹市,犹处僻远之地。故心中不存贵贱之形迹,则即使纡青拖紫于廊庙之上,也无异拱默守玄于山林之中。

其实,"无心"、"自忘"、"丧我"之说,只有哲学层面上的存在价值,现实生活中几乎无人能达到冥一心迹的境界。孔淳之讥灵运"卿欲希心高远,何不能遗曲盖之貌?"倒是一针见血地道出了灵运二元的人格特征。他欲以赏爱自然山水,忘却世情,所谓"矧乃归山川,心迹双寂寞"(《斋中读书》),然终其一生,始终做不到心迹双寂。他向往的人生理想是"达人贵自我,高情属云天。兼抱济物性,而不缨垢氛"(《述祖德诗》其二),想把"高情"和"济物"统一起来。然而,"济物"难期,"高情"也成了虚伪,落到"心迹犹未并"(《初去郡》)的尴尬地步。灵运回答孔:"将不畏影者,未能忘怀。"此语称他自己正合适。《文心雕龙·情采》说:"故有志深轩冕,而泛咏皋壤;心缠机务,而虚述人外。"晋宋以来的那些泛咏皋壤的"希心高远"者,大都未能忘怀轩冕,谢灵运是其中的代表人物。

政事第三

49. 陈仲弓为太丘长

陈仲弓为太丘长，有劫贼杀财主，主者捕之。未至发所，道闻民有在草不起子者，回车往治之。主簿曰："贼大，宜先按讨。"仲弓曰："盗杀财主，何如骨肉相残？"按后汉时贾彪有此事，不闻寔也。(《政事》2)

陈仲弓（寔），碰到二宗案子，一是强盗杀财主，一是有民生子不养育。他以为弃子罪行更严重，应先处理。主簿说："贼大，宜先按讨。"主簿的建议是有法律依据的：秦汉以来的刑法，向来把治盗贼列为首位。《晋书》卷三〇《刑法志》说，魏文侯师李悝"著《法经》，以为王者之政，莫急于盗贼，故其律始于《盗贼》"。但陈仲弓以为骨肉相残之罪，更甚于盗杀财主。这种见解，是基于法律本质的理解。古代法律多强调德教是刑法的基础，礼是法律之本源。制礼止刑，才能清源正本。而礼的原点是骨肉亲情，圣人以亲情为依据而制礼。那么，礼既然是刑法的基础，而礼又以亲情为源头，刑法的根本基础，也与亲情密不可分。生子不举，任其夭折，等同骨肉相残，根本违反了人的天性。若人骨肉都可相残，彻底丧失了仁、义、礼、智、信此五常，则何罪不敢犯？

汉代禁止生子不举子的法令，至东晋仍未变。《晋书》卷八四《殷仲堪传》载：仲堪领竟陵太守，"举郡禁产子不举"。这条法令的制定，依据仍是骨肉相亲的人之天性。当然，百姓生子不举子多数是贫穷无力养育，并不是有意骨肉相残。

刘孝标说后汉贾彪有此事，不闻陈寔。余嘉锡《笺疏》从刘孝标注，并怀疑陈氏子孙剽取旧闻，以为美谈，而刘义庆误以为真实。余氏的怀疑无法证实，也有可能一事而传闻各异。

《世说》记陈仲弓作太丘长用刑，还有前一条所记杀了一个"诈称母病求假"的官员。主簿建议陈寔审查那个诈称母病求假者的其他劣迹。陈仲弓说"欺君不忠，病母不孝，其罪莫大"，不必再审查其他的罪恶。汉代循吏深受儒家思想影响，在家为孝子，立朝为忠臣，践行忠孝观念。忠孝是礼的根本，也是选拔人才的最主要的标准。

《宋书》卷九一《孝义传》说："史臣曰：汉世士务治身，故忠孝成俗，至乎乘轩服冕，非此莫由。"陈仲弓以为"不忠不孝，其罪莫大"，同上面先治"骨肉相残"之罪一样，都表明他对刑法本质的理解。在他看来，忠孝之礼不可逾越，比不可犯罪更要紧。但诈称母病求假，固然不忠不孝，比起谋反或杀父的罪恶，终究不可等同而语，用杀头的极刑，量刑恐怕太重了。

《晋书》卷五〇《庾纯传》说："司徒石苞议：'纯荣官忘亲，恶闻格言，不忠不孝，宜除名削爵土。'"庾纯不忠不孝，处罚仅仅是"除名削爵土"。《政事》3刘孝标注引袁宏《汉纪》说："寔为太丘，其政不严而治。"可那官员因诈称母病求假就被杀了头，陈仲躬执法似乎太过峻刻，故凌濛初说："恐亦未免矫枉。"袁宏《汉纪》说陈仲弓"不严而治"，而《政事》所记陈仲弓的故事，用严刑峻法维护忠孝观念，其真实性很令人怀疑。

50. 贺太傅作吴郡

贺太傅作吴郡，初不出门。吴中诸强族轻之，乃题府门云："会稽鸡，不能啼。"环济《吴纪》曰："贺邵字兴伯，会稽山阴人。祖齐，父景，并历美官。邵历散骑常侍，出为吴郡太守。后迁太子太傅。"贺闻，故出行，至门反顾，索笔足之曰："不可啼，杀吴儿！"于是至诸屯邸，检校诸顾、陆役使官兵及藏逋亡，悉以事言上，罪者甚众。陆抗时为江陵都督，《吴录》曰："抗字幼节，吴郡人，丞相逊子，孙策外孙也。为江陵都督，累迁大司马、荆州牧。"故下请孙皓，然后得释。（《政事》4）

孙休以魏甘露三年（258）即位，会稽人贺邵出为吴郡太守。这位外来的太守不好当，吴中诸豪族势焰张天，完全不把太守放在眼里，居然在郡府门上题"会稽鸡，不能啼"，意谓会稽来的郡太守，不能作事也。

吴中诸豪族积数十百年的积聚经营，势力强盛，坚如盘石，极难撼动。《魏志·邓艾传》说："吴名宗大族，皆有部曲，阻兵仗势，足以建命。"部曲是依附豪族的农民和逃亡的兵丁，平时屯田种植，战时就是军队。孙吴政权自建立伊始，豪族就成为政权的主体。唐长孺《孙吴建国及江南的宗部与山越》一文曾分析孙吴政权的豪族联盟性质，说："孙氏自身既然是江南的地方豪族，他的政权基础也是以孙氏为首的若干宗族联盟。这些宗族或者和孙氏一样，为江南旧有的大族，例如吴郡的顾、陆、朱，会稽的虞、贺，钱塘之全，丹阳之朱，阳羡之周等；也有南渡的北方大族，例如张昭、诸葛瑾、周瑜、鲁肃等……"（载唐长孺《魏晋南北朝史论丛》）孙吴各地的豪族，最强大的是吴郡的顾、陆、周，都拥有众多的家兵，足以建立或推翻一个政权。《晋书》卷五八《周处传附周玘传》说："（玘）宗族强盛，人情所归，元帝疑惮之。"玘子勰欲起宗族家兵废执政王导，元帝以"周氏奕世豪望，吴人所宗，故不穷治，托之如旧"。《晋书》卷七八《孔坦传》说："及（苏）峻平，以坦为吴郡太守。自陈吴多强族，而坦年少，未宜临之。"孔坦惮吴中强族，居然以年少为由，辞吴郡太守。这还是孙吴政权覆灭后的情况，吴郡的豪族依然如此强盛，则数十年前东吴政权尚在，彼时吴郡豪族的强盛更出乎人们的想象。例如陆氏，世为江东大族，陆逊招募吴、会稽、丹阳各地藏匿的贫民，并讨伐会稽山贼，部曲有二千余人。孙权以兄策女配陆逊，数访当世事务，成为孙吴政权的有力支柱。抗击蜀国刘备，屡立功勋。后拜上大将军、右都督，辅太子，并掌荆州及豫章三郡军事，董督军国，权势之大，无人可及。其子陆抗，于孙皓即位后加镇军大将军，临益州牧。建衡二年（270），拜都督信陵、西陵、夷道、乐乡、公安诸军事。陆逊、陆抗父子，两世为孙吴名将，为吴郡强族之首。《规箴》5注引《吴录》说："时吴主暴虐，（陆）凯正直强谏，以其宗族强盛，不敢加诛。"连吴主也奈何陆氏不得。陆氏当然不会把郡太守放在眼里。

但贺邵不畏强御，在郡门上"会稽鸡，不可啼"二句后补上："不可啼，杀吴儿！"《三国志·吴志·贺邵传》说："邵奉公贞正，亲近所惮。"奉公而铁面无私的贺邵，开始展示其非凡的魄力，检校豪族顾、陆役使官兵及藏匿流民的所有违法事实，上书吴主孙皓。他要"杀吴儿"了，贞正与气魄真不可及。当时，陆抗为江陵都督，听闻贺邵上书罪状陆氏子弟的不法行为，急忙从江陵东下至武昌请求孙皓的宽恕，事情才转危为安。

读此条故事，可了解孙吴时吴郡诸豪族的强盛以及诸多不法，也有贺邵这样"奉公贞正"的地方官，敢于在太岁头上动土。

51. 山公知管时任

　　山公以器重朝望,年逾七十,犹知管时任。虞预《晋书》曰:"山涛字巨源,河内怀人。祖本,郡孝廉。父曜,宛句令。涛蚤孤而贫,少有器量,宿士犹不慢之。年十七,宗人谓宣帝曰:'涛当与景、文共纲纪天下者也。'帝戏曰:'卿小族,那得此快人邪?'好《庄》、《老》,与嵇康善。为河内从事,与石鉴共传宿,涛夜起,蹋鉴曰:'今何等时而眠也!知太傅卧何意?'鉴曰:'宰相三日不朝,与尺一令归第,君何虑焉?'涛曰:'咄!石生,无事马蹄间也。'投传而去,果有曹爽事,遂隐身不交世务。累迁吏部尚书、仆射、太子少傅、司徒,年七十九薨,谥康侯。"贵胜年少,若和、裴、王之徒,并共宗咏。有署阁柱曰:"阁东有大牛,和峤鞅,裴楷鞧,王济剔嬲不得休。"王隐《晋书》曰:"初涛领吏部,潘岳内非之,密为作谣曰:'阁东有大牛,王济鞅,裴楷鞧,和峤刺促不得休。'"《竹林七贤论》曰:"涛之处选,非望路绝,故贻是言。"或云潘尼作之。《文士传》曰:"尼字正叔,荥阳人。祖勖,尚书左丞。父满,平原太守。并以文学称。尼少有清才,文词温雅。初应州辟,终太常卿。"(《政事》5)

　　山涛有识鉴之明,晋国未建之前,就做过吏部郎。作冀州刺史时,"甄拔隐曲,搜访贤才,旌命三十余人,皆显明当时"。晋武帝咸宁初,加侍中,领吏部(以上见《晋书》卷四三《山涛传》)。这时他已经年逾七十了,还在掌管人才荐拔的工作。

　　贵胜少年和峤、裴楷、王济同山涛一起"言咏"(一作"宗咏")。两晋时代,"言咏"可以作为清谈的同义词。山涛不以清谈名世,但并非不能清谈。据刘孝标注引王隐《晋书》,山涛领吏部尚书,潘岳反感,匿名作谣言,题中阁柱上:"阁东有大牛,和峤鞅,裴楷鞧,王济剔嬲不得休。"大牛喻山涛。和峤鞅,指和在前面,如夹住马颈的鞅。裴楷鞧,指裴在后面,如马尾的鞧。鞧,用以控制马,使之不得退缩。那大牛前有鞅,后有鞧,被人控制不得自由。王济则剔嬲不止。剔嬲,义为擿娆,意谓纠缠,烦扰。潘岳作"阁道谣"的意思,刘辰翁解释道:"谓众人持之,使不知止,此不当在政事之目。"杨勇《校笺》说:"今按:潘岳之意,以大牛比山涛,王济络其首,裴楷革其后,和峤则常促之。喻山公选举所以得其正者,实由于此三人左右牵控周到,犹牛马虽欲任意驰骋,亦不可得也。"按,杨笺之解有可取之处,但说潘岳作谣"喻山公选举得其正者",此言非。《竹林七贤论》称潘作谣言是"涛之处选,非望路绝,故贻是言"。山涛作吏部尚书,潘岳对𠇹迁感到绝望,故怀怨而非之,绝对不是赞美山涛在一帮贵胜少年的控制下,"山公选举得其正"。潘岳怨恨山涛,也讽刺和峤、裴楷、王济在山涛前前后后,受山涛的青睐。

须进一步索解的是,潘岳为何心非山涛,以至作谣言题在阁道上?鄙意以为这与当时朋党有关。读《政事》7 注引《晋诸公赞》,可以见出当时在选举问题上朋党之间的较量:"山涛为左仆射领选,涛行业既与充异,自以为世祖所敬,选用之事,与充咨论,充每不得其所欲。"可见山涛德行操守既与贾充异,在选用之事上自会与充发生矛盾。又《晋书》卷四五《任恺传》言庾纯、张华、温颙、向秀、裴楷与恺善,而杨珧等为贾充亲敬,于是朋党纷然。潘岳属贾谧父韩寿党(见《晋书》卷四八《阎缵传》),而寿乃贾充婿。山涛、和峤与贾充行己有异,潘岳又属贾党,非望路绝之际,势必讥谤山涛诸人,泄愤而作谣。

《政事》7 说:"山司徒前后选,殆周遍百官,举无失才,凡所题目,皆如其言。"山涛前后选举百官的"题目",世称"山公启示"。《全晋文》卷三四保存有二三十条,皆识鉴清明,举无所失。比如称阮咸"散骑侍郎阮咸,真素寡欲,深识清浊,万物不能移也。若在官人之职,必妙绝于世"。称裴楷:"右军裴楷,通理有才义,佥论宜以为侍中才"。称羊祜:"忠笃宽厚,然不长理剧。宗正卿缺,不审可转作否"……凡所题目,无不词副其人,经得起时间与事实的检验。典型例子是山涛不赞成用陆亮作吏部尚书。陆亮是贾充的心腹,充乃启亮"公忠无私"。山涛与陆亮非一党,多次启亮可为左丞相,不是作吏部的人才。但晋武帝不听,下诏用陆亮作吏部,山涛辞职还家。陆亮作职不久,果然受贿免官。证实山涛之见完全正确。

《晋书》卷五五《潘岳传》说:"岳性轻躁,趋世利,与石崇等谄事贾谧,每候其出,与崇辄望尘而拜。……谧二十四友,岳为其首。"以山涛卓绝不凡的眼光,自然看透潘岳的里里外外。《潘岳传》说"岳才名冠世,为众所疾,遂栖迟十年",似乎遭众人嫉妒而不得志。其实,潘岳栖迟十年同他趋炎附势的品格有关。潘负其才却栖迟难升迁,而山涛又是领吏部,遂作谣言题在阁道,以泄其不满与愤慨。

52. 嵇绍咨山涛出处

嵇康被诛后,山公举康子绍为秘书丞。《山公启事》曰:"诏选秘书丞。涛荐曰:'绍平简温敏,有文思,又晓音,当成济也。犹宜先作秘书郎。'诏曰:'绍如此,便可为丞,不足复为郎也。'"《晋诸公赞》曰:"康遇事后二十年,绍乃为涛所拔。"王隐《晋书》曰:"时以绍父康被法,选官不敢举。年二十八,山涛启用之,世祖发诏,以为秘书丞。"绍咨公出处,《竹林七贤论》曰:"绍惧不自容,将解褐,故咨之于涛。"公曰:"为君思之久矣,天地四时犹有消息,而况人乎?"王隐《晋书》曰:"绍字延祖,雅有文才,山涛启武帝云云。"(《政事》8)

晋武帝太康元年(281),嵇绍年二十八,距他的父亲嵇康遇害已经二十年了。山涛举嵇绍为秘书丞,称绍"平简温敏,又晓音律,当有所成"。嵇绍则担心朝廷因其父嵇康之故,不会容忍自己,遂咨询山涛究竟出还是处。山涛以《易》随时之义,以为可以出仕晋朝。

山涛以《易》义解释嵇绍出仕的合理性,引起后人长久的议论。斥责山涛最严厉者莫过于清顾炎武,在《日知录》卷一三"正始"条中说:"昔者嵇绍之父康被杀于晋文王,至武帝革命之时,而山涛荐之入仕。绍时屏居私门,欲辞不就。涛谓之曰:'为君思之久矣,天地四时犹有消息,而况于人乎。'一时传诵,以为名言。而不知其败义伤教,至于率天下而无父者也。夫绍之于晋,非其君也,忘其父而事其非君,当其未死三十余年之间,为无父之人,亦已久矣!而荡阴之死,何足以赎其罪乎?且其入仕之初,岂知必有乘舆败绩之事,而可树其忠名,以盖于晚也?自正始以来,而大义之不明遍于天下。如山涛者,既为邪说之魁,遂使嵇绍之贤且犯天下之不韪而不顾。夫邪正之说不容两立,使谓绍为忠,则必谓王裒为不忠而后可,何怪其相率臣于刘聪、石勒,观其故主青衣行酒,而不以动其心者乎?"斥山涛举嵇绍出仕为败义伤教,涛为"邪说之魁"。余嘉锡《笺疏》从顾炎武,斥责山涛同样严厉:"然绍父康无罪而死于司马昭之手。《礼》曰:'父之雠,弗与共戴天。'此而可以消息,忘父之雠,而北面于其子之朝,以邀富贵,是犹禽兽不知有父也。涛乃傅会《周易》,以为之劝,真可谓饰六艺以文奸言,此魏晋人《老》《易》之学，所以率天下而祸仁义也。"又说："绍自为山涛所荐，后遂死于荡阴之难。夫食焉不避其难，既食其禄，自不得临难苟免。绍之死无可议，其失在不当出仕耳。《御览》卷四四五引王隐《晋书》曰：'河南郭象著文，称嵇绍父死非罪，曾无耿介，贪位死暗主，义不足多。曾以问郗公曰："王哀之父，亦非罪死，哀犹微辞，绍不辞用，谁为多少？"郗公曰："王胜于嵇。"或曰："魏晋所杀，子皆仕宦，何以无非也？"答曰："殛鲧与禹，禹不辞者，以鲧犯罪也。若以时君所杀为当耶，则同于禹；以不当耶，则同于嵇。"又曰："世皆以嵇见危授命。"答曰："纪信代汉高之死，可谓见危授命。如嵇偏善其一可也。以备体论之，则未得也。"'郭象之言甚善，不可以人废言。郗鉴、王隐之论，尤为词严义正。由斯以谈，绍固不免于罪矣。劝之出者岂非陷人于不义乎！所谓'天地四时，犹有消息'，尤辩而无理。大抵清谈诸人，多不明出处之义。"从王隐《晋书》所称郭象著文以及郗公所谓王哀胜于嵇绍之论，可知早在东晋之时，就有人批评嵇绍出仕是"贪位死暗主，义不足多"。《晋书》卷八九《忠义传》史臣说："或有论绍者以死难获讥，扬榷言之，未为笃论。""以死难获讥"大概指郭象著文及郗公所论一类议论。但史臣不同意讥评嵇绍，以为"未为笃论"。这说明评论嵇绍忠于晋朝，以及山涛以《易》义劝嵇绍出仕，早有歧见。迄今仍是两种意见。

今分别论山涛举嵇绍及嵇绍出仕二事。

山涛为嵇康好友。山涛掌选，举嵇康自代。嵇康痛恨司马氏之虚伪名教，拒绝出仕，作书与山涛绝交。虽然诋斥、讽刺山涛之言很难听，但其本心是表达对虚伪名教的愤慨，并非集矢山涛。其后嵇康坐事临诛，对子绍说："巨源在，汝不孤矣。"(《晋书》卷四三《山涛传》)视山涛为可以托孤之友。二人情谊之深，无可怀疑。康死二十年后，时代已不同往昔，嵇绍也已成人。难友之子的出处问题，山涛念念不忘。由"为君思之久矣"一语可见，山涛对嵇绍的人生抱有深切同情和持久关怀。嵇康死于非罪，而《礼记·曲礼》说"父之仇，弗与共戴天"，山涛不会不知此古训。但山涛若要嵇绍遵循古训，不忘杀父之仇，不仕晋朝，宁愿闭门以终，这是不是算尽到了托孤人的责任？再说，嵇康临刑对子绍说"巨源在，汝不孤矣"，味其深意，恐怕并不希望儿子像自己一样，终生与名教势不两立。山涛是何等人，岂会不知嵇康托孤的用心？清王鸣盛《十七史商榷》卷四八"山涛举嵇绍"条说："以康之诡激，而涛能始终之，何友谊之笃也。君子哉！"赞山涛为笃于友谊的君子。笔者赞同王鸣盛的看法，以为山涛在好友嵇康遇害二十年后，审时度势，举嵇绍为秘书丞，是始终笃于友谊的君子，令人尊敬。顾炎武以抗清志士的愤激来评价山涛,称涛为"邪说之魁",忽略了山涛托孤人的身份,忽略了他对嵇绍前途的深切同情与关怀,似乎并不可取。顾炎武以为晋朝于嵇绍无关,晋不是君;嵇绍是"忘其父而事其非君","而荡阴之死,何足以赎其罪乎"? 余嘉锡则肯定"绍之死无可议","其失在不当出仕耳"。

　　顾、余二人的论调,固然义正词严,一致认为嵇绍忘记父仇,仕于非君是不义的。不过,探索嵇绍出仕,须了解魏末之后文化人的思想演变。陈寅恪《陶渊明之思想与清谈之关系》一文,论魏晋名教与自然之关系的变化,说:"至于曹魏、西晋之际名教与自然相同一问题,实为当时士大夫出处大节所关,如山涛劝嵇康子绍出仕司马氏之语,为顾亭林痛恨而深鄙者,顾氏据正谊之观点以立论,其苦心固极可钦敬,然于当时士大夫思想之蜕变之隐微似犹未达一间。"并解释山涛之语说:"天地四时即所谓自然也。犹有消息者,即有阴晴寒暑之变易也。出仕司马氏所以成其名教之分义,即当时何曾之流所谓名教也。自然既有变易,则人亦宜仿效其变易,改节易操,出仕父仇矣。斯实名教与自然相同之妙谛,而此老安身立命一生受用之秘诀也。"寅恪先生以为山涛之语即名教与自然相同,改节易操也就有所依据。嵇康"越名教而任自然",自然以名教对立,且以自然对抗名教。山涛则持名教与自然相同之观点,以此解释嵇绍出仕是合理的。持此种观点者,不唯山涛。嵇康另一好友向秀,于嵇康被杀后至洛阳仕司马昭,说明在政治的高压下,自然不敌名教,只能与名教妥协,否则难以安身立命。

　　再论嵇绍出仕晋朝,外部原因是山涛的荐举。后者以《易》义劝绍出仕。嵇绍出仕,说明其赞同并服膺名教。从他个人来说,唯有出仕,才有可能实现"兼济于物"的人生理想。何况,先父将自己托付山涛之深意,亦未必希望自己坚守"越名教而任自然",作隐士了结此生。总之,评论山涛之言与嵇绍出仕,既要体察人情,即理解托孤人山涛对好友嵇康的笃谊,对出处艰难的历史人物抱有深切的同情,也要了解魏末之后名教与自然关系的变易,对士大夫出处问题的影响,这样才有可能抵达历史的真相。

53. 王安期为东海郡

　　王安期为东海郡,《名士传》曰:"王承,字安期,太原晋阳人。父湛,汝南太守。承冲淡寡欲,无所循尚。累迁东海内史。为政清静,吏民怀之。避乱渡江,是时道路寇盗,人怀忧惧,承每遇艰险,处之怡然。元皇为镇东,引为从事中郎。"小吏盗池中鱼,纲纪推之。王曰:"文王之囿,与众共之。《孟子》曰:"齐宣王问:'文王之囿,方七十里,有诸?若是其大乎?'对曰:'民犹以为小也。'王曰:'寡人之囿方四十里,民犹以为大,何邪?'孟子曰:'文王之囿,刍荛者往焉,与民同之,民以为小,不亦宜乎?今王之囿,杀麋鹿者如杀人罪,是以四十里为阱于国中也,民以为大,不亦宜乎?'"池鱼复何足惜!"(《政事》9)

王安期(承)为东海郡,时在西晋之末。《晋书》卷七五《王承传》载:东海王越镇许,以为记室参军,敕其子毗应"亲承音旨","王参军人伦之表,汝其师之"。王承在府数年,见朝政渐废,辞以母老,求出。越不许。久之,迁东海太守,"政尚清净,不为细察"。考《晋书》卷五九《东海王越传》,永嘉元年(307),怀帝即位,越遂出镇许昌。据上文献资料判断,王承为东海郡,当在永嘉之末。

王安期清净宽简,不为细察之政,《晋书》本传记有二事:一是不追究小吏盗池中鱼,一是送犯夜人回家,即取自《政事》9、10。历来吏治有两种:酷吏与良吏。前者尚法律,严刑峻法,威猛过于虎。后者尚仁政,简静宽厚,德泽黎庶,如春风化雨。王安期为良吏,治民以仁义为本。他说"文王之囿,与众共之",用《孟子》的典故,显然是服膺儒家仁政。《政事》10 记郡吏逮捕犯夜人(违反宵禁令者),他说:"鞭挞宁越以立威名,恐非致理之本。"以为鞭鞑犯夜的读书人,并不是治政的根本办法。两个故事一样证明,王安期的治政理念是仁慈宽恕,否定以严刑树立威名。

汉代以来的循吏和良吏,直接体现了儒家的仁政理想,同时也深受黄老哲学中清净无为、与民休息等治国理念的影响。太原王氏风流不如琅琊王氏,在文化史上的贡献也逊于后者。但论其门风的纯正与淡泊的贵族精神,其实不减于琅琊王氏。王承父王湛,史称"初有隐德","冲素简淡,器量愤然"。这种不事张扬的沉稳、朴素、简淡的风度,受到道家思想的影响显而易见。王湛熟悉《周易》,"剖析玄理,微妙有奇趣",又马术佳,善相马,这都是名士的品格。原先轻视他的侄子王武子,后来评论叔父说:"山涛以下,魏舒以上。"(见《晋书》卷七五《王湛传》)

王承"清虚寡欲,无所修尚",与"冲素简淡,器量愤然"的王湛相近,父子天性一脉相承。《晋书》本传说"承少有重誉,而推诚接物,尽弘恕之理,故众咸亲爱焉"。"渡江名臣王导、卫玠、周颛、庾亮之徒,皆出其下,为中兴第一。"其名誉之重,简直不可思议。若论王承功业,未闻有惊天动地之事;若论官职,不过一郡太守耳。何以为"中兴第一",王导等人皆出其下?其中原因,全在道德力量的感人。"推诚接物,尽弘恕之理"——仁义、真诚、宽恕,能赢得普遍的尊敬与爱戴。我们常说魏晋社会动荡,老庄思想高扬,这固然不错,但也应该注意到儒家的仁政理想、器度弘通的精神品格,仍然为时人普遍推重。王承有重誉,便是突出的例子。

54. 王丞相拜扬州

王丞相拜扬州,宾客数百人并加霑接,人人有说色。唯有临海一客姓任《语林》曰:"任名颙,时官在都,预王公坐。"及数胡人为未洽。公因便还到,过任边云:"君出,临海便无复人。"任大喜说。因过胡人前弹指云:"兰阇,兰阇。"群胡同笑,四坐并欢。《晋阳秋》曰:"王导接诱应会,少有牾者。虽疏交常宾,一见多输写欵诚,自谓为导所遇,同之旧昵。"(《政事》12)

王丞相拜扬州刺史,程炎震以为在建兴三年(315)王敦拜江州之后。此说可能不确。按《资治通鉴》卷八九《晋纪》一一:建兴三年二月,琅琊王睿为丞相,大都督中外诸军事。四月,丞相睿承制,进王敦镇东大将军加都督江、扬、荆、湘、交、广六州诸军事、江州刺史。考《晋书》卷六《元帝纪》,建武元年(317)三月,元帝为晋王,右将军王导都督中外诸军事、骠骑将军。《晋书》卷六五《王导传》:晋国既建,以王导为丞相军咨祭酒。俄拜右将军、扬州刺史,迁骠骑将军。又《通鉴》卷九〇《晋纪》十二:建武元年三月,以征南大将军王敦为大将军、江州牧,扬州刺史王导为骠骑将军,都督中外诸军事,领中书监,录尚书事。据上,王导初拜扬州刺史,时在建武元年三月,非如程氏所说在建兴三年王敦拜江州之后。

王导初拜扬州刺史,宾客数百人无不受到恩意的接待,皆大欢喜。《雅量》20说:"过江初,拜官,舆饰供馔。"其情形与今天升官请客仿佛。王导拜扬州,"宾客数百人并加霑接",晋室南渡之初拜官"舆饰供馔"的官场惯例,很可能由王导开创。

故事具体描写两个场面，刻画王导笼络人情的手段之高明。一写数百宾客受到殷勤款待，人人高兴，唯有临海一任姓宾客及几个胡人未受到接待。王导小便回，经过任姓客人边上，即兴恭维道："君出，临海便无复人。"赞美任客是临海唯一的人才。王导此话是否真诚？任客是否真是临海唯一人才？都是大可怀疑的。但常人皆喜欢听好话，喜欢别人的恭维。故任客听了"大喜说"。何况被扬州刺史称赞，谁能不高兴？二写王导经过胡人面前，做了一个手指作响的动作，并说了一句胡语："兰阇，兰阇。"王导的这个细节须作一点解释。胡人来自西域，深受天竺文化的影响。弹指，即是天竺的风俗，表示喜欢、许诺等意思。《法华经·神力品》："一时謦欬，俱共弹指。"智顗文句："弹指者，随喜也。"吉藏义疏："弹指者，表觉悟众生。"《高僧传》卷三《释智严传》："于是弹指，三人开眼。"兰阇，前人释义有异。《朱子语类》卷一三六载朱熹语以为胡人是胡僧，兰奢（阇）"乃胡语之褒誉者也"。王应麟《困学纪闻》卷二〇引《世说》此条，下注："此即兰若也。"谓兰奢（阇）即指寺院。明田艺蘅《留青日札》解为"兰香草"，"即所谓清净草庵之意"。寺院与兰香草之解，皆不确。余嘉锡《笺疏》说"……茂弘之意，盖赞美诸胡僧于宾客喧噪之地，而能寂静其心，如处菩提场中。然则己之未加霑接者，正恐扰其禅定耳。群胡意外得此褒誉，故皆大欢喜也。"马瑞志英译《世说新语》以为"兰阇"显然是"Ranjani"一词之汉语近译，源自中亚某些地区或古印度北部，系佛教徒之梵文问候语，意犹"高兴、高兴"（见范子烨《论马瑞志的英文译注本世说新语》）。按，王导拜扬州，宾客中数百人，如此嘈杂场合恐非"禅定"之地。余嘉锡谓胡僧能于喧噪之处寂静其心，疑非。周一良《中国的梵文研究》一文释此条说："六朝时胡的用途很广，印度也每每被称为胡，所以这里的胡人很可能是指印度人而言。王导为联络感情，行了天竺弹指之礼，还要说一个梵字。"（载周一良《魏晋南北朝史论集》）亦可参考。以上诸家多谓"兰阇"为梵语，乃赞美之辞，应当是可信的。

王导初拜扬州刺史，宾客数百人并加霑接，人人有悦色，表现出大政治家的深宏气度及高明手段。善于周旋的背后，有着深刻的时代与文化原因。元帝为琅琊王徙建康，吴人初不服，王导进计说："古之王者，莫不宾礼故老，存问风俗，虚己倾心，以招俊乂。况天下丧乱，九州分裂，大业草创，急于用人者乎！顾荣、贺循，此土之望，未若引之以结人心。二子既至，则无不来矣。"不久，洛京倾覆，中州人士纷纷避乱江左，"导劝帝收其贤人君子，与之图事"。晋国既建，寄人国土，窘困之程度，出于今人想象。作为元帝的知己和最重要的辅助者，王导的责任重如泰山。他认识到东晋立国江南,欲巩固根基,首要之务在虚己倾心,招纳贤人君子。王导恭维临海任客,问候西域胡僧,笼络人情,不遗余力,无远弗届。若非"虚己倾心",放下高贵的身段,岂能使数百宾客,人人高兴,"四座并欢"?王导曾对元帝说:"愿尽优礼,则天下安矣。"(以上皆见《晋书》卷六五《王导传》)导虽处高位,而度量若谷,疏交常宾,并加霑接,人人欣然,自谓为导所遇。东晋政权得以巩固,导有功焉。朱熹讥"王导为相,只周旋人过一生",实在不理解东晋初建之时的艰难,也未能体会王导周旋宾客的苦心孤诣。李贽说:"第一美政,只少人解。"斯言是也。

55. 庾公评王丞相遗事

丞相尝夏月至石头看庾公。庾公正料事,丞相云:"暑可小简之。"庾公曰:"公之遗事,天下亦未以为允。"《殷羡言行》曰:"王公薨后,庾冰代相,网密刑峻。羡时行,遇收捕者于途,慨然叹曰:'丙吉问牛喘,似不尔。'尝从容谓冰曰:'卿辈自是网目不失,皆是小道小善耳。至如王公,故能行无理事。'谢安石每叹咏此唱。庾赤玉曾问羡:'王公治何似?讵是所长?'羡曰:'其余令绩,不复称论,然三捉三治,三休三败。'"(《政事》14)

夏天,丞相王导到石头城看望庾亮。庾亮正忙着处理政务,王导说:"天热,可以少干一点。"庾亮却回答道:"您老所做过的事,天下人多以为未必妥当。"王导的话似乎并无恶意,为何遭到庾亮的抢白,像是莫名其妙被人敲了一闷棍?其实,两人的对话,正反映出治政理念的不同。王导以清静治政,所以说"暑可小简之"。庾亮则是巨细不漏,大不以王导的宽恕简易为然,所以不客气地称对方办事未必正确。

自古以来,治政理念与手段大致有两途:一种是巨细不漏,事必躬亲。最典型者如秦始皇,每天看一百二十斤的竹简,没日没夜,辛苦异常。独裁者最怕大权旁落,对任何人都不放心,结果必然事事自己动手。且信奉法家理论,实行严刑峻法,法律多如牛毛,监视人民一举一动,千方百计杜人之口,动辄严厉打击,抓捕者奔走于道,结果寒暑都得辛苦。另一种是清净无为,与民休息,以静制动,法网疏略,回归淳朴的境界。显然,这种治政理想与道家哲学相通。王导、庾亮,正是上述两种不同的治政理念在东晋初期的代表人物。

王导实行宽容简易的治国方略,与东晋初期的世局密切相关。西晋覆灭,司马氏南渡,寄居于江左。吴地豪族势力强大,司马氏政权必须笼络当地豪族,才能在陌生的地方站稳脚跟。大政治家王导深刻理解这种情势,采取宽纵大族的策略,尽可能团结吴地上层人物。对此,可参看陈寅恪先生《述东晋王导之功业》一文的精辟分析:"东晋初年既欲笼络孙吴之士族,故必仍循宽纵大族之旧政策,顾和所谓'网漏吞舟',即指此而言。"(载陈寅恪《金明馆丛稿初编》)王导的宽纵政策,不仅笼络了孙吴士族,也最大限度地团结了政权内部不同的政治派别。东晋政权能在江左立足,维持百年之久,王导是大功臣。

与王导的宽容相反,庾亮一依刑法行事,结果导致苏峻之乱。《晋书·庾亮传》说:"先是,王导辅政,以宽和得众,亮任法裁物,颇以此失人心。"一得人心,一失人心,两人治政的优劣显而易见。庾亮"任法裁物",一是把陶侃、祖约排除在顾命大臣之外,后者遂疑心庾亮在遗诏上动了手脚——这是有依据的,因为当时"政事一决于亮"。陶侃、祖约终于发出了怨言。庾亮担心出乱子,让温峤任江州刺史作为声援,自己修石头城,防备陶侃。二是南顿王司马宗想废了执政庾亮,亮杀宗并废宗兄羕。宗是帝室近属,羕乃国族元老,于是天下都认为庾亮剪除宗室。由庾亮剪除宗室,又牵连出苏峻。司马宗同党卞成,与宗一起被杀。成兄阐逃到苏峻处,庾亮下令峻交出阐,遭峻拒绝。庾亮以为苏峻多纳亡命之徒,必为祸乱,以征大司农为名,欲召峻至京都杀之。举朝都说庾亮之计不可从,但亮一概不纳。结果,苏峻与祖约一齐举兵反乱,陷京都,百僚奔散,成帝蒙尘,庾亮本人也差一点死于乱兵之中。原苏峻之所以谋反的原因,大半在庾亮过于峻切。庾亮在苏峻平定后上疏承认:"祖约、苏峻不堪其愤,纵肆凶逆,事由臣发。"如果庾亮胸襟大度一些,不杀南顿王司马宗,不非要征苏峻大司农,给别人留一条活路,苏峻之乱很可能不会发生。

王导宽容,庾亮任法,孰优孰劣,其实当世已见分晓。当然,对于某种治政理念的认同,由于执政者政治目的、经济利益,以及道德品质和文化素养的不同,往往很难统一并引发争论。这一条刘孝标注引《殷羡言行》,就反映出王导、庾亮卒后,人们对于宽和与严刑两种治政理念的不同评价。殷羡,字洪乔,仕至豫章太守。《殷羡言行》说:"王公薨后,庾冰代相,网密刑峻。"《晋书·庾冰传》说:"初,(王)导辅政,每从宽惠,冰颇任威刑。"庾冰是庾亮之弟。兄弟俩治政理念相同,可谓难兄难弟。殷羡出门，碰到路上抓人的差役，以汉朝丙吉问牛喘事，慨叹庾冰网密刑峻，不施宽简之政，并正色劝谏庾冰："卿辈自是网目不失，皆是小道小善耳。至如王公，故能行无理事。"所谓"无理事"，指没有纹理可辨，没有法度可寻之事。大音希声，大象无形，犹似天地育万物，无声无息。举其大纲，网漏吞舟，就是"无理事"。法律多如牛毛，看似完善严密，实质此法律只对卑贱者，结果老百姓动辄得咎，冤狱遍地。此岂非小道小善乎？当时批评庾冰"颇任威刑"的还有范汪。范对庾冰说："顷天文错度，足下宜尽消御之道。"冰回答："玄象岂吾所测，正当勤尽人事耳。"对范汪之言不以为然。他所说的"勤尽人事"，与乃兄一样，寒暑料事，辛辛苦苦，目的是维持"网密刑峻"。然结果又是如何呢？

庾亮兄弟的网密刑峻，当时就遭到殷羡等人的批评。在中国历史上，以法家为理论基础的严刑峻法历来受到主流意见的抨击（"文革"时期除外）。但王导一类的宽简治政，与仁政、王道、无为而治等儒道哲学相通，也往往被人误解。看来，懂得哲学不易，理解古人更难。

56."人言我愦愦，后人当思此愦愦"

丞相末年，略不复省事，正封篆诺之。自叹曰："人言我愦愦，后人当思此愦愦。"徐广《历纪》曰："导阿衡三世，经纶夷险，政务宽恕，事从简易，故垂遗爱之誉也。"（《政事》15）

此条与上一条都说王导治政宽容简易。王导晚年不再做什么事，有文件送来，只是在末尾画诺了事。这种作风，当然让人不满而招致批评。"人言我愦愦"，便是时人批评之要点。"愦愦"者，昏庸也。

王导如何"愦愦"，《世说》及《晋书》中可以找到不少例子。例如《世说·规箴》15载：王导为扬州刺史，派八郡部从事八人巡视。部从事顾和巡视回京，其他人各奏郡长官得失，独顾和无事可奏。王导问顾："卿何所闻？"顾答道："明公作辅，宁使网漏吞舟，何缘采听风闻，以为察察之政？"王导赞叹，其余从事自视缺然。顾荣的回答确实妙：一是赞美王导辅政简易，网目疏略，宁使网漏于吞舟之鱼，不为细苛严酷之政。二是为自己辩护，意谓您明公既然网漏吞舟之鱼，则我又何必调查采访二千石长官得失,作察察之政？言外之意,我不采听风闻,正是执行您的治政理念。王导此时正因"略不复省事"而遭到时人的批评,如今居然有一顾荣,深得老夫为政宽简之深意,而且仿效之,自然有知己之感,大加称赞。但是,称赞了顾荣,却使其余从事都"自视缺然",非常失落。辛辛苦苦明察暗访,反而不如无所作为。诸从事若有所失,甚至惶恐不安了。可以推测,诸从事内心必有不满:可恨王丞相真太"愦愦"!

但王导自以为"愦愦"好得很。"人言我愦愦,后人当思此愦愦"。王导的名言不少,但无有胜过此二语者。他对宽恕与简易的治政理念非常自信。果不其然,王导卒后不久,殷羡就曾称赞王导能行"无理事"。再后来,谢安作相,"不存小察,弘以大纲","人皆比之王导"(《晋书·谢安传》),简直是王导第二。而徐广《历纪》说:"导阿衡三世,经纶夷险,政务宽恕,事从简易,故垂遗爱之誉也。"赞美王导宽恕之政留下的遗爱。

顾荣、殷羡、谢安、徐广,都能理解王导"愦愦"的用意,看出"愦愦"不是昏庸,而是不作察察之政,宽恕简易,有利于当时政局的稳定。正如王导生前预言:后人真有"思此愦愦"者。不过,不理解王导"愦愦"的更多。当时,庾亮、温峤、孔群,都不以王导的宽容为然。这里再举很突出的一例:苏峻之乱刚平定,王导就宽宥苏峻的主要党羽匡术等人;宽宥也就算了,还要"宠授"这批叛将。于是激起温峤为首的许多人的一致反对(见《晋书·温峤传》)。最严重时,南蛮校尉陶称甚至进谏庾亮举兵内向,废了王导。千百年之后,仍有人认为王导"愦愦",批评和嘲笑他无所作为。譬如朱熹说:"王导为相,只周旋人过一生。"(《朱子语类》卷一三六)意思是一辈子应付别人。他的依据是《政事》12记载的事:王导拜扬州刺史,宾客数百人皆殷勤接待,四座并欢。朱熹又引石林(叶梦得)语,说:"王导只是随波逐流底人。"王导似乎成了"混混"。此外,王鸣盛也认为《晋书·王导传》多溢美之词,"要之看似煌煌一代名臣,其实乃并无一事,徒有门阀显荣,子孙官秩而已。"(《十七史商榷》)

朱熹、叶梦得、王鸣盛的批评是不恰当的。王导不比个体读书人,可以少周旋或者不周旋,他是丞相,非得一辈子团结众人,调解矛盾。仅看"新亭对泣"的故事就够了:王导绝不是"周旋人过一生",也不是"随波逐流底人"。上面几个人的议论,貌似正论,其实皆不切东晋初年的政局以及南北形势的实际,纯属书生的高论。王导的"愦愦",证悟了以简驭烦的哲理,是高明的政治技巧。大象无形,囿于直觉和功利的一般人难以理解。宋曹彦约《昌谷集》卷二一评王导说:

"按导以识量清远之资,识元帝于潜龙未用之时。在洛阳则劝其归藩,镇建业则劝其兴复。患难未除,则讨陈敏余党以振起之;士论未归,则引名贤骑从以伏服之。勤力王室,不肯作楚囚对泣。去非急之务,行清静之政,置谏鼓、立谤木,使晋氏偏有东南,称制者十有一帝。导身相三君,每见亲任。辅佐中兴之功,不可掩也。"吕本中《紫微杂说》评论王导宽宥苏峻叛将说:"凡导之辅晋,盖得子产治郑之意,多委曲迁就,以求合人心者,未可以常理论也。王右军与殷浩言中兴之业,以道胜宽和为本。又顾和劝王导,明公为政,当使网漏吞舟之鱼,此皆深达当时治体,王导能慎守之,以辅衰晋,非后人所能详也。"以为王导以宽容之道辅晋,得子产治郑之意,未可以常理论也。又陈寅恪《述东晋王导之功业》说:"导自言'后人当思其愦愦',实有深意。江左之所以能立国历五朝之久,内安外攘者,即由于此。故若仅就斯言立论,导自可称为民族大功臣,其子孙亦得与东晋南朝三百年之世局同其废兴,岂偶然哉!"如此议论,探知王导"愦愦"的深意,方具史识矣。

57. 谢公不许搜索兵厮逋亡

谢公时,兵厮逋亡,多近窜南塘下诸舫中,或欲求一时搜索。谢公不许,云:"若不容置此辈,何以为京都?"《续晋阳秋》曰:"自中原丧乱,民离本域,江左造创,豪族并兼,或客寓流离,名籍不立。太元中,外御强氏,搜简民实,三吴颇加澄检,正其里伍。其中时有山湖遁逸,往来都邑者。后将军安方接客,时人有于坐言宜纠舍藏之失者。安每以厚德化物,去其烦细。又以强寇入境,不宜加动人情,乃答之云:'卿所忧在于客耳。然不尔,何以为京都?'言者有惭色。"(《政事》23)

兵厮是魏晋南北朝时期最低贱的阶级。兵指军户,厮指服贱役者。西晋之末,北中国被异族占领,战乱不已,人民颠沛流离,遭受空前苦难。军户既要服兵役,又要为军府种田、养牲畜,做不完的苦役。卑贱也是世袭的,军户父兄死亡,子弟相代,永无出头之日。遭受政府的压迫之外,豪强也并吞军户和逃亡者,把他们作为私有财产。这些社会最底层的卑贱者,甚至连做郡县有户口的农民的权利都被剥夺。

东晋孝武帝太元中,谢安执政,同样面临"兵厮逋亡"的社会问题。无家可归的卑贱者,为逃避非人的苦役,不少流窜到京师建康,躲藏在秦淮河边地名南塘的船上。于是,有人主张搜索他们。

为什么搜索?刘孝标注引《续晋阳秋》道出了两大原因:

一是中原丧乱之后,北方人民大量流亡到江南,加之豪族兼并逋亡的兵厮,以至"名籍不立",即无户口。"名籍不立",意味着人口减少,国家政权人力资源匮乏,赋税也必然减少。《假谲》8注引《晋阳秋》说:"苏峻拥兵近甸,为逋逃数。"指出军事豪强苏峻,成了逋逃者的渊薮。可见各类豪强兼并收容逋逃的兵厮,乃是天下户口减少的重要原因。王羲之写信给谢安,谈到当时兵民逃亡的严重情况及其原因,说:"自军兴以来,征役及充运死亡叛散不反者众,虚耗至此,而补代循常,所在凋困,莫知所出。上命所差,上道多叛,则吏及叛者席卷同去。又有常制,辄令其家及同伍课捕。课捕不擒,家及同伍寻复亡叛。百姓流亡,户口日减,其源在此。"(《晋书》卷八〇《王羲之传》)由于兵厮逃亡太多,致使国力虚耗。而逃亡不能制止,同法令(常制)有关:凡有逃亡,动辄命其家属及其同一伍(古时军队五人为伍,户籍五家为伍)去追捕。追捕不到,家属及同伍也只得逃亡。这种恶法进一步加剧"百姓流亡,户口日减"。

二是军事对立的需要。太元八年(383)"肥水之战"前,东晋与北方前秦政权严重对立,需求大量的人力物力。兵厮逋亡众多,军队无法得到人员的补充,势必要搜索逋逃者。刘孝标注引《续晋阳秋》说:"太元中,外御强氐,蒐简民实,三吴颇加澄检,正其里伍。"所述正是为对抗北方前秦,搜索逃亡者以充实户口的措施。措施之极端见《晋书》卷八一《毛宝传》附《毛璩传》记载的火烧青蒲:"海陵县界地名青蒲,四面湖泽,皆是菰苇,逃亡所聚,威令不能及。璩建议率千人讨之。时大旱,璩因放火,菰苇尽然,亡户窘迫,悉出诣璩自首,近有万户,皆以补兵,朝廷嘉之。"这则文献至少有三点值得注意:一是逃亡者已不惧法令;二是搜索手段之极端;三是搜索所得用以充实军力。当年兵厮逋逃的严重以及卑贱者的走投无路,于千年之下犹让人触目惊心。

同样使人感慨的是,谢安不许搜索逋逃者,声称"若不容置此辈,何以为京都"? 在他看来,京都应该容置逋逃者。《续晋阳秋》说谢安"每以厚德化物"。确实,谢安是厚德者。也只有厚德的执政者才会同情卑贱者,给他们留一条活路。再说,京都是天下人的京都,非是权贵和豪富的天堂。人民的首都,难道只欢迎有权有钱阶级?乞讨者、流浪者、鸣冤上访者,为什么不给他们栖身之处?难道非得一律收容,装进牛车、机车里统统遣送出京？皇城里,为什么不许卖唱、讨乞、鸣冤？不择手段制造一派歌舞升平,算什么太平盛世？

《晋书·谢安传》说:"德政既行,文武用命,不存小察,弘以大纲,威怀外著,人皆比之王导,谓文雅过之。"谢安容置京都遭逃者,实行德政。京都及各地制法、执法的大佬们,是否应该学学谢安呢？当然,谢安是不好学的,他有文雅的内质。如果执法者本身是流氓,不知文雅为何物,指望他行德政,那简直是缘木求鱼。

文学第四

58. 王弼清谈

何晏为吏部尚书,有位望,时谈客盈坐,《文章叙录》曰:"晏能清言,而当时权势,天下谈士多宗尚之。"《魏氏春秋》曰:"晏少有异才,善谈《易》、《老》。"王弼未弱冠,往见之。晏闻弼名,《弼别传》曰:"弼字辅嗣,山阳高平人。少而察惠,十余岁便好《庄》、《老》,通辩能言,为傅嘏所知。吏部尚书何晏甚奇之,题之曰:'后生可畏,若斯人者,可与言天人之际矣。'以弼补台郎。弼事功雅非所长,益不留意,颇以所长笑人,故为时士所嫉。又为人浅而不识物情,初与王黎、荀融善,黎夺其黄门郎,于是恨黎,与融亦不终好。正始中以公事免,其秋遇疠疾,亡时年二十四。弼之卒也,晋景帝嗟叹之累日,曰:'天丧予!'其为高识悼惜如此。"因条向者胜理,语弼曰:"此理仆以为极,可得复难不?"弼便作难,一坐人便以为屈。于是弼自为客主数番,皆一坐所不及。(《文学》6)

何晏、王弼的清谈,以及刘孝标注引《弼别传》,包含了魏末清谈的最主要的文化涵义,对于理解魏晋玄学具有重要意义。举其大端,有以下几点:

一,何晏是魏晋清谈的开创者。虽然清谈的源头可以追溯至汉末,但作为有规模的、有理论创新意义的玄谈,终究以何晏为首创。何晏之所以能成为清谈领袖,当然主要是他的义理高深,此外同他的政治地位密切有关。何晏为吏部尚书,执掌士人升迁的权柄,本人善《老》《易》,能清言,谈客盈坐,形成以他为首的清谈中心,这是很容易理解的。以后东晋王导、会稽王司马昱、军事强人桓温,也因政治地位举足轻重,周围聚集了许多名士,很自然形成清谈的中心。可见,清谈虽然是义理的探讨,但推动清谈发展的,往往是世俗政权中的重要人物,一部中国学术发展史,世俗政权在其中若隐若现。这是研究者必须注意的现象。

二，清谈的形式。何晏、王弼的清谈，大致有两种形式。一是某人提出论题，众人起而作难。此则载："晏闻弼名，因条向者胜理，语弼曰：'此理仆以为极，可得复难不？'弼便作难，一坐人便以为屈。"何晏"因条向者胜理"，是说罗列刚才所谈的精密至极的义理，请王弼辩难。弼得何晏之"胜理"，便发难辩驳，一坐人屈居下风。二是某人自为客主，即自己提出论题，自己辩驳自己，在"自为客主"中阐发胜义。

三，王弼是正始清谈的灵魂人物。何晏为吏部尚书，士人宗尚之，是清谈的领袖人物，但若论义理的超拔，何晏不如王弼。"正始之音"为魏晋清谈史上最具思想创造力的阶段，后人津津乐道"正始之音"，也正是向往正始清谈的理论深度。王弼义理精妙，是魏晋玄学的主要奠基人。他所阐发的义理，一坐所不及，说明玄理精妙，超拔凡众之上。可惜《晋书》不列王弼的传记，刘孝标注引的《弼别传》实是《魏志·钟会传》裴松之注引何劭《弼别传》的节录，最详细也最有价值。再有《魏志·荀彧传》裴松之注引《荀氏家传》、《文学》7、《文学》8，合以上材料，大致可知王弼生平。这是一位天才的思想家，纯粹以思想的创造为唯一生命。他那二十四岁的人生何其短暂，短暂的生命中，思想之花一时怒放，灿烂无比，由此赢得了永恒。

59. 何平叔神伏王辅嗣

何平叔注《老子》成，诣王辅嗣。见王注精奇，乃神伏曰："若斯人，可以论天人之际矣！"因以所注为《道德》二论。《魏氏春秋》曰："弼论道约美不如晏，自然出拔过之。"(《文学》7)

关于何晏注《老子》事，又见于《文学》10："何晏注《老子》未毕，见王弼自说注《老子》旨。何意多所短，不复得作声，但应诺诺。遂不复注，因作《道德论》。"魏晋承汉代《老》学兴盛之势，注《老子》者不少。《隋书·经籍志》三著录："梁有《老子道德论》二卷，何晏撰。""《老子杂论》一卷，何、王等注。"与何晏同时注《老子》者除王弼外，尚有钟会、羊祜、孙登等。

众所周知，何晏、王弼为魏晋玄学的开创者，然论思想之深刻，析理之精微，王弼胜于何晏。以上《文学》6就记叙了王弼清言的风采,析理精妙,独冠当时。故晏一见弼之《老子注》,神伏曰:"若斯人,可与论天人之际矣!"对这位后生深表佩服。

刘孝标注引《魏氏春秋》说:"弼论道约美不如晏,自然出拔过之。"《三国志·魏志·钟会传》裴松之注引何劭《弼别传》说:"其论道附会文辞不如何晏,自然有所拔得,多晏也。"《三国志·魏志·管辂传》裴松之注引《辂别传》,记裴使君(徽)与管辂论何晏更详:裴徽对管辂说:"何尚书神明精微,言皆巧妙,巧妙之志,殆破秋毫,君当慎之。"管辂却不以为然,说:"何若巧妙,以攻难之才,游形之表,未入于神。"裴徽问:"何平叔一代才名,其实如何?"管辂答:"……故说《老》《庄》,则巧而多华;说《易》生义,则美而多伪。华则道浮,伪则神虚。"并称何为"少功之才"。裴徽同意管辂的看法,说:"诚如来论。吾数与平叔共说《老》《庄》及《易》,常觉其辞妙于理,不能折之。又时人积习,皆归服之焉,益令不了。相见得清言,然后灼灼耳。"合以上记载,可看出何晏、王弼学问的特征:晏文辞约美,弼自然精拔。

有关何晏论《老子》的文字,今仅存《列子·天瑞篇》张湛注引的《道论》和《列子·仲尼篇》注引的《无名论》,以及《晋书·王衍传》中的《无为论》。《道论》是片断,论有无关系和道的特征:"有之为有,恃无以生;事而为事,由无以成。夫道之而无语,名之而无名,视之而无形,听之而无声,则道之全焉。故能昭音响而出气物,包形神而章光影。玄以之黑,素以之白,矩以之方,规以之圆。园方得形,而此无形;白黑得名,而此无名也。"反复阐述《老子》"有生于无"的观点,再无别的新意。而王弼《老子注》,比何晏《道论》远为精妙。如《老子注》第一章:"可道之道,可名之名,指事造形,非其常也。故不可道,不可名也。""凡有者始于无,故未形无名之时则为万物之始。及其有形有名之时,则长之育之亨之毒之。为其母也,言道以无形无名,始成万物,以始以成而不知其所以,元之又元也。"这里,王弼将"有生于无"的过程分为"未形无名之时"、"有形有名之时"两个阶段,进而指出无生万物是"不知其所以",也即自然而然。在《老子》的其余各章注中,王弼提出了"本末"、"太极"、"一"、"体用"、"动静"等一系列的新概念,用来论证"以无为本"的基本命题。例如《老子注》第三十八章:"守其母以存其子,崇其本以举其末。"《老子注》第五十二章:"善始之,则善养畜之矣。故天下有始,则可以为天下母。母本也,子末也。得本以知其末,不得舍本以逐末也。"在《老子指略》中,提出了"崇本息末"的观点,称"《老子》之书,其几乎可一言以蔽之,噫!崇本息末而已矣。"如此精辟的见解,远超何晏"有生于无"的泛泛之论,难怪何晏听了王弼注《老子》的旨意,就只有"诺诺"的份儿了。

管辂讥评何晏"说《老》《庄》则巧而多华,说《易》生义则美而多伪",这是因为管与何学风不同所致。管辂谈《易》重爻象,犹为汉代《易》学,而何晏谈《易》弃爻象,重义理,属新《易》学。但他的新《易》学还不足以取代旧《易》学。据《辂别传》,何晏"自言不解《易》九事",向管辂请教。"辂为何晏所请,果共论《易》九事,九事皆明。晏曰:'君论阴阳,此世无双。'"于此可见,何晏的新《易》学还很不精微。时人多以为何晏"辞妙于理",这表明东汉经学衰落后兴起的新学风尚有不足。安帝时樊准上疏云:"今学者益少,远方有甚。博士倚席不讲,儒者竞论浮丽。"(《全后汉文》卷二七)质帝时,虽然太学生增至三万余人,"然章句渐疏,而多以浮华相尚,儒者之风益衰矣。"(《后汉书·儒林传》)所谓"浮华相尚",乃是重象数、重章句之学的传统经师对直探义理的新学风的批评。管辂说何晏"巧而多华"、"美而多伪",虽然是以传统的旧眼光持论,但也确实道出了新学风浮华有余,理致尚欠深刻的缺陷。完善新学风并使之成为学术的主流,这一历史重任,等待天才王弼来完成。王弼的《老子注》、《周易注》、《论语释疑》,这些精妙绝伦的旷古之作,融会贯通了儒道二家,最终廓清汉代的旧学风,奠定了魏晋玄学的基础。

60. 王辅嗣论"无"

王辅嗣弱冠诣裴徽,《永嘉流人名》曰:"徽字文季,河东闻喜人,太常潜少弟也。仕至冀州刺史。"徽问曰:"夫无者,诚万物之所资,圣人莫肯致言,而老子申之无已,何耶?"《弼别传》:"弼父为尚书郎,裴徽为吏部郎,徽见异之,故问。"弼曰:"圣人体无,无又不可以训,故言必及有;老庄未免于有,恒训其所不足。"(《文学》8)

裴徽学尚玄虚,为当时《易》学专家,而且对《老》、《庄》造诣很深。《魏志·管辂传》裴松之注引《辂别传》曰:"冀州裴使君,才理清明,能释玄虚。每论《易》及《老》、《庄》之道,未尝不注精于严、瞿之徒也。"又记其与管辂论何晏,辂以为何

"说老、庄则巧而多华,说《易》生义则美而多伪;华则道浮,伪则神虚。""乃少功之才。"裴徽赞同管辂之论,又曰:"吾数与平叔共说老庄及《易》,常觉其辞妙于理,不能折之。"由此可见,裴徽说"三玄"与何晏不同。

然徽"能释玄虚",以为无诚万物之所资,持论实与王弼、何晏无本质上的区别。何晏《道论》说:"有之为有,恃无以生,事而为事,由无以成。夫道之而无语,名之而无名,视之而无形,听之而无声,则道之全焉。"(《列子·天瑞》张湛注引)王弼《老子注》说:"凡有皆生于无,故未形无名之时,则长之、育之、亭之、毒之,为其母也。"王弼《周易注》、《老子注》,阐发以无为本之说较何晏更精微。《晋书·王衍传》说:"何晏、王弼立论,天地万物皆以无为本。"而衍甚重之。何、王"以无为本"的新说,颇为王衍一类希心玄远的名士推重。裴徽"能释玄虚",故亦持"以无为本"之说。

但裴徽不明白为何"圣人莫肯致言,而老子申之无已"。徽所称之"圣人",乃孔子也,非《庄子·逍遥游》"圣人无名"之"圣人"。圣人高于老子,乃是当时公认的传统观念。孔子恒言社会人生,而性与天道不可得而闻,正所谓"言必及有"。《老子》却不断申说"无"。如《老子》第一章说:"无,名天地之始;有,名万物之母。"《老子》第四十章说:"天下万物生于有,有生于无。""无"又名"道",而言及"道"及道生万物的地方更多。《老子》第二十五章说:"有物混成,先天地生。寂兮寥兮,独立不改,周行而不殆,可以为天下母。吾不知其名,字之曰道,强为之名曰大。"《老子》第四十二章说:"道生一,一生二,二生三,三生万物。"

王弼所说"圣人体无"云云,乃解释裴徽"圣人莫肯致言"的疑问。所谓"圣人体无",实质是将儒家圣人道家化。清陈澧《东塾读书记》卷一六说:"辅嗣谈《老》《庄》,而以圣人加于《老》《庄》之上。然其所言圣人体无,则仍是老庄之学也。"其说良是。"无又不可以训"者,是由于"无"的难于规定性。《老子》第一章说:"道,可道,非常道;名,可名,非常名。"《老子》第十四章说:"视之不见名曰夷,听之不闻名曰希,搏之不得名曰微。此三者不可致诘,故混而为一。""是谓无状之状,无物之像,是谓恍惚……"因"无"难于致诘,难于言说,故圣人不说。

"老庄未免于有"二句,回答"老子申之无已"的疑问。如前所述,"圣人体无"乃移花接木,而老庄体无才是真。然"无"是非可道、非可名的形而上之抽象本体,要阐明它的性质,非得用可道可名的"有",也即现实世界的具象来描述它。《周易·系辞上》韩康伯注引王弼说:"夫无不可以无明,必因于有,故常以有物之极,而必明其所由之宗也。"意谓"无"不可以不阐明,然必须凭借"有"来明"无"。

这段话，正可作"圣人体无，无又不可以训，故言必及有"数句的注脚。王弼倡得意忘言，但在事实上，离开了言和象，终究无法明其意，所谓非无不能生有，非有不能显无。老庄实质上体无，而王弼却说"老庄未免于有"，这是抬高圣人的说法。

"恒训其所不足"一句中之"其"，指代什么？理解或有不同。一种以为"其"指"有"，老子恒训"有"之不足。一种以为"其"指"无"，老子恒训"无"之不足。细绎裴徽所问，"圣人莫肯致言"及"老子申之无已"者，乃指"无"。若王弼所答老庄"恒训其所不足"之"其"指"有"，则答非所问矣。此句之"其"，指代老庄；"恒训其所不足"之"不足"，指"无"。因为"未免于有"的老庄，比不上"体无"的圣人，故"恒训其所不足"，亦即"申之无已"。《三国志·魏志·钟会传》裴松之注引何劭《弼别传》，与《世说》此条稍异，末二句作："老子是有者也，故恒言无所不足。"虽语意不如《世说》佳，但所指更明确。正因为有生于无，"无又不可以训"，以致"圣人莫肯致言"，而老子却"未免于有"，故常讲无之不足。

61. 裴徽释傅嘏、荀粲二家之义

傅嘏善言虚胜，《魏志》曰："嘏字兰硕，北地泥阳人，傅介子之后也。累迁河南尹、尚书。嘏尝论才性同异，钟会集而论之。"《傅子》曰："嘏既达治好正，而有清理识要，如论才性，原本精微，鲜能及之。司隶钟会年甚少，嘏以明知交会。"荀粲谈尚玄远。《粲别传》曰："粲字奉倩，颍川颍阴人，太尉彧少子也。粲诸兄儒术论议各知名。粲能言玄远，常以子贡称'夫子之言性与天道，不可得而闻也'。然则六籍虽存，固圣人之糠。能言者不能屈。"每至共语，有争而不相喻。裴冀州释二家之义，通彼我之怀，常使两情皆得，彼此俱畅。《粲别传》曰："粲太和初到京邑，与傅嘏谈，嘏善名理，而粲尚玄远，宗致虽同，仓卒时或格而不相得意。裴徽通彼我之怀，为二家释。顷之，粲与嘏善。"《管辂传》："裴使君有高才逸度，善言玄妙也。"（《文学》9）

魏晋清言有不同派别，傅嘏、荀粲即属不同两派。傅嘏善论才性。"才性四本"是当时清谈的重要题目，其中又分为同、异、合、离四派。《文学》5 刘孝标注引

《魏志》说:"(钟)会论才性同异,传于世。四本者,言才性同,才性异,才性合,才性离也。尚书傅嘏论同,中书令李丰论异,侍郎钟会论合,屯骑校尉王广论离。"

"才性四本"的具体内容已不可复知,然讨论之大旨乃不离人的操行与才具之间的关系,也即体用二者的关系(可参看唐长孺《魏晋才性论的政治意义》,载《魏晋南北朝史论丛》)。此点可由傅嘏评论夏侯玄、何晏、邓飏等人推知。《识鉴》3载:何晏、邓飏、夏侯玄都想和傅嘏交好,但嘏始终不肯。诸人于是请荀粲说合之。"傅曰:'夏侯太初志大心劳,能合虚誉,诚所谓利口覆国之人。何晏、邓飏有为而躁,博而寡要,外好利而内无关籥,贵同恶异,多言而妒前。多言多衅,妒前无亲。以吾观之:此三贤者,皆败德之人尔,远之唯犹恐罹祸,况可亲之耶?'"又《三国志·魏志·傅嘏传》裴松之注引《傅子》说:"嘏不善李丰,谓同志曰:'丰饰伪而多疑,矜小失而昧于权利,若处庸庸者可也,自任机事,遭明者必死。'"傅嘏所说的"志大心劳"、"有为而躁"、"饰伪而多疑"等语,大体属于人之个性或德行,而"利口覆国"、"妒前无亲"、"矜小失而昧于权利"等语,则为本性决定的才具及产生的后果。《魏志》谓傅嘏论才性同,殆指主张才与性的统一。

荀粲学尚玄远,出于道家。《三国志·魏志·荀彧传》裴松之注引何劭所作《荀粲传》说:"粲诸兄并以儒术议论,而粲独好言道,常以为子贡称夫子之言性与天道,不可得而闻,然则六籍虽存,固圣人之糠秕。粲兄俣难曰:'《易》亦云圣人立象以尽意,系辞焉以尽言,则微言胡为不可得而闻见哉?'粲答曰:'盖理之微者,非物象之所举也。今称立象以尽意,此非通于意外者也;系辞焉以尽言,此非言乎意表者也;斯则象外之意,系表之言,固蕴而不出矣。'及当时能言者不能屈也。"言意之辩,为魏晋清谈家最重要的口实,源于《易》及《老》《庄》。《周易·系辞》说:"子曰:书不尽言,言不尽意。然则圣人之意,其不可见乎。"《庄子·外物》说:"筌者所以在鱼,得鱼而忘筌;蹄者所以在兔,得兔而忘蹄;言者所以在意,得意而忘言。"《庄子·秋水》说:"可以言论者,物之粗也;可以意致者,物之精也。"荀粲以为象、言不能尽意,并称六籍乃圣人之糠秕,这与《庄子》"可以言论者,为物之粗"同一思路。稍后,王弼《易略例·明象章》进一步阐发言、象、意三者之间的关系,提出了得意忘言的新见解,为魏晋玄学奠定了基础。魏晋玄学为探求万物本体的玄远之学,而荀粲谈尚玄远,堪称早期的玄学家,为王弼得意忘言之说导夫先路。

傅嘏与荀粲学风不同,故"每至共语,有争而不相喻"。荀粲出于道家固无疑问,然傅嘏究竟出于何家?近人刘永济曾论"魏晋之际论著文之盛况",以为魏晋论宗,略有二途:钟士季、傅兰石、何平叔,出于法家者也,王辅嗣、荀奉倩、裴文季,出于道家者也(详见《十四朝文学要略》)。将傅嘏归于法家,尚须商榷。南朝梁刘勰《文心雕龙·论说》说:"魏之初霸,术兼名法,傅嘏王粲,校练名理。"曹操有鉴于东汉以名取士的弊病,尚实重才,而循名责实之学与法家相近,故傅玄说:"近者魏武好法术,而天下贵刑名。"(《晋书·傅玄传》)但校练名理,其渊源即与先秦名辩之学有密切关系,傅嘏好论才性,承东汉清议人物之风,循名责实,更接近于名家。《三国志·魏志·钟会传》说:"及会死后,于会家得书二十篇,名为《道论》,而实形名家也。"傅嘏既与钟会一样校练名理,应归属于形名家。汤用彤《读人物志》以为"傅嘏论才性属于名家"(见《魏晋玄学论稿》)。其说良是。

傅嘏偏长于形用,学近名家;荀粲偏长于虚无,源于道家。但嘏善言虚胜,与粲谈尚玄远,皆趋于抽象的精神本体之探究,二者未始不能相通,故何劭《荀粲传》称嘏、粲二人"宗致虽同"。宗致同,裴徽才有可能从中调和。

裴徽既精名理,又尚玄远。《三国志·魏志·管辂传》裴松之注引《辂别传》说:"冀州裴使君才理清明,能识玄虚,每论《易》及老、庄之道,未尝不注精于严、瞿之徒也。"又记管辂辞去,裴徽嘱辂说:"(何)邓二尚书,有经国才略,于物理(无)不精也。何尚书神明精微,言皆巧妙,巧妙之志,殆破秋毫,君当慎之!"由此可见,裴徽又精于评论人物,宜乎能折中傅嘏、荀粲,"通彼我之怀,常使两情相得,彼此俱畅"也。

62. 乐令辞约旨达

客问乐令"旨不至"者,乐亦不复剖析文句,直以麈尾柄确几曰:"至不?"客曰:"至!"乐因又举麈尾曰:"若至者,那得去?"夫藏舟潜往,交臂恒谢,一息不留,忽焉生灭。故飞鸟之影,莫见其移;驰车之轮,曾不掩地。是以去不去矣,庸有去乎?然则前至不异后至,至名所以生;前去不异后去,去名所以立。今天下无去矣,而去者非假哉?既为假矣,而至者岂实哉?于是客乃悟服。乐词约而旨达,皆此类。(《文学》16)

客所问"旨不至",出于《庄子·天下》所载惠施之言:"指不至,至不绝。"此二句向来称难解,古今注者纷纭,莫衷一是。

唐成玄英疏:"夫以指指物而非指,故指不至也。而自指得物,故至不绝也。"意思说,用手指指物其实不是指物,所以手指不及于物;而靠手指得到物,所以手指达到物是不绝的。这一解释,真不知所云。

陆德明释文引司马彪说:"夫指之取物,不能自至,要假物故至也。然假物由指不绝也。一云:指之取火以钳,刺鼠以锥,故假矣物,指是不至也。"显然,"一云"是具体说明司马彪的解释,所谓指之取物须"假物"。

现代学者或将"指"解释为"物体的表德",或解释为"指事"。前者如胡适说:"公孙龙子的《指物篇》用了许多'指'字,仔细看来,似乎'指'指都是说物体的种种表德,如形色等等。"又说:"我们知道,只须知物的形色等等表德,并不到物的本体。即使要想知物的本体,也是枉然,至多不过从这一层物指进到那一层物指罢了。"(《中国哲学史大纲》)陈鼓应及汪奠基则以为"指"是"指事"的"指"。陈氏释这二句说:"指事不能达到物的实际,即使达到也不能绝对的穷尽。"汪氏说:"乃谓无穷大或无穷小是观察不到的,即使到了,也达不到绝对的穷尽。"(陈鼓应《庄子今注今译》)与陈氏所说虽稍异,但都以为认识事物不可能绝对穷尽。

蒋锡昌说:"指不至,至不绝,谓吾人手指所指,直而指之,其长无穷,故绝非人所能至;其所能至者,无论如何,总在该长度之内,故决不可绝。"(《庄子哲学》)

以上几种解释,都不能令人满意。胡适释"指"为"物的表德",并无训诂学上的根据。陈鼓应和汪奠基据《说文解字》,释"指事"为"视而可识,察而见意。"但既然"可识"、"见意",即已"至"了,为何又说"指不至"? 蒋氏之说也滞碍难通。试想,吾人手指所指,一般都指具体一物,如指一山,指一木,所指长度皆有限("指天"除外),不会"无穷"和"绝非人所能至"。故蒋氏所说与成玄英疏一样,不知所云。比较古今学者的种种解释,似仍以司马彪之说较胜。

汪奠基说:"旧注认此题为公孙龙《指物论》的说法,我们不赞成这样看。"这种看法是对的。公孙龙子《指物论》说:"物莫非指,而指非指。"意思说物皆人之所指,但人所指者,不同于存在之彼物。《指物论》与"白马非马"一样,都夸大了名实二者之间的区别,认为从事物的名称,无法得到事物的实际。惠施的"指不至,指不绝"的命题,与公孙龙子不同,它是说明动静关系。乐广以麈尾柄抵几,这是"至";又举麈尾,这是"去"。"至"为静,"去"为动。至者非至,去者非去。刘孝标注:"故飞鸟之影,莫见其移。驰车之轮,曾不掩地。是以去不去矣,庸有至乎？至不至矣,庸有去乎？然则前至不异后至,至名所以生,前去不异后去,去名所以立。今天下无去矣,而去者非假哉？既为假矣,而至者岂实哉？"这段注详细阐发了乐广对《庄子·天下篇》中"指不至"的理解。钟泰《庄子发微》说：《世说》此条所记,"此自是乐之玄谈,与'指不至'原意全不相涉。"此说恐怕是将公孙龙子《指物论》与《庄子·天下篇》中惠施之言混为一谈。惠施所说"日方中方睨,物方生方死"、"轮不蹍地。目不见"、"飞鸟之影,未尝动也"之类,与"指不至,至不绝"一样,都是说明运动和静止的关系,也就是运动的连续性和间断性。乐广以麈尾柄抵几,又举麈尾,正形象地解释了"指不至,至不绝"的关系,与《庄子》的原意相符,故"客乃悟服"。

乐广善清谈,而辞约旨达,这在当时就为谈士推服。《赏誉》8说："王夷甫自叹：'我与乐令谈,未尝不觉我言为烦。'"刘孝标注引《晋阳秋》说："太尉王夷甫、光禄大夫裴叔则能清言,常曰：'与乐君言,觉其简至,吾等皆烦。'"乐广回答"旨不至"的问题,是清言简至的典型例子。

63. 郭象与裴遐清谈

裴散骑娶王太尉女。婚后三日,诸婿(婿)大会,《晋诸公赞》曰："裴遐字叔道,河东人。父纬,长水校尉。遐少有理称,辟司空掾、散骑郎。"《永嘉流人名》："衍字夷甫,第四女适遐也。"当时名士,王、裴子弟悉集。郭子玄在坐,挑与裴谈。子玄才甚丰赡,始数交未快,郭陈张甚盛,裴徐理前语,理致甚微,四坐咨嗟称快。邓粲《晋纪》曰："遐以辩论为业,善叙名理,辞气清畅,泠然若琴瑟,闻其言者,知与不知,无不叹服。"王亦以为奇,谓诸人曰："君辈勿为尔,将受困寡人女婿(婿)！"(《文学》19)

生活艺术化和学术化,是魏晋名士最让后人遐想的地方。裴遐娶王衍之女,婚后三天,王、裴二家子弟与当时名士悉集,一场高水平的清谈由此开场,令知与不知无不叹服,享受学术趣味的快乐。后世若婚后三日,诸婿大会,觥筹交错、四座喧哗大概是常见的景观,何曾梦见探幽阐微的学术境界？

这次清谈的主角是郭象与裴遐。发难者郭象,"挑与裴谈"。二人谈论水平不相上下，各有特点。郭象虽"才甚丰赡"，始谈却未见其占上风。"始数交未快"，是说二人交手数个回合，尚未进入义理的精微处，故双方及在坐者皆未觉快意。于是再谈。"郭陈张甚盛，裴徐理前语，理致甚微，四坐咨嗟称快。"此四句叙写郭、裴二人再交手，从中可以看出二人清谈的特点和所长，殊可注意。

郭象"才甚丰赡"，故"陈张甚盛"，二者互为因果。清谈以才能、学问为根底。才能主要表现为见解超拔，思维敏捷，应对机警，辞气畅达无碍。学问，指读书广博，且有专门之学。郭象是王弼之后的著名玄学家。《文学》17 刘孝标注引《文士传》说，郭象"少有才理，慕道好学，托志《老》《庄》，时人以为王弼之亚。"《赏誉》26 说："郭子玄有俊才，能言《老》《庄》。"庾敳称他为"当世大才"。才能、学问的丰赡，辩论时往往表现为逻辑思辨与语言架构的宏伟严密，具有一往无前的气势。所谓"陈张甚盛"，就是指义理与语言的布局宏大如军阵。《赏誉》32 说："王太尉云：'郭子玄语议如悬河写水，注而不竭。'"王衍以"悬河写水"形容郭象清谈的风格，与"陈张甚盛"的描述其实一回事，都是说郭象清谈滔滔不绝。

再说另一主角裴遐。"裴徐理前语，理致甚微。"与郭象"陈张甚盛"，气势逼人不同，裴遐慢条斯理，阐述义理的幽微。郭以雄辩取胜，裴以精微见长。一似浑浑河水之流转，一如潺潺溪水之曲折。刘孝标注引《晋诸公赞》和邓粲《晋纪》，是了解裴遐最有价值的文献资料。再以裴氏家族文化佐证，就不难理解裴遐清谈风格的渊源。河东闻喜裴氏，是魏晋之际出现的著名家族之一。最初给裴氏家族烙上文化印记的是裴徽。后世论魏晋玄学，以王弼、何晏为奠基者。这是因为王、何二人融合儒道二家，确立了魏晋玄学以无为本的理论核心。王、何之外，其实还有几个著名的擅长"三玄"(治《周易》《老子》《庄子》)的玄学家，裴徽是其中之一。他资格很老，与何晏同辈，王弼是他的幼辈。《三国志·魏志·管辂传》裴松之注引《辂别传》说："冀州裴使君，才理清明，能解玄虚。每论《易》及《老》《庄》之道，未曾不注精于严、瞿之徒也。"又《文学》9 说："傅嘏善言虚胜，荀粲谈尚玄远，每至共语，有争而不相喻。裴冀州释二家之义，同彼我之情，常使二情相得，彼此俱畅。"可见裴徽既通虚胜，又善玄远。裴遐从父裴楷"特精《易》义"(《德行》18 刘孝标注引《晋诸公赞》)。《晋书·裴楷传》称楷"尤精《老》《易》"。裴遐从弟裴𬱟，"辞论丰博"，时人谓𬱟是"言谈之林薮"。𬱟著有《崇有论》，"释玄虚之蔽"(《晋书·裴𬱟传》)，为善名理的玄学家。从裴徽至裴遐，祖孙三代，无不精于"三玄"。故裴氏为玄学世家、清谈世家。邓粲《晋纪》说"遐以辩论为业"，意谓以辩论为学业，是个"专业"的清谈家。如果不是世代精"三玄"的家风，岂会"以辩论为业"？由裴徽、裴楷的学问推测，裴遐擅长义理的精微辨析，风格与祖父裴徽相近，而与从父裴楷不同。裴楷"辞论丰博"，与郭象相近了。裴遐清谈除"理致甚微"之外，还有一个特点是"辞气清畅，泠然若琴瑟"，语言别有韵味。对此，余嘉锡《笺疏》说："晋、宋人清谈，不惟善言名理，其音响轻重疾徐，皆自有一种风韵。《宋书·张敷传》云：'善持音仪，尽详缓之致。与人别，执手曰："念相闻。"余响久之不绝。'"按，余说极是。魏晋清谈作为学术探讨，当然以见解超拔为终极追求，但它的形式是公开的辩论或演讲，面对受众的评判。彼此的较量，义理超拔之外，尚须讲究言辞之音韵美妙，以此增加感染力。《赏誉》144 记许询诣简文，月夜共作曲室中语，"襟情所咏，偏是许之所长，辞寄清婉，有逾平日。"所谓"辞寄清婉"，当与裴遐"辞气清畅，泠然若琴瑟"同一风韵。邓粲《晋纪》说，闻裴遐清谈者，"知与不知，无不叹服"。不论认识或不认识裴遐者，无不叹服他的义理精微及"辞气清畅，泠然若琴瑟"的音辞之美。由此可见，魏晋清谈以义理、音辞兼胜为最佳。裴遐便是这样的清谈家。难怪王夷甫称赏至极，自傲地说："君辈勿为尔，将受困寡人女婿！"

64. 殷中军论佛经

殷中军见佛经云："理亦应阿堵上。"佛经之行中国尚矣，莫详其始。《牟子》曰："汉明帝夜梦神人，身有日光，明日，博问群臣。通人傅毅对曰：'臣闻天竺有道者号曰佛，轻举能飞，身有日光，殆将其神也。'于是遣羽林将军秦景、博士弟子王遵等十二人之大月氏国，写取佛经四十二部，在兰台石室。"刘子政《列仙传》曰："历观百家之中，以相检验，得仙者百四十六人，其七十四人已在佛经，故撰得七十，可以多闻博识者遐观焉。"如此，即汉成、哀之间，已有经矣，与《牟子》传记便为不同。《魏略·西戎传》曰："天竺城中有临儿国。《浮屠经》云：'其国王生浮图。浮图者太子也。父曰屑头邪，母曰莫邪。浮屠者，身服色黄，发如青丝，爪如铜。其母梦白象而孕。及生，从右胁出，而有髻，坠地能行七步。'天竺又有神人曰沙律，昔汉哀帝元寿元年，博士弟子景虑，受大月氏王使伊存口传《浮屠经》。曰复豆者，其人也。"《汉武故事》曰："昆邪王杀休屠王，以其众来降，得其金人之神，置之甘泉宫。金人皆长丈余，其祭不用牛羊，唯烧香礼拜。上使依其国俗祀之。"此神全类于佛，岂当汉武之时，其经未行于中土，而但神明事之邪？故验刘向、鱼豢之说,佛至自哀、成之世明矣。然则《牟传》所言四十二者,其文今存非妄。盖明帝遣使广求异闻,非是时无经也。(《文学》23)

殷浩说"理亦应在阿堵上",意谓"名理应在这上面"。这是对佛经义理的推崇,也是殷浩比较儒道佛三家思想后的深切体会。殷浩是当时一流的清谈家,精通玄学,尤其擅长《才性四本》,无人能及。《文学》27说:"殷中军云:'康伯未得我牙后慧。'"刘孝标注引《浩别传》说:"浩善《老》《易》,能清言。"《赏誉》86刘孝标注引《中兴书》云:"浩能言理,谈论精微,长于《老》《易》,故风流者皆宗归之。"由此看来,殷浩长于《易》学。韩康伯虽也是有名的《易》学家,殷浩却以为他还未得他的"牙后慧"。这或许不是大话。殷浩对佛经也有精解。《文学》43说:"殷中军读《小品》,下二百签,皆是精微,世之幽滞。"刘孝标注引《语林》云:浩于佛经有所不了,欲迎支遁。遁欲往,为右军所止。右军云:"渊源思致渊富,既未易为敌,且已所不解,上人未必能通。"可见殷浩佛学高深,并不比支遁差。

殷浩云"理亦应在阿堵上",这是东晋名士比较了儒道佛三家义理后得出的较为普遍的看法。例如,梁《高僧传》卷六《慧远传》说:远初闻道安讲《波若经》,豁然而悟,乃叹曰:"儒道九流,皆糠秕耳。"从此"投簪落彩,委命从业"。慧远《致刘遗民书》曾言及自己的学问阶段:"畴昔游心世典,以为当年之华苑也。及见《老》《庄》,悟名教是应变之虚谈耳。以今观之,则知沉冥之趣,岂得不以佛理为先。"(《广弘明集》卷二七)慧远初涉儒学,次读《老》《庄》,后研佛经,以为义理深奥,当以佛理为先。同时的鸠摩罗什的高足僧肇与慧远持同样的看法。梁《高僧传》卷六《僧肇传》说:肇"爱好玄微,每以《庄》《老》为心要。尝读《老子·德章》,乃叹曰:'美则美矣,然期神冥累之方,犹未尽善也。'后见《旧维摩经》,欢喜顶受,披寻玩味,乃言始知所归矣"。僧肇最后以佛经为所归,原因是它"期神冥累",至于尽善。稍后的范泰、谢灵运常说:"六经典文本在济俗为治耳,必求性灵真奥,岂得不以佛经为指南耶!"(《弘明集》卷一一《何令尚书答宋文皇帝赞佛教事》)范、谢二人都以为佛经的奥理不仅超过六经,也胜过《老》《庄》,这与慧远、僧肇所说的意思相同。东晋中期后的玄谈家大多既精《老》《庄》,亦通佛理。殷浩、慧远、僧肇、范泰、谢灵运诸人都赞美佛经深奥的义理,反映了佛经开始征服中国士人这一重大的文化现象。

65. 南北学问之异

褚季野语孙安国褚裒、孙盛并已见 云："北人学问，渊综广博。"孙答曰："南人学问，清通简要。"支道林闻之曰："圣贤固所忘言。自中人以还，北人看书，如显处视月；南人学问，如牖中窥日。"支所言，但譬成孙、褚之理也。然则学广则难周，难周则识闇，故如显处视月；学寡则易核，易核则智明，故如牖中窥日也。（《文学》25）

早在春秋战国时期，中国南北文化就表现出各自的奇情异彩。读《诗经》和《楚辞》，会强烈地感受到中原文化和南楚文化的不同美感。到了南北分割的东晋时期，由于大一统帝国的覆灭，经学主宰地位的消失，形成了南北文化新的不同。这里，褚裒、孙盛、支遁三人，在谈论南北学术之不同。他们准确的概括、精彩的比喻，读来不仅给人深刻的启示，而且极有兴味。

所谓"渊综广博"者，乃承汉代经学的传统；"清通简要"者，则是魏晋玄学的特征。西汉经学精且质朴，东汉经学则渐趋繁琐，至有一经说至百万言者。《汉书·艺文志》说："……后世经传既已乖离，博学者又不思多闻阙疑之义，而务碎义逃避，便辞巧说，破坏形体，说五字之文至于二三万言，后世弥以驰逐。故幼童而守一艺，白首而后能言。安其所习，毁而不见，终以自蔽。此学者之大患也。"经学由盛转衰，也正是因为繁琐以至支离破碎，失其本义。

伴随东汉中期后经学的衰落，魏晋玄学孕育并随后兴起，成为学术的主流。晋室南渡，大批文化精英将洛下的学风带到江左。但是，中国的北方仍是儒学传统，宗尚汉代经学大师，学风与江左不同。《北史·儒林传序》说："江左，《周易》则王辅嗣，《尚书》则孔安国，《左传》则杜元凯；河洛，《左传》则服子慎，《尚书》、《周易》则郑康成，《诗》则并主毛公，《礼》则同遵于郑氏。"又曰："南人约简，得其精华；北学深芜，穷其枝叶。"江左多以老庄之旨解释六经，而河洛犹宗汉学。当江左"莫不崇饰华竞，祖述虚玄，摈阙里之典经，习正始之余论，指礼法为流俗，目纵诞以清高"（《晋书·儒林传》）之时，北方却犹以儒学经世治国。如羯酋石勒曾亲临大小学，考诸生经义，常令儒生读史书听之（《晋书·载记·石勒传》）。石勒之子石弘,"其所亲昵,莫非儒素"(同上)。慕容廆览政之暇,亲临庠序听儒臣刘赞讲经,"于是路有颂声,礼让兴矣"(《晋书·载记·慕容廆传》)。这与王导、简文帝等与玄学家、高僧日夜清言迥异。

如果说褚裒、孙盛精炼地概括了南北学术的区别,那么,支道林用了"显处视月"和"牖中窥日"两个精妙的比喻,进一步说明了南北学问的特征。刘孝标注解释道:"支所言,但譬成孙、褚之理也。然则学广则难周,难周则识暗,故如显处视月;学寡则易核,易核则智明,故如牖中窥日也。"刘注虽然正确,但似乎尚未揭示出支道林的学问特征。支道林之言尤可注意者,乃在"圣贤固所忘言"一语。忘言者乃在得意者也,固得意忘言,是魏晋名士解释经籍之新方法,不同于汉代经学重训诂和言象数(可参看汤用彤《魏晋玄学论稿·言意之辨》)。"显处视月",光亮弥满周遭,看月就不甚分明,以比喻北人学问渊综广博,难见精义。这便是班固所说"博学者又不思多闻阙疑之义,而务碎义逃避,便辞巧说",循守家法,泥古不化。"牖中窥日"比喻南人学问,清通简要,得其英华,一目了然。如王弼《周易注》、《老子注》,韩康伯《周易注》,皆以得意忘言的方法,摈落象数,直寻本源,胜义迭见。支道林之言不仅形象地说明了当时南北学问的不同,而且揭示出他本人学问以及玄学和佛学笼罩下的南方学问的根本特征。此外,支遁标榜南人学问胜于北人之意,也是显而易见的。

与此相关,还有一个问题也需要辨析,这就是"南人""北人"。南北界限究竟是大河,还是长江? 唐长孺以为"南北应指河南北","孙、褚二人的对话只是河南北侨民彼此推重,与《隋书·儒林传序》所云:'南人约简,得其精华;北学深芜,穷其枝叶',虽同是南北,而界限是不一致的。"唐氏又说:"褚裒所谓'北人学问渊综广博',乃指大河以北流行的汉儒经说传注;孙盛所谓'南人学问清通简要',乃指大河以南流行的玄学。"(详见《读抱朴子推论南北学问的异同》,载唐长孺《魏晋南北朝史论丛》)

唐氏之说值得商榷。考魏晋时期的所谓南人北人,皆以大江为界,即江南人称南人,中原人称北人。《排调》5:晋武帝问孙皓:"南人好作《汝南歌》,颇能为不?"毫无疑问,晋武帝所说的南人,指江南吴人,决不包括以洛阳为中心的中原人。《赏誉》19 刘孝标注引《褚氏家传》说:"司空张华与(褚)陶书曰:'二陆龙跃于江汉,彦先凤鸣于朝阳,自此以来,常恐南金已尽,而复得之于吾子!'"陆机、陆云、顾彦先、褚陶皆为江南英才,张华称为"南金"。显然,"南金"不包括河南人。上述二例说明,西晋时南人北人的概念以长江为界限。东晋时仍然如此。《晋书》卷七七《陆晔传》："时帝以侍中皆北士,宜兼用南人,晔以清贞著称,遂拜侍中,徙尚书,领大中正。"陆晔为吴人,即南人,与北士相对。《资治通鉴》卷九二载,王敦参军吕猗劝敦除周𫖮、戴渊,敦从容问王导曰:"周、戴南北之望,当登三司无疑也。"胡三省注:"周𫖮汝南人,戴渊广陵人,晋氏南渡,二人名冠当时。"可见,东晋时汝南人属北人,广陵人属南人,南人北人,仍以大江为界。《太平御览》卷四六四《人事部》载,华谭举秀才入洛,"座有卞者嘲南人"云云。《宋书·顾觊之传》:"尝于太祖坐论江左人物,言及顾荣。袁淑谓觊之曰:'卿南人怯懦,岂办作贼?'"《颜氏家训》卷下《音辞篇》云:"共以帝王都邑,参校方俗,考核古今,为之折衷,权而量之,独金陵与洛下耳。"后举南人方言于北人方言说明之。此可证颜延之所指南人为金陵人,北人为洛下人。以上例子皆可证明,自魏晋以来所谓南人,特指江南人,不包括河南人;北人指大江以北人士,并非特指河北人。西晋覆灭,士人南渡,盛行于洛下的玄学因之南移,江左学术遂以玄学为主流。大河南北沦为胡人之手,儒学却流行不绝。对此,皮锡瑞《经学历史》论之已详,不必赘述。故唐长孺以为"孙盛所谓'南人学问清通简要',乃指大河以南流行的玄学",显然不妥。

66. 刘惔与殷浩清谈

刘真长与殷渊源谈,刘理如小屈,殷曰:"恶!卿不欲作将善云梯仰攻。"《墨子》曰:"公输般为高云梯,欲以攻宋。墨子闻之,自鲁往。裂裳裹足,日夜不休,十日十夜而至于郢,见楚王曰:'闻大王将攻宋,有之乎?'王曰:'然。'墨子曰:'请令公输般设攻宋之具,臣请试守之。'于是公输般设攻宋之计,墨子萦带守之。输九攻之,而墨子九却之。不能入,遂辍兵。"(《文学》26)

刘惔(真长)、殷浩(渊源)是当时一流的清谈家,两人经常交锋,难分伯仲。这一次是殷浩占了上风。殷说:"恶!卿不欲作将善云梯仰攻。"这句话究竟何意?据刘孝标注引《墨子》,殷浩这句话用了《墨子》中公输般为云梯攻宋,而墨子守之的典故。可是,即使知道殷浩之语的来历,仍然很难理解殷浩的意思。不易读懂的一个重要原因,是这句话的断句比较困难。例如徐震堮《校笺》把殷浩之语共十一个字作为一句,中间不点断,以致无法理解语意,故徐氏说:"此语不详其义。"李慈铭说："恶卿句有误。"杨勇《校笺》断作："恶！卿不欲作将，善云梯仰攻。"但断而不释。看来，大概杨氏自己也读不懂，遂不解释。余嘉锡《笺疏》、张㧑之《世说新语译注》、张万起与刘尚慈《世说新语译注》，皆在"恶"字下断句，我以为这是正确的。至于如何解释殷浩之语，则纷纭异说，莫衷一是。

日人秦士铉《世说笺本》说："作将，作起持来也。善犹良，恶犹恨。恨其不竭智力而攻也。"蒋宗许《〈世说新语〉校笺臆札》说："……'不欲作'即'不作'；将，魏晋六朝常用于动词后，只起音节作用而无实义。（下略）合而言之，'不欲作将善云梯仰攻'即不作善云梯仰攻。全句不能读断，'恶'后均为宾语部分。盖刘真长与殷渊源都是当时一流清谈家，棋逢对手，应是兴味无穷。殊知往复几番。刘便败下阵去。殷战意犹酣，而刘已无力反击，于是殷深感遗憾，表现出一种没有对手的惆怅，其势有如无质的运斤匠石，故不无怨愤地说：'讨厌你不架设好云梯仰攻。'（下略）"范子烨《〈世说新语〉"刘真长与殷渊源谈"条辨释》谓"恶"为叹词，殷浩用《墨子》中的典故，实以墨子自况，而以公输般比刘惔，"言外之意，即使你刘惔机心百变，智谋过人，亦不足与我殷浩争短量长。"并谓殷浩嘲讽刘惔，将全句释为："唉！你不想作将领，善于（利用）仰攻。"（载《古籍整理研究》，1995年第4期）按，蒋说整体有可取处，范谓"恶"为叹词，是。然释"作将"为"作将领"，"善"为"善于"，恐不确。鄙意以为"恶"诚作叹词。《孟子·公孙丑上》："然则夫子既圣矣乎？曰：恶！是何言也？"赵岐注："恶者，不安事之叹辞也。"《荀子·法行》："孔子曰：恶！赐！是何言也！夫君子岂多而贱之少而贵之哉！"作将，起而扶持。《世说笺本》所释可从。作，起也。将，扶助，扶持。《诗·周南·樛木》："乐只君子，福履将之。"郑玄笺："将，犹扶助也。"不欲作将，谓不想起来扶持。善，修治；治理。《孟子·尽心上》："穷则独善其身，达则兼善天下。"孙奭疏："不得志则修治其身以立于世间。"柳宗元《罴说》："今夫不善内而恃外者，未有不为罴之食也。""善云梯仰攻"者，谓修治云梯仰攻也。刘尹已小屈，似公输般之为宋，云梯塌毁，然不欲重起而扶持，缮战具而再战，故殷浩叹之以表遗憾。《世说笺本》谓"恨其不竭智力而攻也"，蒋宗许说"讨厌你不架设好云梯仰攻"，大意近是。只是"恶"非作"讨厌"解。

魏晋清谈人物由于人性、学识的差异，清谈时的风格也不一样。《赏誉》81："王仲祖称殷渊源非以长胜人，处长亦胜人。"注引《晋阳秋》曰："浩善以通和接物也。"刘理小屈，殷浩遗憾对手放弃进攻，由此见其"非以处长胜人"及"善以通和接物"之厚道个性。此条记殷浩之语，乃是勉励刘惔如公输般一样修缮云梯再攻,并非"嘲讽"刘惔。换了刘惔占上风,那就不一样了。《文学》33载:殷中军尝至刘尹所清言。良久,殷理小屈,游辞不已。刘亦不复答。殷去后乃云:"田舍儿,强学人作尔馨语。"仅仅是稍微占点上风,背后就鄙称他人是"田舍儿"——意思说:"这个乡下人,还要强学人作如此高超的谈论。"两相比较,殷浩仁厚,对手败下阵来,勉励人家振足精神再战。刘惔则摆出胜利者的姿态,一副夷然不屑的神态,再说些刻薄的话,实在有点缺德。

67. 支道林"逍遥义"

《庄子·逍遥篇》旧是难处,诸名贤所可钻味,而不能拔理于郭、向之外。支道林在白马寺中,将冯太常共语,《冯氏谱》曰:"冯怀字祖思,长乐人。历太常、护国将军。"因及《逍遥》。支卓然标新理于二家之表,立异义于众贤之外,皆是诸名贤寻味之所不得。后遂用支理。向子期、郭子玄《逍遥义》曰:"夫大鹏之上九万,尺鷃之起榆枋,小大虽差,各任其性。苟当其分,逍遥一也。然物之芸芸,同资有待,得其所待,然后逍遥耳。唯圣人与物冥而循大变,为能无待而常通,岂独自通而已。又从有待者不失其所待,不失则同于大通矣。"支氏《逍遥论》曰:"夫逍遥者,明至人之心也。庄生建言大道,而寄指鹏、鷃。鹏以营生之路旷,故失适于体外;鷃以在近而笑远,有矜伐于心内。至人乘天正而高兴,游无穷于放浪,物物而不物于物,则遥然不我得。玄感不为,不疾而速,则逍然靡不适。此所以为逍遥也。若夫有欲当其所足,足于所足,快然有似天真,犹饥者一饱,渴者一盈,岂忘蒸尝于糗粮,绝觞爵于醪醴哉?苟非至足,岂所以逍遥乎?"此向、郭之注所未尽。(《文学》32)

《庄子·逍遥游》最能体现庄子追求绝对自由的精神,魏晋名士不拘外物的时代品格,受《逍遥游》影响至深,怎么估量都不为过。"《庄子·逍遥游》旧是难处,诸名贤所可钻味,而不能拔理于郭、向之外。"可见《逍遥游》是清谈的经典题目,也是难于谈出新理的难题。

向秀、郭象注《庄》,是《庄子》学发展史上划时代的丰碑,后世学者为向、郭所囿,不能超越其上。关于向、郭《逍遥义》,见于刘孝标注,其要点大致有三:一是大至大鹏,小至尺鷃,"小大虽差,各任其性。苟当其分,逍遥一也"。二是万物皆有所待,得其所待,才能逍遥,所谓"然物之芸芸,同资有待,得其所待,然后逍遥耳"。三是"圣人与物冥而循大变","循大变"即与道同体,故能逍遥。向、郭《逍遥义》其实并不符合《庄子·逍遥游》的原意。庄子认为鲲鹏、学鸠、尺鷃等万物,无论大小,皆有所待;有所待则不得逍遥。只有"乘天地之正,而御六气之辨,以游无穷者",不须有待,才是逍遥。而向、郭以万物同资有待,得其所待,然后逍遥耳,这样解释不合庄生原义。

支道林不同意向、郭义,重注《逍遥游》。《高僧传》卷四《支遁传》说:"(遁)尝在白马寺与刘系之等谈《庄子·逍遥游》云:'各适性以为逍遥。'遁曰:'不然。夫桀跖以残害为性,若适性为得者,从亦逍遥矣。于是退而注《逍遥篇》,群儒旧学莫不叹服。'"不以适性为逍遥,确实是支遁《逍遥义》的主要观点,但并未论证《逍遥义》的主旨。陆德明《经典释文》保存有支遁解释《逍遥游》字义的寥寥数条,不足窥其旨。所以,探知支遁《逍遥义》,刘孝标注仍是主要的文献资料。支遁《逍遥义》开头就说:"夫逍遥者,明至人之心也。"指出"至人"之心,是《逍遥游》的宗旨。然后展开论述。"鹏以营生之路旷,故失适于体外"二句,是说大鹏水击三千里,扶摇直上九万里,背负青天而图南,其实它是不适意的。大鹏不逍遥,乃为外物所累。"鷃以在近而笑远,有矜伐于心内"二句,是说蜩与学鸠决起而飞,讥笑大鹏何必辛辛苦苦高飞九万里而南为。这是说尺鷃自以为得意,为内心所累。然后回到主旨,论至人的逍遥。"至人乘天正而高兴",即《庄子·逍遥游》"若夫乘天地之正,而御六气之变,以游于无穷者,彼且恶乎待哉"一段。天正,自然也。至人乘自然,是为无待。"游无穷于放浪,物物而不物于物,则遥然不我得。"盖圣人乘天正,不为物役,故无不自得。"玄感不为,不疾而速,则逍然靡不适。"意谓圣人无为,任意所至,无所不适,此便是逍遥。以下"若夫有欲当其所足"一段,以日常现象,否定向、郭逍遥义。有欲望者当满足其欲望,似乎得到了快乐,好像饥者吃了一顿饱饭,渴者喝水满腹,但他哪里会忘掉糗粮和醪醴呢?意思是满足之后还要满足,欲望永不会满足。如果不满足,他还会逍遥吗?支遁以此现象否定向、郭"适性逍遥"义,论证有欲望者不可能适性逍遥。

支遁提出乘自然、玄感无为,无往不逍遥的新解,汤用彤《汉魏两晋南北朝佛教史》第九章"释道安时代之般若学",言及支遁之即色义说:"支公之理想人格,常曰'至人'。而至人也者,在乎能凝守精神,其神逍遥自足。"又引支遁《要抄序》及《世说》注引支氏《逍遥论》后说:"盖心神本不动,自得其得,自适其适。而苟能至足,则可自得其适,应变无穷。至足者自人方面言之,则谓之圣。自理方面言之,则名曰道。道乃无名无始,圣曰'无可无不可'。无可不可,亦《逍遥论》自适至足也,亦《要抄序》所谓之'忘玄故无心也'也。"陈寅恪《逍遥游向郭义与支遁义探源》一文以为"支遁逍遥游新义之为佛教般若学格义"。又引《高僧传》中《僧光传》、《慧远传》为证,说:"则知先旧格义中实有佛说解释《逍遥游》者矣。""综错推论之,则借用道行般若之意旨,以解释《庄子》之《逍遥游》,实是当时河外先有之格义,但在江东,则为新理耳。"按,汤、陈皆以为支遁《逍遥游》新义与佛教般若学有关,确为新见。尚须补充者,是支遁之新义,亦来自《易》。《周易·系辞上》曰:"无思也,无为也,寂然不动,感而遂通,天下之故,非天下之至神,其孰能与于此?唯神也,故不寂而速,不行而至。"韩康伯注:"至神者,寂然而无不应。"刘孝标注引支遁《逍遥论》以为至人"玄感不为,不寂而速,则逍然靡不适"。显然全袭《易》义,仅将"神"换成"至人"而已。不唯支遁,庐山高僧慧远亦如此,《高僧传》卷五《法汰传》记慧远破道恒"心无义",远曰:"不寂而速,杼轴何为?"使"心无义"顿息。此皆可见东晋高僧精于《易》学,以及佛学融合《易》学的学术新风。

68. 支道林造《即色论》

支道林造《即色论》,《支道林集·妙观章》云:"夫色之性也,不自有色。色不自有,虽色而空。故曰色即为空,色复异空。"论成,示王中郎。王坦之已见。中郎都无言。支曰:"默而识之乎?"《论语》曰:"默而识之,诲人不倦,何有于我哉?"王曰:"既无文殊,谁能见赏?"《维摩诘经》曰:"文殊师利问维摩诘云:'何者是菩萨入不二法门?'时维摩诘默然无言。文殊师利叹曰:'是真入不二法门也。'"(《文学》35)

支道林《即色论》,即《高僧传》卷四《支遁传》所说的《即色游玄论》。刘孝标注引《支道林集·妙观章》,保存了《即色论》的主要论点。汤用彤《汉魏两晋南北朝佛教史》第九章"释道安时代之般若学",阐说支遁《即色论》,说:"所谓色不自色者,即明一切诸法无有自性(慧达语)。因其无有自性,故肇公继述支公语意(此据元康疏,参看安澄疏记)云:'夫言色者,但当色即色,岂待色色而后为色哉!'此所谓色不'待色色而后为色',即是说'色无自性',亦即是言'色不自色'。盖'色不自色'即谓色不待色之自性而后为色也。色本因缘假有,本性空无。"又说:"支法师即色空理,盖为《般若》'本无'下一注解,以即色证明其本无之旨。"据汤先生的分析,《即色论》的宗旨是"本无"。佛教传入中国后,中土学者以玄学来解释佛学的基本原理"性空"。支道林《即色论》论证色(万物之现象)不自有,即色非自有,乃因缘合成,故曰"虽色而空",但色为人所目见所感受,故曰"色复异空"。又支遁《善思菩萨赞》:"能仁畅玄句,即色自然空。空有交映迹,冥知无照功。"亦述色空义。支道林用本无解释色空,仍然是以"格义"的方法理解印度佛教,其实与当时的大乘佛教并不一致。后来后秦西域佛经大翻译家鸠摩罗什的高足僧肇作《不真空论》,破除中土僧人在佛教"性空"问题上的偏执与误解,指出支道林的"即色宗"是心以色为空,而色本身为有。实质色是不真的,是空,是假有。大乘佛教的代表人物龙树创立中观学派,在《中论》中对诸法实相作出了独特的回答,有一个著名的偈说:"众因缘生法,我说即是空,亦为是假名,亦是中道义。未曾有 法,不从因缘生,是故一切法,无不是空者。"认为诸法(色)因缘所生即是空,一切法无自性,亦是假名。故诸法有相是假有。"中道义"是不执著有,也不执著无,即非有非无,离有无两边。支道林以为色无自性,为空无,固然把握了诸法是空的本质,但没有意识到诸法同时也是假有。僧肇批判支道林《即色论》,主要就在支氏仍以玄学本无论解释佛教的性空,未得大乘佛学的中道观。

　　支道林《即色论》实质已如上述。《即色论》成,支道林示王中郎,不无得意的神气。中郎却一言不发。支道林感到被中郎有意轻视,故说"默而识之乎?",意思说,你沉默不语,应该是心里懂了吧?话中既有自负,又隐含轻视中郎不识的细微口气。中郎终于回敬了,反用《维摩诘经》中维摩诘默然无言的典故,说:既无文殊,谁能见赏我之无言耶?日人秦士铉《世说笺本》解释中郎之语说:"此以维摩自比,言既无文殊,则谁能赏我耶?王每轻支,故云尔。"按,《世说笺本》是。坦之意谓我默然无言,既无文殊,谁人见赏耶?言外之意是,你要我欣赏你的《即色论》,然谁来欣赏我呢?两人皆以佛经对话,切合当下场景,含蓄巧妙,然皆有相轻意。支道林与王坦之义理上不相得,曾讥嘲坦之"逐郑康成车后"(见《轻诋》21)。王中郎"都无言",其实不愿评论《即色论》,并不是如维摩诘以默然无言对文殊之问,表示默认赞同。

69. 许询、王修共决优劣

许掾询也。年少时，人以比王苟子，苟子，王修小字也。《文字志》曰："修字敬仁，太原晋阳人。父濛，司徒左长史。修明秀有美称，善隶、行书，号曰流奕清举。起家著作佐郎，琅邪王文学，转中军司马，未拜而卒，时年二十四。昔王弼之没与修同年。故修弟熙乃叹曰：'无愧于古人，而年与之齐也。'"许大不平。时诸人士及於法师并在会稽西寺讲，王亦在焉。许意甚忿，便往西寺与王论理，共决优劣，苦相折挫，王遂大屈。许复执王理，王执许理，更相覆疏，王复屈。许谓支法师曰："弟子向语何似？"支从容曰："君语佳则佳矣，何至相苦邪？岂是求理中之谈哉！"（《文学》38）

魏晋清谈是学问、逻辑思辨与语言艺术的较量，其结果必定要分出胜负优劣。其实，凡是竞技活动，不管是体力的还是智力的，必然会分出高下。清谈既然最注重义理的精深超拔，既然很看重品目流别，则辩论的双方必然会竭尽智力与体力的较量，辩论的激烈也就司空见惯了。

许询生活在清谈之风鼎盛的年代，从小感染辩论的激烈场面，经常为胜利者的荣光而激动。所以，当人家把他与王苟子相比时，就大为不平，觉得太看轻了他。于是，带着强烈的愤愤不平的情绪，去西寺同王苟子辩论。一番苦战，苟子落了下风。苟子不服，再各执对方之理，又反复辩论，苟子又屈。许询得意洋洋地问支道林："弟子刚才所言，如何？"支道林以老师的口吻教育他："君语好是好，但何必言辞苦苦相逼，使苟子理竭辞穷呢？这哪里是追求义理中正的清谈呢！"

支道林劝年轻人谈论要求理之中，固然值得称道，但问题如上面所说，清谈必争胜负，尤其辩论双方势均力敌时，必至苦苦摧折。《世说》一书中不乏其例。孙盛往殷浩处辩论，"往来精苦"，废寝忘食。末了竟至风雅丢到一边，殷浩说："卿莫作强口马，我当穿卿鼻！"孙盛则说："卿不见决鼻牛，人当穿卿颊！"（见《文学》31）就差没有"肢体冲突"。哪见心平气和，求理之中的讨论呢？支道林本人曾与年在总角的谢朗清谈，"遂至相苦"。谢朗母亲王夫人再三要中止他们的谈论,不奏效,只得亲自出马,流涕抱儿而归(见《文学》39)。虽然"相苦"的责任主要在谢朗的好胜不服输,但支道林同小孩子谈,人家毛病刚刚好,难道一点责任也没有吗?最严重的例子是卫玠,身体素来羸弱,夜里清谈太疲劳,以至不起(见《文学》20),遂有"卫玠谈死"一说。凡此皆说明,在多数场合清谈双方必至相苦。相苦的原因除上面所说的智力与体力的较量之外,还有一个深刻的原因,即清谈者的好名。许询不服王苟子,争强好胜,非得摧折对方使之居于下风,根本就在好名。须知魏晋名士嘴上虽然鄙视名,骨子里其实很好名,耻于作第二流第三流。

70. 佛经以为圣人可致

佛经以为祛练神明,则圣人可至。《释氏经》曰:"一切众生,皆有佛性,但能修智慧,断烦恼,万行具足,便成佛也。"简文云:"不知便可登峰造极不?然陶练之功,尚不可诬。"(《文学》44)

佛经谓众人皆有佛性,只要坚持修炼,便能成佛。在晋人的观念中,佛即圣人,圣人即佛,名号虽殊,实为无异。所谓"圣人可至",亦即成佛可达。后汉迦叶摩腾、竺法兰译《四十二章经》说:沙门常行二百五十戒,为"四真道",能得阿罗汉。"有沙门问佛,以何缘得道?奈何知宿命?"佛言:"道无形,知之无益,要当守志行。譬如磨镜,垢去明存,即自见形。断欲守空,即见道真。知宿命矣。"佛教规定沙门遵守戒律,用磨镜一般的功夫,不断修炼,最后"即见道真",能得阿罗汉。成佛的过程即"祛练神明",能得阿罗汉便是"圣人可至"。故谢灵运《辨宗论》说:"释氏之论,圣道虽远,积学可至。"

简文之言,有二层意思:一,对佛经祛练神明能致成佛说表示怀疑;二,对修炼之功给以肯定。关于圣人是否可致的问题,汤用彤《谢灵运辨宗论书后》一文(载汤用彤《魏晋玄学论稿》)已有精辟分析,认为"圣人不可学不可至,此乃中国传统","圣人可学可至,此乃印度传统"。并引用《世说·文学》此条,证明当时"学术界二说并立相违似无法调和,常使人徘徊歧路,堕入迷惘"。

诚如汤氏所说,简文"不知便可登峰造极不"之疑问,乃据中国传统而立说。

自汉以来，尤其是儒者，认为圣人生而知之，特禀异气，不仅卓绝与凡人异，亦与贤人有别，故圣人不可学不可至。如郭象注《庄子·德充符》"受命于天，唯舜独也正"一语说："言特受自然之正气者希也，下首则唯有松柏，上首则唯有圣人。"意谓圣人特禀自然之正气。同理，仙人也不可学不可至。嵇康《养生论》说：神仙"似特受异气，禀之自然，非积学所能致也"。葛洪《抱朴子·内篇·对俗》说："或人难曰：'人之中有老彭，犹木之中有松柏，何可学得乎？'"圣人不可至的认识，至东晋时仍然如此。《言语》50 说：庾亮问齐庄："欲何齐？"曰："齐庄周。"公曰："何不慕仲尼而慕庄周？"对曰："圣人生知，故难企慕。"齐庄时为小儿，也知圣人生而知之，可见圣人不可学不可至，确是自来通识。从这一通识出发，自然得出成佛不可至的结论。《世说·排调》22 载："何次道往瓦官司礼拜甚勤。阮思旷语之曰：'卿志大宇宙，勇迈古今。'何曰：'卿近日何故忽见推？'阮曰：'我图数千户郡，尚不能得，卿乃图作佛，不亦大乎？'"何充礼佛甚勤，目标乃在修持成佛，而阮裕以为成佛不可至，故讥嘲何充。

简文虽怀疑成佛可致之说，但以为"陶练之功，尚不可诬"，肯定了积学之功。这种看法其实也本于旧说。嵇康《养生论》虽以为神仙禀之自然，非积学所能致，但又说"至于导养得理，以尽性命，上获千余岁，下可数百年，可有之耳"。"导养得理"，意同简文之"陶练之功"。葛洪以为仙人无种（其说与嵇康所谓"神仙禀之自然"说不同），而长生积学可至。《抱朴子·内篇·对俗》说："人有明哲，能修彭老之道，则可与之同功矣。"以为积学可至长生。《抱朴子·内篇·极言》说："修途之累，非移晷所臻；凌霄之高，非一篑所积。"《抱朴子·内篇·勤求》说："仙人可学至，如黍稷之可播种得，甚炳然也。"再三申述积学可至长生。

简文持圣人不可至之通识，对积学可至成佛说表示怀疑，诚如汤用彤所说，乃反映了中国学术传统和印度学术传统之间的明显冲突。于此不赘述。尚须指出的是，简文虽对成佛说生疑，但平生与高僧交往，不可能不受"渐悟说"影响。考简文所交游的名僧，有高座道人、竺法深、支道林、竺法汰、竺法旷、竺道壹、竺法潜等。支道林虽研习十地，首创"顿悟"之说，但仍不废渐修（可参见汤用彤《汉魏两晋南北朝佛教史》第十六章"竺道生"）。况且支道林之"顿悟"，还有许多解释不通的地方。故在竺道生创立"大顿悟"，谓"一阐提人皆得成佛"之前，学术主流皆以为渐修是成佛的途径。简文说，"陶练之功，尚不可诬"，即不废渐修，显属渐悟之义也。

71. 于法开与支公争名

于法开始与支公争名,后情渐归支,意甚不分,遂遁迹剡下。遣弟子出都,语使过会稽。于时支公正讲《小品》。开戒弟子:"道林讲,比汝至,当在某品中。"因示语攻难数十番,云:"旧此中不可复通。"弟子如言诣支公。正值讲,因谨述开意。往反多时,林公遂屈。厉声曰:"君何足复受人寄载来!"《名德沙门题目》曰:"于法开才辩从横,以数术弘教。"《高逸沙门传》曰:"法开初以义学著名,后与支遁有竞,故遁居剡县,更学医术。"(《文学》45)

自西晋始,随着佛教在中土的日益流布,讲论佛经成为风气,由此影响到清谈人物的阵营及清谈的内容。从前,中土玄学家讲论《周易》、《老子》、《庄子》、《礼记》以及先秦名理学派,如今,高僧、名僧开始讲论佛经。支孝龙、康僧渊、支敏度、康法畅、竺法雅、竺法朗、竺法深……常与名士清谈尽日,名僧与名士两相融合。特别是竺法雅、竺法朗等,"以经中事数,拟配外书,为生解之例,谓之格义"(以上皆见《高僧传》卷四),开创以中土典籍解释外来佛经的风气,儒道释融合,极大地改变了中国传统的学术面貌。

支道林是东晋中期清谈鼎盛之时最有名的清谈家,既讲《庄》《老》,又讲佛经,与竺法深内外典兼善的学术作风相同。于法开也是著名的义学高僧,善《放光经》、《法华经》。《释氏要览》卷中说:"高僧于法开以义解知名天下,与谢安、王文度为文学之友。孙绰曰:'深通内外,才华赡逸,其在开公乎?'"此条说"于法开始与支公争名",即《高僧传》卷四《于法开传》所称"每与支道林争即色空义"。"即色空义"指即色是空,谓一切诸法本性空寂。支道林著有《即色游玄论》,其要义可参见汤用彤《汉魏两晋南北朝佛教史》第九章"支道林之即色义"一节,兹不赘述。关于于法开之佛学,陈朝小招提寺慧达法师作《肇论疏》,有"或六家七说,爰延十二之说",唐释元康作《肇论疏》,解释上二句,谓"论有六家,分成七宗"。第四识含宗,汤用彤谓即于法开所说,"此类学说悉根据神识之划分,而诠释本空之外象,所以幻为实有也"(同上,见"于法开之识含宗"一节)。

正如中土清谈家惜名、好名一样,义学僧也好名、争名。之所以如此,一是同所持佛学见解的分歧有关,二是好名本是人类劣根性之一种,非有对客观世界及人生有彻悟者,常人极难消除好名的陋习。于法开与支公争名,后人情渐归于支公,便意甚不平不服。如前面索解《文学》38"许询、王修共决优劣"指出,清谈者非要决优劣,与好名有关。义学僧讲论佛经,当然有高下精粗之别,由此影响名声之大小。佛教以一切法为空,世间之名亦为空,然具有讽刺意味的是,高僧也未能忘名。可见勘破诸法皆空,实非易事。

于法开争名,支道林何尝不争名。当法开弟子(名法威)以法开义发难,往反多时,林公遂屈时,厉声喝问:"君何足复受人寄载来!"一副恼羞成怒的样子。当初,许询与王苟子清谈,逼得后者辞穷力竭,林公教导许询:"岂是求理中之谈哉!"然现在看看林公斥责法开弟子的声口,亦"岂是求理中之谈哉"!

支道林很爱惜自己的羽毛,甚至放弃求理中之谈的良机。《文学》43记殷浩读《小品》,疏解皆精微,想与支道林辩之,竟不得。不得之由居然是林公保名。刘孝标注引《语林》说:"浩于佛经有所不了,故遣人迎林公。林乃虚怀欲往,王右军驻之曰:'渊源思致渊富,既未易为敌,且己所不解,上人未必能通。纵复服从,亦名不益高。若佻脱不合,便丧十年所保。可不须往。'林公亦以为然,遂止。"在惜名的王右军的劝说下,林公恐不敌殷浩,为保名起见,竟然谢绝殷浩的邀请。王右军与林公重名太甚的思想与行为,遭到后人的嗤笑。刘辰翁说:"逸少护林公如此,足称沙门,然传之贻笑。"凌濛初说:"惜哉逸少一阻,遂令妙义永绝。"又说:"犹是救饥术工,噉名念重。"钟惺说:"拨动和尚名根。"东晋清谈名士和名僧爱名、惜名、争名之严重,王右军、支道林堪称一缩影。

72. 刘尹之"名通"

殷中军问:"自然无心于禀受。何以正善人少,而恶人多?"诸人莫有言者。刘尹答曰:"譬如泻水著地,正自纵横流漫,略无正方圆者。"一时绝叹,以为名通。《庄子》曰:"天籁者,夫吹万不同,而使其自己也。"郭子玄注曰:"无既无矣,则不能生有;有之未生,又不能为生。然则生生者谁哉?块然而自生耳,非我生也。我不生物,物不生我,则自然而已然,谓之天然。天然非为也,故以天言之,所以明其自然故也。"(《文学》46)

刘孝标注引《庄子·齐物论》及郭象注，切合文意，有助于理解"自然无心于秉受"的涵义，以及刘尹（惔）的回答何以被叹为"名通"。

殷中军（浩）所谓"自然无心于秉受"，乃指人之禀赋（如善恶之性）虽得之于自然，然自然以无心为本。这是当时玄学清谈家的共识。不过，现实中善人少，恶人多。既然万物皆出于自然，而自然又无心，那么，为何善人少恶人多？这就不好解释了，故诸人无言以对。刘惔却以"泻水著地"的妙喻，生动地解释了"自然无心于秉受"的哲理。

"自然无心于秉受"之谈，源于道家学说。《庄子·齐物论》借子綦子游谈及人籁、地籁、天籁，阐明万物与自然的关系。子綦曰："夫吹万不同，而使其自己也，咸其自取，怒者其邪！"意谓风作而万窍怒号，虽形声各异，然皆自得之，无有主宰者。《齐物论》以天籁之音，明万物皆自得之理，但尚未明确指出万物生于无。至郭象注《庄子》，以为物皆自生而无所出，自己而然，谓之天然；天然者非有为也。如郭象注《庄子·逍遥游》曰："故大鹏之能高，斥鷃之能下，椿木之能长，朝菌之能短，凡此皆自然之所为，非为之所能也。"天然非为，义同自然无为，或自然无心。这种观点在稍早于郭象的王弼《老子注》及《周易注》中已有表述。王弼《老子注》第二十九章说："万物以自然为性，故可因而不可为也，可通而不可执也。"《老子注》第三十八章说："是以天地虽广，以无为心；圣王虽大，以虚为主。"《易·复卦·象辞》："复，其见天地之心乎？"王弼注："复者，反本之谓也。天地之本为心者也。……然则天地虽大，富有万物，雷动风行，运行变化，寂然至无是其本矣。"天地以无为心，亦即自然无心。

人之秉赋各有不同，有善者、恶者、贤者、愚者、巧者、拙者……究其所由，皆生来即具，莫辨其所以然，并非是自然有为之产物，故曰"自然无心于秉受"。曹丕《典论·论文》说："文以气为主。气之清浊有体，不可力强而致。譬诸音乐，曲度虽均，节奏同检，至于引气不齐，巧拙有素，虽在父兄，不能以移子弟。"说明气虽有清浊的不同，但这不是有为的结果，也不禀承于父兄，而是自然而然。再如《文选》卷四○杨修《答临淄侯笺》称美曹植："非夫体通性达，受之自然，其孰能至于此乎？"李善注："《老子》曰：'天法道，道法自然。'钟会曰：'莫知所出，故曰自然。'"杨修认为曹植的体通性达，乃受之自然，这与曹丕"气之清浊有体，不可力强而致"的见解一致，都是说人之秉赋，来于自然，非其他力量所能改变。而钟会对自然的解释，亦即是莫辨其所以然，这与王弼、郭象的观点无本质的区别。又葛洪《抱朴子·内篇·塞难》说："天道无物，任物自然，无亲无疏，无彼无此也。"

并举证曰：:"贤不必寿，愚不必夭，善无近福，恶无近祸，生无定年，死无常分，盛德哲人，秀而不实，窦公庸夫，年几二百，伯牛废疾，子夏丧明，盗跖穷凶而白首，庄蹻极恶而黄发，天之无为，于此明矣。"总之，世间万物，包括人之贤愚祸福等种种现象，皆无心自然之所为。

然而，自然无为，万物自生，则何以善人少，恶人多（是否如此，另当别论）？这确实是一时难于解释的问题。刘惔所言的"泻水著地"，正类同《庄子·齐物论》中的"风作"，虽"吹万不同"，形声各异，但皆出于天然。同理，那纵横流漫之水，其形全无方者、圆者，块然自生，不知所以然而然。以生动形象的比喻来阐明精微的哲理，本来就是魏清玄言的作风。"泻水著地"之喻，巧妙地解释了"自然无心于秉受"的玄理，以及"何以正善人少，恶人多"的疑问，故众人绝叹，以为名通。

73. 殷中军解"梦棺器"与"梦矢秽"

人有问殷中军："何以将得位而梦棺器，将得财而梦矢秽？"殷曰："官本是臭腐，所以将得而梦棺尸；财本是粪土，所以将得而梦秽污。"时人以为名通。（《文学》49）

占梦、解梦是一种非常古老的术数，属于古代的神秘文化。《诗·小雅·正月》："召彼故老，讯之占梦。"郑玄注："召之不问政事，但问占梦，不尚道德，而信征祥之甚。"早在周代就有专门占梦的官职。《汉书》卷三〇《艺文志》说："《易》曰：'占事知来。'众占非一，而梦为大故，周有其官。"颜师古注："谓大卜掌三梦之法，又占梦中士二人，皆宗伯之属官。"史书上关于占梦的记载不胜枚举，魏晋南北朝时尤多。此条即记殷中军（浩）解梦。

殷中军解"将得位而梦棺器"，运用的"原理"是官与棺同音，故梦棺器是得官之征兆。《晋书》卷七八《张茂传》说："茂少时梦得大象，以问占梦万推。万推曰：'君当为大郡而不善也。'问其故，推曰：'象者大兽，兽者守也，故知当得大郡。'"大象为大兽，兽与守音同，故梦大象为得大郡（官）之征兆。殷中军占梦之方法，与万推相同。余嘉锡《笺疏》举《晋书·艺术传·索紞传》为证："索充初梦天上有二棺落充前。紞曰：'棺者，职也，当有京师贵人举君。二官者，频再迁。'俄而司徒王戎书属太守,使举充。太守先署充功曹而举孝廉。"以为"此将得位而梦棺器之证"。余氏举证甚确。现再补充一例:《南齐书》卷二八《垣荣祖传》记荣祖于永明二年(484)为冠军将军、寻阳相、南新蔡太守,"作大形棺材盛杖,使乡人田天生、王道期载渡江北。"说明棺材是职官之象征的神秘观念,至南齐犹存。殷中军解梦道:"官本是臭腐,所以将得而梦棺尸。"比纯粹解得官而梦棺器,又多了一层文化意义,即"官本是臭腐",与棺尸是臭腐一样。这一类比非常巧妙。

殷中军再解"将得财而梦矢秽",把矢秽看作是钱财的象征。这种神秘观念在晋代可能普遍存在。刘敬叔《异苑》卷六记婢女采菊路逢一鬼,问:"何以恒掷秽污?"鬼答曰:"粪污者,钱财之象也。"此为"得财而梦矢秽"之证。此外,殷中军说财本是粪土,也与古来就有的"以财为末"的文化观念有关。《大学章句》说:"德者本也,财者末也。"顾炎武《日知录》卷六"财者末也"条说:"古人以财为末,故舜命九官,未有理财之职。《周官》财赋之事,一皆领之于天官冢宰,而六卿无专任焉。汉之九卿,一太常,二光禄勋,三卫尉,四太仆,五廷尉,六鸿胪,七宗正,八大农,九少府。大农掌财在后,少府掌天子之财又最后。唐之九卿,一太常,二光禄,三卫尉,四宗正,五太仆,六大理,七鸿胪,八司农,九大府,大略与汉不殊……"据此,殷中军"财本是粪土"之解,与"以财为末"的职官文化也有内在联系。

殷中军解梦,证明其善术数。作为名士与学者,理解儒家"以财为末"的文化,也具有鄙薄名利的道家思想,故解梦洒脱通达,更妙的是乘机把官位和钱财骂了一通。所以他的解梦,不仅仅是占梦术士的伎俩,而且表现出藐视世俗物欲的精神气质,"时人以为名通"不是没有原因的。

可是,后人也有不以殷中军解梦为然者。譬如清儒郝懿行认为殷中军的"名通",其实"谬戾而不通",说什么"审如所言,稷、契、皋、夔,当辞爵位而慕巢、由,舜不当富有四海。《大学》何言有土有财?无财是无养生之具,无官何有治事之人?晋人清谈废事,正坐此弊。就其所谈,亦绝无名理而苟取悦人。何以明之?官真臭腐,则尸位不为忝;财果粪土,则食货不足订。而岂理也哉!"(见《晒书堂集》外集卷下"梦尸得官粪得财解"条)郝氏将梦当作真,声称没有财用什么养生,没有官谁来治理人民?意思是官不是臭腐,财不是粪土。这真是"痴人前不能说梦也"。殷中军解梦,不过是当时盛行的占梦术中出现的一则佳话,固然有鄙薄官位和钱财的意味,但哪里是主张无官无财呢?

74. 谢公问毛诗何句为佳

谢公因子弟集聚,问毛诗何句为佳?遏称曰:谢玄小字。已见。"昔我往矣,杨柳依依,今我来思,雨雪霏霏。"公曰:"讦谟定命,远猷辰告。"《大雅》诗也。毛苌注曰:"讦,大;谟,谋;猷,道;辰,时也。"郑玄注曰:"猷,图也,大谋定命,谓正月始和,布政于邦国都鄙也。"谓此句偏有雅人深至。(《文学》52)

谢安文采风流为一时之冠。谢氏家族有着深厚的文学传统,出了许多文学家。这一家风的开创者是谢安。"昔我往矣"四句出于《诗·小雅·采薇》,情景相生,是毛诗中的佳句。谢遏以为这四句最佳,确乎体现出很高的审美水平。可使人不解的是,谢安为何称"讦谟定命"二句"偏有雅人深至"?

"讦谟定命"二句出于《诗·大雅·抑》。据毛《传》,《抑》这首诗是"卫武公刺厉王亦以自警也"。而郑玄解释"讦谟定命"二句说:"谓正月始和,布政于邦国都鄙也,为天下远图庶事,而以岁时告施之。"《抑》在《诗经》中实在算不上佳作,而"讦谟定命"二句仅为叙述,语意远不如"昔我往矣"等句显豁,更少审美价值。故谢安"雅人深至"的赞许,后人茫然不解。如王士禛《古夫于亭杂录》卷二说:"愚按玄与之推所云是矣。太傅所谓'雅人深至'终不能喻其指。"肯定谢玄与颜之推(颜爱《诗》"萧萧马鸣,悠悠旗旌"二句,见《颜氏家训·文章篇》)的看法,而终究不明白谢安所谓"雅人深至"。王夫之对之稍有体会,其《姜斋诗话》卷二说:"谢太傅于《毛诗》取'讦谟定命,远猷辰告',以此八字如一贯珠,将大臣经营国事之心事,写出次第,故与'昔我往矣,杨柳依依,今我来思,雨雪霏霏',同一达情之妙。"以为谢安称许"讦谟定命"二句,乃在于很有层次地写出了"大臣经营国事之心曲",故亦具"达情之妙"。

然《诗》中具"达情之妙"的佳句极多,而事实上这二句诗从艺术欣赏的角度看,仅是平淡的叙述,既无描写也无抒情,不具形象性。为何谢安偏偏喜爱这二句?此点尚须深入探索。文学欣赏是欣赏者与作品之间的感情交流,往往带有某种主观寄托,不仅仅是对作品的客观评价。因此,从谢安称许"讦谟定命"二句可探知其"心曲"。首先,要确定谢安与子弟集聚的大致时间。谢安与子侄辈谈文论艺,多半在东山隐居时。《晋书》卷七九《谢安传》载:安于土山营墅,楼馆林竹甚盛,每携中外子侄往来游集。《晋书》卷七九《谢玄传》载:安尝戒约子侄。其时谢安尚未出山,子侄也还未到入仕之年。其次,谢安独爱"讦谟定命"二句,并非此时已身为朝廷人臣,毛《诗》二句正合他经营国事的心曲,虽然他身在东山,实已心向魏阙,已有出仕的打算与准备。谢安放情丘壑,再三拒绝朝廷的征召。当时,简文帝司马昱作相,说:"安石既与人同乐,必不得不与人同忧,召之必至。"(《晋书·谢安传》)以为谢安必会出仕,颇有识鉴。谢安妻为刘惔之妹,见刘家富贵,对安说:"丈夫不如此也?"婉转地劝安出仕。安掩鼻曰:"恐不免耳。"可知,谢安已觉得免不了要出山。安弟谢万于升平三年(359)冬十月,奉命北伐南燕,结果一败涂地,被废为庶人。谢万黜废后,谢安始有仕进之志。据上述材料推测,谢安与子弟集聚,称"讦谟定命"二句"偏有雅人深至",其时或在谢万黜废前后。毛《诗》这二句,正写出了他深藏着的所思所想:确定远大的谋略而不改易,到时布政于邦国都鄙以施行之。或许这就是谢安的"雅人深至"。

75. 诸贤共论《易象妙于见形论》

殷中军、孙安国、王、谢能言诸贤,悉在会稽王许。殷与孙共论《易象妙于见形论》。其论略曰:"圣人知观器不足以达变,故表圆应于蓍龟。圆应不可为典要,故寄妙迹于六爻。六爻周流,唯化所适,故虽一画,而吉凶并彰,微一则失之矣。拟器托象,而庆咎交著,系器则失之矣。故设八卦者,盖缘化之影迹也。天下者,寄见之一形也。圆影备未备之象,一形兼未形之形。故尽二仪之道,不与《乾》、《坤》齐妙。风雨之变,不与《巽》、《坎》同体矣。"孙语道合,意气干云。一坐咸不安孙理,而辞不能屈。会稽王慨然叹曰:"使真长来,故应有以制彼。"即迎真长,孙意已不如。真长既至,先令孙自叙本理。孙粗说己语,亦觉殊不及向。刘便作二百许语,辞难简切,孙理遂屈。一坐同时抃掌而笑,称美良久。(《文学》56)

《周易》、《老子》、《庄子》三部书,魏晋清谈家最感兴趣,称之为"三玄"。这次殷中军(浩)、孙安国(盛)、王羲之、谢安等名士,聚在会稽王(司马昱)那边谈论易象。两个一流的清谈家殷浩和孙盛对垒。辩论前半场孙盛占了上风,下半场请来刘惔,孙盛落了下风。这个故事难懂的地方在殷浩、孙盛、刘惔各自的易学见解,以及这场辩论在易学发展史上有何意义。

《易象妙于见形论》便是刘孝标注引的那段文字。在《晋书》卷七五《刘惔传》和《晋书》卷八五《孙盛传》里,《易象妙于见形论》的著作权归于孙盛。《刘惔传》说:时孙盛作《易象妙于见形论》,殷浩等人难之,不能屈。简文帝命刘真长来,辞甚简至,盛理遂屈。又《晋书》卷八五《孙盛传》说:"及长,博学,善言名理。于时殷浩擅名一时,与之抗论者,惟盛而已。""盛又著《易象妙于见形论》,浩等竟无以难之,由是遂知名。"但清严可均编《全晋文》,将刘孝标的注题为《易象论》(见《全上古三代秦汉三国六朝文·全晋文》卷一二九),以为殷浩所作。笔者以为严氏的理解是对的。因为刘孝标注引此段文字置于"殷与孙共论《易象妙于见形论》"句下,未置于"孙语道合,意气干云"句下。"其论"之"其",指殷浩。朱伯崑《易学发展史》第四章第三节考辨刘孝标注,以为《易象妙于见形论》是殷浩所作,并对殷浩、孙盛的易学思想作了细致分析。读者可参看。

《世说》此条所记,反映东晋《易》学不同派别的争论及势力的消长。所谓易象妙于见形,是说观爻象之形而知易之精妙。故孙盛《易》学,宜归于魏晋《易》学中象数一派,其见解可从《魏志·钟会传》裴注引孙盛之言推知。孙盛说:"《易》之为书,穷神知化,非天下之至精,其孰能与于此?世之注解,殆皆妄也。况弼以傅会之辨,而欲笼统玄旨者乎?故其叙浮义则丽辞溢目,造阴阳则妙赜无间,至于六爻变化,群象所效,日时岁月,五气相推,弼皆摈落,多所不关。虽有可观者焉,恐将泥夫大道。"所谓"六爻变化,群象所效,日时岁月,五气相推"者,乃指汉代《易》学传统之象数之学,以八卦卦象与阴阳二气结合,筮卜吉凶。至王弼则一扫象数旧说,以《老》《庄》解《易》,即以玄学义理解释卦爻辞,创立义理派,何晏、钟会、荀粲等亦属此派,其影响远较象数学派为巨。此条写到"一坐咸不安孙理",可见孙盛易象妙于见形之说不为多数人赞同。殷浩之论则与王弼《易》学一脉相承,以为观器不足以知变,蓍龟、六爻是"器"是"象",如果执著于"器""象",则不能得易之本体,此即"系器则失之矣"之意。千变万化之象,千差万别之迹,皆由"一"生成。"一"与"道"、"本体"、"太极"同义。

殷浩《易》学详细内容不得而知,可能与韩康伯《易》学相去不远。康伯为殷浩外甥,且为浩所赏识。《文学》27说:"殷中军云:'康伯未得我牙后慧。'"可知康伯《易》学,与其舅父殷浩有渊源关系,至于得不得"牙后慧"当作别论。而康伯与王弼,同为魏晋《易》学义理派的杰出代表,注《易》始终以义理贯之。如注《周易·系辞上》:"故神无方而易无体"句说:"方、体者,皆系于形器者也;神则阴阳不测,易则唯变所适,不可以一方、一体明。"注《系辞上》"非天下之至神,其孰能与于此"二句说:"夫非往象者,则无以制象;非遗数者,无以极数。至精者,无筹策而不可乱;至变者,体一而无不周;至神者,寂然而无不应。"以上二段注释,都以为器、象不足以尽意,与殷浩"观器不足以达变"、"圆应不可为典要"的见解完全一致。又殷浩之叔殷融亦善《易》学,著《象不尽意》、《大贤须易论》,理义精微,谈者称焉(见《文学》74注引《中兴书》)。殷融既主"象不尽意",看来也是义理派。至于刘惔难孙盛《易象妙于见形论》,当属义理派无疑。《刘惔传》说:"及惔年德转升,论者遂比之荀粲。"又说:"尤好老庄,任自然趣。"荀粲曾与兄论《易》中象、言、意三者关系,以为"盖理之微者,非物象之所举也。今称立象以尽意,此非通于意外者也;系辞焉以尽言,此非言乎系表者也;斯则象外之意,系表之言,固蕴而不出矣"(见《三国志·魏志·荀彧传》注引何劭所作《荀粲传》)。粲以为《易》理精微,非言、象所能包举。论者将刘惔比作荀粲,且惔尤好老庄,则据此亦可推断其《易》学观点为象不尽意。由此条可知东晋《易》学义理派与象数派之对峙,而义理派势力之盛,已远超象数派。

76. 僧意、王苟子论圣人有情无情

僧意在瓦官寺中,未详僧意氏族所出。王苟子来,苟子,王修小字。与共语,便使其唱理。意谓王曰:"圣人有情不?"王曰:"无。"重问曰:"圣人如柱邪?"王曰:"如筹算,虽无情,运之者有情。"僧意曰:"谁运圣人耶?"苟子不得答而去。诸本无僧意最后一句,意疑其阙,庆校众本皆然。唯一书有之,故取以成其义。然王修善言理,如此论,特不近人情,犹疑斯文为谬也。(《文学》57)

圣人有情无情之说,乃是魏晋玄谈的题目之一,何晏、钟会、王弼等早已讨论过。《魏志·钟会传》注引何劭《王弼传》说:

何晏以为圣人无喜怒哀乐,其论甚精,钟会等述之。弼与不同,以为圣人茂于人者神明也,同于人者五情也。神明茂故能体冲和以通无,五情同故

不能无哀乐以应物。然则圣人之情，应物而无累于物者也。今以其无累，便谓不复应物，失之多矣。

关于何晏圣人无情说及王弼圣人有情说，汤用彤《王弼圣人有情义释》（载《魏晋玄学论稿》）一文已有精辟分析。僧意与王修共语，亦讨论无情有情的旧题。可见至东晋中期，清言家仍对此题目感兴趣。王修主圣人无情说，僧意则主圣人有情说。当王修否认圣人有情后，僧意以"圣人如柱邪"反驳之，意谓圣人若无情，那就似柱一样不复应物。王修"筹算"之喻，实徘徊于有情无情两端。当僧意再追问"谁运圣人"时，苟子辞穷而去。

以下详释之：

由此条所记，虽无法详知僧意的学术思想，但可肯定其持圣人有情说。"圣人如柱邪"之反问，是对王修圣人有情说的质疑。因依圣人有情说，圣人无喜怒哀乐，便不复应物。遇喜不乐，遭丧无哀，与柱相似。在此之前的何晏、钟会等就持这种看法。而王弼独标新解，谓"今以其无累，便谓不复应物，失之多矣"。面对僧意的质疑，王修以"筹算"作比。"筹算"纯依数理，一是一，二是二，未尝有情，即或有喜怒哀乐亦不起作用；但"运之者"——作"筹算"其人有情。王修"筹算"之喻，实在不太高明：一面说圣人如"筹算"，一面又说运之者有情。如果说"筹算"即指圣人本身，那作"筹算"者必定是指"筹算"之外的另一主动者。此有情的主动者究竟指谁？王修陷入了自相矛盾的境地，所以当僧意追问"谁运圣人"时，只好辞穷而去。

考王修其人，颇善玄谈。《文学》83说："王敬仁年十三，作《贤人论》，长史送示真长，真长答云：'见敬仁所作论，便足参微言。'"《赏誉》123说："林公云：'王敬仁是超悟人。'"《品藻》48说："刘尹至王长史许清言，时苟子年十三，倚床边听。既去，问父曰：'刘尹语何如尊？'长史曰：'韶音令辞，不如我，往辄破的，胜我。'"以上数条皆可证明王修受其父王濛的清言影响，研探微言，有所悟得。但王修清言水平实乃平平尔，《文学》38载：许询年少时，人以比王苟子，许大不平，与王论理，共决优劣，结果，两番较量，王皆屈居下风。王修与僧意的问答也一样，王最后"不得答"而去。看来，刘真长"足参微言"的评价值得怀疑。

其实，王修"筹算"之喻游辞于圣人有情与无情说的两端，不能坚守圣人无情说的见解。圣人与道合一，动不违理，无累于物，此为无情，这是何晏、钟会等人的旧说。事实上圣人亦具喜怒哀乐之情，不可能不应物，如柱漠然无感。王修未尝不意识到这一点,因此又说"运之者有情"。魏晋玄学家中,只有王弼才完美地解决了圣人既有情却又能顺乎自然的矛盾,认为"圣人茂于人者神明",自具高出于众人的智慧,但"同于人者五情",不能去喜怒哀乐等自然之性。神明茂,故能与天道自然相通,此为无累无情;五情同,则喜怒哀乐应物,此为有感有情。只看到圣人与道合一而无累于物的一面,就认为圣人不复应物,这就"失之多矣"。王弼的这番新颖精密的"微言",王修并未参透,结果只能辞穷避席。

77. 殷仲文与慧远论《易》体

殷荆州曾问远公:张野《远法师铭》曰:"沙门释惠远,雁门楼烦人。本姓贾氏,世为冠族。年二十,随舅令狐氏游学许洛。年二十一,欲南渡,就范宣子学,道阻不通,遇释道安以为师。抽簪落发,研求法藏。释昙翼每资以灯烛之费。诵鉴淹远,高悟冥赜。安常叹曰:'道流东国,其在远乎?'襄阳既没,振锡南游,结宇灵岳。自年六十,不复出山。名被流沙,彼国僧众,皆称汉地有大乘沙门。每至然香礼拜,辄东向致敬。年八十三而终。""《易》以何为体?"答曰:"《易》以感为体。"殷曰:"铜山西崩,灵钟东应,便是《易》耶?"《东方朔传》曰:"孝武皇帝时,未央宫前殿钟无故自鸣,三日三夜不止。诏问太史待诏王朔,朔言恐有兵气。更问东方朔,朔曰:'臣闻铜者山之子,山者铜之母,以阴阳气类言之,子母相感,山恐有崩弛者,故钟先鸣。《易》曰:"鸣鹤在阴,其子和之。"精之至也。其应在后五日内。'居三日,南郡太守上书言山崩,延袤二十余里。"《樊英别传》曰:"汉顺帝时,殿下钟鸣,问英。对曰:'蜀岷山崩。山于铜为母,母崩子鸣,非圣朝灾。'后蜀果上山崩,日月相应。"二说微异,故并载之。远公笑而不答。(《文学》61)

《彖》解释《易·咸卦》说:"咸,感也。柔上而刚下,二气感应以相与。""天地感而万物化生,圣人感人心而天下和平。观其所感,而天地万物之情可见矣。"王弼注:"天地万物之情,见于所感也。"《咸卦》所谓"感"者,乃感应也,即天地万物之间的感应和排斥,关联和转化,这也正是宇宙的根本法则。"体"者,体征,形迹也,属形而下的具象。《易·系辞上》说:"故神无方而《易》无体。"韩康伯注:"方、体者,皆系于形器者也;神则阴阳不测,易则唯变所适,不可以一方一体明。"

"神无方",是说神的变动无固定的方位和处所;"《易》无体",是说爻象的变化无固定的体征。王弼《明爻通变》也反复阐明爻之意义乃在于变化:"是故,范围天地之化而不过,曲成万物而不遗,通于昼夜之道而无体,一阴一阳而无穷。非天下之至变,其孰能于此哉! 是故,卦以存时,爻以示变。"以为《易》是无体的,为"天下之至变"。古称《易》有三义,而"变动不居"是《易》的本质。故孔颖达《周易正义》曰:"夫《易》者,变化之总名。"有变必有动,有动必有感,有感必有应。故朱熹《易·咸卦》卷九四传曰:"凡在天地之间,无非感应之理,造化与人事皆是。"(朱熹《近思录》卷一,江永集注)

慧远以为《易》以感为体,表明他是从万物相感又变动不居的观点来理解《易》,与《易》学中的"爻变说"有关联,在一定程度上受到了王弼《周易注》的影响。慧远是深受《易》学浸润的佛学家,他对"神"的描述,是对《易·系辞上》所谓"神无方而《易》无体"观点的发展。慧远一再用"感应"看待"神"的特性。他说:"盖神者可以感涉,而不可以迹求。必感之有物,则幽路咫尺;苟求之无主,则渺茫河津。"(《高僧传·慧远传》)又说:"神也者,圆应无方,妙尽无名,感物而动,假数而行。感物而非物,故物化而不灭;假数而非数,故数尽而不穷。"(《沙门不敬王者论》)慧远对"神"的描述,显然源于《周易》。《易·系辞上》说:"阴阳不测谓之神。""子曰:知变化之道者,其知神之所为乎?""《易》无思也,无为也,寂然不动,感而遂通天下故。"……慧远的《易》以感为体"之说,准确解释了《易·系辞上》"故神无方而《易》无体",把握了《易》之变化而生万物的本质。

殷仲堪"铜山西崩,灵钟东应,便是《易》耶"之问,乃是戏言,显示自己口齿伶俐,并非与远公有何歧见。《晋书·殷仲堪传》说,仲堪"谈理与韩康伯齐名,士咸爱慕之"。韩康伯是《易》学名家,若仲堪不精《易》学,岂能与康伯齐名? 仲堪曾致书桓玄说:"道无所屈而天下以之获宁,仁者之心未能无感。"这二句即源于《象》释《易·咸卦》"圣人感人心而天下和平"之语。《高僧传·慧远传》说:"(仲堪)与共远临北涧论《易》体,移景不倦,既而叹曰:'识信深明,实难为庶。'"仲堪由衷赞美慧远的深识,可见他认同和敬佩远公精深的《易》学造诣。

78. 阮籍作《劝进文》

魏朝封晋文王为公,备礼九锡,文王固让不受。公卿将校当诣府敦喻。司空郑冲冲已见。驰遣信就阮籍求文。籍时在袁孝尼家,《袁氏世纪》曰:"准字孝尼,陈郡阳夏人。父涣,魏郎中令。准忠信居正,不耻下问,唯恐人不胜己也。世事多险,故恬退不敢求进。著书十万余言。"荀绰《兖州记》曰:"准有俊才,大始中位给事中。"宿醉扶起,书札为之,无所点定,乃写付使。时人以为神笔。顾恺之《晋文章记》曰:"阮籍《劝进》,落落有宏致,至转说徐而摄之也。"一本注阮籍《劝进》文略曰:"窃闻明公固让,冲等眷眷,实怀愚心,以为圣王作制,百代同风,褒德赏功,其来久矣。周公藉已成之业,据既安之势,光宅曲阜,奄有龟蒙。明公宜奉圣旨,受兹介福也。"(《文学》67)

阮籍为郑冲作《劝进表》,即《文选》卷四〇所收阮籍《为郑冲劝晋王笺》。关于此表的作年,见李善注引臧荣绪:"魏帝封太祖为晋公,太原等十郡为都邑。太祖让不受命,公卿将校皆诣府劝进,阮籍为之词。"又注:"魏帝,高贵乡公也。太祖,晋文帝也。"李善注是正确的。考《晋书》卷二《文帝纪》,魏帝封司马昭晋王不止一次,司马昭辞让也不止一次。高贵乡公曹髦甘露三年(258)五月,天子以并州之太原、上党、西河、乐平、新兴、雁门,司州之河东、平阳八郡,封司马昭为晋公,加九锡,进位相国,晋国置官司马。九让,乃止。元帝曹奂景元元年(260)四月,天子复命帝爵秩如前,又让不受;六月,天子进司马昭为相国,封晋公,增十郡,加九锡如初。固让,乃止。景元二年,天子使太尉授帝相国印绶,司空郑冲致晋公茅土九锡,固辞。景元四年二月,天子复命如前,又固让。此年冬十月,天子以诸侯献捷交至,乃申前命,"公卿将校皆诣府,喻旨,帝以礼辞让"。于是郑冲率群官劝进,劝进之辞即阮籍所作表。至此,司马昭受命,成为实际上的皇帝。由于景元四年之前魏帝多次封司马昭晋公,后者多次谦让,故有些研究者以为阮籍《劝进表》作于甘露三年。其实非是。阮籍此表是司马昭多次辞让表演的结束,禅让的把戏至此完成。以阮籍《劝进表》与史实相印证,也可以证明此文不可能作于甘露三年。如《表》文说:"是以时俗畏怀,东夷献舞。"此二句即《晋书·文帝纪》所记"(景元)三年夏四月,肃慎来献楛矢、石砮、弓甲、貂皮等,天子命归于大将军府",以及"冬十月,天子以诸侯献捷交至"的史实。又魏元帝曹奂《策命晋公九锡文》有"朕重违让德,抑礼亏制,以彰公志,于今四载"四句,指自景元元年夏四月至今,每年命司马昭爵秩如前,而晋公每每谦让不受,于今四载矣。此是郑冲率群官劝进在景元四年的又一证据。

阮籍《劝进表》在宿醉状态中写成，无所点定，"时人以为神笔"。萧统编之入《文选》，当然着眼于文章本身之佳。然则此文佳在何处，以至赞为"神笔"？大抵说有二点：一，宿醉为之，无所点定，简直胜于宿构，非有大才，谁能办此？二，文章简练，层次井然，不可增删，又文气流动。先写"褒德赏功，有来自矣"，举伊尹、周公的例子，得出史上"功薄而赏厚者，不可胜数"的结论，文意随之转到盛赞司马昭自父兄以来的功勋盛大，"光于唐虞"，"超于桓文"。再以"然后临沧州而谢支伯，登箕山而揖许由，岂不盛哉"，期待晋王功成身退，效法尧舜，至于盛德之顶峰。最后"何必勤勤小让哉"一句点出劝进的主题。短短二三百字，落落大方，主旨分明。若与同载于《文选》的刘越石《劝进表》的文繁意多相比，阮籍之文高明多了。

萧统把阮籍《劝进表》编入《文选》，是纯粹着眼于文章的文学性。然而阮籍此文，不啻自己把自己抹黑成了小人。后人纷纷指责阮籍屈服于司马昭的淫威。最严厉者是宋叶梦得，他在《避暑录话》卷上中说："阮籍既为司马昭大将军从事，闻步兵厨酒美，复求为校尉。史言虽去职，常游府内，朝宴必预，以能遗落世事为美谈。以吾观之，此正其诡谲，佯欲远昭而阴实附之，故示恋恋之意，以重相谐结，小人情伪，有千载不可掩者。不然籍与嵇康当时一流人物也，何礼法疾籍如仇，昭则每为保护。康乃遂至于是，籍何以独得于昭如是耶？至《劝进》之文，真情乃见。籍著《大人论》，比礼法士为群虱之处裈中。吾谓籍附昭，乃裈中之虱，但偶不遭火焚耳。使王浚、毋邱俭等一得志，籍尚有噍类哉！"刘应登说："此即以居摄之事启之，嗣宗此笔为大节之玷矣。"刘克庄《后村集》卷一七也说："嵇、阮齐名，然《劝进表》叔夜决不肯作。"后人一致批评阮籍作《劝进表》是大节之玷，议论固然正大，但假若能设身处地于魏晋易代之际，体验司马氏以血腥暴力，粉碎一切反抗者，那么，或许能多少对阮籍作《劝进表》怀有一分怜悯，三分同情。须知中国历史每逢改朝换代，最遭难的是知识者。凡不依附新朝者，精神上围剿，肉体上消灭。这种历史的悲剧，深深印刻在民族的记忆中。以今视昔，不难体会阮籍当年作《劝进表》的无奈与痛苦。嗣宗沉湎佯狂，不断悲吟"夜中不能寐，起坐弹鸣琴"，"一为黄雀哀，流下谁能禁"，"终身履薄冰，谁知我心焦"（《咏怀》其一、其十一、其三十三）。何况不久之前，硬骨头嵇康被斩首东市。司马昭的血腥暴力如悬在头上的利剑，随时会落下来。此刻，郑冲派人来就文，等于逼阮籍表态。阮籍又能何为？可以设想，若拒绝写《劝进表》，阮籍很可能步嵇康后尘。可叹政治异端处于血腥暴力之下，只有两条路可走：要么宁直不弯，粉身碎骨；要么附和投降，苟且偷生。看看历史，难道还不明白？

79. "正在有意无意之间"

庾子嵩作《意赋》成,《晋阳秋》曰:"敳永嘉中为石勒所害。先是,敳见王室多难,知终婴其祸,乃作《意赋》以寄怀。"从子文康见问曰:"若有意邪,非赋之所尽;若无意邪,复何所赋?"答曰:"正在有意无意之间。"(《文学》75)

庾子嵩《意赋》早佚,不知其详。从刘孝标注引《晋阳秋》,可以略知《意赋》的大旨。庾子嵩的结局是为石勒所害,《意赋》所寄之意,是非常真实的乱世中常有的不祥预感。

不知庾亮(文康)是对《意赋》的篇名感兴趣呢,还是有意测试一下从父对于言意问题的修养,遂提出有意无意的问题。这个看似不经意的问题,其实隐藏着魏晋玄学的核心——"言不尽意"论。"若有意邪,非赋之所尽",即是"言不尽意"。《庄子·秋水》说:"可以言论者,物之粗也;可以意致者,物之精也。言之所不能论,意之所不能察致者,不期精粗也。"成玄英疏:"夫可以言辩论说者,有物之粗法也;可以心意致得者,有物之精细也;而神口所不能言,圣心所不能察者,妙理也。必求之于言意之表,岂期必于精粗之间哉!"庄子认为妙理是不可言论、不可意致的。这就是"言不尽意"论。

《周易》也以为"言不尽意",但又说"立象以尽意"。《周易·系辞上》:"子曰:'书不尽言,言不尽意。'然则圣人之意,其不可见乎?子曰:'圣人立象以尽意,设卦以尽情……'"《周易》解决言意问题,比《庄子》辩证:承认"言不尽意",又以为可以通过卦象来显示圣人之意。

至魏晋玄学的奠基者王弼,融会贯通《庄》、《易》,作《易略例·明象章》,对言、象、意三者之间的关系作了精妙绝伦的解释:"夫象者,出意者也。言者,明象者也。尽意莫若象,尽象莫若言。言生于象,故可寻言以观象。象生于意,故可寻象以观意。""故言者所以明象,得象而忘言;象者所以存意,得意而忘象。""是故存言者,非得象也;存象者,非得意也。""得意在忘象,得象在忘言。故立象以尽意,而象可忘也;重画以尽情,而画可忘也。"王弼新解言意关系,既肯定言、象为得意的工具,又以为不可执著于言、象;得意乃在忘象忘言。这就比旧说圆满、精密多了。

追溯"言意之辨"的理论史,再来解释这一条就容易了。庾亮所问,仍属"言不尽意"的旧说。"若有意邪,非赋之所尽"二句,是从"言不尽意"得出的结论。赋为象为言,而妙理非言象所能尽。"若无意邪,复何所赋"二句,是说言不过是得意之具,若无妙理,则更不必言。庾子嵩回答"正在有意无意之间",则是王弼的新解。有意则有言,如王弼所说,言象是得意的工具,故作赋以尽意。无意则无言,如王弼所说,存言非得象,存象非得意。有意无意之间,即察妙理于言象之外。庾子嵩所言之有意乃赋文,无意乃言外之意。不执著于有,不执著于无,妙理在言意之表。庾子嵩读《庄子》,开卷一尺许便放去,说是"了不异人意"(《文学》15),证明他熟谙"得意忘言"之说。

汤用彤《言意之辨》(载汤用彤《魏晋玄学论稿》)一文认为,王弼《易略例·明象章》关于"得意忘言"的新解,"魏晋人士用之极广,其于玄学之关系至为深切"。诚如汤先生所说,王弼的新解汇通儒道二家,深契玄学的核心,不仅用于经籍的解释,而且也深刻影响到文学艺术。庾亮、庾子嵩关于《意赋》的问答,是影响当时文学创作与文学理论的典型例子。中国文学与书法、绘画等艺术,追求文外之旨,以蕴藉含蓄、虚实相生为美,标榜"不著一字,尽得风流",有意无意之间成为艺术的极高境界,所有这些,无不沾溉魏晋玄学的"言意之辨"。

80. 庾阐始作《扬都赋》

庾阐始作《扬都赋》,道温、庾曰:"温挺义之标,庾作民之望。方响则金声,比德则玉亮。"庾公闻赋成,求看,兼赠贶之,阐更改"望"为"俊",以"亮"为"润"云。《中兴书》曰:"阐字仲初,颍川人,太尉亮之族也。少孤,九岁便能属文。迁散骑侍郎,领大著作。为《扬都赋》,邈绝当时。五十四卒。"(《文学》77)

庾阐《扬都赋》所称的温、庾,温指桓温,还是温峤?钟嵘《诗品序》言及东晋玄言诗风时说:"孙绰、许询、桓、庾诸公诗,皆平典似《道德论》。"这里的桓、庾,指桓温和庾亮。叶长青《诗品集释》说:"疑指温、亮。"并举《世说》此条为证,称是"桓温、庾亮连称,由来久矣"。按,叶氏之说不确。《诗品序》固然以"孙绰、许询、桓、庾"连称，不过是列举江左玄言诗人的代表，并非指这四人同时齐名。庾亮与温峤同时，都深受明帝、成帝的亲宠。至于桓温，庾亮在世时还是个名不见经传的小人物。庾亮卒于咸康六年(340)，温峤卒于咸和四年(329)，年辈皆长于孙绰、许询、桓温。桓温卒于宁康元年(373)，距庾亮之死已三十多年，庾阐何以将桓温、庾亮并称？故《扬都赋》所道温、庾，无疑指温峤、庾亮。温、庾并称，见于《文心雕龙》。如《才略》："庾元规之表奏，靡密以闲畅；温太真之笔记，循理而清通。亦笔端之良工也。"《时序》："庾以笔才逾亲，温以文思益厚。"据此，也可证明叶氏之疑的谬误。

以下试考定《扬都赋》的作年。《晋书》卷九二《庾阐传》历叙阐之生平说："苏峻之难，阐出奔郗鉴，为司空参军。峻平，以功赐爵吉阳县男，拜彭城内史。鉴复请为从事中郎。寻召为散骑侍郎，领大著作。顷之，出补零陵太守，入湘川，吊贾谊。"《吊贾谊文》说："中兴二十三载，余忝守衡阳。"所谓"中兴"，指晋元帝于建武元年(317)即帝位于建康。经二十三载，则为咸康六年(340)，其年，也恰好庾亮卒。此条刘孝标注引《中兴书》说："迁散骑侍郎，领大著作。为《扬都赋》，邈绝当时。"据此并结合《晋书·庾阐传》推断，《扬都赋》很有可能作于阐为散骑侍郎，领大著作之时。庾亮既然求看，则赋必作于庾亮生前，即340年之前。又赋文："灵运启于中宗。"中宗是明帝庙号。明帝死于永昌元年(322)，《扬都赋》既称"中宗"，则可确定作于永昌元年后。至此，大致可定此赋作于永昌元年至咸康六年之间(322—340)。

关于庾阐《扬都赋》，又见本篇79：庾仲初作《扬都赋》成，以呈庾亮。亮以亲族之怀，大为其名价云："可三《二京》，四《三都》。"于此人人竞写，都下纸为之贵。谢太傅说："不得尔。此是屋下架屋，事事拟学，而不免俭狭。"《世说》常以"谢太傅"称谢安，其实，谢安为太傅在晚年。当庾亮大为《扬都赋》名价时，谢安即不以为然，故此事决非在安为太傅时。考《晋书》卷七九《谢安传》，谢安弱冠在京师，王导深器之，由是少有重名。"初辟司徒府，除佐著作郎，并以疾辞。"司徒府，即王导之府。因王导很赏识谢安，故欲辟之。后寓居会稽，与王羲之、许询、支遁等渔弋山水，言咏属文。"扬州刺史庾冰以安有重名，必欲致之，累下郡县敦逼，不得已赴召，月余告归。"据此，谢安曾无奈应庾冰征召，至京都月余。庾冰任扬州刺史在咸康五年(339)。《资治通鉴》卷九六载：王导卒，庾亮弟会稽内史庾冰为中书监、扬州刺史、参录尚书事。庾冰作会稽内史有年，当然知晓谢安有"重名"，因此作扬州刺史后必欲致之。据以上所考，大致可以论定：庾阐写成《扬都赋》在咸康五年(339),其时庾亮尚在,而谢安正应庾冰之召亦在京,如此,才有亮大为其名价,而安却发"屋下架屋"的议论之可能。谢安此年刚二十出头,但对《扬都赋》的评论,称得上识见超拔。

81. 习凿齿出为衡阳郡

习凿齿史才不常,宣武甚器之,未三十,便用为荆州刺史。凿齿谢笺亦云:"不遇明公,荆州老从事耳!"后至都见简文,返命,宣武问"见相王何如?"答云:"一生不曾见此人!"从此忤旨,出为衡阳郡,性理遂错。于病中犹作《汉晋春秋》,品评卓逸。《续晋阳秋》曰:"凿齿少而博学,才情秀逸,温甚奇之。自州从事,岁中三转至治中。后以忤旨,左迁户曹参军、衡阳太守。在郡著《汉晋春秋》,斥温觊觎之心也。"《凿齿集》载其论,略曰:"静汉末累世之交争,廓九城之蒙晦,大定千载之盛功者,皆司马氏也。若以有魏代王之德,则不足;有静乱之功,则孙、刘鼎立,共王、秦政,犹不见叙于帝王,况暂制数州之众哉?且汉有系周之业,则晋无所承魏之迹矣。春秋之时,吴、楚称王。若推有德,彼必自系于周,不推吴、楚也。况长辔庙堂,吴、蜀两定,天下之功也。"(《文学》80)

习凿齿究竟出为衡阳郡还是荥阳郡,是先要探索的问题。《世说》袁刻本、王刻本皆作"衡阳",宋本、沈校本则作"荥阳"。近现代的学者倾向作"衡阳"。如程炎震说:"《晋书·习凿齿传》亦作荥,与宋本同。然荥阳属司州,自穆帝末已陷没,至太元间始复,温时不得置守,亦别无侨郡,当作衡阳为是。"王利器注:"案作'衡'是,本注正作'衡'。"笔者以为作"衡阳"的依据未必成立,反而作"荥阳"更符合习凿齿的生平事实。检验现存文献,作"荥阳"者居多。例如《言语》72刘孝标注引《中兴书》说:习凿齿"历治中别驾,迁荥阳太守"。《隋书》卷三五《经籍志》:"《晋荥阳太守习凿齿集》五卷。"许嵩《建康实录》卷九载:太元九年(384)冬十月,"前荥阳太守习凿齿卒"。又叙习凿齿官职升迁:"桓温为荆州刺史,辟为从事,寻转西曹主簿,累位迁荥阳太守"。据上述数据,《中兴书》《隋书·经籍志》《建康实录》《晋书》皆作"荥阳",唯独《续晋阳秋》作"衡阳"。王利器谓作"衡阳",依据是本条刘孝标注引檀道鸾所撰《续晋阳秋》。《隋书·经籍志》《建康实录》《晋书》作

"荥阳",当从何法盛所撰《中兴书》。檀、何皆为刘宋时人,可见早在宋时已有"荥阳"、"衡阳"之异。至于程炎震谓当作"衡阳",依据是属司州之荥阳自穆帝末陷落,至太元间始复,桓温不得置郡守。程氏之说是否成立,仍须以史实验证之。考《晋书》卷八《穆帝纪》,永和元年(345)八月,桓温为荆州刺史。永和五年,桓温屯安陆,遣诸将讨河北。永和七年十二月,桓温率众北伐。永和十年二月,桓温伐关中。秋九月,桓温粮尽,引退。永和十二年八月,桓温收复洛阳。升平三年(359)七月,平北将军高昌为慕容俊所逼,自白马奔于荥阳。十月,慕容俊寇东阿,王师败绩,司、青、豫、兖等地失守。据上可知,自穆帝永和十二年至升平三年前后四年中,司州荥阳为东晋所有。《晋书》卷八二《习凿齿传》载:"累迁别驾,温出征伐,凿齿或从或守。"自永和五年至永和十二年,桓温数次北伐,此时凿齿为别驾,或从或守。凿齿为别驾时,因至都还后称赞相王司马昱,"大忤温旨,左迁户曹参军"。《习凿齿传》又说:"初,凿齿与其二舅罗崇、罗友俱为州从事。及迁别驾,以坐越舅右,屡经陈请。温后激怒既盛,乃超拔其二舅,相继为襄阳都督,出凿齿为荥阳太守。"据此,习凿齿是继户曹参军之后出为荥阳太守,时间当在永和十二年桓温收复洛阳之后。

又《习凿齿传》说:"温弟祕亦有才气,素与凿齿相亲善。凿齿既罢郡归,与祕书曰:'吾以去五月三日来达襄阳'云云。"所谓"罢郡归",当指罢荥阳郡归故乡,盖习凿齿为襄阳人也。若凿齿左迁衡阳郡,则为何且何时"罢郡归"?《习凿齿传》又载沙门释道安至荆州,与凿齿相见,道安曰:"弥天释道安。"凿齿曰:"四海习凿齿。"时人以为佳对。此事《习凿齿传》记在凿齿左迁户曹参军时。其实不然。《出三藏记集》卷八所载道安《摩诃钵罗若波罗蜜经抄序》有"昔在汉阴十有五载","及至京师,渐四年矣","会建元十八年"等语。据此可知释道安滞留"汉阴"(襄阳)前后十五年,后离襄阳至长安,又将涉四载,为前秦苻坚建元十八年(382)。由此文推算,道安始至襄阳,在晋哀帝兴宁二、三年间(364、365)。又《弘明集》卷一二所载习凿齿《与释道安书》曰:"兴宁三年四月,凿齿稽首和南。"据此判断,道安或于兴宁三年四月至襄阳,与凿齿相见,遂有"弥天释道安,四海习凿齿"之佳对。而此年正月,桓温离开荆州,移镇姑孰。故习凿齿见释道安,必不在荆州作户曹参军时。再者,若凿齿为衡阳郡,不在襄阳,岂能与释道安相见?由以上所考,知《中兴书》、《隋志》等谓习凿齿为荥阳太守是可信的。

再考索习凿齿出为荥阳郡的原因。凿齿本由桓温提拔,并受温器重。仅因称赞相王司马昱,便从此忤旨,出为荥阳郡,可见桓温以雄豪自处,不肯让人的性格。《晋书·桓温传》载:"初,温自以雄姿风气是宣帝、刘琨之俦,有以其比王敦者,意甚不平。"刘琨、王敦都已作古,时人将桓温和他们相比,温尚且不平,何况司马昱为当今总揽朝政者。习凿齿热情赞美简文云"一生不曾见此人",则将桓温置于何地?何况,简文本来就不在温眼里。

习凿齿忤旨有更深层的原因,盖桓温既有觊觎晋室之野心,而司马昱又以殷浩牵制并对抗自己。令桓温恼怒者,莫过于此。自永和元年至咸安元年,司马昱一直掌控朝廷。晋废帝废,皇太后下诏称司马昱"以具瞻允塞,故阿衡三世。道化宣流,人望攸归,为日久矣",证以早在太和初,会稽王就被时人称作"国之周公"(见《言语》54及注引《晋阳秋》),则诏书中"人望攸归,为日已久"之语非虚。桓温以雄武专朝,军权在握,渐存不臣之心。简文早有觉察,用殷浩对抗之(见《品藻》38注引《续晋阳秋》),不啻桓温篡政的障碍。《晋书·桓温传》载:石季龙死后,温以北伐为名,实欲与殷浩对抗,率军顺流而下,行达武昌,一时人情震骇。简文时为抚军将军,与桓温书明社稷大计,疑惑所由。温只得回军还镇荆州。又载:朝廷召温入参朝政,温上疏说:"……今臣昱以亲贤赞国,光辅二世,即无烦以臣疏钝,并闻机务。"因为有司马昱在,桓温不愿入朝参朝政。虽然桓温未必认可司马昱有治国才能,然毕竟是朝廷亲贤,"人望攸归",无论如何为桓温觊觎晋室之障碍也。习凿齿不谙府主心思,贸贸然盛赞简文,宜乎被逐至荥阳郡。

82. 孙兴公作《天台赋》成

孙兴公作《天台赋》成,以示范荣期,《中兴书》曰:"范启字荣期,慎阳人,父坚,护军。启以才义显于世,仕至黄门郎。"云:"卿试掷地,要作金石声。"范曰:"恐子之金石,非宫商中声。"然每至佳句,"赤城霞起而建标,瀑布飞流而界道",此赋之佳处。辄云:"应是我辈语。"(《文学》86)

孙兴公作《天台赋》成,以示范荣期,说:"卿试掷地,要作金石声。"自得自负之意,溢于言表。金石声,指演奏钟、磬一类乐器的音乐声。古之八音:金、石、丝、竹、匏、土、革、木。金石之音居于八音之首,用于宗庙、祭祀等庄严的场合,属于礼乐器。《史记》卷二四《乐书》二说:"若夫礼乐之施于金石,越于声音,用于宗庙社稷,事于山川鬼神,则此所以与民同也。"礼乐,须用金石之声表现,说明金石在八音中占有重要地位。金石之声响亮、清越,比如黄钟、大吕,声音纯正、庄严、肃穆,非比丝竹,清婉凄美。《韩诗外传》一:"原宪乃徐步曳杖,歌《商颂》而反,声沦于天地,如出金石。"《言语》8写祢衡扬枹为《渔阳》掺挝,"渊渊有金石声"。都指金石声响亮宏大,非比一般。孙兴公说《天台赋》掷地要作"金石声",是喻比《天台赋》于众作中如金石声之崇高无可企及,为第一流作品。

然范荣期不以为然,说孙兴公所言之金石,"非宫商中声"。《晋书》卷五六《孙绰传》作"非中宫商"。意即不合宫商。宫商,五音(宫、商、角、徵、羽)中之宫音与商音。《毛诗序》"声成文"句,郑玄笺:"声成文者,宫商上下相应。"意思说,音乐和谐动听,须宫商上下相应。范荣期评论《天台赋》"非宫商中声",是说《天台赋》尚不合宫商相应的音韵之美。范荣期的评论,其实体现出他的文学审美观,即具有"金石声"的佳作,应该具有宫商上下相应的声韵之美。

文学作品追求宫商相应,音韵调谐,大概始于汉末。刘勰《文心雕龙·章句》说:"昔魏武论赋,嫌于积韵,而善于资代。陆云亦称四言转句,以四句为佳。观彼制韵,志同枚、贾。""积韵"谓不转韵,"资代"(资,当作贸),即迁代,指转韵。由此可知,曹操以为作赋须善于转韵。陆机《文赋》说:"暨音声之迭代,若五色之相宣。"要求文章声律配合和谐。《文心雕龙·声律》说:"及张华论韵,谓士衡多楚。"楚谓楚声,不合雅音。本篇92记袁宏作《北征赋》,王珣说:"恨少一句,得'写'字足韵,当佳。"袁宏揽笔益二句而足韵。而清谈于义理之外讲究音韵曼妙,势必会影响诗赋之宫商相应。再者,佛经之诵读及梵呗之赞唱,必以合乎宫商为佳。《晋书》卷九五《鸠摩罗什传》说:"罗什每为慧叡论西方辞体,商略同异,云天竺国俗,甚重文制,其宫商体韵,以入管弦为善,凡觐国王,必有赞德,经中偈颂,皆其式也。"西方文体亦会影响文学作品音韵之美。由此发展下来,至南朝齐永明年间,声律说形成。范荣期以为孙绰之赋与宫商不切合,正透露中古声律说渐渐萌芽之消息。

范荣期虽以为《天台赋》非宫商中声,但每至佳句——如刘孝标注引"赤城霞起而建标,瀑布飞流而界道"二句,辄云:"应是我辈语。""赤城"二句,上句写山写色,下句写水写声,上下辉映,确实是经过锻炼的佳句,读来有声韵铿锵之美。或许在范荣期看来,这种佳句差不多已是宫商之声了,故赞叹说是"应是我辈语"。

83. 谢万作《八贤论》

谢万作《八贤论》，与孙兴公往反，小有利钝。《中兴书》曰："万善属文，能谈论。"万《集》载其叙四隐四显，为八贤之论，谓渔父、屈原、季主、贾谊、楚老、龚胜、孙登、嵇康也。其旨以处者为优，出者为劣。孙绰难之，以谓体玄识远者，出处同归。文多不载。谢后出以示顾君齐，《顾氏谱》曰："夷字君齐，吴郡人。祖廞，孝廉。父霸，少府卿。夷辟州主簿，不就。"顾曰："我亦作，知卿当无所名。"（《文学》91）

谢万《八贤论》今不存，《中兴书》说其大旨是"以处者为优，出者为劣。"孙绰《难谢万八贤论》亦早佚，旨意是"以谓体玄识远者，出处同归"。两人对出处问题看法不同，故往返辩论。

魏晋之前一般以"与时舒卷"对待仕隐问题。孔子说："天下有道则仕，天下无道则卷而怀之。"或出或处，视社会的或治或乱而定。东方朔《诫子书》说："圣人之道，一龙一蛇，形见神藏，与物变化，随时之宜，无有常家。"以为圣人之道，就在于"与物变化"，不可固定不变。

汉末社会大乱，隐逸之风因之盛行，处遂胜于出，隐士大受推重。如徐稚清妙高跱，超世绝俗，官府累辟而不就，名声极盛，以至陈蕃为豫章太守，初至便问徐孺子所在，欲先见之（见《德行》1）。庞统远道至颍川访隐士司马徽，遇徽采桑。庞说："吾闻丈夫处世，当带金佩紫，焉有屈洪流之量，而执丝妇之事。"司马徽回答说："昔伯成耦耕，不慕诸侯之荣；原宪桑枢，不易有官之宅。何有坐则华屋，行则肥马，侍女数十，然后为奇。此乃许、父所以慷慨，夷、齐所以长叹。虽有窃秦之爵，千驷之富，不足贵也！"（见《言语》9）赞美古代隐士的安贫乐道，认为出不足贵。

魏晋易代之际，时世险恶莫测，也以处者为优。王弼注《周易·遁上九》"肥遁无不利"说："最处外极，无应于内，超然绝志，心无疑顾，忧患不能累，矰缴不能及，是以肥遁无不利也。"肥遁为何无不利？就在于祸患不能累及。嵇康诗文赞美隐逸的地方就更多了。《与山巨源绝交书》虽说"故君子百行，殊涂而同致，循性而动,各附所安。故有处朝廷而不出,入山林而不返之论",似乎以为出与处皆因各人情性不同而致,不可强分高下,其实这是作者为不愿做司马昭的官寻找理据,处优于出才是他的基本看法。《代秋胡歌诗》七章之一说:"富贵尊荣,忧患谅独多。""唯有贫贱,可以无他。"《与阮德如诗》说:"泽雉穷野草,灵龟乐泥蟠。荣名秽人身,高位多灾患。未若捐外累,肆志养浩然。"《六言诗》说:"老莱之妻贤明,不愿夫子相荆,相将避禄隐耕,乐道闲居采萍,终厉高节不倾。"嵇康反复吟唱名位不可居,唯有贫贱可以无他,这种看法与时势的险恶有莫大关系。

不过在当时也有人持另外的看法,如嵇康的哥哥嵇喜《答嵇康诗》之三说:"达人与物化,无俗不可安。都邑可优游,何必栖山原。孔父策良驷,不云世路难。出处因时资,潜跃无常端。"认为或出或处因时而异,或潜或跃无有常态。

东晋隐逸之风极盛,隐逸不再仅仅出于忧患和避世的考虑,有些人以此作为清高和脱俗的标榜。谢万《八贤论》"处者为优,出者为劣"的看法,乃是当时推崇隐逸风尚中颇具代表性的言论。处优于出,成了相当流行的主流意识。《晋书》卷七九《谢安传》说:"时安弟万为西中郎将,总藩任之重。安虽处衡门,其名犹出万之右,自然有公辅之望。"谢安长期隐居会稽东山,累征不起,名声却比做中郎将的谢万大得多。另一则谢安的故事同样说明"处者为优"。谢安后来作桓温的司马,有人送桓药草。桓问,为什么这药草一名"小草",一名"远志"?郝隆借此嘲谑谢安:"处者为远志,出者为小草。"意谓谢安隐居东山不出是"远志",如今出仕就成了"小草"。郝隆之嘲,使"谢甚有愧色"(见《排调》32)。可见,"处者为优,出者为劣"的看法几乎已成时人共识。

孙绰《难谢万八贤论》"体玄识远者,出处同归"之论,实质上调和了自然和名教,是东晋儒道双修的文化背景下的老调新弹。说其"老调",嵇喜诗"出处因时资,潜跃无常端",王康琚《反招隐诗》"小隐隐陵薮,大隐隐朝市"等,早已混同仕隐;说其新弹,是指以称情得自得来统一出处两者的矛盾。许询所说的"体玄识远"之"玄"、"远",具体是指不滞于出处的至理,大体是郭象注《庄子·逍遥游》"适性为逍遥"之义。不论出或处,若都能不着形迹,神情自得,则无可无不可。孙绰《喻道论》说:"故逆寻者每见其二,顺通者无往不一。""逆寻者"因未达其道,故每见事物之差异;"顺通者"物我俱冥,依道而行,故无往不一。他在《桓玄城碑》中说得更明确:"俯仰显默之际,优游可否之间。"(《文选·傅亮〈为宋公修张良庙教〉》李善注)若能"体玄识远",则"显默"、"可否"皆无差别。相反,执著于仕隐两者的优劣高下,就算不上"体玄识远",落了第二义。所以,当谢万把《八贤论》拿给顾夷看时,顾坦率地说:"我也作过处者为优,出者为劣的论调,就知道你无由得名。"意思是你非要定出处的优劣,岂能得声名呢?

出处同归的见解相当流行,著名隐士陶渊明是不屑于那种仕隐皆可的人,但《感士不遇赋》说:"或击壤以自欢,或大济以苍生。靡潜跃之非分,常傲然以称情。"意谓或出或处,或潜或跃,只要自适其情,便无分别。又如邓粲先前与刘骥之、刘尚公同隐,后作荆州刺史桓冲别驾。骥之当面对邓粲说:"卿道广学深,众所推怀,忽然改节,诚失所望。"粲答道:"足下可谓有志于隐而未知隐。夫隐为道,朝亦可隐,市亦可隐。隐初在我,不在于物。"尚公等无以难之,然粲亦于此名誉减半矣(《晋书》卷八二《邓粲传》)。邓粲所说的"隐初在我,不在于物"与孙绰说的"体玄识远者,出处同归"意思相通,都是说隐在于心,不在于迹。不过,从邓粲从此名誉减半中,又说明这种出处同归的理论虽极尽巧辩之能事,实质上因其虚伪而不被人们真正认同。

84. 袁宏文思敏捷

桓宣武命袁彦伯作《北征赋》,《续晋阳秋》曰:"宏从温征鲜卑,故作《北征赋》,宏文之高者。"既成,公与时贤共看,咸嗟叹之。时王珣在坐云:"恨少一句,得'写'字足韵,当佳。"袁即于坐揽笔益云:"感不绝于余心,泝流风而独写。"公谓王曰:"当今不得不以此事推袁。"宏集载其赋云:"闻所闻于相传,云获麟于此野。诞灵物以瑞德,奚授体于虞者。悲尼父之恸泣,似实恸而非假。岂一物之足伤,实致伤于天下。感不绝于余心,遡流风而独写。"《晋阳秋》曰:"宏尝与王珣、伏滔同侍温坐,温令滔读其赋,至'致伤于天下',于此改韵。云:'此韵所咏,慨深千载,今于"天下"之后便移韵,于写送之致,如为未尽。'滔乃云:'得益"写"一句,或当小胜。'桓公语宏:'卿试思益之。'宏应声而益。王、伏称善。"(《文学》92)

陈寅恪《隋唐制度渊源略论稿》说:"盖自汉代学校制度废弛,博士传授之风止息以后,学术中心移于家族,而家族复限于地域,故魏晋南北朝之学术宗教,皆以家族地域两点不可分离。"这一看法是符合实际的。不仅学术宗教如此,文学创作也同样与家族、地域不可分离。

荆州自汉末刘表时起，就成为学术和文学的中心。刘表治理有方，"万里肃清，大小悦而服之。关西、兖、豫学士归者盖有千数，表安慰赈赡，皆得资金。遂起立学校，博求儒术，綦毋闿、宋忠等撰立五经章句，谓之后定。"（《后汉书》卷七四《刘表传》）当时襄阳不仅是经学复兴的中心，也是文学创作最活跃的地区之一，当地名士蒯越、蔡瑁，外来文士王粲、士孙文始等，形成了相当规模的文学集团。至西晋羊祜、杜预先后镇守荆州开设学校，荆州再次成了文化发达的地区。

东晋中期，桓温长期任荆州刺史，不遗余力延揽海内名士，明显继承了刘表、羊祜、杜预等先辈讲武修文的作风。如果说德政仁风，桓温逊于羊祜、杜预，但饮酒赋诗、互竞短长的文采风流，则远远超越前人。读《世说新语》，能依稀可见当年荆州文学活动的一时之盛。

桓温幕府中文学才能之士云集，最著名者有孙盛、习凿齿、伏滔、袁宏、顾恺之等，而以袁宏为冠，留存的遗文也最多。袁宏（328—376）字彦伯，有逸才，文章绝美。曾夜咏《咏史诗》得安西将军谢尚赏识，入其幕府。后为大司马桓温记室。桓温欲北伐中原，使谢尚率众向寿春，进号安西将军。袁宏文笔优美敏捷，专掌书记。桓温移镇姑孰，袁宏亦随至，一直到桓温卒。后任职东阳郡，卒于任所，时年四十九。生平见《晋书》卷九二《袁宏传》。袁宏著述颇丰，《隋书·经籍志》著录《晋东阳太守袁宏集》十五卷。又取材诸种《后汉书》，撰《后汉纪》三十卷，与范晔《后汉书》并传。并撰《竹林名士传》三卷及诗赋、诔、表等杂文凡三百余篇。

此则故事生动地记述了桓温幕府文士的创作活动。据刘孝标注引《续晋阳秋》说："宏从温征鲜卑，故作《北征赋》，宏文之高者。"温北征鲜卑在太和四年（369），袁宏《北征赋》即写于此时。此条记桓温与诸文士商榷文章，以求尽善尽美，可见他们创作态度的认真。刘孝标注引《晋阳秋》与《世说》不同，而于文士商榷文章记叙更详细：宏尝与王珣、伏滔同侍温坐，温令滔读其赋，至"致伤于天下"，于此改韵，说："此韵所咏，慨深千载。今于'天下'之后便移韵，于写送之致，如为未尽。"滔说："得益'写'一句，或当小胜。"桓温对袁宏说："卿试思益之。"宏应声而益，王、伏称善。王珣、伏滔都是写文章的行家里手，以为益"写"字足韵更佳，确实深得文理。而袁宏不愧温府的文士之冠，揽笔便益，文思何等敏捷。故事最可注意之处是桓温、王珣、伏滔、袁宏诸人对辞赋音韵的讨论。学者皆知齐永明年间沈约、谢朓诸人研究音韵之后，追求诗赋音律调谐方渐成风气。其实由此条可见，东晋作赋已讲究音韵之美，且能讨论之、欣赏之。

桓温领导下的文学活动，又见于《文学》96："桓宣武北征，袁虎时从，被责免官。须露布文,唤袁倚马前令作。手不辍笔,俄得七纸,殊可观。东亭在侧,极叹其才。袁虎云:'当令齿舌间得利。'"袁虎虽然被责免官,可作露布文还得请他。袁虎倚马可待,不愧温府文士中的翘楚,难怪王珣极叹其才,桓温则称"当今不得不以此事推袁"。袁虎"当令齿舌间得利"一语,意思是诵读应该流利。这是魏晋以还文学批评的标准之一。陆云《与兄平原书》说:"《丞相赞》云'披结散纷',辞中原不清利。"主张文辞清越且流利。《文心雕龙·铭箴篇》说:"魏文《九宝》,器利辞钝。"诟病魏文辞钝不利。袁宏谓"当令齿舌间得利",亦主张文章诵读之际应齿舌间感觉流利。

袁宏文思敏捷,《文学》97也是一例:"袁宏始作《东征赋》,都不道陶公。胡奴诱之狭室中,临以白刃,曰:'先公勋业如是,君作《东征赋》,云何相忽略?'宏窘蹙无计,便答:'我大道公,何以云无?'因诵曰:'精金百炼,在割能断。功则治人,职思靖乱。长沙之勋,为史所赞。'"刘孝标注引《续晋阳秋》所记与《世说》不同,说是袁宏作《东征赋》,悉赞过江诸名望,却独不道桓温的父亲桓彝。后袁宏随桓温同游,温问:"闻君作《东征赋》,多称先贤,何故不及家君?"宏即答道:"风鉴散朗,或搜或引。身虽可亡,道不可陨。则宣城之节,信为允也。"温泫然而止。记载虽不同,但都见出袁宏《东征赋》在当时享有盛誉。

袁宏《东征赋》、《北征赋》早佚,存少许残文,以管窥豹,还是能想象这二篇巨制非同凡响。《东征赋》描写海天之景:"洲渚迢递,矶岫虚悬,即云似岭,望水若天。日月出乎波中,云霓生于浪间……"(清严可均编《全上古三代秦汉三国六朝文·全晋文》卷五七)勾勒出宏大的景物,鲜明如画。《北征赋》描写秋天夜景:"于时天高地阔,木落水凝,繁霜夜洒,劲风晨兴。日暧暧其已颓,月亭亭而虚升。"(同上)语言精炼,状物准确。特别是"日暧暧"二句,写秋天的日落月升,语言珠润玉圆,且富有动感。刘勰《文心雕龙·诠赋》说:"……彦伯梗概,情韵不匮。亦魏晋之赋首也。""梗概",义同"慷慨"。上面所举的《东征赋》、《北征赋》的残文,都气势充沛,此所谓"梗概"也。"情韵不匮"可能指袁宏作《北征赋》采纳王珣的建议,补上"感不绝于余心,溯流风而独写"一韵。刘勰称袁宏是"魏晋之赋首",说明在南朝人眼中,袁宏是魏晋赋家中一流人物。

方正第五

85. 宗世林不与魏武交

南阳宗世林,魏武同时,而甚薄其为人,不与之交。及魏武作司空,总朝政,从容问宗曰:"可以交未?"答曰:"松柏之志犹存。"世林既以忤旨见疏,位不配德。文帝兄弟每造其门,皆独拜床下,其见礼如此。《楚国先贤传》曰:"宗承字世林,南阳安众人。父资,有美誉。承少而修德雅正,确然不群,征聘不就,闻德而至者如林。魏武弱冠,屡造其门,值宾客猥积,不能得言。乃伺承起,往要之,捉手请交,承拒而不纳。帝后为司空,辅汉朝,乃谓承曰:'卿昔不顾吾,今可为交未?'承曰:'松柏之志犹存。'帝不说。以其名贤,犹敬礼之。敕文帝修子弟礼,就家拜汉中太守。武帝平冀州,从至邺,陈群等皆为之拜。帝犹以旧情介意,薄其位而优其礼,就家访以朝政,居宾客之右。文帝征为直谏大夫。明帝欲引以为相,以老固辞。"(《方正》2)

宗世林(承)始终不与魏武交。刘孝标注引《楚国先贤传》记宗世林不管曹操微贱还是位居司空,皆不与之交,确实如松柏之志,冬夏寒暑,坚贞如一。

宗世林出身名门,"父资,有美誉。承少而修德雅正,确然不群,征聘不就,闻德而至者如林"。《后汉书》卷六七《党锢列传》载:汝南太守宗资任功曹范滂,郡为谣曰:"汝南太守范孟博,南阳宗资主画诺。"李贤注引谢承《后汉书》说:"宗资字叔都,南阳安众人也。家代为汉将相名臣。祖父均,自有传。资少在京师,学《孟氏易》、《欧阳尚书》。举孝廉,拜议郎,补御史中丞、汝南太守。署范滂为功曹,委任政事,推功于滂,不伐其美。任善之名,闻于海内也。"宗世林门第高华,世代为汉将相名臣,本人又有任善之名,闻于海内,自然看不起曹操为人,不与之交。

曹操年轻时,确非善士。《三国志·魏志·武帝纪》说:"太祖少机警,有权数,而任侠放荡,不治行业,故世人未之奇也。"裴松之注引《曹瞒传》说:"太祖少好飞鹰走狗,游荡无度。"是个不务正业的浪荡公子。曹操叔父将此情况告知操父嵩,曹操离间父、叔,以致嵩不复相信操叔父的忠告,"太祖于是肆意矣"。既然宗世林能"任用善士,朱紫区别",难道还看不清曹操的为人?

曹操交宗世林未果,听从桥玄的建议,交许子将(劭)。操问许:"我何似人?"子将不答。固问之,子将说:"子治世之能臣,乱世之奸雄。"曹操大笑而去(见《魏志·武帝纪》注引孙盛《异同杂语》)。曹操交许子将之事《后汉书》卷六八《许劭传》记之更详细:"曹操微时,常卑辞厚礼求为己目。劭鄙其人而不肯对,操乃伺隙胁劭,劭不得已,曰:'君清平之奸贼,乱世之英雄。'操大悦而去。"在曹操胁迫之下,许劭才无奈品目之。宗世林、许子将皆不与曹操交,说明曹操微时普遍遭人轻视。

曹操屡造宗世林之门,好不容易等到机会,抓住对方的手,请求交往,迫切之情犹见。为何曹操如此迫切想交宗世林?盖汉末最重交游。朱穆《绝交论》说:"世之务交游者久矣。"至桓帝、灵帝之世,结党交游之风极盛。徐干《中论·谴交》说:"桓灵之世,其甚者也,自公卿大夫,州牧郡守,王事不恤,宾客为务,冠盖填门,儒服塞道。饥不暇餐,倦不获已,殷殷沄沄,俾夜作昼。下及小司,列城墨绶。莫不相商以得人,自矜以下士,星言凤驾,送往迎来;亭传常满,吏卒传问,炬火夜行,阍寺不闭。把臂捩腕,扣天矢誓,推托恩好,不较轻重。文书委于官曹,系囚积于囹圄,不遑省也。"举世不务实事,忙于送往迎来,结党营私。交游之风的核心人物一是权贵,如公卿大夫,州郡牧守;一是大名士,如李膺、郭泰、许劭之流。宾客纷纷趋附名门名士,目的当然是求佳评,"登龙门",以求仕途的发展。曹操欲交宗世林,因宗是州郡牧守,闻于海内;欲交许劭,因劭为大名士,片言无价。

宗世林先前不交曹操,盖薄其为人。建安元年(196)曹操拜司空,行车骑将军,总朝政。此时,曹操主动问宗世林:"可以交未?"不意对方居然以"松柏之志犹存"答之,仍不与之交。是依旧薄曹操之为人,还是政见不同?鄙意以为二者皆有。曹操善用权诈,喜刑名之术,绝对不能归入正人君子之流。东汉重道德,讲品行,而曹操奖掖跅弛之士,取用不仁不义之人,才性分离。这在宗世林一类深受儒家传统思想的雅正之士看来,终究不是有德之君,不过乱世能臣而已。陈琳作《为袁绍檄豫州》文,历数曹操祖曹腾鼎蘖之后,称曹操"赘阉遗丑,本无懿德",虽是詈言,但大体表达了时人对曹操的评价。建安之初,不肯屈服曹氏者大有人在。例如文士边让"不屈曹操,多轻侮之言"(《后汉书》卷八〇下《边让传》)。祢衡于建安初至洛,孔融数与曹操书,称祢衡之才。曹操欲见之,"然祢衡称疾,而数有言论"(见《言语》8刘孝标注引《典略》),轻视曹操而不往。又吴地学者虞翻不就曹公辟(见《吴志·虞翻传》)。建安六年(201),曹操辟司马懿,"帝知汉运方微,不欲屈节曹氏,辞以风痹,不能起居。"(《晋书》卷一《宣帝纪》)凡此,皆说明世人轻视曹操出身宦官,非名门望族,不尚经术,本无懿德。篡汉之心渐萌之后,更引起士人的普遍鄙视,不愿屈节曹氏。宗世林始终不与曹操交,实有深层原因在焉。

曹操虽不悦,但气度宽弘,并敕文帝兄弟修子弟礼,就家拜汉中太守。说明曹操还能不忘旧情,尊敬名贤。当然,宗世林能居宾客之右,甚至在曹丕、曹睿时仍受敬重,必定是缄默不言政事。若如孔融、边让,经常对曹操大不敬,恐怕早就被曹操清除了。

86. 夏侯玄既被桎梏

夏侯玄既被桎梏,《魏氏春秋》曰:"玄字太初,谯国人,夏侯尚之子,大将军前妻兄也。风格高朗,弘辩博畅。正始中,护军曹爽诛,征为太常。内知不免,不交人事,不畜笔研。及太傅薨,许允谓玄曰:'子无复忧矣。'玄叹曰:'士宗,卿何不见事乎?此人尤能以通家年少遇我,子元、子上不吾容也。'后中书令李丰恶大将军执政,遂谋以玄代之。大将军闻其谋,诛丰,收玄送廷尉。"干宝《晋纪》曰:"初,丰之谋也,使告玄。玄答曰:'宜详之尔。'不以闻也。故及于难。"时钟毓为廷尉,钟会先不与玄相知,因便狎之。玄曰:"虽复刑余之人,未敢闻命。"《世语》曰:"玄至廷尉,不肯下辞。廷尉钟毓自临履玄。玄正色曰:'吾当何辞?为令史责人邪?卿便为吾作。'毓以玄名士,节高不可屈,而狱当竟,夜为作辞,令与事相附,流涕以示玄。玄视之曰:'不当若是邪?'钟会年少于玄,玄不与交,是日于毓坐狎玄,玄正色曰:'钟君何得如是!'"《名士传》曰:"初玄以钟毓志趣不同,不与之交。玄被收时,毓为廷尉,执玄手曰:'太初何至于此?'玄正色曰:'虽复刑余之人,不可得交。'"按,郭颁西晋人,时世相近,为《晋魏世语》,事多详核。孙盛之徒,皆采以著书,并云玄距钟会,而袁宏《名士传》最后出,不依前史,以为钟毓,可

谓谬矣。考掠初无一言,临刑东市,颜色不异。《魏志》曰:"玄格量弘济,临斩,颜色不异,举止自若。"(《方正》6)

中国历史上的改朝换代,常常是杀戮与流血的进程。新政权的大幕,几乎无一不在漫天血色中拉开。魏晋易代,由于司马懿父子生性特别残忍,阴谋和杀戮接连不断,成为中国历史上最为恐怖的时代之一。

魏末一代名士夏侯玄,就死在司马师的屠刀之下。

夏侯玄之死,使后人懂得胜利者并不都是替天行道的英雄,很多时候倒是卑鄙无耻的小人;也懂得失败者可以浩气长存,刚毅不屈的人格会彪炳史册。历史,最终不以成败论英雄。品格和节操,百代之下仍赢得人们的尊敬。

魏齐王曹芳正始初,曹爽辅政。夏侯玄是爽之姑子,得以重用。正始十年(249),司马懿父子发动兵变,诛灭曹爽集团,曹氏政权名存实亡。为了最后的篡夺,司马氏有计划地防范、监视、剪除曹氏集团中有影响的人物。夏侯氏与曹氏世代婚姻,夏侯玄是世人瞩目的大名士,又是曹爽外弟,司马氏当然把他看作是夺取天下的障碍,必欲除之而后快。实际上,早在魏明帝青龙二年(234),夏侯尚之女媛容为司马师妻,司马师忌其或于己不利,竟然毒杀之,时年仅二十四。手段残忍,令人发指。一个弱女子尚且不容于司马氏,何况天下归心的大名士夏侯玄?刘孝标注引《魏氏春秋》说:"及太傅薨,许允谓玄曰:'子无复忧矣。'玄叹曰:'士宗,卿何不见事乎?此人尤能以通家年少遇我,子元、子上不吾容也。'"可见,夏侯玄对自己的险恶处境有清醒认识,非常了解司马师兄弟必欲除己的心思。即使后来不发生李丰密谋以夏侯玄辅政这件事,司马氏也不会放过他。

不过,夏侯玄的直接死因,终究是李丰谋泄而殃及。关于此事的经过,《魏氏春秋》、干宝《晋纪总论》记之已详,此不复赘述。值得书写的仍然是夏侯玄"士可杀而不可辱"的浩然正气。君子、小人不可同器。小人得势,必乘势侮辱君子。这是人类社会的常态。"钟会先不与玄相知,因便狎之。"钟会为什么不与夏侯玄相知?主因是两人政治立场对立。如前所说,曹氏、夏侯氏有通婚之亲。玄父夏侯尚与魏文帝为布衣之交,尚卒,文帝下诏表彰尚:"虽云异姓,其犹骨肉,是以入为腹心,出为爪牙。"(《三国志·魏志·夏侯尚传》裴松之注引《魏书》)。钟会则是司马氏集团中的重要智囊。一忠于曹魏,一忠于司马氏,自然冰炭不同器。"虎落平阳被犬欺",夏侯玄既被桎梏,得志小人钟会便乘势狎侮,以报被君子轻蔑的宿憾。然夏侯玄断然回敬："虽复刑余之人，未敢闻命。"相信若有血气之人，读夏侯玄之语，定会对诸如风骨、正气、节操等词语有所了悟。《论语·卫灵公》说："子曰：志士仁人，无求生以害仁，有杀身以成仁。"《礼记·儒行》说："儒有可亲而不可劫也，可近而不可迫也，可杀而不可辱也。"《孟子·滕文公下》说："富贵不能淫，贫贱不能移，威武不能屈，此之谓大丈夫。"夏侯玄真是堂堂正正的君子儒。孔子慨叹："吾未见其刚者。"（《论语·公冶长》）夏侯玄即是孔子呼唤的"刚者"，孟子赞美的大丈夫。中国历史上曾出现不少如夏侯玄这样的"刚者"，宁折不弯，不求生以害仁。即使在"文革"的动乱年代，也有如傅雷一样的"刚者"，表现出士可杀不可辱之刚毅品格，使无数忍辱偷生的士，仰望崇高，自思自省自愧。

夏侯玄"考掠初无一言，临刑东市，颜色不异"，坦然面对酷刑和屠刀。如果不知正邪之道，不明生死之价值，不养气浩然，谁能臻于这样的境界？我对魏晋"雅量"最佩服者有二人，前嵇康，后夏侯玄。他们都能在生命之火即将熄灭的一刻，坦然自若，而人格光辉却能千载不灭。

皎皎者易污。死于司马氏屠刀之下的刚者夏侯玄，身后仍遭人抹黑与矮化。例如《三国志》作者陈寿评论说："玄以规格局度，世称其名，然与曹爽中外缱绻，荣位如斯，曾未闻匡弼其非，援致良才。举兹以论，焉能免之乎！"陈寿的论调似是而非，也是不实之词。夏侯氏既与曹氏有婚姻之亲，那么，曹爽辅政，重用玄，固无可非议。《魏志·夏侯玄传》裴注引《世语》说："玄世名知人，为中护军，拔用武官，参戟牙门，无非俊杰，多牧州典郡。立法垂教，于今皆为后式。"夏侯玄起用的人才，"无非俊杰"，陈寿却说未闻玄"援致良才"。这岂非昧着良心说话？所谓"善恶陷于成败，毁誉胁于势利"（干宝《晋纪总论》），不敢言司马氏的阴谋，却以成败论夏侯玄，岂是公论？后世也有人说：夏侯玄虽好老庄，然卒遇祸，是为"不智"。以此逻辑衡量古人今人，势必不分忠奸，愚智颠倒。乡愿盛行，可杀而不可辱的士，自然绝种了。

87. 夏侯玄不与陈骞交

夏侯泰初与广陵陈本善。本与玄在本母前宴饮，《世语》曰："本字休元，临淮东阳人。"《魏志》曰："本广陵东阳人。父矫，司徒。本历郡守、廷尉，所在操纲领，举大体，能使群下自尽，有率御之才。不亲小事，不读法律，而得廷尉之称。迁镇北将军。"本弟骞，《晋阳秋》曰："骞字休渊，司徒第二子，无謇谔风，滑稽而多智。谋仕至大司马。"行还，径入至堂户。泰初因起曰："可得同，不可得而杂。"《名士传》曰："玄以乡党贵齿，本不论德位，年长者必为拜。与陈本母前饮，骞来而出，其可得同，不可得而杂者也。"（《方正》7）

《晋书》卷三五《陈骞传》说："骞尚少，为夏侯玄所侮，意色自若，玄以此异之。"所述当是《世说》本条情事。而《世说》及《晋书》，又源于《御览》卷四九八引习凿齿《汉晋阳（春）秋》："陈骞兄丕，有名于世，与夏侯元亲交，元拜其母。骞时为中领军，闻元会于其家，悦而归，既入户，元曰：'相与未致于此。'骞当户立良久，曰：'如君言。'乃趋而出，意气自若。元大以此知之。"与《世说》稍有不同者，《汉晋春秋》说陈骞受夏侯玄轻视后，"意气自若，玄大以此知之"。余嘉锡《笺疏》质疑《汉晋春秋》说："以骞之为人，太初视之，盖不啻粪土，而习氏翻谓大为太初所知，其言附会，不足信。"余氏以为习凿齿所谓夏侯玄大为赏识陈骞之"意气自若"，此为不足信。其说可从。但即或玄不愿交骞，骞"意气自若"却并非完全不可信，因《晋书》本传明言"骞少有度量，含垢匿瑕"。

日人秦士铉《世说笺本》释夏侯玄"可得同，不可得而杂"二句说："长幼不可得而混杂。按玄与骞志向不同，故云。可得与我同堂相见，不可与我杂坐燕语，是遇骞以非类也。注与本文不同。"按，《世说笺本》谓夏侯玄视骞以非类，其说是。然释"可得同"为"可得与我同堂相见"，释"不可得而杂"为"长幼不可得而混杂"，皆不正确。"可得同"之同，实指与陈本志向同，可与共饮。"不可得而杂"之"杂"，亦谓志向不一。刘孝标注引《名士传》言"骞来而出"，显然玄不愿见骞，即所谓"不可得而杂"。张㧑之《世说新语译注》释此二句谓："可以与年辈相同的交游，不能与年辈不相当的人混杂。"亦不确。夏侯玄既与陈本年齿相当，则与本弟骞年岁必亦相当也，何以不可与骞"同"？可见，交友可得同与不可得而杂，与年齿无关。王羲之《兰亭集序》说："群贤毕至，少长咸集。"宴饮雅集，岂与年齿相关？

夏侯玄不与陈骞交，根本原因在玄与骞志向不同，视骞为"杂"。考陈骞其人，依附司马氏，在篡夺曹魏政权过程中出力甚多。《晋书》卷二四《职官志》说："世祖武皇帝即位之初，以安平王孚为太宰，郑冲为太傅，王祥为太保，司马望为太尉,何曾为司徒,荀颉为司空,石苞为大司马,陈骞为大将军。世所谓'八公',同辰攀云附翼者也。"可见陈骞为著名的"攀云附翼者",最终位极人臣,跻身"八公"之一。夏侯玄与曹魏为一体,当然轻视陈骞。

东汉交游滥杂,此于朱穆《绝交论》、徐干《中论·谴交》、蔡邕《正交论》等文可见。汉末名士则以儒家操守矫之,交友必重好尚及志趣。承此风气,魏晋名士不妄交游,并视此为名节之一。夏侯玄门第高华,在魏初为名士之首,自视极高,择友甚严。《方正》6注引《名士传》说:"玄以钟毓志趣不同,不与之交。"玄被收,又正色曰:"虽复刑余之人,不可得交!"至死也不与异类相杂。风格高朗,千载之下犹凛然有生气。

刘孝标注引《名士传》,正确解释了"可得同,不可得而杂"二句。然有人不解"玄以乡党贵齿"三句,以致整体上误解此条内容。乡党贵齿,语本《孟子·公孙丑下》:"天下有达尊三:爵一,齿一,德一。朝廷莫如爵,乡党莫如齿,辅世长民莫如德。"陈本母齿长,所谓"乡党贵齿",故夏侯玄拜之,非谓己齿长于陈骞。玄在陈本面前饮,此为"得而同";"骞来而出",此为"不可得而杂"。李毓芙《世说新语新注》以为陈骞来,而太初起去,是"表示不和骞年齿相当","交友重视年辈"云云,其误与张扬之略同。

88. "皇太子圣质如初"

和峤为武帝所亲重,语峤曰:"东宫顷似更成进,卿试往看。"还,问"何如"?答云:"皇太子圣质如初。"《晋诸公赞》曰:"峤字长舆,汝南西平人。父逌,太常,知名。峤少以雅量称,深为贾充所知,每向世祖称之。历尚书、太子少傅。"干宝《晋纪》曰:"皇太子有醇古之风,美于信受。侍中和峤数言于上曰:'季世多伪,而太子尚信,非四海之主,忧太子不了陛下家事,愿追思文、武之祚。'上既重长适,又怀齐王,朋党之论弗入也。后上谓峤曰:'太子近入朝,吾谓差进,卿可与荀侍中共往言。'及颉奉诏还,对上曰:'太子明识弘新,有如明诏。'问峤,峤对曰:'圣质如初。'上默然。"《晋阳秋》曰:"世祖疑惠帝不可承继大业,遣和峤、荀勖往观察之。既见,勖称叹曰:'太子德更进茂,不同于故。'峤曰:'皇太子圣质如初,此陛下家事,非臣所尽。'天下闻之,莫不称峤为忠,而欲灰灭勖也。"按,荀颉清雅,性不阿谀,校之二说,则孙盛为得也。(《方正》9)

立惠帝是晋武帝最大的失败。武帝并非不怀疑惠帝难继大统,也曾有过废太子的念头。《晋书》卷三一《武元杨皇后传》说:"帝以皇太子不堪奉大统,密以语后。后曰:'立嫡以长不以贤,岂可动乎?'"杨皇后搬出"立嫡以长"的古训,似乎名正言顺,其实她早已受了贾充妻的贿赂。当初,贾充妻郭氏贿赂杨皇后,是求己女(贾南风)为太子妃。到了议太子婚姻时,武帝想娶卫瓘女,但杨皇后盛称贾充女有淑德,又秘密指使太子太傅荀勖向武帝进言。武帝信从了。可知在立太子为皇储以及议太子婚这两件大事上,宫廷内外的阴谋层出不穷。杨皇后妇人之见,贾充求娶女为太子妃别有用心,佞臣荀勖进言出于私利,而武帝不能明断忠奸,最终酿成灭国大祸。

　　晋武帝对和峤说:"东宫顷似更成进,卿试往看。"以为太子近来好像有进步,那是受了别有用心之人的蒙蔽。不过,武帝终究还有一份清醒,故派所亲重的和峤往看太子,证实是否真有进步。和峤看后如实禀告:"皇太子圣质如初。"意谓并无长进。从刘孝标注引干宝《晋纪》、孙盛《晋阳秋》,武帝除派和峤之外,还派荀勖或荀顗考察太子,说明武帝对此事很重视。反馈回来的意见有两种:"皇太子圣质如初"与"太子德更进茂,不同于故"。前者实事求是,为方正;后者阿谀逢迎,为奸佞。与和峤往见太子者,干宝以为荀顗,孙盛以为荀勖。孝标以为"荀顗清雅,性不阿谀,校之二说,则孙盛为得也"。这一判断是正确的。武帝说"东宫顷似更成进",其实是太子妃贾南风及荀勖联手制造的假象,武帝被蒙蔽了。《晋书》卷三一《惠贾后传》载:武帝疑太子不慧,尽召东宫太子官属,使太子决疑。贾妃大惧,请外人作答,侥幸蒙混过关。同传又记贾妃性妒酷虐,武帝怒而欲废之,"荀勖深救之,故得不废"。勖奸佞,《方正》14注引王隐《晋书》说:"勖性佞媚,誉太子,出齐王。当时私议:损国害民,孙、刘之匹也,后世若有良史,当著《佞悻传》。"勖乃贾妃同党,惠帝不慧而能保持储君地位,勖甚有功焉。孝标称孙盛《晋阳秋》为得,甚是。晋武帝为贾充、贾妃、荀勖等佞人包围,又受杨皇后昏聩的影响。可叹天下人皆能分别忠奸,唯独武帝不悟。武帝一死,祸乱发作,中朝很快覆灭。

　　和峤立身雅正,独立不群,风格如断山之陡立,凛然不可犯。此条刘孝标注引《晋诸公赞》说:"峤少以雅量称,深为贾充所知,每向世祖称之。"贾充地位崇高,又是当今太子妃之父,于和峤有知遇之交。如果以投桃须报李的世俗人情而言,和峤也应该帮着贾充说太子几句好话;何况武帝本来就说"东宫顷似更成进",随着竹竿完全可以爬上去。但和峤正道直行,实话实说,风节凛然,如千丈松,如万仞崖,俯视世间的猥琐与渺小。

89. 王武子俊爽不可屈

　　武帝语和峤曰:"我欲先痛骂王武子,然后爵之。"峤曰:"武子俊爽,恐不可屈。"帝遂召武子苦责之,因曰:"知愧不?"《晋诸公赞》曰:"齐王当出藩,而王济陈请无数,又累遣常山王与妇长广公主共入稽颡,陈乞留之。世祖甚恚,谓王戎曰:'我兄弟至亲,今出齐王,自朕家计,而甄德、王济连遣妇人,来生哭人邪?济等尚尔,况余者乎?'济自此被责,左迁国子祭酒。"武子曰:"'尺布斗粟'之谣,常为陛下耻之。《汉书》曰:"淮南厉王长,高祖少子也,有罪。文帝徙之于蜀,不食而死。民作歌曰:'一尺布,尚可缝;一斗粟,尚可舂,兄弟二人不能相容。'瓒注曰:'言一尺布帛,可缝而共衣;一斗米粟,可舂而共食,况以天下之广而不相容也。'"它人能令疏亲,臣不能使亲疏,以此愧陛下。"(《方正》11)

　　晋武帝欲痛骂并召王武子苦责的原委,刘孝标注引《晋诸公赞》记载甚详:齐王攸当出藩,王武子请谏无数不算,还多次让己妻常山公主与甄德妻长广公主一起入宫,又是叩首,又是哭泣,请求武帝留下齐王攸。搞得武帝十分生气,对王戎说:"我兄弟至亲,今出齐王,自朕家计,而甄德、王济连遣妇人,来生哭人邪?"意思是来哭活人耶。按,齐王攸为武帝同母弟,"清和平允,亲贤好施,爱经籍,能属文,善尺牍,为世所楷,才望出武帝之右……武帝践阼,封齐王。时朝廷草创,而攸总统军事,抚宁内外,莫不景附焉"。文帝病重时,似乎预感攸日后不安,流涕为武帝讲汉淮南王、魏陈思王兄弟不和的故事。临崩,执攸手以授武帝。太后临崩,亦流涕对武帝说:"桃符性急,而汝为兄不慈,我若不起,恐必不能相容。以是属汝,勿忘我言。"(以上见《晋书》卷三八《齐王攸传》)。可惜,武帝日后重演汉淮南王、魏陈思王兄弟不能相和的故事,太后"为兄不慈"评价也不幸而言中。

　　齐王出藩事件,实质是晋初王室内部为皇位传承而起的政治斗争。武帝不慈、朝臣孰正孰奸,皆因之而见。《晋书·齐王攸传》说:晋武帝晚年,太子不慧,朝臣内外皆属意于攸。佞臣荀勖、冯紞等为攸所疾,恐其为嗣,祸必及己,便在武帝面前进谗言说:"陛下试诏齐王之国,必举朝以为不可。"帝听信荀勖,以太康三年(282)下诏命齐王归国。明年,齐王知勖、统构己,愤怨发病,乞守先后陵,不许。病重,犹催促上道。攸辞出信宿,呕血而死,时年三十六。故事叙武帝苦责王武子,时在太康三四年间。

在齐王出藩一事上,君臣分为两派。

一派为晋武帝及佞臣荀勖、冯统。晋武帝下诏命齐王出藩,主要出于传位于太子(即惠帝)的考虑。武帝亦知太子不慧,可是其余诸子少有名望,况且杨皇后说"立嫡以长不以贤",太子地位岂可动摇?此外,太子妃贾氏等使尽阴谋保住太子地位,佞臣荀勖等又不断进谗言。武帝本来就"为兄不慈",又出于一己之私利,忘记天下是父祖创立的天下,坚持出齐王攸,传位于不慧的太子。

另一派为正直的群臣,反对齐王出藩。其中以王武子立场最鲜明。当武帝苦责时,武子一无顾忌,回答说:"'尺布斗粟'之谣,常为陛下耻之。它人能令疏亲,臣不能使亲疏,以此愧陛下。"意谓武帝不能相容兄弟,应感觉羞耻与羞愧。王武子之所以能不屈武帝,盖武子乃王室懿亲,妻常山公主是武帝姊。王武子之外,张华也极力主张留齐王辅政。《晋书》卷三六《张华传》载:"……会帝问华:'谁可托寄后事者?'对曰:'明德至亲,莫如齐王攸。'既非上意所在,微为忤旨,间言遂行。"张华后来被害,赞誉齐王攸未必不是原因之一。后赵王伦、孙秀伏诛,齐王攸子冏辅政,挚虞致书于冏说:"间以张华没后入中书省,得华先帝时答诏本草。先帝问华可以辅政持重付以后事者,华答:'明德至亲,莫如先王,宜留以为社稷之镇。'"可见张华极力主张以齐王攸辅政以付后事。又《晋书》卷四八《向雄传》:"齐王攸将之藩,雄谏曰:'陛下子弟虽多,然有名望者少。齐王卧在京邑,所益实深,不可不思。'"《晋书》卷五〇《曹志传》载:齐王将之国,下太常议,"时博士秦秀等以为齐王宜内匡朝政,不可之藩。"曹志以魏之故事为鉴,奏议"以为当如博士等议"。结果武帝览议大怒,策免太常郑默,免曹志官,其余皆付廷尉。可叹晋武帝忌齐王攸之名望,又受佞臣蒙蔽,自断手足,立傻太子为帝,种下动乱大祸根,西晋随即灭亡。

宋苏辙《栾城集后集》卷九《历代论三》论晋武帝说:"惠帝之不肖,群臣举知之,而牵制不忍。忌齐王攸之贤,而恃愍怀之小惠,以为可以消未然之忧。独有一汝南王亮而不早用,举社稷之重而付之杨骏。至于一败涂地,无足怪也。帝之出齐王也,王浑言于帝曰:'攸之于晋,有姬旦之亲,若预闻朝政,则腹心不贰之臣也。国家之事,若用后妃外亲,则有吕氏、王氏之虞。付之同姓至亲,又有吴楚七国之虑。事任轻重,所在未有不为害者也,惟当任正道,求忠良,不可事事曲设疑防,虑方来之患也。若以智猜物,虽亲见疑,至于疏远,亦安能自保乎?人怀危惧,非为安之理,此最国家之深患也。'浑之言,天下之至言也,帝不能用,而用王佑之计,使太子母弟秦王柬都督关中,楚王玮、淮南王允并镇守要害,以强帝室。然晋室之乱,实成于八王……"苏辙以为晋武帝忌齐王攸之贤,最终引来八王之乱,其说可参考。

90. 杜预拜荆州刺史

杜预之荆州,顿七里桥,朝士悉祖。王隐《晋书》曰:"预字元凯,京兆杜陵人,汉御史大夫延年十一世孙。祖畿,魏太保。父恕,幽州、荆州刺史。预智谋渊博,明于治乱,常称立德者非所企及,立功立言所庶几也。累迁河南尹,为镇南将军,都督荆州诸军事,镇襄阳。以平吴勋封当阳侯。预无伎艺之能。身不跨马,射不穿札,而每有大事,辄在将帅之限。赠征南将军、仪同三司。"预少贱,好豪侠,不为物所许。杨济既名氏雄俊,不堪,不坐而去。《八王故事》曰:"济字文通,弘农人,杨骏弟也。有才识,累迁太子太保,与骏同诛。"须臾,和长舆来,问:"杨右卫何在?"客曰:"向来,不坐而去。"长舆曰:"必大夏门下盘马。"往大夏门,果大阅骑。长舆抱内车,共载归,坐如初。(《方正》12)

晋武帝咸宁四年(278)十一月,荆州刺史羊祜病,举杜预自代。及羊祜卒,杜预拜镇南大将军,都督荆州诸军事。往荆州时,驻于七里桥,朝士皆来送行。唯有杨济,自负名氏与才望,出于妒忌而受不了朝士皆送杜预的场面,不坐而去。何以杨济如此鄙视杜预?原因是"预少贱,好豪侠,不为物所许"。关于"预少贱"三句所指,余嘉锡《笺疏》解释道:"预为杜延年十一世孙,系出名家。祖、父仕魏,亦皆显贵。而谓之少贱者,据《晋书·预传》言'其父与宣帝不相能,遂以幽死'。预久不得调,故少长贫贱。"余氏解释"预少贱"固是,然"好豪侠,不为物所许"二句似未解释。司马迁赞美游侠,作《史记》特立《游侠列传》,称游侠"其行虽不轨于正义,然其言必信,其行必果,已诺必诚"。汉武之后,国家大一统,专制政体大备,而游侠"以武犯禁"(韩非语),常与禁令、礼教发生冲突,故不为人所许,甚而视之凶奸之徒。班固《汉书》卷二三《刑法志三》颂美光武之世的清政,其一即是

"邑无豪杰之侠"。同上卷二八《地理志八》则说:"豪杰则游侠通奸。"又《后汉书》卷七一《第五伦传》说:"游侠逾侈犯义侵礼。"再比如曹操年轻时与袁绍好为游侠,观人新婚,竟至"抽刃劫新妇"(见《假谲》1)。刘孝标注引孙盛《杂语》:"武王少好侠,放荡不修行业。"时人皆不与曹操交。于此可见东汉以降,豪杰、游侠不为物所许矣。

杜预拜荆州刺史前,已表现出非凡才能。《晋书》卷三四《杜预传》说:"是时朝廷皆以预明于筹略……预在内七年,损益万机,不可胜数,朝野称美,号曰'杜武库',言其无所不有也。"如此当世大才,罕有人及,何以杨济鄙视之,不坐而去?无非是杨济恃后党之贵盛罢了。杨济之兄杨骏为武帝杨皇后之父,"尚书褚䂮、郭奕并表骏小器,不可以任社稷之重。武帝不从。帝自太康以后,天下无事,不复留心万几,惟耽酒色,始宠后党,请谒公行。而骏及珧、济势倾天下,时人有'三杨'之号。"(《晋书》卷四〇《杨骏传》)论智略才能,"三杨"去杜预不知几许。杨济可以目空朝士,无非靠了势倾天下的外戚地位。杨济轻视杜预一事,反映出晋武帝后期,政治生态已经非常恶劣了。

杜预拜荆州刺史,非仅杨济轻视之,羊琇也"不坐便去"。此事见于《方正》13:"杜预拜镇南将军,朝士悉至,皆在连榻坐。时亦有裴叔则。羊舒后至,曰:'杜元凯乃复连榻坐客。'不坐便去。杜请裴追之,羊去数里住马,既而俱还杜许。"杜预拜镇南将军,时尚未至镇,故朝士得以悉至。连榻,谓多人共坐之榻。刘孝标注引《语林》说:"中朝方镇还,不与元凯共坐。预征吴还,独榻,不与宾客共也。"杜预征吴之前,名位尚未贵盛,故方镇轻视之,不堪与连榻共坐;杜预征吴后,以功晋爵当阳县侯,功名盖世,故"独榻,不与宾客共也"。由此见杜预立功前后,炎凉世态,不可同日而语。羊琇轻视杜预,亦有原因。据刘孝标注引《晋诸公赞》:"(琇)与世祖同年相善,谓世祖曰:'后富贵时,见用作领、护军各十年。'世祖即位,累迁左将军、特进。"原来,羊琇与晋武帝是老朋友,有瞧不起杜预的"资本"。《方正》12、13两条内容相似,可见杜预初为镇南将军时,虽"朝野叹美,号曰'杜武库'",然以"少贱"之故,又朝议多不赞同其灭吴之计,故仍不为少数显贵所重。《晋书》本传说:"预在镇,素饷遗洛中贵要。或问其故,预曰:'吾但恐为害,不求益也。'"于此亦透露贵要轻视杜预之消息。

又,《方正》12、13两条列于"方正"之篇,对此,古今学者多有质疑。例如王世懋说:"杜元凯千载名士,杨济倚外戚为豪,此何足为方正?"又说:"羊琇何物?与王恺为戚里争富者,乃亦以慢镇南为方正耶?叔则名士,渠何独不去?"余嘉锡

《笺疏》称杨济、羊琇"挟贵而骄","不当列于方正之篇"。确实,《世说》以杨济、羊琇轻视和傲慢杜预为"方正",使后人颇为不解。于是,有人以和峤、裴楷为方正。但这是离开故事的原义来理解古人观念中的"方正"的涵义,并不妥当。《方正》12、13两条的主角一是杨济,一是羊琇,在朝士悉来饯送杜预之际,前者自以为名氏雄俊,后者不愿与宾客连榻坐,皆不坐而去。两人之行为在当时视之为"方正",说明《方正篇》之"方正"的涵义复杂,与后人理解的"方正"大不相同。我们不能以今日之"方正",解释古人之"方正"。至于和峤、裴楷,分别把不坐而去的杨济和羊琇硬拉回来,维护了济济一堂的和谐气氛,与人为善,雅量可嘉,但与"方正"无关。

91. 山公大儿不愿见晋武帝

山公大儿著短帢,车中倚。武帝欲见之,山公不敢辞,问儿,儿不肯行。时论乃云胜山公。《晋诸公赞》曰:"山该字伯伦,司徒涛长子也。雅有器识,仕至左卫将军。"(《方正》15)

"山公大儿著短帢",宋绍兴刻本作"山公大儿短著帢"。查《晋书》卷四三《山涛传》,涛有五子:该、淳、允、谟、简。淳、允"并少尪病,形甚短小,而聪敏过人。武帝欲见之,涛不敢辞,以问于允,允自以尪陋,不肯行。涛以为胜己,乃表曰:'臣二子尪病,宜绝人事,不敢受诏。'"据此,晋武帝想见的不是"山公大儿"该,而是二子淳、三子允。武帝想见他们的原因,是二儿"形甚短小,而聪敏过人"。而山涛儿不肯行,是因为有"尪病",身材矮小,其貌不扬。刘辰翁解释道:"直自愧其矮耳,不足言胜。"

日人秦士铉《世说笺本》引《索解》却有不同解释,说:"山公朝,时大儿著褰帢陪乘,在车中倚坐。武帝知之欲见,山公不得辞,问儿,儿以著褰帢不肯行也。"余嘉锡《笺疏》与《索解》略同,以为《世说》称"山公大儿",则此事说的是山公大儿山该。又说:"详其文义,该所以不肯行者,即因著帢之故,别无余事。"余氏又引程炎震之说:"《晋书·舆服志》:'成帝咸和九年制:听尚书八坐丞郎门下三省侍官乘车,白帢低帻,出入掖门。又二宫直官著乌纱帽。'则前此者,王人虽宴居著帽,不得以见天子。故山该不肯行耳。"总之,《索解》、余嘉锡、程炎震都以为山公大儿不肯见武帝,是著帢有碍礼制之故。

余嘉锡等人的解释是否成立,须加以辨析。《太平御览》卷三七八引臧荣绪《晋书》说:"山涛子淳、元(元乃允之误)尪疾不仕,世祖闻其短小而聪敏,欲见之。涛面答:'淳、元自谓形容绝人事,不肯受诏。'论者奇之。"唐人所修《晋书》,实本于臧荣绪《晋书》。据此,不肯行者非山公大儿该,而是二子三子淳、允;不肯行的原因是自愧短小,所说皆与《世说》不同。究竟是山公大儿该还是淳、允,此点暂时不论,还是重点探讨不肯见武帝的原因。《世说》此条说"武帝欲见之",然欲见之因一无所知。而唐修《晋书》和臧荣绪《晋书》交代得很明白:"世祖闻其短小而聪敏,欲见之。"与所谓"著褒帢"完全不相干。何况,《世说》不过是叙述"山公大儿著短帢",不能得出"帢"便是"褒帢"。程炎震引《晋书·舆服志》,不过说明成帝九年时群臣出入宫廷须著白帢或乌沙帢,而无法得出"则前此者,王人虽宴居著帢,不得以见天子"之结论。考帢乃便帽,《御览》卷六八八:"服虔《通俗文》曰:'帛帻曰帢。'"或谓曹操创制。《三国志·魏志·武帝纪》裴松之注引《傅子》:"汉末王公,多委王服,以幅巾为雅,……魏太祖以天下凶荒,资财乏匮,拟古皮弁、裁缣帛以为帢,合乎简易随时之义,以色别贵贱,于今施行,可谓军容,非国容也。"又注引《曹瞒传》说:"(曹操)时或冠帢帽以见宾客。"由此可知,曹操创制帢帽,本出于"合乎简易随时之义",并非"国容",著帢帽也并非不雅;何况山该著帢,是随父亲出行,又是尚未出仕,著帢雅与不雅与朝廷礼仪根本不相干,天子要见,就让他见好了,有何妨碍? 所以,山该不肯行,非因著帢有碍礼仪,不过是身材短小而已。

至于"时论乃云胜山公",盖山涛不敢不奉诏,而山公大儿自惭形秽,不愿见人。"我的事,我作主",即使天子要见也不睬他。怕什么! 故时论云胜山公。

92. 王大将军当下石头

王大将军当下,时咸谓无缘尔。伯仁曰:"今主非尧、舜,何能无过? 且人臣安得称兵以向朝廷? 处仲狼抗刚愎,王平子何在?"《颢别传》曰:"王敦讨刘隗,时温太真为东宫庶子,在承华门外,与颢相见,曰:'大将军此举有在,义无有滥。'颢曰:'君年少希更事,未有人臣若此而不作乱,共相推戴数年而为此者乎? 处仲狼抗而强忌,平子何在?'"《晋阳秋》曰:"王澄为荆州,群贼并起,乃奔豫章。而恃其宿名,犹陵侮敦,敦仗勇士路戎等搤而杀之。"《裴子》曰:"平子从荆州下,大将军因欲杀之。而平子左右有二十人,甚健,皆持铁楯马鞭,平子恒持玉枕。大将军乃犒荆州文武,二十人积饮食,皆不能动,乃借平子玉枕,便持下床。平子手引大将军带绝,与力士斗甚苦,乃得上屋上,久许而死。"(《方正》31)

"王大将军当下,时咸谓无缘尔。""当下"之"下",是指沿江而下。晋元帝永昌元年(322)王敦由武昌将下石头,以讨刘隗为名,时人都以为王敦此举没来由。其实,王敦早在之前的大兴年间就已暴露其篡夺的狼子野心。如今王敦将下石头,时人以为没有来由,这是奉行鸵鸟政策,还是不敢面对残酷的现实?王敦谋反,与大多数野心家、阴谋家一样,总要师出有名,掩饰其恶行。以讨刘隗为名,原因是刘隗坚定地忠于晋朝。东晋初建,王敦、王导悉心辅助元帝,天下有"王与马,共天下"之说。但王敦早有狼子野心。《晋书》卷九八《王敦传》说:王敦手控重兵,威权莫比,遂有"问鼎之心"。元帝引刘隗、刁协为腹心,敦更加不服,于是嫌隙始构。王敦与朝廷的互不信任,原因在王敦的野心。"及湘州刺史甘卓迁梁州,敦以从事中郎陈盼代卓,帝不从,更以谯王承镇湘州。敦复上表陈古今忠臣见疑于君,而苍蝇之人交构其间,欲以感动天子。帝愈忌惮之。"王氏与王室之间的矛盾,终于演变成东晋历史上第一场内战。

看到时人有意无意地怀疑王敦东下的图谋,周𫖮站出来说:人主非尧舜,何能无过?人臣安得称兵向朝廷?义正词严,斥责王敦起兵谋反。"处仲狼抗刚愎,王平子何在"二句,指出王敦性格狂妄无上,刚愎自用,并以王敦杀王平子的例子证明。关于"狼抗"之义,有不同解释。刘盼遂说:"狼抗,叠韵连绵字,形容贪残之貌。"《资治通鉴·晋纪》胡三省注:"狼似犬,锐头白颊,高前广后,贪而敢抗,人故以为喻。"余嘉锡《笺疏》以为"狼抗者,抗直貌也……《晋书·周𫖮传》作'处仲刚愎强忍,狼抗无上',盖抗直之极,其弊必至于无上也"。以上几种解释,以余笺近是。《识鉴》14记周嵩自言:"嵩性狼抗,亦不容于世。"《宋书·始安王休仁传》:"休佑平生,狼抗无赖。"可证狼抗非是"贪残"或"贪而敢抗"。按,狼,凶狠。《广雅·释诂三》:"狼,戾也,狠也。"抗,同"亢",犹抗直。狼作抗之状语,形容抗之程度。狼抗(亢),喻抗直如狼之凶狠。"王平子何在"?意为平子已为王敦所杀。王平子为王敦所杀事,刘孝标注引《晋阳秋》、《裴子》记之甚详。王平子亦是果敢无畏之人,奔至豫章,却仍恃其宿名,凌侮王敦。王敦是何等人,能受他人凌侮?于是指挥勇士路戎等杀平子。据刘孝标注引《𫖮别传》,周𫖮之言是为温峤而发。王敦举兵将下,温峤以为王敦兵向建康,意在讨伐刘隗,没有其他意图,所谓"义无有滥"。周𫖮却说温峤"少不更事",看不清王敦讨伐刘隗背后的真正目的是"称兵向朝廷",而王敦"狼抗刚愎",杀王平子就是明证。

事实证明,还是周𫖮老成而清醒。永昌元年四月,王敦攻破石头,戴若思、刘隗率众攻之,王导、周𫖮、郭逸、虞潭等三道出战,六军败绩。周𫖮长史郝嘏及左右文武劝𫖮避难。周𫖮回答:"吾备位大臣,朝廷倾挠,岂可草间求活,投身胡虏邪?"于是与朝士诣王敦。敦问周𫖮:"卿何以相负?"𫖮回答:"公戎车犯正,下官忝率六军,而王师不振,以此负公。"敦又调侃周𫖮:"近日战有余力不?"𫖮回答:"恨力不足,岂有余邪?"(以上见《方正》33 及刘孝标注引《晋阳秋》)大义凛然,劲节不可屈。结果,周𫖮为王敦所害。王敦篡夺之心大白于天下。周𫖮说"处仲狼抗刚愎",竟然以自己的性命,再次验证了王敦的凶残个性。

93. 孔群难释横塘之憾

苏峻时,孔群在横塘,为匡术所逼。王丞相保存术,《会稽后贤记》曰:"群字敬休,会稽山阴人。祖竺,吴豫章太守。父弈,全椒令。群有智局,仕至御史中丞。"《晋阳秋》曰:"匡术为阜陵令,逃亡无行。庾亮征苏峻,术劝峻诛亮。遂与峻同反。后以宛城降。"因众坐戏语,令术劝群酒,以释横塘之憾。群答曰:"德非孔子,厄同匡人。《家语》曰:"孔子之宋,匡简子以甲士围之。子路怒,奋戟将战。孔子止之曰:'夫诗书之不讲,礼乐之不习,是丘之过也;若述先王之道而为咎者,非丘罪也。命也夫!歌,予和汝。'子路弹剑,孔子和之。曲三终,匡人解甲罢。"虽阳和布气,鹰化为鸠,至于识者,犹憎其眼。"《礼记·月令》曰:"仲春之月,鹰化为鸠。"郑玄曰:"鸠,播谷也。"《夏小正》曰:"鹰则为鸠。鹰也者,其杀之时也;鸠也者,非杀之时也。善变而之仁,故具之。"(《方正》36)

索解孔群难释横塘之憾,必须同本篇 38 条一起考察,先了解此事的起因。《方正》38 载:"孔车骑与中丞共行,在御道逢匡术,宾从甚盛,因往与车骑共语。

中丞初不视,直云:'鹰化为鸠,众鸟犹恶其眼。'术大怒,便欲刃之。车骑下车,抱术曰:'族弟发狂,卿为我宥之。'始得全首领。"原来,所谓横塘之憾,是孔群鄙视匡术伙同苏峻谋反,并出言不逊,惹得匡术大怒,几乎被术砍了脑袋。

晋成帝咸和三年(328)九月,苏峻战死。次年春正月,叛将匡术以苑城归顺官军。事后,丞相王导"保存术",这是苏峻之乱平定伊始王导处理乱臣贼子的一种策略。咸和五年(330)春正月,大赦。我们看到中国历史上每当重大变故后,往往大赦,以示宽大为怀,目的是化解社会矛盾,稳定时局。这次大赦,应当也包括赦免匡术一类与苏峻一起叛乱的余党。王导希望保存匡术,就让术劝酒孔群,营造"和谐",消解先前的横塘之憾。然而,孔群不给王导面子,借孔子当年过宋,在匡地遇厄的典故,讽刺匡术在横塘逼己之事,并用《月令》的说法道:"虽阳和布气,鹰化为鸠,至于识者,犹憎其眼。"意谓鹰化为鸠,固然善变,有识者却犹憎其眼,即识得其本来面目。由此可见,对待匡术这个昔日的乱臣贼子,孔群与王导的态度截然相反:王导不计旧怨,孔群难释宿憾。

初看起来,王导宽容,孔群记仇,似乎两人的性格有差异。实质是苏峻乱后在如何处置叛将罪臣的重大问题上,高层出现了两种截然不同的意见。王导主张宽宥,这与他作为东晋最主要的宰辅的地位有关。他认为苏峻乱后,大赦一批罪孽——"团结绝大多数",有利于缓解社会矛盾,尽快让政局安定下来。当然王导宽宥匡术,并非毫无依据。匡术等叛将罪孽固然深重,但还算识时务。《晋书》卷六五《王导传》说:"时路永、匡术、贾宁并说(苏)峻,令杀导,尽诛大臣,更树腹心。峻敬导,不纳。"若不是苏峻尚有敬佩王导之情,也许王导、庾亮等人早做了刀下之鬼。匡术等人是一批彻底的机会主义者,见苏峻不采纳他们赶尽杀绝的策略后,意识到苏峻必败,为给自己留一条后路,转而"阴结于导",脚踩两条船。王导派袁耽暗中策反路永,使之归顺(见《晋书》卷八三《袁耽传》)。可知王导宽宥匡术等人,主要是考虑到他们能最终归顺,有将功抵罪的意思。可是,对王导"宰相肚里能撑船"的大度,多数人不以为然。温峤便是反对王导宽容策略的代表人物。《晋书》卷六七《温峤传》说:"初,峻党路永、匡术、贾宁中涂悉以众归顺,王导将褒显之。峤曰:'术辈首乱,罪莫大焉,晚虽改悟,未足以补前失。全其首领,为幸已过,何可复宠授哉?'导无以夺。"再有王导宽宥卞敦,也遭到温峤的反对。陶侃、温峤讨苏峻,湘州刺史卞敦拥兵不赴,又不给军粮。及苏峻乱平,陶侃奏敦阻军顾望,不赴国难,请槛车收付廷尉。王导以为丧乱之后,宜加宽宥,转敦安南将军、广州刺史。温峤以为卞敦之罪既不能明正典刑,又以宠禄报之,可见晋室无政无法了。又《资治通鉴》卷九六《晋纪》一八载："导性宽厚,委任诸将,赵胤、贾宁等多不奉法,大臣患之。"可见温峤等人以为不杀匡术等人的脑袋、不法办他们已经是宽大了,哪能再给"宠授"呢!何况王导宽宥的一些叛将,还多不奉法。故温峤的意见理由充足,必定得到多数人赞同,王导才"无以夺"。孔群难释横塘之憾,正是当时多数人不同意王导过分宽宥昔日乱臣贼子的情绪表达。

孔群以为匡术"鹰化为鸠",不过是新形势下的善变,本质没有变。"至于识者,犹憎其眼"——有识见者仍然厌恶其故态。孔群之言,不仅表明自己是有识者,其实也是暗讽王导是无识者。《晋书》卷七八《孔群传》在"犹憎其目"下有"导有愧色"四字,较《世说》此条的叙述更完整,意思更显豁。在多数人看来,王导"宠授"匡术等罪人是"无识"。王导晚年曾自叹道:"人言我愦愦,后人当思我愦愦。"(见《政事》3)王导宽宥并欲"褒显"匡术,在当时来说大概就是被人称作"愦愦"一类事。但后人如我辈论之,王导对待匡术并有心释孔群的横塘之憾,终究表现了他的大政治家的气度。试想,匡术等曾经力劝苏峻杀王导,而王导最终还要宽宥并"褒显"这些叛将,没有大政治家的气度谁能做到?至于苏峻之乱的时局尚未安定,王导就要"褒显"匡术等人,这是王导处置投诚者的策略。策略遭到多数人的反对是很自然的事,因为策略是暂时的,往往掩盖了它的真实目的,也往往在事后才能评价它的正确与否。

94. 王丞相作女伎

王丞相作女伎,施设床席。蔡公先在坐,不说而去,王亦不留。《蔡司徒别传》曰:"谟字道明,济阳考城人。博学有识,避地江左,历左光禄、录尚书事、扬州刺史。薨,赠司空。"(《方正》40)

魏晋是中国音乐发展史上大放异彩的时代,当时的不少名士深谙音律,嵇康、阮籍、阮咸、谢尚、桓伊……或擅琴,或擅笛,乐论的造诣很高,有的还是杰出的演奏家。与此同时,豪贵之家的女伎完美地体现了女色与音乐的天然融合。那才是人生最妙的享受:风姿绰约的美人,婀娜莫名的舞蹈,缠绵的清歌丽曲。世上有几人能拒绝美色和音乐的双重诱惑?

上流社会喜好女伎的风气，由来远矣。班固《汉书·艺文志》说，西汉成帝时"郑声尤甚，黄门名倡丙彊、景武之属，名显于世，贵戚五侯、定陵、富平，外戚之家，淫侈过度，至与人主争女乐。"张衡《七辩》则生动地描写女乐演出的场面："淮南清歌，燕余材舞。列乎前堂，递奏代叙。结郑卫之遗风，扬流哇而咏激楚。鼙鼓协吹，笙籁应律，金石合奏，妖冶邀会。观者交目，衣解忘带。于是乐中日晚，移即昏庭。美人妖服，变曲为清。改赋新词，转歌流声。"东汉末年，儒学衰落，道家哲学再度兴盛，个性解放的思潮应运而生。礼教重压下的人性觉醒了，及时行乐、纵情适意的人生态度风靡整个社会。"荡涤放情志，何为自结束。"《古诗十九首》中的这二句诗，不妨可以看作冲破道德拘束，尽情享受人生的宣言。

从两汉至魏晋，蓄养女伎之风成燎原之势。因为女伎既是歌舞美餐，又是女色盛宴。王丞相作女伎，实在很平常，当时贵戚朝臣都在蓄伎。王导位极人臣，从青年时代起就受魏晋自由精神的影响，达生任性，不拘儒家礼节。《晋书》本传说，王导妻曹氏性妒，"导甚惮之，乃密营别馆，以处众妾"。在外秘密包养小妾，如今天一些官员偷偷包养"二奶"、"三奶"，满足婚外性爱的欲念。同时，常去其他豪富之家观伎。尚书纪瞻有爱妾，能为新声，王导与周顗及朝士前往观伎。

但王导这次作女伎，却好像是对不喜女乐的蔡谟的挑衅。据"蔡公先在坐"句，知蔡谟已在王导处坐了一段时间。或许王导以为与蔡谟没什么好谈了，或许王导太想享受女伎了，或许王导觉得只有作女伎的办法才能叫蔡谟离开。总之，他"施设床席"，盼着明眸皓齿出场。蔡谟见此架势，不高兴地告辞，王导也不挽留。王导心里可能这样说：你走实在太好了，省得你一见女伎就说郑声淫，杀我风景。

王导喜欢女伎，蔡谟不悦女乐。只有短短五句的冷静叙述，就刻画出截然对立的两种审美情趣。王导是东晋初期最重要的政治家，但他本质上是个大名士。清谈、围棋、纳妾、养私生子、喜女伎，兴趣广泛，何减谢鲲、卫玠等一流名士。反观蔡谟，作风保守古板，《晋书》本传说他"性方雅"，"又笃慎，每事必为过防"，是个儒雅、方正、谦慎的君子。显然，蔡谟的性格与作风同王导迥异，故王导、刘惔等每不重蔡谟。为什么儒雅、谦慎的君子反倒为王导等轻视？原因正在这些正人君子仍恪守儒家的道德规范，视女伎为淫荡的郑声，以为能败坏君子德性。自己丝毫不懂得人生的享受，不理解人生的艺术化也就算了，还常常妨碍别人的人生享受。在风流名士看来，女伎、清谈、婚外性爱的享受，正是艺术人生的体现。王导与蔡谟不相得，根本原因在于个性与生活趣味的彼此不合拍。

95. "远惭荀奉倩,近愧刘真长"

王子敬数岁时,尝看诸门生摴蒱。见有胜负,因曰:"南风不竞。"《春秋传》曰:"楚伐郑,师旷曰:'不害,吾骤歌南风。南风不竞多死声,楚必无功。'"杜预曰:"歌者吹律,以咏八风,南风音微,故曰不竞也。"门生辈轻其小儿,乃曰:"此郎亦管中窥豹,时见一斑。"子敬瞋目曰:"远惭荀奉倩,近愧刘真长。"遂拂衣而去。荀、刘已见。(《方正》59)

王子敬数岁时,曾看诸门生樗蒲,见有胜负,只说了一句,就被门生轻视。子敬瞋目说:"远惭荀奉倩,近愧刘真长。"意思说,远者,我对荀奉倩羞愧;近者,我对刘真长羞愧。为什么觉得羞愧二位前人,当然是后悔自己看门生樗蒲时出言轻率,或者觉得本来就不该看门生樗蒱。毫无疑问,荀奉倩和刘真长是子敬仰慕之人。

为什么子敬仰慕荀、刘?学者有不同说法。李慈铭说:"所举荀奉倩、刘真长,皆主婿。献之时方数岁,何由豫知尚主,取以自比?疑此二语是尚主以后,因他事触怒之言。《世说》误合观樗蒲为一事。或《世说》传写脱落耳。"(《晋书札记》四)余嘉锡《笺疏》先考证王羲之家有门生,后解释子敬之言说:"《魏志·荀彧传》注及本书《惑溺篇》并引《荀粲别传》曰:'粲简贵不与常人交接,所交皆一时俊杰。'《晋书·刘惔传》云:'为政清整,门无杂宾。'本篇又载真长言'小人不可与作缘。'二人之严于择交如此,必不畜门生。即令有之,亦必不与之款洽。献之自悔看门生游戏,且轻易发言,致为所侮,故以荀、刘为愧。观其词气如此,可谓幼有成人之度矣……其发言如此,特一时之愤耳。荀、刘二人为风流宗主,其行事播在人口,无不知者。故子敬童而习焉。"宁稼雨则称余笺未必然,以为子敬二句当承续上句,"意谓与荀粲、刘惔相比,我或许可称'管中窥豹',但与你们这些平庸之辈相比,则不可同日而语"(《传神阿堵,游心太玄》——六朝小说的文体与文化研究》)。清李慈铭由荀、刘二人尚主,而献之日后亦尚主,疑献之二语所记有误。其实,献之非以荀、刘自比,李氏所疑并无依据。余笺谓荀、刘风流宗主,无人不知,"子敬童而习焉",说较李氏合理可取。王子敬数岁即慕荀粲,盖荀有清识远见,不交非类,又言尚玄远故也。至于宁氏离原文发挥,然无解子敬所言"惭"、"愧"二字,不如余笺切合,故仍当以余笺为胜。

以下对荀、刘二人为何能成"风流宗主"稍作探索。荀粲是魏晋早期的风流名士。其所以有名,一是门第高华。荀粲出身于颍川颍阴荀氏,曾祖荀淑(字季和)是荀卿十一世孙。当世名贤李固、李膺皆师宗之。有子八人,并有德业,时人号为"八龙"。荀粲父荀彧是曹操的主要谋士。二是不妄交接。门第高华者一般都耻于同卑贱者交接,而汉末交游的过滥,为雅正之士所不屑。《惑溺》2 注引《粲别传》说:"粲简贵,不与常人交接,所交者一时俊杰。"三是荀粲是魏代清谈名士。何劭《荀粲传》说:"粲诸兄并以儒术议论,而粲独好道……及当时能言者不能屈也。"由荀粲理论分析,荀粲从儒家经典的表层意义探究"性与天道",开精微学风,并主张"得意忘言",实为魏晋玄学的先驱人物。他的清谈论道,大致与何晏同时,略早于王弼。此条称"王子敬数岁时",从子敬见有胜负能说出"南风不竞",并意识到"远惭荀奉倩,近愧刘真长"判断,子敬此时的年龄应该在七八岁比较合理。而且,子敬也必当了解荀、刘二人的生平,知晓二位前贤的风流所在,否者无由仰慕。

荀奉倩之流风遗韵,在东晋、南朝绵绵不绝。在子敬之前,时人以刘惔比荀奉倩,王濛比袁曜卿(见《晋书》卷九三《王濛传》)。刘宋时人袁粲,父早卒,祖母哀其幼孤,名之曰"愍孙"。"愍孙幼慕荀奉倩之为人,白世祖,求改名为粲,不许。至是言于太宗,乃改名为粲,字景倩"(见《宋书》卷八九《袁粲传》)。梁时刘吁善玄言,尤精于释典,卜筑于宋熙寺东涧,有终焉之志。尚书郎何炯曾遇之于路,说:"此人风神颖俊,盖荀奉倩、卫叔宝之流。"据上可知荀粲殁后数百年,仍为名士宗仰。至于刘惔,亦为风流名士宗尚,《晋书》卷七五《刘惔传》说:"及惔年德转开,论者遂比之荀粲。""为政清整,门无杂宾。""性简贵,与王羲之雅相友善。"故王子敬仰慕荀、刘,原因是二位前贤是魏晋风流的代表人物,门第高贵,简贵不交常人,且擅清谈玄理。

雅量第六

96. "汝看我眼光,乃出牛背上"

王夷甫尝属族人事,经时未行。遇于一处饮燕,因语之曰:"近属尊事,那得不行?"族人大怒,便举樏掷其面。夷甫都无言,盥洗毕,牵王丞相臂,与共载去。在车中照镜,语丞相曰:"汝看我眼光,乃出牛背上。"王夷甫盖自谓风神英俊,不至与人校。(《雅量》8)

王衍遭族人攻击,"樏掷其面",却若无其事,神情从容,对王导说了两句不明不白的话。刘孝标注:"王夷甫盖自谓风神英俊,不至与人校。"指出王衍"犯而不校",即有"雅量"。

然"汝看我眼光"二语,终究费解。日人竺常《世说抄撮》说:"形容精神之英勃也,而其不介细故可见。"日人秦士铉《世说笺本》引《觿》云:"人怒则眼光沉着。今眼光出牛背上,不与人校也。"张万起、刘尚慈《世说新语译注》说:"牛背为着鞭之处,眼光出牛背上,意指不计较挨打受辱之类的小事。"按,"乃出牛背上"一句,《太平御览》卷三六六引《晋书》作"乃在牛背上",且"与共载去"句后有"然心不能平"五字。《晋书》卷四三《王衍传》作"乃在牛背上"。宋任渊《山谷内集诗注》卷一七注黄庭坚《拜刘凝之画像》诗"往来涧谷中,神光射牛背",云:"《晋书》:王衍引王导共载而去,曰:'目光乃在牛背上矣。'"宋王之道《相山集》六《和沈次韩王觉民韵》诗"小人老矣病且衰,目光近在牛背上",亦用王衍语。又宋董更《书录》卷中论王荆公书"萧散简远,如高人胜士,弊衣破履,行于大车驷马之间,而目光已在乎牛背矣"。宋祝穆《古今事文类聚》卷一八"举樏掷面"条、后集卷三九"目光在牛背"条,亦作"目光在牛背上"。可证宋人所见《世说》同《晋书》,皆作"乃在牛背上"。"乃出牛背上",当为宋人所改。"眼光在牛背上"之义,据山谷、王之道诗意,为萧散淡远,此与刘孝标注谓"风神英俊"不同。笔者以为夷甫之语既非自作萧散淡远,亦非自诩风神英俊,而有自解意味。《晋书》卷二五《舆服志》注曰:"牛之为义,盖取其负重致远而安稳也。"夷甫为族人举榱掷面,初虽不发一言,"然心不能平";后车中照镜,见容貌无损,遂平静其心。眼光落于牛背,即以牛自况。看眼前之牛,负重却能致远,得其安稳。人之犯我,我不与之校,沉默负重,亦能致远且安稳无害也。

王夷甫的雅量,既来自儒家"犯而不校"之义,亦奉《老子》"以柔克刚"之说。后者如傅咸《叩头虫赋》:"盖齿以刚克而尽,舌存以其能柔。强梁者不得其死,执雌者物莫之雠。无咎生于惕厉,悔怪来亦有由。仲尼唯诺于阳虎,所以解纷而免尤。韩信非为懦儿,出胯下而不羞。何兹虫之多畏,人才触而叩头。犯而不校,谁与为雠。"《晋书》卷五五《潘尼传》:"知争竞之遘灾也,故犯而不校。"君子度量绝人,不介细故,不强弱胜负,此亦是魏晋风度之内涵。《竹林七贤论》载:"(刘)伶尝与俗士相牾,其人攘袂而起,欲必筑之。伶和其色曰:'鸡肋岂足以当尊拳。'其人不觉废然而返。"王夷甫不与人校,风度与刘伶同。

97. 裴遐遇事颜色不变

裴遐在周馥所,馥设主人。邓粲《晋纪》曰:"馥字祖宣,汝南人。代刘淮为镇东将军,镇寿阳。移檄四方,欲奉迎天子。元皇使甘卓攻之,馥出奔,道卒。"遐与人围棋,馥司马行酒,遐正戏,不时为饮。司马恚,因曳遐坠地。遐还坐,举止如常,颜色不变,复戏如故。王夷甫问遐:"当时何得颜色不异?"答曰:"直是闇当故耳。"一作闇故当耳,一作真是鬭将故耳。(《雅量》9)

周馥设酒食招待宾客,裴遐在坐。遐与人围棋,周馥司马行酒,而遐不及饮。按照礼仪的惯例,他人行酒,须及时饮,否则便是对行酒者的无礼。司马愤怒裴遐没有及时饮,就拉住他,以致遐跌倒在地。裴遐重回座席,举止如常,颜色如故,继续围棋。王夷甫问:"当时何得颜色不异?"遐回答说:"直是闇当故耳。"孝标于此句下注:"一作闇故当耳,一作真是鬭将故耳。"

此条故事易解,难解者是裴遐之语。"闇当"究竟何义?看来孝标亦不解,故在此句下注出两种异文，不作裁断。以下依次分析三个关键词"阇当"、"阇故"、"鬪将"，看哪个词符合裴遐的原意。

"阇当"一词，解者最纷纭。明王世懋说："阇当之解，似云默受。"日人秦士铉《世说笺本》说："阇当，阇合也，益谓本无意而漫相当也。"余嘉锡《笺疏》："'阇当'未详。陈仅《扪烛脞谈》一二曰：'阇当似云默受，当读为抵当之当，去声。'嘉锡案：陈说亦想当然耳。未便可从。"王叔岷《世说补正》说："'阇当'犹云'阇会'、'阇合'。一作'阇故当耳'。'故当'盖'当故'之误倒；一作'真是鬪将故耳'，亦通。'举止如常，颜色不变，复戏如故'，所谓'真是鬪将'也。"杨勇《校笺》："阇故，疑作'鬪变'，传写之误耳。""又'鬪将'，亦作'阇将'。《六韬·犬韬》：'明将之所以远避，阇将之所以陷败也。'……"宁稼雨从王世懋之说，也以为"阇当"为默受之意，"正与'举止如常，颜色不变'相吻合。这种遇事不露声色的气量不仅是当时名士崇尚的风度雅量，而且也是围棋所倡导的'有胜不诛'、'虽败不亡'的人生态度的表现"(《魏晋士人人格精神——〈世说新语〉的士人精神史研究》)。

鄙意以为以上解释皆滞碍难通。王世懋解"阇当"为"默受"，颇有赞同者，其实并无训诂学上的依据，典籍中也找不到例证。《世说·雅量》之"雅量"的涵义，是从容和优雅，表现为临危不惧，处变不惊，不以物喜，不以己悲，是对所有变故的彻悟，理解不变与恒定，万物生于无、归于无，才是宇宙的真实面目。嵇康临刑东市，神气不变，索琴而弹之，感叹"广陵散于今绝矣"，乃是生命终了之时浩叹美的消逝。夏侯太初倚柱作书，时大雨，霹雳破所倚柱，衣服焦然，神色不变，书亦如故，那是处变不惊。雅量固然有时表现为"犯而不校"，但在事关人格尊严之时，被冒犯者还是会"校"的。例如卢志轻视陆机，故意问陆机："陆逊、陆抗是君何物？"陆机针锋相对，答曰："如卿之卢毓、卢珽。"(见《方正》18)王夷甫与裴景声志向爱好不同，景深故意跑到王处，放肆大骂。"王不为所动，徐曰：'白眼儿遂作。'"(见《雅量》11)意思说，裴景声终于熬不住，发作了。言外之意是唯我能忍，不为所动。可见，雅量后面是人格力量的强大。

现在，司马把裴遐拉曳倒地，而遐举止如常，颜色不变，有人解释说这是因为能"默受"。试问，这算什么雅量？魏晋名士的雅量，罕见表现为逆来便是忍受，默默不作一声。又王叔岷说，"'阇当'犹云'阇会'、'阇合'"。照此解释，司马曳裴遐倒地，遐暗中迎合司马的粗鲁与暴力，举止如常，颜色不变。这难道是雅量？王氏又说："一作'真是鬪将故耳'，亦通。"为什么"亦通"？王氏未有论证。杨勇《校笺》解释说："一作阇故当耳。"又说："阇故，疑作'鬪变'，传写之误耳。"此乃臆解。杨勇《校笺》又说："'鬭将',亦作'阘将'。"并举《六韬·犬韬》"明将之所以远避,阘将之所以陷败也"二句为依据。然"明将"与"阘将"对举,显然阘将乃昏庸之将也。若依杨勇《校笺》,"鬭将"亦作"阘将","真是鬭将故耳",成"真是阘将故耳",则此"阘将"是司马,与裴遐颜色不异有何相干？司马何故是"阘将",杨勇《校笺》也未有论证。

笔者以为裴遐回答"直是阘当故耳"一语,当作"真是鬭将故耳"。"阘当"当作"鬭将"。"鬭将"即能鬭之将。《吴志·吕蒙传》："蒙辄陈请：'天下未定,鬭将如宁难得,宜容忍之。'"《南齐书》卷一《高帝纪上》："太祖高皇帝讳道成,字绍伯,姓萧氏,小讳鬭将。"《北史》卷六八《贺若敦传》附《贺弼传》："弼曰：'杨素是猛将,非谋将；韩禽是鬭将,非领将；史万岁是骑将,非大将。'"《旧唐书》卷一〇一《薛登传》："鬭将长于摧锋,谋将审于料事。"《十诵律》卷八："尔时波斯匿王有小国反叛,语诸鬭将：'汝等往彼折伏便还。'"司马行酒,裴遐不及时饮,若有怠慢,故司马将遐曳至堕地。遐称司马真是鬭将,乃微讽司马不过是一能斗之武夫而已,我何必与其较力。裴遐之雅量盖指此也,与围棋之胜败得失无关。

98. 王公不备庾公

有往来者云："庾公有东下意。"或谓王公："可潜稍严,以备不虞。"王公曰："我与元规虽俱王臣,本怀布衣之好。若其欲来,吾角巾径还乌衣。《丹阳记》曰："乌衣之起吴时乌衣营处所也。江左初立,琅邪诸王所居。"何所稍严？《中兴书》曰："于是风尘自消,内外缉穆。"(《雅量》13)

王导、庾亮是东晋成帝时最重要的两个大臣。成帝咸和九年(334),征西大将军、长沙公陶侃卒,加平西将军庾亮都督江、荆、豫、益、梁、雍六州诸军事,镇武昌。当时王导为丞相,坐镇京都,两人一外一内,是东晋政权的两大支柱。

可事实上两人有矛盾。王导治政宽简,庾亮严刑峻法。因为王导宽简,所以时人多以为他昏庸糊涂。而不满王导的情绪,尤以庾亮最特出。《资治通鉴》卷九六《晋纪》一八载：导性宽厚,委任诸将赵胤、贾宁等,多不奉法,大臣患之。庾亮写信给郗鉴,鼓动后者一同起兵废了王导。这一条说："有往来者云：'庾公有东下意。'"所谓"东下意",即指庾亮欲起兵废王导。欲废王导的原因之一就是宽厚并任命赵胤、贾宁等几个苏峻余党。苏峻之乱由庾亮处事太过峻切引起,而庾亮本人也差一点丧命于乱兵中。他对苏峻及其余党的仇恨可想而知。在庾亮及不少人看来,王导不法办苏峻余党已经是太宽大了,现在居然任命叛将,况且这些乱臣贼子多不奉法,引起大臣的深深忧虑。庾亮当然对此不解和愤怒。幸亏郗鉴不同意"庾公有东下意",否则苏峻乱后东晋最著名的辅佐大臣之间公开分裂,后果不堪设想。应该赞许郗鉴不从庾亮,虽然他也不满王导晚年的"愦愦",但他清醒地认识到苏峻乱后百废待兴的形势,只有同心协力,才能稳定局势。

可是总有人唯恐天下不乱。有人对王导说:"可潜稍严,以备不虞。"建议王导防备庾亮。这个人是谁?再有,前面"往来者"又是谁?据《晋书·王导传》说:"南蛮校尉陶称间说(庾)亮当举兵内向,或劝导密为之防。"又《晋书·孙盛传》说:"庾亮代(陶)侃,引为征西主簿,转参军。时丞相王导执政,亮以元舅据外。南蛮校尉陶称逸构其间,导、亮颇怀疑贰。"原来,"往来者"及献计王导以备庾亮之人,皆是南蛮校尉陶称。

陶称为陶侃之子,他的顶头上司庾亮,曾受过他父亲的恩惠。在庾亮最困难的时候,陶侃接纳了他,后者才有东山再起的机会。为什么陶称要离间庾亮和王导的关系?其详情难知,或许只能从陶称的性格解释一二。史称陶称"性虎勇不伦,与诸弟不协"(《晋书·陶侃传》)。勇猛非凡,兄弟之间也不和睦,以至互相残杀。这样的性格,逸构庾亮、王导之间,就好理解了。陶称离间,可能并不出于宏大的政治目的,多半是乐见天下不太平。喜欢乱局再加上勇猛大胆,干坏事必定肆无忌惮。当然,陶称离间,是看准了庾亮对王导的不满,以为有隙可乘。

王导不愧是大政治家,回答逸构者说:"我和庾亮老早就是朋友,他想来就来好了,我可以回乌衣巷休闲了。"在表示与庾亮的友情之后,又视权势如弊屣。面对流言,不动声色,言辞闲雅,气度恢宏。相信庾亮听到王导之言,或许也会感动。而庾亮能纳谏,也非常人可及,在陶称逸构时,孙盛暗中向庾亮进言:"王公神情朗达,常有世外之怀,岂肯为凡人事邪?此必佞邪之徒欲见内外耳。"(《晋书·孙盛传》)以为王导神情高远,不会去干争权夺利的世俗之事,必是佞邪之徒挑拨外镇与内廷的关系。庾亮采纳了。于是"风尘自消,内外缉穆"。靠了王导、庾亮的明智,消解了危机,孙盛于此亦有功焉。

99. "未知一生当著几量屐"

祖士少好财,阮遥集好屐,并恒自经营。同是一累,而未判其得失。《祖约别传》曰:"约字士少,范阳道人。累迁平西将军、豫州刺史,镇寿阳。与苏峻反,峻败,约投石勒。约本幽州冠族,宾客填门。勒登高望见车骑,大惊。又使占夺乡里先人田地,地主多恨。勒恶之,遂诛约。"《晋阳秋》曰:"阮孚字遥集,陈留人,咸第二子也。少有智调,而无俊异。累迁侍中、吏部尚书、广州刺史。"人有诣祖,见料视财物,客至,屏当未尽,余两小簏,著背后,倾身障之,意未能平。或有诣阮,见自吹火蜡屐,因叹曰:"未知一生当著几量屐。"神色闲畅,于是胜负始分。《孚别传》曰:"孚风韵疏诞,少有门风。"(《雅量》15)

世间常见嗜好某物者,或好财,或好色,或好德,或好酒,或好赌,或好诗……判别嗜好之优劣或有趣无趣,有的并不难。如好色与好德,一目了然。祖约好财,而魏晋名士视财为"粪土"(见《文学》49殷浩语),士少之鄙陋一看即知。问题是阮孚好屐,"并恒自经营",也未见得是件为人称道的事情,所以时人以为"同是一累,而未判其得失"。考好屐之习俗,起于东汉中后期,至东晋始普遍。《艺林汇考》卷八引《五杂俎》说:"汉时著屐尚少,至东京末年始盛。应劭《风俗通》载,延嘉中京师好著木屐。妇人始嫁,作漆画屐,五色采为系。后党事起,以为不祥。至晋而始通用,阮孚至自蜡之,谢灵运登山陟岭未尝须臾离也。想即以此当履耳。"既然好屐无特别意义,甚至属于新流行的奇装异服,因此也属于"一累"。

但后来终于分出好财与好屐的胜负,盖在于祖约和阮孚表现出来的行为神态,由此看出各自的生活态度。祖约收拾财货未尽,怕人看见,把两只竹筐放在背后,用身体遮掩起来,活脱脱一付守财又不愿露财的猥琐、粗俗的样子,其精神境界低俗得令人作呕。孝标注引《祖约别传》,说约"使占夺乡里先人田地,地主多恨。(石)勒恶之,遂诛约"。祖约晚年好财,竟至成为杀身之一端。反观阮孚,"自吹火蜡屐"之细节,"未知一生当著几量屐"之感叹,行为高简瑰奇,语言意深韵远,充分表现出闲畅的神情,以及对生命流逝的喟叹,自然与祖约的好财相去不知几许。

时人始分祖约、阮孚的胜负,乃着眼于人物的精神和风韵。换言之,美与丑,雅与俗,人物胜负由此而分。可是,有人对此不解。刘辰翁说:"胜负本不待此,写得祖士少惭怍杀人。"王若虚《滹南遗老集》卷二八说:"晋史载祖约好财事,其为人猥鄙可知。阮孚蜡屐之叹,虽若差胜,然何所见之晚耶?是区区者而未能忘怀,不知二子所以得天下之重名者,果何事也?……晋士以虚谈相高,自名而夸世者不可胜数。'将无同'三语有何难道?或者乃因而辟之。一生几量屐,妇人所知,而遂以决祖、阮之胜负,其风至此,天下苍生,安得不误哉?"余嘉锡《笺疏》:"好财之为鄙俗,三尺童子知之。即好屐亦属嗜好之偏,何足令人介意,本可置之不谈。而晋人以此品量人物,甚至不能判其得失,无识甚矣。"钱穆则说:"此皆足以见晋人之风格也。何以言之?夫好财之与好屐,自今言之,雅俗之判,若甚易辨,得失胜负,谓为难决。而时人不尔者,正见晋人性好批评,凡是求其真际,不肯以流俗习见为准,而必一切重新估定其价值也。而晋人估价之标准。则一本于自我之内心。故祖、阮之优劣,即定于其所以为自我则如何耳。士少见客至,屏当财物,畏为人见,意未能平,此其所以为劣耳。遥集见客至,腊屐自若,神色闲畅,此其所以为优也。凡晋人之立身行己,接物应务,诠衡人物,进退道术者,其精神态度,亦胥视此矣。"(《国学概论·魏晋清谈》)按,《世说》多记琐事,以此品题人物,表现晋人之生活、思想及审美情趣。刘辰翁诸人皆谓阮孚蜡屐乃区区鄙陋之事,而遂以决人物之胜负,可见晋人"无识"矣。此种论调似乎认为非军国大事不足以定人物优劣,其实是既不见《世说》多以琐事体现人物精神之审美趣味,也不明白人物性格常由琐事及生活细节体现出来,所谓细小处见精神。看似高论,实不足取。祖约好财,为时人所讥,此固无须赘言。阮孚集好屐,虽亦为一累,然所叹"未知一生当著几量屐",以闲淡之语,感慨人生不永,语言隽永,意味深长,人物个性全出。时人遂以定胜负,可见晋人人物品鉴以闲畅为美。钱穆以为晋人估价之标准本于内心及精神态度,其说得之。

100. 坦腹东床

郗太傅在京口,遣门生与王丞相书,求女婿。丞相语郗信:"君往东厢,任意选之。"门生归,白郗曰:"王家诸郎亦皆可嘉,闻来觅婿,咸自矜持,唯有一郎在东床上坦腹卧,如不闻。"郗公云:"正此好!"访之,乃是逸少,因嫁女与焉。《王氏

谱》曰:"逸少,羲之小字。羲之妻太傅郗鉴女,名璿,字子房。"(《雅量》19)

王羲之坦腹东床,是《世说》中最有趣味的故事之一。刘辰翁赞叹说:"晋人风致,著此故为第一。在古人中真不可无。"王羲之的真率风度,成了中国文化史上常说常新的典故。

郗鉴与王丞相书求女婿,时间在咸和四年(329)平定苏峻之乱后。《晋书》卷七《成帝纪》:咸和元年(236)三月,以车骑将军郗鉴领徐州刺史。考《晋书》卷一五《地理志下》:"郗鉴都督青、兖二州诸军事、兖州刺史,加领徐州刺史,镇广陵。苏峻平后,自广陵还镇京口。"咸和四年春苏峻平,三月,郗鉴为司空,封南昌郡公。自广陵还京口当在三月之后。此时战乱已平,郗鉴求王家女婿正是时候。

郗鉴派门生与王丞相书,求女婿。丞相对使者说:"君往东厢,任意选之。"王家佳子弟多的是,可任意遴选。丞相态度何等洒脱与自信,给这个故事涂上一层轻喜剧的色彩。尔后,故事精彩不断,但不作顺叙,而用倒叙手法,借郗鉴门生所见,写出王家诸郎的矜持与王羲之的真率,前者衬托后者,文笔极其高明巧妙。王家诸郎听说有人来觅婿,"咸自矜持",装出严肃、庄重的样子。有人来觅婿,即使不想被相中,一般人也很难不矜持。可是,羲之偏偏东床上坦腹卧,似乎从未听说有选婿这回事。关于"东床上坦腹卧"一句,《晋书》本传、《太平御览》卷三七一引《世说》、王隐《晋书》等,皆作"在东床上坦腹食"。王隐《晋书》说:"王羲之幼有风操。郗虞卿闻王氏诸子皆俊,令使选婿。诸子皆饰容以待客,羲之独坦腹东床,啮胡饼,神色自若。使具以告。虞卿曰:'此真吾子婿也!'问是谁?果是逸少。乃妻之。"据上,知羲之"东床上坦腹食"更真实,也比"东床坦腹卧"更有戏剧性。诸郎"咸自矜持"与羲之"东床上坦腹食",恰成鲜明对照的两幅画面,显示凡庸与卓绝,伪饰与真率,凡情俗态与奇情异彩。

如果说羲之坦腹东床是故事的高潮,那么,郗公云"此正好",是故事的点睛之笔。若无郗公高超的审美眼光,便没有羲之东床坦腹的美感。美,唯有懂美之人才能知其美,美才能被显示。如果换了个俗人觅婿,东床坦腹的羲之必然落选,"咸自矜持"的诸郎必被相中。无疑,郗鉴识力卓异,能区别伪饰与真率。完全可以说,若无佳翁郗鉴,必无佳婿羲之。

羲之东床坦腹的故事,最能见出晋人尚真的审美趣味。尚真,是魏晋人格之美的灵魂,也是魏晋艺术的灵魂。在大伪斯兴的今世,重读这个故事,会引发我们对美的向往和追求,懂得真率之美的永恒价值。

101. 羊曼真率

过江初,拜官,舆饰供馔。羊曼拜丹阳尹,客来蚤者,并得佳设,日晏渐罄,不复及精,随客早晚,不问贵贱。《曼别传》曰:"曼字延祖,泰山南城人。父暨,阳平太守。曼颓纵宏任,饮酒诞节,与陈留阮放等号'兖州八达',累迁丹阳尹,为苏峻所害。"羊固拜临海,竟日皆美供,虽晚至亦获盛馔,时论以固之丰华,不如曼之真率。《明帝东宫僚属名》曰:"固字道安,太山人。"《文字志》曰:"固父坦,车骑长史。固善草行,著名一时。避乱渡江,累迁黄门侍郎,褒其清俭,赠大鸿胪。"(《雅量》20)

东晋之初,凡拜官,皆设酒食招待宾客。譬如王导拜扬州刺史,宾客数百人,并加霑接(见《政事》3)。大约在成帝咸和初,羊曼拜丹阳尹,设酒食招待宾客。早来的客人,都享受到好酒好食;到天晚了,酒食渐尽,不再另备佳设,随来客时间早晚,不问贵贱。总之,羊曼设酒食待客,不问贵贱,早来者吃得好,晚来者吃得差,自然而然。并非早者与之佳设,晚者待之恶食。羊固作风与羊曼大不同,拜临海,整天皆供美餐,虽晚来亦得好酒好食。然时人评论,以为羊固之丰华,不如羊曼之真率。

此条内容不难懂,时人的评论,即是故事的主旨。须作探讨者,乃在为何丰华不如真率。

羊固竟日皆供美餐,虽晚来亦获盛馔,固然是待客之道。但竟日盛馔,自然是不吝财力物力的才有的结果。他所期待者,乃是人人满意。而羊曼真率,佳设只有一次,早来者食精,晚来者食粗。素朴真率,任其自然,不费人工。他的待客之道,与陶渊明相仿佛。《宋书·隐逸传》说:"贵贱造之者,有酒辄设。若潜先醉,便语客:'我醉欲眠,卿可去。'其真率如此。"羊曼与陶渊明待客,皆以真诚相见,不斤斤于形式。时论以为羊固之丰华,不如羊曼之真率,正体现出魏晋的审美崇尚真率。这类例子不少。比如《赏誉》91记简文评王述说:"直以真率少许,便足对人多多许。"《高僧传》卷六《慧永传》载:镇南将军何无忌作镇寻阳,爰集虎溪,慧远"从者百余皆端正有风序,及高言华论,举动可观。永恬然独往,率尔后至,纳衣草屩,执仗提钵,而神气自若,清散无矜。众咸重其贞素,翻更多之"。众人咸多慧永清散无矜,盖其自然也。

魏晋以真率素朴为美,源于道家哲学。《庄子·渔父》说:"圣人法天贵真,不拘于俗。""法天贵真",即自然。《老子》第三十二章说:"朴之为物,以无为心。以无为心也,亦无名,故将得道,莫若守朴。"王弼注《老子》第三十八章说:"大美配天而华不作。"注《周易·履卦》说:"处饰之终,饰终反素,故其质素,恶乎外饰者也。"故"素"、"朴"、"真"、"谦"、"诚"、"纯"、"淡"、"自然"等,皆成为审美范畴,影响后世艺文极其深远。羊曼真率,表现为不伪饰、不矜持、不刻意,一任自然,所谓"法天贵真",与人为规定的"礼"相对。羊固之丰华,乃是遵循礼仪的待客,虽然不能说其虚伪,但终究有意为之,重于形式,而欠自然。

102. 庾翼盘马

庾小征西尝出未还,妇母阮,是刘万安妻。《刘氏谱》曰:"刘绥妻,陈留阮蕃女,字幼娥。"绥,别见。与女上安陵城楼上。俄顷,翼归,策良马,盛舆卫。阮语女:"闻庾郎能骑,我何由得见?"妇告翼,《庾氏谱》曰:"翼娶高平刘绥女,字静女。"翼便为于道开卤簿盘马,始两转,坠马堕地,意色自若。(《雅量》24)

庾翼为满足丈母娘要看他盘马的愿望,便在道上盘马。岂料"始两转,坠马堕地",然翼"意色自若"。究晋人的雅量,与儒道二家思想均有关系。雅量的表现各异,主要有两类。一类处变不惊,于困境或危境中,意气自若,神气不变。最著名者如嵇康临刑东市,神气不变(《雅量》2);夏侯太初倚柱作书,霹雳破所倚柱,神气无变,作书如故(《雅量》3)。此种雅量之形成,既受《庄子》理想人格"圣人"形象的影响,又受儒家弘毅人格的熏陶。后者如孔子赞美的"刚者","朝闻道,夕死可矣",以及孟子所说的"养浩然之气"、"大勇"、"守义"等精神力量。这类雅量源于道义充盈,以致内心强大,意志坚定不移。另一类雅量,表现为忘怀得失,无有荣辱,不介细故,度量深弘。例如陈骞少时为夏侯玄所侮,意色自若(《晋书》卷三五《陈骞传》)。裴遐为周馥司马拉曳坠地,遐还坐,举止如常,颜色不变(《雅量》9)。谢安本轻戴安道,见,但与戴论琴书,戴既无吝色,而谈琴书愈妙(《雅量》34)。

庾翼盘马堕地,意色自若,属于后一类的雅量,与嵇康临刑东市时神气不变,有着显而易见的差异。庾翼的雅量实质是气度,一种遇到挫折时的若无其事。他之所以在道上盘马,原因是丈母娘要看他的骑能。谁知始两转,就从马背上摔下来。或许是一时运气不好,或许是另有缘故,但无论如何说明他骑术平平。不过,坠地仍然意气自若,既不懊恼也不羞惭。刘辰翁说庾翼意色自若是"颜之厚耳,非雅量",意思说他脸皮厚。其实,盘马偶然失手,也何必惭愧?再说,丈母娘得知女婿盘马坠地,遗憾之外,大概也不会嘲笑。庾翼意色自若,不以为惭,此正雅量也。庾翼的雅量,即上面所说的第二类雅量,与《庄子》齐物颇有关涉。齐物则忘情,忘情则无名无誉,无是无非,无贵无贱,无可无不可,行为便无不超然。

103. 王劭、王荟共诣桓宣武

王劭、王荟共诣宣武《劭荟别传》曰:"劭字敬伦,丞相导第五子,清贵简素,研味玄颐,大司马桓温称为'凤雏'。累迁尚书仆射、吴国内史。荟字敬文,丞相最小子,有清誉,夷泰无竞。仕至镇军将军。"正值收庾希家。《中兴书》曰:"希字始彦,司空冰长子。累迁徐、兖二州刺史。希兄弟贵盛,桓温忌之,讽免希官,遂奔于暨阳。初,郭璞筮冰子孙必有大祸,唯固三阳可以有后。故希求镇山阳,弟友为东阳,希自家暨阳。及温诛希弟柔、倩,闻希难,逃于海陵。后还京口聚众,事败,为温所诛。"荟不自安,逡巡欲去。劭坚坐不动,待收信还,得不定乃出。论者以劭为优。(《雅量》26)

此条以王劭遇事镇定为雅量,不难懂。然桓温收庾希家为何事,以及桓氏与庾氏、王氏之间关系,仍有必要探索。

桓温收庾希之原因,刘孝标注引《中兴书》已有交代:"希兄弟贵盛,桓温忌之,讽免希官……及温诛希弟柔、倩,闻希难(当作'希闻难'),逃于海陵。后还京口聚众,事败,为温所诛。"《晋书》卷七三《庾冰传》记桓温忌庾希兄弟更详细:"(庾)希既后之戚属,冰女又为海西公妃,故希兄弟并显贵。太和中,希为北中郎将、徐兖二州刺史,蕴为广州刺史,并假节,友东阳太守,倩太宰长史,邈会稽王参军,柔散骑常侍。倩最有才器,桓温深忌之。"《中兴书》《晋书》都说庾希兄弟贵盛,引起桓温的深忌。其实桓温深忌庾氏还有更深的原因,"贵盛"不足以解释他对庾希兄弟大开杀戒。据《晋书·庾冰传》,冰女为海西公妃,庾倩为武陵王晞长史。庾希兄弟与王室关系密切,这才是桓温要清除庾希兄弟的主要原因。

《晋书》卷八《海西公纪》说:"初,桓温有不臣之心,欲先立功河朔,以收时望。及枋头之败,威名顿挫,遂潜谋废立,以长威权。"找不到废立理由,遂诬帝有痿疾,于咸安元年(371)废帝,明年即咸安二年废为海西公,逢迎会稽王司马昱即皇帝位。同时,奏废太宰武陵王晞及子综。帝对之流涕。温皆收付廷尉。又杀东海王二子及其母,并奏诛武陵王晞。简文帝不许。《晋书》卷六四《武陵王晞传》载:"温又逼新蔡王晃,使自诬与晞、综及著作郎殷涓、太宰长史庾倩、掾曹秀、舍人刘疆等谋逆,遂收付廷尉,请诛之。简文帝不许。温于是奏徙新安郡,家属悉从之,而族诛殷涓等,废晃徙衡阳郡。"武陵王因有武干,特为桓温所忌,必欲置之死地而后快。凡与武陵王关系密切者,桓温一概不放过。庾希及弟柔、倩,既是王室戚属,又是武陵王僚属,在桓温看来是他篡夺政权的阻碍,必须诛灭。殷涓颇有气尚,不肯诣桓温,而与武陵王游,温竟疑而害之(见《晋书》卷九八《桓温传》)。

据刘孝标注引《中兴书》,庾希出逃,在桓温诛希弟柔、倩之后。《晋书》卷七三《庾希传》载:"及海西公废,温陷倩及柔以武陵王党,杀之。希闻难,便与弟邈及子攸之逃于海陵陂泽中。"考桓温奏废太宰武陵王晞,时在咸安元年(371)冬十一月(见《晋书》卷九《简文帝纪》)。则庾希闻难出逃海陵,必在此时。明年六月举兵反,自海陵入京口。时间相隔不足一年,此即《庾亮传》所谓"希逃,经年乃于京口聚众"之"经年"也。七月,桓温遣周少孙讨希,擒之,斩于建康。

与深忌庾冰诸子相反,桓温善待王氏子弟。这有两大原因。一是王氏子弟承丞相王导之余荫,门第高贵,又有才华。譬如桓温甚器重王导子王劭,桓冲表请王荟为江州刺史,王洽为桓温掾,为温敬重。洽子王珣有高才,特为桓温欣赏。《雅量》39说:"王东亭为桓宣武主簿,既承籍美誉,公敬其人地,为一府之望。"孝标注引《续晋阳秋》说:"珣初辟大司马掾,桓温至重之,常称王掾为黑头公,未易才也。"二是王氏子弟对桓温的不臣之心,从来熟视无睹。甚至由于得到桓温的器重,若有知遇之感,乐于为桓温驱驰。桓温收庾希家,与王氏一无牵涉,王荟不自安,实在是镇局不足。论者以王劭为优,洵为公允。

104. 谢公作"洛生咏"

桓公伏甲设馔,广延朝士,因此欲诛谢安、王坦之。《晋安帝纪》曰:"简文晏驾,遗诏桓温依诸葛亮、王导故事。温大怒,以为黜其权,谢安、王坦之所建也。入赴山陵,百官拜于道侧,在位望者,战栗失色。"或云自此欲杀王、谢。王甚遽,问谢曰:"当作何计?"谢神意不变,谓文度曰:"晋阼存亡,在此一行。"相与俱前,王之恐状,转见于色。谢之宽容,愈表于貌。望阶趋席,方作洛生咏,讽"浩浩洪流"。桓惮其旷远,乃趣解兵。按宋明帝《文章志》曰:"安能作洛下书生咏,而少有鼻疾,语音浊。后名流多斆其咏,弗能及,手掩鼻而吟焉。桓温止新亭,大陈兵卫,呼安及坦之,欲于坐害之。王入失屐,倒执手版,汗流沾衣。安神姿举动,不异于常,举目徧历温左右卫士,谓温曰:'安闻诸侯有道,守在四邻。明公何有壁间著阿堵辈?'温笑曰:'正自不能不尔。'于是矜庄之心顿尽,命部左右,促燕行觞,笑语移日。"王、谢旧齐名,于此始判优劣。(《雅量》29)

桓温晚年,天下兵权在握,篡晋之心路人皆知。废海西公,立简文帝,与智囊密谋芟夷朝臣,消灭阻碍他篡夺的异己力量。简文帝崩,桓温伏甲设馔,欲诛杀谢安、王坦之。为何要杀此二人?刘孝标注引《晋安帝纪》说:简文遗诏桓温依诸葛亮、王导故事。温大怒,以为黜其权,认定这是谢安、王坦之出的主意。桓温志在篡夺,哪里愿意做诸葛亮、王导一样的辅佐大臣呢?关于简文遗诏之立,王坦之确实在其中起了大作用。《晋书》卷七五《王坦之传》说:"简文帝临崩,诏大司马桓温依周公居摄故事。坦之自持诏入,于帝前毁之。帝曰:'傥来之运,卿何所嫌。'坦之曰:'天下,宣、元之天下,陛下何得专之!'帝乃使坦之改诏焉。"若王坦之不毁诏,桓温就能做周公摄政了。

桓温伏甲设馔,欲诛谢安、王坦之的场面,写得惊心动魄。先写王、谢的神色与对话。"王甚遽,问谢曰:'当作何计?'"坦之深知此行更险于鸿门宴,窘迫至计无所出。与坦之的惶恐形成鲜明对照,"谢神意不变,谓文度曰:'晋阼存亡,在此一行。'"谢安镇定异常,气局果然不同凡响,并以此行事关晋阼存亡的非凡意义,激起坦之前行的勇气。二人"相与俱前,王之恐状,转见于色。谢之宽容,愈表于貌"，将王、谢二人神情再作对比描写。然后重彩描写谢安举止："望阶趋席，方作洛生咏，讽'浩浩洪流'。""洛生咏"又名"洛下书生咏"，指晋室南迁后，来自北方的中原人所操的以洛阳音调为准的北方话。《轻诋》26 说："人问顾长康，何以不作洛生咏？答曰：'何至作老婢声。'"孝标注："洛下书生咏，音重浊，故云老婢声。"当谢安方作"洛生咏"时，突然出现意想不到的转机，桓温竟"惮其旷远，乃趣解兵"。一场无可避免的腥风血雨顿时化解。

何以谢安作"洛生咏"，桓温竟然"惮其旷远"立即解兵？这是故事中最迷人之处，值得探究。

先说"旷远"。旷远，一般形容土地或山林的辽阔深远。比如称"境土旷远"，"林野旷远"。汉末之后，渐用于人物品题。嵇康《琴赋》说："非夫旷远者，不能与之嬉游。"旷远形容人物的一种风度，其美感特征大致指人物精神气质既旷达又悠远。"惮其旷远"之"惮"，宋本作"选"。王叔岷《世说新语补正》说："案选犹善也。《汉书·武帝纪》：'知言之选。'应劭注：'选，善也。'"从当时情势的突然转变分析，似作"选"较胜。谢安方作"洛生咏"，神情旷达又有远意，豁达又若不可测，有着不可抗拒的人格魅力，桓温为之折服。

再说谢安善为"洛生咏"。刘孝标注引《宋明帝文章志》说："安能作洛下书生咏，而少有鼻疾，语音浊。后名流多效其咏，弗能及，手掩鼻而吟焉。"北齐颜之推《颜氏家训·音辞篇》谈到南音和北音的特点，说："南方水土和柔，其音清举而切诣，失在浮浅，其辞多鄙陋。北方山川深厚，其音沉浊而鈋钝，得其质实，其辞多古语。"北人南渡，南人听北人洛下口语，沉浊质实，与吴侬软语迥异，必定觉得新奇好听。人问顾长康何以不作"洛生咏"，正好说明南人学作"洛生咏"一时成为风气。谢安少有鼻疾，作"洛生咏"反而得鼻疾之助，语音更沉浊，当别有风致，故风流多学之，却弗能及。当此万分紧张时刻，谢安从容作"洛生咏"，讽咏的又是嵇康诗句"浩浩洪流"，那简直是无上的艺术表演，如春花开放在冰霜中，独具美感。谢安的风神之美，"洛生咏"的语音文化之美，竟然折断了屠刀。

谢安以其旷远风度及"洛生咏"，化解了血光之灾。然而，如果他面对的不是桓温，而是一个完全不懂美的屠伯，恐怕再旷远、再作"洛生咏"，也无济于事。因此，谢安能化危为安，千万不能忽略桓温的"功劳"。对此，李贽有很中肯的意见，说："谢固旷远，桓亦惜才。"又说："达者皆言旷远解兵，痴人尽道清谈废事。"(《初潭集·君臣·能臣》)认为桓温解兵，固然是谢安旷远，亦因桓温惜才。确实，美，唯有具有审美能力的人才能感知。桓温是东晋历史上首屈一指的军事强人,但别忘了他有时也是文化或文学活动的中心人物。他与文学之士及清谈名家有广泛的接触,本人文化素养也高,故能欣赏谢安人格之美,"惮其旷远"。

105. 支道林还东

支道林还东,《高逸沙门传》曰:"遁为哀帝所迎,游京邑久,心在故山,乃拂衣王都,还就岩穴。"时贤并送于征虏亭。《丹阳记》曰:"太安中,征虏将军谢安立此亭,因以为名。"蔡子叔前至,坐近林公。《中兴书》曰:"蔡系字子叔,济阳人,司徒谟第二子。有文理,仕至抚军长史。"谢万石后来,坐小远。蔡暂起,谢移就其处。蔡还,见谢在焉,因合褥举谢掷地,自复坐。谢冠帻倾脱,乃徐起振衣就席,神意甚平,不觉瞋沮。坐定,谓蔡曰:"卿奇人,殆坏我面。"蔡答曰:"我本不为卿面作计。"其后二人俱不介意。(《雅量》31)

《高僧传》卷四《支道林传》说:至晋哀帝即位,支遁应诏出都,止东林寺;淹留京师,将涉三载,乃还东山。考《晋书》卷八《哀帝纪》,升平五年(361)五月穆帝崩,琅琊王丕即皇帝位,是为哀帝。支道林应诏出都,可能在哀帝即位之初或即位之明年,即隆和元年(362),则支遁还东,大概在晋哀帝兴宁三年(365)。然《佛祖历代通载》卷六载:"太和二年(367),废帝海西公在位,遁抗表辞还山。有诏资给,敦遣诸公祖饯于征虏亭。"所记支遁还山之年与《高僧传》不同,难以确定何者为是。此条说时贤并送支道林还东,谢万石与蔡子叔因座位远近而起争执。但《晋书·谢万传》叙此事,但云送客,不言支遁,大概意识到谢万送支遁为不可能。又据《世说》此条,谢、蔡争执,是因座位而起,《晋书·谢万传》笼统说是"争言",读之无从得之事情的原委。

谢万石与蔡子叔冲突的场景以及二人俱不介意,《世说》归之于"雅量"。其实,谢万石雅量犹有可说,因为毕竟坏了他面孔,还能不介意;称蔡子叔为雅量,就非常勉强。虽然这位子原来是他的,但用东西掷人家,粗鲁如此,与雅量根本不沾边。关于二人是否雅量,无分析的必要。值得探究的倒是二人争执的起因。原来,二人争夺的是一个离林公近的位子。谢万石后到,坐离林公稍远就是了,何必要去抢占蔡子叔离林公较近的座位?而蔡子叔的好位子被人抢了也就算了，何必大动干戈？透过这种无厘头的争抢，其实能发现一个秘密：林公的魅力太大了，以至坐近他也是一种须保卫的光荣。

支道林以他的神悟，成为名士倾倒的风流人物。林公初至京师，王濛就以为"造微之功，不减辅嗣"。殷融一见支遁，叹息重见卫玠。谢安未出仕前居会稽，与支道林、王羲之共游处，清谈不止。当世名流皆与之交游，王洽、刘恢、殷浩、许询、郗超、孙绰、桓彦表、王敬仁、何次道、王文度、谢长遐、袁彦伯等一代名流，皆著尘外之狎。哀帝立，频遣使者征请支道林至都讲佛经，朝野钦崇。王濛称叹"实缁钵之王、何也"。林公在思想界居于至高地位，无人能出其右，以至郗超与亲友书说："林法师神理所迹，玄拔独悟，实数百年来绍明大法，令真理不绝，一人而已。"（以上均见《高僧传》）《佛祖历代通载》记支遁还山年月可能有误，但称"有诏资给，敦遣诸公饯于征虏亭"，当是真实。饯送林公还东，一时名流云集，堪称思想文化界的盛会。与会者以坐近林公为荣耀，或听其新论，或表依依别情。否则，实在无理由为区区座席的远近而撕破脸皮。

106. 郗嘉宾饷米释道安

郗嘉宾钦崇释道安德问，《安和尚传》曰："释道安者，常山薄柳人，本姓卫，年十二作沙门。神性聪敏而貌至陋，佛图澄甚重之。值石氏乱，于陆浑山木食修学，为慕容俊所逼，乃住襄阳。以佛法东流，经籍错谬，更为条章，标序篇目，为之注解，自支道林等皆宗其理。无疾卒。"饷米千斛，修书累幅，意寄殷勤。道安答直云："损米，愈觉有待之为烦。"(《雅量》32)

慧皎《高僧传》卷五《道安传》载：道安答郗超书云："损米，弥觉有待之为烦。"一本作"损米千斛"。"有待"词出《庄子》，《逍遥游》言列子御风："此虽免乎行，犹有所待者也。"《齐物论》说："景曰：吾有待而然者邪？吾所待又有待而然者邪？"有待，有所资待，有所凭借之义也。钱钟书谓道安此书之"有待"，乃指"口体所需，衣食所资"，"如道安此书即谓粮食"，并广举例证（《管锥编》第四册一六一"《全晋文》卷一五八"条）。钱氏之释"有待"，正确无误。如其举例释慧远《沙门不敬王者论》之"形虽有待，情无近寄"，阙名《正诬论》之"辍黍稷而英蕊，吸风露以代粮粮,俟此而寿,有待而之伦也",谢灵运《山居赋》之"生何待于多资,理取足于满腹",等等,皆指人生所资待之衣食。郗超赠米千斗,道安答曰"愈觉有待之为烦",其意谓人生须资衣食,未能无待,故愈觉烦耳。

余嘉锡《笺疏》误解此条说:"详审文义,'愈觉有待之为烦'一句,乃记者叙事之辞,非安公语也。盖嘉宾之书,填砌故事,言之累牍不能休。而安公答书,乃直陈其事,不作才语。读之言简意尽,愈觉必待词采而后为文者,无益于事,徒为烦费耳。由此观之,骈文之不如散文矣。"余氏之误解有二:一是以为"愈觉"一句乃《世说》编者叙事之辞,非道安之语;二是以为有待之烦,指为文者必待词采,徒为烦费。第一点乃误读,为致误之根源。试想,郗超饷米千斗,而道安答书"损米",此成何文义?言固然简了,但何来"意尽"?且安公究为何意耶?恐当年郗超得安公仅有"损米"二字之书,必茫茫然摸不着头脑。因余氏误以"愈觉"一句为"记者叙事之辞",故势必要解释有待为烦,以为郗超"修书累幅",便是"必待词采而后为文者,无益于事,徒为烦费",再后越扯越远,称骈文不如散文云云。结果,误读而致曲解。郗超钦崇道安德问,故饷米千斗。修书累幅,乃是所寄殷勤之意太多,不能一概看作是徒为烦费。何况,郗超致道安书已佚,有何根据说此书是徒有词采的骈文?再说,东晋文章虽多用偶句,但杂以单行奇句,文气流动,与南朝骈文的整饬、板滞不同,而书信尤其如此。试看习凿齿《与释道安书》,便能知此时书札之风貌。

郗超饷米千斗,书寄殷勤,而道安不缠绵往复,仅以"损米,愈觉有待之为烦"一短笺答之,不仅符合此条上下文意,而且也体现道安的性格。道安极熟悉外书,当然知道《庄子》的"有待"之义。至人无待之境界,以情而言,悠然远寄,庶几可至,然形不得不有待,此为烦耳。《高僧传》卷五《道安传》称安"理怀简衷",道安答郗超书正是明证,足见一代名僧之高韵耳。

107. 王僧弥、谢车骑共王小奴许集

王僧弥、谢车骑共王小奴许集。王珉、谢玄并已见。小奴,王荟小字也。僧弥举酒劝谢云:"奉使君一觞。"谢曰:"可尔。"谢玄曾为徐州,故云使君。僧弥勃然起,作色曰:"汝故是吴兴溪中钓碣耳,何敢诪张!"玄叔父安曾为吴兴,玄少时从之游,故珉云然。谢徐抚掌而笑曰:"卫军,僧弥殊不肃省,乃侵陵上国也。"(《雅量》38)

王僧弥(珉)、谢车骑(玄)共在王小奴(荟)处宴集,因举酒而发生口角。僧弥举酒劝谢玄说:"奉使君一觞。"谢回答:"可尔。"僧弥一听,勃然变色,就开始骂人。这是为什么?王珉劝酒,谢玄不是说可以吗?其实,王珉骂谢玄,是对方怠慢了他。依照礼仪的规矩,人家劝酒,就应该马上饮,并表示谢意。谢玄却淡淡地说"可尔",语气倨傲,又不立即饮,这是不合礼仪了。王珉愤怒谢玄无礼,故骂对方:"汝故是吴兴溪中钓碣耳,何敢诪张!"意思说,你本来不过是吴兴溪水上的一个钓徒而已,何敢妄语!

那么,"吴兴溪中钓碣"究竟何意?日人秦士铉《世说笺本》说:"'碣'疑当作'褐',褐,贱者所服。"李慈铭说:"案'碣'当作'羯',玄之小名也。《世说》作'遏',以封、胡推之,作'羯'为是。盖取胡、羯字为小名,寓简贱之意,如犬子、狗子(亦作'苟子')、佛犬之类,古人小名,皆此义也。此举其小名,故曰钓羯。"余嘉锡《笺疏》亦以为"碣"是谢玄小字,《太平御览》卷四四六引《语林》:"谢碣绝重其姊。"作"碣",盖羯、碣通用。余氏又引谢玄与兄及与妇书中出钓之事,以为王珉生性好钓鱼,故王珉就其小字生义,诋为吴兴溪中钓碣,言汝不过钓鱼之羯奴耳。王利器《世说新语校勘记》以为"碣"疑当作"褐",并以《左传》、《孟子·公孙丑上》、《荀子·大略》等篇中的"褐"以及诸家对于褐的注释,得出结论说:"此处的'褐',也就是和'竖褐'意同。"按,谢玄出身名族,为车骑将军,非寒贱之人。王校恐不可从,当以李慈铭、余笺为是。

谢玄言语间怠慢王珉,固然是失礼,但王珉又何必勃然大怒,骂谢玄是吴兴溪中的钓鱼之羯奴?原因全在王、谢二家有宿怨。《晋书》卷七九《谢琰传》说:"先是,王珣娶万女,珣弟珉娶安女,并不终。由是与谢氏有隙。珣时为仆射,犹以前憾缓其事。"疑此事当在王、谢离婚之后。王珉因言语稍不相得便勃然作色,王、谢二族交恶之深可见矣。

相比王珉的毫不宽容,谢玄还算有一点雅量。被王珉骂过后,徐徐抚掌而笑道:"卫军,僧弥殊不肃省,乃侵陵上国也。"卫军,指王荟(小奴)。《晋书》卷六五《王荟传》说,荟"卒于官,赠卫将军"。据此,王荟"卫军"之称必有误,刘义庆未审察也。上国,为谢玄自喻,表示尊贵。意外之意说,王珉恶意向我,不过如诸侯侵陵上国也。谢玄以戏语回应王珉的骂詈,故称为雅量。不过谢玄的雅量,非是忍辱默受,而是绵里藏针,以守为攻,丝毫无损其尊严。

108. 殷仲堪、王恭读俳谑赋

殷荆州有所识作赋，是束皙慢戏之流。《文士传》曰："皙字广微，阳平元城人，汉太子太傅疎广后也。王莽末，广曾孙孟达自东海避难元城，改姓去'疎'之'足'，以为束氏。皙博学多识，问无不对。元康中，有人自嵩高山下得竹简一枚，上两行科斗书。司空张华以问皙，皙曰：'此明帝显节陵中策文也。'检校果然。曾为《饼赋》诸文，文甚俳谑。三十九岁卒，元城为之废市。"殷甚以为有才，语王恭："适见新文，甚可观。"便于手巾函中出之。王读，殷笑之不自胜。王看竟，既不笑，亦不言好恶，但以如意帖之而已。殷怅然自失。（《雅量》41）

殷荆州（殷仲堪，曾作荆州刺史）与王恭读"束皙慢戏之流"的赋作，前者"甚以为有才"，后者却不言好恶，仅以如意帖之而已。对同一篇作品，两人表现出迥然不同的态度。

要读懂这则故事，必先理解何谓"束皙慢戏之流"。据刘孝标注引《文士传》：束皙字广微，西晋著名文士，博学多识，"曾为《饼赋》诸文，文甚俳谑"。《饼赋》尚存残余，见于明张溥编《汉魏六朝百三家集》卷四三："立冬猛寒，清晨之会，涕冻鼻中，霜凝口外。充盈解战，汤饼为最，弱似春绵，白若秋练。气勃郁以扬布，香飞散而远遍。行人失延于下风，童仆空嚼而斜眄。擎器者舐唇，立侍者干咽。"语言诙谐滑稽，描写夸张。"束皙慢戏之流"即是指以束皙为代表的一类俳谑调笑的作品。

嘲谑滑稽之风虽然起源自昔，但在文学作品中得到明显的反映，是从汉末开始的。这同思想解放的思潮有关，也同文学逐渐娱乐化有关。到了魏晋，调笑滑稽之风盛行，俳谑作品大量出现，一时蔚为大观。刘勰《文心雕龙·谐隐篇》专门谈到这类文学作品，说："至魏文因俳说以著笑书，薛综凭宴会而发嘲调。虽抃笑衽席，而无益时用矣。然而懿文之士，未免枉辔，潘岳《丑妇》之属，束皙《卖饼》之类，尤而效之，盖以百数。魏晋滑稽，盛相驱扇，遂乃应场之鼻，方于盗削卵，张华之形，比乎握舂杵。曾是莠言，有亏德音。"据此可知，魏晋懿文之士大写特写《丑妇》《卖饼》一类俳谑作品，纯粹是一种文学的娱乐，同时借此表现思想的通达和文学才能。由于滑稽太过分,以致嘲谑他人的生理畸形,所以刘勰批评"曾是莠言,有亏德音"。大凡娱乐化太过,结果往往突破道德底线,走向低俗,古今皆然。

现在回到故事本身。殷仲堪十分赏识俳谐赋的作者"有才",介绍给王恭看,称赞此赋非常值得一读。殷仲堪为何如此欣赏这篇俳谐文?原因是仲堪本来就是"懿文之士",善于写文章,喜欢俳谐文学。《排调》61记载:桓玄与殷仲堪作"了语",后再作"危语"。所谓"了语"、"危语",即是《文心雕龙·谐隐篇》所说的"谐辞隐言",以文章为游戏,为娱乐,并借此炫耀文才,比试运思的迟速。

王恭则不然,虽然也能清言,但读书少,不属于长于作文的饱学之士,特别是文学观念比较保守,对通俗文学持排斥态度。《德行》44刘孝标注引《恭别传》说:"恭清廉贵峻,志存格正。"《晋书》卷八四《王恭传》说恭"自负才地高华","性抗直,深存节义"。可知王恭自矜门第高贵,个性耿直,有节操,正道直行,是个有着儒家理想的正人君子。因此,当司马道子集朝士,置酒东府,尚书令谢石醉中唱民歌之时,王恭一本正经地批评道子:"居端右之重,集藩王之第,而肆淫声,欲令群下何所取则!"(《晋书》本传)以卫道者的面孔与语言,斥南朝民歌为"淫声"。这就是王恭的"志存格正"。

王恭既不善文章,门第高华,又有"志存格正"的个性,以维护名教自居,自然就不欣赏慢戏不雅、"有亏德音"的俳谐赋。这次,他把手中的如意放在那篇俳谐作品上,不笑也不言好恶,只是以冷漠的举动表达自己的不喜欢。不过,他还算有一点"雅量",给了殷仲堪面子,不像那次当场指责谢石醉中而唱"淫声",弄得许多人下不了台,扫兴得很。但即使如此,也不啻在殷仲堪头上浇了一盆冷水,同样使对方兴趣荡然无存,以至"怅然自失"。两人对待俳谐赋如此迥然不同,反映出魏晋时期通俗文学好恶参半的生存环境。

识鉴第七

109. 许子将目曹操

曹公少时见乔玄,玄谓曰:"天下方乱,群雄虎争,拨而理之非君乎?然君实是乱世之英雄,治世之奸贼。恨吾老矣,不见君富贵,当以子孙相累。"《续汉书》曰:"玄字公祖,梁国睢阳人。少治《礼》及《严氏春秋》。累迁尚书令。玄严明有才略,长于知人。初,魏武帝为诸生,未知名也,玄甚异之。"《魏书》曰:"玄见太祖曰:'吾见士多矣,未有若君者。天下将乱,非命世之才不能济也,能安之者,其在君乎?'"按《世语》曰:"玄谓太祖:'君未有名,可交许子将。'太祖乃造子将,子将纳焉。"孙盛《杂语》曰:"太祖尝问许子将:'我何如人?'固问,然后子将答曰:'治世之能臣,乱世之奸雄。'太祖大笑。"《世说》所言谬矣。(《识鉴》1)

曹操年轻时得到乔玄赏识。乔玄长于知人,以为天下方乱,群雄虎争,曹操能拨而理之。后来历史的进程证实了乔玄的远见卓识。不过,"君实是乱世之英雄,治世之奸贼"二句,可能是许子将品题曹操语,查《三国志·魏志·武帝纪》注引《魏书》《世语》,皆无乔玄"乱世之英雄,治世之奸贼"二语,此二语乃许劭之目。故孝标称"《世说》所言谬矣"。乔玄其余几句对曹操的评语,当无问题。《后汉书》卷六七《李膺传》说:"初,曹操微时,(李)瓒异其才,将没,谓子宣等曰:'时将乱矣,天下英雄无过曹操。张孟卓与我善,袁本初汝外亲,虽尔勿依,必归曹氏。'诸子从之,并免于乱世。"可知称曹操为乱世之英雄,可以子孙相累,非乔玄一家之言。

曹操微时未知名,乔玄建议他可交许子将(劭)。为何非得有名?又为何非得交许子将?史家论此问题已详。顾炎武说:"汉人以名为治。"(《日知录》卷一三"名教"条)汉人极看重名,有名即能获乡里举荐入仕。获取名声的主要途径靠交结州郡牧守或当世大名士。官府可以征辟,大名士则操品题人物的话语权。

一经佳目,好比登龙门,可平步青云。许子将有高名,识力非凡,好核论乡党人物,每月辄更其品题,形成汝南"月旦评"的风气,多拔才能之士于微贱之中,"天下言拔士者,咸称许、郭(泰)"(《后汉书》卷六八《许劭传》)。故乔玄建议曹操可交许子将。岂知许劭鄙夷曹操之为人,不肯品目。曹操胁迫许,许不得已品目说:"君治世之能臣,乱世之奸雄。"操大笑而去。许劭品题曹操二语,至少有三种版本:刘孝标注引孙盛《杂语》作"治世之能臣,乱世之奸雄"。《后汉书·许劭传》作"清平之奸贼,乱世之英雄"。《世说》乔玄语作"乱世之英雄,治世之奸贼"。比较三种版本,后两种相近。"清平"、"治世",意义相同。故许劭的品题,刘义庆不察,误为乔玄之语。

"治世"、"清平"是未来时,曹操作能臣也好,奸贼也好,于他来说并不在意,在意者乃在当下之乱世。许劭目操"乱世之英雄",正得其心,故操"大悦而去"。盖汉末群雄并起,逐鹿中原,最重英雄。非英雄不能拔而理之,致天下清平。《后汉书》卷七〇《荀彧传》载:谋士荀彧劝曹操:"挟弘义以致英雄,大德也。"《后汉书》卷七四上《袁绍传》载:田丰谏袁绍:"将军据山河之固,拥四州之众,外结英雄,内修农战",云云。各大军阀皆网罗英雄豪杰,以成大业。

关于汉末重英雄的时代意识,汤用彤《读人物志》论之甚确:"英雄者,汉魏间月旦人物所有名目之一也。天下大乱,拨乱反正则需英雄。汉末豪俊并起,群欲平定天下,均以英雄自许,故王粲著有《汉末英雄传》。当时四方鼎沸,亟须定乱,故曹操曰:'方今收英雄时也。'(此引《后汉书》)而孟德为之大悦。盖操素以创业自任也。"曹操得许子将英雄之目,深契其平定乱局之大志。而许劭之品目,历史早已证明其精当不易。

110. 傅嘏不交夏侯太初

何晏、邓飏、夏侯玄并求傅嘏交,而嘏终不许。《魏略》曰:"邓飏字玄茂,南阳宛人,邓禹之后也,少得士名。明帝时为中书郎,以与李胜等为浮华被斥。正始中,迁侍中尚书。为人好货,臧艾以父妾与飏,得显官,京师为之语曰:'以官易富邓玄茂。'何晏选不得人,颇由飏。以党曹爽诛。"诸人乃因荀粲说合之,谓嘏曰:"夏侯太初一时之杰士,虚心于子,而卿意怀不可交。合则好成,不合则致隙。二贤若穆,则国之休。此蔺相如所以下廉颇也。"《史记》曰:"相如以功大拜上卿,位在廉颇右。颇怒，欲辱之。相如每称疾，望见，引车避匿。其舍人欲去之，相如曰：'夫以秦王之威，而吾廷叱之，何畏廉将军哉？顾秦强赵弱，秦以吾二人，故不敢加兵于赵。今两虎斗，势不俱生。吾以公家急而复私雠也。'颇闻谢罪。"傅曰："夏侯太初志大心劳，能合虚誉，诚所谓利口覆国之人。何晏、邓飏有为而躁，博而寡要，外好利而内无关钥，贵同恶异，多言而妒前。多言多衅，妒前无亲。以吾观之，此三贤者，皆败德之人尔，远之犹恐罹祸，况可亲之邪？"后皆如其言。《傅子》曰："是时何晏以才辩显于贵戚之间，邓飏好交通，合徒党，鬻声名于闾阎。夏侯玄以贵臣子，少有重名，皆求交于嘏，嘏不纳也。嘏友人荀粲有清识远志，然犹劝嘏结交云。"（《识鉴》3）

《识鉴》此条内容，全抄自《傅子》。《傅子》作者傅玄，与傅嘏为从父兄弟。何晏、邓飏、夏侯玄，是曹魏集团中的重要人物，傅嘏则是司马氏的主要谋士，二者政治立场与志趣迥异。所谓"何晏、邓飏、夏侯玄并求傅嘏交，而嘏终不许"，古今学者多不认可这种说法。清王懋竑《白田杂著》卷四"李丰"条说："傅嘏论夏侯玄、何晏、邓飏语，论李丰语，此与杜畿语皆出《傅子》。《傅子》傅玄所著。玄、嘏从父兄弟，故多载其语。按嘏本传：'魏黄门侍郎，以与晏等不合，免官。后起为荥阳太守，不就。司马懿请为从事中郎。遂附从懿父子以倾魏。爽之死，齐王之废，嘏皆与有力焉。'故爽诛，即以嘏为河南尹，转尚书，赐爵关内侯。齐王废，进爵武乡亭侯。及毌丘俭、文钦兵起，嘏劝师自行，与之俱东。师卒，中诏嘏还师。嘏辄与昭俱还，以成司马氏之篡。迹其始末，盖与贾充不异。幸其早死，不与佐命之数。此乃魏之逆臣，但以善自韬晦，不名其功。即如与昭俱还，乃嘏之本谋，顾以推之钟会，故世莫得而议之。其与何晏、邓飏及玄、丰不平，皆以其为魏故，而自与钟毓、钟会、何曾、陈泰、荀顗善，则皆司马氏之党也。所讥议晏等语，大率以爱憎为之。如晏辈固不足道，若丰、玄，岂不胜于钟会、何曾、荀顗，而嘏之好恶如此。陈寿论嘏用才达显，而裴松之谓嘏当时高流。寿所评不足见其美，庸人之论，浅陋可笑。"李慈铭说："案夏侯重德，平叔名儒，嘏于是名位未显，何至内交见拒，且烦奉倩为言？观《晋书·列女传》，当何、邓在位时，嘏之弟玄以见恶于何、邓，至于求婚不得。岂有太初岳岳，反藉嘏辈为重？此自缘三贤败后，晋人增饰恶言，国史既以忠为逆，私家复诬贤为奸。如《魏志·嘏传》，皆不可信。《傅子》即玄所作，出于仇怨之辞，《世说》转据旧闻，是非多谬。然太初名德，终著古今，不能相累。平叔《论语》，永列学官。以视嘏辈，直蜉蝣耳。近儒王氏懋竑《白田杂著》中言之当矣。"确实，考查傅嘏事迹，称何晏等求傅嘏交，难以取信。据《魏志·傅嘏传》，"嘏弱冠知名，司空陈群辟为掾。""正始初，除尚书郎，迁黄门侍郎。时曹爽秉政，何晏为吏部尚书，嘏谓爽弟羲曰：'何平叔外静而内铦巧，好利不念务本，吾恐必先惑子兄弟，仁人将远，而朝政废矣，'晏等遂与嘏不平，因微事以免嘏官。"正始初，傅嘏不过是尚书郎，而何晏为吏部尚书，夏侯玄为中护军，二人掌握文武官员升迁之权柄，岂会并求于位卑的尚书郎傅嘏，急着与之交往？李慈铭质疑《傅子》说："夏侯重德，平叔名儒，嘏于时名位未显，何至内交见拒，且烦奉倩为言？"驳斥有力。从《魏志·傅嘏传》说"晏等遂与嘏不平"看，正始初傅嘏已入司马氏之党，与曹爽集团对立。故无论从傅嘏的经历还是当时形势分析，说何晏、夏侯玄并求傅嘏交，绝无此种可能。

《三国志·魏志·傅嘏传》裴松之注引《傅子》说："嘏既达治好正，而有清理识要，好论才性，原本精微，尠能及之。司隶校尉钟会年甚少，嘏以明智交会。""臣松之案：《傅子》前云嘏了夏侯之必败，不与之交，而此云与钟会善。愚以为夏侯玄以名重致患，衅由外至。钟会以利动取败，祸自己出。然则夏侯之危兆难睹，而钟氏之败形易照也。嘏若了夏侯之必危，而不见钟会之将败，则为识有所蔽，难以言通。若皆知其不终，而情有彼此，是为厚薄由于爱憎，奚豫于成败哉？以爱憎为厚薄，又亏于雅体矣。《傅子》此论，非所以益嘏也。"裴注以为傅嘏既能见出夏侯玄之必败，为何不见钟会之将败？这说明傅嘏的所谓有识，其实是有所不见的，难以言通。裴注又以为若傅嘏皆知夏侯玄、钟会不终，而与前者有隙，与后者亲近，此是情有彼此，厚薄由于爱憎。以爱憎为厚薄，高雅的德性就有欠缺了。裴氏最终指出："《傅子》此论，非所以益嘏也。"概括裴松之的见解，是说傅嘏不见钟会之将败，实际上是"有所蔽"的，暗示傅嘏的识鉴不过尔尔。《傅子》论傅嘏有"清理识要"，对傅嘏并不有益。言外之意是弄巧成拙。《世说》此条不追溯傅嘏、夏侯玄及何晏的政治立场，不指出二者的两不相容，却抄录《傅子》之伪说，赞美傅嘏识鉴卓绝。可见刘义庆史识之浅陋。

中国各朝代的历史著作，除《史记》外，都是胜利者的写书。歌颂、美化胜利者，诋毁丑化失败者，是官方历史学家的基本"政治觉悟"及修史的一般规则。《傅子》便是典型的胜利者所写的历史，称夏侯玄等求交傅嘏，傅嘏终不许，就是典型的伪历史。故读史须考查史实，具备史识，才能区别真伪，否则很容易为伪史误导，颠倒是非正邪。

111. 山公阖与道合

　　晋武帝讲武于宣武场,帝欲偃武修文,亲自临幸,悉召群臣。山公谓不宜尔。因与诸尚书言孙、吴用兵本意,遂究论。举坐无不咨嗟,皆曰山少傅乃天下名言。《史记》曰:"孙武,齐人;吴起,卫人,并善兵法。"《竹林七贤论》曰:"咸宁中,吴既平,上将为桃林华山之事,息役弭兵,示天下以大安。于是州郡悉去兵,大郡置武吏百人,小郡五十人。时京师犹讲武,山涛因论孙、吴用兵本意。涛为人常简默,盖以为国者不可以忘战,故及之。"《名士传》曰:"涛居魏晋之间,无所标明。尝与尚书卢钦言及用兵本意,武帝闻之曰:'山少傅名言也。'"后诸王骄汰,轻遘祸难。于是寇盗处处蚁合,郡国多以无备不能制服,遂渐炽盛,皆如公言。时人以谓山涛不学孙、吴,而阖与之理会。王夷甫亦叹云:"公阖与道合。"《竹林七贤论》曰:"永宁之后诸王构祸,狡虏欻起,皆如涛言。"《名士传》曰:"王夷甫推叹'涛晻晻为与道合,其深不可测。'皆此类也。"(《识鉴》4)

　　晋武帝讲武于宣武场,《晋书》卷四三《武帝纪》记载有多次:泰始九年(273)、泰始十年、咸宁元年(275)、咸宁三年、咸宁四年、太康五年(284)、太康六年。此条说,"帝欲偃武修文,亲自临幸,悉召群臣",知此次讲武,必在平吴之后。然刘孝标注引《竹林七贤论》"咸宁中,吴既平"云云,显然谬误。吴平在太康元年,咸宁中吴未平,武帝岂会"息役弭兵,示天下以大安"?若"咸宁中"改成"太康中",才切合下面的叙述。刘孝标又注引《名士传》:"涛居魏晋之间,无所标明。尝与尚书卢钦言及用兵本意"云云。考《武帝纪》,咸宁四年三月,尚书左仆射卢钦卒,以尚书右仆射山涛为左仆射。《晋书》卷四四《卢钦传》同。则山涛曾与卢钦言及用兵意,时在吴平之前。刘孝标在这里注引《名士传》容易引起误解,因为与帝欲偃武修文的时间不合。事实是山涛吴平前与卢钦言及用兵本意,吴平后武帝欲息役弭兵,示天下以大安,山涛又论孙、吴用兵本意。《晋书·武帝纪》发觉《竹林七贤论》所记"咸宁中"有误,改为"吴平后",帝"尝讲武宣武场,涛时有疾,诏乘步辇从",却又说"因与卢钦论用兵本意"。卢钦死于吴平前,吴平后山涛怎能与卢钦论兵?可见《武帝纪》虽然把"咸宁中"改正为"吴平后",然记事仍旧混乱不堪。

山涛卒于太康四年春正月(见《武帝纪》、《晋书·山涛传》),合吴平后及山涛卒于太康四年二者判断,此次武帝讲武于宣武场,山涛论孙、吴用兵本意,时间当在太康二、三年间。《晋书·武帝纪》无有太康二、三年讲武于宣武场的记载,乃是史家遗漏。《晋书·武帝纪》说:"平吴之后,天下乂安,遂怠于政术,耽于游宴。"武帝想要偃武修文,正是"怠于政术",贪图享乐的表现之一。

山涛言孙、吴用兵本意,本意谓何?《竹林七贤论》说:"涛为人常简默,盖以为国者不可以忘战",此即山涛论用兵本意之大略,通俗而言就是不忘战备。只有加强战备才能"息役弭兵",不忘战是为止战。至于山涛论用兵之妙义,惜其早佚,不可得知。

山公的"阇与之理会",义同王夷甫所说的"阇与道合"。"阇与道合"一语至少有两种涵义:一是如时人所言,"山涛不学孙、吴,而阇与之理会"。不读书能暗与理会,当然靠悟性。魏晋有些清谈之士,并非都是饱学之士,譬如《庄子》没读过几卷,悟性好的,清谈亦庶几"阇与之理会"。二是如王夷甫推叹,"涛唵唵为与道合,其深不可测"。这里描述山涛的神情风度:平素简默少言,深沉不露,而一旦有所行、有所言,便合乎道。《赏誉》10 说:"见山巨源如登山临水,幽然深远。"刘孝标注引顾恺之《画赞》说:"涛无所标明,淳深渊默,人莫见其际,而其器亦入道。故见者莫能称谓,而服其伟量。"山涛不显山露水,人见之只见幽然深远,难测涯际,但"其器亦入道"。他之所以"阇与道合",是因为其器入道。竹林七贤中,嵇康、向秀善谈论,二人常相互驳难。嵇康有《声无哀乐论》、《养生论》等名论。山涛不以善谈著名,为人简默,这与个性有关,也是谨慎,是险恶政治生态下生成的一种保护色。不过,山涛并不是不能谈。《赏誉》21 说:"人问王夷甫:'山巨源义理如何?是谁辈?'王曰:'此人不肯以谈自居,然不读《老》《庄》,时闻其咏,往往与其旨合。'"据王夷甫所说,山涛虽不以谈著名,但"时闻其咏"——有时也谈论。不读《老》《庄》,却往往与其旨合。此即"阇与道合"之谓也。山涛论孙、吴用兵之本意,不读孙、吴之书,同不读《老》《庄》,却能与旨合一样。再有,比如劝嵇绍出仕,说:"为君思之久矣,天地四时犹有消息,而况人乎。"也是"阇与道合"的佳例。

112. 羊祜评王夷甫

王夷甫父乂为平北将军,有公事,使行人论,不得。时夷甫在京师,命驾见仆射羊祜、尚书山涛。夷甫时总角,姿才秀异,叙致既快,事加有理,涛甚奇之。既退,看之不辍,乃叹曰:"生儿不当如王夷甫邪?"羊祜曰:"乱天下者,必此子也。"《晋阳秋》曰:"夷甫父义有简书,将免官。夷甫年十七,见所继从舅羊祜,申陈事状,辞甚俊伟。祜不然之,夷甫拂衣而起。祜顾谓宾客曰:'此人必将以盛名处当世大位,然败俗伤化者必此人也。'"《汉晋春秋》曰:"初羊祜以军法欲斩王戎,夷甫又忿祜言其必败,不相贵重。天下为之语曰:'二王当朝,世人莫敢称羊公之有德。'"(《识鉴》5)

王夷甫遵父命见仆射羊祜、尚书山涛,据程炎震、余嘉锡《笺疏》考证,时在晋武帝泰始五年(269)。夷甫是个容貌整丽、姿质聪慧、言语便捷的天才少年,陈述父亲的公事,要点明确,口齿利落,山涛非常欣赏。退走后,仍看之不辍,赞叹说:"生儿不当如王夷甫邪?"《晋书》卷四三《王衍传》的记载比《世说》更详细,说是山涛嗟叹良久,既去,目送之曰:"何物老妪,生宁馨儿!然误天下苍生者,未必非此人也。"然《识鉴》此条所记与《晋书·王衍传》不同:赞美之词出于山涛,预言夷甫未来之语属之于羊祜。再看刘孝标注引《晋阳秋》,夷甫申陈父事后,羊祜不欣赏,夷甫拂衣而起,祜顾谓宾客曰:"此人必将以盛名处当世大位,然败俗伤化者必此人也。"而无山涛。据上,《世说》《晋阳秋》《晋书》记载不一致。比较三种记载,笔者以为还是《世说》可能更接近真实。否则,《晋书》记山涛预言"然误天下苍生者,未必非此人也",《晋阳秋》记羊祜预言"然败俗伤化者必此人也",意思全同,若出现在同一场合,不合情理。《世说》此条记山涛欣赏夷甫"姿才秀异",羊祜预见夷甫未来败俗伤风,圆通无碍。故"识鉴"归之于羊祜。

王世懋说:"羊公识更高于巨源。"如果从识鉴着眼,王氏之评当然成立。山涛毕竟有名士风度,纯粹欣赏王夷甫的秀异风神,属于人物风度的审美。羊祜则是道德楷模,故从道德预判王夷甫。《晋书》卷三四《羊祜传》言祜"以道素自居,恂恂若儒者","贞悫无私,疾恶邪佞"。一个以德服人,作风谨慎之人,自然不欣赏夷甫言论便捷之狂态。

羊祜的预见,堪称精准。日后王夷甫果然有盛名处当世大位,果然成为浮虚之风中的领袖人物。《晋书》卷四三《王衍传》说:"衍既有盛才美貌,明悟若神,常自比子贡。兼声名籍,甚倾动当世。妙善玄言,唯谈《老》《庄》为事。每捉玉柄麈尾,与手同色,义理有所不安,随即改更,世号'口中雌黄',朝野翕然,谓之一世龙门矣。累居显职，后进之士，莫不景慕放效，选举登朝，皆以为称首。矜高浮诞，遂成风俗焉。"魏晋以何晏、王弼为首的正始名士，祖述老庄，立论"以无为本"，融合儒道二家，奠定魏晋玄学的理论基础，对中国哲学贡献甚巨。继之以王衍为代表的中朝名士，大倡贵无之论，风气所及，唯谈《老》《庄》为事，浮虚习气弥漫整个社会。王夷甫"口中雌黄"，其实理论上无有独创性，远不逮何晏、王弼。干宝《晋纪总论》论西晋灭亡的诸多原因，其一即是学风、士风的浮虚："学者以庄老为宗而黜六经，谈者以虚薄为辩而贱名俭，行身者以放浊为通而狭节信，进仕者以苟得为贵而鄙居正，当官者以望空为高而笑勤恪。是以目三公以萧杌之称，标上议以虚谈之名，刘颂屡言治道，傅咸每纠邪正，皆谓之俗吏。其倚杖虚旷，依阿无心者，皆名重海内。"平心而论，中朝覆灭的主因是王室内乱，但重《老》《庄》、轻经学的学风以及以望空为高的官场习气，也有不可忽略的负面作用。上述风气的形成，与王衍"唯谈《老》《庄》为事"的风气极有关系。于此看来，羊祜当年预言王夷甫"败俗伤风者必此人也"，得到完全的证实。

113. "人生贵得适意尔"

张季鹰辟齐王东曹掾，在洛，见秋风起，因思吴中菰菜羹、鲈鱼脍，曰："人生贵得适意尔，何能羁宦数千里以要名爵？"遂命驾便归。俄而齐王败，时人皆谓为见机。《文士传》曰："张翰字季鹰，父俨，吴大鸿胪。翰有清才美望，博学善属文，造次立成，辞义清新，大司马齐王同辟为东曹掾。翰谓同郡顾荣曰：'天下纷纷未已，夫有四海之名者，求退良难。吾本山林间人，无望于时久矣。子善以明防前，以智虑后。'荣捉其手，怆然曰：'吾亦与子采南山蕨，饮三江水尔。'翰以疾归，府以辄去除吏名。性至孝，遭母艰，哀毁过礼。自以年宿，不营当世，以疾终于家。"(《识鉴》10)

张季鹰(翰)辟齐王东曹掾，曹道衡、沈玉成《中古文学史料丛考》"张翰出处"条以为在晋惠帝永宁元年(301)六月后，永宁二年，张翰见秋风起而思鱼脍，赋归当在二年八九月间。此说未必正确。张季鹰入洛，是听闻贺循入洛而俱北去，其事见于《任诞》22："贺司空入洛赴命，为太孙舍人，经吴阊门，在船中弹琴。张季鹰本不相识,先在金阊亭,闻弦甚清,下船就贺,因共语,便大相知说。问贺:'卿欲何之?'贺曰:'入洛赴命,止尔进路。'张曰:'吾亦有事北京,因路寄载。'便与贺同发。初不告家,家追问,乃知。"考《晋书》卷六八《贺循传》:循为武康令,著作郎陆机上疏荐之,久之,召补太子舍人。《晋书》卷五四《陆机传》说:"后太傅杨骏辟为祭酒。会骏诛,累迁太子洗马、著作郎。"据《晋书》卷四《惠帝纪》,永平元年(291)三月诛杨骏,则陆机上疏荐贺循大概在此年不久,或元康二三年(292或293)。贺循入洛赴命,而张季鹰随贺循俱北,也应该在元康初。至于永平元年之后,天下已大乱,贺循岂会见乱由吴入洛?张翰更不可能随贺入洛。

　　弄清楚张翰入洛的大致时间,对于理解他的弃官归吴是有帮助的。张翰命驾归吴,主要是纵任不拘的个性所致。《晋书》卷九二《张翰传》说:翰纵任不拘,时人号为"江东步兵"。从《任诞》22分析,他的入洛并不是朝廷征命,而是临时起意,一时心血来潮。所谓"吾亦有事北京",不过是想与循同载而往北即兴编造。他大概觉得天下一统了,中原是古圣先贤的胜迹所在,不妨北上游观。入洛之后,或许得到贺循的推荐,齐王冏辟他为大司马东曹掾。他的性格纵任不拘,必定觉得做官是件苦事,秋风起,便思吴中佳味而归乡。性格决定一切。中国古代弃官归乡者很多,但决定性的原因还是个性。范晔《后汉书》卷八三《逸民列传》论隐逸的各种原因,概括说:"然观其甘心畎亩之中,憔悴江海之上,岂必亲鱼鸟乐林草哉,亦云性分所至而已。"指出喜欢隐逸乃性分所至。性分即个性,个性即自然。

　　张翰"人生贵得适意尔,何能羁宦数千里以要名爵"二语,是他的人生价值观的集中表达,植根于纵情任放的个性。"人生贵得适意"是贵自然,"羁宦数千里以要名爵"乃重名教。张翰以为自然贵于名教,这是源于道家的人生哲学。向秀、郭象《逍遥义》说:大鹏、尺鷃,"小大虽殊,各任其性,逍遥一也"。《庄子·秋水》描写庄子不愿做庙堂之上的神龟,情愿做在泥路上拖着尾巴的活乌龟,形象地诠释了人生贵得意、弃名爵的现世人生哲学。《庄子》的适性自得,享受现世欢乐的自然观,在魏晋时期引起巨大的历史回音。嵇康"越名教而任自然"的命题,承袭庄子追求自由的精神,有着强烈的批判现实意义,追究它的本质,仍然是赞美普遍的人性——纵放情欲,以自然为贵。他的《难自然好学论》说:"六经以抑引为主,人性以从欲为欢。抑引则违其愿,从欲则得自然。"还有《四言赠秀才入军》诗说:"身贵名贱,荣辱安在。贵得肆志,纵心无悔。"都是"越名教而任自然"的反复表达。显然,张翰"人生贵得适意"二语,直接继承嵇康的精神。

张翰弃官归吴，也是见时局险恶而激流勇退。他对同郡顾荣说："天下纷纷未已，夫有四海之名者，求退良难。吾本山林间人，无望于时久矣。子善以明防前，以智虑后。"山林间人本无望于名爵，故求退相对容易，离世网就远。清文廷式《纯常子枝语》卷五说："季鹰真可谓明智矣。当乱世，唯名为大忌。既有四海之名而不知退，则虽善于防虑，亦无益也。季鹰、彦先皆吴之大族。彦先知退，仅而获免。季鹰则鸿飞冥冥，岂世所能测其深浅哉？陆氏兄弟不知此义，而干没不已，其沦胥以丧非不幸也。"确实，张翰贵适意，陆机兄弟要名爵，结果前者享受自然，后者死于非命，证明"任心自适，不求当世"的人生哲学是大智慧。可以肯定，倘若名教与自然永远对立，名教依仗暴力永远压抑自然、矫励自然，则张翰"人生贵得适意"二语，就永远闪耀智慧之光。

114. 刘真长不忧殷浩不起

王仲祖、谢仁祖、刘真长俱至丹阳墓所省殷扬州，殊有确然之志。《中兴书》曰："浩栖迟积年，累聘不至。"既反，王、谢相谓曰："渊源不起，当如苍生何？"深为忧叹。刘曰："卿诸人真忧渊源不起邪？"（《识鉴》18）

王仲祖（濛）、谢仁祖（尚）、刘真长（惔）一起到丹阳看望殷扬州（浩）。当时，殷浩守父丧，居于墓庐已多年了。去看望的主要目的是请殷浩出仕。可是，殷"殊有确然之志"，即隐遁之志坚确不移。王、谢诸人告辞后，议论说："渊源（殷浩字）不起，苍生怎么办呢？"深为忧虑叹息。

殷浩坚持不出仕，与东晋崇尚隐逸风气有关。《晋书》卷七七《殷浩传》说："三府辟，皆不就。"后来做过一阵子征西将军庾亮的记室参军。安西将军庾翼请为司马、除侍中，皆并称疾不起。以后独居墓所积年，时人比之仲管、诸葛亮，名声之盛，朝野宗尚。王濛、谢尚甚至依据殷浩的出仕或隐居，来占卜江左兴亡。似乎殷浩若出山，江左便兴；殷浩若隐遁，江左就亡。一个大名士的或出或处，真是举足轻重，能影响到国家兴亡，时代盛衰。有这等事吗？

先是庾翼致书殷浩，谓："足下少标令名，十余年间，位经内外，而欲潜居利贞，斯理难全，且夫济一时之务，须一时之胜，何必德均古人，韵齐先达邪？"以为当今社稷安危,仅靠何(充)、褚(裒)诸君以及庾、桓几个大族,恐不保长治久安。又说足下十余年间隐居,这道理上讲不通。意思是说为社稷计,你不能安然隐居。接着评论中朝名士之冠王夷甫"立名非真","而乃高谈《庄》《老》,说空终日,虽云谈道,实长华竞","凡明德君子,遇会处际,宁可然乎?",婉转地劝说殷浩乘时而出。庾翼胸有大志,作风务实,故劝殷浩出仕。

后来庾翼、弟庾冰及何充等相继卒,简文帝始综理万机,卫将军褚裒推荐殷浩,征为建武将军、扬州刺史。浩上疏谦让,并致书简文。简文答复道:"足下沈识淹长,思综通练,起而明之,足以经济。若复深存挹退,苟遂本怀,吾恐天下之事于此去矣。今纮领不振,晋网不纲,愿蹈东海,复可得邪?由此言之,足下去就,即是时之废兴;时之废兴,则家国不异。足下弘思之,静算之,亦将有以深鉴可否,望必废本怀、率群情也。"(以上均见《晋书》卷七七《殷浩传》)相比庾翼致殷浩书,简文帝复函就有浮虚的味道了。比如说殷浩若出,足以经济当世;若不出,天下之事于此去矣。又说:"足下去就,即是时之废兴。"殷浩被描绘成救世主,真是夸张得很。简文的说法与王濛、谢尚全同。崇尚隐士的例子上古就有,但以为隐士或出或处事关天下的兴亡,这种特别的文化现象,似乎只有东晋才有,后世罕见,今人就只有不可思议了。不唯王濛、谢尚、简文把殷浩看作救世主,殷浩作扬州刺史后,看王羲之亦复如是。《晋书》卷八〇《王羲之传》载,朝廷公卿爱慕羲之才器,频招为侍中、吏部尚书,皆不就。复授护军将军,又推迁不拜。扬州刺史殷浩遗书说:"悠悠者以足下之出处足观政之隆替,如吾等亦谓之然。"仿佛天下苍生皆盼彼等隐士之拯救,何其可笑乃尔。过度推崇隐逸,结果必定助长浮虚之风。

但同是一流的清谈家刘惔,却表现出十分的清醒。当王濛、谢尚为殷浩坚持不出深感忧虑时,他反问:"卿诸人真忧渊源不起邪?"以为殷浩必起。事情正如刘惔所料,殷浩频频谦让了几个月,最终受拜扬州刺史。王世懋说:"真长能识殷浩,驾驭桓温,岂可王、刘并称。"时人以王濛、刘惔齐名并称,然论识鉴卓绝,刘惔确实高出王濛。真长不仅能识殷浩,也能识桓温。再有真长发言,往往一针见血,不肯饶人,个性鲜明。

只是我们不知,刘惔当初是否也能料到殷浩后来的失败。被王濛、谢尚、简文看作救世主的殷浩,北伐惨败,废为庶人。证明先前伺殷浩出处以卜江左兴亡的那些人,是多么滑稽。

115. 谢公在东山携妓游肆

谢公在东山畜(蓄)妓,简文曰:"安石必出,既与人同乐,亦不得不与人同忧。"宋明帝《文章志》曰:"安纵心事外,疏略常节,每畜女妓,携持游肆也。"(《识鉴》21)

谢安未出仕前,隐居会稽东山,携妓游肆。简文帝以为谢安必出山,依据是孟子倡导的仁政。《孟子·梁惠王下》叙梁惠王好乐,孟子跑去同王谈音乐。王问孟子:"独乐乐,与人乐乐,孰乐?"孟子答:"不若与人。"王又问:"与少乐乐,与众乐乐,孰乐?"孟子答:"不若与众。"随后解说与民同乐的问题,得出结论:"今王与民同乐,则王矣。"意思说,如果王与百姓一同娱乐,就可以天下归服了。简文用与民同乐的典故,是说谢安既与人同乐,亦不得不与人同忧天下事,安必将出仕也。其实,谢安在东山蓄妓是"独乐乐",哪里是"与人同乐"呢?何况"与人同乐"者,并不一定"与人同忧"。简文"同乐""同忧"的理由,牵强而不合逻辑。谢安后来出为桓温司马,是由于其弟谢万北伐惨败,考虑到家族要发展,才决定出山。

值得注意的倒是谢安在东山蓄妓的文化意义。我们看刘孝标的注,完全忽略简文之语的来历,而是用宋明帝的《文章志》,关注的正是谢安东山蓄妓的生活情趣。

追溯蓄妓及携持游肆风气,起源自昔。《三国志·魏志·张既传》裴松之注引《魏略》:"(张)楚不学问,而性好遨游音乐。乃畜歌者,琵琶、筝、箫,每行来将以自随。"至南朝,此风更盛。《世说》一书中与妓乐有关的记载有《方正》40"王丞相作女伎",《任诞》25 注引邓粲《晋纪》:"王导与周顗及朝士诣尚书纪瞻观伎。"由此可知王导、纪瞻皆蓄妓。当然,东晋豪富之家蓄妓肯定不止王导、纪瞻。

谢安隐居东山,又携妓游肆,与王导、纪瞻的单纯欣赏妓乐不完全一样。他开始把山水、音乐、美人三者,完美地结合在一块。东晋隐士多如牛毛,著名隐士仅《世说》所载,就有许询、何准、刘骥之、孟陋、戴安道等,但似乎都不见有携妓游肆的记载,唯有谢安蓄妓,作妓乐,并带着妓女游赏山水。谢安真是风流,自与一般隐士不同。自此,蓄妓游肆成了文人雅士不可或缺的生活内容,津津乐道与仿效者不可胜数。如李白《宣城送刘副使入秦》:"君携东山妓,我咏北门诗。"《携妓登梁王栖霞山孟氏桃园中》:"谢公自有东山妓,金屏笑坐如花人。"《示金陵子》:"谢公正要东山妓,携手林泉处处行。"白居易《夜宴醉后留献裴侍中》:"南山宾客东山妓,此会人间曾有无。""东山妓"遂为文学中之熟典。在中国文化史上,谢安东山蓄妓的行为,深刻地影响着中国文人的生活情趣与审美活动,影响着中国文学与艺术,有着非同一般的意义。

116. 郗超不以爱憎匿善

　　郗超与谢玄不善。苻坚将问晋鼎,既已狼噬梁、岐,又虎视淮阴矣。车频《秦书》曰:"苻坚字永固,武都氐人也。本姓蒲,祖父洪,诈称谶文,改曰苻。言己当王,应符命也。坚初生,有赤光流其室。及诞,背赤色隐起若篆文。幼有美度。石虎司隶徐正名知人,坚六岁时尝戏于路,正见而异焉,问曰:'苻郎,此官街,小儿行戏,不畏缚邪?'坚曰:'吏缚有罪,不缚小儿。'正谓左右曰:'此儿有王霸相。'石氏乱,伯父健及父雄西入关,健梦天神使者朱衣冠,拜肩头为龙骧将军。肩头,坚小字也。健即拜为龙骧,以应神命。后健僭帝号死,子生立,凶暴,群臣杀之而立坚。坚立十五年,遣长乐公丕攻没襄阳。十九年,大兴师伐晋,众号百万,水陆俱进,次于项城。自项城至长安,连旗千里,首尾不绝,乃遣告晋曰:'已为晋君于长安城中建广夏之室,今故大举渡江相迎,克日入宅也。'"于时朝议遣玄北讨,人间颇有异同之论。唯超曰:"是必济事。吾昔尝与共在桓宣武府,见使才皆尽,虽履屐之间,亦得其任。以此推之,容必能立勋。"元功既举,时人咸叹超之先觉,又重其不以爱憎匿善。《中兴书》曰:"于时氐贼强盛,朝议求文武良将可镇靖北方者,卫大将军安曰:'唯兄子玄可任此事。'中书郎郗超闻而叹曰:'安违众举亲,明也。玄必不负其举。'"(《识鉴》22)

　　郗超与谢玄不善,见于《晋书》卷六七《郗超传》:"常谓其父名公之子,位遇应在谢安右,而安入掌机权,憎优游而已。恒怀愤愤,发言慷慨,由是与谢氏不穆。安亦深恨之。"其实,郗超因其父郗愔名位不及谢安,仅是郗超与谢安不善之次要原因。主要原因是郗超属桓温党羽,而谢安忠于晋室,两人所属政治阵营对立。桓温废海西公、立简文帝、芟夷朝臣……郗超无不参与机密,谢安嘲讽"郗生可谓入幕宾也"。桓温欲诛谢安、王坦之(见《雅量》27),也是桓温与郗超设计。可以肯定,谢安对这位专杀生之盛的桓温死党,必定鄙视且忌恨异常。即便温死后,超仍为桓党。晋孝武帝宁康三年(375),桓冲欲以扬州让谢安,桓氏族党皆以为非,郗超亦深止之,不乐见安执掌京畿大权(见《资治通鉴》卷一〇三《晋纪》二五)。《郗超传》谢安"深恨郗超",实在有很多原因。

谢玄北讨苻坚的时间,也有必要作考证。此条说:"苻坚将问晋鼎,既已狼噬梁、岐,又虎视淮阴矣。"刘孝标注引车频《秦书》,谓前秦苻坚建元十五年,即晋太元四年(379),遣长乐公丕攻没襄阳。建元十九年,即晋太元八年,大兴师伐晋。考《晋书》卷九《武帝纪》,宁康元年(373),"十一月,苻坚将杨安陷梓潼及梁、益二州"。此所谓"狼噬梁、岐"也。太元四年(379)二月,苻坚使其子丕攻陷襄阳,执中郎将朱序。五月,苻坚将句难、彭超陷盱眙。六月,征虏将军谢玄及超战于君川,大破之。在此之前的太元二年,谢玄为兖州刺史、广陵相,临江北诸军,应对苻坚"虎视淮阴"的军事局面。据《资治通鉴》卷一〇四《晋纪》二六,郗超卒于太元二年十二月,然《晋书》本传不载卒年,仅云"年四十二,先愔卒"。而托名陶潜的《搜神后记》卷二说:"超病逾年乃起,至四十卒于中书郎。"未知四十、四十二何者为是。若《资治通鉴》可信,则朝议遣谢玄北讨及郗超以为玄"是必济事",当在太元二年。当时对于谢玄镇守江北颇有不同之论,谢安说:"唯兄子玄可堪此任。"郗超闻之而叹曰:"安违众举亲,明也。玄必不负其举。"郗超之言有先见之明,更难得的是"不以爱憎匿善"。

郗超与谢安不穆,乃是政治集团利益不同而引起的爱憎。在人类社会中,由于政治立场冲突而引起的个人之间的爱憎属于人之常情。然而,爱憎之上还有善恶、是非、美丑等普世的价值观。不能因为个人之间的爱憎感情,以致模糊甚至颠倒普世的价值观。理性应该超越爱憎,爱憎必须服从理性。若爱憎主宰一切,必然毁誉随之,善恶颠倒,褒贬失准。谢安违众举亲,为民族利益而举善;郗超也因民族利益,不以爱憎匿善。故郗超虽是桓温党羽,与谢安不穆,但懂得爱憎之上还有善恶、是非等更重要的道德评判。他毕竟是大名士,得到当时才俊的崇尚,自有人格上的优长。

117. 王珣评殷仲堪为荆州刺史

王忱死,西镇未定,朝贵人人有望。时殷仲堪在门下,虽居机要,资名轻小,人情未以方岳相许。晋孝武欲拔亲近腹心,遂以殷为荆州。事定,诏未出,王珣问殷曰:"陕西何故未有处分?"殷曰:"已有人。"王历问公卿,咸云非。王自计才地,必应在己。复问:"非我邪?"殷曰:"亦似非。"其夜,诏出用殷。王语所亲曰:"岂有黄门郎而受如此任!仲堪此举,乃是国之亡征。"《晋安帝纪》曰:"孝武深为晏驾后计,擢仲堪代王忱为荆州。仲堪虽有美誉,议者未以方岳相许也。既受腹心之任,居上流之重,议者谓其殆矣。终为桓玄所败。"(《识鉴》28)

晋孝武帝太元十七年(392)十月,荆州刺史王忱卒。朝廷还未定荆州刺史的新人选,朝中贵臣人人都觉得自己有望获得此职位。缘何如此?因为荆州刺史的职位太重要了。自古以来,江左重镇莫过于荆州与扬州。《三国志·蜀志·诸葛亮传》说:"荆州北据汉、沔,利尽南海,东连吴会,西通巴蜀,此用武之国。"荆州踞于长江上游,为东西南北的交通枢纽,历来是军事重镇。东晋时荆州为西部边陲,处于防御北方异族军队的前线,非朝廷信任之人不能作荆州刺史。《纰漏》8说:"朝论或云,(王)国宝应作荆州。"此条说王珣"自计才地,必应在己"。可见,人人都觊觎荆州刺史,似乎"朝贵人人有望"得此要职。

殷仲堪能清言,善属文。居父丧,以孝闻。医术精妙,儒道兼善,为时人爱慕。孝武帝召为太子中庶子,甚相亲善。复领黄门郎,为帝宠信。不过,殷仲堪之前仅做过著作郎、谢玄长史等职位较低的官,未任过太守、刺史等重要职位。故仲堪虽然得到孝武帝宠信,居于黄门郎的机要地位,毕竟"资名轻小,人情未以方岳相许"。孝武帝以为会稽王道子非社稷之臣,欲选拔亲近腹心以为藩捍,乃授仲堪都督荆益宁三州军事、振威将军、荆州刺史、假节,镇江陵。

荆州刺史新人选已定,诏书尚未下。王珣问仲堪荆州刺史是谁,仲堪回答皆非。二人的精妙对话,真实传达出当时情景。对话中插入王珣"自计才地,必应在己"的心理描写,刻画他的自恃和自负,为下面评论仲堪作了铺垫。"资名轻小"的殷仲堪居然被授予荆州刺史,确实出于朝野的意料。《晋书》卷八三《王雅传》说:"雅以(王)恭等无当世之才,不可大任,乃从容曰:'……仲堪虽谨以细行,以文义著称,亦无弘量,且干略不长。若委以连率之重,据形胜之地,今四海无事,足能守职,若道不常隆,必为乱阶矣。'"王雅之评,是对殷仲堪为人以及才具的正确评价。王雅又以为,若委任仲堪为荆州刺史的重任,形势一变坏,则"必为乱阶矣"。不幸王雅的预言,不久就得到证实。至于王珣,批评更率直:"岂有黄门郎而受如此任!仲堪此举,乃是国之亡征。"孝武帝把长江上游的形胜之地荆州,交托给黄门郎殷仲堪,也被历史证明确是"亡国之征"。

古往今来,中国历史上凡事关重大的任命,往往是权贵集团内部斗争的产物,伴随着许多的算计、倾轧、阴谋,甚至杀戮。孝武帝任命殷仲堪为荆州刺史亦是如此。在《晋书·殷仲堪传》中,孝武帝任命殷仲堪的原因只有寥寥数语,任命的过程和细节完全省略了。余嘉锡《笺疏》以其博学和高明的史识,揭示任命仲堪为荆州刺史过程中女尼妙音和桓玄的作用,呈现出被历史灰尘蒙蔽了的具体历史场景和细节。余氏依据的是梁释宝唱《比丘尼传》卷一的记载:女尼妙音得到晋孝武帝、太傅会稽王道子的敬奉,常与帝、司马道子及朝中学士谈论属文。一时内外才义者,皆走妙尼之门,门有车马每日百余乘。荆州刺史王忱死,孝武帝意欲以王恭代之。时桓玄在江陵,为忱所折挫,听说以王恭代王忱,向来又忌惮恭。桓玄想,殷仲堪才弱,如果仲堪作荆州刺史,就容易对付了。于是派人走妙音后门,为仲堪谋得荆州刺史。当孝武帝问妙音:"外面议论谁可作荆州刺史?"妙音回答:"好像朝廷内外谈论者,都说无人比殷仲堪更好,以其意虑深远,荆、楚所须。"孝武帝点头,于是以殷仲堪代王忱。余氏据《比丘尼传》之传闻,评论说:"荆州地处上游,控制胡虏,为国藩屏,历来皆以重臣坐镇。孝武方为身后之计,故欲移恭当此巨任。而又虑无人代恭,乃访外论于妙音,而桓玄之计得行。玄之为此,必尝与仲堪相要约,虽所谋得遂,固已落其度内矣。宜乎为玄所制,听人穿鼻,随之俯仰,不敢少立异同。称兵作乱,狼狈相依。逮乎玄既得志,争权不协,情好渐乖,驯至举兵相图。而玄势已成,卒身死其手,而国亦亡。王珣之言,不幸而中矣。"余嘉锡《笺疏》发千年未发之覆,精彩至极,历史的暗处遂大白于天下。

正如王珣所言,仲堪作荆州刺史,果然是亡国之征。仲堪能清言,善属文,本质上是个文士,并无治理大州的才干。"及在州,纲目不举,而好行小惠。"(《晋书》本传)渐为桓玄制御,最终竟为玄所杀,荆州遂落入玄之手。不久,桓玄率军攻入建康,晋朝名存实亡。

赏誉第八

118. 世目李元礼

世目李元礼"谡谡如劲松下风"。《李氏家传》曰:"膺岳峙渊清,峻貌贵重,华夏称曰:'颍川李府君,颙颙如玉山。汝南陈仲举,轩轩如千里马。南阳朱公叔,飂飂如行松柏之下。'"(《赏誉》2)

汉末人物品题之风盛行,内容偏重于人物的品行、学问、道德,且一改之前的语言质直,变为多用自然物象作比喻,摄取人物的整体精神、气质和风度。看似具体可感,实质抽象难会,有不可言传之美感。然抽象之意蕴,非解释具象而不可得。玄学家喜称"得意忘言"、"得意忘象",但若无有言、象,终究不能得意。

世目李元礼"谡谡如劲松下风",是以自然景物比喻李元礼的整体精神品格,既具象,又抽象。"谡谡如劲松下风"是具象,蕴含的意义是抽象。如何体会"谡谡如劲松下风"的美感内涵,从而理解李元礼的人格之美,仍须解释。而解释的途径,须由"谡谡如劲松下风"而入。

"谡谡",劲风声。清方以智《通雅》卷一〇:"《世说》:'谡谡如松下风。'与肃肃通。《仪礼》(尸谡),谓神去尸起也。""谡谡如松下风"蕴含两种意象:一是劲风。劲风凛冽,尤其是寒冬之劲风,谡谡而来,威严肃杀,荡涤山河,震撼枯枝败叶,势不可挡。二是青松。松柏历来象征坚不可摧的人格,夫子赞叹松有后凋之节操。威严肃杀的劲风,在后凋之松柏下谡谡而过,给人以坚定、峻切、刚正的感染力。李膺的精神气质、道德力量,人格的刚直与劲利,由"谡谡如松下风"的具象传达出来,独具动人的美感。叶梦得《玉涧杂书》曾把李元礼与东晋王微相提并论。他说:"晋人好为人作题目,李元礼曰谡谡如劲松下风。刘真长亦云,人言王荆产佳,此想长松下当有清风耳。荆产,王微小字也。微自非元礼之比,然萧瑟幽远,飘拂虚谷之间,自是王微风度。而力排云雨,撼摩半空,此非元礼谁可比拟。山居常患无胜士,往来每行松间,时作此想,便觉二人相去不远。"其中谈到"谡谡如劲松下风"与"长松下当有清风"两种具象的不同美感,有可取之处。前者"力排云雨,撼摩半空",后者"萧瑟幽远,飘拂虚谷之间"。然叶梦得又说李膺、王微"二人相去不远",皆比作山居"胜士",似乎未达一间。"长松下清风"与"劲松下风",初看皆是松下风,其实表现的美感不同。前者如叶氏所描述,"萧瑟幽远,飘拂虚谷之间",可以称之为山居胜士之风度;后者"力排云雨,撼摩半空",那是志士、节士、斗士的风度,两者岂可混为一谈?

世目李元礼"谡谡如劲松下风",正确而传神。史书中的李元礼,确实如凌厉之风,谡谡从劲松下过,偃了杂草,折了枯枝,荡涤大地,撼摩长空。秽浊者望风丧胆,节义者闻风感奋。桓帝闻李膺能,征为度辽将军,先是羌虏及龟兹、疏勒,常常攻钞张掖、酒泉、云中诸郡。自李膺驻守边境,皆望风惧服。此"谡谡如劲松下风","声振远域"也。李膺拜司隶校尉,时张让弟朔为野王令,贪残无道,甚至杀孕妇,闻李膺拜司隶校尉,惧罪逃还京师,藏在中空的柱子中。李膺得知后,率将吏破柱取朔,付洛阳狱杀之。"自此诸黄门常皆鞠躬屏气,休沐不敢复出宫省。帝怪问其故,并叩头泣曰:'畏李校尉。'"此"谡谡如劲松下风",荡涤污秽也。后宦官搜捕党人,乡人劝膺逃走。李膺回答:"事不辞难,罪不逃刑,臣之节也。"于是诣狱,考掠而死(以上均见《后汉书》卷六七《李膺传》)。此如劲松挺立于天崩地裂之际,宁折不弯也。

李膺的人格美感,刘孝标注引《李氏家传》"膺岳峙渊清,峻貌贵重"二语,也值得注意。"岳峙渊清"者,以山岳耸峙,渊水清澈,比喻精神气质之高峻,品德节操之清正。"峻貌贵重"之"峻",本义为山高貌,与"岳峙"义同。"贵重",指名誉之贵,不妄交游。《李膺传》说"膺性简亢,无所交接","独持风裁,以声名自高。士有被其容接者,名为登龙门",可作"峻貌贵重"一语的注解。

119. 谢子微见许子将兄弟

谢子微见许子将兄弟,曰:"平舆之渊,有二龙焉。"见许子政弱冠之时,叹曰:"若许子政者,有干国之器。正色忠謇,则陈仲举之匹;《汝南先贤传》曰:"谢甄字子微,汝南邵陵人。明识人伦,虽郭林宗不及甄之鉴也。见许子将兄弟弱冠时,则曰：'平舆之渊有二龙。'仕为豫章从事。许虔字子政，平舆人。体尚高洁，雅正宽亮。谢子微见虔兄弟叹曰：'若许子政者，干国之器也。'虔弟劭，声未发时，时人以谓不如虔，虔恒抚髀称劭，自以为不及也。释褐为郡功曹，黜奸废恶，一郡肃然。年三十五卒。"《海内先贤传》曰："许劭字子将，虔弟也。山峙渊停，行应规表。邵陵谢子微高才远识，见劭十岁时，叹曰：'此乃希世之伟人也。'初，劭拔樊子昭于市肆，出虞承贤于客舍，召李叔才于无闻，擢郭子瑜于小吏。广陵徐孟本来临汝南，闻劭高名，召功曹。时袁绍以公族为濮阳长，弃官还，副车从骑，将入郡界，乃叹曰：'许子将秉持清格，岂可以吾舆服见之邪？'遂单马而归。辟公府掾，敦辟皆不就。避地江南，卒于豫章也。"伐恶退不肖，范孟博之风。"张璠《汉纪》曰："范滂字孟博，汝南伊阳人，为功曹，辟公府掾。升车揽辔，有澄清天下之志。百城闻滂高名，皆解印绶去。为党事见诛。"(《赏誉》3)

谢子微（甄）目许子将兄弟为"平舆二龙"，赞叹年在弱冠的许子政（虔）兼有"陈仲举之匹"和"范孟博之风"，评价极高。然令人不解者，谢子微既已赞誉许子将、许子政兄弟为"平舆二龙"，为何对许子将未置一词？难道是刘义庆编《世说》一时疏忽所致？刘孝标大概意识到这一点，故注引《海内先贤传》，介绍谢子微目许劭曰"此乃希世之伟人"，以及许子将拔士之精准。经孝标注释，谢子微目"平舆二龙"就完整了。

但《后汉书》卷六八《郭泰传》附《谢甄传》不载谢子微有识鉴之明，故余嘉锡《笺疏》说："《汝南先贤传》乃言其知人过于林宗，殆不免阿私乡曲之言也。"余氏之论，恐须商榷。若说《汝南先贤传》说谢子微知人过于林宗是鄙陋之言，则《海内先贤传》亦称"邵陵谢子微高才远识"，难道也是"阿私乡曲之言"？《后汉书·郭泰传》说谢子微与边让并善谈论，俱有盛名，可证谢子微有知人之明非是杜撰。至于是否知人过于林宗，无法证实，乃属另一问题。因为《谢甄传》不载其品目人物，便怀疑《汝南先贤传》是"阿私乡曲之言"，也许并不妥当。

此则故事的重点，倒是在许子将的品目人物。刘孝标注引《海内先贤传》说："初，劭拔樊子昭于市肆，出虞承贤于客舍，召李叔才于无闻，擢郭子瑜于小吏。"例举许劭拔四贤于微贱之中，证明《后汉书》卷六八《许劭传》所谓"言天下拔士者，咸称许、郭"是可信的。而许子将兄许子政，在《许劭传》里只有两句话："兄虔亦知名，汝南人称平舆渊有二龙焉。"似可见许子将的实际声名远高于许子政。

许子将识鉴人物在当时负有盛名。《海内先贤传》说：袁绍弃官还，将入汝南郡界，乃叹曰："许子将秉持清格，岂可以吾舆服见之邪？"遂单马而归。"秉持清格"，指许子将主持清议人物。袁绍觉得以舆服见许子将，太过排场，必不得许子将之佳目，于是"单马而归"，俭朴不张扬。此事印证许字将品鉴人物，影响当时风气。再如曹操微时，乔玄建议操交许子将，子将鄙视操之为人，不愿品目。操胁迫之，子将无奈，称操"治世之能臣，乱世之奸雄"。操大笑而去（见《识鉴》1）。可见许子将品目人物的影响之巨，而评曹操之语精当，百世不易。

后世论许子将，褒贬不一。批评者如魏时蒋济《万机论》说："许子将褒贬不平，以拔樊子昭而抑许文休。刘晔曰：'子昭拔自贾竖，年至耳顺，退能守静，进能不苟。'济答曰：'子昭诚自长幼完洁，然观其舌齿牙、树颊胲、吐唇吻，自非文休敌也。'"余嘉锡《笺疏》引清杭世骏《道古堂文集》卷二一《论许劭》、诸葛恪《与陆逊书》、《三国志·蜀志·许靖传》、《典论》诸史料，赞同蒋济"许子将褒贬不平，以拔樊子昭而抑许文休"之说，谓"兄弟尚且如此，于他人之褒贬，岂能得其平乎？"，余氏又据《抱朴子·自叙》"汝南人士无复定价，而有月旦之评"之语，以为许劭不免任意臧否，乃汉末弊俗云云。按，余嘉锡《笺疏》似可商。汉末清议人物，名实不符者固所难免，但许劭识鉴，不仅在当世享有盛名，也为后世推重。《三国志·魏志·和洽传》裴松之注引《汝南先贤传》，叙许劭拔樊子昭、虞永贤等六贤，"其余中流之士，或举之于淹滞，或显之乎童齿，莫不赖劭顾叹之荣。凡所拔育，显成令德者，不可殚记"。《吴志·太史慈传》记慈渡江到曲阿，见扬州刺史刘繇，"或劝繇可以慈为大将军，繇曰：'我若用子义，许子将不当笑我耶？'"《蜀志·庞统传》亦载庞统自叹甄综人物不如子将。《晋书》卷四三《山简传》记山简上疏论用人问题，举汉末清议说："是以郭泰、许劭之伦，明清议于草野。"《晋书》卷七四《桓彝传》谓彝"有人伦识鉴，拔才取士或出于无闻，或得之孩抱，时人方之许、郭"。可见许劭识鉴之明，汉末共推之，至两晋犹为美谈。赞美许子将识鉴之明，终究是主流意见。若许劭任意臧否，岂能欺天下及后世之人？劭与从兄许靖不和，或出于私憾，手足私情不协故也。若以樊子昭日后不及许靖，便称劭褒贬不平，未免失之公允。

120."裴楷清通，王戎简要"

钟士季目王安丰："阿戎了了解人意。"王隐《晋书》曰："戎少清明晓悟。"谓裴公之谈,经日不竭。裴頠,已见。吏部郎阙,文帝问其人于钟会。会曰:"裴楷清通,王戎简要,皆其选也。"于是用裴。按诸书皆云钟会荐裴楷、王戎于晋文王,文王辟以为掾,不闻为吏部郎。(《赏誉》5)

钟士季(会)称"裴楷清通,王戎简要",亦见于后一条及本篇14:"武元夏目裴、王曰:'戎尚约,楷清通。'"以上几条文字虽有不同,内容基本一致。本条"谓裴公之谈,经日不竭"二语中之"裴公",刘孝标注是"裴頠",并不错,错在以为此二语出于钟士季。考钟会死时,裴頠尚未出生。疑刘义庆将此二语误植于此,并属诸钟会。

"裴楷清通,王戎简要"二语,堪称魏晋最著名的人物品题。盖"清""简"是人物鉴赏中两个重要的美学范畴,对于魏晋六朝以及后来中国文学艺术产生不可估量的影响。

以下分述"清通"、"简要"的内涵。

"清",本义是水明澈,与"浊"相对。《诗·郑风·溱洧》:"溱与洧,浏其清矣。"清又有高洁义。《论语·公冶长》:"子曰:'清矣。'"又有清新、明亮、俊秀、明秀等义。《诗·齐风·猗嗟》:"猗嗟名兮,美目清兮。"以清形容美目的明亮、俊秀。"清"的涵义非常丰富,如果勉强可以概括言之,则"清"的审美状态是澄明、清澈、俊秀、爽朗。由于"清"的涵义多且丰富,"清"的审美状态极为抽象而微妙,这就有必要区分"清"的种种不同的表现,辨别"清"的审美客体之间的微妙差异。于是,用不同的字与"清"搭配,派生出许多词语,比如"清通"、"清远"、"清粹"、"清厉"、"清真"、"清婉"、"清畅"、"清举"、"清约"、"清悟"、"清虚"、"清令"……如果把"清"看作总目,则"清通"、"清远"之类就好比子目。借助这些词语,可以区别"清"的种种细微的美感及具体意义。当然,要正确理解诸如"清通"、"清远"、"清正"的意义,就须解释"通"、"远"、"真"等搭配字的意思。结果会发现,"通"、"远"、"真"、"虚"这些字,其实也属于审美范畴,不过与"清"比起来,内涵较小而已。就说"清通"。"清"的基本意义不赘述,"通"义为通达、通脱,即善于变通,不泥滞于物。以"通"品目人物,起于汉。许劭目陈蕃:"仲举性峻,峻则少通。"(《后汉书》卷六八《许劭传》)意谓陈蕃个性峻切,峻切之人少通达。可见,此例中的"通",具有抽象的美学意义。

"简",此字起源甚早,原始意义有二:第一义是简省,与详、繁、众相对。《周易·系辞下》说:"夫乾,确然示人易矣;夫坤,隤然示人简矣。"韩康伯注:"乾坤皆恒一其德,物由以成,故简易也。"(《周易注》卷八)意思是天地皆守一,是谓简易。简是一,是道,宇宙的本体是道的体现,是简易的。可见,"简"是哲学本体——道的体现,合乎道就是简易。第二义是简慢、简傲,也就是礼数的简略怠慢。这是第一义的延伸。"简"之本义既然与详尽、繁琐相对,那么,有意忽略人为的繁文缛节,也就回归"简"的本义。"简"同"清"一样,后来也成了内涵极广的审美范畴,与其他字搭配,组成"简切"、"简要"、"简至"、"简贵"、"简率"、"简素"、"简傲"等品藻用语,用来描述"简"的种种细微的形态,鉴赏人物的形神差异。

"简"用来评论人物,至迟不晚于孔子。例如《论语·雍也》:"子曰:'雍也,可使南面。'仲弓问子桑伯子。子曰:'可也简。'"冉雍问子桑伯子其人,孔子回答可,因为其人德行简易。"简"用为忽略礼仪的例子如西汉扬雄,"为人简易佚荡"(《汉书》卷八七《扬雄传》),东汉刘陶,"为人居简,不修小节"(《后汉书》卷五七《刘陶传》)。至于本书《简傲》篇,就全写礼数怠慢的人物。

现在再回到"裴楷清通,王戎简要"的著名品题,分析两个人物的审美特征。

"裴楷清通"之清通,由容貌、精神、学术、识鉴、行为诸方面表现出来。《晋书》卷三五《裴楷传》说:"楷风神高迈,容仪俊爽,特精理义,时人谓之'玉人',又称'见裴叔则如近玉山,映照人也'。"以上见裴楷容仪、风神之清。如前所说,清有俊秀爽朗义。裴楷"容仪俊爽",俊为清俊,爽为爽朗。"玉山"形容裴楷容貌明秀,明秀为"清"所涵盖。《赏誉》24 记王衍赏叹裴楷:"见裴令公精明朗然,笼盖人上,非凡识也。""精明朗然"谓精细明察,所见无不明亮,透彻事物的底蕴。"清"有清新明亮义,识见之非凡可称之"清识"。裴楷品鉴人物,无不精当入微。裴楷言行通达,见于本书《德行》18:梁王、赵王,国之近属,贵重当时。裴令公岁请二国租钱数百万,以恤中表之贫者。或讥之曰:"何以乞物行惠?"裴曰:"损有余,补不足,天之道也。"裴楷"乞物行惠"以及用《老子》义解释之,都可见他的识见与行为的通达。又《言语》19 载:晋武帝始登阼,探策得一。王者世数系此多少,帝既不说,群臣失色,莫能有言者。侍中裴楷进曰:"臣闻天得一以清,地得一以宁,侯王得一以为天下贞。"帝说,群臣叹服。裴楷以《老子》义解释《易》象,体现出魏晋玄学以一为道、为本体的新观念,理论上极为圆通。

"王戎简要",谓简约不烦,得其宗要。"简要"的审美内涵,可由王戎的生活作风与清谈特点体会。《晋书》卷四三《王戎传》说:"(戎)任率不修威仪,善发谈端,赏其要会。"任率,谓任性率真,是为自然。自然即简易。不修威仪,指疏略人为的礼仪,是亦为简易。故王戎任率不修威仪,是魏晋人物崇尚自然率真的风度之美的典型。"善发谈端"二语指王戎清谈的特点。谈端是清谈开始时标明的谈论宗旨,犹文章的提要。"赏其要会"是说他人欣赏王戎谈论的精要与对义理的悟解。可见,王戎的清谈也是尚简的,注重要义的阐发。而魏晋清谈的最高境界是简至——言辞简约,义理精微超拔。以此标准衡量,王戎的清谈属于一流。

清通简要,不单单是钟会对于裴楷、王戎两个人物的品藻,其实也是魏晋风度、魏晋学术与美学的极好概括。本书及刘孝标注中出现的"才识清通"、"理识清通"、"清通简畅"、"通简有识"等等,都可看出清通简要是魏晋时期最重要的审美观。孙盛说:"南人学问,清通简要。"(《文学》25)则明确指出了江左学术的特征。钟会智者,却一生乏善可陈。似乎只有"清通简要"的品目,还让后人能记起他的见识不凡。

121. 裴令公目夏侯太初诸人

裴令公目夏侯太初:"肃肃如入廊庙中,不修敬而人自敬。"《礼记》曰:"周丰谓鲁哀公曰:'宗庙社稷之中,未施敬而民自敬。'"一曰:"如入宗庙,琅琅但见礼乐器。见钟士季如观武库,但覩矛戟。见傅兰硕,汪廧靡所不有。见山巨源,如登山临下,幽然深远。"玄、会、嘏、涛,并已见上。(《赏誉》8)

自汉末始,品题人物之风盛行不衰,出现不少"名知人"——品鉴人物的著名专家,如谢甄、许劭、郭泰、钟会、山涛、武周、刘公荣、庾亮、刘惔……留下的品藻语言隽永传神,令人击节叹赏。

裴令公(楷)是魏晋之交的大名士,有知人之鉴。他品目夏侯玄、钟会、傅嘏、山涛四人,以四种具象形容人物的精神风貌,识见高明,语言精妙,叹为观止。其中目夏侯玄和山涛,尤见精彩。人称"裴楷清通",品目人物,是其"清通"的突出表现。

夏侯玄是正始名士之冠。裴目之为"肃肃如入廊庙中,不修敬而人自敬":一说:"如入宗庙,琅琅但见礼乐器。"宗庙社稷,是国家祭祀祖先与天地的神圣庄严之地,琅琅礼乐器及繁复的礼仪,能产生强大的感染力,"不修敬而人自敬"。礼乐器是社稷重器,地位崇高,故孔子始以宗庙礼器喻人。子贡曾问孔子:"赐何人也?"孔子答:"汝器也。"问:"何器也?"答:"瑚琏也。"(《史记》卷六七《仲尼弟子列传》)《论语集解》包咸解释:"瑚琏,黍稷器。夏曰瑚,殷曰琏,周曰簠簋,宗庙之贵器。"裴令公以宗庙礼乐器目夏侯玄,当效孔子瑚琏之喻。宗庙礼乐器是易见之物象,入廊庙人不修敬而自敬是人所共有之审美经验。以眼所见之具象及人入廊庙之心理意识,形容极难体会、极难传达的人物的精神气质,巧妙、准确、传神。可见,裴楷确实是人物审美的高手。

夏侯玄出身高贵。玄从祖夏侯渊是夏侯惇族弟,而据吴人作《曹瞒传》及郭颁《世说》,曹操父曹嵩是夏侯氏之子,夏侯惇之叔父,操与惇为从父兄弟。曹操"召惇常与同载,特见亲重,出入卧内,诸将莫与比也"(《三国志·魏志·夏侯惇传》)。夏侯渊妻,乃曹操内妹。渊长子衡,尚曹操弟海阳哀侯女,恩宠特隆。夏侯玄之父夏侯尚,是夏侯渊从子,与曹丕极其亲密。裴松之注引《魏书》诏曰:"尚自少侍从,尽诚竭节,虽云异姓,其犹骨肉,是以人为腹心,出当爪牙。"夏侯玄是曹爽之姑子。可知夏侯氏、曹氏世代亲如一家。夏侯玄高贵,具有纯正的贵族气质,同他的出身及与曹氏非同寻常的关系分不开。

当然,门第高华者,并非一定能成为时人宗仰的大名士。夏侯玄为正始名士之冠,主要由他不凡的精神气质所铸就。《方正》6 注引《魏氏春秋》说,夏侯玄"风格高朗,弘辩博畅"。"风格高朗"指风神卓然不群,"弘辩博畅"指学问博雅通达。夏侯玄风格正大、庄严、弘博,令人肃然起敬,甚至在狱中仍表现出不可亵渎的气节。这主要是儒家弘毅精神滋养的结果。夏侯玄的人格,得到后世一致赞美与敬仰。《德行》31 注引《晋阳秋》言庾亮"渊雅有德量,时人方之夏侯太初"。《赏誉》15 注引《晋诸公赞》:"(和)峤常慕其舅夏侯玄为人,故于朝士中峨然不群,时类惮其风节。"

裴令公见钟士季如观武库,但覩矛戟;见傅兰硕,汪廧靡所不有。前者以"武库"形容钟会多谋略,且锋芒毕露;后者是说傅嘏才具丰赡博奥,汪廧即汪洋,广大之意。裴楷对此两人之目,简略释之如上。以下重点解释裴楷品评山巨源。

裴楷见山巨源"如登山临下,幽然深远",堪称魏晋时期最精妙的人物品评。妙在以俯看山势幽然深远的境界,形容山涛的精神气象;精在准确传达出人物神韵,语言又极形象且富美感。竹林七贤之中,山涛是个深藏不露的人物,具有出色的生存技巧,能游刃于魏晋易代前夕险恶莫测的政治环境中。《晋书·山涛传》说涛"性好《庄》《老》,每隐身自晦"。曹爽诛后,遂隐身不交世务。嵇康与之绝交,作书称:"足下傍通,多可而少怪。""傍通"者,八面玲珑也。山涛与钟会、裴秀皆亲密,两人居势争权,山涛平心处于两人之间,各得其所。"傍通"技巧由此可见。《竹林七贤论》说"涛为人常简默"(《识鉴》44 注引)。《识鉴》10:王戎目巨源:"如璞金浑玉,人皆钦其宝,莫知名其器。"刘孝标注引顾恺之《画赞》称涛"淳深渊默,人莫见其器"(见《赏誉》10 注引)。凡此,都说明山涛作风善于自藏,人们难测其底细。山涛为人处世如此,学问同样深不见底。平吴后,晋武帝欲偃武修文,悉召群公在宣武场议论。山涛深论孙、吴用兵本意,"时人谓山涛不学孙、吴,而暗与之理会"(见《识鉴 7》)。山涛究竟学过孙、吴,还是真的没学?同样莫知底细。

以"登山临下,幽然深远"的审美境界形容人物,极具玄远之美感。相比夏侯玄"如入宗庙,但见礼乐器",一一在目,顿时心形俱肃,敬意自生,有着截然不同的精神气象。山涛和光同尘,浮沉一世,而夏侯玄贵重不群,从容赴死,人生的不同结局,早已孕育在个性的胚芽里。然而,我们究竟赞美夏侯玄,还是赞美山涛?

122. 卫伯玉见乐广而奇之

卫伯玉为尚书令,见乐广与中朝名士谈议,奇之曰:"自昔诸人没已来,常恐微言将绝,今乃复闻斯言于君矣。"命子弟造之,曰:"此人,人之水镜也,见之若披云雾睹青天。"《晋阳秋》曰:"尚书令卫瓘见广曰:'何平叔诸人没,常谓清言尽矣,今复闻之于君。'"王隐《晋书》曰:"卫瓘有名理,及与何晏、邓飏等数共谈讲,见广,奇之曰:'每见此人则莹然,犹廓云雾而睹青天。'"(《赏誉》23)

理解这个故事,有两个问题先须解决。一是(瓘)赞叹乐广的时间。卫伯玉于晋武帝咸宁初拜尚书令,太康初,迁司空、侍中,令如故。此言卫伯玉为尚书令,则时在咸宁初(275 年或稍后),赞叹乐广亦在其时。二是咸宁初乐广的年龄及经历。《晋书》卷四三《乐广传》说:"父方,参魏征西将军夏侯玄军事。广时年八岁,玄常见广在路,因呼与语,还谓方曰:'向见广神姿朗彻,当为名士。卿家虽贫,可令专学,必能兴卿门户也。'"考《资治通鉴》卷七四《魏纪》六,魏正始五年(244),征西将军都督雍凉诸军事夏侯玄与曹爽共兴伐蜀之役。据正始五年乐广八岁推算,广生于魏明帝曹睿青龙五年(237)。《晋书》本传说:乐广父早卒,孤贫,侨居山阳,寒素为业,人无知者,"尤善谈论,每以约言析理,以厌人心,其所不知,默如也"。如以乐广二十岁始谈论,则时在魏甘露年间。又说:"裴楷引广共谈,自夕申旦,雅相钦挹,叹曰:'我所不如也。'"裴楷迁河内太守,而乐广正侨居山阳,山阳河内所辖,故裴楷得以引乐广共谈。裴楷迁河内太守,时在武帝登祚之后不久,大概在泰始元年或二年(265或266)。乐广此时年近三十了。据以上所考,卫瓘赏叹乐广,时间在武帝咸宁之初,不会迟至太康年间。

卫瓘赏叹乐广是正始王弼、何晏诸人清谈的继承者,是须深入解读的一个重要问题。唐翼明《魏晋清谈》一书以为"卫瓘对乐广的称赞多半是在280年之后,而卫瓘的话指出自正始末何、王诸人没后至太康初年,清谈是处于将绝的状态的,……可见何、王等人的清谈直到太康初年的乐广才算有了继承者了"。关于卫瓘赞叹乐广的时间已如上述,而正始至晋初清谈的情况,恐怕与唐氏的论断并不一致,须重新清理。魏嘉平元年(249)何晏被杀。也在次年秋,王弼遇疠疾卒。何、王为正始清谈领袖,二人辞世,对清谈风气当然是沉重打击。不过,实际上清谈并没有中断。《晋书》卷四三《王戎传》载:戎年十五,随父王浑在郎舍,与阮籍清谈。阮籍对王浑说,"共卿言,不如共阿戎谈"。《晋书》本传说,惠帝永兴二年(305)王戎卒,年七十二。以此推算,王戎生于魏明帝青龙二年(234),年十五岁是正始九年(248)。阮籍与王戎谈,当在此时。这时何、王还在世。正始九年之后,没有证据表明阮籍与王戎的共谈就此中断。乐广早年侨居山阳时谈论,每以约言析理,听者惬意,其时在魏甘露年间,距何、王之卒不足十年。裴楷迁河内太守,与乐广共谈。凡此,都应该看作是正始清谈的继续。若卫瓘称赞乐广在太康之后,此时广已四十多岁,方始被人看作正始玄谈的继承者,无论如何是太迟了。

有些研究者以卫瓘赏叹乐广之语为依据,断定之前是正始微言将绝的时期,时间长度达三十年左右。这种判断并不妥当。其实何、王之后,清谈并未中断,王戎、乐广、张华、裴楷、裴頠、郭象、王衍之流,是直接继承何、王清谈传统的重要人物。本书《言语》23记"诸名士至洛水戏",裴仆射(頠)谈名理,张茂先(华)谈《史》、《汉》,王安丰(戎)说延陵、子房,此事可能在晋武帝咸宁年间。卫瓘年轻时也是正始玄谈的重要人物,他说"常恐微言将绝"意为常常担心正始时那种入微的清谈将要断绝,并非清谈已经断绝。之所以有此担忧,主要是正始之后的清谈,缺少理论的创新,大不如何、王义理的精微。故"微言将绝",应理解为义理精微的玄谈恐将断绝,不是说清谈消歇。所谓"今乃复闻斯言于君矣",是由乐广一流的清谈水准,似乎复闻正始之音的精微绝伦。盖乐广名言如"名教中自有乐地",融合儒道,识见新拔,卫瓘闻此,故有正始微言,今复闻于君之赞叹。与此相似的例子是永嘉中王敦赞美卫玠清谈义理的精微:"昔王辅嗣吐金声于中朝,此子今复玉振于江表,微言复续,不悟永嘉之中,复闻正始之音。"意谓永嘉中卫玠清谈,义理精微,犹正始中之王弼。不能理解为正始之后清谈将绝数十年,至永嘉中才有继承者卫玠的出现而得以接续。

123. 乐广清言简至

王夷甫自叹:"我与乐令谈,未尝不觉我言为烦。"《晋阳秋》曰:"乐广善以约言厌人心,其所不知,默如也。太尉王夷甫、光禄大夫裴叔则能清言,常曰:'与乐君言,觉其简至,吾等皆烦。'"(《赏誉》25)

概括言之,魏晋清言大致有繁、简两种风格。繁者议论的逻辑结构条分缕析,布局犹如常山蛇阵,首尾呼应,言辞的表达如层波叠浪,滔滔不绝。简者以少许语句标明论题宗旨,甚至不剖析题目的文句,直探义理的深处,辞约旨达。繁、简两种风格,与谈者的个性有关,也与学风有关。个性指才具的大小,读书多寡,学问深浅,以及语言表达的喜好,等等。学风指研究学问的原则与方法途径。个性、学风的双重因素,形成清言或繁或简的两种风格。

这里重点从学风说明乐广简至的清言风格。

中国哲学一开始就尚简。《周易·略例》上《明象》说:"故自统而寻之,物虽众则知,可以执一而御也。"王弼注:"无为之一者,道也,君也。统而推寻,万物虽殊,一之以神道;百姓虽众,御之以君主也。"《明象》又说:"由本以观之,义虽博则知,可以一名举也。"王弼注:"博,广也。本谓君也,道也。义虽广,举之在一也。"《明象》又说:"夫少者,多之所贵也;寡者,众之所宗也。"(《周易注》卷一〇)在《周易》及王弼的哲学体系中,一与道为本体,为万物之宗,不论在自然世界或社会领域,一、道、少、寡是宗主,表现的外在形态是简易。简易是道,是君,统摄万物万理。由此可见,"简"很早就与哲学本体道联系起来,凡是合乎道的便是简易。这种哲学观念给予后世的政治、文学、艺术,以及人们的行为方式和审美活动深刻影响。

主张学问的由博返约,见于《孟子·离娄下》:"博学而详说之,将以反说约也。"赵岐注:"广学悉其微言,而说之者将以约说其要。意不尽知,则不能要言之也。是谓广寻道意,还反于朴,说之美者也。"孟子以为博学可以详说,但最后要回到简略述说大义的境界。实际上他把学问分为两个阶段:第一阶段博学而详说,第二阶段返回简约。广博详说是基础,返归简约为升华。所以简约不是浅薄寡陋,而是详博之后的要言不烦。"简"的本质是精要,是理中,是一语破的,是"大音希声"。

魏晋玄学以无为本,理论核心归之于老庄的自然,以一御众,一反两汉经学的繁琐,趋于简约抽象。影响及于清言,便是崇尚义理的精微与超拔,辞约旨达。简至,成为清谈的最高境界。何谓简至?《汉语大词典》释为"言语文辞简约而周到",其实并不确切。因为"周到",必遍说之,唯恐遗漏,结果必然是繁辞,这与文辞简约矛盾。至,义为得当、美善,合乎道。《荀子·止论》:"不知逆顺之理、小人至不至之变者也,未可与及天下之大理者也。"杨倞注:"至不至,犹言当不当也。"《周礼·考工记·弓人》:"覆之而角至,谓之句弓。"郑玄注:"至,犹善也。"故凡尽善尽美的事物都可以用"至"来形容。简至是少而精、少而善、少而美,一语破的。"辞约旨达"是简至的最确切解释。

乐广是简至一派的代表人物。《文学》16 记客问乐令"旨不至",乐亦不复剖析文句,径直以麈尾柄敲击几案,问:"至不?"客说:"至!"乐于是又举麈尾说:"若至者,那得去?"客因此而悟服。这则故事描述乐广清言简至的风格,生动形象至极。前人指出乐广以悟道的方法谈论,已与后世禅家机锋相似。由此可知乐广简至,是以玄学得意忘言的方法直抵义理深处,难怪王夷甫、裴叔则叹服不已。

124. 林下诸贤各有俊才子

林下诸贤,各有俊才子。籍子浑,器量弘旷。《世语》曰:"浑字长成,清虚寡欲,位至太子中庶子。"康子绍,清远雅正。已见。涛子简,疏通高素。虞预《晋书》曰:"简字季伦,平雅有父风,与嵇绍、刘漠等齐名。迁尚书,出为征南将军。"

咸子瞻,虚夷有远志。瞻弟孚,爽朗多所遗。《名士传》曰:"瞻字千里,夷任而少嗜欲,不修名行,自得于怀,读书不甚研求而识其要。仕至太子舍人,年三十卒。"《中兴书》曰:"孚风韵疏诞,少有门风。初为安东参军,蓬发饮酒,不以王务婴心。"秀子纯、悌,并令淑有清流。《竹林七贤论》曰:"纯字长悌,位至侍中。悌字叔逊,位至御史中丞。"《晋诸公赞》曰:"洛阳败,纯、悌出奔,为贼所害。"戎子万子,有大成之风,苗而不秀。《晋诸公赞》曰:"王绥字万子,辟太尉掾,不就,年十九卒。"《晋书》曰:"戎子万,有美号而太肥,戎令食糠,而肥愈甚也。"唯伶子无闻。凡此诸子,唯瞻为冠,绍、简亦见重当世。(《赏誉》29)

林下诸贤,指竹林七贤——阮籍、嵇康、山涛、阮咸、向秀、王戎、刘伶。所谓"各有俊才子",不过是大体而言,王戎子万子,年十九卒,是个减肥无效的大胖子,"苗而不秀",实在称不上"俊"。刘伶子无闻,等于无子。诸子中阮瞻为冠,嵇绍、山简亦见重当时,阮浑也值得谈谈。以下依次评说四个俊才子的品藻语言,并略论魏晋之交人格审美的演变。

阮籍子阮浑,"器量弘旷"。"弘旷"属人格审美范畴。《三国志·魏志·王昶传》载王昶《戒子书》,评论前人说:"颍川郭伯益好尚通达,敏而有知,其为人弘旷不足,轻贵有余。"《晋书》卷三六《张华传》说:"器识弘旷,时人罕能测之。""弘旷",词典解释谓"心胸宽阔"。然刘孝标注引《世语》,称阮浑"清虚寡欲"。清虚,魏晋人格审美范畴之一,意指清净虚无。《文子·自然》:"老子曰:'清虚者天之明也,无为者治之常也。'"阮籍《首阳山赋》:"且清虚以守神兮,岂慷慨而言之。"《三国志·魏志·管宁传》:"太中大夫管宁,耽怀道德,服膺六艺,清虚足以侔古,廉白可以当世。"《晋书》卷九《简文帝纪》:"及长,清虚寡欲,尤善玄言。""弘旷"与"清虚无为"有不小的差别。同一人物的品藻存在差异,说明魏晋品藻语言的内涵不确定及难以把握。面对高度抽象的人之情性和精神气质,语言总是显得贫乏和无奈。

嵇康子嵇绍,"清远雅正"。"清远",也是魏晋人格审美范畴。清为清明澄澈,远为玄远脱俗。例如本书《言语》34:"会稽贺生,体识清远。"《晋书》卷六五《王导传》:"导少有风鉴,识量清远。"后来以之评论文艺,如《诗品》:"嵇康诗托喻清远。"嵇绍"清远",应该与其父的作风有关,《晋书》卷四九《嵇康传》说康"远迈不群","其高情远趣,率然玄远"。嵇绍"雅正",指立身之道合乎道义。元康中嵇绍为给事黄门侍郎,时侍中贾谧以外戚之宠,潘岳等纷纷托附之。"谧求交于绍,绍距而不答"。齐王冏辅政,嵇绍曾有事诣冏,遇冏宴会,有人对冏说:"嵇侍中善于丝竹,公可令操之。"左右进琴,绍推不受,称自己忝备常伯,"岂可操持丝竹,以为伶人之事!"(见《晋书》卷八九《嵇绍传》)。以上二例可以解释嵇绍之"雅正"。

　　山涛子山简,"疏通高素"。疏通,通达之意。《史记·五帝本纪》:"(颛顼)静渊以有谋,疏通而知事。"《汉书》卷八一《匡衡传》:"盖聪明疏通者戒于大察,寡闻少见者戒于雍蔽。"《后汉书》卷三五《曹褒传》:"褒少笃志有大度,结发传充业,博雅疏通。"高素,高尚清俭。素,质朴无饰。《老子》第十九章:"见素抱朴,少私寡欲。"《淮南子·本经训》:"其心愉而不伪,其事素而不饰。"高诱注:"素,朴也。"《太平御览》卷七三九引《世说》:"(阮)德如以高素致名。"《任诞》19 记山简为荆州刺史,时出酣畅。人为之歌曰:"山公时一醉,径造高阳池。日莫倒载归,茗艼无所知。复能乘骏马,倒著白接䍦。举手问葛强,何如并州儿?"何谓"疏通高素",可从襄阳人唱山公之歌体会。

　　阮咸子阮瞻,"虚夷有远志"。虚夷,谓虚静平和。远志,谓远离世俗之志。刘孝标注引《名士传》说阮瞻"夷任而少嗜欲,不修名行,自得于怀,读书不甚研求而识其要",这段文字,实际上解释了"虚夷有远志"的涵义。"夷任而少嗜欲",此为"虚夷";"不修名行",疏离名教,是为"远志"。

　　瞻弟孚,"爽朗多所遗"。关于"朗"是魏晋人格审美范畴,这在前面的故事中已经谈过。"遗",意谓遗落世事。刘孝标注引《中兴书》丰富了"爽朗有所遗"一句的含义。"孚风韵疏诞",疏诞指行为疏略放诞。"蓬发饮酒,不以王务婴心"二句,是疏诞的具体表现。疏诞是魏晋崇尚个性张扬的思潮中形成的人格范型,本书《任诞》集中记录了魏晋疏诞的风气。

　　林下诸贤的"俊才子",可以看作是西晋虚无放诞士风的代表。阮浑、阮瞻、阮孚,是阮籍开创的任诞门风的继承者。阮瞻、阮孚,一个"虚夷有远志",一个"风韵疏诞",与其父阮咸何等相似。可是,阮籍、阮咸酣饮放纵,是不得已而为之,内心其实有深切的哀痛。阮籍子浑,"少慕通达,不饰小节",籍对他说:"仲容(阮咸)已豫吾此流,汝不得复尔!"制止阮浑学自己的放诞,这件事最能说明林下诸贤的"俊才子"虽或多或少得父辈的流风遗韵,但实际上不过东施效颦,而不具有对抗现实的意味。至于嵇绍后来选择的人生道路,与其父嵇康直是背道而驰。所以,只要比较林下诸贤同"俊才子"的区别,就不难理解竹林名士与中朝名士的文化背景之差异，以及士风演变的时代原因。

125."卫君谈道，平子三倒"

王平子迈世有俊才，少所推服，每闻卫玠言，辄叹息绝倒。《玠别传》曰："玠少有名理，善通《庄》、《老》。琅邪王平子高气不群，迈世独傲，每闻玠之语议，至于理会之间，要妙之际，辄绝倒于坐。前后三闻，为之三倒。时人遂曰：'卫君谈道，平子三倒。'"（《赏誉》45）

王平子（澄）闻卫玠清言，辄叹息绝倒。卫玠谈道的精妙，简直匪夷所思。平子闻卫玠清言的时间，很有可能在卫玠渡江之前。《文学》20刘孝标注引《玠别传》说："玠少有名理，善《易》《老》，自抱羸疾，初不于外擅相酬对，时友叹曰：'卫君不言，言必入真。'"真，宋本作"冥"。"冥"义是指深邃幽眇，与"玄"义相近。《庄子·德充符》郭象注："故将任性直道，无往不冥。"可知谈理入道称作"冥"。时人称卫玠要么不言，"言必入冥"，乃是赞叹卫玠清言深邃入道。《晋书》卷三六《卫玠传》说："及长，好言玄理。其后多病体羸，母恒禁其语。遇有胜日，亲友时请一言，无不咨嗟，以为入微。"入微，也就是"入冥"。《识鉴》8载：卫玠年五岁，其祖太保卫瓘说，"此儿有异，顾吾老，不见其大耳。"查《晋书》卷三《武帝纪》，太熙元年（290）春正月，司空卫瓘为太保。又《晋书》卷三六《卫玠传》说：卫玠永嘉六年（312）卒。据上推知，太熙元年卫玠五岁。如"及长"以二十岁计，则卫玠好言玄理，时在惠帝之末，还未渡江。又惠帝之末，王衍白东海王司马越，以王澄为荆州刺史（见《晋书》卷四三《王澄传》），则王澄闻卫玠谈道，为之三倒，当在作荆州刺史之前。

卫玠以永嘉之末渡江，先至江夏，于武昌同王敦、谢鲲清言。此事见于《文学》20："卫玠始渡江，见王大将军。因夜坐，大将军命谢幼舆。玠见谢，甚说之，都不复顾王，遂微言达旦，王永夕不得豫。"不久至豫章，欣然见王敦，清言弥日。当时谢鲲为长史，敦谓鲲说："不意永嘉之中，复闻正始之音，阿平若在，当复绝倒。"（见《赏誉》51）此时王澄已死，故有"阿平若在"之语。

王平子闻卫玠清言，缘何辄叹息绝倒？其中原因，其实已由王敦道出："不意永嘉之中,复闻正始之音。"卫玠清言,堪比正始玄谈。而后者是清谈的典范,后世言谈者无不向往之。王弼之后,清言虽不绝如缕,但义理的深邃已大不如正始。如今卫玠清言精微,听者遂有犹复闻正始之音之感。再有,刘孝标注引《玠别传》说,平子"每闻玠之语议,至于理会之间,要妙之际,辄绝倒于坐"。"理会之间,要妙之际"八字,正是卫玠清言的特点,即对义理的彻悟及谈议的深邃精微,差可比肩正始之音。卫玠为乐广女婿,翁婿二人都是正始微言的真正继承者,清言风格又很接近,以至时人有"岳父冰清,女婿玉润"之目。若不是造物主的有意创造,翁婿岂能前后映照,赓将绝之微言,使复闻于当世。

126. 时人题目高坐

时人欲题目高坐而未能,桓廷尉以问周侯,周侯曰:"可谓卓朗。"桓公曰:"精神渊著。"《高坐传》曰:"庾亮、周顗、桓彝,一代名士,一见和尚,披衿致契。曾为和尚作目,久之未得。有云:'尸利密可称卓朗。'于是相始咨嗟,以为标之极。但宣武尝云:'少见和尚,称其精神渊著,当年出伦。'其为名士所叹如此。"(《赏誉》48)

西域或中土高僧与名士打成一片,是佛教征服中国的重要标志。至迟不晚于西晋,名士与名僧就有深入的交流,并品目后者。比如西域高僧求那跋陀罗,称其"神情朗彻"(《高僧传》卷三《求那跋陀罗传》)。本土僧人支孝龙,阮瞻和庾凯与之结知音之交,世人呼为"八达"(《高僧传》卷四《支孝龙传》)。东晋时,随着佛教越过长江,迅速向中国南方传播,僧人与社会名流的交往更加普遍,在作风和精神上彼此高度认同。例如竺法潜,东晋元帝、明帝、丞相王导、太尉庾亮,并钦其风德,友而敬焉(同上,《竺法潜传》)。支遁为东晋最有影响的名僧,为晋哀帝诏至京师讲经,与王洽、刘惔、殷浩、许询、郗超、孙绰、王羲之、谢安等名士皆著尘外之狎。孙绰作《道贤论》,以支遁比向子期;又作《喻道论》,称遁"识清体顺"、"安道冲济",云云(同上,《支遁传》)。

东汉品目人物,皆是社会名流。魏晋始,高僧也成为品目对象,说明彼时名僧名士,风流同一。高坐道人来自西域,"天姿高朗,风韵遒迈",王导"一见奇之,以为吾之徒也"(《言语》39刘孝标注引《高坐别传》),引为同调。庾亮、周顗、桓彝,一见和尚,"披衿致契"。名士、高僧相知相契,盖二者精神风调高度一致。此言时人欲题目高坐而未得,说明题目人物并非易事,一须识鉴高超,二须斟酌品藻语言。古人认真,非如今人信口雌黄。最后,周顗、桓彝二人切磋,得二语:"卓朗"与"精神渊著"。

"朗"是魏晋人物品藻语言,属于人格审美范畴之一。"卓"字修饰"朗"字,"朗"为关键词。"朗"字的基本意义谓明亮。《诗·大雅·既醉》:"昭明有融,高朗令终。"毛传:"朗,明也。"《说文·月部》:"朖,明也。"段玉裁注:"今字作朗。""朗"又有"高"义。蔡邕《汉太尉杨公碑》:"文以典籍,寻道入奥,操清行朗,潜晦幽闲。"与"朗"相配的字有高、爽、通、彻、拔、诣、烈、节,等等,置于"朗"字前后,成高朗、爽朗、通朗、朗彻、朗拔、朗诣、朗烈、朗节等品藻语言,品题人物在"朗"这一总美感之下的种种品格及审美差异。

卓朗之卓,意为卓出,朗是高朗。《高僧传》卷一《帛尸梨密传》说:"密天姿高朗,风神超迈,直而对之,便卓出于物。"据此可知"卓朗"之具体意义。王瑶解释"卓朗"及"渊著"的意义,说:"'卓朗'由形说,'渊著'由神说,从形观察到一个人的神,'朗'是最好意义的说明。"(王瑶《中古文学史论集》)其实,与其说"卓朗"是形,毋宁说是人物整体的风度气质,是形与神所呈现的一种卓尔不凡、明朗高大的人格气象。至于"渊著","渊"的基本意义是深邃、深沉。《老子》第四章:"渊兮似万物之宗。""著",《广韵》:"著,定也。""渊著"的意义是深沉且安定。若勉强形容,就像是深深的静止的湖泊。《高坐别传》说:"性高简,不学晋语,诸公与之言,皆因传译。然神领意得,顿在言前。"(《言语》39注引)不学晋语,少了应对之烦,这是"简";简则精神深沉而宁静。然若有所对,则"神领意得,顿在言前",这是"高",高则为"卓朗"。既高且深,遒迈又渊著,高坐有此独特的人格魅力,难怪名士一见便"披衿致契"了。

127. 王丞相品鉴刁玄亮、戴若思、卞望之

王丞相云:"刁玄亮之察察,戴若思之岩岩,虞预书曰:"戴俨字若思,广陵人,才义辩济,有风标锋颖,累迁征西将军,为王敦所害。赠左光禄大夫、仪同三司。"卞望之之峰距。"《卞壸别传》曰:"壸字望之,济阴冤句人。父粹,太常卿。壸少以贵正见称,累迁御史中丞,权门屏迹。转领军、尚书令。苏峻作乱,率众

距战,父子二人俱死王难。"邓粲《晋纪》曰:"初,咸和中贵游子弟能谈嘲者,慕王平子、谢幼舆等为达。壸厉色于朝曰:'悖礼伤教,罪莫斯甚,中朝倾覆,实由于此。'欲奏治之。王导、庾亮不从,乃止。其后皆折节为名士。"《语林》曰:"孔坦为侍中,密启成帝,不宜往拜曹夫人。丞相闻之曰:'王茂弘驽痾耳,若卞望之之岩岩,刁玄亮之察察,戴若思之峰距,当敢尔不?'"此言殊有由绪,故聊载之耳。(《赏誉》54)

王导品鉴刁玄亮(协)、戴若思(俨)、卞望之(壸)三人的性格特征。

察察,义为苛察、烦细。《老子》第五十八章:"其政察察,其民缺缺。"陆贾《新语·辅政》:"察察者有所不见,恢恢者无所不容。"又有清洁之义。《楚辞·渔父》:"安能以身之察察,受物之汶汶者乎?"王逸注:"察察,已清洁也。"刁玄亮察察,主要指他的性格刚正强悍,容不得肮脏龌龊之人之事。这与他"少好经籍"有关。儒家崇尚的刚正弘毅的人格,匡时救世的理想,培养了许多"其政察察"的正人君子。然而每事察察,或察察过甚,必然缺乏宽容之心,以至"与物多忤"。王氏就衔恨之,而见者无不侧目(《晋书》卷六九《刁协传》)。可见刁协已陷入孤立的境地。

岩岩,高峻貌。《诗·小雅·节南山》:"节彼南山,维石岩岩。"毛传:"岩岩,积石貌。"戴若思早年曾行劫,做剪径勾当也气概不凡:"神姿峰颖,虽处鄙事,神气犹异"(见《自新》2)。"峰颖",喻才干卓越,气势凌厉。从行劫也能看出戴若思性格卓异,似高峻的山峰。

峰距,清陈仅《扪烛脞存》卷一二说:"峰距,犹岳峙也。言其高峻,使人不敢近也。"同样用高峻的山峰,形容卞壸性刚且有锋芒。《晋书》本传谓卞壸"裁断切直,不畏强御","以褒贬为己任",如此之类,可以解释"峰距"的审美内涵及风格。

王导品鉴的三个人物性格相近,都属于孔子赞美的"刚者"。他们站在道德高地上,救世匡时,以褒贬为己任,不畏强禦,凛然不可侵犯,是直道而行的正人君子。但问题是,社会思想多元,人格各异,道德固然似峻峰,而人情却似海洋,刚者的锋刃,有时免不了被柔软的人情折断。《卞壸传》说壸"然性不弘裕,才不副意,故为诸名士所少,而无卓尔优誉"。这是刚者其实并不是完美人格,往往得不到佳评的典型例子。刚者的悲剧,是常见的人文现象,值得人们深思。

下面索解王导品鉴刁、戴、卞三子性格的背景,以及王导之评究竟出于何意。据刘孝标注所引《语林》,侍中孔坦密启成帝,不宜亲自拜访王导妻曹氏。王导听说此事后,称自己是"驽瘤"(既劣且病的马),假若如卞望之等三人那样不可侵凌,孔坦之还敢密启成帝吗?刘孝标随后议论说:"此言殊有由绪,故聊载之耳。"意思说,王导品评三子,是有由来的。读了《语林》,读者不仅了解王导品鉴三子的背景,而且明白王导用意其实不是赞美三子的刚直,而以自我调侃的方式,回敬孔坦之流,言外之意是:我大度宽容,你们才敢如此;要是换了刁玄亮、戴若思、卞望之、孔坦之流敢如此吗?故与其说王导称赞三子,毋宁说王导自夸高出三子。事实也确实如此,王导不存小察,弘量宽裕,热衷清谈,喜爱围棋等艺术,不愧是东晋初期名士的领袖,其人格之美,远胜刁、戴、卞三子。

128. 王导深器何充

丞相治扬州廨舍,按行而言曰:"我正为次道治此尔。"何少为王公所重,故屡发此叹。《晋阳秋》曰:"充,导妻姊之子,明穆皇后之妹夫也。思韵淹济,有文义才情,导深器之,由是少有美誉,遂历显位。导有副贰已使继相意,故屡显此指于上下。"(《赏誉》60)

王导深器何充,一直希望这位后辈继任自己的扬州刺史之职。《赏誉》59载:"何次道往丞相许,丞相以麈尾指坐,呼何共坐曰:'来,来,此是君坐。'"王丞相修葺扬州府廨,边察看工程,边对左右说:"我正为次道治此尔。"据《晋书》卷六《明帝纪》,太宁二年(324)六月,加司徒王导大都督、假节,领扬州刺史。王导治扬州府廨,大概就在此年。

王导为何深器何充,以至屡次表示让何充继任扬州刺史之职?刘孝标注引《晋阳秋》,道出了其中几个重要原因:

一,何充是王导妻姊之子,两人有姻亲关系。何充少时当常去王导处走动,故"何少为王公所重"。二,何充是明穆皇后之妹夫,沾上一点皇亲国戚的光,明帝亦友昵之。为王导器重也就好理解。三,何充"风韵淹雅,文义见称"(《晋书》本传),且为人正直,有器局,具有处理全局事务的才能。苏峻之乱平定后,何充出为东阳太守,会稽内史,在郡甚有德政。王导、庾亮并言于成帝,称"何充器局方概,有万夫之望,必能总录朝端,为老臣之副"。此事虽在王导治扬州府廨之后,但何充的器局及治政才能,王、庾当早为熟知。王导深器何充,最主要的原因,可能就在允"强力有器局,临朝正色"。王导虽多次说要让何充继任扬州刺史之职,可惜直至王导辞世,何充都未能作扬州刺史。这恐怕与庾冰兄弟权力过大有关。须知渡江以来,扬州刺史是最重要的职位,其地位之高,不亚于三公。庾冰、庾翼兄弟以舅氏辅王室,担心易世之后,失去权势,于是谋立康帝。何充则以为父子相传之旧典不宜妄改。庾冰兄弟不从,结果,成帝之弟康帝立。建元初,何充离开京都,领徐州刺史,镇京口,"以避诸庾"。等到庾翼北伐,庾冰出镇江州,朝议才征召何充入都,领扬州刺史。是否王导生前一再打算让何充继任扬州刺史,有制衡庾氏之深意存焉? 这是笔者的疑问,但史籍中找不到答案,只能感叹历史失落得太多。

129. 杜弘治墓崩

杜弘治墓崩,哀容不称。庾公顾谓诸客曰:"弘治至赢,不可以致哀。"《晋阳秋》曰:"杜乂字弘治,京兆人。祖预,父锡,有誉前朝。乂小有令名,仕丹阳丞,蚤卒。成帝纳乂女为后。"又曰:"弘治哭不可哀。"(《赏誉》68)

杜弘治墓崩究竟指何事? 朱铸禹《世说新语汇校集注》(以下省称朱铸禹《汇校集注》)以为"指太宁三年闰八月明帝崩,杜临墓举哀也"。朱氏释"墓崩"为晋明帝崩,大谬。"墓崩",指坟墓崩毁也。清惠士奇《礼说》卷七:"(郑)康成谓坟墓崩坏,将亡失尸柩。"此词早见于《礼记·檀弓》:"孔子既得合葬于防……孔子先反,门人后雨甚至。孔子问焉曰:'尔来何迟也?'曰:'防墓崩也。'孔子不应。三,孔子泫然流涕曰:'我闻之古不修墓。'"北魏郦道元《水经注》卷二五"泗水":"(尼丘)山南数里,孔子父葬处,《礼》所谓防墓崩者也。"邵泰衢《檀弓疑问》"防墓崩"条:"注曰:雨甚墓崩,筑而后反,孔子自伤不能谨之于封筑之时也。夫以孔子而犹有不谨于父母者乎? 曰:防墓崩者,防慎之意也。出涕而曰:'吾闻之古不修墓者,盖惧墓崩而或封筑之不谨也。'出涕者,思父母而心悲也。岂防地之防而曰防之墓崩与?"杜弘治墓崩,当是其父母之墓崩坏也,与所谓晋明帝崩,杜弘治临墓举哀全不相涉。

父母或祖父母墓崩,在古代是件大事。盖墓崩或将亡失父母尸柩,或先人骸骨外露,对于孝子来说乃是大哀痛。孔子一听到门人说防墓崩,就痛苦得说不出话,随后泫然流涕。孔子说,古不修墓,其义是惧墓崩而或封筑之不谨。意思是说,当初父母葬时,封筑须谨慎,以免日后墓崩。如今墓崩,更伤痛当初封筑之不谨慎。古不修墓,其实意在父母葬时封筑须谨慎。然千年墓平,世上无有不崩之墓。墓崩之后,势必改葬。改葬也是痛苦。王羲之《丧乱帖》说:"羲之顿首:丧乱之极,先墓再离荼毒。追惟酷甚,号慕摧绝,痛贯心肺。痛当奈何,奈何!虽即修复,未获奔驰,哀毒盖深,奈何,奈何!临纸感哽,不知何言。羲之顿首顿首。"可见孝子于墓崩,必"号慕摧绝,痛贯心肺";即使修复,因乱离暌隔,未能亲临先人墓地,哀痛更甚。

古人墓崩哀痛,修墓改葬也须致哀,且有一定的制度规定。《通志》卷一〇二"父母墓毁服议"条,记载东晋之初关于父母墓毁礼制的一场讨论。司徒荀组说:"臣谓墓毁之制,改葬,缌麻当包之矣。"缌麻,指三个月的丧服。意思说,墓毁之后的改葬,须穿三个月丧服。国子祭酒杜夷议:"墓既修复而后,闻问宜依《春秋》新宫之灾,哭而不服。"意思说,墓崩修复后,可哭泣,但不穿丧服。博士江渊议:"凡所以改葬者,必由丘墓崩坏露殡,其痛一也。愚以为发墓依改葬,服缌三月。"江渊以为要穿三个月丧服。黄门侍郎江启表:"按郑玄云:亲见尸柩不可无服。如郑义以见而服,不见不服也。"意思必须穿丧服。司徒临颖前表:"改葬之缌,不以吉临凶。今听其坟墓毁发,依改葬服缌麻,不得奔赴。及已修复者,唯心丧,缟素深衣白帻,哭临三月。"以为要服三个月丧服,已修复坟墓者,穿白色丧服,每天朝夕哭临三月。照这些礼学专家的说法,东晋墓崩改葬,哭临三个月是礼制规定的必须。此条说,"杜弘治哭不可哀",可知当时规定哭三个月。

父母墓崩于孝子而言是深哀巨痛,可是杜"哀容不称"——似乎哀痛同墓崩不太相称。或许时人有议论,庾亮遂向诸宾客解释,称弘治体质弱,不可以致哀;又说,"弘治哭不可哀"。总之,为弘治"哀容不称"辩护。按《礼记·曲礼上》说:"居丧之礼,……有疾则饮酒食肉,疾止复初。不胜丧,乃比于不慈不孝。"据孔颖达解释,居丧若有疾不饮酒食肉,则不留身继世,灭性有违父母生前之意,等同于不慈不孝。庾公之言,实基于对墓崩改葬之丧礼的正确理解,解释杜弘治何以墓崩却哀容不称。

130. 谢公称蓝田"掇皮皆真"

谢公称蓝田"掇皮皆真"。徐广《晋纪》曰:"述贞审,真意不显。"(《赏誉》78)

日人恩田仲任《世说音释》解释"掇皮皆真"一语说:"《古世说》:范启与郗嘉宾书曰:'子敬举体天然饶纵,掇皮无余润。'答曰:'举体无余润,何如举体非真者。'范性矜傲多烦,故嘲之。"又说:"据此则'掇皮'犹'举体'也。"王叔岷《世说补正》说:"案此犹言'举体皆真'也。……'举体'与'掇皮'互用,明其义相同。"按,掇,通"剟",削,除去。《汉书》卷八六《王嘉传》:"上于是定躬、宠告东平本章,掇去宋弘,更言因董贤以闻,欲以其功侯之,皆先赐爵关内侯。"颜师古注:"掇,读曰'剟'。剟,削也,削去其名也。"宋楼钥《真率会次适斋韵》诗:"闲暇止应开口笑,诙谐尤称掇皮真。"(《攻媿集》卷一二)盖皮蔽体者也,去皮见体,是为"掇皮"。《赏誉》91简文帝评王述说:"述才既不长,于荣利又不淡,直以真率少许,便足对人多多许。"可见当时叹美蓝田之真,非仅谢安一人。

谢安叹赏王述"掇皮皆真",体现了魏晋尚真的审美风尚。真即自然,与世俗的礼对立。《庄子·渔父》说:"礼者,世俗之所为也。真者,所以受命于天也,自然不可易也。故圣人法天贵真,不拘于俗。"魏晋尚真的人格审美,直接源于道家哲学,具有反对世俗虚伪礼教的现实品格。魏晋风度最光彩的地方,就是"任真自得"的个性张扬。东晋大诗人陶渊明,就是尚真的典型人物。萧统《陶渊明传》称其"颖脱不群,任真自得"。渊明《连雨独饮》诗说:"天岂去此哉,任真无所先。"任真先于一切,任真即是天,而天与自然同义。再有《晋书》卷三七《高密文献王泰传》称泰"服饰肴膳如布衣寒士,任真简素,每朝会,不识者不知其王公也"。《雅量》20:"时人以(羊)固丰华,不如(羊)曼之真率。"以真率面目示人,会获得人们的叹赏。

王蓝田"掇皮皆真"的事例,《世说》多有记载。例如《方正》47记王述转尚书令,朝廷文书一下,便拜官。其子坦之以为按老规矩,应该表示谦让。王蓝田问儿子:"你说,我胜任尚书令此任不?"坦之答:"怎么不胜任呢!不过谦让自是美事,恐怕不能缺少谦让的表示。"蓝田感慨说:"既然说我胜任,何必再作谦让?别人说你胜我,终究不是我。"刘孝标注引《述别传》说,王述常以为人之处世,当先考虑自己能否胜任。若能,便不虚让。若不堪,便固辞不就。意思说,能则上任,何必虚让! 不能,便坚决推辞掉。官场升迁,虚让是数百年不变的老故事,有的甚至十数让。装模作样,等同演戏。王述不认为克让是"美事",鄙视官场上盛行的虚伪风气。又《赏誉》62 记王丞相辟王述为掾,"王公每发言,众人竞赞之。述于末坐曰:'主非尧舜,何得事事皆是!'"自有官场以来,上司发言,下属奉承阿谀,自古迄今,从未变过。王述却说,主非尧舜,哪能事事都对? 实话实说,以一人之真率少许,敌众人之虚伪多多许。难能可贵是王丞相不仅不愠不怒,反而很叹赏王述之真。如果不是尚真的审美意识普遍为人们接受,如果举世全说假话,不让说真话,甚至以为说真话者是傻瓜,则王蓝田也许早从官场驱逐了。

《品藻》23 载:庾公(亮)问丞相:"蓝田何似?"王曰:"真独简贵,不减父祖。然旷澹处故当不如尔。"王导此二语,最恰当地评价了王述的个性。魏晋时代尚真、贵真的人格审美,随后影响文学艺术,真情、真意、自然,遂成为诗文及书画创作的最重要的审美尺度。

131. 桓温称王敦为"可儿"

桓温行经王敦墓边过,望之云:"可儿! 可儿!"孙绰《与庾亮笺》曰:"王敦可人之目,数十年间也。"(《赏誉》79)

桓温行经王敦墓且望之,连称:"可儿! 可儿!"叹赏之情,溢于言表。刘孝标注引孙绰《与庾亮笺》说:"王敦可人之目,数十年间也。""数十年间",意谓数十年前事也。考《伤逝》9 及《晋书》卷七三《庾亮传》,庾亮卒于晋成帝咸康六年(340),则孙绰所说的"王敦可人之目",不会晚于庾亮卒年。又据《晋书》卷六《明帝纪》,王敦死于太宁二年(324),则"王敦可人之目",当在王敦生前。若王敦谋逆之志已显于世,尚称其"可人",这是不合情理的。按,《晋书》卷九八《王敦传》:"敦少有奇人之目。"《品藻》11 刘孝标注引《晋阳秋》说:"(王衍)常为天下士目曰:'阿平第一,子嵩第二,处仲第三。'"可见王敦于中朝时即有重名。孙绰所言"数十年间",以此推断,目王敦为"可人"之事,当早在中朝时。程炎震据孙绰与亮笺,以为是桓温称王敦为"可儿"是温少时语。《晋书》叙此于镇姑孰后，误。其实，据孙绰与庾亮笺，实不能得出是桓温少时语之结论。《晋书》、《建康实录》卷九皆叙此于桓温镇姑孰后，云"其心迹若是"，较合理而可信。

王敦有"可人"之目，有无"可人"之事实？有。《豪爽》1记王敦善击鼓。"令取鼓与之，于坐振袖而起，杨槌奋击，音节谐捷，神气豪上，傍若无人，举坐叹其雄爽。""雄爽"二字，正确概括了王敦的个性。同篇2记王敦世许"高尚"之目：敦"尝荒恣于色，体为之弊，左右谏之，处仲曰：'吾乃不觉尔，如此者甚易耳。'乃开后阁，驱诸婢妾数十人出路，任其所之，时人叹焉"。王敦处理诸婢妾的方法，豪爽至极，天下罕见，真堪当"可人"之目。刘孝标注引邓粲《晋纪》说："敦性简脱，口不言财利，其存尚如此。"口不言财利，也是"可人"的表现。同篇3说："王大将军自目高朗疏率，学通《左氏》。""高朗"，为魏晋人格审美范畴之一，指志行高远，风度爽朗。疏率，与"简脱"义近，指行为粗放，不拘小节。王敦驱诸婢妾数十人出阁，任其所之，便是疏率。王敦性虽粗豪，但并非不学无术。"学通《左氏》"，好歹算是《左氏》专家。又《豪爽》4载：王处仲每酒后，辄咏魏武帝乐府诗："老骥伏枥，志在千里，烈士暮年，壮心不已。"以如意打唾壶，壶口尽缺。此则故事最能表现王敦的雄豪个性。"老骥伏枥"四句诗，写出汉末大英雄曹操暮年犹且壮怀激烈的气概。王敦酒后辄咏曹操诗，盖与曹操气质相同，借以抒发不甘老迈，有所作为的大志。

桓温为何赞叹谋反的王敦为"可儿"？这是须着重探索的问题。对此，前人理解不一。刘辰翁说："奸雄自相羡，名德乃不之道。"以为王敦、桓温皆是奸雄，故温自相羡王敦。王世懋却说："英雄相识，故不以成败论。"李慈铭说："按此是桓温包藏逆谋，引为同类，正与'作此寂寂，将令文、景笑人'，语同一致。"鄙意认为李慈铭揭示桓温晚年包藏逆谋，故引王敦为同类，此说庶几可得桓温称赞王敦的内心世界。《晋书》卷九八《桓温传》说温"以雄武专朝，窥觎非望，或卧对亲寮曰：'为尔寂寂，将为文、景所笑。'众莫敢对。既而抚枕起曰：'既不能流芳后世，不足复遗臭万载邪？'"以下接以"尝行经王敦墓，望之曰：'可人！可人！'其心迹若是"。可见桓温赞叹王敦"可人"，确以敦为同类。而王世懋说英雄不以成败论，解释所谓"英雄相识"，更深刻地揭示英雄相识的历史现象。英雄为何相知相识？其深层原因乃在英雄精神、气质、志向的相似且相通。王敦辄咏曹操诗，桓温称谋反失败的王敦为"可儿"，皆是惺惺相惜，英雄相识。物以类聚，人以群分。英雄成者为王，败者为寇。虽有成败之区别，然英雄卓绝不凡的才能、气质、精神,乃是普遍特征。一般来说,凡庸难识英雄,即使识得英雄,也因自身的平凡而未必欣赏英雄。李慈铭以"逆谋"衡桓温,殊不知名德与"英雄"常无关也。自汉末以来,英雄辈出,有几个是道德完人?唯有英雄才能理解英雄,识得英雄的志向及心理。英雄也确实不以成败论。英雄如金子,即使落在尘土中,仍难掩其非凡的光彩。

132. 王长史、林公论真长清言

王长史谓林公:"真长可谓金玉满堂。"林公曰:"金玉满堂,复何为简选?"王曰:"非为简选,直致言处自寡耳。"谓吉人之辞寡,非择言而出也。(《赏誉》83)

王长史(濛)、林公(支道林)论真长(刘惔)的清言特点,是由两人之间的对话展开。长史对林公说:"真长可谓金玉满堂。"金玉满堂出于《老子》第九章:"金玉满堂,莫之能守。"长史用来比喻刘惔无言不善。刘惔卒后,孙绰为惔《诔》叙说:"神犹渊镜,言必珠玉。"(见本篇116刘孝标注引)"言必珠玉"与长史"金玉满堂"意思相近。

可是林公对长史之言产生疑问:既然"金玉满堂",何必再加选择呢? 林公之问,应该是合乎逻辑的。因为"金玉满堂"呈现的意象,是处处金玉,灿烂耀目,既多且好,那还用挑选吗? 林公以神鉴非凡著称,如果看不出刘惔清言的简至特点,那是不可思议的。林公之问,应该是觉得长史"金玉满堂"之喻,虽然道出了真长清言辞藻珠玉般的美好,但与"简选"的特点有抵牾,仍不够准确,未惬人意,故发此问,看看长史究竟能不能说得更准确。经林公之问,长史终于准确道出真长清言最主要的特色:"非为简选,直致言处自寡耳"。意思是并不是有意的选择,而是清言之际言辞自然而然的简约。至此,刘惔清言的特点得到恰当的评价,而原先的"金玉满堂"之评未免肤浅。可见,一切问题的讨论,只有高人的参与,才有可能达到深刻的境地。高人即林公也。

为了对刘惔清言的特点有深入的理解,再补充引一些资料说明之。

本书前面已说过,魏晋清谈大致有繁、简两派。前者辞繁而恢弘,后者辞简而义精。刘惔即是东晋以辞简著称的一流清言家。《文学》56 记刘惔与孙盛共论

《易》象，作二百许语，"辞难简切，孙理遂屈"。《品藻》48记刘惔与王濛清言，毕，长史之子苟子问父亲："刘尹语何如尊？"长史答："韶音令辞不如我，往辄破的胜我。"佩服刘惔一往即至精要，直探理窟。《赏誉》111记许玄度说："《琴赋》所谓'非至精者，不能与之析理。'刘尹其人。"以"至精"目刘惔。以上记载，都能见出刘惔清言的特点是简至——辞语简约，义理精深。

那么，刘惔的简至是否为简选的结果？长史以为"非为简选，直致言处自寡"。这种说法是可取的。《晋书》卷七五《刘惔传》说惔"性简贵"，简贵者，简傲高贵之意。傲为高傲，高自位置，这点暂且不说。简则有行为简脱，言辞简约两层意思。因此，刘惔清言的简至根本上与他的个性有关。言辞的多寡，精炼与繁芜，与自然禀赋之间存在深刻的联系。出口成章，或字字玑珠，或精金美玉，那是天赋的才能；如果临到清言，双方哲思与语言的对垒正在激烈冲撞，瞬息万变之际还在选择言辞，哪算什么著名清言家？

133. 王右军评谢万石诸人

王右军道谢万石"在林泽中为自遒上"，叹林公"器朗神俊"，《支遁别传》曰："遁任心独往，风期高亮。"道祖士少"风领毛骨，恐没世不复见如此人"，道刘真长"标云柯而不扶疏"。《刘尹别传》曰："惔既令望，姻娅帝室，故屡居达官。然性不偶俗，心淡荣利，虽身登显列，而每抱降，闲静自守而已。"（《赏誉》88）

此条记王右军鉴赏谢万石、林公、祖士少、刘真长四人的风神。

右军道谢万石"在林泽中为自遒上"。林泽，山林之谓。在林泽中，犹言在隐逸之士中。疑右军品评谢万时，后者尚隐居在会稽东山。遒上，此指精神劲健挺拔。《世说》中的"上"是个好词儿，如"风气日上"（《赏誉》52）。羲之曾与桓温书，称谢万"迈往之气"，与"遒上"可以印证。右军道谢万"在林泽中为自遒上"，犹言在隐逸之士中精神风貌自显得劲健挺拔。

右军叹支道林"器朗神俊"。器，指器局，器宇，器度。朗，魏晋人格审美范畴之一，义为明亮、清澈，与其他字组合，形成"朗拔"、"朗诣"、"朗彻"、"清朗"、"爽朗"等人物品藻用语（参见本篇48札记）。神俊，指精神气质的卓异不凡。魏晋论人最重神俊,神俊者为上上佳士。《晋书》卷三五《裴楷传》记裴楷有疾,王衍奉诏省疾,深叹裴楷神俊。江淹《伤爱子赋》说:"生而神俊,必为美器。"《言语》63记支道林养马,或言道人畜马不韵,支曰:"贫道重其神骏。"可知林公欣赏神俊之美。林公形恶,但无碍其精神俊逸。

右军道祖士少(约)"风领毛骨,恐没世不复见如此人"。"风领毛骨"四字较难解。风领,日人《世说新语补考》上释为"风范",恩田仲任《世说音释》释为"风标"。中古时期的典籍中,偶见"风领"一词。例如《高僧传》卷一《帛尸梨密多罗传》:"琅琊王师事于密,乃为之序曰:'……高坐心造峰极,交俊以神,风领朗越,过之远矣。'"又南朝齐孔稚珪《祭外兄张长史文》:"惟君之德,高明秀挺。浩汗深度,昂藏风领。学不师古,因心则睿。筌蹄象繇,糠秕庄惠。"(严可均编《全上古三代秦汉三国六朝文·全齐文》卷一九)以上两例中的"风领",为一并列结构的名词,当与右军所谓"风领毛骨"之"风领"同义。然是否作"风范"、"风标"解,仍须研究。按,风,谓风度、风范、风貌。领,谓领会、领解、悟解。陶潜《饮酒》诗之十三:"醒醉还相笑,发言各不领。"《高僧传》卷一《帛尸梨密多罗传》:"密虽因传译,而神领意得,顿在言前。"同书卷五《道安传》:"不可领解,事过多验。"本篇110注引《高逸沙门传》:"(支遁)每举麈尾,常领数百言,而精理俱畅,预坐百余人皆结舌注耳。"上述数例之"领"为动词,风领之"领"则转作名词。"风领",犹言风度与理解力,释为"风范"、"风标"或"风韵"似皆未当。"毛骨"诚谓"皮毛骨骼",即骨相也。以骨相论人,古已有之。汉王充《论衡·骨相篇》以骨相、骨法为人之表候,察之可知富贵、贫贱及性格,以为"性命系于形体,明矣"。《晋书·元帝纪》:"及长,白豪生于日角之左,隆准龙颜,目有精曜,顾眄炜如也。……沈敏有度量,不显灼然之迹,故时人未之识焉。惟侍中嵇绍异之,谓人曰:'琅琊王毛骨非常,殆非人臣之相也。'"嵇绍察琅琊王之毛骨,知其有帝王之相,与相工伎俩无异。日人竺常《世说抄撮》释"风领毛骨"说:"'毛'或作'冰'字。然则'领'当作'翎',风翎,谓高飞也;冰骨,谓高干也。"此说无版本依据,说亦牵强。鄙意以为"风领毛骨"必是指人物的风度、形体及悟解力。有的研究者以为祖约后来与苏峻一起叛乱,而王羲之却赞其"风领毛骨,恐没世不复见如此人","不分是非,实在不伦不类,令人啼笑皆非"。此以成败论人,恐不可取。何况右军称赏祖士少时,士少尚未作逆,叹其人格之美,有何不可?王导当初也曾招祖约夜语,至晓不眠,说:"昨与士少语,使人忘疲。"士少必有悟解新拔者,才使王导有兴趣,"至晓不眠"。本篇132记王子猷说:"世目士少为朗,我家亦以为彻朗。"刘孝标注引

《晋诸公赞》说："祖约少有清称。"可知羲之父子颇欣赏祖约,而约"少有清称",成名早,非默默无闻之辈。

右军道刘真长"标云柯而不扶疏"。乃以物喻人。"标云柯",状树木高标云汉。扶疏,枝叶繁茂分披貌。刘惔作风清高,不与小人来往。"标云柯"以喻真长之清高。按,时人目真长,或曰"简秀",或曰"简令"。"简"义之一为不烦,以少胜多。"不扶疏"即为"简秀"。张万起、刘尚慈《译注》释"高云柯"为"比喻身登高位",释"不扶疏"为"闲静自守",恐皆不确。

134. 时人评王长史清言

林公谓王右军云:"长史作数百语,无非德音,如恨不苦。"苦谓穷人以辞。王曰:"长史自不欲苦物。"(《赏誉》92)

魏晋清言家由于个人气质、学风及思辨能力的差异,清言的特点各具色彩。一流清言家如殷浩、刘惔、王濛、孙盛、支遁、谢安,清言各有个性和短长。

关于王长史(濛)的清言特色,支道林、王羲之、谢安皆有评论。此条记林公、王右军谈论王长史的清言特色。林公说:"长史作数百语,无非德音,如恨不苦。""数百语",是指清言的长度仅数百语。德音,谓美善之言。《诗·邶风·日月》:"乃如之人兮,德音无良。"毛传:"音声良善也。"林公先是赞美王长史清言无非音辞之美、义理之正,后又遗憾长史辩论时词锋尚未到穷人以辞的锐利。刘孝标注曰"苦谓穷人以辞",意思是使辩论的对手辞穷无言以对。盖清言双方欲决优劣胜负,势必逼对手理塞辞穷。故"苦"乃魏晋清言论难时的普遍作风。王长史不苦,林公对此未免遗憾。然王右军与林公看法不同,说"长史自不欲苦物",意思说,长史本来就不想苦人。合林公、右军之语观之,王长史清言有两大特点:一,无非德音;二,不欲苦物。长史清言的特点,在另外的故事中得到充分印证。本篇133记谢安赞美王长史说:"长史语甚不多,可谓有令音。""语甚不多",即林公所说的长史作"数百语"。由此可知,王濛清言属于尚简一派,不作长篇大论,滔滔不绝。"有令音",也就是"无非德音"。显然,谢安之评一同林公之论。该条刘孝标注引《濛别传》说:"濛性和畅,能清言,谈道贵理中,简而有会,商略古贤显默之际,辞旨劭令,往往有高致。"评长史的清言更具体明了,涉及王濛的个性,清言特点、谈论内容以及评价。这里稍作分析。"濛性和畅",和畅之人谦虚和善,以恕道待人接物。本篇87刘孝标注引《濛别传》说:"濛之交物,虚己纳善,恕而后行,希见其喜愠之色,凡与一面,莫不敬而爱之。"长史清言何以无非德音,不欲苦物,皆可由其和畅个性得到根本性的解释。长史"虚己纳善,恕而后行"的品格,无疑受到儒家精神的涵养。再由人格影响其清言特点,所谓"谈道贵理中"、"辞旨劭令",皆主要源于儒家精神的熏陶。"简而有会",指长史清言简洁而又有悟解,表现为"往往有高致"。"商略古贤显默之际",是说长史清言,以商讨古贤的出处为主要内容。

最后,听听王濛如何自我评价清言的长短。《品藻》48载:"刘尹(惔)至王长史许清言,时苟子年十三,倚床边听。既去,问父曰:'刘尹语何如尊?'长史曰:'韶音令辞不如我,往辄破的胜我。'""韶音令辞",即《濛别传》所说的"辞旨劭令"。"破的"指义理的解释精当有新见,直抵义理的精妙处。这与林公所谓"无非德音"若合符契。长史自以为"韶音令辞"是己之所长,而义理精拔以刘惔为胜。两人清言的特点,由王濛亲口道来,是否特别恰当且亲切有味?

135. 王长史叹林公清言

王长史叹林公:"寻微之功,不减辅嗣。"《支遁别传》曰:"遁神心警悟,清识玄远。尝至京师,王仲祖称其造微之功,不异王弼。"(《赏誉》98)

支道林是东晋中期最著名的高僧兼清言家。王公贵人、名士缁流,皆为之倾倒。名士与名僧的交往,早在魏末就渐成风气,但二者的广泛交往,学术上的深度交融,共同开创清言鼎盛的文化新境界,终究以东晋中期为最。

王长史叹林公:"寻微之功,不减辅嗣。"高度评价支道林的探玄究微之功,不逊于魏晋玄学的代表人物王弼。这种以名僧拟比玄学中人的风气,也是始于东晋,散见于慧皎《高僧传》。孙绰作《道贤论》,以天竺七僧比竹林七贤,即以竺法护比山涛(见《昙摩罗刹传》),以帛远比嵇康(见《帛远传》),以竺法乘比王戎(见《竺法乘传》),以竺法潜比刘伶(见《竺法潜传》),以于法兰比阮籍(见《于法兰传》),以于道邃比阮咸(见《于道邃传》),以支遁比向秀,并云:"支遁、向秀,雅好《庄》《老》,风好玄同矣。"(见《支遁传》)又孙绰《喻道论》论及支道林说:"支道林者,识清体顺而不对于物。玄道冲济,与神情同任。此远流之所以归宗,悠悠者所以未悟也。"(《高僧传》卷四《支道林传》)指出四方之士之所以宗仰林公的原因。"识清体顺",谓见解精神,依顺自然。"不对于物",义近不拘于物。"玄道冲济,与神情同任",赞叹林公爱好的玄虚充盈而圆通,与神情同往。如果说,孙绰偏重赞美林公的玄虚作风,那么,王长史则主要叹服林公的"造微之功",即义理的精微阐发。

本篇110载:王、刘(惔)听林公讲,王语刘曰:"向高坐者,故是凶物。"复更听,王又曰:"自是钵钎后王、何人也。"王濛意思说,支道林是沙门中的王弼、何晏。刘孝标注引《高逸沙门传》说:"王濛恒寻遁,遇祗洹寺中讲,正在高坐上,每举麈尾,常领数百言,而情理俱畅,预坐百余人皆结舌注耳。濛云:'听讲众僧向高坐者,是钵钎后王、何人也。'"读此,可见王濛对林公的倾倒,林公的讲经风度,讲经的悟解超拔,情理俱畅,以及听众的用心聆听之状。

林公清言之所以倾倒时人,在于玄佛相融,给以"三玄"为主的传统清言注入佛教哲学,由此开辟理论新境。《高僧传·支道林传》对此有详细的叙述:"晋哀帝即位,频遣两使征请出都,止东安寺讲《道行》《波若》,白黑钦崇,朝野悦服。太原王濛,宿构精理,撰其才词,往诣遁,作数百语,自谓遁莫能抗。遁乃徐曰:'贫道与君别来多年。君语了不长进。'濛惭而退焉。乃叹曰:'实缁钵之王、何也。'"郗超问谢安:"林公谈何如嵇中散?"安曰:"嵇努力裁得去耳。"又问何如殷浩。安曰:"亹亹论辩,恐殷制支。超拔直上,渊源实有惭德。"郗超后与亲友书云:"林法师神理所通,玄拔独悟。实数百年来绍明大法,令真理不绝,一人而已。"支道林讲《道行》《波若》,玄释兼综,义理精微,出于玄学中人的思致之外,故"白黑钦崇,朝野悦服",不仅王濛叹服,谢安亦以为林公清言胜过嵇中散与殷浩,其中"超拔直上,渊源实有惭德"二句,是说林公义理超拔,胜过殷浩。可见时人一致称赞林公的造微之功。至于郗超甚至称数百年来,绍明大法,一人而已,推崇无以复加。确实,东晋清言场所挥麈谈论玄佛者无虑百数,但无一人如支道林那样为名流叹服如此。

林公造微之功,当在打通玄释,非仅仅是玄学造诣。《文学》32记支道林与冯太常共谈《庄子·逍遥游》,"支卓然标新理于二家之表,立异义于众贤之外,皆是名贤寻味所不得。后遂用支理。"支遁立《逍遥义》拔理于向、郭之外,盖以佛解

《庄》也。此为林公造微之功的典型例子。《文学》35 记支道林造《即色论》,以玄学之"本无"解释佛经"色无自性"——色本是因缘假有,本性空无。此等道佛通释的学术新见与方法,倾倒当世名流也就不足为奇了。

136. 神情、山水与作文

孙兴公为庾公参军,共游白石山。卫君长在坐。《卫氏谱》曰:"永字君长,成阳人,位至左军长史。"孙曰:"此子神情都不关山水,而能作文?"庾公曰:"卫风韵虽不及卿,诸人倾倒处亦不近。"孙遂沐浴此言。(《赏誉》107)

孙兴公(绰)游白石山时,当着卫永的面,嘲笑他"神情都不关山水,而能作文"。孙绰虽然不礼貌,却在典型环境中提出一个典型问题:神情不关山水,不能作文。这个问题的核心,是山水与作文有关,或者说是山水有助于作文。

神情关注山水,是人类天生的禀赋之一。当然,由于个性差异,有人更容易被山光水色所激动,有人漠然于四时物色的变化。这种差异其实是个体之间山水美感的差异。意识到山水之美,神情因之愉悦或感动,那是后来的事。大致在汉末,山水美感已与文学相关了。审美主体(神情)与外在客体(山水)相关,咏唱愉悦的情怀,描写山水的物像,山水文学由此肇兴。东晋名士寄情山水,咏唱自然,山水美感遂与文学相伴相生,山水文学得到长足发展。孙绰肯定山水与文学相关的见解,后来刘勰在《文心雕龙·物色》中更予以充分阐述:"山林皋壤,实文思之奥府。""屈平所以能洞监风骚之情者,抑亦江山之助乎!"刘勰以为山水是"文思之奥府",屈平文章"得江山之助",揭示了山水与作家文思之间的关系,与孙绰之语一脉相承。

或许觉得孙绰的话太刺激卫永,庾亮说了两句卫护卫永的话,既肯定卫永风韵不及孙绰,又称卫永使诸人倾倒处亦不平凡。不近之"近",鄙薄、平庸之意。庾公所说的"风韵",当包括两层意思:一是神情有关山水,二是能作文。此二点,正是孙绰自负之处。《晋书》卷五六《孙绰传》说绰"少与高阳许询俱有高尚之志,居于会稽,游放山水十有余年,乃作《遂初赋》以致其意"。"绰有文才垂称,于时文士,绰为其冠。温、王、郗、庾诸公之薨,必须绰为碑文,然后刊石焉"。孙绰才藻,为时人所爱,支遁曾问绰:"君何如许(询)?"孙答曰:"高清远致,弟子早已服膺;然一咏一吟,许将北面。"孙绰善作文,确是事实不虚。读他的《遂初赋》《天台山赋》《三月三日兰亭诗序》等文,都可看出他的神情永远关注着山水。《遂初赋》说他"经始东山,建五亩之宅,带长阜,倚茂林"。《游天台山赋》抒写向往名山之情:"余所以驰神运思,昼咏宵兴,俛仰之间,若已再升者也。"(见《文选》)《三月三日兰亭诗序》说:"屡借山水,以化其郁结。"(《全晋文》卷六一)说他有山水之痴,一点不过分。

"神情都不关山水,而能作文?"此二语虽有嘲笑他人的意味,其实更应该看作孙绰对于山水与文章关系的真切体认。山水激发了他的创作冲动,这是他能作文的经验。这种经验并非孙绰独有,东晋许多名士都具山水美感,视山水为精神寄托之地,化解心中的郁结,一咏一吟,诞生了诗与散文。名士有一种风韵就在于寄情山水,在于山水中的自由咏吟。孙绰性鄙,但不掩其寄情山水,一咏一吟的风韵。东晋作家有此风韵,才有山水文学的蓬勃发展。至晋宋之交,出现了谢灵运,大写山水诗,有力地证明神情有关山水,山水确实有助于作文的这一见解,乃是山水文学发生与兴盛的真理。

137. 简文论殷浩清言

简文云:"渊源语不超诣简至,然经纶思寻处,故有局陈。"(《赏誉》113)

简文帝因其至尊地位,本人又喜爱玄佛与清言,故成为东晋中期清谈的中心人物,对当时清谈名士的特点、优劣了如指掌。简文评渊源(殷浩)的清言长短,非常确切。

简文之评有两点:一是殷浩清言之短,所谓"不超诣简至";二是称赞其长,所谓"经纶思寻处,故有局陈"。以下分释之:

超诣,意为高超玄妙,义近"超拔"、"出拔",都是指义理卓绝,超出庸常。宋张端义《贵耳录》卷上说:"东晋清谈之士,酷嗜庄老,以旷达超诣为第一等人物。"此说甚是。《文学》13载:诸葛厷年少不肯学问,始与王夷甫谈,便已超诣。王叹曰:"卿天才卓出,若复小加研寻,一无说愧。"可知,天才卓出者为超诣。简至,谓言辞简约精深。"超诣简至",乃是魏晋清言的最高境界。简文说"渊源语不超诣简至",显然不承认殷浩是一流的清言家。简文在其他场合也表示殷浩的清言并不是最好的。例如《品藻》39:"人问抚军:'殷浩谈竟何如?'答曰:'不能胜人,差可献酬群心。'"以为殷浩清言不能超过别人,勉强使大家满意。可见简文始终认为殷浩不属于超诣简至的一流人物。

但简文肯定殷浩的经纶思寻处有局陈。"经纶"一词出于《周易·屯》:"云雷屯,君子以经纶。"孔颖达《正义》:"经谓经纬,纶谓纲纶,言君子法此屯象有为之时,以经纶天下,约束于物。"经纶的本义指整理丝缕、理出丝绪以便编织。这里借以比喻殷浩清言讲究条理。局陈,余嘉锡《笺疏》注解:"此'陈'字,当读如'兵陈'字'陈'。言其语布置有法,如兵陈之局势也。"简文的意思说,殷浩清言布局如军阵。

关于殷浩清言的特点,见于《世说》的有多处。本篇82王司州(胡之)曾与殷浩清言,叹曰:"己之府奥,蚤已倾写而见,殷陈势浩汗,众源未可得测。"这是一位清言失败者的真切的自我感受,描述殷中军清言布局的浩瀚阔大,如无边无际的海洋,自己却像干竭的河流,早已被海洋吞没,而茫然不测海洋的源头与变化。那种惊心动魄的感觉,千年之后仍引起我们的惊叹和探索的兴趣。王司州"殷陈势浩汗,众源未可得测"的感受,是简文所谓"然经纶思寻处,故有局陈"二句再确切不过的注脚。又《文学》43刘孝标注引《高逸沙门传》载:殷浩不太熟悉佛经,派人迎支道林。支欲往。王羲之劝支不要去,说"渊源思致渊富",去了恐怕不能占上风。王羲之所说的"思致渊富",当指殷浩逻辑思维的深广博大,觉得即或善辩如支道林,也不可贸然前往,否则会跌掉十年道分。王羲之的担忧后来得到完完全全的证实:《文学》51记支道林、殷渊源在相王(指简文)处谈《才性论》,相王先是告诫支道林,"才性殆是渊源崤、函之固,君其慎焉!"开始时支道林"改辙远之",设法避开殷浩的锋芒,避免落入对方之"局陈"。然数次交锋之后,不知不觉落入殷浩的理窟之中。支道林之所以落下风,与王司州相似:殷浩陈势浩瀚,一进入其思辨的军阵,无可逃遁。

对殷浩清言长短的评论,不止简文一人,谢安也有相似的看法。《品藻》67记郗嘉宾(超)问谢太傅(安):殷中军何如支道林?谢回答说:"正尔有超拔,支乃过殷;然亹亹论辩,恐口(缺文,当作殷)欲制支。"意思是支比殷超拔,但言辞娓娓不绝,恐殷胜于支。可见,简文、谢安的评论相同:殷中军清言义旨超拔不够是其短,而布局恢弘,语势浩瀚,娓娓不绝是其长。

138. 法汰名重之由

初,法汰北来,未知名,车频《秦书》曰:"释道安为慕容晋所掠,欲投襄阳,行至新野,集众议曰:'今遭凶年,不依国主,则法事难举。'乃分僧众,使竺法汰诣扬州,曰:'彼多君子,上胜可投。'法汰遂渡江至扬土焉。"王领军供养之。《中兴书》曰:"王洽字敬和,丞相导第三子。累迁吴郡内史,为士民所怀。征拜中领军、寻加中书令,不拜,年二十六而卒。"每与周旋行来。往名胜许,辄与俱,不得汰,便停车不行,因此名遂重。《名德沙门题目》曰:"法汰高亮开达。"孙绰为汰赞曰:"凄风拂林,明泉映壑,爽爽法汰,校德无作。事外萧洒,神内恢廓。实从前起,名随后跃。"《泰元起居注》曰:"法汰以十二年卒,烈宗诏曰:'法汰师丧逝,哀痛伤怀,可赠钱十万。'"(《赏誉》114)

四世纪中叶,北中国战火遍地,彼灭此起。高僧释道安率领一批僧众,一边躲避着刀枪剑戟,一边坚定地跋涉在荒村野谷,传播佛祖的声音。大概在晋穆帝永和末年,释道安避后赵石氏之乱,在陆浑山木食修学。不久,前燕主慕容俊逼陆浑,道安率众南投襄阳,行至新野,对徒众说:"今遭凶年,不依国主,则法事难立,又教化之体宜令广布。"咸曰:"随法师教。"于是令同学法汰往扬州(《高僧传》卷五《释道安传》)。时在穆帝升平元年或二年(357或358)。

法汰北来之初未知名,领军王洽"每与周旋行来",与名流交游时,必与法汰俱行。由此法汰渐有名誉。法汰从"未知名"至"名遂重",王洽的供养和提携起了重要作用。显然,社会名流的包装、礼敬、宣传,造就了名僧法汰。从更广阔的视野来看,法汰由无名至名重,是得天时、地利、人和之赐。

所谓天时地利指时代原因。法汰北来的时代,佛教正以前所未有的速度,在江南传播。西域或北中国的僧人到江南弘法,生存条件较之汉魏之际已大为改善。一二百年前,佛教初传南方,不论国主还是民众,十分陌生这种外来的宗教,大多数人视之异端外道。《高僧传》卷一《康僧会传》说:僧会欲弘法江南,以吴赤乌十年(247)达建邺。时吴国初见沙门,一点不了解佛教,吴主孙权也不信佛,召僧会诘问。僧会答以佛舍利神曜无方,孙权以为夸诞。乃打试舍利,二十余日后亲见舍利神异,遂大叹服,并造佛寺号建初寺。《吴志·孙綝传》记綝不信佛,毁浮图,斩道人。吴主孙皓将金佛像置于不净处,以小便灌之。可见佛教初传江南时,处境十分艰难。经康僧会、支谦等前辈高僧的忍辱负重,弘法不止,至东晋初,佛教终于在江南站住脚跟,影响日益深远。再者,魏末西晋时,北方学者、名流已对佛教有所了解。中朝覆灭,大批文化人避乱江南,与僧人来往的风气亦随之而来。晋元帝、明帝、王导、周顗、庾亮等君臣崇敬佛教,北方社会名流喜佛的旧习得以继承。法汰渡江至扬土时的境遇,大大好过一百余年前康僧会至吴。那是佛教在江南发展的必然结果。

与竺法汰相似,晋成帝时的康僧渊,初至江南也未有名,来往于朝市,乞食亦自活。后来跑到殷浩那边,正值宾客在坐,见僧人来,殷浩请他坐下来,寒暄之后开始清言。康僧渊的语言及义理,比起在坐的名士毫无愧色,大略说了几句义理的要点,精微幽妙,名声由此而起。若殷浩不接纳康僧渊,或者康僧渊不善清言,则后者不可能知名。由此看来,渡江僧人成为名僧,一须南方名士的接纳与延誉,二须本人也得精通义学。

东晋的王氏家族素有崇佛的门风,至王导一辈,已与佛教发生密切的关系。《高僧传》卷四谓竺法深姓王,琅琊人,晋丞相武昌郡公王敦之弟,永嘉初避乱江南,元帝、明帝、丞相王导、太尉庾亮并钦其风德,友而敬焉。西域高僧帛尸梨密多罗(高座道人),王导一见而奇之,以为同道,待之上宾。王敦在南夏,听说王导、周顗诸人器重高座,疑以失鉴。及见高座,非常高兴,礼敬备至。王洽子王珉,年轻时曾师事高座,也曾在府中听西域沙提婆将《毗昙经》,并与沙门法纲等数人自讲。王劭子王谧深通佛学,与当世僧人有过广泛交往。西域高僧僧伽提婆以太元十六年(391)来寻阳,江州刺史王凝之为檀越,主持译出《阿毗昙心经》《三法度》等。王氏奉佛门风如此,故法汰北来,王洽即供养之,每与周旋。

释道安说"不依国主,则法事难举",道出弘扬佛法的主要条件。想大弘佛法,必须获得世俗政权的支持。国主支持佛教,乃是佛教得以发展的不二法门。另一方面,世俗政权信奉佛法,崇敬僧人,自然也有其世俗目的。

139. 谢太傅道王坦之

谢太傅道安北:"见之乃不使人厌,然出户去不复使人思。"安北,王坦之也。
《续晋阳秋》曰:"谢安初携幼稚同好,养志海滨,襟情超畅,尤好声律,然抑之以礼,在哀能至。弟万之丧,不听丝竹者将十年。及辅政,而修室第园馆,丽车服,虽蒈功之惨,不废妓乐,王坦之因苦谏焉。"按谢公盖以王坦之好直言,故不思尔。(《赏誉》128)

　　谢太傅(安)评价王安北(坦之),全由自己的感受道出,具体而有趣味。不过要理解谢安为什么有这种感受,感受的内涵又是什么,以及他对王坦之的感受是否符合坦之的思想作风,仍须解说。

　　"见之乃不使人厌"一句是正面评价王坦之。坦之早有令誉,《言语》72 注引《王中郎传》说:"坦之器度深淳,孝友天至,誉辑朝野,标的当时。"《赏誉》126 说:"扬州独步王文度。"《晋书》卷七五《王坦之传》说,坦之敦儒教,"忠公慷慨,标明贤胜"。《品藻》63 记庾道季说:"志力强正,吾愧文度。"《品藻》72 刘孝标注引《续晋阳秋》说:"坦之雅贵有识量,风格峻正。"上述赞誉都能说明王坦之是个正人君子,属于佳士无疑。桓温晚年独擅军政大权,篡夺之志天下皆知。谢安、王坦之联手抗衡桓温,是东晋政权的中流砥柱。《雅量》27、29、30 数条记载他们二人冒着不测之险面晤桓温,虽然坦之处变不惊的雅量不及谢安,但"志力强正"之个性犹不尽失,表现出忠于国家的可贵品格。所以,坦之毕竟是谢安的战友,二人相见,谢安没有任何理由讨厌他。

　　"出户去不复使人思"一句,从负面评价坦之。为何坦之出门去不复使人思?据刘孝标注引《续晋阳秋》,乃是谢安虽蒈功之惨,不废妓乐,王坦之因苦谏。孝标以为谢公因王坦之好直言,故不思尔。按,坦之苦谏谢安不废妓乐,惹得谢安不快,这固然是谢安不复思的重要原因,但决非仅此一事。朱铸禹《汇校集注》解释道:"坦之性情冲挹平淡,故云见之不使人厌;而又无风流韵度,故云去不复使人思。"朱氏说"坦之性情冲挹平淡",恐未得坦之"风格峻正"之实。然以为坦之"无风流韵度",故谢安云去不复思,此言可取。谢安先前隐居东山,天下皆知其为风流名士,出仕成了"风流宰相",善清言,好丝竹。而坦之清言平平,以至庾道季说:"若文度来,我以偏师待之;康伯来,济河焚州"(《言语》79),很看轻坦之清言的水平。又王坦之曾问刘长沙:"我何如荀子?"刘回答:"卿才不胜王荀子(修),但获名之机遇较荀子为多。"可见在时人看来,坦之才能并不杰出。支遁天才卓绝,道俗宗仰,四方之士趋之唯恐不及,唯王坦之与之绝不相得。王称林公诡辩,林公讽刺王说:"着腻颜帢,緟布单衣,挟《左传》,逐郑康成车后,问是何物尘垢囊?"意思说坦之学问窃前人之陈编,保守无新意。坦之与林公不相得,也是少"风流韵度"之故。风流雅韵之人,自然不复相思"志力强正"却无雅韵者。

谢安、王坦之二人风调之差异,在对待妓乐问题上分歧严重。谢安晚年,虽昔功之惨,不废妓乐,正如王羲之所说:年在桑榆,正赖丝竹陶写耳。来日苦短,当及时享受现世的欢乐。坦之却以儒家声教,非而苦谏之。谢安致书坦之说:"知君思相爱惜之至。仆所求者声,谓称情义,无所不可为,聊复以自娱耳。若絜轨迹,崇世教,非所拟议,亦非所屑。常谓君粗得鄙趣者,犹未悟之濠上邪!故知莫逆,未易为人。"谢安首先声明爱好音乐,乃在"称情"与"自娱"。此与嵇康《声无哀乐论》相同,都以为音乐的本质是情感的宣泄,用于娱乐。谢安又说,"若絜轨迹,崇世教,非所拟议,亦非所屑",断然否定儒家的声教,以为音乐与规范人的行为,崇尚名教无关,己所不屑。其次以为王坦之不理解自己爱好音乐的兴趣,乃未悟濠上之乐,感叹莫逆之交难遇。王坦之答复说:"具君雅旨,此是诚心而行,独往之美,然恐非大雅中庸之谓。意者以为人之体韵,犹器之方圆,方圆不可错用,体韵岂可易处!各顺其方,以弘其业,则岁寒之功必有成矣。吾子少立德行,体议淹允,加以令地,优游自居,金曰之谈,咸以清远相许。至于此事,实有疑焉。公私二三,莫见其可,以此为濠上悟之者,得无鲜乎!……"称谢安关于声律的看法"非大雅中庸之谓"。这说明坦之服膺儒家乐论。又谈人之"体韵",即人之性情及其外在表现,犹器物之方圆,方圆不可错用,体物岂可易处,应各顺其方,才能成其功业。接下来称许谢安之"体韵",说安早年隐居,善于清言,"咸以清远相许"。至于昔功之惨,不废妓乐一事,无论公私及朋友,莫见其可。这样的濠上之乐,岂不是太少见!二人书往返数四,谢安终究不从坦之。从坦之苦谏谢安以及二人的往返书信,不难理解谢安评坦之二语之深层原因。盖谢安得嵇、阮之遗风,越名教而任自然,受道家人生哲学的影响,本色是风流名士。王坦之则固守传统儒学,学风保守,作风峻整,为名教中人,是朝廷名臣。名士享受艺术化之生活,名臣则以礼法自拘亦拘人,二者"体韵"不同。政治上可以联手,人生价值观则迥异。名士与名臣落落寡合,岂能成莫逆之交?

140. "阿龄于此事故欲太厉"

谢太傅语真长:"阿龄于此事故欲太厉。"修龄,王胡之小字也。刘曰:"亦名士之高操者。"《胡之别传》曰:"胡之治身清约,以风操自居。"(《赏誉》131)

《世说》中有许多故事只言片语,不知背景,很难索解。此条便是。阿龄指王胡之,字修龄。谢安与刘惔的对话缘何而发?很难考索,诸家皆不注。只有日人竺常《世说抄撮》说:"此事盖谓士之志行也。"又秦士铉《世说笺本》说:"此事指清言玄谈,与'当今此事推袁'意同,但彼指文字,此谓玄理。"太厉,朱铸禹《汇校集注》说:"意似谓过分磨砺也。"按,"此事"究竟指何事?袁宏《北征赋》写得好,桓温赞叹"当今不得不以此事推袁"。"此事"指作文,不会有误解。而谢安所言之"此事"毫无端绪,说是志行、玄理皆无依据。再者,"厉"字若依朱注释为"磨砺",则谓玄理磨砺太过;而刘惔承谢公之言,称王胡之"太厉"之举动是"名士之高操"。玄理磨砺太过,与名士之高操,二者有何因果关系?显然,释"此事"为玄理,于义难通。"此事"必非玄理也。

厉,威猛;猛烈;激烈。《左传·定公十二年》:"与其素厉,宁为无勇。"杜预注:"厉,猛也。"左思《蜀都赋》:"凉风厉,白露凝,微霜结。"谢安语真长,意谓阿龄在此事上反映太激烈。窃以为此事殆指《方正》52所记王胡之拒受陶胡奴送米事。王修龄在东山甚贫乏,乌程令陶胡奴送米一船,王不仅不受,反而说:"王修龄若饥,自当就谢仁祖索食,不须陶胡奴米。"胡奴好意,修龄却傲然蔑视之。修龄饥时,可能真有就谢尚索食之事。谢安为谢尚从弟,安从尚处得知修龄蔑视胡奴事非常合乎情理,遂与刘尹评说之。

谢安以为修龄所为不当,刘尹却肯定其为"高操"。刘孝标注引《胡之别传》,称胡之"治身清约,以风操自居"。清约者,清贫也。胡贫乏,人家送米而不受,正是清约有风操。谢安个性宽弘大度,以至"人谓公常无嗔喜"(《尤悔》14),批评王胡之在此事上态度太激烈。但刘惔性峭,交游畛域分明,对异类极严厉。《方正》51记有相识小人贻王濛、刘惔美餐,濛欲受之,刘惔却道:"小人都不可与作缘"。王胡之拒受陶胡奴米,在真长看来,不仅不是"太厉",反倒是"名士之高操"。赞美王胡之,其实也是肯定和赞美自己。若依《世说笺本》、朱注谓此事与玄理有关,则刘尹所言"名士之高操者"并刘孝标注引《胡之别传》,皆无着落矣。

141. "张文,朱武,陆忠,顾厚"

吴四姓旧目云:"张文,朱武,陆忠,顾厚。"《吴录士林》曰:"吴郡有顾、陆、朱、张为四姓,三国之间四姓盛焉。"(《赏誉》142)

早在氏族社会晚期,以家长为中心,以血缘为纽带的宗族社会形态就已形成。至周代,宗族制度成为国家政治制度的基础。《尚书·尧典》说:"克明俊德,以亲九族。九族既睦,平章百姓。百姓昭明,协和万邦。"说明了宗族制度与国家政权两者之间的关系。

大致东汉以降,各地著名大族成了地方政权的基石,重要职位皆由大族子弟担任。此条刘孝标注引《吴录士林》说:"吴郡有顾、陆、朱、张为四姓,三国之间四姓盛焉。"四姓中的张氏、顾氏,大概在东汉时由中原迁徙江南。《三国志·吴志》卷五二《张昭传》说:昭彭城人,汉末大乱,徐方士民多避乱扬土,昭皆南渡江。同卷《顾雍传》裴松之注引《吴录》说:雍曾祖父奉,颍川太守。陆氏、朱氏则是江东世族,《吴志》卷五八《陆逊传》说:陆逊吴郡人,世江东大族。朱治为丹扬人,朱桓为吴郡人。顾、陆、朱、张四姓,特为孙氏政权倚重,占据许多举足轻重的文武职位。

旧目吴四姓说:"张文,朱武,陆忠,顾厚。"简洁概括了四姓的家风,可以看作早期的家族史研究的遗存,反映出汉末之后世家大族的兴盛及其在地方政权中的作用,以及大族地位上升的现实情况。

张文,谓张氏以文名世。《三国志·吴志》卷五二《张昭传》言昭少好学,善隶书,受《左氏春秋》,博览群书,曾与王朗共论旧名讳事,州里才士陈琳等皆称善之。裴松之注引《吴录》说:"昭与孙绍、滕胤、郑礼等,采周、汉,撰定朝仪。"晚年著《春秋左氏传解》及《论语注》。《吴志》卷五三《张纮传》注引《吴书》说:"纮入太学,事博士韩宗,治京氏《易》、欧阳《尚书》,又于外黄濮阳闾受《韩诗》及《礼记》、《左氏春秋》。"孙权"每有异事密计及草表书记,与四方交结,常令纮与张昭草创制作"。《吴书》又说:"纮见柟榴枕,爱其文,为作赋。"其赋得北方文士陈琳欣赏。"纮既好文学,又善楷篆,与孔融书,自书。融遗纮书曰:'前劳手笔,多篆书。每举篇见字,欣然独笑,如复睹其人也。'"可知张纮文才之外,又擅书艺。纮晚年著诗赋铭诔十余篇。陈寿评曰:"张纮文理意正,为世令器。"《吴志》卷五六《朱桓传》注引《文士传》载,张纯、张俨兄弟及朱异往见骠骑将军朱据,当即各赋一物,俨赋犬,纯赋席,异赋弩,皆成而后坐。此所谓"张文"也。

朱武,谓朱治、朱然、朱桓等皆为孙吴名将,朱氏以武功显于当世。《吴志》卷五六《朱治传》载,治随孙坚征伐,从破董卓,助陶谦破黄巾,助孙策东定会稽。治子才,嗣父爵,迁偏将军。裴松之注引《吴书》说:"才少以武任为武卫校尉,领兵随从征伐,屡有功捷。"才弟纪,亦以校尉领兵。才子琬,至镇西将军。治姊子然从讨关羽。吕蒙卒,镇江陵,破刘备。魏夏侯尚围攻江陵数月,不克而退,然名震敌国。朱桓亦为东吴名将。陈寿评曰:"朱治、吕范以旧臣任用,朱然、朱桓以勇烈著闻,吕据、朱异、施绩咸有将领之才,克绍堂构。"

陆忠,谓陆逊、陆抗、陆凯等皆以忠贞者称于东吴。陆氏忠于孙吴,与孙权以兄策女配陆逊有些关系。孙、陆联姻,陆氏子弟自然成了孙氏的股肱与腹心,居高位者不下数十人。《三国志·吴志》卷五八《陆逊传》末陈寿评曰:"及逊忠诚恳至,忧国亡身,庶几社稷之臣矣。抗贞亮筹干,咸有父风,奕世载美,具体而微,可谓克构者哉!"《吴志》卷五九《吴主五子传》载,孙登"又陈陆逊忠勤"。《吴志》卷六一《陆凯传》记何定佞巧便辟,陆凯面责定"事主不忠"。何定大恨凯,想中伤之,"凯终不以为意,乃心公家,义形于色,表疏皆指事不饰,忠恳内发"。陈寿评曰:"陆凯忠壮质直。"《规箴》5 注引《吴录》谓"(陆凯)忠鲠有大节"。

顾厚,指顾雍父子之仁厚。《吴志》卷五二《顾雍传》说:"其所选用文武将吏各随能所任,心无适莫。时访逮民间,及政职所宜,辄密以闻。若见纳用,则归之于上,不用,终不宣泄。"佞人吕壹毁短雍,后壹奸罪发露,"雍往断狱,壹以囚见。雍和颜色,问其辞状,临出,又谓壹曰:'君意得无欲有所道?'壹叩头无言。"顾雍不仅不衔恨于短毁自己的佞人,反而以厚道待之,以德报怨,难能可贵。裴松之注引徐众评曰:"雍不以吕壹见毁之故,而和颜悦色,诚长者矣。"雍长子邵与四方人士往来相见,"或言议而去,或结厚而别,风声流闻,远近称之"。邵作豫章太守,"留心下士,惟善所在"。凡此,皆见顾雍父子仁厚之风。

142. "真长性至峭,何足乃重?"

谢车骑问谢公:"真长性至峭,何足乃重?"答曰:"是不见耳。阿见子敬,尚使人不能已。"《语林》曰:"羊骠因酒醉,抚谢左军谓太傅曰:'此家讵复后镇西?'太傅曰:'汝阿见子敬,便沐浴为论兄辈。'"推此言意,则安以玄不见真长,故不重耳。见子敬尚重之,况真长乎?(《赏誉》146)

谢车骑(玄)的疑问有两层意思:一,真长性至峭;二,既然性至峭,何以还看重他?

"性至峭",谓性格非常严峻、尖刻。刘惔论人论事,皆严峻、尖刻,不留情面。《世说》记刘惔性至峭的例子不少。例如《言语》48:竺法深在简文坐,刘尹问:"道人何以游朱门?"刘惔之言显然有讽刺意味,言外之意是:僧人辞荣,离俗绝世,应栖身山林,何故游走官府?《文学》33:殷浩与刘惔清言,良久,殷理小屈,游辞不已。刘亦不复答,殷去后才说:"田舍儿,强学人作尔馨语。"稍微占了一点上风,就傲慢不回答,背后鄙称人家"田舍儿",是否很刻薄?《方正》51:刘惔、王濛共行,日中未食,有相识者送来丰盛的食品,真长推迟不受。王濛不解:"聊以充虚,何苦辞?"真长答:"小人都不可作缘。"称好意人为小人,完全不可与之交往。傲慢刻薄不饶人。以上数例,足以说明刘惔个性峭刻。

在谢玄看来,刘惔峭刻的个性不值得赞赏,而时人反而重之,故不解而问。其实,峭刻的个性并非一无是处。刘惔论人固然尖刻不厚道,但一语透底,往往能得人事之真。尤其是他的论事或清言,常能简明透彻,直抵义理的精微处。所以,刘惔终究是一流清言家,众人仰慕。

谢安答谢玄二语,解释何以看重刘惔的原因。却不言刘惔而言子敬佳,借以衬托刘惔比子敬更佳。正如刘辰翁所评:"不言真长而言子敬,晋语高之。"王世懋也说:"不言刘尹而言子敬,甚妙。"谢公意谓谢玄未见真长,故不重真长。意思是若见真长,必当重之。"阿见子敬,尚使人不能已",意谓汝见子敬尚且使人不能已已,如见真长,或许会惊呼:"今夕何夕,见此良人。子兮子兮,如此良人何!"子敬自幼仰慕真长,曾说:"远惭荀奉倩,近愧刘真长。"(《方正》59)子敬视真长为名士之冠,故觉自己行事,有愧真长。荀奉倩(粲)、刘真长、王子敬,是魏晋名士链上的代表人物,前后传承有序,证明魏晋名士风度渊源有自,绵绵不绝。当然,荀奉倩、刘真长为一流清言家,非王子敬可比。然而子敬妩媚的书艺,荀奉倩、刘真长能比吗?

我们再细读刘孝标注引《语林》所记羊骑同谢安的对话。孝标据谢安语,解释谢安回答谢玄的疑问,可说是正确无误。然太傅"汝阿见子敬,便沐浴为论兄辈"二句,仍然很费解。日人竺常《世说抄撮》解释道:"言汝见子敬,尚使悦服,而敢为论兄辈耶?兄辈,镇西也。"竺常称"兄辈"指镇西将军谢尚。但谢尚是谢玄的伯父,岂能称"兄辈"?按,谢玄既见子敬悦服,"便沐浴为论兄辈",则兄辈指子敬,非是谢尚也。

143. "虽不相关,正是使人不能已已"

谢公领中书监,王东亭有事,应同上省。王后至,坐促,王、谢虽不通,太傅犹敛膝容之。王、谢不通事,别见。王神意闲畅,谢公倾目。还谓刘夫人曰:"向见阿瓜,故自未易有,按王珣小字法护,而此言阿瓜,未为可解,傥小名有两耳。虽不相关,正是使人不能已已。"(《赏誉》147)

这个故事写谢安赏誉王珣。前半部分场面描写,表现谢安对王珣的欣赏;后半部分语言描写,表现谢安欣赏王珣的程度。在谢安发自内心的赞叹中,展示王珣的人格美感。故事更深的意蕴,在于显示谢安的人格品鉴超越世俗,臻于纯真的审美境界。

大约在太元六年(381),谢安为中书监,王珣时为黄门侍郎。王珣有事去中书监,因为后到,坐席靠近谢安。谢安收拢膝盖,给王珣让出空间。这种平凡的细节,一般不值得写。之所以写,是表现谢安虽与王珣交恶,但仍礼敬后者。关于王、谢交恶一事,须交代几句:王珣与弟王珉,原先都是谢氏的女婿。王珣娶谢万(谢安弟)女,王珉娶谢安女。不知何故,王、谢竟至猜嫌不和。先是王珣与谢万女离婚,后王珉又与谢安女离婚。由此二族遂成冤家对头,断绝来往。但谢安毕竟有弘量,见对头坐席逼仄,敛膝容之。

"王神意闲畅,谢公倾目。"这二句分写王、谢神情,非常传神。王珣不愧风流名士,在极易尴尬的场合,显得从容闲暇。须知晋人以神情闲畅为美。与初识之人在一起,落落大方,神意闲畅,固然是好风度,但还不算太稀奇。但若换了与昔日的老丈人促膝相对,而老丈人与你早一刀两断,那曾有的不快、猜疑、怨恨,重重叠叠堆积在记忆里,这时,你恐怕早已如芒刺在背,恨不得立刻逃之夭夭。王珣却不,一副若无其事,闲暇悠然的神态。如此场合,有如此风度,一般人很难做到,令人佩服。因此,谢安也不禁"倾目"了。"倾目",不单纯是注目或短暂的一瞥,而是欣赏和佩服的目光。

叙事至此,告一段落。后半部分谢安与刘夫人的一番话,是对王珣风度的评价,道出为什么欣赏王珣的原因,并流露出对王珣风神之美的一往情深。谢安评论王珣"故自未易有",意思是说王珣这样的风度确实难得。最令人感动的是最后二句:"虽不相关,正是使人不能已已"。王、谢交恶之后,不相往来,昔日的亲情早已断绝,也无实际的利害关系。照理说,不相关之人,美也罢,恶也罢,干卿何事?可是,王珣的风度就是使人不能忘怀。"不能已已"的不是别的,是那种独特的、抽象的、难以言说的人格之美。它超越了俗见,超越了家族之间的恩怨,超越了现实的利害,发出迷人的光彩,让人感动不已。所以说,晋人的人格审美超越时代,已进入艺术的境界。

古人亦有此言:"爱我者一何可爱,憎我者一何可憎。"可以说是爱憎分明。但这种爱憎以对方对自己的态度为转移,难于超越世俗的利害关系,甚至落入政治派别和朋党的泥潭。结果,所爱者可能是恶,所憎者也许是美。可爱、可憎若为亲疏、功利、朋党所左右,则距离纯粹的、艺术的审美就非常遥远。

谢安超越世俗利害关系,赏誉不相往来的王珣,并且一往情深,于此证明他有极高极纯正的审美水准。他之所以深情于人格之美,原因在他本人的风神就与王珣相似。《雅量》29 记桓温欲诛谢安、王坦之,王之惊恐,转见于色,"谢之宽容,愈表于貌",并作洛生咏。在非常场合,谢之神态,近于闲畅。谢公倾目王珣神色闲畅,是否有惺惺相惜的原因呢?

144. 王恭有时相思王忱

王恭始与王建武甚有情,后遇袁悦之间,遂致疑隙。《晋安帝纪》曰:"初,忱与族子恭少相善,齐声见称。及并登朝,俱为主相所待,内外始有不咸之论。恭独深忱之,乃告忱曰:'悠悠之论,颇有异同,当由骠骑简于朝觐故也,将无从容切言之邪?若主相谐睦,吾徒得戮力明时,复何忧哉?'忱以为然,而虑弗见令,乃令袁悦具言之。悦每欲间恭,乃于王坐责让恭曰:'卿何妄生同异,疑误朝野。'其言切厉。恭虽惋怅,谓忱为构己也。忱虽心不负恭,而无以自亮。于是情好大离,而怨隙成矣。"然每至兴会,故有相思时。恭尝行散至京口射堂,于时清露晨流,新桐初引,恭目之曰:"王大故自濯濯。"(《赏誉》153)

王忱与族子王恭早年相善,俱有令名。王恭从会稽还,王忱去看望他,见恭坐六尺簟上,说:"你东来,应该有此物,可给我一领。"王恭不语。等王忱走后,就把所坐六尺簟送给忱,自己坐在草荐上。回来王忱听说王恭无簟坐上,非常吃惊,说:"我本来以为你处竹簟有多,故求一领。"王恭回答说:"长辈不熟知恭,恭为人无长物。"(见《德行》45)王恭随父王蕴在会稽,王忱从京师来扫墓,二人相善,忱留连十余天才回。王蕴对王恭说:"恐怕阿大非尔之友,终乖爱好。"王蕴眼光真厉害。后来王恭、王忱果然友谊不终,竟成仇隙(见《识鉴》26)。

两人反目为仇的主要根源是佞人袁悦离间。刘孝标注引《晋安帝纪》记载了王恭、王忱情好不终的起因及结果,此处不赘述。友谊恒久绵长的基础一是真诚,二是信任。彼此真诚相待,可以成为知己,可以度过急流险滩。友谊的大敌是势利,也唯有势利能开裂友谊之舟,使之沉没。王恭、王忱的友谊即败于势利。当二人同为朝臣,为孝武帝、司马道子倚重时,内外就有不同之论。友谊始为势利包围。开头二人还意识到友谊碰到的险情,但后来王忱命小人袁悦从中调解。缺失信任的友谊被袁悦撕裂了,彼此遂相互怀疑,"怨隙成矣"。再后来,好朋友变为仇人。《忿狷》7说,王忱、王恭同在何仆射坐,酒尽人散之际,王忱大劝王恭酒,恭不肯饮,王忱逼之,以至各呼左右,便欲相杀。可见二人的怨隙已到了何等程度。刘义庆评论说:"所谓势利之交,古人羞之。"由早年的流连不忍去,到如今的势不两立,彼此意欲相杀,后人真替王忱、王恭感到羞愧。

然人性是复杂的。王恭虽与王忱有仇隙,每逢高兴之时,犹不免相思。当王恭行散至京口射堂,见清露晨流,新桐初引,不禁睹物思人,目之曰:"王大故自濯濯。"濯濯,明净鲜明貌。思念王忱的精神风度,犹如清露晨流中的新桐初长,一派鲜明向上的气象。描写王恭见晨光中的清露流动和新桐再荣兴感,是此则故事中的亮点,也是王恭人性的闪光之处。友谊已死,怨隙已成,但当年好友的人格之美并未完全忘却,有时仍会浮现眼前。晋人毕竟多情,终究可爱,于人格美不能忘怀。虽然难免势利,但并不全让仇恨主宰自己,以至丧失欣赏对手的能力。晋人的美感,是能够超越利害关系的。假若人性中感知善与美的能力不因为敌对立场而丧失,那么,人类还是有望的。否则,人性中唯有仇恨,再也不能欣赏清露晨流、新桐初引的佳景,则世界就会沉沦于无解的冲突中,永远不会有光明。

品藻第九

145. 庞士元目吴士

庞士元至吴,吴人并友之。《蜀志》曰:"周瑜领南郡,士元为功曹。瑜卒,士元送丧至吴,吴人多闻其名。及当还西,并会昌门,与士元言。"见陆绩、《文士传》曰:"绩字公纪,幼有俊朗才数,博学多通。庞士元年长于绩,共为交友。仕至郁林太守。自知亡日,年三十二而卒。"顾劭、全琮,环济《吴纪》曰:"琮字子璜,吴郡钱塘人。有德行义概,为大司马。"而为之目曰:"陆子所谓驽马有逸足之用,顾子所谓驽牛可以负重致远。"或问:"如所目,陆为胜邪?"曰:"驽马虽精速,能致一人耳。驽牛一日行百里,所致岂一人哉?"吴人无以难。"全子好声名,似汝南樊子昭。"蒋济《万机论》曰:"许子将褒贬不平,以拔樊子昭而抑许文休。刘晔难曰:'子昭拔自贾竖,年至七十,退能守静,进不苟竞。'济答曰:'子昭诚自幼至长,容貌完洁。然观其插齿牙、树颊颔、吐唇吻,自非文休之敌。'"(《品藻》2)

汉魏之际,品藻人物之风已盛,出现不少性好人伦的人物。所谓"好人伦",是指喜好品题人物。庞士元(统)有知人之鉴,时称"名知人",即识鉴人物的著名人物。

建安十三年(208),吴将周瑜助蜀先主刘备共破曹操,取荆州,领南郡太守,庞统为周瑜功曹。建安十五年,周瑜卒于巴丘,庞统送丧至吴,吴人多闻其名。当庞统还蜀,吴人与统共会吴昌门,吴士陆绩、顾劭(劭,《吴志》本传作"邵")、全琮皆往。士元先品目陆绩、顾劭:"陆子所谓驽马有逸足之用,顾子所谓驽牛可以负重致远。"有人问:"如所目,陆为胜邪?"答道:"驽马虽精速,能致一人耳。驽牛一日行百里,所致岂一人哉?"许陆绩为驽马,有远足之用;许顾劭为驽牛,负致重之远。陆、顾各有所长。但若论功用之巨,陆不及顾。正如余嘉锡《笺疏》说:

"盖绩性俊快,而劭厚重。统言二人,虽各有长短,而劭之干济,非绩所及也。其后劭为豫章,风化大行。而绩在郁林,但笃志著述,虽并早卒,未竟其用。统之所评,谅不虚矣。"

"全子好声名,似汝南樊子昭。"此二语是庞士元品目全琮,非刘孝标的注释。《蜀志·庞统传》记士元目陆绩、顾劭之后,即接以士元目全琮语,并多出"虽智力不多,亦一时之佳也"二句,又"全子好声名",《蜀志·庞统传》作"卿好施慕名",语意较《世说》显明。《吴志·全琮传》载:琮父柔尝使琮赍米数千斛至吴市易,琮皆散用,空船而还。又记琮经过钱塘,修祭坟墓,请会邑人平生知旧、宗族,施散财物千有余万。所谓"好声名"盖指此。

本篇3载:"顾劭尝与庞士元宿语,问曰:'闻子名知人,吾与足下孰愈?'曰:'陶冶世俗,与时浮沉,吾不如子。论王霸之余策,览倚伏之要害,吾似有一日之长。'劭亦安其言。"据其内容,此条与上条当是一时之事。《三国志·蜀志·庞统传》裴松之注引张勃《吴录》,把上面两条内容记在一块,至刘义庆编《世说》,分属于二条。士元答顾劭之问,既目顾劭,亦评自己。士元称顾劭"陶冶世俗,与时浮沉",赞其治政才干。《吴志·顾劭传》记劭广交士人,为豫章太守,先祀徐孺子墓,禁其淫祀非礼之祭,举善以教,风化大行。拔微贱而友之,为立声誉,留心下士,惟善所在,为典型的良吏。庞统自评"论王霸之余策,览倚伏之要害",标榜自己是乱世中的才能杰出之士。虽有自夸自矜之嫌,但基本属实,未是狂妄。庞统才大,不宜治理小县,曾作耒阳令,"在县不治,免官"。《蜀志》本传载:"吴将鲁肃遗先主书曰:'庞士元非百里才也,使处治中、别驾之任,始当展其骥足耳。'"诸葛亮也在刘备面前称道庞士元。可见士元之才,众所公认。刘备很器重士元,以为治中从事,亲侍亚于诸葛亮。曾进策刘备,计捉刘璋,惜刘备不从。刘璋还成都,先主当为璋北征汉中。庞统又进上、中、下三计。刘备取中计,斩刘璋麾下二名大将,还向成都,所过辄克。庞统是仅亚于诸葛亮的谋士。所谓"论王霸之余策,览倚伏之要害",指智谋出众。士元论人论己皆合乎真实,故"劭亦安其言",与之更亲。

146. 杨乔高韵,杨髦神检

冀州刺史杨淮二子乔与髦,俱总角为成器。淮与裴颜、乐广友善。遣见之。

颙性弘方,爱乔之有高韵,谓淮曰:"乔当及卿,髦小减也。"广性清淳,爱髦之有神检,谓淮曰:"乔自及卿,然髦尤精出。"淮笑曰:"我二儿之优劣,乃裴、乐之优劣。"论者评之,以为乔虽高韵,而检不匝;乐言为得,然并为后出之俊。荀绰《冀州记》曰:"乔字国彦,爽朗有远意。髦字士彦,清平有贵识。并为后出之俊。为裴颙、乐广所重。"《晋诸公赞》曰:"乔似淮而疏,皆为二千石。髦为石勒所害。"(《品藻》7)

  裴颙、乐广评杨淮二子乔与髦,因论者个性及审美尺度的差异,各有偏爱。其中精要是这四句:"颙性弘方,爱乔之有高韵","广性清淳,爱髦之有神检"。从中可以抽象出两个问题:一是品题人物与评论者的个性密切相关。二是"高韵"、"神检"是两种人格审美范畴。兹先释后者,次释前者。

  "高韵"之"韵"字,原义指声。《说文解字·音部》:"和也,从音,员声。"《玉篇·音部》:"声音和曰韵。"韵作为审美,先是用以品目人物,始于西晋。例如《雅量》15 注引《中兴书》:"(阮)孚风韵疏诞,少有门风。"《赏誉》31 注引《王澄别传》:"澄风韵迈达,志气不群。"《文选》袁宏《三国名臣序赞》:"景山恢诞,韵与道合。"《晋书·庾敳传》:"雅有远韵。"陶潜《归园田居》诗之一:"少无适俗韵,性本爱丘山。"人物品藻用语的"韵"字,涵义指人物的气韵、气质、情性、情韵、风致。"韵"与其他字搭配,再组成风韵、高韵、远韵、神韵、体韵等语,描述韵各种细微差别。始于人物审美的"韵",迅速影响诗文、书法、绘画,遂成为中国美学最重要的审美范畴之一,中国艺术的独特风貌,与"韵"关系至为密切。

  "高韵",一般指远离世俗的情趣和风度。陶诗"少无适俗韵,性本爱丘山"二句,其实可作高韵一词的确切注解。刘孝标注引荀绰《冀州记》说乔"爽朗有远意",这句也恰好解释了"高韵"的美感内涵。远意,脱俗之意。远,指超俗,绝俗,玄远,源于玄学虚远之尚,遂为魏晋人格审美范畴之一。品目人物以"远神"、"远体"、"远意"、"远志"、"清远"、"高远"为美,而尤欣赏"远神"。远意,义近远神。《晋书》卷九《简文帝纪》:"沙门支道林尝言:'会稽王有远体而无远神。'"《晋书》卷四九《山涛传》:"况自先帝识君远意,吾将倚君以穆风俗。"陶渊明《饮酒》诗其五:"问君何能尔,心远地自偏。"亦为显例。"远意"的风神表现为疏远世俗,向往自由的精神境界。两晋以降,玄虚之风盛行,影响所及,士风也随之放逸,鄙夷俗世俗人,疏离现实的"高韵"与"远意"则为人们推崇。

神检，指超群的洞察力，或非凡的识鉴力。检，同检察之检，犹考查、察验。"神"是形容词，神检，形容洞察力的出神入化。《后汉书》卷五三《周黄徐姜申屠列传》序："(荀恁)对曰：'先帝秉德以惠下，故臣可得不来。骠骑执法以检下，故臣不敢不全。'"李贤注："检，犹察也。"南朝梁沈约《封授临川等五王诏》："参赞王业、冠军右卫将军恢，神检外洽，渊量内湛。"张㧑之《世说新语译注》、张万起《世说新语词典》释"神检"为"精神操守"。非是。杨髦年在总角，谈何操守？下文注引《冀州记》言髦"清平有贵识"，"贵识"亦即"神检"。

乐广对杨淮说："髦尤精出。"精，《广韵·清韵》：熟也，细也，专一也。《书·大禹谟》："牺者曰侵，精者曰伐。"何休注："精，尤精密也。"又锐利也。《吕氏春秋·简选》："选练角材，欲其精也。"高诱注："精，犹锐利也。"又精妙也。三国魏刘劭《人物志·利害》："其道先微而后著，精而且玄。"精出，犹突出，谓精密、锐利之出。"精"是形容"出"之状态。"髦尤精出"，谓相对于乔而言，髦尤为突出。此指髦之有神检。在乐广看来，高韵固然值得称道，但不如神检。盖神检识力超群，尤其难能可贵。无论辨明是非、品目人物，解释义理，皆待神检而后明。乐广爱髦之有神检，其实反映出汉末之后对识力的普遍推崇。这与选拔人才有关，也与品题人物及义理的研究有关。《世说》有《识鉴》一篇，"识鉴"就是洞察、鉴别的能力。"清识"、"神检"，乃是高级别的识力。论者评论裴颀、乐广分别对乔、髦的品目，以为"乔虽高韵，而检不匝；乐言为得"，可见时人普遍认同神检胜于高韵。

现在可以讨论为什么裴颀爱乔之高韵，乐广爱髦之神检的问题。俗谚云，"青菜萝卜，各有所爱"，是说人们的爱好因人而异。审美活动中，审美者的个性、文化素养具有决定意义。审美客体千差万别，审美主体的审美尺度，取决于审美者的个性和爱好趣尚。据《世说》，裴颀性弘方，故爱乔之有高韵。弘方，谓气局宏大，性格方正。《晋书》本传说裴颀"弘雅有远识"。《言语》23注引《冀州记》说裴颀"弘济有清识"。弘雅表现为裴颀之清言义理渊博，故时人称他为"言谈之林薮"(见《赏誉》18)。裴颀性格方正，得之于儒学的修养。他作有名的《崇有论》，是"深患时俗放荡，不尊儒术"，"风教凌迟"。读此论，可见裴颀之弘正。中朝末年，各派政治势力错综复杂，危机四伏，裴颀正道而行，不断上表，皆是方正性格的表现。然如此弘正之人，为何爱乔之高韵，这是读此条最不可解之处。难道预感到危险正向自己一步步逼近，内心向往疏离世俗，故爱乔之高韵？

乐广性清淳,故爱髦之有神检。清淳,清澈纯净。清淳之性,源于清淡平和的个性,加上识见的清明而呈现的人物风度。裴叔道曾赞美乐广有"冰清之姿"(见《言语》32注引《玠别传》),卫瓘赞赏乐广为"人之水镜也,见之若披云雾睹青天"(见《赏誉》23)。"水镜"者,谓水净澄如镜,照见青天,正可印证乐广清淳之性。乐广清言简至,辞约旨达,精妙独步中朝,时人叹之正始之音复现。故乐广爱髦之神检,称之尤精出。杨淮笑曰:"我二儿之优劣,乃裴、乐之优劣。"若以识见超拔,义理精微要妙论,乐广诚胜于裴頠也。

147. 明帝问周伯仁、郗鉴

明帝问周伯仁:"卿自谓何如郗鉴?"周曰:"鉴方臣如有功夫。"复问郗,郗曰:"周顗比臣有国士门风。"邓粲《晋纪》曰:"伯仁清正巍然,以德望称之。"(《品藻》14)

周伯仁(顗)、郗鉴皆称道对方的长处,不虚誉、不匿善,都有君子之风。郗鉴有"功夫",周顗有"国士之风",评价都合乎事实。

所谓功夫,指用力、用功。《三国志·魏志·齐王曹芳传》:"吾乃当以十九日亲祠,而昨出已见治道,得雨当复更治,徒弃功夫。"《魏志·卫觊传》:"汉武有求于露,而由尚见非,陛下无求于露而空设之,不益于好而糜费功夫,诚皆圣虑所宜裁制也。"张彦远《法书要录》卷一:"宋文帝书自谓不减王子敬。时议者云:天然胜羊欣,功夫不及欣。"天然与功夫相对,可证功夫乃指人为之功力。"鉴方臣有功夫",是周伯仁赞叹郗鉴办事比已用功。郗鉴从小孤贫,没有祖荫可以依凭,从躬耕陇亩,一直做到司空,进位太尉,全凭勤勉努力。他脚踏实地,经历无数变故,战乱、饥荒、王敦叛乱、苏峻与祖约谋反……闯过一道道险关,劳心劳力。功夫,表现为处事勤恪,敢于担当。郗鉴属于干练之才,深切关注时局变化,有鲜明的现实品格。即使到了疾笃上疏,也是一心为公,贻世话言,例如说他统辖多北人,皆有怀土之心,"臣宣国恩,示以好恶,处以田宅,渐得少安"。可知郗鉴为使北人渐得安心于南土,曾花费多少心力与功夫。

周顗与郗鉴大不同。顗父周浚为扬州刺史,平吴有功,进封成武侯。晋武帝曾问浚:"卿宗后生称谁为可?"答曰:"臣叔父子恢,称重臣宗。从父子馥,称清臣宗。"帝并召用。司徒王浑表周馥"理识清正，兼有才干"，荐为尚书郎。后迁吏部郎，"选举精密，论望益美"。华谭说："馥振缨中朝，素有俊彦之称。"（以上见《晋书·周浚传》）可知周𫖮父辈已多国士。周𫖮本人"少有重名，神彩秀彻，虽时辈清狎，莫能媟也"。同郡贲嵩见𫖮，目之为"汝颍奇士"。广陵戴若思东南之美，举秀才入洛，素闻𫖮名，往候之，终坐而出，不敢显露才辩。元帝初，出为荆州刺史，蜀将杜弢作乱，周𫖮不敌，幸亏陶侃遣将救之得免，奔于豫章。王敦军司犹称这位败走的荆州刺史"德望素重"。庾亮曾对周𫖮说："诸人咸以君方乐广。"𫖮回答道："何乃刻画无盐，唐突西施也。"乐广为中朝一流名士，周𫖮似乎犹不屑与乐广相比。周𫖮年轻时就获海内盛名，不过，盛名之下，其实难副，遇军国大事，往往不能胜任，险些被杜弢擒获就是例子。当然，王敦谋反，周𫖮身处险境，大骂逆贼，视死如归，终究不愧国士之望。

本篇19也记明帝问周伯仁："论者以卿比郗鉴，云何？"余嘉锡以为此条与上面一条同一事，而记载不同。余氏的判断是对的。周𫖮说："陛下不须牵𫖮比。""陛下"二字乃后人追述之语，明帝其时为太子，尚未即位。有人据"陛下"之称，而明帝尚是太子，就怀疑明帝乃元帝之误。这种怀疑不可取。《太平御览》卷八九引《晋阳秋》说："明帝文武鉴断，初在东宫，敬礼贤士，昵近明德。自王导、庾亮、温峤、桓彝、阮放，皆见亲侍，分好绸缪，雅好辞章谈论，辩明理义，与二三君子并著诗论，粲然可观，于时东宫号为多士。"明帝比论臣僚郗鉴、周𫖮、庾亮等，是在为太子时"敬礼贤士"的真实反映。周𫖮所谓"不须牵𫖮比"，意思是郗鉴与我周𫖮不同，相比无意义。周𫖮实话实说，仍不失国士之风。

148. 谢鲲答明帝之问

明帝问谢鲲："君自谓何如庾亮？"答曰："端委庙堂，百僚准则，臣不如亮；一丘一壑，自谓过之。"《晋阳秋》曰："鲲随王敦下，入朝见太子于东宫，语及夕。太子从容问鲲曰：'论者以君方庾亮，自谓孰愈？'对曰：'宗庙之美，百官之富，臣不如亮；纵意丘壑，自谓过之。'"邓粲《晋纪》曰："鲲与王澄之徒，慕竹林诸人，散首披发，裸袒箕踞，谓之'八达'。故邻家之女折其两齿，世为谣曰：'任达不已，幼舆折齿。'鲲有胜情远概，为朝廷之望，故时以庾亮方焉。"（《品藻》17）

魏晋品题人物之风盛行,比较、鉴裁名士的短长优劣,自然成为题中之义。晋元帝建武元年(317),立世子司马绍为皇太子。史称明帝"性至孝,有文武才略,钦贤爱客,雅好文辞。当时名臣自王导、庾亮、温峤、桓彝、阮放等,咸见亲侍……于时东朝济济,远近属心焉"(《晋书》卷六《明帝纪》)。明帝俨然成了风流名士的中心人物。成帝问谢鲲云云,即反映出明帝为太子时东宫多士,以及品题人物的盛况。

明帝问谢鲲之时间,刘孝标注引《晋阳秋》,以为谢鲲随王敦下,入朝见太子于东宫,语及夕。据此可知,此事当在王敦作乱前,谢鲲时为王敦长史,而明帝为皇太子。谢鲲答明帝,初看似乎是说庾亮与己各有短长,"端委庙堂,百僚准则"是说庾亮有治国才能,使百僚遵奉道义,立于庙堂之上,此为臣所不及。假若言及纵意丘壑,则自以为胜过庾亮。"端委庙堂"和"一丘一壑",一般说来是两种不同的生活方式,或者是判然有别的人生价值观,或者说是不同的审美趣味。其情形犹如国家总理与山林野老,难道可以相提并论,或者相较短长吗?

当然可以。在魏晋名士的观念中,无论作为人生价值和审美取向的"端委庙堂",决不比"一丘一壑"更高级。因为"端委庙堂"体现名教,名教拘束情性,意味着俗世俗情;"一丘一壑"标榜自然,意味着自由超脱。谢鲲之流所以服膺嵇康宣扬的"越名教而任自然"的思想(《释私论》),在于主名教者,必定是非系于心,心系是非,必致祸患;任自然者,情不系于所欲,欲念不存于心,祸患不至。后来,在嵇康、阮籍为代表的批评名教而任自然一派思想家的影响下,勤恪之吏不得美誉,虚谈之士每得重名。所谓"屡言治道"、"每纠邪正"者,谓之俗吏;依仗虚旷、依阿无心者,皆名重海内。此干宝《晋纪总论》言之详矣。

随着主流哲学思潮的转变,以入世精神为底色的儒家人格虽然仍旧受到尊重,但它的风头渐渐被以出世为标志的道家人格所盖过。清谈玄理、隐逸避世者的声望往往超过循吏能臣。《世说》一书中有不少事例能证实上述社会现象。例如《栖逸》5载:"何骠骑弟以高情避世,而骠骑劝之令仕。答曰:'予弟五之名,何必减骠骑!'"何充位居宰相,权倾人主,而充之第五弟何准隐居衡门,不及世事,回答乃兄底气十足,就差没有说:"我名声其实比兄大多了!"又《栖逸》10载:孟嘉游宦,有盛名当世,其弟少孤,隐居阳新县,京邑人士很想见见这个著名隐士,于是派人谎称其兄孟嘉病危。少孤急忙赶赴京师,见之者莫不嗟重,因相语曰:"少孤如此,万年可死。"可见,孟嘉游宦,不如少孤隐居。此所谓"处者为优,出者为劣"(谢万《八贤论》主旨)也。刘孝标注引邓粲《晋纪》后,指出时人以谢鲲方庾亮的原因，说是"鲲有胜情远概，为朝廷之望"。什么叫"胜情远概"？难道谢鲲调戏邻家织女，女投梭，鲲折了两颗门牙，世为谣曰，"任达不已，幼舆折齿"，这算是"胜情远概"，"朝廷之望"？显然不是。

故"胜情远概"仍须探索。谢鲲回答明帝所说的"一丘一壑"，丘壑，一般喻山川胜情。清翟灏《通俗编》卷二说："《晋书·谢鲲传》：'一丘一壑，自谓过之。'按《汉书叙传》班嗣论庄周曰：'渔钓于一壑，则万物不干其志。栖迟于一丘，则天下不易其乐。'谢鲲本此为语，故云'过之'，非泛道丘壑之胜也。"（转引自余嘉锡《笺疏》）鄙意以为翟灏解"一丘一壑"是正确的。"一丘一壑"指泯灭荣辱，栖迟清虚，不以物喜，不以己悲。《晋书·谢鲲传》说："鲲不徇功名，无砥砺行，居身于可否之间，虽自处若秽，而动不累高。"庶几可以解释谢鲲颇为自信的"一丘一壑"。否则，整天游观山水，凭什么可以同庾亮相较优劣？

谢鲲虽然优游卒岁，不屑政事，纵酒放达，但终究"通简有高识"。王敦谋反时，谢鲲不畏敦之淫威，多次劝喻，说明鲲并不是浪得虚名。论者以谢鲲方庾亮，自有原因。若不明白谢鲲"胜情远概"的内涵，就很难理解人生价值观迥异的谢鲲与庾亮，何以有可比性。

149. 田舍贵人：王敦比谢尚

宋祎曾为王大将军妾，后属谢镇西。镇西问祎："我何如王？"答曰："王比使君，田舍贵人耳。"镇西妖冶故也。未详宋祎。（《品藻》21）

宋祎的来历，见于《太平御览》卷三八一《美妇人》引《俗说》：宋祎原先是西晋豪富石崇宠妓绿珠的弟子，有国色，善吹笛。西晋亡后，入晋明帝后宫。明帝病重，群臣进谏，请出宋祎。明帝问："你们中谁想要宋祎？"吏部尚书阮遥集说："愿以赐臣。"宋祎便归了阮遥集。再后来，成了大将军王敦的妓妾。王敦死，又归谢尚。从石崇至谢尚，宋祎一生五易主君，犹如物件，多次易手。魏晋时代美丽的艺妓，常常是这样的命，宋祎不过是一个典型者。据余嘉锡《笺疏》考证，宋祎为谢尚所纳时，上距石崇、绿珠之死，已有四十多年，大概因为宋祎善吹笛，故谢尚取之用来教伎人。余先生的说法很近情理。否者，一个六七十岁的老妪，要她作甚?

宋祎虽已是老婢,但经历丰富,见过大世面。她把王敦比田舍,比谢尚为贵人,虽说好像有一点恭维新主人的味道,仍然颇具眼光。遗憾宋祎没有进而说出评价的依据,故《世说》的编者刘义庆出来解释:"镇西妖冶故也。"

那么,何谓"妖冶"?妖冶,一般形容女子的美艳。《文选·司马相如〈上林赋〉》:"若夫青琴宓妃之徒,绝殊离俗,姣冶娴都。"李善注引《字书》曰:"妖,巧也。"《文选·傅毅〈舞赋〉》:"貌嫽妙以妖冶兮,红颜晔其扬华。"刘良注曰:"妖冶,美艳也。"有时以妖冶代指美女。例如《晋书》卷二六《食货志》:"多发妖冶,以充倾宫之丽。"刘义庆说谢尚"妖冶",是否谢也是美男子,漂亮如潘岳、卫玠之流?史所不详。《晋书》卷七九《谢尚传》说:"及长,开率颖秀,辩悟绝伦,脱略细行,不为流俗之事。"可见谢尚神情开朗超出常人,善辩悟性难及。不拘小节,不为俗事。这样的神情、风度、举止,妩媚可爱,以"妖冶"形容,虽不太确切,但并非不着边际。

谢尚音乐才能极高,善舞能唱。王濛、谢尚同为王导掾属,有一次王濛说:"谢掾能作异舞。"谢尚当即起舞,"神意甚暇。"意思是落落大方,自自然然。《语林》说:"谢镇西酒后,于槃案间为洛市肆工鸲鹆舞甚佳。"(见《任诞》23及刘孝标注)王濛所说的"异舞"就是"鸲鹆舞"。《乐府广题》说:"谢尚为镇西将军,尝著紫罗襦,据胡床,在市中佛国门楼上弹琵琶,作《大道曲》,市人不知是三公也。歌曰:青阳二三月,柳青桃复红。车马不相识,音落黄埃中。"(宋郭茂倩《乐府诗集》卷七五引)谢尚纵放自由、不拘小节、能唱会舞,即使大庭广众之下,也悠然唱着情调缠绵的时调小曲,这种举止作风,在音乐演奏家宋祎看来,太妩媚可爱了,上流社会的贵人,正应如此!

反观王敦,十足"土豪"一个,早有"田舍"之名。《豪爽》1说:"王大将军年少时,旧有田舍名,语言亦楚。武帝唤时贤共言伎艺事,人皆多有所知,唯王都无所关,意色甚恶。"可见王敦自少粗鄙,说话满口方言,早被人唤作田舍——乡巴佬,于伎艺不懂也不感兴趣。王敦昔年赴宴石崇,见美人劝酒不力,使黄门交斩美人。王导责备此事野蛮,王敦却说:"自杀伊家人,何预卿事?"(《汰侈》1)性情残忍,令人齿冷,何尝有一点点怜香惜玉的性情?王敦先前尚舞阳公主,上厕所,不懂漆箱里放的干枣是用来塞鼻的,以为厕所也供应水果,吃个精光。从厕所出来,婢女拿来水和澡豆,他也不知这是叫他洗手,把澡豆倒进水里,吃得干干净净,说是"干饭"(《纰漏》1)。宋祎先事石崇,后事王敦,王敦这些土得让人喷饭的纰漏事,大概不会不知。谢尚之雅,王敦之俗,何止霄壤!称一是田舍,一是贵人,实在太到位了。《世说》的时代是崇尚优雅的时代,谢尚是雅士,宋祎又何尝不是女中雅士呢。

150. 王丞相评谢仁祖、何次道

王丞相云:"见谢仁祖,恒令人得上。"与何次道语,唯举手指地曰:"正自尔馨。"前篇及诸书皆云王公重何充,谓必代己相。而此章以手指地,意如轻诋。或清言析理,何不逮谢故邪?(《品藻》26)

王丞相评谢仁祖(尚)、何次道(充)二语,并不好懂。相比之下,王导赞赏谢仁祖,还算好懂一点。

"恒令人得上",余嘉锡《笺疏》说:"本篇后章云'嘉宾故自上',注谓'超拔'也。此言见谢尚之风度,令人意气超拔。"所释正确。《世说》中以"上"字品目人物,见于多处。例如《赏誉》104:"(谢)尚自然令上。"刘孝标注引《晋阳秋》说:"尚率易挺达,超悟令上。""超悟令上"可与"恒令人得上"参看。按,"上"乃褒义字,表示精神向上的状态,比如《赏誉》42 记庾太尉(亮)品评庾中郎:"神气融散,差如得上。"《赏誉》52 记王平子与人书,称其儿"风气日上,足散人怀"。《赏誉》70 注引《江左名士传》曰:"又清标令上也。""得上"、"日上"、"令上",都是褒赞之词,赞美和欣赏人物精神昂扬、蓬勃向上的美感。刘盼遂说:"玩下文以手指地,则王丞相说谢仁祖时,当以手指天,方合'令人得上'语气,《世说》固善于图貌者也。"从上文所引"差如得上"、"风气日上"等例子看,品藻人物向上的精神风貌时,并非一定得"以手指天"。例如王平子致人书,称他儿子"风气日上"。试问,信上如何能"以手指天"?庾亮品评庾敳"差如得上"时,恐怕也不会手指着天。仅仅据王丞相与何次道谈话时以手指地,就以为王导说谢尚时,当以手指天,这并不合乎逻辑。

王丞相欣赏谢仁祖,是因为仁祖是风流名士。王导辅弼三朝,是最主要的政治家,但不掩名士本色。谢尚风流,善清谈,曾为王丞相所召,与桓公、王长史、王蓝田、殷浩等名士共谈。谢尚有"超悟令上"之目,颖悟超人,又善音律。王导曾说:"坚石(尚小名)挈脚枕琵琶,有天际想。"(《容止》32 刘孝标注引《裴子》)王导本人喜音乐,自然欣赏谢尚的琵琶技艺。又谢尚曾于酒后作鸲鹆舞,神意闲雅。王导目不转睛看,对客人说:"使人思安丰。"(《任诞》32)凡此,皆见王导非常欣赏谢尚的风度与技艺。

王导与何次道语,唯举手指地,说:"正自如此。"一个动作,一句话,究竟什么意思?后人颇难猜测。刘孝标以为乃轻诋之意,盖何充清言析理不逮谢尚之故。孝标的解释,后世赞同者多,也有不以为然者。余嘉锡《笺疏》:"导与充言,而充辄自'正自尔馨'。是充与导意见相合,无复疑难。《论语》所谓'于吾言无所不说'也。导之赏充,正在于此,似无轻诋之意。"朱铸禹以为"指地"是"谓如此之平实可践,言其质实不多言,非卑之也"。二人以为王导赏识何充,似无轻诋意。笔者以为余氏之解,显然误解了文本的原意。"正自尔馨"一句,是王导语,非何充语。由"正自尔馨"一语,不能得出"是充与导意见相合,无复疑难"的结论。此其一。"唯举手指地"的动作,余氏不作解释。实际上,"举手指地"同"正自尔馨"有密切关系。指地之"地",即尔馨(如此)。不解释"举手指地",就无法理解"正自尔馨"的意义。此其二。王导说见谢仁祖常使人意气超拔,与何次道语时唯举手指地,仅云"正自尔馨",一扬一抑,意思甚明。一个"唯"字,写出王导与何充共语,言少而无趣的神态。与何充之"语",当指清言,非指一般言谈或讨论政事。前文说"恒令人得上",盖谢尚风流,超悟不凡,见之常觉得意气直上。何次道质直有才干,不善清言,故王导若与何充语,便觉兴味索然,只是举手指地,喻其义理卑下。有人解释指地是谓何充如大地之"平实可践",至为牵强。

151. 简文评何平叔、嵇叔夜

简文云:"何平叔巧累于理,嵇叔夜俊伤其道。"理本真率,巧则乖其致;道唯虚澹,俊则违其宗。所以二子不免也。(《品藻》31)

简文评何平叔(晏)、嵇叔夜(康)非常精当,刘辰翁称之为"笃论"。

"何平叔巧累于理。"何谓巧?《三国志·魏志·管辂传》裴松之注引《辂别传》载:裴徽谓管辂曰:"何尚书神明精微,言皆巧妙;巧妙之志,殆破秋毫。"后裴徽问何晏"其实如何"?管辂答曰:"……故说《老》《庄》则巧而多华,说《易》生义则美而多伪；华则道浮，伪则神虚；得上才则浅而流绝，得中才则游精而独出，辂以为少功之才也。"裴使君曰："诚如来论。吾数与平叔共说《老》《庄》及《易》，常觉其辞妙于理，不能折之。"又《文学》7 注引《魏氏春秋》说："（裴）徽论道约美不如晏，自然出拔过之。""约美"，亦指言辞巧而美，而理实不足也。由裴徽与管辂谈论何晏的清言和学术特点，可解"巧累于理"一语的意义所指。巧者，谓言辞巧妙，华美不真。管辂论何晏说《老》《庄》及《易》的弊病，所谓"巧而多华"，"美而多伪"；又说"华则道浮，伪则神虚"。刘孝标解释"巧累于理"一语说："理本真率，巧则乖其致。"与管辂所论完全一致。理即自然，本质是朴、是简，为真，为一。以华丽的辞藻，夹缠不清的逻辑语言，掩盖理论的空虚，是辩论中常见的现象。这是"道浮""神虚"的表现。真理是简洁明了的。论道不贵言辞华美巧妙，贵在自然出拔，以简至的语言，直达义理的深邃处。

"嵇叔夜俊伤其道。"俊者，才智出众之人。《晋书》卷四九《嵇康传》说：康有奇才，远迈不群，博览无不该通，长好《老》《庄》。所作《养生论》、《声无哀乐论》、《难自然好学论》等，师心遣论，锋发韵流，当时独步。但其个性特立独行，不满名教的虚伪，"每非汤武而薄周孔"，主张"越名教而任自然"。性格刚烈，自称"刚肠疾恶，轻肆直言，遇事便发"（见《与山巨源绝交书》），"唯此褊心，显明臧否"（《幽愤诗》）。曾于汲郡山中遇道士孙登，临别，登说："君性刚而才俊，其能免乎？"（《晋书》本传）孙登之语，与简文"俊伤其道"之评完全一致。刘孝标解释道："道唯虚澹，俊则违其宗。"从道的本质解释为什么俊则伤其道。

嵇康性好《老》《庄》，《老》《庄》之道以顺应自然，全真养性为宗。如《老子》第四章："道冲，而用之或不盈。渊兮，如万物之宗。挫其锐，解其纷，和其光，同其尘。"《老子》第十五章："古之善为士者，微妙玄通，深不可测。"《老子》第四十三章："天下之至柔，驰骋天下之至坚。"……《老子》教导人们和光同尘，贵曲贵柔，深不可测。然嵇康虽知《老子》之言而难其行，知行矛盾。钟会称嵇康为"卧龙"，"卧龙"欲藏深渊却时露其真面目。人既然能识"卧龙"，那么此"卧龙"就危险了。至于《庄子》，讲全真养性就更多了。《逍遥游》中匠者不顾，大而无用，树之于无何有之乡的樗，"不夭斧斤，物无害者"，便是全真养性之说的象征。又《大宗师》阐述遗形忘生，无喜无悲，无是无非，一任自然而行的人生哲学。然嵇康是非存于心，疾恶如仇，显明臧否。结果自然不免于世难。《颜氏家训·勉学》先说"老庄之书，盖全其真而养性，不肯以物累己也"，接着历数前代名士违背《老》《庄》之旨，如称"嵇叔夜排俗取祸，岂和光同尘之流也"。颜黄门评嵇康，可与简文所谓

"嵇叔夜俊伤其道"一语并观。

152. 桓温论晋武帝出齐王之与立惠帝

时人共论晋武帝出齐王之与立惠帝,其失孰多。《晋阳秋》曰:"齐王攸字大猷,文帝第二子,孝敬忠肃,清和平允,亲贤下士,仁惠好施。能属文,善尺牍。初,荀勖、冯紞为武帝亲幸,攸恶勖之佞,勖惧攸或嗣立,必诛己,且攸甚得众心,朝贤景附。会帝有疾,攸及皇太子入问讯,朝士皆属目于攸,而不在太子。至是,勖从容曰:'陛下万年后,太子不得立也。'帝曰何故。勖曰:'百僚内外皆归心于齐王,太子安得立乎?陛下试诏齐王归国,必举朝谓之不可。若然,则臣言征矣。'侍中冯紞又曰:'陛下必欲建诸侯,成五等,宜从亲始。亲莫若齐王。'帝从之。于是下诏,使攸之国。攸闻勖、紞间己,忧忿不知所为。入辞出,欧血薨。帝哭之恸。冯紞侍曰:'齐王名过其实,而天下归之,今自薨殒,陛下何哀之甚?'帝乃止。刘毅闻之,故终身称疾焉。"多谓立惠帝为重。桓温曰:"不然,使子继父业,弟承家祀,有何不可?"武帝兆祸乱,覆神州,在斯而已。舆隶且知其若此,况宣武之弘俊乎?此言非也。(《品藻》32)

晋武帝出齐王攸而立惠帝,是当时的大事件,朝臣议论纷纷,忠奸由此而显。关于此事的起因及结果,刘孝标注引《晋阳秋》记之甚详。《晋书》中不少人物传记,也记录了朝臣对于出齐王攸与立惠帝的看法。例如《晋书》卷三六《张华传》:"帝问华:'谁可托寄后事者?'对曰:'明德至亲,莫如齐王攸。'既非上意所在,微为忤旨,间言遂行。"《晋书》卷四八《向雄传》:"齐王攸将之藩,雄谏曰:'陛下子弟虽多,然有名望者少。齐王卧在京邑,所益实深,不可不思。'"又《晋书》卷五〇《曹志传》载,齐王将之国,下太常议,"时博士秦秀等以为齐王宜内匡朝政,不可之藩"。曹志以魏之故事为鉴,奏议"以为当如博士等议"。结果武帝览议大怒,策免太常郑默,免曹志官,其余皆付廷尉。

晋武帝出齐王,虽与佞人荀勖、冯紞离间有关,但主因是武帝嫉齐王才望过己。《晋书》卷三八《齐王攸传》载:"初,攸特为文帝所宠爱,每见攸,辄抚床呼其小字曰:'此桃符座也。'几为太子者数矣。及帝寝疾,虑攸不安,为武帝叙汉淮南王、魏陈思王故事而泣。临崩,执攸手而授帝。""及太后临崩,亦流涕谓帝曰:'桃符性急,而汝为兄不慈,我若不起,恐必不能相容。以是嘱汝,勿忘我言。'"文帝、太后临终,皆预感齐王不安,为兄不慈。若武帝为兄慈爱,荀勖、冯紞便无由离间。苏辙《栾城集后集》卷九论晋武帝说:"惠帝之不肖,群臣举知之,而牵制不忍。忌齐王攸之贤,而恃愍怀之小惠,以为可以消未然之忧。独有一汝南王亮而不早用,举社稷之重而付之杨骏。至于一败涂地,无足怪也。帝之出齐王也,王浑言于帝曰:'攸之于晋,有姬旦之亲,若预闻朝政,则腹心不贰之臣也。国家之事,若用后妃外亲,则有吕氏、王氏之虞。付之同姓至亲,又有吴楚七国之虑。事任轻重,所在未有不为害者也,惟当任正道,求忠良,不可事事曲设疑防,虑方来之患也。若以智猜物,虽亲见疑,至于疏远,亦安能自保乎?人怀危惧,非为安之理,此最国家之深患也。'浑之言,天下之至言也,帝不能用,而用王佑之计,使太子母弟秦王柬都督关中,楚王玮、淮南王允并镇守要害,以强帝室。然晋室之乱,实成于八王……"苏辙谓晋武帝忌齐王攸之贤,最终引来八王之乱,其说可参考。

晋武帝出齐王攸、立惠帝,种下日后贾后擅权之乱源,乃西晋覆灭之一大转折,故至东晋,时人仍议论不休。自来的主流意见皆以武帝立惠帝其失为重,偏偏桓温说"使子继父业,弟承家祀,有何不可?"宣武弘俊,何以出言如此昏愦?故孝标不信,以为此言非也。然则,桓温此言难道是刘义庆误记?鄙意以为桓温此言或为当时废黜之事而发。太和六年(371)桓温诬废帝司马奕凤有痿疾,废为东海王,以王还第,立简文帝。废帝出宫,"群臣拜辞,莫不嘘唏"(《晋书》卷八《海西公纪》)。据此,当时必有议论桓温废黜事。桓温遂借时人共议中朝出齐王、立惠帝之旧事,为自己废立之今事辩护。简文为元帝少子,此谓"子继父业"。成帝临崩,哀东海哀王司马冲无子,诏己子"小晚生"司马奕继哀王为东海王(见《晋书》卷六四《元四王·东海哀王传》)。废帝为哀帝母弟,出宫以东海王还第,此谓"弟承家祀"。否则,以桓温之弘俊卓绝,竟赞同武帝立愚昧不省事之惠帝,诚不可思议也。

153. "我与我周旋久,宁作我"

桓公少与殷侯齐名,常有竞心。桓问殷:"卿何如我?"殷云:"我与我周旋久,宁作我。"(《品藻》35)

魏晋品藻人物有一种风气似不应忽略,这就是"高自标置",即自我标榜。儒家称道的谦谦君子之德,假若碰到评价自己,在很多场合就不见了踪影。《老子》说:"俗人昭昭,我独昏昏;俗人察察,我独闷闷。"竞心不作,大智若愚,似乎也罕见其人,人人都自以为"昭昭""察察"。品鉴优劣高下之际,多不肯退让半步,耻居第二流。这种风气的根源,在于名士好名,社会重名的习气;同时,也与汉末之后个性张扬,表露自己的才智有关。从某种意义说,"高自标置"未必不是魏晋人的真率,而有了真率也就有了可爱。相反,本当须要决出胜负优劣的场合,人人都谦退,而这谦退其实很虚伪,则如何能见出孰优孰劣?

桓公少与殷侯齐名,常有竞心。有争强好胜之心,正是英雄的本性。桓温素来轻视殷浩,曾对诸人说:"少时与渊源共骑竹马,我弃去,已辄取之,故当出我下。"(《品藻》38)从我弃人取的玩具竹马,看出殷浩不如自己。现在,桓温问殷浩:"卿何如我?"潜台词是"卿不如我"。殷浩当然听出了桓温的弦外之音,回答道:"我与我周旋久,宁作我。"直截了当地表白:我就是我,我宁愿作我自己。袁中道称赞殷浩之语说:"奇妙!"(《舌华录》卷二《狂语》)殷浩之答,出人意表,确实奇妙。人熟悉者莫若己。性情、脾气、喜恶,皆了然于己心。人之深爱者亦莫若己。不爱自己爱别人,总是虚伪不真。己之长处固然自喜;己之短处,无可如何,亦不能遽然割去,仍与之长期共处。我虽知不如人,人或轻之鄙之弃之,然我亲己爱己,不改我本来面目。他是他,我是我,各人有各人的活法,何必自暴自弃?他人不愿作我知己,我不怨人,作我自己的知己。若我恒与他人周旋,不与我周旋,以他人的意志为意志,以他人的喜好为喜好,则人生有何趣味?有何意义?岂非变成行尸走肉,丧失灵魂?殷浩之语,固然有自我标榜意味,但从另外的角度看,难道不是充分自尊、自信吗?风流自赏,肯定自我,作自己的主人,正是魏晋个性解放思潮的体现。

殷浩自我标置尚见于本篇33:人问殷渊源:"当世王公,以卿比裴叔道,云何?"殷曰:"故当以识通暗处。"时人之所以将殷浩比裴叔道(遐),原因如刘孝标注:"遐与浩并能清言。"《文学》19刘孝标注引邓粲《晋纪》说:"遐以辩论为业,善叙名理,辞气清畅,泠然若琴瑟,闻其言者,知与不知,无不叹服。"曾与郭象清言,"裴徐理前语,理致甚微。"殷浩所说"识通暗处"之暗处,指义理幽微之处。时人以己比裴遐,乃彼我皆能识通幽微玄妙之故也。殷浩之答虽有自夸意味,但并不贬低裴遐。

又抚军将军(简文帝)问殷浩:"卿定何如裴逸民?"殷浩思索良久,答道:"故当胜耳。"(本篇34)意思说,本来就胜裴颜。裴颜善清言,时人称之"言谈之林薮",其清言特点是"辞喻丰博"(见《文学》12注引《晋诸公赞》),与殷浩相近。殷浩"良久"才回答,说明经过认真思考,不是率尔之答。虽高自标置,但并不狂妄。殷浩厚道,毕竟有雅人风度。

154. 抚军问孙兴公

抚军问孙兴公:"刘真长何如?"曰:"清蔚简令。""王仲祖何如?"曰:"温润恬和。"徐广《晋纪》曰:"凡称风流者,皆举王、刘为宗焉。""桓温何如?"曰:"高爽迈出。""谢仁祖何如?"曰:"清易令达。""阮思旷何如?"曰:"弘润通长。""袁羊何如?"曰:"洮洮清便。""殷洪远何如?"曰:"远有致思。""卿自谓何如?"曰:"下官才能所经,悉不如诸贤。至于斟酌时宜,笼罩当世,亦多所不及。然以不才,时复托怀玄胜,远咏《老》《庄》,萧条高寄,不与时务经怀,自谓此心无所与让也。"(《品藻》36)

东晋穆帝永和元年(345),司马昱进位抚军大将军,辅政。简文善清言,又喜商略古今人物,俨然成为东晋中期的文化领袖,对当时的文学、哲学及艺术,都产生过重要影响。

此条记简文问孙兴公(绰),孙绰依次品藻刘真长(惔)、王仲祖(濛)、桓温、谢仁祖(尚)、阮思旷(裕)、袁羊、殷洪远(融)七人的精神风度,末了自我品目。简文兴致勃勃地问,孙绰一丝不苟地答,彼时品藻人物的有趣场面,如在目前。

刘真长等七人的各不相同的精神风貌,好像是人物审美的大展示。其中涉及的几个审美范畴,有必要阐发它们的美感涵义。

刘真长"清蔚简令"。清、简是魏晋人物审美中出现频率最高的两大审美范畴。关于清、简的字义,本书前面已有解释,此处不赘述。蔚、令,皆美好之意。清蔚,谓识见清明有文采;简令,谓清言简切、简至。清蔚简令,表现为言行的通透无滞碍,谈理则属辞简至。这正是真长人格精神的整体特征。

王仲祖"温润恬和"。润,细腻、光滑。《荀子·劝学》:"玉在山而草木润。"温润本指玉色,后用以形容人的品性。《礼记·聘义》:"君子比德于玉焉,温润而泽仁也。"恬和,形容人的品性安静平和。《赏誉》133 注引《王濛别传》说:"濛性和畅。""辞旨劲令,往往有高致。"同篇 87 注引《濛别传》"濛之交物,虚己纳善,恕而后行"。《王濛别传》所记王濛的个性,即孙绰所目"温润恬和"。

桓温"高爽迈出",是说桓温个性高迈豪爽。《言语》55 注引《桓温别传》说:"温少有豪迈风气。"《晋书》卷九八《桓温传》称"温豪爽有风概"。刘惔以为温是"孙仲谋、晋宣王之流"。庾翼荐之明帝,称温"少有雄略"。

谢仁祖"清易令达"。易为率易之易,指率性而为,摆脱拘束。《赏誉》104:"世目谢尚为'令达'。阮遥集云:'清畅似达。'或云:'尚自然令上。'"刘孝标注引《晋阳秋》说:"尚率易挺达,超悟令上也。"此条集中评论谢尚的个性和风度,可印证孙绰的"清易令达"之目。令达,义同"挺达"。挺为"挺出""挺秀"之挺。"超悟令上"即挺秀,一种向上的精神气质。

阮思旷"弘润通长"。弘润,形容气度宏大且温润。通,魏晋人物审美常见的美学范畴,义为通达。《德行》32 注引《阮光禄别传》说:"裕淹通有理识。"淹通,义近通长。《品藻》30 说:"时人道阮思旷骨气不及右军,简秀不如真长,韶润不如仲祖,思致不如渊源,而兼有诸人之美。"就其某一点而言不如他人,然兼有众人之美。"弘润通长"之内涵大概即指此。

袁羊"洮洮清便"。洮同佻。洮洮,轻巧貌。袁羊生性佻达,《排调》36 记袁羊作诗嘲刘惔,庐陵公主见诗不平,称袁羊为"古之遗狂"。本篇 65 刘孝标注,言袁羊"有才而无德",此即"洮洮"也。清便,谓清通便捷。钟嵘《诗品》卷中:"范诗清便宛转,如流风回雪。"清方以智《通雅》卷三:"《任昉传》:'用事过多,不得流便。'《世说》言:'洮洮清便。'言洮汰世故而清且便也。"袁羊才性清通便捷,车武子欲问谢公以经义,颇有顾忌,袁羊曰:"何尝见明镜疲于屡照,清流惮于惠风?"(见《言语》90)应对敏捷而有味,此见其"清便"之一斑。

殷洪远"远有致思"。远,旷远,亦为魏晋人物审美范畴之一,内涵指远离世俗的行为和情趣。致思,义近"思致",指得其要旨之思维力。致,宗旨,旨要。同"叙致"之致。《文学》74 注引《中兴书》记殷融"著《象不尽意论》、《大贤须易论》,理义精微,谈者称焉"。"饮酒善舞,终日啸咏,未尝以世务自婴。""理义精微"即"致思","未尝以世务自婴"即"远"。

末了,孙绰自我品目。谦虚一番之后,便自夸、自矜、自负起来。"托怀玄胜"云云,标榜玄虚,性好《老》《庄》,鄙视世俗,以事务为俗事。孙绰所言,正是魏晋风流名士的主要特征。西晋以降,"口谈浮虚,不遵礼法,尸禄耽宠,仕不事事……不以物务自婴,遂相仿效,风教凌迟"(《晋书》卷三五《裴秀传》)。干宝所谓"当官者以望空为高,而笑勤恪","其倚仗虚旷,依阿无心者,皆名重海内"。(《晋纪总论》,见《文选》卷四九)这种虚诞浮夸风气并不因中朝覆灭而中断,渡江之后,仍流荡不反。孙绰之外,谢鲲答明帝,自称"一丘一壑",胜过"端委庙堂,使百僚准则"的庾亮(见本篇17),与西晋"倚仗虚旷,依阿无心"的习气,一脉相承。

155. "第一流复是谁"

桓大司马下都,问真长曰:"闻会稽王语奇进,尔邪?"《桓温别传》曰:"兴宁九年,以温克复旧京,肃静华夏,进都督中外诸军事、侍中、大司马,加黄钺,使入参朝政。"刘曰:"极进,然故是第二流中人耳。"桓曰:"第一流复是谁?"刘曰:"正是我辈耳!"(《品藻》37)

东晋穆帝永和三年(347),桓温攻克成都后下都,时会稽王司马昱执政。桓温问刘惔:"闻会稽王语奇进,尔邪?"是想证实会稽王清言水平奇进的传闻。刘惔承认此传闻为实,然口气一转,说:"他本来就是第二流中人。"桓温再问:"第一流又是谁?"刘答:"正是我辈耳!"

这则故事写出当时清言人物,无不在意第一流的心态。有两个问题须解读:会稽王清言水平如何?第一流究竟是谁?

刘勰《文心雕龙·时序》说:"简文勃兴,渊乎清峻,微言精理,函满玄席,淡思浓采,时洒文囿。"东晋清谈之风始于王导,至简文时达于鼎盛。简文其人善清言,政治地位崇高,又热衷评论人物,故清言领袖非他莫属。桓温晚年独擅军政大权,也曾召集名胜清言,讲《易》、《礼记》,但规模及参与人物皆逊于简文作会稽王及抚军将军时。《文学》40说,支道林、许掾诸人共在会稽王斋头。《文学》51说,支道林、殷渊源俱在相王许,共论才性。《文学》56说,殷中军、孙安国、王谢能言诸贤,悉在会稽王许,共论《易象妙于见形》。由以上记载推知,简文是清言的主持者,也是评判者。

但《世说》中无有简文清言的具体描述,后人难知其精通何种学问,清言水平如何。不过,还是能够从简文的评论以及品藻人物,推断他的清言水平。譬如殷浩精才性之辩,简文告诫支道林须谨慎。几番回合,支公不觉"入其玄中"。简文抚肩笑道:"此自是其胜场,安可争锋!"如果不是对才性问题深有了解和研究,绝不可能说出"才性殆是渊源觳、函之固"这句非常内行的话来。又殷浩与孙盛共论《易象妙于见形》,一坐都不以孙理为安,然辞不能屈。简文慨然叹曰:"使刘真长来,故应有制彼。"立刻迎真长来,果然孙理遂屈。简文若不精当时《易》学研究中的旧说与新论,也就不可能想到刘惔是孙盛的克星。简文对佛学也有研究,怀疑成佛说,但肯定佛教的积学修炼之功,说:"陶练之功,尚不可诬。"(见《文学》44)简文眼界甚高,有人问"殷浩谈竟何如",答曰:"不能胜人,差可献酬群心。"并不认为殷浩为一流清言家。"有南威之容,乃可以论于淑媛;有龙渊之利,乃可以论于割断。"(曹植《与杨德祖书》)简文主持过无数清言场面,对于各人的辩论风格及水准,自然再熟悉不过了。由此推断,"会稽王语奇进"的传闻,当有事实依据。刘惔"极进"之语,不会是虚语。

　　本书前面已言及,刘惔个性峭刻,评论人物严峻、刻薄,不留余地。他说"会稽王故是第二流中人",也是刻薄,不妨姑妄听之。清言人物无不自诩为第一流,盖当时风气如此,何况刘惔高自标置,眼睛从来都是朝天看。刘惔回答桓温:"正是我辈耳!"此话可信又不可信。刘惔为清言第一流人物,此言可信。刘惔"往辄破的",辞锋简至锐利,攻无不克。且时人几乎一致赞美刘惔义理精微,故刘惔完全可以列为第一流。至于桓温,虽然有时召集几个清言家谈理,但他本人算不上学问家,也不是清言家。《世说》中不见桓温本人清言的记载。刘惔说他第一流,实无依据。桓温克成都,雄爽高迈,前景未可限量。刘惔虽戏称他"老贼",其实二人关系甚好。说桓温是清言第一流人物,不过是乘机面谀而已,完全不可当真。

156. "肤清"与"神清"

　　刘丹阳、王长史在瓦官寺集,桓护军亦在坐,桓伊已见。共商略西朝及江左人物。或问:"杜弘治何如卫虎?"桓答曰:"弘治肤清,卫虎奕奕神令。"王、刘善其言。虎,卫玠小字。《玠别传》曰:"永和中,刘真长、谢仁祖共商略中朝人。或问:'杜弘治可方卫洗马不?'谢曰:'安得比,其间可容数人。'"《江左名士传》曰:"刘真长曰:'吾请评之,弘治肤清,叔宝神清。'论者谓为知言。"(《品藻》42)

刘惔、王濛、桓伊共商略西朝及江左人物。有人问："杜弘治（乂）何如卫虎（玠）？"之所以把杜弘治比卫虎，是因为二人都是容貌鲜丽的美男子，前后相映。《容止》26刘孝标注引《江左名士传》说："永和中刘真长、谢仁祖共商略中朝人士，或曰：'杜弘治清标令上，为后来之美；又面如凝脂，眼如点漆，粗可得方诸卫玠。'"

至于卫玠，是两晋之际名闻遐迩的超级美男。其舅王武子见玠，辄叹曰："珠玉在侧，觉我形秽。"（《容止》14）卫玠从豫章欲往京都，时人旧闻其名，观者如堵墙。玠本来就体弱，遭人长时间围观，遂成病而死，此所谓"看杀卫玠"。

杜弘治可得方诸卫玠，还在二人都体弱。杜弘治墓崩，哀容不称，庾亮为之辩护，说："弘治至羸，不可以致哀。"（见《赏誉》68）卫玠更瘦弱犹如病西施。《容止》16载：王丞相见卫洗马，曰："居然有羸形，虽复终日调畅，若不堪罗绮。"刘孝标注引《玠别传》说："玠素抱羸疾。"尚有可得一比者，二人皆早死。

不过，杜弘治粗可得方诸卫玠，终究是形体上的相像，若论神情、气质，高下优劣显而易见。正如桓护军指出："弘治肤清，卫虎奕奕神令。"谢仁祖说得更明白："安得比，其间可容数人。"意谓杜弘治、卫玠二人不可比，他们之间还差好几级呢！刘真长听罢他人议论，概说："弘治肤清，叔宝神清。"刘惔论人往往一语中的。肤清、神清二语，简至不可改易。

肤清即"形清"。仅仅是形体之美，仍属浅层的、形而下的美感。神清，则是神情、性格、气质、风度之清美，乃是抽象的，本质意义上的审美。关于形神关系，前代思想家论述不少，皆以为神是第一位的，居于主宰地位，形是神的附庸。譬如嵇康《养生论》说："精神之于形骸，犹国之有君也。神躁于中，而形丧于外，犹君昏于上，国乱于下也。""是以君子知形恃神以立，神须形以存。"（严可均辑《全三国文》卷四八）哲学上的形神论，影响及于人物品题，遂重视人物神情、精神、风度、气质的品目及欣赏。这种重神的人物审美，明显起于汉末，至魏晋大盛。汤用彤《读人物志》对此有精到的论述："汉魏论人，最重神味。曰神姿高彻，神理隽彻，神衿可爱，神锋太俊，精神渊著。"读《赏誉》，论人重在神味的例子很多，如"世目李元礼'谡谡如劲松下风'"（《赏誉》2）。公孙度品评邴原"所谓云中白鹤，非燕雀之网所能罗也"（同上4）。裴令公目夏侯太初，"肃肃如入廊庙中，不修敬而人自敬"（同上8）……无不由人物的精神风度入手。

杜弘治确实是"肤清"，不闻有异才懿行，精妙议论。卫玠则不一样，仪容俊美，奕奕神令，聪敏罕见。《识鉴》8说："卫玠年五岁，神衿可爱。祖太保（卫瓘）

曰：'此儿有异，顾吾老，不见其大耳。'"注引《玠别传》说："玠有虚令之秀，清胜之气，在群伍之中，有异人之望。"卫玠幼年就似鹤立鸡群，有异于常童，神情虚空般澄明，清雅优美。美男天下多有，有"异人之望"则世所罕见。"神清"、"肤清"，岂能等同而语？卫玠的"虚令之秀，清胜之气"，结出穷尽名理之妙的硕果。他善《易》《老》，时人叹曰："卫君不言，言则入冥。"王敦曾与卫玠谈论，咨嗟不能自已（见《文学》20 注引《玠别传》）。王平子每闻卫玠清言，"辄叹息绝倒"（《赏誉》45）。王敦与卫玠谈话弥日，赞叹说："不意永嘉之中，复闻正始之音。"将卫玠与王弼相提并论。卫玠"神清"及一流的清言水平，杜弘治梦也梦不到。两人相去，正如谢仁祖所说，"其间可容数人"。

157. 孙兴公何如许掾

支道林问孙兴公："君何如许掾？"孙曰："高情远致，弟子蚤已服膺，一吟一咏，许将北面。"（《品藻》54）

东晋一流的风流名士，《晋书》都为之立传。只有许掾（询），高情远致特为时人赏爱，《晋书》却没有他的传记，真是一桩怪事。抑或许询早死之故欤？孙绰与许询齐名，才藻流丽，亦为时人所爱。他回答支道林之问，精当至极。毕竟是名士，他人与自己的长处和短处，总能看得明白，也说得清楚。本篇 61 说："孙兴公、许玄度皆一时名流，或重许高情，则鄙孙秽行；或爱孙才藻，而无取于许。"许询高情，孙绰才藻，所说与孙兴公完全一致。

许询的高情远致，《世说》记录不少。《言语》69 注引《续晋阳秋》说许"风情简素"。刘惔高自标置，论人刻薄，一贯目中无人，极少推许人，然赞美许询不吝言辞。如说"清风朗月，辄思玄度"（《言语》73）。许询送母始至都，有人问刘惔："玄度定称所闻不？"刘答："才情过于所闻。"（《赏誉》95）以为许询的才情胜过传闻所说。许询停都一月，刘惔无日不往，乃叹曰："卿复少时不去，我成轻薄京尹。"（《宠礼》4）许询曾诣简文，月夜二人共作曲中语。是夜许询辞寄清婉，有逾平日，简文大相咨嗟，不觉造膝，共叉手语，通宵达旦。既而简文说："玄度才情，故未易多有许。"（《赏誉》144）

孙绰秽行，多见于《轻诋》。例如《轻诋》9记太傅褚裒南下，孙绰于船中看望他。言及刘惔死，孙绰流涕并讽咏。褚裒大怒叱责之："真长平生何尝与你亲近，你今日装出这副样子给谁看！"孙回头哭着对褚说："卿当念我。"时咸笑其才而性鄙。

文学史上不乏才高性鄙者。说明才性分离，并不统一。孙绰就是典型的例子。孙绰才藻流丽，为当时大手笔。《晋书》本传说："于时文士，绰为其冠。温、王、郗、庾诸公之薨，必须绰为碑文，然后刊石焉。"孙绰著述宏富，《隋书》卷三五《经籍志》著录《孙绰集》十五卷，注：梁二十五卷。今留存极少。诗有《赠温峤诗》五章、《与庾冰诗》十三章、《答许询诗》九章、《赠谢安诗》、《秋日诗》、《三月三日诗》、《情人碧玉歌》等。其中《秋日诗》写景较多，末尾谈玄，与谢灵运诗相近了。《天台山赋》见于《文选》。孙绰自夸道："掷地可作金石声。"此赋确实是魏晋写景赋中的佳作。

许询早卒，著述不如孙绰。《隋书》卷三五《经籍志》著录《许询集》三卷，注谓梁八卷，录一卷。许询诗文几乎全佚，今仅存残句寥寥，见于《艺文类聚》及《文选》李善注。"一吟一咏"，许询确实不如孙绰。不过，刘义庆说时人"无取于许"，似乎也太低估了许询的文学成就。历来论东晋诗歌，皆以孙、许并称。檀道鸾《续晋阳秋》说："询有文才，善属文……询及太原孙绰转相祖尚，又加以三世之辞，而诗骚之体尽矣。询、绰并为一时文宗，自此学者悉体之。"（《文学》85注引）所谓"转相祖尚"、"诗骚之体尽矣"、"学者悉体之"，云云，是说许询、孙绰作诗祖述《老》《庄》玄胜之谈，由此影响当时作者。钟嵘《诗品序》论当时玄言诗说："孙绰、许询、桓、庾诸公诗，皆平典如道德论。"又《诗品》卷下说："永嘉以来，清虚在俗。王武子辈诗，贵道家之言。爰洎江表，玄风尚备，真长、仲祖、桓、庾诸公犹相袭。世称孙、许，弥善恬淡之词。"沈约《宋书·谢灵运传论》论晋末诗风，说："仲文始革孙、许之风，叔源大变太元之气。"由此可见，南朝人论东晋诗风，皆孙、许并称。这说明二人确实是"并为一时文宗"。

简文甚至赞叹"玄度五言诗，妙绝时人"。可惜许询诗全佚，后人也就无法理解简文的赞叹是否合乎事实，更不知玄度五言诗究竟妙在何处。余嘉锡《笺疏》分析说："简文之所以盛称者，盖简文雅尚清谈，询与刘惔、王濛辈并蒙叹赏，以询与真长之徒较，固当高出一头，遂尔咨嗟，以为妙绝也。"余氏之言是中肯的。简文个性淡泊，好《老》《庄》玄胜之谈，曾月夜与许询共语，对其才情赞叹无以复加。玄度五言诗，表现其高情远致，简文自然情有独钟，击节叹赏。

158. 郗嘉宾评谢公、右军

郗嘉宾道谢公造膝虽不深彻,而缠绵纶至。又曰:"右军诣嘉宾。"嘉宾闻之云:"不得称诣,政得谓之朋耳。"谢公以嘉宾言为得。凡彻、诣者,盖深觏之名也。谢不彻,王亦不诣,谢王于理相与为朋俦也。(《品藻》62)

郗嘉宾(超)评谢安、右军二人的清言,比较晦涩难懂。他说谢安"造膝虽不深彻,而缠绵纶至"。造膝,犹促膝,二人对坐,膝盖俱至前。《赏誉》144记简文与许询共作曲室中语,"不觉造膝"。《资治通鉴》卷一四四《齐纪》一〇:"造膝定计。"胡注:"造,至也,对席而坐,两下促席,俱前至膝,以定密谋,故曰'造膝定计。'"深彻,深达。彻,达,到。《国语·鲁语上》:"既其葬也,焚,烟彻于上。"韦昭注:"彻,达也。"此承上,言谢公清言可听,不觉使人促膝而前,但义理尚未深彻。缠绵,萦绕。纶至,纶,《释名》:"纶,伦也。作之有伦理也。"《易·屯卦》:"君子以经纶。"疏:"纶,谓网也。织综经纬。"《诗·小雅·采绿》:"之子于钓,言纶之绳。"朱熹集传:"理丝曰纶。"至,极。纶至,意谓整理得有条理之至。谢安是著名清言家。《文学》55载:支道林、许询、谢安诸人共集王濛处,谈《庄子·渔父篇》。支道林先述要旨,谢安后粗难,"作万余语,才峰秀逸,既自难平,加意气拟托,萧然自得,四座莫不厌心"。支道林称赞谢:"君一往奔诣,自复佳耳。"不难想见,万余言的长篇大论,必呈萦绕缠绵之势。但又能一往奔诣,直造玄境,似理丝有条理,伦贯条畅。王孝伯(恭)品目谢安,说"谢公融"。刘孝标注:"谓条畅也。"条畅即纶至,一往奔诣。支道林、王孝伯的品目,可印证郗超之评。郗超意谓谢安清言动人,缠绵萦绕,虽万语千言,却如理丝,经纬分明,极有条理,不足唯在不深彻耳。

"右军诣嘉宾"一句,是记时人评论,谓右军清言已到达嘉宾水平。嘉宾听说有此论后,说:"不能说达到,止可说是朋辈,不分高下。"刘孝标注:"凡彻、诣者,盖深觏之名也。谢不彻,王亦不诣,谢王于理相与为朋俦也。"他解释"彻""诣"二字,以为是深觏——深入研觏之名。郗超之语是回应时人"右军诣嘉宾"之论,以为右军还未臻深觏的境界,与嘉宾相与为朋俦,难分高下。萧艾《世说探幽》说:

"细味刘孝标注,乃就名理所达之境界而言。道理通达,略无滞义谓之彻,今言透彻是也。谢安虽未至彻悟之境,然已缠绵纶至矣。纶者何?《易·系辞》曰:'易与天地准,故能弥纶天地之道。'王肃曰:'纶,缠裹也。'然则'缠绵纶至'殆与《文学》第二十一条称王导于三理'宛转关生,无所不入'相似。时论'右军诣嘉宾'谓右军已达到嘉宾之水平。《正字通》:'学业深入谓之造诣。'故嘉宾不以为然,意谓彼此实相等耳。故刘义庆列之《品藻》,刘孝标注亦深中肯綮。"(《世说探幽》,湖南出版社,1992年,第79页)萧艾的解释大体正确。按,刘孝标注中"谢王于理相与为朋俦"一句似不确,"谢王"应是"郗、王"。时人说"右军诣嘉宾",是评论王羲之和郗超。

"谢公以嘉宾言为得。"嘉宾言包括评谢公与评右军两层意思。这里略谈谢公与郗超的关系。郗超为桓温智囊,又与谢玄不睦。显然,郗超与谢氏的政见不同。但谢安不因为政见不同而轻视郗超,反而很欣赏后者精于义理。谢安有论称"贤圣去人,其间亦迩",而子侄不赞同。谢安叹曰:"若郗超闻此语,必不至河汉。"(《言语》75)引郗超为同道。郗超评谢安清言的长短以及评右军,谢安以为得其真,同样表明他肯定郗超的理论造诣。

159. "林公谈何如嵇公"

郗嘉宾问谢太傅曰:"林公谈何如嵇公?"谢云:"嵇公勤著脚,裁可得去耳。"《支遁传》曰:"遁神悟机发,风期所得,自然超迈也。"又问:"殷何如支?"谢曰:"正尔有超拔,支乃过殷;然亹亹论辩,恐□欲制支。"(《品藻》67)

在魏晋清谈史上,嵇康清谈的具体情况不甚了了。《世说》大量记录何晏、王弼、裴徽等正始名士的清谈,以及裴楷、裴頠、王衍、郭象等中朝名士的谈论,唯独不见嵇康清谈的场面描述。然史籍阙载嵇康清谈,不等于嵇康在清谈史上的地位不重要。相反,嵇康在魏晋清谈史上具有显赫地位,影响后世非常深远。王导过江之后,止道《身无哀乐》、《养生》、《言尽意》三理而已(见《文学》21)。其中《声无哀乐》、《养生》为嵇康名论,可见嵇康对于东晋清谈影响之大。《德行》43注引王隐《晋书》说,嵇康"有奇才俊辩";《晋书》本传说"康善谈理"。可见嵇康是魏末重要的清谈家。除《声无哀乐论》、《养生论》之外,《嵇康集》中《管蔡论》、《明胆论》、《难张辽叔自然好学论》、《难张辽叔宅无吉凶摄生论》、《答张辽叔释难宅无吉凶摄生论》等,笔者颇疑心也是当时的清谈题目,后撰成论文。又钟会撰《四本论》始毕,欲使嵇康一见,畏其难,怀不敢出,于户外遥掷(见《文学》51),说明嵇康非常精通才性四本。上述文献证明,嵇康是魏末重要的理论家和清谈家,王隐赞之为"奇才俊辩",完全符合事实。

郗超问谢安:"林公谈何如嵇公?"问题本身就说明郗超以为林公与嵇公可以一比。要知道郗超极推崇支道林,称"林法师神理所通,玄拔独悟,实数百年来绍明大法,令真理绵绵不绝,一人而已"(《高僧传》卷四《支遁传》)。既然郗超以为林公可比嵇公,则嵇公持论之精妙,自不待言。然而谢安以为嵇公须努力向前,方可及林公,意思说嵇公尚差林公一截。

为何谢安赞誉林公胜嵇公?这是须重点解释的问题。其实,支道林与嵇康属于不同时代的理论先驱,清谈内容也很不一样。魏晋之际的嵇康,愤恨名教的虚伪,高举以自然反对名教的旗帜。他的《声无哀乐论》《养生论》《管蔡论》等著名论文,无不具有强烈的批判现实的意义,锋芒毕露。支道林生活在东晋中期,名教与自然早已调和,学术与现实渐行渐远,理论品格与嵇康不可相提并论。若以理论创新而言,嵇康《声无哀乐论》、《养生论》、《管蔡论》,皆一反旧说,锋颖精密,罕有人及。至于支道林立《逍遥义》,为向秀、郭象注《庄》之所不及,但论传统学术的整体创新,未必超越嵇康。支道林的理论创新,主要体现在玄释二家的相通相融,迎合了中外思想交流的大趋势。谢安称"嵇公勤著脚,裁可得去耳",以为嵇康不逮支道林,也当是由支道林融通玄释立论。郗超与人书说林法师"绍明大法","令真理绵绵不绝","大法"、"真理",谓佛法、佛理也,非指儒学或玄学。若以佛学衡嵇公、林公的优劣,那是无意义的。盖佛教在魏末尚未普及于知识者。

故事的后面,谢安回答郗超"殷(浩)何如支"的问题。谢安以为见解超拔,支乃过殷;然论清言布局的宏大,言辞的滔滔不绝,则殷浩胜支。评论二人清言各有长短,非常精当。

160. 谢遏诸人共道竹林优劣

谢遏诸人共道竹林优劣,谢公云:"先辈初不臧贬七贤。"《魏氏春秋》曰:"山涛通简有德,秀、咸、戎、伶朗达有俊才,于时之谈,以阮为首,王戎次之,山、向之徒,皆其伦也。"若如盛言,则非无臧贬,此言谬也。"(《品藻》71)

魏末尚无"竹林七贤"之名。此名大概始于东晋之初。李充《吊嵇中散文》说:"寄欣孤松,取乐竹林。"以此推测,"竹林七贤"之名可能不晚于李充。谢安说:"先辈初不臧贬七贤。"此说不知何据。刘孝标注引孙盛《魏氏春秋》质疑谢安,说:"若如盛言,则非无臧贬,此言谬也。"孝标的质疑有道理。

大凡一个集团、一个群体,不可能不存在臧否。如不在人前,则必在人后。名士群体如汉末的三君八府八厨八及之流,当世就有议论。例如蔡邕评陈仲举、李元礼:"陈仲举强于犯上,李元礼严于摄下。犯上难,摄下易。"(见《品藻》1)又庞士元至吴评陆绩、顾劭(同上 2),时人评诸葛瑾弟亮及从弟诞(同上 4)之类。汉末之后臧否人物之风盛行,嵇、阮等常作竹林之游,若时人全无评论,恐不合情理。即使从嵇、阮之殁至西晋之末,也已长达半个世纪,世人全无臧贬,恐也不可思议。事实竹林七贤在世时,人物风采已为人们谈论。如人问王夷甫:"山巨源义理如何?"(见《文学》94)山涛与嵇康、阮籍契若金兰,涛问其妻:"二人何如?"妻曰:"君才致殊不如,正当以识度相友耳。"(见《贤媛》11)以为山涛才致不如嵇、阮,而识度胜之。这岂不是臧贬?王戎目山涛:"如璞玉浑金,人皆钦其宝,莫知名其器。"(《赏誉》10)嵇康《与山涛书》说:"阮嗣宗口不论人过,吾每师之,而未能及。"读此,知嵇康难免评论人物。阮籍任诞,必遭名教中如非议。《任诞》7 载:阮籍嫂尝还家,籍见与别。或讥之,籍曰:"礼岂为我辈设也?""讥之",即贬议也。阮咸先幸姑之婢,及母丧,姑远移,带走婢。阮咸得知消息,穿着丧服,急忙借客驴追婢,累骑而返,说"人种不可失"。于是世议纷然,沉沦闾巷积年(见《任诞》15 及注引《竹林七贤论》)。在礼教尚峻的魏末,竹林七贤或蔑视礼法,或嗜酒无度,或攻击名教,不遭清议是不可想象的。

西晋之初,山涛为吏部尚书,贵胜少年和峤、裴楷、王济等,并共宗咏。潘岳非路绝望,在阁柱上写:"阁东有大牛,和峤鞅,裴楷秋,王济剔嬲不得休。"(《方正》5)潘岳造作谣言谤议山涛。竹林七贤个性各异,才能有优劣,五十年间世人无有臧贬,同样不可想象。

谢公说"先辈初不臧贬七贤",或许另有原因。我们发现谢安似乎避谈先辈。例如王子敬问他"林公何如庾公"的问题,谢开头很不愿意回答,思考之后说:"先辈初无论,庾公自足没林公。"袁宏作《名士传》见谢安,谢笑曰:"我尝与诸人道江北事,特作狡狯耳,彦伯遂以著书。"(见《文学》94)明明自己与诸人讲了西晋事,却说是开玩笑,是袁宏当真了。从这几件事看,谢安不太愿意评论先辈,更不想讲江北事,讲了又不愿意承认所讲的是真实的。这是他的谨慎呢,还是真的"狡狯"?

161. 谢公评林公

王孝伯问谢太傅:"林公何如长史?"太傅曰:"长史韶兴。"问:"何如刘尹?"谢曰:"噫,刘尹秀。"王曰:"若如公言,并不如此二人邪?"谢云:"身意正尔也。"(《品藻》76)

谢安评论先辈较为谨慎,品藻当世人物就少有顾忌。他评支道林颇与众不同。支道林天才卓异,学兼玄释,义理超拔,倾倒士庶,谢安却不很推崇。王孝伯(恭)问谢安:"林公何如长史(王濛)?"王濛为王恭祖父,为世人宗仰。王恭提出这个问题,自然有抬高祖父的意思。谢安答:"长史韶兴。"韶兴,指韶美有兴会。王濛自言"韶音令辞"胜刘惔(见《品藻》48),孙绰评王濛"温润恬和"(同上 36)。谢安"韶兴"之目,与王濛自言、孙绰之评一致。王孝伯又问:"何如刘尹?"谢曰:"噫,刘尹秀。"秀,特异,秀出。本篇 30 记时人道阮裕"简秀不如真长",则刘尹以简秀称。简秀者,言行不烦琐而异于常人也。王孝伯又问:"若如公言,林公都不如长史、刘尹二人邪?"谢答:"我意正如此也。"

谢安以为林公不如长史、刘尹,也不如庾公(亮)和右军(王羲之)。王子敬曾问谢公:"林公何如庾公?"谢安本来不想回答,后来说:"庾公自足没林公。"(见《品藻》70)以为庾公胜过林公。又《品藻》85:王孝伯问谢公:"林公何如右军?"谢答:"右军胜林公。林公在司州前,亦贵彻。"刘孝标注:"不言若羲之,而言胜胡之。"总之,在谢安看来,林公不如王濛、刘惔,也不如庾亮、右军,仅仅排在羲之之前,胡之之后。

何以"群儒旧学,莫不叹服"的思想家,被谢安轻视如此?后人对此颇有不解者。例如刘孟会说:"本书《文学篇》中多美林公,而《品藻篇》恒抑之,何也?"其实,《品藻》恒抑林公,乃整体评价林公人品,《文学》多美林公,乃赞美林公清言,两者着眼点不同,不可混而不察。否则,谢安说"嵇公勤著脚,方可及林公",并以为林公超拔,胜过殷浩。现在却说王濛、刘惔、庾亮、右军的清言皆优于林公,岂非矛盾至极?王濛作数百语诣林公,自以为林公莫能抗,不料林公说:"贫道与君别来多年,君语了不长进。"还未交锋,王濛就惭愧而退,叹曰:"实淄钵之王、何也。"比作正始时王弼、何晏。林公在会稽谈《逍遥游》,"标揭新理,才藻惊艳",右军"披襟解带,流连不能已"(以上见《高僧传》卷四《支遁传》)。若论清言,右军与林公相去不知几许。故谢安"右军胜林公"之语,绝非指清言可知。又谢安说:"庾公自足没林公。"刘孝标注引《殷羡言行》说:"时有人称庾太尉理者,羡曰:'此公好举宗木槌人。'"似以庾公谈理足以胜林公来解释谢安语。按,庾亮虽亦善谈论,然不闻有神悟语,竺法深诋之为"胸中柴棘三斗许"(见《轻诋》3)。林公拔新领异,朝野悦服,庾亮清言水平去林公远矣。谢安之言,谓庾亮人格足以胜林公,非指谈理没林公。刘孝标此处恐是误解。合以上数则分析,谢安赞许林公谈理超拔当无疑问,但并不推崇其人品也。

162. 袁彦伯为吏部郎

袁彦伯为吏部郎,子敬与郗嘉宾书曰:"彦伯已入,殊足顿兴往之气,故知捶挞自难为人,冀小却当复差耳。"(《品藻》79)

晋武帝宁康元年(373),桓温卒。袁彦伯(宏)离开桓温幕府,出为吏部郎。王子敬与郗超书,感慨袁宏已入为吏部郎,恐不免受笞挞之罚,挫伤其迈往之气。余嘉锡《笺疏》解释子敬语甚为详细,可作参考。余氏先指出捶挞是笞刑,后解释子敬所以言此者,"既喜彦伯之入吏部,又以晋世尚书郎不免笞挞,虑其蒙受耻辱,殆难为人也"。后又引顾炎武《日知录》卷二八"职官受杖"条所载曹操事及《魏略》《晋书·王濛传》等文献,说明自汉以来,杖刑始终不改。据此,余氏引申说:"子敬之意谓彦伯知此职不免捶挞,当即进表辞让,或可得诏停罚,如王濛故事。故曰:'冀小却,当复差耳。'"

余氏释子敬之言,以为晋世尚书郎不免笞挞,虑袁宏蒙受耻辱,殆难为人。这点可以信从。但也有臆说之处,譬如称子敬意思说,袁宏应该立即进表辞让,或可得诏停罚,如王濛故事。体味余氏之意,似乎袁宏还未曾为吏部郎,亦未受捶挞之罚。但子敬与郗超书明明说"彦伯已入",意思是袁宏已为吏部郎,且已受捶挞,迈往之气已受挫伤。"故知捶挞自难为人",是领受杖刑后的感慨。"冀小却,当复差耳",是说但愿稍后杖痕当痊愈耳。余氏解释为"或可得诏停罚,如王濛故事"。这是离开文本的臆说。"冀小却"一句,与"得诏停罚"毫不相干。

以下对"殊足顿兴往之气"一句再作探索。顿,《左传·襄公四年》:"甲兵不顿四也。"杜预注:"顿,坏也。"孔颖达《正义》:"顿,谓挫伤折坏。今俗语云委顿时也。"《国语·周语上》:"其无及废先王之训而王几顿乎?"韦昭注:"顿,败也。"兴往,徐震堮《校笺》释为"迈往"。袁宏有逸才,文章绝美,是东晋中期最著名的文士,深得桓温赏识。桓温每游宴,辄命袁宏、伏滔随从。袁甚耻之,恒叹曰:"公之厚意,未足荣国士,与伏滔比肩,亦何辱如之!"(《轻诋》12)何等自负!《晋书》卷九二《袁宏传》说:"(宏)性强正亮直,虽被闻礼遇,至于辩论,每不阿曲,故荣任不至。"自负、强正亮直、每不阿曲,可以解释"兴往之气"的内涵。有此兴往之气,不幸受杖刑,肯定比委琐或逆来忍受之人更受伤。子敬十分了解袁宏个性,遂有"故知捶挞难以为人"的同情和感慨。

163. "人固不可以无年"

王珣疾,临困,问王武冈曰:《中兴书》曰:"谧字雅远,丞相导孙,车骑劭子。有才器,袭爵武冈侯,位至司徒。""世论以我家领军比谁?"武冈曰:"世以比王北中郎。"东亭转卧向壁,叹曰:"人固不可以无年。"领军王洽,珣之父也,年二十六卒。珣意以其父名德过坦之而无年,故致此论。(《品藻》83)

晋安帝隆安四年(400),王珣将死,问武冈侯王谧:"世人将我家领军(指王珣父领军将军王洽)同谁相比?"人之将死,不嘱后事,却念念不忘死了多年的父亲的声名优劣,可见东晋名士热衷品鉴人物到了"至死不渝"的地步。

王谧回答:"世人以比王北中郎。"刘孝标注以为王北中郎指王坦之。刘孝标的说法是正确的。然近人刘盼遂不以为然,说:"按孝标指北中郎为王坦之。坦之学诣绩业,与安石齐名,洽非其比。借时人阿好,拟于不伦,珣亦宜欣然相领,不至有无年之叹。窃谓北中郎系指王舒。本传："褚裒薨,遂代裒镇,除北中郎将。"考舒平生,庸庸无奇迹,正洽之媲,故时人得以相提并论。特人知王坦之为北中郎者多,知舒之为北中郎者少,故孝标有此失耳。又南朝矜尚伐阅,拟人往往取其支属之中。此处不应独以太原王比琅琊也。"笔者以为刘氏之说不能成立。考王舒以咸和八年(333)卒,王珣卒于隆安四年(400)。珣、谧谈论"我家领军比谁"时,距王舒之死将近七十年,世人对王舒行事恐多已茫然。以事理推之,此"王北中郎"当指王坦之较可能。又刘氏以为"不应独以太原王比琅琊王也",乃属臆说。本篇47王修龄问王长史:"我家临川,何如卿家宛陵?"我家指琅琊王,卿家指太原王,正可说明拟人并非"往往取其支属之中"。所以,孝标之注是正确的。

王珣为何感叹"人固不可以无年"?孝标解释是"珣意以其父名德过坦之而无年"。王洽是否名德胜过王坦之,或者前者年寿若长,名德是否一定胜过后者,这些姑且不作讨论。我们只是从王珣之叹指出:魏晋品藻人物,年寿之长短是裁定优劣的重要因素。《晋书》卷五八《周访传》说:"初,访少时遇善相者庐江陈训,谓访与陶侃曰:'二君皆位至方岳,功名略同,但陶得上寿,周得下寿,优劣更由年耳。'访小侃一岁,太兴三年卒,时年六十一。"王珣言"人固不可以无年",意即"优劣更由年耳"。又《贤媛》12记王武子为妹求佳偶,看中有俊才的兵家子。其母钟氏说要亲自看一看。钟氏看后评论说:"此才足以拔萃,然地寒(门第低贱),不有长年,不得伸其才用,观其形相,必不寿,不可与婚。"几年之后,兵家子果然死了。由此可见,钟氏鉴别人物有三个因素:才能、门第、年寿。年寿为其中重要因素。魏晋时期因种种原因,人命大多短促。在短暂的人生中,许多才能之士不得尽其才用,憾恨无穷。因此,希企长年成为魏晋时代普遍的意识。陶潜《读山海经诗》说:"在世无所须,唯酒与长年。"陶潜旷达,了然生死,但仍把长年及酒看作人生最大的愿望,这说明希企长年实在是人类的本性之一。再说,把年寿作为评论人物的重要因素,也自有合理性。假若才能难分高下,那么年寿的长短必然成为衡量优劣的重要砝码。当然,若人才相去太远,譬如百岁野人,也决不能比肩短命的天才王弼。

此则故事叙述、描写十分简洁传神。特别是王珣"转卧向壁",叹曰云云,用动作与语言刻画王珣的无奈与喟叹,既有感父亲年命短促,影响名声的评价的不平,同时流露出自己仅得下寿(王珣享年五十二),世人不知又将己比谁的感伤。告别人世之前的心理与情绪,表达得极为传神。

规箴第十

164. 孙休好射雉

孙休好射雉,至其时,则晨去夕反,群臣莫不止谏:"此为小物,何足甚躭。"休曰:"虽为小物,耿介过人,朕所以好之。"环济《吴纪》曰:"休字子烈,吴大帝第六子。初封琅邪王,梦乘龙上天,顾不见尾。孙琳废少主,迎休立之。锐意典籍,欲毕览百家之事。颇好射雉,至春,晨出莫反,唯此时舍书。崩,谥景皇帝。"《条列吴事》曰:"休在位烝烝,无有遗事,唯射雉可讥。"(《规箴》4)

孙休喜欢射雉,群臣劝谏,说雉是小东西,不值得沉迷于此。孙休拒谏,理由是雉"虽为小物,耿介过人,朕所以好之"。这自然是文过饰非。老子说:"驰骋田猎令人心发狂。"驰骋山林之中,射落那些羽毛美丽的鸟,不因为它们"耿介过人",就肃然起敬,放它们一条生路。快乐令人心发狂,群臣莫不止谏也作耳边风。但孙休说雉"耿介过人"倒不是他的编造,古人早有这种说法。《礼记·曲礼下》:"大夫雁,士雉。"孔疏:"士雉者,雉取性耿介,唯敌是赴。士始升朝,宜为赴敌。故用雉也。"感动于雉的勇敢,君主把雉的羽毛作为武士帽子的装饰。《后汉书·舆服志下》:"鹖者,勇雉也,其斗对一死乃止,故赵武灵王以表武士,秦施之焉。"潘岳《射雉赋》写雉的耿介勇敢:"厉耿介之专心,张猛毅之骁姿。"(《艺文类聚》卷六六)傅玄《雉赋》说:"冠列角之盛仪,翘从风而飘扬。履严距之武节,超鸾跱而凤翔"(同上卷九九),真像列队的斗士。

自汉魏以至南朝,射雉成为一种习俗,不论高贵者或贫贱者,皆乐此而不疲。《文选·潘岳〈射雉赋〉》李善注:"《射雉赋》序曰:'余徙家于琅邪,其俗实善射。聊以讲肄之余暇,而习媒翳之事,遂乐而赋之也。'"吕延济注:"岳既徙琅邪,其俗善射雉,因赋之。终以自戒也。媒者,少养雉子,长而狎人,能招引野雉。翳者,所以隐射也。"徐爰注："晋邦过江，斯艺乃废。历代迄今，寡能厥事。尝览兹赋，昧而莫晓。聊记所闻，以备遗忘。"可知，琅琊射雉乃成习俗，而且驯养媒雉，以招引野雉。

射雉其实是一种带有技艺性的狩猎活动。曹操、曹丕父子好射雉。《郝氏续后汉书》卷二五载：曹操"尝于南皮一日射雉获三十六头"。《三国志·魏志·辛毗传》说："侍中辛毗从文帝射雉，帝曰：'乐哉！'毗曰：'于陛下甚乐，于群臣甚苦。'帝默然，为之希出。"与曹氏父子皆好射雉相同，孙休与父孙权亦好射雉。《三国志·吴志·潘濬传》裴松之注引《江表传》说："（孙）权数射雉，濬谏权。权曰：'相与别后，时时暂出耳，不复如往日之时也。'濬曰：'天下未定，万机务多，射雉非急，弦绝括破，皆能为害，乞特为臣故息置之。'濬出，见雉翳故在，乃手自撤坏之。权由是自绝，不复射雉。"孙权接受潘濬的谏言，不复射雉。孙休却文过饰非，不如其父多矣。

上文引徐爰注潘岳《射雉赋》，有"晋邦过江，斯艺乃废"二句。所谓"斯艺"，指"媒翳"的技巧，吕延济注潘岳《射雉赋》有解释。是否东晋之后"媒翳"失传，历代"昧而莫晓"，此说很难证实。我们所知道的是射雉的习俗，起码至宋齐仍盛行。《宋书》卷七二《始安王休仁传》说："吾春中多期射雉，每休仁清闲，多往雉场中。"《南齐书》卷七《东昏侯纪》说："置射雉场二百九十六处。翳中帷帐及步障皆袷以绿红锦，金银镂弩牙，瑇瑁帖箭。"可见射雉风气至南齐仍盛行不衰。《东昏侯纪》说"翳中帷帐及步障"，里面藏弩牙与帖箭，我猜测这或许就是"媒翳"之"翳"。据吕延济说，"翳者，所以隐射也。"东昏侯的射雉场"翳中"藏弓弩，即用以"隐射"也。此猜测若中，则说明"媒翳"之艺至南齐仍未失传。

165. 谢鲲谏王敦

谢鲲为豫章太守，从大将军下至石头。敦谓鲲曰："余不得复为盛德之事矣。"鲲曰："何为其然？但使自今已后，日亡日去耳。"《鲲别传》曰："鲲之讽切雅正，皆此类也。"敦又称疾不朝，鲲谕敦曰："近者明公之举，虽欲大存社稷，然四海之内，实怀未达。若能朝天子，使群臣释然，万物之心于是乃服。仗民望以从众怀，尽冲退以奉主上，如斯则勋侔一匡，名垂千载。"时人以为名言。《晋阳秋》曰："鲲为豫章太守，王敦将肆逆，以鲲有时望，逼与俱行。既克京邑，将旋武昌，鲲曰：'不就朝觐，鲲惧天下私议也。'敦曰：'君能保无变乎？'对曰：'鲲近日入觐，主上侧席，迟得见公，宫省穆然，必无不虞之虑。公若入朝，鲲请侍从。'敦曰：'正复杀君等数百，何损于时！'遂不朝而去。"（《规箴》12）

晋元帝永昌元年（322）四月，王敦在武昌谋反，率军东下至石头。在此之前，王敦的不臣之迹已显于朝野。长史谢鲲知时势如此，感到无能为力，遂不屑政事，优游卒岁。王敦将举兵，对谢鲲说："刘隗奸邪，将危社稷，吾欲除君侧之恶，匡主济时，何如？"王敦谋反，以清君侧之刘隗为名，以此试探谢鲲。谢鲲心里明白，回答说："隗诚始祸，然城狐社鼠也。"意思是说，对这样的狐鼠之辈，不必大动干戈。其实这话是反对王敦谋逆。王敦发怒说："君庸才，岂达大理。"出鲲为豫章太守，却又留住不放。谢鲲有才望，还有利用价值，王敦要逼他同下石头。

叛军攻占石头，王师败绩。王敦自知犯上作乱，对谢鲲说："余不得复为盛德之事矣。"谢鲲说："为什么这样说呢？只要从今以后，一天天忘记从前君臣之间的猜忌也就行了。"规劝叛臣贼子改行易辙，重修君臣之好。王敦却称疾不朝，不想见元帝。谢鲲劝告说："近来明公的举动，虽想保存国家，然四海之内，你的真心未被人理解。如果能朝见天子，使群臣疑虑消解，万众之心会敬服你。依仗民众的愿望，顺从众人的心意，竭尽谦退态度侍奉主上，如此，明公的功勋就如同管仲相桓公、霸诸侯，必能名垂千载。"谢鲲一番劝导，为王敦指明出路，名正言顺，时人以为名言。然王敦狼子野心，本来就志在篡夺，你要他谦退侍奉天子，那他率军东下，胜了王师，占了石头，岂非白干一场？再说，朝觐君主，难保不自投罗网。刘孝标注引《晋阳秋》说：谢鲲奉劝王敦朝觐，后者问："君能保无变乎？"担心朝觐会发生意外。谢鲲担保"必无不虞之虑"，并表示，"公若入朝，鲲请侍从"。结果，王敦勃然大怒，说："正复杀君等数百，何损于时！"遂不朝而去。

在事关国家存亡的危急时刻，谢鲲挺身而出，不顾一己安危，以正道规劝王敦，表现出常人难及的节操和气概。钟惺评论说："以幼舆不检，而石头对处仲数语，纲常所关，劲气直节，不减陈玄伯。嗣宗《劝进》，不能无愧颜。"以为谢鲲虽行为不检，但在关键时刻，劲气直节，不减反对司马昭篡夺的陈泰。至于作《劝进表》的阮籍，应当有愧颜。指出并表彰谢鲲的劲气直节，固然有必要；但我们更要追问：任达不拘的谢鲲，为什么能在关键时刻表现出节士的人格风采？

自古迄今，对魏晋放达任诞之士常常有偏颇的言论。一些自诩名教的维护者,或深受儒家影响的君子者流,由于对魏晋任达之士的人格缺乏深刻的理解,往往苛论他们无有礼仪廉耻,毁坏名教纲常,甚至要他们承担亡国的责任。其实,魏晋禅让以及西晋覆灭自有原因,要任达之士承担亡国的责任是不公允的。历史上的篡夺和残杀,常借维护名教之名而行之,难道这不是历史的真相?再者,时代文化背景不同,个性因人而异,任达放诞之士亦不可一概而论。谢鲲,是两晋之际最有人格光彩的任达之士,精神气质最接近竹林七贤。他的任达最有名的一件事是调戏邻家美女,结果女子投梭,折其两齿。时人为之语曰:"任达不已,幼舆折齿。"鲲闻之,傲然长啸,说:"犹不废我啸歌。"调戏美女之外,不修边幅,不恂功名,与毕卓、王尼等人纵酒。谢鲲早期的任达,受竹林七贤的影响可能多一些;后期的任达,同受制王敦有些关系。王敦引谢鲲为长史,鲲"知不可以导匡弼,乃优游寄遇,不屑政事,从容讽议,卒岁而已"(《晋书》本传)。可知他的任达乃不得已为之。《江左名士传》说:"鲲通简有识,不修威仪,好迹逸而心整,形浊而言清。""迹逸"二句,值得注意。行迹放逸而内心整饰,外形秽浊而言论清美,说明他是个儒道双修的人物。《晋书》本传说鲲"好《老》《易》",指出了他的学问特征。行迹若秽,气节高尚,他的人格是丰富多彩的。任达不拘是真性情的流露,劲气直节是守道的体现。以为任达放诞之士必无礼仪廉耻,是名教的罪人,这种议论轻率又浮浅。须知历史上和现实中许多名教的鼓吹者,一到历史的紧要关头,或一触及个人的既得利益,马上变成卑鄙的骗子和小人,名教不过拿来作行骗的幌子。读谢鲲的故事,能对魏晋任达之士的人格多一份深刻的思考。

166. 郗太尉规箴王丞相

郗太尉晚节好谈,既雅非所经,而甚矜之。《中兴书》曰:"鉴少好学博览,虽不及章句,而多所通综。"后朝觐,以王丞相末年多可恨,每见必欲苦相规诫。王公知其意,每引作它言。临还镇,故命驾诣丞相。丞相翘须厉色,上坐便言:"方当乖别,必欲言其所见。"意满口重,辞殊不流。王公摄其次,曰:"后面未期,亦欲尽所怀,愿公勿复谈。"郗遂大瞋,冰衿而出,不得一言。(《规箴》14)

此则故事写王导晚年拒谏,让进谏者郗鉴碰了一鼻子灰。

前面三句略述郗鉴好谈的性格。这里的"谈",当指谈论——带有学术意味的言谈,非指一般的谈话。郗鉴好谈,但"雅非所经,而甚矜之"。意思说,谈论并非他所擅长,却又很自负并喜欢夸耀。刘孝标注引《晋中兴书》说:"鉴少好学博览,虽不及章句,而多所通综。"又《晋书》卷六七《郗鉴传》说鉴"博览经籍","以儒雅著称"。知郗鉴是读书人,不及章句训诂,多所通综,正体现出汉末以降读书观其大略的新学风。

"后朝觐"以下至最后,是故事的主体,写郗鉴进谏,王导拒谏。

郗鉴为什么进谏?原因是"王丞相末年多可恨"。《政事》14 载:庾亮不客气地对王导说:"公之遗事,天下亦未以为允。"同篇 15 载:"丞相末年,略不复省事,正封录诺之。"时人遂批评他"愦愦"。所谓"王丞相末年多可恨",即指王导晚年略不省事,宽简治政,人们都说他糊涂。郗鉴也认为王导老糊涂,所以一有见面的机会,非要苦相规箴。平心而论,当时批评王导的高层人物中,郗鉴算是最平和及识大局的。激烈者如陶侃、庾亮,甚至打算起兵废了王导。幸亏郗鉴不同意,否则后果不堪设想。

然而,王导不愿意听郗鉴的唠聒,每每"王顾左右而言它"。王导为什么不想听郗鉴的批评?因他自以为"愦愦"好得很,后人必定会记起他"愦愦"的好处。所以不管批评来自何方,一律拒绝。可以推断,郗鉴朝觐京师期间,一定多次向王导进谏,却没有一次成功。可是郗鉴很执著,临还京口之际,命驾直往丞相府,作最后的努力。

"丞相翘须厉色"一句中的"丞相"二字,当是衍文,唐写本《世说》无此二字。此举承上句,主语仍是郗鉴。"翘须厉色"四字,写郗鉴因气愤竖起胡子,脸色严厉,涂了浆糊似的。一落座就说:"方当乖别,必欲言其所见。"将分别了,一定要把我所看到的"可恨"之事说出来。或许是前文所说"雅非所经"的缘故,或许是过于激动和气愤,或许是要说的"可恨"之事太多,总之,郗鉴"意满口重,辞殊不流",表达不流畅,结结巴巴。王导本来就不想听,现在郗鉴说话既难听又说不清楚,使他彻底不耐烦,遂打断对方,说:"再见未有期,我也想尽其所怀,请公不必再说了。"借口倾诉离别之怀,叫郗鉴闭嘴。郗鉴进谏的最后努力,再次被王导粗暴地打断。于是他瞪起眼睛,颜色冷若冰霜,矜持严厉,当即离席而去,一句话也不说。

郗鉴进谏,王导拒谏,本质上是苏峻之乱平定后,上层治国方略的分歧。王导治政宽纵简易,郗鉴、陶侃、庾亮等则以为王导晚年行事多糊涂。面对人们的普遍反对,王导很自信,即或郗鉴这样的重要人物的规诫,亦一概拒绝。

这则故事富有文学色彩,描写生动。王世懋评点说:"叙得情状如画。"尤其写郗鉴的颜色、言辞、神情,无不毕现,恍若目前。叙事层次曲折,首尾照应。令人赞叹,固其宜矣。

167. 顾和答王丞相

王丞相为扬州,遣八部从事之职。顾和时为下传还,同时俱见。诸从事各奏二千石官长得失,至和独无言。王问顾曰:"卿何所闻?"答曰:"明公作辅,宁使网漏吞舟,何缘采听风闻,以为察察之政?"丞相咨嗟称佳,诸从事自视缺然也。(《规箴》15)

东晋元帝时,王导为扬州刺史,分遣从事八人巡视扬州辖下的八郡(据《通鉴》九〇胡注:八郡指丹阳、会稽、吴、吴兴、宣城、东阳、临海、新安)。从事,部从事,为郡的属官。《晋书》卷二四《职官志》:"郡各置部从事一人,小郡亦置一人。"《宋书》卷四〇《百官志下》:"部从事史每郡各一人,主察非法。"部从事的主要职责是考察郡守的违法之事。王导遣八部从事之职,是派他们到郡中巡视,发现问题。考察完后,"诸从事各奏二千石官长得失",指部从事向扬州刺史汇报郡守的得失。轮到顾和汇报,顾却不发一言。王导问顾在郡中听到什么,顾和回答:"明公作辅,宁使网漏吞舟,何缘采听风闻,以为察察之政?"察察,苛察,烦细。《老子》第五十八章:"其政察察,其民缺缺。"《后汉书》卷三《章帝纪论》:"魏文帝称'明帝察察,章帝长者'。章帝素知人,厌明帝苛切,事从宽厚。"顾和"明公作辅"四句,即是规箴王导之意。王导"宁使网漏吞舟",法网疏略,如今却分遣从事"采听风闻",明察暗访郡中的非法之事,然后各奏郡太守的得失,这岂非行"察察之政",与明公的宽恕简易之政相违?此外,顾和之答又解释己之政务,亦不存小察,无得失可奏。顾和之语,既赞美王导宽恕之政,又委婉批评当前要部从事各奏二千石长官得失的做法,故丞相"咨嗟称佳"。然而,诸从事感觉没趣,若有所失:辛辛苦苦至各郡"采听风闻",得不到表扬;顾和一言不发,刺史反倒"咨嗟称佳"。

王导晚年几乎不管事,有文书送来,画一个"诺"了事,自叹道:"人说我糊涂,后人当思此糊涂。"(《政事》13)王导晚年治政简易如此,其实早年也是。此条所记事即在东晋之初,王导治政理念已经是"宁使网漏吞舟"了。如何看待王导的宽恕简易之政,历来就有两种意见。当时著名人物如郗鉴、庾亮,以为王导"愦愦",甚至想废掉他。赞成者譬如顾和、殷羡。《政事》14 刘孝标注引《殷羡遗事》,殷羡对庾冰网密刑峻不以为然,从容谓冰曰:"卿辈自是网目不失,皆是小道小善耳。至如王公,故能行无理事。"同篇 15 注引徐广《历纪》说:"导阿衡三世,经纶夷险,政务宽恕,事从简易,故垂遗爱之誉也。"后来谢安为相,为政宽简与王导一脉相承。即使在后世,对王导治政理念和作风的评价也有分歧。此问题本书前面已涉及,不复赘述。

168. 远公在庐山中

远公在庐山中,《豫章旧志》曰:"庐俗字君孝,本姓匡,夏禹苗裔,东野王之子。秦末,百越君长与吴芮助汉定天下,野王亡军中。汉八年,封俗鄡阳男,食邑兹部,印曰'庐君'。俗兄弟七人,皆好道术,遂寓于洞庭之山,故世谓庐山。孝武元封五年,南巡狩,浮江,亲觌神灵,乃封俗为大明公,四时秩祭焉。"远法师《庐山记》曰:"山在江州寻阳郡,左挟彭泽,右傍通川,有匡俗先生出自殷周之际,遁世隐时,潜居其下。或云匡俗受道于仙人,而共游其岭,遂托室崖岫,即岩成馆,故时人谓为神仙之庐而命焉。"法师《游山记》曰:"自托此山二十三载,再践石门,四游南岭,东望香炉峰,北眺九江,传闻有石井、方湖,中有赤鳞踊出,野人不能叙,直叹其奇而巳矣。"虽老,讲论不辍。弟子中或有堕者,远公曰:"桑榆之光,理无远照,但愿朝阳之晖,与时并明耳。"执经登坐,讽诵朗畅,词色甚苦,高足之徒,皆肃然增敬。(《规箴》24)

高僧慧远在庐山中三十余年,影不出山,迹不入俗,虽老仍讲论不辍,告诫弟子惜时精进,为来世往生弥陀净土日夜修炼。慧远《答桓南郡书》说:"故庄周悲慨人生天地之间,如白驹之过隙。以此而寻,孰得久停,岂可不为将来作资?"(《弘明集》卷一一)以为人生短促,当为来世早作准备。又《与隐士刘遗民等书》说:"君与诸人,并为如来贤弟子也。策名神府,为日已久,徒积怀远之兴,而乏因籍之资,以此永年,岂所以励其宿心哉？意谓六斋日,宜简绝常务,专心空门,然后津寄之情笃,来生之计深矣。"(《广弘明集》卷二七)读上面二封信,大体可以理解慧远为什么虽老仍讲论不辍,以及告诫弟子修炼不得堕懒的原因。慧远进庐山时年近五十,深感人生不永。他认同庄周所谓人生如白驹过隙的短暂,也以为有生必有死。人必有死,这是中国传统的思想观念。但慧远又以为人有来世,通过不断修炼,可以进入西方弥陀净土。这是大乘佛教的思想,与中国传统思想迥然相异。他在信中说的"将来"和"来生",即指人有来世,修行不辍,能进佛国。慧远告诫刘遗民等如来弟子：你们信奉佛教为日已久,只是空怀往生佛国的理想,而缺乏通往佛国的资本,好比欲渡彼岸,却无舟楫可济,长此以往,哪像有激励往生佛国的决心呢！应该简绝一切俗务,专心修持佛法,然后才算是渡津之情笃诚,来生之计深怀而不懈了。

  慧远在庐山中,始终把往生佛国当作人生的头等大事,鼓励弟子早作济津的准备,以只争朝夕的态度勤奋修持。晋安帝元兴元年(402)七月二十八日,慧远率领一百二十三名弟子于阿弥陀像前建斋立誓,命刘遗民作《发愿文》宣读。这是中国佛教史上净土宗创立的标志性事件,集中反映了慧远僧团向往弥陀净土的意志。所谓"津寄之情笃,来生之计深",莫过于此。《发愿文》说："推交臂之潜沦,悟无常之期切,审三报之相催,知险趣之难拔。此其同志诸贤,所以夕惕宵勤,仰思所济者也。盖神者可以感涉,而不可以迹求。必感之有物,则幽路咫尺；苟求之无主,则渺茫河津。今幸以不谋而金心西境,叩篇开信,亮情天发,乃机象通于寝梦,欣感百于子来。于是云图表晖,影伫神造,功由理谐,事非人运。兹实天启其诚,冥运来萃者矣,可不克心重精叠思以凝其虑哉……"(《高僧传》卷六《慧远传》)慧远及弟子深信三世因果报应,内心对生死无常与轮回之劫充满忧惧,来世往生西方净土成为解除恐惧、拯救灵魂的唯一之道,"此其同志诸贤,所以夕惕宵勤,仰思所济者也",不敢丝毫懈怠,修炼以济彼岸。慧远自警并告诫弟子："桑榆之光,理无远照,但愿朝阳之晖,与时并明耳。"有一种强烈的时不我待的迫切感。这便是对人生短促和无常的深深恐惧。《发愿文》又说："胥命整衿法堂,等施一心,亭怀幽极。誓兹同人,俱游绝域。其有惊出绝伦,首登神界,则无独善于云峤,忘兼全于幽谷,先进之与后升,勉思征策之道。"表达了同舟共济,一起到达西方净土的"团队精神",意谓每人功德参差不一,若有惊出绝伦者,首登佛国,则不可独善,不忘兼全,不论先进还是后升,一定要同上征途。这等于打了包票,只要坚持修炼,所有人都能进佛国,不会让一个人"掉队"。

慧远率领弟子精进不息的情形,刘遗民还写信告诉远在长安的僧肇:"远法师顷恒履宜,思业精诣,乾乾宵夕,自非道用潜流,理为神御,孰以过顺之年,湛气若兹之勤?"慧远不愧是非凡的领袖,年过耳顺仍乾乾宵夕,不敢丝毫懈怠,带领僧团在成佛的道路上奋勇前进,让大家克服人生短促的恐惧,对来世充满希望。为什么弟子们对他肃然增敬,读《发愿文》就可思之过半了。

捷悟第十一

169. 杨修捷悟

杨德祖为魏武主簿,时作相国门,始构榱桷,魏武自出看,使人题门作"活"字便去。杨见,即令坏之。既竟,曰:"'门'中'活','阔'字。王正嫌门大也。"《文士传》曰:"杨修字德祖,弘农人,太尉彪子。少有才学思干。魏武为丞相,辟为主簿。修常白事,知必有反复教,豫为答对数纸,以次牒之而行,敕守者曰:'向白事必教出相反复,若按此次第连答之。'已而风吹纸次乱,守者不别而遂错误。公怒,推问,修惭惧。然以所白甚有理,终亦是修。后为武帝所诛。"(《捷悟》1)

曹操杀杨修,是中国历史上令人扼腕的悲剧之一。曹操为何杀杨修,据刘孝标注引《文士传》,缘于杨修太聪敏。其实,杨修被杀尚有政治上的原因,但无论如何他的捷悟是重要祸端。大凡奸雄都忌惮比他更有智慧的人,盖聪敏者能探知奸雄的心思,而奸雄要使人敬畏,最好的办法是居心叵测,让人难测其心思。杨修聪敏过人,却忽略奸雄的忌惮,不能大智若愚,竟遭致杀身之祸。伤哉痛哉!

曹操在相国门上题作"活"字,杨修见后即令坏去,并解释说:"'门'中'活','阔'字。王正嫌门大也。"先,曹操门上题作"活"字,杨修见后坏门,这过程犹如猜谜语。《文心雕龙·谐隐》说:"自魏代以来,颇非俳优,而君子嘲隐,化为谜语。谜也者,回互其辞,使昏迷也。或体目文字,或图像品物,纤巧以弄思,浅察以衒辞,义欲婉而正,辞欲隐而显。荀卿《蚕赋》,已兆其体,至魏文、陈思,约而密之,高贵乡公,博举品物,虽有小巧,用乖远大。"曹操在相国门题作"活"字,隐喻门之阔,其实亦属《文心》所谓"图像品物",即以描绘图像,猜中某种事物,犹今言"打一物"也。《文心》溯谜语之源,以为始于荀卿《蚕赋》。《蚕赋》描绘蚕的形体、生长变化以及用途,后请五泰占之,说:"此夫身好而头马首者与?屡化而不寿者与?善壮而拙老者与?有父母而无牝牡者与?冬伏而夏游,食桑而吐丝,前乱而后治,夏生而恶暑,喜温而恶雨。蛹以为母,蛾以为父。三俯三起,事乃大已。夫是之谓蚕理。"先铺写蚕的生理变化,这好比谜面;最末一句点出"蚕理",是为谜底。

又《文心·谐隐》叙古代的隐语,称"东方曼倩,尤巧辞述"。东方朔事详载《汉书》卷六五《东方朔传》:东方朔与郭舍人于武帝前射覆,舍人输而受杖罚。朔笑之曰:"咄!口无毛,声謷謷,尻益高。"舍人恚曰:"朔擅诋欺天子从官,当弃市!"上问朔:"何故诋之?"对曰:"臣非敢诋之,乃与为隐耳。"上曰:"隐云何?"朔曰:"夫口无毛者,狗窦也。声謷謷者,鸟哺鷇也。尻益高者,鹤俛啄也。"曹操题相国门上作"活"字,与东方朔同为隐语,只是前者形诸文字,成为刘勰所说的谐隐文学。

《捷悟》2记人饷魏武一杯酪,魏武噉少许,在盖头上题"合"字以示众,众莫能解。次至杨修,修便噉,曰:"公教人噉一口也,复何疑!""合"字,析为一人一口,此即《文心·谐隐》所说的"君子嘲隐,化为谜语",属于"体目文字"——以离合文字化为谜语,也是文字游戏。类如例子有《吴志·薛综传》:"西使张奉,于(孙)权前列尚书阚泽姓名以嘲泽,泽不能答。综下行酒,因劝酒曰:'蜀者何也?有犬为独,无犬为蜀,横目苟身,虫入其腹。'奉曰:'不当复列君吴邪?'综应声曰:'无口为天,有口为吴,君临万邦,天子之都。'于是众坐喜笑,而奉无以对。""蜀者何也"一句相当于谜底,"有犬为独"四句相当于谜面。再有曹植仓促之间写的《死牛诗》其实也是隐语。据传魏文帝曹丕尝与陈思王植同辇出游,逢见两牛在墙间斗,一牛不敌,坠井而死。曹丕诏令曹植赋《死牛诗》,不得道是牛,亦不得云是井,不得言其斗,不得言其死,走马百步,令成四十言,步尽不成,加斩刑。曹植策马而驰,既揽笔,赋曰:"两肉齐道行,头上戴横骨。行至凶土头,崝起相唐突。二敌不俱刚,一肉卧土窟。非是力不如,盛意不得泄。"赋成,四十步还未走完。子建八斗之才,洵非虚誉。《死牛诗》是长篇隐语诗,艺术性很高,与曹操相国门上题"活"字、盖头上题"合"字自不可等同而语,然则风气是一样的。

《捷悟》3写杨修解曹娥碑背"黄绢幼妇,外孙齑臼"八字,所谓"绝妙好辞"。刘孝标注引《异苑》说,"以离合义解之"。所谓"离合",本义为分合聚散,此谓将字(或诗)之结构或分或合,与谜语、隐语相类,亦示巧妙,也是文字游戏。刘勰《文心雕龙·明诗》:"至于三六杂言,则出自篇什;离合之发,则明于图谶。"黄叔

292

琳注引《文章缘起》："孔融作四言离合诗。"《艺文类聚》于孔融《离合郡姓名字诗》下注曰"鲁国孔融文举"六字。总之，杨修解"绝妙好辞"，孔融作《离合诗》，上文所举薛综离合"蜀"字和"吴"字，都可以归于《文心·谐隐》所说的"体目文字"。读《捷悟》数则，并参见《文心·谐隐》，可以了解汉末嘲隐风气及谐隐义学的发展。

夙惠第十二

170. 元方、季方听客与太丘论议

宾客诣陈太丘宿,太丘使元方、季方炊。客与太丘论议。二人进火,俱委而窃听。炊忘著箄,饭落釜中。太丘问:"炊何不馏?"元方、季方长跪曰:"大人与客语,乃俱窃听,炊忘著箄,饭今成糜。"太丘曰:"尔颇有所识不?"对曰:"仿佛志之。"二子俱说,更相易夺,言无遗失。太丘曰:"如此,但糜自可,何必饭也。"(《夙惠》1)

这个故事亦见于袁山松《后汉书》,谓"宾客"是荀淑,且叙事与《世说·夙惠》不同:"荀淑与陈寔神交,及其弃朗陵而归也,数命驾诣之,淑御,慈明从,叔慈抱孙文若而行。寔亦令元方侍侧,季方作食。抱孙长文而坐,相对怡然。尝一朝求食,季方尚少,跪曰:'向闻大人荀君言甚善,窃听之,甑坏,饭成糜。'寔曰:'汝听谈解乎?'湛曰:'唯。'因令与二慈说之,不失一辞,二公大悦。"《世说·夙惠》说是"太丘使元方、季方炊",而袁山松《后汉书》说"令元方侍侧,季方作食"。究竟何者为是,其实无关宏旨,不必费时考证。至于元方、季方的"夙惠",也是明白易懂,不须解释。值得探索的也许是下面两个问题:宾客与太丘论议,"论议"指什么?元方、季方为何忘记烧饭,"俱委而窃听"?

魏晋学术与文艺,皆滥觞于东汉,此点为学者所共知。东汉的"论议"以及"谈论"、"言论",是魏晋清言的源头。"论议"的具体内涵,与"谈论"、"言论"略同,大致有三:学术讨论、时政评论、人物品鉴。我们以《后汉书》中的人物传记说明之。

《后汉书》卷一七《贾复传》:"(贾)宗兼通儒术,每燕见,常使与少府丁鸿等论议于前。"这是记贾宗为汉明帝召入宫廷,与丁鸿等论议。由贾宗兼通儒术判断,

论议当是儒学的讨论。《后汉书》卷二六《牟融传》："是时显宗方勤万几,公卿数朝会,每辄延谋政事,判折狱讼。融经明才高,善论议,朝廷皆服其能。"牟融精通经术,在公卿朝会时的论议,是评说政事和评价折狱。《后汉书》卷八三《逸民·戴良传》:戴良母丧,饮酒食肉,人问之:"子之居丧礼乎?"良说:"礼所以制情佚也。情苟不佚,何礼之论? 夫食旨不甘,故致毁容之实。若味不存口,食之可也。"论者不能夺之,良才既高达,而论议尚奇,多骇流俗。可见戴良的论议丧礼中礼与情的关系,对丧礼作出独特的新解释,属于理论创新。笔者以为东汉的论议内容,不出以上三方面。比较而言,"谈论"更常见。例如,《后汉书》卷六二《荀悦传》言悦年十二,能说《春秋》,又叙"悦与(荀)或及少府孔融侍讲禁中,日夕谈论"。《后汉书》卷六八《郭泰传》:"博通坟籍,善谈论,美音制。"《后汉书》卷八三《逸民·井丹传》:"少受业太学,通五经,善谈论,故京师为之语曰:'五经纷纶井大春。'"以上三例中一说"能说《春秋》",一说"博通坟籍",一说"通五经",由此可确定,其谈论必是经籍中的问题。总括起来,论议、谈论、言论三种不同说法,可以涵盖东汉学术、时政、人物评论的全部。余英时《汉晋之际士之新自觉与新高潮》一文说:"汉末名士之清谈,除人物评论之外,固早已涉及学术思想之讨论矣。"(详见余英时《士与中国文化》,上海人民出版社,1987 年 12 月)以为汉末清谈之内容有二:一是人物评论,二是学术思想之讨论。这是不错的。然须指出,清谈的内涵小于论议或谈论。

这个故事所记宾客与陈太丘论议的具体内容不容易确定。从元方、季方两个孩子窃听的入迷程度来看,最有可能与学术讨论有关,而非评论人物。观太丘问季方"尔颇有所识不",知此种论议,绝非一听即了,须待识力。若是人物评论,优劣易明,太丘不须有"尔颇有所识不"之问。正因为此番论议不易识,而二子不仅能识,且复述不差,故太丘不仅不责子炊饭成糜,反而欣然赞许。笔者以为宾客与太丘论议,类似后世之玄谈,因太有趣味,吸引元方、季方窃听,以致忘炊而成糜。

171. "何氏之庐"

何晏七岁,明惠若神,魏武奇爱之。因晏在宫内,欲以为子。晏乃画地令方,自处其中。人问其故,答曰:"何氏之庐也。"魏武知之,即遣还。《魏略》曰:"晏

父蚤亡,太祖为司空时纳晏母,其时秦宜禄阿鳏亦随母在宫,并宠如子。常谓晏为假子也。"(《夙惠》2)

汉献帝建安元年(196)冬十月,曹操拜司空,行车骑将军。刘孝标注引《魏略》说:"太祖为司空时纳(何)晏母。"据上推测,何晏随母入魏宫,时间在建安元年或稍后,年龄可能还不足七岁。何晏明惠若神,《何晏别传》记载比较具体:"晏时小养魏宫,七八岁便慧心天悟,众无愚智,莫不贵异之。魏武帝读兵书,有所未解,试以问晏,晏分散所疑,无不冰释。"(见《御览》卷二八七)魏武读兵书未解之处,七八岁的小儿居然为之析疑,"无不冰释",其早慧真称得上"明惠若神"了。难怪曹操奇之爱之,欲以为子。

然而,何晏不屑于做曹操的"假子",画地为方,自处其中,称之为"何氏之庐"。这件奇事在《何晏别传》里记载不同:"武帝欲以为子,每扶将游观,令与诸子长幼相次。晏微觉之,坐则专席,止则独立。或问其故,答曰:'礼,异姓不相贯'。"(见《御览》卷三八〇)无画地为方的细节与"何氏之庐"一句,作"坐则专席,止则独立"。根据常情,《何晏别传》似乎更可信一些。对于曹操的宠爱,何晏答以"礼,异姓不相贯",对方也就马上明白了何晏的心思,把他送出魏宫。

什么叫"异姓不相贯"? 此语须作解释。按,古人重亲亲之谊,同姓异姓分别极严。举凡饮食、庆贺、朝觐、丧礼等仪式,皆有严格规定,彰显尊卑亲疏。《周礼》卷一八《大宗伯》:"以脤膰之礼,亲兄弟之国。"郑玄注:"脤膰,社稷宗庙之肉,以赐同姓之国,同福禄也。""以贺庆之礼,亲异姓之国。"郑玄注:"异姓,王昏姻甥舅。"《周礼》卷三八《司仪》:"诏王仪南乡见诸侯,土揖庶姓,时揖异姓,天揖同姓。"郑玄注:"庶姓,无亲者也。……异姓,昏姻也。"孔颖达疏:"'土揖庶姓'已下,先疏后亲为次。"《左传》隐公三年:"周之宗盟,异姓为后。"正义:"周人贵亲,先叙同姓,以其笃于宗族,是故谓之宗盟。"《周礼》卷二二《墓大夫》:"令国民族葬而掌其禁令。"郑玄注:"族葬各从其亲。"贾疏:"经云族葬,则据五服之内,亲者共为一所而葬,异族即别茔。知族是五服之内者。见《左传》'苦诸侯之例'云:异姓临于外,同姓于宗庙,同宗于祖庙,同族于祢庙。"

何晏称"礼,异姓不相贯",意思是依礼经,同姓异姓不相统贯,亲疏有别也。"何氏之庐"一语亦是此意。

魏宫中"假子"不止何晏一人,还有一个秦朗,也是随母入宫,情况与何晏类似。刘孝标注引《魏略》说:"其时秦宜禄阿鳔亦随母在宫,并宠如子。""秦宜禄"之下脱一"子"字,阿鳔乃秦宜禄之子,名秦朗。王利器《世说新语校勘记》:"案《三国志·魏志·曹爽传》注引《魏略》作'其时秦宜禄儿阿苏,亦随母在公家,并见宠如公子';苏即朗也。"阿鳔乃阿苏之误。秦宜禄事迹见《魏志·明帝纪》注引《献帝纪》:"朗父名宜禄,为吕布使诣袁术,术妻以汉宗室女。其前妻杜氏留下邳。布之被围,关羽屡请于太祖,求杜氏以为妻,太祖疑其有色,及城陷,太祖见之,乃自纳之。宜禄归降,以为铚长。及刘备走小沛,张飞随之,过谓宜禄曰:'人取汝妻,而为之长,乃蚩蚩若是邪!随我去乎?'宜禄从之数里,悔欲还,张飞杀之。朗随母氏畜于公宫,太祖甚爱之,每坐席,谓宾客曰:'世有人爱假子如孤者乎?'"又《蜀志·关羽传》注引《蜀记》曰:"曹公与刘备围吕布于下邳,关羽启公,布使秦宜禄行求救,乞娶其妻,公许之。临破,又屡启于公。公疑其有异色,先遣迎看,因自留之,羽心不自安。"综上可知,秦宜禄乃吕布之僚属,其前妻杜氏有美色,关羽欲得之,曹操亦许之。可是曹操破吕布后,食言而自留之。言而无信,真好色之徒耳。因秦宜禄妻掳至魏宫,其子朗(阿苏)亦随母在宫,曹操甚爱之。称何晏为"假子",称秦朗也是"假子"。曹操的好色不可取,然宠爱"假子",倒是通脱大度,仅此一端,就可说明大英雄终究不同凡庸。

豪爽第十三

172. 祖车骑阻王敦欲下都

王大将军始欲下都,处分树置,先遣参军告朝廷,讽旨时贤。祖车骑尚未镇寿春,瞋目厉声,语使人曰:"卿语阿黑,敦小字也。何敢不逊!催摄面去,须臾不尔,我将三千兵槊脚令上。"王闻之而止。(《豪爽》6)

西晋之末,北中国沦于异族的铁蹄之下,祖逖与刘琨成为拯救乱世生灵的希望。"闻鸡起舞"的故事是当年二位英雄的生动写照,长久地鼓舞着中华大地上的仁人志士。

王大将军"始欲下都",谓王敦谋反之始。王敦自武昌东下建康,虽在永昌元年(322),但始有谋反之心早在大兴初。东晋政权建立伊始,王敦、王导辅佐元帝,有"王与马,共天下"之说。王氏宗族强盛,群从子弟布列显要官职。王敦遂有不臣之心。"处分树置","遣参军告朝廷,讽旨时贤",作一系列的组织工作与制造舆论。王敦遣使讽旨祖逖,时逖尚未镇寿春。《资治通鉴》卷九一《晋纪》一三载:大兴二年(319)三月,"祖逖攻陈川与蓬关,石勒遣石虎将兵五万救之,战于浚仪。逖兵败,退屯梁国。勒又遣桃豹将兵至蓬关,逖退屯淮南。"胡注曰:"此淮南郡,治寿春。"祖逖还未到寿春,则时在大兴二年三月之前。《通鉴》同卷又载:大兴三年(320)八月,梁州刺史周访卒。访"知敦有不臣之心,私常切齿",说明周访生前就已知王敦有异志。大兴三年十月,王敦杀武陵内史向硕。胡注:"史书王敦专杀,以著其无君之罪。"《通鉴》同卷大兴三年又载:初,王敦辟吴兴沈充为参军,充荐同郡钱凤于敦,二人知敦有异志,阴赞成之,为之画策。又记敦上疏为王导讼屈,元帝夜召左将军谯王丞,以敦疏示之。谯王说,"敦必为患"。元帝对丞说:"王敦奸逆已著,朕为惠皇,其势不远。"担忧像惠帝一样,受制于王敦。《晋书》卷九一《孔衍传》载:"王敦专权,衍私于太子曰:'殿下宜博延朝彦,搜扬才俊,询谋时政,以广圣聪。'敦闻而恶之,乃启出衍为广陵郡。""视职朞月,以大兴三年卒于官。"据此知大兴三年,王敦专权,甚至能影响朝士的去留。以上史料都可证明,至迟在大兴二三年间,王敦不臣之心已是君臣皆知了。

祖逖慷慨尚节,以振兴晋室为己任,对内乱深有警惕,故特别愤怒王敦有异志,瞋目厉声,对王敦使者说:"卿语阿黑,何敢不逊!催摄面去,须臾不尔,我将三千兵槊脚令上。"这几句有不同解释。催摄面去,面,唐写本作"向"。汪藻《考异》作"回"。王思任说:"催摄面去,犹云快收拾嘴脸去也。"杨勇《校笺》说:"面去者,反面而去也。犹《史记·项羽本纪》马童面缚之面也。"萧艾《世说探幽》云:"疑'卿语阿黑,何敢不逊!'及下文'须臾不尔,我将三千兵槊脚令上',为祖逖语,中间插入'催摄面去'句,乃叙述逖边语边怒目向使者威胁催其回去。'摄'字有威胁意。(下略)"蒋宗许《〈世说新语校笺〉臆札》说:"催,在魏晋南北朝有'快、速'义。(下略)摄,南北朝有'撤,撤退'义。……合'催摄'而言,即'快撤,赶快撤'之意。由此可知敬胤注本作'回'是。'催撤回去'等于说'赶快撤回去',下接'须臾不尔'亦为力证。"(《文史》1999年第4辑)按,从上下文意看,"催摄面去"四字与上下语意连惯,也是祖逖语,非是插入一句,催促使者快回去。以上数说,当以蒋说较胜。槊脚令上,王思任说:"槊脚令上,明谓缚在高处也。"刘辰翁说:"似谓槛致之耳,古言俗字,容有通用。"《世说笺本》说:"须臾不尔,谓迟留不回也。犹言须臾间不为然也。""盖谓以矛刺其脚而强令上也。"按,此句王思任、刘辰翁皆谓收缚(王敦),似不确。凡制服敌手之法,常先废其脚。《后汉书》卷七四上《袁绍传》李贤注引《英雄记》:"(朱汉)拔刃登屋,(韩)馥走上楼,收得馥大儿,槌折两脚。"《世说笺本》释"槊脚"为"以矛刺其脚",可从。"令上"之"上",与"下都"之"下"相对,谓沿江而上,即前面说"催摄面去",非谓"缚在高处"也。

王敦得知祖逖的态度后,即打消了率军下都的念头。但祖逖一死,再无忌惮之人,王敦就实施谋反的大计了。汪藻《考异》敬胤注:"旧云:王敦甚惮祖逖。或云王有异志,祖曰:'我在,伊何敢!'闻乃止。逖以太兴(一作和)末死,敦以永昌便遘逆。"按,《资治通鉴》卷九一《晋纪》一三:大兴四年,豫州刺史祖逖先闻王敦与刘、刁构隙,将有内难,知大功不遂,感激发病,九月壬寅卒于雍丘。王敦久怀异志,闻逖卒,益无所惮。胡三省注:"王敦之所忌周访、祖逖。访卒而逖继之,宜其益无所惮也。"《晋书》卷六二《祖逖传》亦言:"王敦久怀逆乱,畏逖不敢发,至是始得肆意焉。"读祖逖阻王敦欲下都的故事,有助于了解王敦于永昌元年正式起兵之前的活动,以及忠节之士如祖逖等,如何反对和阻止王敦的历史真相。

173. 庾稚恭常有中原之志

庾稚恭既常有中原之志,文康时,权重未在己;及季坚作相,忌兵畏祸,与稚恭历同异者久之,乃果行。倾荆汉之力,穷舟车之势,师次于襄阳,《汉晋春秋》曰:"翼风仪美劭,才能丰赡,少有经纬大略。及继兄亮居方州之任,有匡维内外,扫荡群凶之志。是时,杜乂、殷浩诸人盛名冠世,翼未之贵也,常曰:'此辈宜束之高阁,俟天下清定,然后议其所任耳。'其意气如此。唯与桓温友善,相期以宁济宇宙之事。初,翼辄发所部奴及车马万数,率大军入沔,将谋伐狄,遂次于襄阳。"《翼别传》曰:"翼为荆州,雅有正志,每以门地威重,兄弟宠授,不陈力竭诚,何以报国。虽蜀阻险塞,胡负凶力,然皆无道酷虐,易可乘灭。当此时不能扫除二寇以复王业,非丈夫也。于是征役三州,悉其帑实,成众五万,兼率荒附,治戎大举,直指魏、赵,军次襄阳,耀威汉北也。"大会参佐,陈其旌甲,亲授弧矢曰:"我之此行,若此射矣!"遂三起三迭,徒众属目,其气十倍。(《豪爽》7)

随着北方士族在江东站住脚跟,就罕见有收复中原之志者。前有庾亮兄弟,后有桓温,是仅见的有过收复中原行动的人物。晋成帝咸和八年(333),石勒死,庾亮有收复中原的筹略,使毛宝、樊峻俱戍邾城,以陶称率部曲五千人入沔中,亮弟翼镇江陵,以陈嚣趣子午。庾亮当亲率大军十万,据石城,为诸军声援。并上疏陈述其北征的方略:"……臣宜移镇襄阳之石城下,并遣诸军罗布江、沔,比及数年,戎士习练,乘衅齐进,以临河、洛,大势一举,众知存亡,开反善之路,宥逼胁之罪,因天时,顺人情,诛逋逆,雪大耻,实圣朝之所先务也。愿陛下许其所陈,济其此举。"成帝下其议,王导赞同,郗鉴以为资用未备,不可大举。庾亮又上疏,想移镇襄阳。不料北寇攻陷邾城,毛宝赴水而死,庾亮进据襄阳,继而北伐的远略由此夭折(以上见《晋书》卷七三《庾亮传》)。庾翼常有中原之志,师次襄阳,完全是继承兄长庾亮的未竟事业。

庾翼欲以灭胡平蜀为己任,常言论慷慨,形于辞色。康帝即位,翼欲率众北伐，上疏分析南北形势，陈述调兵遣将的方略，希望君主能从速决断。随后，发所统六州奴及车牛驴马，欲往襄阳，担心朝廷不许，托辞往安陆。康帝及朝士皆遣使劝譬庾翼，中止进军的举动。然而庾翼不从，违诏继续往襄阳。至夏口，再上表称"荷国重恩，志存立效"。以上即是故事发生的背景。

庾翼早有中原之志，但在庾亮执政时，大权不在他手里。等到庾冰为相，赞同庾翼进军襄阳。《晋书·庾翼传》说："初，翼迁襄阳，举朝谓之不可，议者或谓避衰，唯兄冰意同，桓温及谯王无忌赞成其计。至是，冰求镇武昌，为翼继援。朝议谓冰不宜出，冰乃止。"而此则故事说，"及季坚作相，忌兵畏祸，与稚恭历同异者久之，乃果行"。似乎庾翼同其兄庾冰在进军襄阳问题上一直意见不同。二者显然矛盾。考《晋书》卷七三《庾冰传》："冰惧权盛，乃求外出，会弟翼当伐石季龙，于是以本号除都督江、荆、宁、益、梁、交、广七州，豫州之四郡军事，领江州刺史，假节，镇武昌，以为翼援。"即使庾冰求外出，镇武昌，搀杂着害怕权势太甚的考虑，但"以为翼援"，毕竟表明他不反对庾翼的中原之志。故《世说》此条说庾冰"忌兵畏祸，与稚恭历同异者久之"，这种说法恐怕没有根据。

刘孝标注引《翼别传》说："翼为荆州，雅有正志，每以门地威重，兄弟宠授，不陈力竭诚，何以报国。"这段话包含的意思不很简单。一层意思是说庾翼进军襄阳，扫除胡虏，收复中原的大志。二层意思是说庾氏兄弟蒙受国戚厚恩，势倾天下，不陈力竭诚，不足以报国。北方的燕王慕容皝曾上表成帝，又与庾冰书，论后党权势过重，必有倾辱之祸。皝与庾冰书更直言不讳："君以椒房之亲，舅氏之昵，总据枢机，出内王命，兼拥列将、州司之位，昆弟网罗，显布畿甸，自秦汉以来，隆赫之极，岂有若此者乎！以吾观之，若功就事举，必享申伯之名；如或不立，将不免梁、窦之迹矣……"庾冰见书甚惧，然以其绝远不能制（见《晋书》卷一〇九《慕容皝传》）。庾冰忧惧权盛，求出为江州刺史，镇武昌，或许就是慕容皝致书给予刺激的结果。庾翼进军襄阳，不否定有收复中原，竭诚报国之大志，内心深处，未必不兼怀家族之忧。可能庾翼以为只有光复洛阳，建不世之奇功，家族才有可能杜绝悠悠之论，长享恩宠，立于不败之地。

174. 桓公读《高士传》

桓公读《高士传》至於陵仲子，便掷去，曰："谁能作此溪刻自处！"皇甫谧《高士传》曰:"陈仲子字子终,齐人。兄戴,相齐,食禄万钟。仲子以兄禄为不义,乃适楚,居於陵。曾乏粮三日,匍匐而食井李之实,三咽而后能视。身自织屦,令妻擗纑,以易衣食。尝归省母,有馈其兄生鹅者,仲子嚬顣曰:'恶用此鶂鶂为哉!'后母杀鹅,仲子不知而食之。兄自外入,曰:'鶂鶂肉邪。'仲子出门,哇而吐之。楚王闻其名,聘以为相,乃夫妇逃去,为人灌园。"(《豪爽》9)

桓温读《高士传》至於陵仲子,一个动作,一句评论,把他鄙夷古代所谓高士的感情,表露无遗。皇甫谧本人是著名隐士,於陵仲子名列《高士传》,与作者所持的评价人物的尺度有关,这尺度就是"义"。仲子兄食禄万钟,仲子避至楚,饥饿乏食,宁愿食虫蛀的李子。此为义。兄受他人馈送之鹅,仲子不知而食之,后知,哇而吐之。此为义。楚王欲聘其为相,仲子偕妻逃走,为人灌园。此为义。然桓温的评价截然相反。溪刻,自我苛刻、局促。桓公之言意谓於陵仲子如此自我溪刻、局促,谁愿这样做!

桓温鄙夷於陵仲子,与他的人生价值观密切相关。当然评价於陵仲子古来就有不同看法。在思想活跃的战国时期,於陵仲子的名声其实并不好。譬如孟子就否定於陵仲子。匡章称陈仲子(即於陵仲子)是"诚廉士",孟子质疑说:"仲子恶能廉?"并以仲子所居之室、所食之粟也是别人所筑、所种为例子,说明人不可能无求于人。孟子又说,母亲的食物不吃,妻子的食物就吃了。哥哥的房子不住,却住在於陵,这还能算是推广廉洁之义到了顶点吗?像仲子这样的行为,如果要推广他,只有把人变成蚯蚓之后才能办到(《孟子·滕文公下》)。孟子从社会成员相互联系的常识,说明人不可能无求于人,从而质疑仲子的行为算不上廉洁。再有,齐王派使者见赵威后,赵威后诘问齐使:"於陵仲子尚存乎?是其为人也,上不臣于王,下不治其家,中不交索诸侯。此率民而出于无用者也,何为至今不杀乎?"(《战国策·齐策四》)认为於陵仲子其人上上下下都无用,给人民作出了坏榜样,早该杀掉。赵威后从世俗政权的眼光,评价於陵仲子无用,无用,就该杀掉。韩非子虽没有赵威后那样言辞激烈,但也以实心葫芦为喻讥讽於陵仲子:"今田仲不恃仰人而食,亦无益人之国,亦坚瓠之类也。"(《韩非子》卷十一)也以为於陵仲子无益于社会。

后代评价於陵仲子的"义",也是非议者居多。宋卫湜《礼记集说》卷一三二引广安游氏说:"自以为义而害于人伦,於陵仲子是也。"称於陵仲子的"义",其实有害人伦。宋人张栻评论於陵仲子的"义举"说："今乃昧正大之见为狭陋之思，以食粟受鹅为不义，而不知避兄离母之为非。徒欲洁身以为清，而不知废大伦之为恶，小廉妨大德，私意害公义。"（《孟子说》卷四）确实，仲子的避兄离母的自以为义，是漠视亲情，害了人伦。

苏轼则从"不情"与"真"的角度评论於陵仲子："孔子不取微生高，孟子不取於陵仲子，恶其不情也。"并以仲子"不情"反衬陶渊明不论仕隐或饥饱，都一任其情，"古今贤之，贵其真也"（《书李简夫诗集后》）。仲子"不情"，指不合人情。不合人情即不真。避兄离母，亲情何在？况且，兄接受他人馈赠之鹅，并非一定不义。既已食之，何必哇而吐之？正如孟子的批评，母亲的食物不吃，而妻子的食物吃了，二者有义与不义的差别吗？

现在回到桓温鄙夷於陵仲子的问题。他反感仲子的原因，大致有两点：一是略同于当年赵威后之评，认为如仲子这种无用之人，是人民的坏榜样。桓温是大英雄，追求有为的人生，建不世之功业，以流芳百世。於陵仲子无益于社会，简直是多余的存在。二是所谓"谁能作此溪刻自处！"於陵仲子的溪刻自处，是对生命的一种自残。宝贵的生命犹如种在花盆里的花草，且放在角落里，环境逼仄，枝叶无法施展，无缘阳光雨露，凄凄惨惨，枯萎以待凋零。桓温则追求壮阔人生，曾卧对亲僚说："为尔寂寂，将为文、景所笑。"既而抚枕起曰："既不能留芳后世，不足复遗臭万载邪！"又称王敦为"可人"（见《晋书》本传）。桓温既以实现非凡人生为价值取向，向往生命之花的轰轰烈烈的开放，以为即使"遗臭万载"亦胜于寂寂无闻，故必然对於陵仲子一类高士蔑如以至厌恶。温掷去《高士传》，并讥评於陵仲子"溪刻自处"，正是其生命价值理念之鲜明表现。

容止第十四

175. 魏武捉刀

魏武将见匈奴使,自以形陋,不足雄远国,《魏氏春秋》曰:"武王姿貌短小,而神明英发。"使崔季珪代,帝自捉刀立床头。既毕,令间谍问曰:"魏王何如?"匈奴使答曰:"魏王雅望非常,《魏志》曰:"崔琰字季珪,清河东武城人。声姿高畅,眉目疏朗,须长四尺,甚有威重。"然床头捉刀人,此乃英雄也。"魏武闻之,追杀此使。(《容止》1)

曹操将见匈奴使者,自以为容貌、形体丑陋,不足以称雄远国,遂让崔琰替代,自己捉刀立在床榻旁边。刘孝标注引《魏氏春秋》说:"武王姿貌短小,而神明英发。"而崔琰是一伟男子,《三国志·魏志·崔琰传》说他"声姿高畅,眉目疏朗,须长四尺,甚有威重"。曹操让崔琰代己,反映出汉人人物审美以高大魁伟为美。若身高八尺以上,容貌魁伟,则为时人赞美。例如《后汉书》卷四七《何熙传》:"身常八尺五寸,善为威容,赞拜殿中,音动左右,和帝伟之。"《后汉书》卷六八《郭太传》:"身长八尺,容貌魁伟。"《后汉书》卷七四下《刘表传》:"身长八尺余,姿貌温伟。"《蜀志·诸葛亮传》:"身长八尺,容貌甚伟,时人异焉。"《三国志·吴志·孙韶传》:"身长八尺,仪貌都雅。"

曹操让崔琰代己见匈奴使者,实在太符合曹操假谲的个性了。此事或许是曹操自出机杼的发明,也有可能从前代史书中得到的启发。《汉书》卷八二《王商传》说:"(商)为人多质,有威重,长八尺余,身体鸿大,容貌甚过绝人。河平四年单于来朝,引见白虎殿。丞相商坐未央廷中,单于前拜谒商,商起,离席与言。单于仰视商貌大,畏之,迁延却退。天子闻而叹曰:'此真汉相矣!'"曹操博学,大概不会不知汉成帝时单于见王商事。王商是汉相,曹操也曾为汉相,由此联想到王商使单于畏之却退的故事是可能的。那么,就让崔琰为自己冒充一下假王商。

匈奴使者还真是明眼人,看出床头捉刀人乃是英雄,而魏王不过"雅望非常"。何以能看出?盖捉刀人虽然姿貌短小,但神明英发。神明,谓人之精神及神思。《荀子·解蔽》:"心者为形之君也,而神明之主也。"《贤媛》31:"发白齿落,属于形骸;至于眼耳关于神明,那可便与人隔。"《排调》43:"须发何关于神明。"曹操姿貌短小,属于形骸,无关乎神明。姿貌固然也讲究不碍观瞻,但比起神明来终究居于第二位。神明才是主宰,才是灵魂。神明英发,才是曹操精神气质的显露。崔琰形貌"甚有威重",至多是"雅望非常",看起来相貌堂堂,然神明比曹操差得远。北齐时,杜弼与邢邵讨论形神关系,邢邵说:"神之在人,犹光之在烛,烛尽则光穷,人死则神灭。"弼曰"旧学前儒,每有斯语,群疑众惑,咸由此起。盖辨之者未精,思之者不笃。窃有末见,可以覈诸。烛则因质生光,质大光亦大;人则神不系于形,形小神不小。故仲尼之智,必不短于长狄;孟德之雄,乃远奇于崔琰。神之于形,亦犹君之有国。国实君之所统,君非国之所生。不与同生,孰云俱灭?"邢邵持形尽神灭论,杜弼持形尽神不灭论,二人所论各有合理部分。此点不属于这个故事的话题,不必深论。使我们感兴趣的,是杜弼举曹操的例子,正是魏武使崔琰代己见匈奴使者之事。他认为人之神与形不相系,"形小神不小",例证是"仲尼之智,必不短于长狄;孟德之雄,乃远奇于崔琰"。以为曹操姿貌短小,然英雄之神明远奇于高大魁伟的崔琰。

关于魏武捉刀故事的真实性,后世颇有怀疑者。刘辰翁说:"谓追杀此使,乃小说常情。"余嘉锡《笺疏》说:"此事近于儿戏,颇类委巷之言,不可尽信。"笔者以为曹操一生奸计无数,以崔琰代己见匈奴使者,乃区区假谲之一计也。北齐杜弼去曹操三百余年,以魏武捉刀事为真,故似不可轻率断定此事为虚假不实。只是追杀匈奴使,如刘辰翁说,乃是小说常情。

刘义庆将"魏武捉刀"故事置于《容止》之首,颇有指示意义,即汉末鉴赏人物虽仍重人姿貌,但已萌重神胜于重形之审美趣味。由形胜渐至神胜,魏晋美学始现新风貌。

176. 何平叔美姿容

何平叔美姿仪,面至白。魏明帝疑其傅粉,正夏月,与热汤饼,既噉,大汗出,以朱衣自拭,色转皎然。《魏略》曰:"晏性自喜,动静粉帛不去手,行步顾影。"按此言,则晏之妖丽本资外饰,且晏养自宫中,与帝相长,岂复疑其形姿,待验而明也?(《容止》2)

何晏美姿仪,面至白。是天然之美白,还是傅粉之功?此疑问是故事的引人入胜之处。魏明帝疑其傅粉,正夏月,与热汤饼,何晏拭之而面愈白。由此可知,何晏面至白出于天然,非借傅粉。

魏明帝,王利器《世说校勘记》说:"《初学记》卷一〇引鱼豢《魏略》,《北堂书钞》卷一二八、又卷一三五、《御览》卷二一、又卷三七九引《语林》,'明帝'都作'文帝',此疑误。"杨勇《校笺》:"又孝标注引:'晏养自宫中,与帝相长。'则原作文帝无疑也。"复查《魏略》,一如本条刘孝标注引,无"魏文帝"三字。唯《语林》作"魏文帝"。但若作"魏文帝",文帝与何晏年龄相近,幼时同在魏宫,相处日多,岂会不知何晏貌美面白,非要与热汤饼出汗拭之而验明?孝标于此质疑甚是。刘义庆编《世说》,可能亦疑《语林》作"魏文帝"不合逻辑,遂改作"魏明帝"。鄙意以为作"魏明帝"合乎情理。《三国志·魏志·明帝纪》裴松之注引《世语》说:"帝与朝士素不接,即位之后,群下想闻风采。"明帝平素与朝士不相接触,当然不知何晏天然美白。今见晏面至白,遂疑心其傅粉,故有与热汤饼此举。

《世说》谓何晏洁白乃天然,《魏略》却说晏之洁白乃资粉帛。刘孝标相信《魏略》,后人也多信从之,并以东汉以来男子傅粉的风气证实何晏也傅粉。例如清沈自南《艺林汇考·服饰篇》卷四引《野客丛书》说:"《世说》载何晏洁白,魏帝疑其傅粉,以汤饼试之,其拭愈白,知其非傅粉也。仆考《魏略》:'晏自喜动静,粉白不去手。'则知晏尝傅粉矣。前汉《佞幸传》:'籍孺、闳孺傅脂粉以婉媚幸上,此不足道也。'东汉《李固传》有曰:'大行在殡,路人掩涕,固独胡粉饰貌,搔头弄姿,盘旋偃仰,从容冶步,无惨怛之心。'《颜氏家训》谓梁朝子弟无不熏衣剃面,傅粉施朱。以此知古者男子多傅粉者。"然明陈绛《金罍子》中篇二五一反《魏略》之说,以为《魏略》讥何晏粉白不离手,是"用司马家诬说耳",非是信史,亦犹东汉梁冀飞章诬李固"胡粉饰貌"云云。其说令人耳目一新,也颇合情理。胜利者诬蔑和抹黑失败者,是屡见不鲜的历史现象。陈绛说《魏略》用"司马家诬说"讥何晏,是否有依据?有。《魏略》称"晏性自喜,动静粉帛不去手"之后,又说:"晏为尚书,主选举,其宿与之有旧者,多被拔擢。"意思说,何晏作吏部尚书时徇私情,多提拔任用熟人。事实其实并非如此。《晋书》卷四七《傅咸传》载：傅咸上书论选用人才问题，说："正始中，任何晏以选举，内外之众职各得其才，粲然之美于斯可观。"赞美何晏选拔内外众官职，各得其才。若何晏选拔人才多用熟人，良才无由仕进，能达到粲然之美吗？更须注意的是，傅咸称美何晏，完全出于公心。何以见得？傅咸父傅玄、从父傅嘏，皆是司马氏死党，与何晏冰炭不相容。傅咸若附和父辈的政治立场，评价何晏必存偏见。赞美何晏之语出于何晏对手的后人，证明傅咸完全据事实说话，当然也证明《魏略》称何晏主选举不公是不顾事实的诬言。据此，也有理由说，《魏略》所谓"晏性自喜，动静粉帛不去手"，同样不足取信，陈绎称其"用司马家诬说"，恐怕不是诬言。

177. 刘伶土木形骸

刘伶身长六尺，貌甚丑悴，而悠悠忽忽，土木形骸。梁祚《魏国统》曰："刘伶字伯伦，形貌丑陋，身长六尺，然肆意放荡，悠焉独畅，自得一时，常以宇宙为狭。"（《容止》13）

魏晋是爱美的时代。《容止》一篇是魏晋美男的集中展览，美男的形貌之美和风度的潇洒，当时人为之倾倒狂热，也让后人遐想不已。然而，若以为《容止》全是美男，以为洒脱自在的风度为美男独有，那么，就成为一种偏颇。魏晋人赞叹形体之美，更赞美精神气质之美。这才是魏晋人物审美的全部与真实的审美尺度。

刘伶是丑男，"身长六尺，貌甚丑悴，而悠悠忽忽，土木形骸"。真叫要高度没高度，要风度没风度，与姿容绝美的何晏、潘岳、裴楷、卫玠这些超级美男相比，何止霄壤。这么一个短小丑陋的人物，居然在《容止》中占有一席之地，全在刘伶是俊美之外的另一类容止：一种天然的容止，忘掉形骸的容止，道充溢内心的容止。如果说，何晏一类绝美的容止让人欣赏、赞叹，那么，刘伶"土木形骸"的容止，使人称奇和思考。

刘伶容止奇特，表现在形神二者的巨大反差。论形是"身长六尺，貌甚丑悴"，论神是"悠悠忽忽，土木形骸"。前者是丑陋，后者是自得。若仅有丑陋，无有自得，那简直不值得一瞥；若既有自得，又有容貌俊美，此类男子世间多有，并不稀奇。唯有像刘伶这种形貌丑陋，而自得一时的容止，才奇特而引人注目。

"悠悠忽忽",即刘孝标注引梁祚《魏国统》所说"然肆意放荡,悠焉独畅",不以外物为怀,悠然自得。"土木形骸",余嘉锡释为"言土木之质,不宜被以华采也。土木形骸者,谓乱头粗服,不加修饰,视其形骸,如土木然"。余氏所释甚是。"土木"一词修饰形骸,谓形骸如土木,纯为天然。姿貌俊美是天然,"身长六尺,貌甚丑悴"也是天然。天然之物,何必修饰?姿貌俊美者,顾影自怜,盖爱重己之形骸之故也。土木形骸者,忘形骸之美恶,纯以本来面目示人,不丧天真之故也。

刘伶如何"悠悠忽忽,土木形骸",《晋书》本传所记比较具体:"放情肆志,常以细宇宙齐万物为心,淡默少言,不妄交游……初不以家产有无介意。常乘鹿车,携一壶酒,使人荷锸而随之,谓曰:'死便埋我。'其遗形骸如此。"刘伶作《酒德颂》,自况大人先生说:"有大人先生以天地为一朝,万期为须臾,日月为扃牖,八荒为庭衢。行无辙迹,居无室庐,幕天席地,纵意所如。"读以上文字,有助于理解刘伶的"悠悠忽忽,土木形骸",以及何谓"以宇宙为狭"。细宇宙、齐万物,遗形骸,忘生死,携一壶酒,纵意所如,摆脱世间一切拘束,任情自得,岂不是奇特的人格之美?相比顾影自怜的美男,是否有超然之美,理性之美,更让人叹赏?

需要指出的是,刘伶的人格范型,近于《庄子·德充符》中形残德充一类人物。《德充符》中的兀者王骀、申徒嘉、叔山无趾、哀骀它等人,皆形残貌陋,内心却德量充满。庄子借以阐明"形骸者逆旅",形骸于外,道德于内,忘形骸才能自得的道理。成玄英疏:"道与之貌,天与之形,无以好恶内伤其身。"不措意于形貌,也就不在意贵贱、荣辱、美丑、好恶之区别,忘形忘世,是为养生处世的要诀。

受《庄子》的影响,魏晋忘形自得的人物并不鲜见。如嵇康"有风仪,而土木形骸,不自藻饰,人以为龙章凤姿,天质自然"(《晋书》卷四九《嵇康传》)。阮籍"当其得意,忽忘形骸,时人谓之痴"(同上《阮籍传》)。谢鲲"通简有高识,不修威仪"(同上《谢鲲传》)。胡毋辅之"性嗜酒,任纵不拘小节"(同上《胡毋辅之传》)……自丧自忘自得,精神超越,达于天真,而有别于藻饰形骸的人格美,这是魏晋风度最具独特风采的部分。

178. 陶侃一见庾亮便改观

石头事故,朝廷倾覆,《晋阳秋》曰:"苏峻自姑孰至于石头,逼迁天子。峻以仓屋为宫,使人守卫。"《灵鬼志·谣征》曰:"明帝末有谣歌:'侧侧力,放马出山侧,大马死,小马饿。'后峻迁帝于石头,御膳不具。"温忠武与庾文康投陶公求救,陶公云:"肃祖顾命不见及,且苏峻作乱,衅由诸庾,诛其兄弟,不足以谢天下。"徐广《晋纪》曰:"肃祖遗诏,庾亮、王导辅幼主,而进大臣官,陶侃、祖约不在其例。侃、约疑亮寝遗诏也。"《中兴书》曰:"初,庾亮欲征苏峻,卞壶不许;温峤及三吴欲起兵卫帝室,亮不听,下制曰:'妄起兵者诛!'故峻得作乱京邑也。"于时庾在温船后,闻之,忧怖无计。别日,温劝庾见陶,庾犹豫未能往。温曰:"溪狗我所悉,卿但见之,必无忧也。"庾风姿神貌,陶一见便改观,谈宴竟日,爱重顿至。(《容止》23)

东晋成帝咸和二年(327)十一月,历阳太守苏峻反。十二月,苏峻入姑孰,屠于湖。三年春正月,温峤率军救京师,次于寻阳。二月,苏峻至于蒋山,卞壶率六军同峻战于西陵,王师败绩。庾亮又败于宣阳门内,携其弟奔寻阳。叛军乘胜陷宫城,迁成帝于石头,御膳不具。此条说"石头事故,朝廷倾覆",即指苏峻作乱,京师不守,天子蒙尘,百僚奔散。温峤要陶侃同赴国难,陶侃不肯。原因有二:一是明帝崩,陶侃不在顾命之列,深以为恨。二是苏峻作乱,咎在庾亮。明帝初崩,庾亮欲征苏峻,苏峻不从。庾亮又下优诏征峻为大司农。峻平素疑心苏峻欲害己,上表不应征召。朝廷复不许。苏峻遂联合祖约谋反。此即陶侃所谓"且苏峻作乱,衅由诸庾"。陶侃还说诛庾亮兄弟,不足以谢天下。庾亮闻之,自然忧怖无计。

他日,温峤劝说庾亮亲自去见陶侃。庾亮犹豫不决。万一陶侃当真要诛庾氏兄弟,岂不是送死?这时,温峤又设计劝庾亮,说我熟知陶侃,你可放心见侃。明明向人家求教,背后却鄙称人家为"溪狗"。温峤真有点不厚道。反之,他与庾亮关系极好,再三想办法,帮助亮消解困境。

经温峤再三劝说,庾亮终于去见陶侃。陶侃见庾亮风姿神貌,马上改观,谈宴竟日,爱之重之。本来愤恨庾亮,说即使诛庾亮兄弟也不足以谢天下,何以一见庾亮风姿神貌,马上改观,爱之重之?难道风姿神貌有此等不可思议的威力?陶侃改观的原因值得索解。

《晋书》卷七三《庾亮传》载,庾亮携其三弟南奔温峤,峤素钦重亮,欲推为都统。亮固辞,乃与峤推陶侃为盟主。庾亮从温峤之计,"及见侃,引咎自责,风止可观,侃不觉释然,乃谓亮曰:'君侯修石头以拟老子,今日反见求耶!'便谈宴终日。亮啖薤,因留白。侃问曰:'安用此为?'亮云:'故可以种。'侃于是尤相称叹云:'非唯风流,兼有为政之实。'"据《庾亮传》,概括陶侃改观的原因大致有五:一是庾亮与温峤共推陶侃为盟主。当初,陶侃不在顾命之列,深以为恨,现在庾亮、温峤推自己为盟主,虽然目的是向己求救,但毕竟是对己之尊重。二是庾亮见侃,放下身段,引咎自责。庾亮何须人?一人之下,万人之上。庾亮从温峤计,远远就向陶侃拜谢。这一招果然有用,陶侃急忙止之,说:"庾元规乃拜陶士行邪!"简直使陶侃受宠若惊。老实人有时就怕捧,庾亮一拜,陶侃就软了。三是庾亮风姿神貌极为可观。《庾亮传》说:"亮美姿容,善谈论,性好《庄》《老》,风格峻整,动由礼节。"既有风流韵致,又有峻整风格,魅力无穷。当初王敦目空一切,曾与庾亮谈论,不觉改席而前,退而叹曰:"庾元规贤于裴頠远矣。"庾亮能倾倒王敦,当然更容易倾倒陶侃。人格魅力非凡,作用也非凡。四是庾亮噉薤留白的细事,与侃勤于政事之个性相合。今见庾亮非唯风流,兼有为政之实,这使他印象至深,非常佩服。五是陶侃终究忠于晋室,以平定苏峻事为大。当此国难当头之时,若执意杀庾亮,诸军联盟必然破裂。王世懋说:"陶士行不能杀元规,未是英雄。"王氏以杀不杀定英雄,实茫然不解当时形势与陶士行之个性及志向也。

179. 南楼理咏

庾太尉在武昌,秋夜气佳景清,使吏殷浩、王胡之之徒登南楼理咏。音调始遒,闻函道中有屐声甚厉,定是庾公。俄而率左右十许人步来,诸贤欲起避之,公徐云:"诸君少住,老子于此处兴复不浅。"因便据胡床,与诸人咏谑,竟坐甚得任乐。后王逸少下,与丞相言及此事,丞相曰:"元规尔时风范不得不小颓。"右军答曰:"唯丘壑独存。"孙绰《庾亮碑文》曰:"公雅好所托,常在尘垢之外,虽柔心应世,蠖屈其迹,而方寸湛然,固以玄对山水。"(《容止》24)

晋成帝咸和九年(334),陶侃卒,庾亮都督江、荆、豫、益、梁、雍六州诸军事,领江、荆、豫三州刺史,进号征西将军、开府仪同三司、假节。庾亮固辞,乃迁镇武昌。在气清景佳的某一秋夜,殷浩、王胡之等登南楼理咏。理咏,犹吟诵诗歌。理,奏起。《史记·乐书》:"《雅》《颂》之音理而民正,嘄噭之磬兴而士奋,郑卫之曲动而心淫。"嵇康《琴赋》:"理正声,奏妙曲。"弹奏音乐称"理音"。如枚乘《七发》:"景春佐酒,杜连理音。"清毛奇龄《西河集》卷四七《冯使君钱湖倡和诗序》:"即良时高燕,宾朋满前,有若庾公在武昌欢饮达旦,然衹称理咏。理咏者,诵诗也。"元倪瓒有《刘君元晖八月十四日邀余玩月快雪斋中对月理咏因赋长句》二首,明徐渤《笔精》卷四《过余干弋阳》诗:"推篷理咏随州句,落日平沙似往年。"皆以"理咏"为咏诗。

自"音调始遒"至"竟坐甚得任乐"一段,通过描写庾亮的言语和行动,表现他与众人吟诗同乐的风流品格,所谓"老子于此处兴复不浅"。庾亮有文才,亦有诗才。刘勰《文心雕龙·才略》说:"庾元规之表奏,靡密以闲畅。"钟嵘《诗品序》说:"孙绰、许询、桓、庾诸公诗,皆平典如《道德论》。"可见庾亮是当时玄言诗人。庾亮与诸人"咏谑",大概也是对月作玄言诗并吟咏也。

故事中难解之处是王丞相与王右军的对话。王导说"元规尔时风范不得不小颓"。颓,萎靡不振貌。王世懋评论道:"王意重殷。"推测此语,似说王导看重殷浩的清言水平,以为庾亮同殷浩谈论,不逮后者,故不得不小颓。日人竺常《世说抄撮》则说:"《晋阳秋》曰:'亮端拱嶷然,郡人惮之,觐接者数人而已。'故王云尔。"此说不可信。庾亮风格峻整,郡人惮之,同庾亮小颓有何相干?朱铸禹《汇校集注》说:"此盖谓其时殷、王皆负时誉,故庾不得不小减其俨然之风范也。"似与王敬美略同。笔者以为王导所说的"尔时"指庾亮镇武昌时。苏峻之乱所起,责任在庾亮。故平定苏峻乱后,庾亮遭受来自各方面的巨大压力,泥首谢罪,乞骸骨,欲遁逃山海。成帝不许,乃求外镇,迁镇武昌。当时王导辅政,委任赵胤、贾宁等叛将,又不奉法,大臣患之。庾亮欲率众废王导,郗鉴不许。后庾亮又有收复中原之谋,打算移镇襄阳。不意邾城陷落,北伐无望,庾亮陈谢,"自贬三等"(见《晋书》卷七三《庾亮传》)。晚年的庾亮,既摆脱不了苏峻之乱带来的巨大心理阴影,又废黜王导,经营北伐的方略接连受挫,昔日的风姿神貌不得不与时消陨。王导之语,盖指此也。

右军说庾亮"唯丘壑独存",是同意王导之言后,指出庾亮于自然山水情有独钟,唯隐逸之志犹存。丘壑,谓隐逸。谢灵运《斋中读书》诗:"昔余游京华,未尝废丘壑。"《世说抄撮》谓:"言当尔时,庾唯以丘壑之心相接耳。"刘孝标注引《庾亮碑文》,一是说庾亮的素志在尘垢之外,虽立身廊庙,作百僚准则,其实是"柔心应世,蠖屈其迹",本心在一丘一壑。二是说"以玄对山水",即以玄理悟对自然山水。"以玄对山水"道出了晋人欣赏自然山水的方法与目的。玄者,道也。体悟玄理与山水审美二者契合,以道观照山水,由山水而悟道。孙绰《天台山赋》说:

"于是游览既周,体静心闲。害马已去,世事都捐。投刃皆虚,目牛无全。凝思幽岩,朗咏长川。……恣语乐以终日,等寂寞于不言。浑万象以冥观,兀同体于自然。"以上数句,大可作"以玄对山水"一语注脚。此则故事颇能反映庾亮及当时名士优雅从容之精神生活,以及兼重玄理与山水之审美趣味。

180. 时人见林公

王长史尝病,亲疏不通。林公来,守门人遽启之曰:"一异人在门,不敢不启。"王笑曰:"此必林公。"按《语林》曰:"诸人尝要阮光禄共诣林公,阮曰:'欲闻其言,恶见其面。'"此则林公之形,信当丑异。(《容止》31)

王濛生病,嘱守门人不管亲疏皆不通报。林公来,阍者急忙通报:"有一异人在门,不敢不启。"为什么不敢不启?原因是来人相貌奇异,不类常人,阍者觉得不可不报。凌濛初说:"阍者识异人,大奇,大奇。"朱铸禹《汇校集注》说:"此异人出阍者之口,盖加注所云极其形丑耳,非谓能识其异也。凌评未允。"朱注是正确的。阍者所称之"异人",非是奇异之异,而是孝标所说的形貌丑异之异。杨勇《校笺》说:"林公之异,异在神骏。"此说不当。阍者非识得林公"神骏",盖见林公形丑异常,觉得不敢不启。若阍者能识林公"神骏",当会乐意报告,何必"不敢不启"?王濛听闻阍者所称"异人",断定必是林公,乃笑林公形丑之甚,竟至惊骇阍者。又刘孝标注引《语林》阮光禄说:"欲闻其言,恶见其面。"可见林公丑异之甚,人们甚至讨厌看到他。

林公形丑,《排调》43可作佐证。王子猷(徽之)诣谢万,林公先已在坐,眼界甚高,有一种傲慢的神气。可能子猷见林公傲气觉得不爽,于是调笑说:"若林公须发并全,神情是否更胜现在这样子?"谢万回答说:"唇齿相须,不可以偏亡。须发何关于神明。"余嘉锡《笺疏》解释道:"疑道林有龇唇历齿之病。谢万恶其神情高傲,故言正复有发无关神明,但唇亡齿寒,为不可缺耳,其言谑而近虐,宜林之怫然不悦也。"余氏据王子猷"唇齿相须,不可以偏亡"一语,疑心林公唇齿有毛病。其实,子猷"唇齿相须"之语为比喻,暗指林公须发与神明二者有偏亡,应如唇齿相须。子猷说"若林公须发并全"意谓林公须发不全,非指有"龇唇历齿之病"。子猷调笑林公,若林公须发并全,则神明当更胜。因林公倨傲,故子猷拿他的须发不全开涮。谢万先说"唇齿相须,不可以偏亡",在子猷调笑之后,再来取笑,话锋一转,称须发何关于神明,意思是林公你须发不全,不必有恨,反正须发无关于神明。二人议论林公形体之陋,犹如双簧。林公听着,越听越来气,忍不住说:"七尺之躯,今日委之二贤。"我之形躯,听任二位嘲弄是了。气恼之中,承认自己形陋,无可奈何溢于言表。阮光禄道林公:"欲闻其言,恶见其面。"盖林公须发不全,以致王濛府上闻者,惊骇林公为异人也。

又《赏誉》110记王濛、刘惔听林公清言,王对刘说:"向高坐者,故是凶物。"称在高坐上讲论的林公为"凶物"。凶物,一般指不祥之物。然林公讲论,称他为不祥之物,很难理喻。笔者猜测林公"凶物",很可能指林公相貌丑陋,骇人若不祥之物。

自新第十五

181. 戴渊少时游侠

戴渊少时游侠，不治行检，尝在江淮间攻掠商旅。陆机赴假还洛，辎重甚盛，渊使少年掠劫。渊在岸上，据胡床指麾左右，皆得其宜。渊既神姿峰颖，虽处鄙事，神气犹异。机于船屋上遥谓之曰："卿才如此，亦复作劫邪？"渊便泣涕，投剑归机，辞厉非常。机弥重之，定交，作笔荐焉。虞预《晋书》曰："机荐渊于赵王伦曰：'盖闻繁弱登御，然后高墉之功显；孤竹在肆，然后降神之曲成。伏见处士戴渊，砥节立行，有井渫之洁；安窭乐志，无风尘之慕。诚东南之遗宝，朝廷之贵璞也。若得寄迹康衢，必能结轨骥騄；耀质廊庙，必能垂光瑜璠。夫枯岸之民，果于输珠；润山之客，烈于贡玉。盖明暗呈形，则庸识所甄也。'伦即辟渊。"过江，仕至征西将军。（《自新》2）

游侠古已有之。韩非说："儒以文乱法，而侠以武犯禁。"所谓"以武犯禁"，指以武力逞强横行，违反法令。韩非主张严刑峻法，站在专制政权的立场上，批评游侠。与之相反，司马迁《史记》立《游侠列传》，赞游侠之美："今游侠其行虽不轨于正义，然其言必信，其行必果，已诺必诚，不爱其躯，赴士之阨困，既已存亡死生矣。而不矜其能，羞伐其德，盖亦有足多者焉。"裴骃《集解》："荀悦曰：'立气齐，作威福，结私交，以立强于世者，谓之游侠。'"荀悦与司马迁对游侠的看法明显不同，荀多批评，马迁多赞美，这正反映了西汉和东汉对游侠评价的转变。作为游侠本身也在变化，如司马迁赞美"言必信，其行必果，已诺必诚，不爱其躯"的品质基本消失。横行乡里，杀人越货等恶习成了游侠的主要特征。曹操年轻时与袁绍好为游侠，观人新婚，做出抽刀劫新妇的恶作剧，说明汉末的游侠已堕落为一方祸害。

汉晋间社会动荡,劫掠剪径的现象并不鲜见。吴将甘宁早年也是劫掠首领,与戴渊十分相似。《吴志·甘宁传》说:"少有气力,好游侠,招合轻薄少年,为之渠帅。群聚相随,挟持弓弩,负毦带铃,民闻铃声,即知是宁。人与相逢,及属城长吏,接待隆厚者乃与交欢,不尔,即放所将夺其资货,于长吏界中有所贼害,作其发负,至二十余年。"饥馑兵荒的年头,各地劫掠集团应运而生。《任诞》23说:"祖(逖)于时恒自使健儿鼓行劫钞,在事之人亦容而不问。"又《晋书》卷三三《石崇传》:"崇颖悟有才气,而任侠无行检。在荆州劫远使商客,致富不赀。"《晋书》卷六六《陶侃传》:"时天下饥荒,山夷多断江劫掠。侃令诸将诈作商人以诱之。劫果至,生获数人。是西阳王羕之左右。"《晋书》卷八一《刘遐传》:"初,沛人周坚,一名抚,与同郡周默因天下乱各为坞主,以寇抄为事。"可见官府于劫掠眼开眼闭,甚至纵容手下为之。此时的游侠早已失去先辈身上的正义磊落的光辉,沦落为社会的恶势力。

行非常之事,必有非常之才。戴渊指挥少年劫掠,犹如将军指挥打仗,皆得其宜。"渊既神姿峰颖,虽处鄙事,神气犹异"。陆机有识鉴力,知其非常人,说:"卿才如此,亦复作劫邪?"戴渊感悟,泣涕,投剑归机,吐属非常。陆机更看重之,与之定交,写信推荐。戴渊能感悟,说明劫掠乃不得已,向善之心未泯,如有机会,还是想建功立业的。这也与甘宁相似。甘宁虽为游侠之帅,但颇读诸子,往依刘表。不见进用,又依黄祖,黄祖以凡人畜之。最后归吴,周瑜、吕蒙皆共推荐。于是"孙权加异,同于旧臣",成为孙权麾下的良将。戴渊也如此,过江后,仕至征西将军,最后为王敦所害。

企羨第十六

182. 王右军《兰亭集序》

王右军得人以《兰亭集序》方《金谷诗序》，又以己敌石崇，甚有欣色。王羲之《临河叙》曰："永和九年，岁在癸丑，莫春之初，会于会稽山阴之兰亭，修禊事也。群贤毕至，少长咸集。此地有崇山峻岭，茂林修竹，又有清流激湍，映带左右，引以为流觞曲水，列坐其次。是日也，天朗气清，惠风和畅，娱目骋怀，信可乐也。虽无丝竹管弦之盛，一觞一咏，亦足以畅叙幽情矣。故列序时人，录其所述。右将军司马太原孙丞公等二十六人赋诗如左，前余姚令、会稽谢胜等十五人不能赋诗，罚酒各三斗。"（《企羡》3）

东晋穆帝永和九年（353）暮春之初，王羲之与孙统等四十一人会于会稽山阴之兰亭，曲水流觞，赋诗咏怀，写下了有名的《兰亭集序》。追溯历史上的文人雅集，至迟不晚于西汉，梁孝王召集枚乘、邹阳等文士作赋。魏时曹丕也经常与文人游览赋诗。但作为大规模的文人雅集，有意识地欣赏自然山水，体认生命的意义，并且郑重其事地记录集会的人数及经过，应该是西晋以后才有的事。元康六年（296），石崇的金谷雅集以及《金谷诗序》，是中国文人生活史上有名的文学聚会，长久地影响后世。相隔六十年后，王羲之与同好数十人兰亭雅集，显然是金谷雅集的继承。王羲之得人以《兰亭集序》比《金谷诗序》，并把自己同石崇匹敌，甚有欣色。这是因为金谷雅集是文人集会的标志性事件，《金谷诗序》代表着风流与诗才。兰亭集会能与金谷雅集前后相映，对于王羲之来说，那是风流所宗。再者，人以《兰亭集序》比《金谷诗序》，也十分自然，这两篇作品真像是姊妹篇。《金谷诗序》依次叙述雅集的时间、地点、金谷涧中的自然景物，写游览之乐，各赋诗咏怀，感生命不永之忧嗟，最后列时人之官号、姓名、年纪。王羲之《兰亭集序》的样式及内容一如前人，模仿之迹一目了然。《金谷诗序》说："后之好事者，其览之哉。"石崇好像已料到后世必定有好事者，必定有人对《金谷诗序》感兴趣。不用说，王羲之就是"后之好事者"，且必定读过《金谷诗序》；否者，人以《兰亭集序》比《金谷诗序》，并说自己可敌石崇时，大概会茫然不知，不会有"甚有欣色"。

　　杨慎《丹铅余录》卷一说："《世说新语》谓王羲之作兰亭记，人以方金谷序，羲之甚有欣色。金谷序今不传，其实兰亭之所祖也。"余嘉锡《世说笺疏》说："此以《金谷诗序》与石崇分言之者，盖时人不独谓两序文词足以相敌，且以逸少为兰亭宴集主人，犹石崇之在金谷也。……观其波澜意度，知逸少《临河叙》实有意仿之，故时人以为比。"杨氏以为《金谷诗序》是《兰亭集序》所祖，余氏谓逸少《兰亭集序》有意模仿《金谷诗序》，都是符合事实的中肯之言。至于右军贤于石崇，《兰亭集序》胜于《金谷诗序》，那是另一问题。苏轼《山阴陈迹》诗说："当年不识此清真，强把先生拟季伦。等是人间一陈迹，聚蚊金谷本何人。"（《东坡诗集注》卷二七）讽刺有人强把右军比季伦，鄙称金谷雅集是"聚蚊"。东坡赞美右军胜于石崇固是，问题是不该否认兰亭聚会与金谷雅集、《金谷诗序》与《兰亭集序》之间的前后继承关系。

　　关于右军的生卒年及作《兰亭集序》的时间，有必要介绍并辨证。王羲之年纪古今有异说。影响较大者有两说。一说生于晋惠帝大安二年（303）癸亥，卒于晋穆帝升平五年（361）辛酉，年五十九。此说最早见于梁陶弘景《真诰》卷一六《阐幽微》注："（逸少）永和十一年去郡，告灵不复仕……至升平五年辛酉岁亡，年五十九。"唐张怀瓘《书断》卷中亦云："升平五年卒，年五十九。"唐张彦远《历代名画记》卷五也说羲之"升平五年卒，年五十九，赠金紫光禄大夫。"宋黄伯思《东观余论》卷下《跋黄庭经后》说："逸少以晋穆帝升平五年卒，是年岁在辛酉。"同上《跋瘗鹤铭后》说："王逸少以晋惠帝大安二年癸亥岁生，年五十九，至穆帝升平五年辛酉岁卒。"《书断》《历代名画记》皆从陶弘景《真诰》注。一说羲之生于晋元帝大兴四年（321），卒于晋孝武帝太元四年（379），年五十九。此说最早见于羊欣《笔阵图》："王羲之三十三书《兰亭序》。"永和九年（353）羲之年三十三，年五十九卒，由此推断，生于大兴四年，卒于太元四年。自羊欣之后，王羲之三十三岁书《兰亭序》的说法无人响应，直到清人钱大昕才信从羊欣说。《疑年录》卷一说："王逸少五十九，生大兴四年辛巳，卒太元四年己卯。《东观余论》谓逸少以惠帝太安二年癸亥岁生，至穆帝升平五年辛酉岁卒，误也。"比较以上二说，当以第一说为是。余嘉锡《笺疏》辨证说："考本书《汰侈篇》曰：'王右军少时，在周侯末坐，割牛心啖之。于此改观。'本传亦曰：'年十三，尝谒周顗，顗察而异之。时重牛心炙，坐客未啖，顗先割啖羲之，由是始知名。'按元帝大兴纪元尽四年，改元永昌。周顗即以其年四月为王敦所害。若如钱氏之说，则当顗之死，右军方在襁褓之中，安能与其末座啖牛心炙耶？盖所谓羊欣《笔阵图》者，本不可信，远不如《真诰》《书断》之足据也。"曹道衡、沈玉成《中古文学史料丛考》"王羲之生卒年"条引余嘉锡《笺疏》，以为"余氏之说确不可移"，并又补三证："今存《兰亭诗》，作者有王羲之四子玄之、凝之、肃之、徽之，永和九年徽之仅十岁。《世说·赏誉》记大将军语右军：'汝是我佳子弟，当不减阮主簿。'《晋书》本传同。如羲之以大兴四年生，至王敦病死时仅四岁。又张彦远《历代名画记》卷五记羲之卒年、年岁，亦云'升平五年卒，年五十九'，或本《书断》之说。然同卷记王廙《孔子十弟子赞》，有'余兄子羲之幼而歧嶷，必将隆于堂构，今年始十六'之语，廙以永昌元年（322）卒，按大兴四年说，羲之时仅二岁。是皆可为铁证。"李文初《王羲之生卒年诸说考评》举《晋书》、《世说》中有关羲之生平资料凡八例，证明《真诰》所谓羲之卒于升平五年说为是(详见李文初《汉魏六朝文学研究》，广东人民出版社2006年6月第1版)。其说亦足资参考。

伤逝第十七

183. 魏文帝临王仲宣之丧

王仲宣好驴鸣,《魏志》曰:"王粲字仲宣,山阳高平人。曾祖龚,父畅,皆为汉三公。粲至长安见蔡邕,邕奇之,倒屣迎之,曰:'此王公孙,有异才,吾不及也。吾家书籍尽当与之。'避乱荆州,依刘表。以粲貌寝通脱,不甚重之。太祖以从征吴,道中卒。"既葬,文帝临其丧,顾语同游曰:"王好驴鸣,可各作一声以送之。"赴客皆一作驴鸣。按戴叔鸾母好驴鸣,叔鸾每为驴鸣以说其母。人之所好,傥亦同之。(《伤逝》1)

王仲宣(粲)好驴鸣,魏文帝曹丕临其丧,要众赴客皆作驴鸣以送之。为何王粲好驴鸣?这是颇使人感兴趣的问题。刘孝标注:"戴叔鸾母好驴鸣,叔鸾每为驴鸣以说其母。人之所好,傥亦同之。"指出王粲之前,戴叔鸾(良)母就已好驴鸣,且戴良能作驴鸣。故余嘉锡《笺疏》说:"此可见一代风气,有开必先。虽一驴鸣之微,而魏晋名士之嗜好,亦袭自后汉也。况名教礼法,大于此者乎?"戴良母好驴鸣,是驴鸣动听如仙乐?还是听来亲切?实在费解。同样,王粲好驴鸣之原因,也使人茫然。

刘孝标注引《魏志》说:王粲避乱荆州依刘表,"以粲貌寝通脱,不甚重之"。通脱之"脱",《三国志·魏志·王粲传》作"侻"。按,"脱"同"侻"。《淮南子·本经训》:"其言略而循理,其行侻而顺情。"高诱注:"侻,简易也。"《魏志·王粲传》裴松之注:"貌寝,貌负其实也。通侻者,简易也。""貌寝通脱"四字《魏志》本传作"貌寝而体弱通侻"。王粲因体弱通脱,不为刘表所重。不仅王粲,蜀国李譔遭遇与王粲同。《三国志·蜀志·李譔传》说:"然体通脱,好戏啁,故世不能重也。"可知汉末荆土及蜀中士风犹纯朴,通脱者不为时人所重。

王粲体弱,周勋初先生有文探究体弱的具体所指。他据皇甫谧《甲乙经序》《何颙别传》等文献,以为王粲体弱是"患麻疯病"所致。周先生进而又说,王粲喜驴鸣,乃受麻疯病之折磨,故有此反常嗜好(周勋初《王粲患麻疯病》,载《魏晋南北朝文学论丛》)。萧艾《世说探幽》则以为王粲好驴鸣,是因为依荆州刘表,思念北方故土,"使王粲每逢听到北地习闻而南方较少的驴鸣声,遂情不自禁地深有所感触,而且不觉形之于色"。笔者以为上述两种说法都不能令人信服。后汉戴良母好驴鸣,曹丕及赴客亦皆能作驴鸣,则喜驴鸣之嗜好当与患麻风病无关。又本篇3记王济丧,孙楚临尸恸哭,"哭毕,向灵床曰:'卿常好我作驴鸣,今我为卿作。'体似真声。"此事与曹丕临王粲之丧作驴鸣极相似。王济平日喜听孙楚作驴鸣,大概不是因患麻风病所致。又戴良母本居北方,必习闻驴鸣,可见喜驴鸣与久不听驴鸣无关,也与思乡之情无关,萧氏之解恐是牵强。又王嘉《拾遗记》卷六说:"又使内竖为驴鸣于馆北,又作鸡鸣。"驴鸣、鸡鸣肯定不如金石丝竹美妙动听,为什么使内竖于宫中为之? 这只能从娱乐的本质来解释。一个人若天天享受雅事韵事,免不了会审美疲劳。娱乐的持久在于新奇有刺激,而俗事往往能生出新奇的趣味。人们喜听驴鸣,有人好作驴鸣,可称作娱乐的别调,俗是俗到家了,但新奇有趣味。而俗与新奇,往往与通脱风气相关联。对此,读《后汉书》卷八三《戴良传》就不难明白:"戴良少诞节,母喜驴鸣,良常学之以娱乐焉。""诞节",即任诞通脱之个性。戴良学驴鸣以娱乐其母,说明喜驴鸣及学驴鸣,目的在于娱乐。通脱与娱乐,在戴良身上得到很好的体现。余嘉锡《笺疏》谓好驴鸣始自后汉,魏晋名士袭之,其说良是。通脱的士风始于汉末,好驴鸣亦始于汉末。后者正属于通脱士风。王粲性通悦,好驴鸣即通悦之表现。临丧则诔为古礼,而曹丕临王粲之丧却作驴鸣以送之,所谓"魏文慕通达",可信矣。

184. 王浚冲经黄公酒垆下过

王浚冲为尚书令,著公服,乘轺车,经黄公酒垆下过,韦昭《汉书注》曰:"垆,酒肆也。以土为堕,四边高似垆也。"顾谓后车客:"吾昔与嵇叔夜、阮嗣宗共酣饮于此垆,竹林之游,亦预其末,自嵇生夭、阮公亡以来,便为时所羁绁。今日视此虽近,邈若山河。"《竹林七贤论》曰:"俗传若此。颍川庾爰之尝以问其伯文康,文

康云:'中朝所不闻,江左忽有此论,盖好事者为之耳。'"(《伤逝》2)

《资治通鉴》卷八四《晋纪》六载,永宁元年(301)六月,以前司徒王戎为尚书令。王戎经黄公酒垆下过,当在此年六月之后不久,因为明年他辞世了。

王戎经黄公酒垆下过,意思说从名为黄公酒垆的地方经过。如此明白不过的叙述,却为某些研究者搅得一塌糊涂。余嘉锡《笺疏》据《淮南子·览冥训》"下契黄垆"句注:"黄泉下垆土也",并《文选》曹子建《责躬诗》"抱罪黄垆"以及《魏志·王粲传》注引《吴质别传》所载吴质"弃我归黄垆"诗句,得出结论:"然则黄垆所以喻人死后归土,犹之九京黄泉之类也。此疑王戎追念嵇阮云亡,生死永隔,故有黄垆之叹。传者不解其义,遂附会为黄公酒垆耳。"余嘉锡《笺疏》之解颇有附和者,如曹道衡、沈玉成《中古文学史料丛考》"竹林七贤"条,亦以为黄公酒垆是"黄垆"之误,称余嘉锡《笺疏》"说极精"。按,刘孝标注引韦昭《汉书注》:"垆,酒肆也。以土为堕,四边高似垆也。"据垆为酒肆之义,则黄公酒垆即黄公酒肆,乃实有之场所。经黄公酒垆下过,犹言从黄公酒肆下经过。再看后文叙王戎顾谓后车客人:"吾昔与嵇叔夜、阮嗣宗共酣饮于此垆……今日视此虽近,邈若山河。"回忆往昔与嵇、阮共饮于黄公酒肆。若如余嘉锡《笺疏》所说,黄公酒垆即是"黄垆",比喻人死后归土,犹黄泉之类,则黄垆为虚无之喻象,非实有之物,请问:王戎焉能"经",焉能"过",焉能"饮于此",焉能"视此"? 又《轻诋》24叙庾道季因陈王东亭《经酒垆下赋》,刘孝标注引《续晋阳秋》,解释王东亭《经酒垆下赋》的来历:"……而有人于谢(安)坐,叙其黄公酒垆,司徒王珣为之赋。"可以印证黄公酒垆乃实有之地,王东亭《经酒垆下赋》,即以王戎经黄公酒垆下过一事为题材。由此证明,称黄公酒垆是比喻人死之后归土黄垆,乃绝对谬误也。至于说黄公酒垆是"黄垆之误",纯是一无依据的臆说。一是《世说》各种版本皆作"黄公酒垆",《晋书》卷四三《王戎传》亦作"黄公酒垆"。二是"黄公酒垆"绝无误作"黄垆"之理。三是若作"黄垆",而"黄垆"又是犹黄泉之类,则"经黄垆下过"是何文意? 岂非变成王戎经黄泉下过,昔日与嵇、阮共酣饮于黄泉?

余嘉锡《笺疏》曲解黄公酒垆为黄垆,根本原因是不信王戎有经黄公酒垆下过这件事,而深信本条刘孝标注引戴逵《竹林七贤论》所说:王戎经黄公酒垆是"俗传",如庾亮之言,乃江左好事者为之耳。又相信谢安之言,以为裴启《语林》所记不实,乃自为之辞。余氏既信庾亮和谢安,不信王戎经黄公酒垆之事,以为是"草野传闻",遂曲解黄公酒垆为"黄垆"。

然鄙意以为须谨慎对待王戎经黄公酒垆下过此事的真伪,不因为中朝不闻,便断定为"草野传闻",或以为是好事者为之。理由有四:一,黄公酒垆虽无文献资料证实其有,"竹林七贤"之称号中朝或无,但王戎随嵇、阮等作竹林之游是无可怀疑之事实。《文选》卷一六向秀《思旧赋》说:"余与嵇康、吕安,居止接近。……余将西迈,经其旧庐。"李善注:"臧荣绪《晋书》曰:'嵇康为竹林之游,预其流者向秀、刘伶之徒。'"刘良注:"旧居,即山阳竹林也。"由此可见,东晋至唐人皆信嵇康诸人竹林之游有其事。又北魏郦道元《水经注》卷九:"又东,长泉水注之,源出白鹿山东南,……又径七贤祠东,左右筠篁列植,冬夏不变贞萋,魏步兵校尉陈留阮籍、中散大夫谯国嵇康、晋司徒河内山涛、琅琊王戎、黄门郎河内向秀、建威参军沛国刘伶、始平太守阮咸等,同居山阳,结自得之游,时人号为'竹林七贤',后人立庙于其处。"据此,北方当年嵇阮等人活动之地,早建有"七贤祠"。西晋之后,南北分裂,"七贤祠"之建,当不会迟于东晋。而"七贤"之称,亦并非由江南传之彼地。二,王珣作《经黄公酒垆下赋》,盖信王戎过黄公酒垆之事而赋之;若王戎无此事,东亭何必虚构,空费才情?三,庾爰之问其伯庾亮关于王戎经黄公酒垆下过事,庾亮以为是今之好事者所为。此事是否为事实,亦须辨析。据《晋书》卷七三《庾翼传》、《资治通鉴》卷七九《晋纪》一九,穆帝永和元年(345)荆州刺史庾翼卒,时年四十一。庾翼子爰之为桓温所废,徙于豫章。翼临终,上表以子爰之为代,何充以为不妥,称爰之为"白面少年"。则永和元年时,爰之大概二十岁左右。而庾亮卒于咸康六年(340),此时爰之十五岁左右。若爰之问嵇康竹林之游早于庾亮卒年,则爰之恐怕不到十五岁。如此看来,《竹林七贤论》所记庾爰之问文康云云未必可信。四,《轻诋》24记庾道季告知谢安以裴启《语林》,先言及《语林》中有关谢安二语,谢安称是裴启自为之,意谓不是事实。庾道季遂又陈王珣作《经酒垆下赋》。道季的行为,说明他相信王戎有经黄公酒垆下事,否则不会在谢安否定《语林》所记不实之后,再陈王珣之赋。再者,庾道季是庾亮子,若庾亮果有答庾爰之所问,称王戎事"乃江左好事者为之",道季不会不知;若知其父以为王戎事是假,则道季何必在谢安面前陈王珣所作《经黄公酒垆下赋》?据上,庾亮之言的真实性不是不可怀疑。

最后,对王戎经黄公酒垆下过一事的意义略作探索。王戎经黄公酒垆下过,并非无目的肆意游荡,而是特意故地重游。他顾谓车后客的一番感慨,充满感情,有深意在焉。黄公酒垆是昔年与嵇、阮等好友一起酣饮的地方,竹林之游的逍遥自在，难以忘怀。自嵇生夭、阮公亡以来，为俗世羁绊，远离了黄公酒垆。今日特地来经黄公酒垆，视此虽近，却邈若山河。黄公酒垆，是世事变迁与人生历程的见证呵！《晋书》本传说："戎以晋室方乱，慕蘧伯玉之为人，与时舒卷，无蹇谔之节。自经典选，未尝进寒素，退虚名，但与时浮沉，户调门选而已。寻拜司徒，虽位总鼎司，而委事寮寀，间乘小马从便门而出游，见者不知其三公也。故吏多至大官，道路相遇，辄避之。"可见王戎于晋室八王之乱时，常低调出游。然此次经黄公酒垆，"著公服，乘轺车"，并带着一帮后车客，大张旗鼓，与平日的不事张扬异样。为什么？王戎明白，这是人生终结之前向黄公酒垆作最后的亲近，也是思念故友深情的最后表达。永别了，黄公酒垆！王戎晚年经黄公酒垆下过，寄意之深，抒情之真，实在非同寻常。

185. "情之所钟，正在我辈"

王戎丧儿万子，山简往省之。王悲不自胜，简曰："孩抱中物，何至于此？"王曰："圣人忘情，最下不及情。情之所钟，正在我辈。"王隐《晋书》曰："戎子绥，欲取裴遁女。绥既蚤亡，戎过伤痛，不许人求之，遂至老无敢取者。"简服其言，更为之恸。一说是王夷甫丧子，山简吊之。（《伤逝》4）

王戎丧儿万子，刘孝标注：一说王夷甫丧子。查《晋书》卷四三《王戎传》："子万有美名，少而大肥，戎令食糠而肥愈甚。年十九卒。"吴士鉴《晋书注》说："王戎丧子，年已十九，不得云孩抱中物。《世说》误衍作戎，合为一事。注引王绥事以实之，亦误也。"吴士鉴之说是对的。考徐勉《答客喻》："夷甫孩抱中物，尚尽恸以待宾。"(见《梁书》卷二五《徐勉传》)又《颜氏家训·勉学》："王夷甫悼子，悲不自胜，异东门之达也。"皆以为王衍丧子。故当以"一说"为是。

王衍悼子，说："圣人忘情，最下不及情。情之所钟，正在我辈。""圣人忘情"，义同"圣人无情"，此为自汉以来儒生之旧说。圣人体乎天道，动不乖理，故曰无情。至王弼，破圣人无情之旧说，标举圣人有情之新说，以为圣人亦有五情，然神明茂于众人(详见《三国志·魏志·钟会传》裴注引何劭《王弼传》)。所谓"情之所钟，正在我辈"，乃汉末人性解放之必然结果，亦与王弼新说不无关系。

孩抱中物，不幸夭亡，犹如花苞尚未开放就已凋萎。美好的生命瞬间消失，使人痛感生命的短促与人生无常。一般来说，丧孩抱中物较之亡期颐之寿者，更令人悲痛。因为由老得死，乃是生命的正常归宿。夭折则是生命的大不幸，是对生命的残酷扼杀。我们无不期望小生命如幼苗，将来能长成参天大树，谁知顷刻间毁灭，一切期盼与希望如雷如电，如梦如幻。岂不让父母悲不自胜？譬如曹植"三年之中，二子频丧"，作《金瓠哀辞》和《行女哀辞》，前文说："去父母之怀抱，灭微骸于粪土。天长地久，人生几时。先后无觉，从尔有期。"后文说："感逝者之不追，怅情忽而失度。天盖高而无阶，怀此恨其谁诉。"三年之中二女夭折，作父亲的悲恨绵绵谁诉？

宗白华说："晋人虽超，未能忘情，所谓'情之所钟，正在我辈'（王戎语）！是哀乐过人，不同流俗。""晋人向外发现了自然，向内发现了自己的深情。"其说甚精辟。晋人的深情，在《伤逝》篇中表现得极为充分和感人。姑举数例：卫玠丧，谢鲲哭之，感动路人（《伤逝》6）。顾彦先平生好琴，及丧，张季鹰往哭之，不胜其恸，遂径上床，鼓琴作数曲竟，抚琴曰："顾彦先颇复赏此不？"因又大恸，遂不执孝子手而出。（同上7）庾亮亡，何充临葬，云："埋玉树著土中，使人情何能已已！"（同上9）支道林丧法虔之后，精神殒丧，风味转坠。常对人说："冥契既逝，发言莫赏，中心蕴结，余其亡矣。"此后一年，支遂殒（同上11）……"情之所钟，正在我辈"真是无可如何。不过，也有人不解如林公那样的谈理者，何以伤感如此。这是不理解晋人深沉的生命意识。殊不知晋人谈理，也热爱生命，对生死之变有强烈的感慨。精于理，深于情，爱生命，才是晋人不可企及的高贵品格。

186. 郗嘉宾丧

郗嘉宾丧，左右白郗公："郎丧。"既闻不悲，因语左右："殡时可道。"公往临殡，一恸几绝。《中兴书》曰："超年四十二，先愔卒。超所交友，皆一时俊义，及死之日，贵贱为谋者四十余人。"《续晋阳秋》曰："超党戴桓氏，为其谋主，以父愔忠于王室，不令知之。将亡，出一小书箱付门生云：'本欲焚此，恐官年尊，必以伤愍为毙。我亡后，若大损眠食，则呈此箱。'愔后果恸悼成疾，门生乃如超旨，则与桓温往反密计。愔见即大怒曰：'小子死恨晚！'后不复哭。"（《伤逝》12）

《晋书》卷六七《郗超传》记超卒时年四十二,与刘孝标注引《中兴书》同,然不记卒于何年。《通鉴》卷一〇四《晋纪》二六记太元二年(377)十二月,临海太守郗超卒。托名陶潜《搜神后记》卷二说"(郗)超病逾年乃起,至四十卒于中书郎",与《晋书》、《中兴书》异。

郗愔既闻"郎丧"而不悲,此为晋人赞美的"雅量",其实镇物矫情,未免不真。本篇16王子猷闻子敬丧时了不悲,谢安闻淝水大捷却意色举止如常(见《雅量》35),皆属此类。郗愔临殡,"一恸几绝",方是矫情之后的真情发露。难怪郗愔悲痛欲绝,须知郗超是郗愔长子,郗氏一门中最优秀的人物,也是当时最有权势的精英人士。

然郗超之死,并非郗愔"一恸几绝"就了事。刘孝标注引《续晋阳秋》,详细记载了郗超死前死后的故事,以及父子二人如何纠缠于忠与孝的冲突,值得细细分析。郗超是桓温的智囊,与另一名士王珣,深受桓温青睐,以至温府中语云:"髯参军,短主簿,能令公喜,能令公怒。""髯参军"指郗超,蓄有美髯。"短主簿"指王珣,身材短小。桓温说郗超言谈,常常不能测其深意。郗超也深白结纳。太和四年(369)十一月,桓温北伐败于枋头,威名顿挫。为了挽回面子,与郗超合谋废立。太和六年(371)十一月,桓温废皇帝司马奕为海西县公,立简文帝司马昱。郗超为中书令,权势很大。郗超因父郗愔忠于王室,不让其知道自己为桓温谋主。子与父忠逆异路,固然是大不孝,但不让父知道自己的政治面目,也算是不孝中的孝。因为假若父知悉自己是桓党,必然动怒,那是不孝。

郗超临终之际,居然还能想到让小书箱减轻父亲的哀痛,而且事情的发展一如其生前所料,可见郗超此人确有过人之处。这主要体现为两点:一是把自己恶的一面暴露出来,自毁名誉,以换回父亲的健康。自东汉以来,名士爱惜自己的名誉有时更甚于爱生命,但郗超以为父亲的健康比自己死后的声誉更重要。二是深刻的洞察力和判断力。常言"知子莫若父",那么,知父也莫若子。郗超了解父亲对朝廷的忠心,必定会痛恨自己对朝廷的不忠。书箱之所以能起作用,正是建立在对父亲政治倾向的深刻理解上。为了免让父亲"伤憨为毙",郗超选择自暴其恶。此时,孝道大于一切。郗愔也非一般人物,临殡"一恸几绝",对爱子之亡何等伤痛。也一如郗超生前所料,后来果真痛悼成疾。然而一旦发现儿子的阴谋,累积多时的丧子之痛顿时消解,大怒道:"小子死恨晚!"自此之后,再也不哭郗超。显然,亲情之上还有一个"忠"字。于世俗政权而言,"忠"是更高的原则,应该主宰喜怒哀乐。不难发现,郗愔、郗超父子的故事所显示的观念,即是忠孝冲突。

郗超之死的故事,读来颇觉兴味。苏轼《东坡全集》卷九二"郗方回郗嘉宾父子事"条评论说:"郗嘉宾既死,留其所与桓温密谋之书一箧,属其门生曰:'若吾家君眠食大减,即出此书。'方回见之曰:'是儿死已晚矣!'乃不复念。予读而悲之曰:'士之所甚好者名也,而爱莫加于父子。今嘉宾以父之故而暴其恶名,方回以君之故而不念其子,嘉宾可谓孝子,方回可谓忠臣也。悲夫!'或曰:'嘉宾与桓温谋叛,而子以孝子称之,可乎?'曰:'采葑采菲,无以下体。嘉宾之不忠,不待诛绝而明者,其孝可废乎?'"苏轼称郗超是"孝子",郗愔为"忠臣",应该没有问题。郗超临亡之际表现出来的智慧和孝心,而郗愔"一恸几绝"的痛子情怀,以及知晓儿子与桓温往来密计之后的不复哭,则体现出为子之孝,为臣之忠,都给人留下了深刻印象。

明钟惺论郗超说:"览超本末,知忠孝故有二理。超俊物,不幸为温所知,亦可见当时无知超者。至不爱其身以报所知,不爱其名以报所生,千古之下,犹为伤心。"钟惺所言,并不都对。比如说郗超不幸为桓温所知,当时无知超者云云。其实,谢安、王珣、顾恺之、韩伯诸名士,皆为桓温所知。据《续晋阳秋》说:"超少有才气,越世负俗,不循常检,时人为一代盛誉者语曰:'大才盘盘谢家安,江东独步王文度,盛德日新郗嘉宾。'"可见,郗超年轻时即与谢安、王坦之齐名。而著名清谈家支道林尤贵尚郗超。钟惺称"当时无知超者",不合实情,然赞许超"不爱其名以报所生",则令人首肯。《中兴书》也说:"超少卓荦而不羁,有旷世之度。"郗超临亡时的所作所为,出人意表,又一次表现了他的"卓荦而不羁"与"旷世之度",让人称奇赞叹。

郗超临亡时为了父亲的健康,弃一世英名不顾,自暴与大野心家桓温的密谋,确实是难得的真孝子。由此可以领悟,忠孝诚是二理。不忠无碍为孝子,孝子并非一定忠臣,所谓忠臣出于孝子之门的说法过于绝对。人性非常复杂和矛盾,一概而论往往似是而非。在关键时刻,亲情往往比政治或名誉的考量更重要。因为亲情出于自然。我想,这大概就是郗超临亡的故事给人们的启示。

187. 王东亭哭谢公

王东亭与谢公交恶。《中兴书》曰:"珣兄弟皆婿(婿)谢氏,以猜嫌离婚。太傅既与珣绝婚,又离妻,由是二族遂成仇衅。"王在东闻谢丧,便出都诣子敬,道欲哭谢公。子敬始卧,闻其言便惊起,曰:"所望于法护。"法护,珣小字。王于是往哭。督帅刁约不听前。曰:"官平生在时,不见此客。"王亦不与语,直前哭,甚恸,不执末婢手而退。末婢,谢琰小字。琰字瑗度,安少子,开率有大度,为孙恩所害,赠侍中、司空。(《伤逝》15)

王珣与谢安交恶之由,刘孝标注引《中兴书》说是王珣兄弟与谢氏离婚所致。《晋书》卷七九《谢琰传》也说:"先是王珣娶万女,珣弟珉娶安女,并不终,由是与谢氏有隙。"当时谢安位居太傅,乃出王珣为豫章太守。王珣不赴职,除散骑常侍亦不拜。后迁秘书监。谢安卒后,才迁侍中。此言王在东闻谢丧,便出都诣子敬。考《晋书》卷九四《戴逵传》,孝武帝时,朝廷累征戴逵,郡县敦逼不已,乃逃于吴,吴国内史王珣有别馆在武丘山,逵潜诣之。可证谢安卒时,王珣在东作吴国内史。王珣告诉子敬,欲哭谢公。这实在出于子敬的意料之外,使本来躺着的他闻其言便惊起;又觉得王珣欲哭谢公是大好事,合乎自己的心愿,故说:"所望于法护。"

王谢二族交恶,不相往来,王珣为何欲哭谢公?另外,子敬为何欣赏王珣此举,并说这是我所希望的?其中的原因有待索解。王谢二族先前的关系不错,王珣、谢玄当初同在桓温府,同为温看重。王氏是老贵族,谢氏自谢奕、谢万、谢安出山之后,成为新贵族。二族联姻,算是门当户对。王珣兄弟因"猜嫌"同谢氏离婚,可见并不是你死我活的政治死对头。至于子敬,与谢氏更无利害冲突,何必跟着王珣同谢氏交恶?从子敬"所望于法护"一句体会,子敬对谢安无有恶意,而且怀着改善二族关系的愿望。从谢安一方说,谢安生前虽与王珣不相往来,但并不贬低对方的才能,相反多有欣赏之意。例如《赏誉》147载:"王、谢虽不通,太傅犹敛膝容之。王神意闲畅,谢公倾目。还谓刘夫人曰:'向见阿瓜,故自未易有,虽不相关,正是使人不能已已。'"谢安又是倾目王珣神意闲畅,又是称赞阿瓜是世上未易之才,又是说虽不相关,就是使人不能了结情感上的联系。真所谓一语之间三致意也。诚然,王谢二族的亲情已断,但双方当事人的内心深处,旧谊仍未能全然遗忘。否者,为何有"正是使人不能已已"的感觉呢?王珣欲哭谢公,同样是"正是使人不能已已"的表现。若是完全不念旧情,听闻谢公凶问,恐怕会拍手称快,哪能想到欲哭谢公?

王珣往哭谢公,也是信奉礼仪的举动。虽与谢氏不相往来,但毕竟是故旧。故旧死丧,奔赴哭吊,乃是笃于风义的表现。比如汉末高士徐稚,闻故旧死丧,赴吊不远万里。王珣往哭谢公,正是笃于风义。到了谢府,尽管督帅拒之不让进,出言不逊:"官平生在时,不见此客。"王珣坚持欲哭谢公,"直前哭,甚恸",倾泻的全是真哀痛。"不执末婢手而退",那是礼仪的形式,无关真情。汉应劭《风俗通义》卷三说:"谨按礼,凡吊丧者,既哭兴踊,进而问其故,哀之至也。"据此说,依古礼吊丧者哭后须执主人手而问之。又《颜氏家训·风操篇》说:"江南凡吊者,主人之外,不识者不执手。"可知江南风俗,凡吊者须执主人手。现在王珣不执孝子手也不问,径直退去,这是有违常礼的。但执不执孝子手终究为礼之形式,哀情深至才是丧礼之本质。王珣往哭谢公,前嫌抛弃于一时,表达对故旧的深切哀痛,表现出一代名士的非凡风采。

东晋名士生活在俗世中,相互间免不了猜疑、冲突或交恶,但这些都不妨碍理智的思考,情感的高尚以及审美能力。浅人达不到这么高的生存智慧,往往非此即彼,单向思维。如果已经与人绝交,则完全忘却他人的优长,泯灭一切旧谊。更甚者,与之斗争到底。谢安却不,虽与王珣不相关,但"倾目"之,"使人不能已已";王珣闻谢公卒,往哭甚恸。二人都表现出高贵的人格。生活在今天的一些思想言行粗鄙不堪的人,读此应该从古人身上有所反省吧?

栖逸第十八

188. 阮步兵长啸苏门山中

阮步兵啸闻数百步。苏门山中,忽有真人,樵伐者咸共传说。阮籍往观,见其人拥膝岩侧,籍登岭就之,箕踞相对。籍商略终古,上陈黄、农玄寂之道,下考三代盛德之美以问之,伉然不应。复叙有为之教、栖神导气之术以观之,彼犹如前,凝瞩不转。籍因对之长啸。良久,乃笑曰:"可更作。"籍复啸,意尽,退还半岭许,闻上啮然有声,如数部鼓吹,林谷传响,顾看,乃向人啸也。《魏氏春秋》曰:"阮籍常率意独驾,不由径路,车迹所穷,辄恸哭而反。尝游苏门山,有隐者莫知姓名,有竹实数斛、杵臼而已。籍闻而从之,谈太古无为之道,论五帝、三王之义。苏门先生翛然曾不眄之,籍乃嘐然长啸,韵响寥亮。苏门先生乃逌尔而笑。籍既降,先生喟然高啸,有如凤音。籍素知音,乃假苏门先生之论,以寄所怀。其歌曰:'日没不周西,月出丹渊中。阳精晦不见,阴光代为雄。亭亭在须臾,厌厌将复隆。富贵俛仰闲,贫贱何必终。'"《竹林七贤论》曰:"籍归,遂著《大人先生论》,所言皆胸怀间本趣,大意谓先生与已不异也。观其长啸相和,亦近乎目击道存矣。"(《栖逸》1)

阮籍往见苏门先生,语言成了糟粕,传达意志和情绪的媒介是啸,是那声音美妙的啸。阮籍"啸闻数百步",而苏门先生的啸"如数部鼓吹,林谷传响"。啸的力量和魅力非今人所能想象。唐孙广《啸旨》言及什么叫啸,啸的功用和历史传承。他说:"夫气激于喉中而浊谓之言,激于舌而清谓之啸。言之浊可以通人事、达性情;啸之清可以感鬼神、致不死。盖出其言善,千里应之;出其啸善,万灵受职。斯古之学道者哉。"言浊啸清,言与啸相比,不啻顽石之于美玉,俗人之于仙人。《啸旨》又说到啸的历史传承,始于王母,迄于阮籍,"阮嗣宗得少分,其后湮灭不复闻矣"。啸的传承路线图当然是自神其术的人为编造,但啸盛行于魏晋乃是事实。彼时善啸者很多,阮籍之外,还有诸葛亮、嵇康、刘道真、刘琨、谢鲲,在史书中都能找到他们能啸的记载。至于啸之妙,见于成公绥《啸赋》:"发妙声于丹唇,激哀音于皓齿。响抑扬而潜转,气冲郁而熛起。协黄宫于清角,杂商羽于流征。飘游云于泰清,集长风乎万里。曲既终而响绝,遗余玩而未已。良自然之至音,非丝竹之所拟。"啸声激于唇舌间,先是抑扬潜转,随后冲郁而熛起,协宫商角徵羽之五音,响彻云外,传之万里。曲终响绝之后,留下长久的玩味。啸是发于自然的至声,非丝竹所能仿拟。

阮籍长啸,是在语言的无力与无能之后。阮籍在苏门先生面前,"商略终古,上陈黄、农玄寂之道,下考三代盛德之美以问之,仡然不应。复叙有为之教、栖神导气之术以观之,彼犹如前,凝瞩不转"。黄、农无为之道,三代盛德之美,谁人不知,还用得到在苏门先生面前唠叨吗?苏门先生当然举头不应如无闻。有为之教是指俗世的名教,栖神导气之术是道教的长生久视之术,都不是苏门先生胸怀所寄,故"凝瞩不转"——了无兴趣,连看也不看阮籍一眼。以上一段写苏门先生是有道者,对世俗的一切毫无兴趣。

阮籍意识到不可与苏门先生谈方内之事,而言语无法达意,"因对之长啸"。正如孙广《啸旨》所说,"啸之清可以感鬼神、致不死","出其啸善,万灵受职",阮籍的长啸,果然远胜语言,终于感动苏门先生。"良久,乃笑曰:'可更作'。"阮籍复啸,意尽,从山上下来。至半山腰时,听到山岭上苏门先生的啸声,"如数部鼓吹,林谷传响"。阮籍啸闻数百步,苏门先生之啸如数支乐队齐奏,声音回荡在林谷间,声势远胜阮籍矣!

读此则故事,能具体理解魏晋时啸的美妙以及功用。刘孝标注引《魏氏春秋》说:"籍素知音,乃假苏门先生之论,以寄所怀。"又注引《竹林七贤论》曰:"籍归,遂著《大人先生论》,所言皆胸怀间本趣,大意谓先生与已不异也。观其长啸相和,亦近乎目击道存矣。"据上可知,阮籍《大人先生传》,是其与苏门先生长啸相和,目击道存之后的产物。故有必要对《大人先生传》略作分析,以揭示苏门先生的胸怀所寄,以及何谓"目击道存"。

《大人先生传》一开头就说:大人先生"陈天地之始,言神农、皇帝之事,昭然也"。说明大人先生早已昭然人类历史。阮籍在他面前"商略终故",岂非多余?难怪对方"仡然不应"。大人先生"以万里为一步,以千岁为一朝,行不赴而居不处,求乎大道而无所寓。先生以应变顺和,天地为家。运去势陨,魁然独存,自以为能足与造化推移,故默然道德,不与世同之。"与自然同体,与造化推移,离世绝俗,这才是苏门先生的胸怀所寄。阮籍同苏门先生谈世间之事,犹如井蛙,岂见天地之大? 宜乎苏门先生"仡然不应","凝瞩不转"。阮籍见此,知己所陈述不中苏门先生胸怀所寄,因对之长啸。此啸声当寄寓超世之意趣,与前面的陈述迥然有别,故苏门先生转觉兴趣,笑曰"可更作"。尔后,苏门先生喟然长啸,抒发胸怀所寄。阮籍目击苏门先生的啸声,始悟对方意趣所在,觉与己之意趣不异。此意趣即目击道存之"道",《大人先生传》所谓"乃与造物同体,天地并生,逍遥浮世,与道俱成,变化聚散,不常其形,天地制域与内,而浮明开达于外,天地之永固,非世俗之所及也"。远迹于世俗之外,与自然一体,逍遥一世,翱翔太清,这就是阮籍长啸寄托的胸怀间本趣,也是目击道存之"道"的内涵。

189. 嵇康遇孙登

嵇康游于汲郡山中,遇道士孙登,遂与之游。康临去,登曰:"君才则高矣,保身之道不足。"《康集序》曰:"孙登者,不知何许人,无家,于汲郡北山土窟住。夏则编草为裳,冬则被发自覆。好读《易》,鼓一弦琴,见者皆亲乐之。"《魏氏春秋》曰:"登性无喜怒,或没诸水,出而观之,登复大笑。时时出入人间,所经家设衣食者,一无所辞。去,皆舍去。"《文士传》曰:"嘉平中,汲县民共入山中,见一人所居悬岩百仞,丛林郁茂,而神明甚察,自云孙姓登名,字公和。康闻,乃从游三年,问其所图,终不答。然神谋所存良妙,康每茶然叹息。将别,谓曰:'先生竟无言乎?'登乃曰:'子识火乎? 生而有光,而不用其光,果然在于用光;人生有才,而不用其才,果然在于用才。故用光在乎得薪,所以保其曜;用才在乎识物,所以全其年。今子才多识寡,难乎免于今之世矣。子无多求!'康不能用。及遭吕安事,在狱为诗自责云:'昔惭下惠,今愧孙登。'"王隐《晋书》曰:"孙登即阮籍所见者也,嵇康执弟子礼而师焉。魏晋去就,易生嫌疑,贵贱并没,故登或默也。"(《栖逸》2)

孙登,见《晋书》卷九四《隐逸·孙登传》。《孙登传》说:"孙登字公和,汲郡共人也。无家属,于郡北山为土窟居之。""文帝闻之,使阮籍往观,既见,与语,亦不应。嵇康又从之游三年,问其所图,终不答,康每叹息。"此条刘孝标注引王隐《晋书》说:"孙登即阮籍所见者也,嵇康执弟子礼而师焉。"阮籍所见者,是本篇1所叙的苏门先生。综合唐修《晋书》、王隐《晋书》、刘义庆《世说》、孙盛《魏氏春秋》,可以确定孙登与阮籍所见之苏门先生乃同一人。

但清李慈铭不以为然,他说:"案《水经·洛水篇》注臧荣绪《晋书》称:'孙登尝经宜阳山,作炭人见之与语,登不应。作炭者觉其情神非常,咸共传说。太祖闻之,使阮籍往观,与语,亦不应。籍因大啸。登笑曰:"复作向声。"又为啸。求与俱出,登不肯。籍因别去。登上峰,行且啸,如箫韶笙簧之音,声振山谷。籍怪而问作炭人,作炭人曰:"故是向人声。"籍更求之,不知所止,推问久之,乃知姓名。余按孙绰之叙《高士传》言在苏门山,又别作《登传》。孙盛《魏氏春秋》亦言在苏门山,又不列姓名。阮嗣宗著《大人先生论》,言"吾不知其人,既神游自得,不与物交",阮氏尚不能"'动其英操,复不识何人,而能得其姓名也。'案郦氏之论甚核,苏门长啸者,与汲郡山中孙登,自是二人,王隐盖以其时地相同,牵而合之。荣绪推问二语,即承隐书而附会,唐修《晋书》复沿臧说,不足信也。"(《越缦堂读书简端记》)

余嘉锡《笺疏》亦以为孙登与苏门先生非一人:"葛洪《神仙传》六《孙登传》叙事与《嵇康集序》及《文士传》略同,只多太傅杨骏遗以布袍,登以刀斫碎,及登死,骏给棺埋之,而登复活二事,并无一字及于阮籍者。盖洪为西晋末人,去登时不远,故其书虽怪诞,犹能知登与苏门先生之为二人也。(下略)《大人先生传》及《魏氏春秋》并言苏门先生,不知姓氏,而王隐以为即嵇康所师事之孙登,与嵇、阮本集皆不合,显出附会。刘孝标引以为注,失于考核矣。"

李慈铭、余嘉锡《笺疏》所说虽略有不同,但皆宗郦道元之说,谓孙登与苏门先生自是二人。其说尚须探讨。王隐《晋书》以为"孙登即阮籍所见者也"。孙盛《魏氏春秋》亦云:"籍见孙登长啸,有凤皇集登所隐之处,故号登为苏门先生。"(见《三国志补注》卷三《太平寰宇记》引)。又《艺文类聚》卷四四引《孙登别传》:"孙登字公和,汲郡人,清静无为,好读《易》,弹琴,颓然自得,觌其风神,若游六合之外者。当魏末,居北山中,以石窟为宇,编草自覆。阮嗣宗见登被发,端坐岩下,遥见鼓琴。嗣宗自下趋进,莫得与言。嗣宗乃长啸,与琴音谐和。登因啸和之,妙响动林壑。"不知《孙登别传》为何许人作,郦道元谓"孙绰之叙《高士传》言在苏门山,又别作《登传》"。《孙登别传》或是绰《高士传》外之一篇。若这一推断成立,则王隐、孙盛、臧荣绪、孙绰,皆以为嵇康从游之孙登即阮籍所见之苏门先生。

郦道元驳臧荣绪《晋书》，以为孙登与苏门先生非一人，依据有二：一是苏门先生隐在苏门山，而孙登在汲郡山；二是阮籍《大人先生传》言"吾不知其人"。其实，苏门山即汲郡境内之山，位于郡之北。唐修《元和郡县志》卷二〇说："卫县，本汉朝歌县，属河内郡。魏黄初中，朝歌县又属朝歌郡。晋武帝改为汲郡。"又说："苏门山在县西北十一里，孙登所隐，阮籍、嵇康所造之处。"《明一统志》卷二八说："苏门山在辉县西北七里，一名百门山，晋孙登隐此，号苏门先生，阮籍往见之。"卫县，亦即辉县，晋时隶属汲郡。苏门山，即汲郡之一山。孙盛《魏氏春秋》和《栖逸》1所说的苏门山乃确指，《栖逸》2所记嵇康遇孙登于汲郡山乃泛指。二者所指实同。或许孙登初隐苏门山，人不知其姓名，故以"苏门先生"称之。停留年久后，士人稍稍得知。此为理所必然者也。至于阮籍《大人先生传》言"吾不知其人"，此乃文学作品常用之悬念，使读者得曲折朦胧之趣。陶渊明《五柳先生传》言"先生不知何许人也，亦不详其姓氏"，正与《大人先生传》同。所以不能据"吾不知其人"，便推定阮籍真不知其人姓氏。臧荣绪《晋书》说"推问久之，乃知姓氏"，其说最合情理。再有，《晋书》卷八二《王隐传》称隐"博学多闻，受父遗业，西都旧事多所谙究"。考其时代，王隐之父与嵇、阮相接，所言当较葛洪、孙盛等更接近真实。《王隐传》后称"隐虽好著述，而文辞鄙陋"云云，是指文辞低劣，但不可据此便否定记事之真实。故郦意以为孙登即苏门先生，亦即阮籍笔下之大人先生。王隐所说是也。张彦远《历代名画记》七记南齐宗测"画阮籍遇孙登于行障上，坐卧对之"，亦可证阮籍遇孙登之事古来相传。

190. 南阳高士刘驎之

南阳刘驎之，高率善史传，隐于阳岐。于时符坚临江，荆州刺史桓冲将尽讦谟之益，征为长史，遣人船往迎，赠贶甚厚。驎之闻命便升舟，悉不受所饷，缘道以乞穷乏，比至上明亦尽。一见冲，因陈无用，翛然而退。居阳岐积年，衣食有无，常与村人共，值己匮乏，村人亦如之，甚厚为乡闾所安。邓粲《晋纪》曰："驎之字子骥，南阳安众人。少尚质素，虚退寡欲，好游山泽间，志存遁逸。桓冲尝至其家，驎之方条桑，谓冲：'使君既枉驾光临，宜先诣家君。'冲遂诣其父，父命驎之，然后乃还，拂褐褐与冲言。父使驎之自持浊酒菹菜供宾，冲敕人代之，父辞曰：

'若使官人,则非野人之意也。'冲为慨然,至昏乃退,因请为长史,固辞。居阳岐,去道斥近,人士往来,必投其家。骥之身自供给,赠致无所受。去家百里,有孤姥疾将死,谓人曰:'唯有刘长史当埋我耳。'骥之身往候之,值终,为治棺殡,其仁爱皆如此。以寿卒。"(《栖逸》8)

南阳刘骥之,高尚不出,行为简率,隐于阳岐。晋孝武帝太元中,苻坚兵临长江,欲进犯东晋,荆州刺史桓冲筹划防御,征刘骥之为长史,派人乘船往阳岐迎骥之,并赠贶甚厚。骥之听说桓冲派人来迎,便登船,但不受桓冲的赠物,一路上把官府赠给的财物再送给穷乏者。到上明,赠送的货物也送完了。文中"悉不受所饷",李慈铭以为当作"悉受所饷","不"字衍。体会李慈铭的意思,是根据下面"缘道以乞穷乏"二句,以为刘骥之悉受桓冲赠贶,才能沿途以乞穷乏。其实,"不"字不衍。骥之将桓冲赠贶转送给沿途穷人,自己一毫不受,此即"悉不受所饷"也。自汉末以来,凡是真隐士、真高士,几乎都不受他人馈赠。例如本篇9谓翟汤"义让廉洁,馈赠一无所受"。《晋书》卷九四《张忠传》说:"左右居人馈之衣食,一无所受。"《德行》38载:范宣洁行廉约,豫章太守韩伯遗绢百匹,不受。刘孝标注引《中兴书》说:"庾爱之以宣贫,加年饥疾疫,后饷给之,宣又不受。"

骥之见桓冲,陈述自己是无用之人,然后从容自在地告退。刘孝标注引邓粲《晋纪》说,骥之"少尚质素,虚退寡欲"。桓冲派舟船来迎就去,到了上明自陈无用即回,不自以隐逸为高,"质素"得可敬可爱,可又不让人觉得他真是一无用处。大凡真隐士皆质素寡欲如此。

骥之居阳岐多年,衣食有无,常与村人共。自己有衣食,村人也有衣食。自己衣食无,村人也接济他衣食。阳岐村好比是互助、互济、互爱的桃花源。骥之的"质素"影响村人,形成醇厚的民风。

刘孝标注引邓粲《晋纪》,是一篇很完整的刘骥之的传记。王世懋称赞说:"注尤佳。"《晋书》卷九四《刘骥之传》基本上取材《晋纪》,但不如《晋纪》正确。比如《晋纪》先叙桓冲至骥之家,骥之方条桑,对冲说"使君既枉驾光临,宜先诣家君",云云,后叙桓冲固请为长史,骥之固辞。《晋书》则先叙桓冲请为长史,骥之固辞不受,后再叙冲尝到骥之家,适与《晋纪》相反,显然不如《晋纪》合理。

邓粲《晋纪》说骥之"好游山泽间,志存遁逸"。《晋书》本传记骥之"采药至衡山,深入忘反,见有一涧水,水南有二石囷,一囷闭,一囷开,水深广不得过。欲还,失道,遇伐弓人问径,仅得还家。或说囷中皆仙灵方药诸杂物,骥之欲更寻索,终不复知处也"。这一传说,与陶渊明《桃花源记》有些关系,值得说说。《桃花源记》写到渔人既出桃花源,及郡下,诣太守说如此,太守遣人随渔人往寻,迷不复得路。"南阳刘子骥,高尚士也,闻之,欣然规往,未果,寻病卒"。子骥为刘骥之字。他闻桃花源,欣然规往而未果。此事是他好游山泽的又一证据。他深入衡山遇二石囷,欲更寻索,终不复知处,与闻桃花源,欣然规往而为未果,二事十分相似,皆是奇境不可得游的憾恨。

在东晋众多的隐士中,刘骥之是个独具风采的人物。他的质素、厚道、仁爱、好游山泽的性格,证明他确是一位品德高尚的真隐士。

191. 康僧渊在豫章

康僧渊在豫章,去郭数十里立精舍,旁连岭,带长川,芳林列于轩庭,清流激于堂宇。乃闲居研讲,希心理味。庾公诸人多往看之,观其运用吐纳,风流转佳,加已处之怡然,亦有以自得,声名乃兴。后不堪,遂出。僧渊已见。(《栖逸》11)

康僧渊本西域人,生于长安。晋成帝之世,与康法畅、支敏度等由北方来到江南。初来时未有名,后往来殷浩处,适值宾客盈门,遂及清言。康僧渊语言辞旨,并无愧色,要领粗举,直探玄微,由是知名士林(见《文学》47)。后至豫章,离城郭数十里立精舍,依山临水,环境清幽,乃闲居研讲,希心玄旨。

康僧渊在豫章,留给读者最深的印象是尽占山水之美,在清幽静寂的精舍里研讲佛理玄旨。"天下名山僧占多",这一佛教文化现象,至迟在东晋就已形成。例如《高僧传》卷五《竺僧朗传》说:"朗于金舆谷昆仑山中别立精舍,犹是泰山西北之一岩也。峰岫高险,水石宏壮。朗创筑房室,制穷山水。"这是北方僧人在名山中创建精舍的情况。南方山水更为优美,精舍多建于峰岫秀岭之下,方林清溪之侧。帛道遒算得是江南最懂得享受丘壑之美的僧人,《高僧传》卷五《竺道壹传》记若耶山沙门帛道猷,"性率素,好丘壑,一吟一咏,有濠上之风",后与竺道壹书云:"始得优游山林之下,纵心孔释之书,触兴为诗,陵峰采药,服饵蠲疴,乐有余也。但不与足下同日,以此为恨耳。因有诗曰:'连峰数千里,修林带平津。云过远山翳,风至梗荒榛。茅茨隐不见,鸡鸣知有人。闲步践其径,处处见余薪。始知百代下,故有上皇民。'道壹得道猷信,以为正契我心,乃东往若耶,与后者相会于林下。"再有《高僧传》卷四《于法兰传》言其"性好山泉,多处岩壑","后闻江东山水,剡县称奇,乃徐步东瓯,远瞩嶀嵊,居于石城山足"。《高僧传》卷六《慧远传》说:"远创造精舍,洞尽山美,却负香炉之峰,傍带瀑布之壑,仍石垒基,即松栽构,清泉环阶,白云满室。"《高僧传》卷八《释玄畅传》自言卜居之处说:"逶迤长亘,连迤岭关四涧,亘列五峰,抱郭怀邑,回望三方,负岑背岳,远瞩九流。"

佛寺精舍建于山水清幽之处,当然非比嘈杂之市朝,最宜读经讲论和参悟修禅。佛经中可以找到这种例子。例如《付法藏因缘传》卷一说:"于是伽叶即辞如来,往耆阇崛山宾钵罗窟。其山多有流泉浴池,树林蓊郁,华果茂盛,百兽游集,吉鸟翔鸣,金银琉璃,罗布其地。伽叶在此,经行禅思,宣扬妙法,度诸众生。"后秦佛陀耶舍译《长阿含经》卷一说:"于闲静处,专精修道。"东晋僧伽提婆译《中阿含经》卷三六说:"可知世尊安静处学智慧耶?"远离荣华,守护诸根,"复独往远离在无事处,山岩石室,露地积壤。或至林中,或在土冢。"孙绰曾作道士坐禅之像并赞,支遁精其制作,美其佳文,作《咏禅思道人》诗并序,描写道士于山中坐禅之形象说:"云岑竦太荒,落落英㠌布。回壑仵兰泉,秀岭攒佳树。蔚荟微游禽,峥嵘绝蹊路。中有冲希子,端坐摹太素。"(《古诗纪》卷四七)精舍建于山水优美处,不仅欣赏丘壑之美,更有助于"专精修道"。康僧渊之所以"运用吐纳,风流转佳",与精舍的清幽不无关系。

康僧渊"后不堪,遂出"。这句一般都理解为不堪隐居,遂离开豫章精舍。但前面既然说康僧渊在精舍"处之恰然,亦有以自得",何以后来不堪?此甚不可理喻。于是,有人据《高僧传》卷四《康僧渊传》"尚学之徒往还填委"一句,解释"不堪"是不堪外来干扰。恐怕不很正确。尚学之徒往还纷集,是慕康僧渊之盛名,从其学问,非是干扰也。康僧渊之"不堪",当别有他事。僧传既然不载,最好付之阙如。

192. 许玄度隐在永兴

许玄度隐在永兴南幽穴中,每致四方诸侯之遗。或谓许曰:"尝闻箕山人似不尔耳。"许曰:"筐箧苞苴,故当轻于天下之宝耳。"郑玄《礼记》注云:"苞苴,裹

肉也,或以苇,或以茅。"此言许由尚致尧帝之让,筐篚之遗,岂非轻邪?"(《栖逸》13)

东晋中期著名隐士许询,以其"高情远致",倾倒了当时许多名士。魏晋隐逸之风盛行,高尚不出的隐士多如过江之鲫。有的真隐,有的假隐,有的通隐,有的岩栖谷饮,有的携妓遨游……林林总总,各具面目。许询属于"通隐"之流。"通隐"者,通达之隐也。隐士的祖宗许由、巢父,栖身山中,污身秽迹,过着非常艰苦的生活。许询则偏离了古代隐士的传统,虽然隐居不仕,但并不离世绝俗。他不是躲在山洞里,披树叶衰草,啃野果子。相反,与官场多有来往,甚至"每致四方诸侯之遗",照单全收,面无愧色,享受着上好的食品。许询之隐,是非常典型的通达之隐。

许询隐居不仕,亦非以己之高洁,视朝廷为污秽。隐逸,完全是他的一种天性。《建康实录》卷八说:"询幼冲灵,好泉石,清风朗月,举杯咏怀。"爱好泉石和清风朗月,乃是魏晋隐士的普遍爱好。以隐居不仕的标准衡量,许询确实是众人仰慕的著名隐士。《剡录》卷三说:"询隐不仕,召为朝议郎,不就,筑室永兴县西山,萧然自致,乃号其岫曰萧然山。"陶渊明《晋故征西大将军长史孟府君传》记谢永丧亡,孟嘉吊丧,路由永兴。"高阳许询有隽才,辞荣不仕,每纵心独往,客居县界"。他那萧然洒脱、闲放自在的生活与风度,赢得莫大的声誉。支道林曾问孙兴公何如许掾?孙说:"高情远致,弟子早已服膺。"孙绰的回答,反映出当时名士对许询高情远致的普遍敬佩。最典型的例子是刘惔,这位眼界甚高的一流名士,极少称许人,然对许询欣赏至极。许询曾至都,刘惔盛情款待,几乎天天去看许询。人问许询才情究竟与所闻如何,刘惔说:"才情过于所闻。"

真隐士栖迹衡门,视轩冕如无物。许询则不。他与当世显宦交游广泛,经常接受官府的馈赠。《言语》69叙刘惔为丹阳尹,许询出都就刘宿,床帷新丽,饮食丰甘。享受也就算了,许询竟然说:"若保全此处,殊胜东山。"哪里有"高情远致"?有的是大纰漏。王逸少在坐,讽刺说:"令巢、许遇稷、契,当无此言。"一针见血指出许询不是真隐士。许询还曾诣简文,二人曲中语,通宵达旦,大得简文嗟叹,称"玄度才情,故未易多有许"(见《赏誉》144)。再看孟少孤、刘骥之、翟汤之流的真隐士,即使官府请,也不愿去。如孟少孤,"布衣蔬食,栖迟蓬荜之下,绝人间之事",从未进过朱门。京邑人士思欲见之,谎报其兄孟嘉病笃,才上当狼狈至都(见《栖逸》10)。而刘骥之、翟汤都是避官如不及。哪像许询主动诣公府,作坐上佳客？

许询隐永兴，"每致四方诸侯之遗"。诸侯馈赠隐士的现象，在魏晋时期十分普遍。如本篇15说，"郗超每闻欲高尚隐退者，辄为办百万资，并为造立居宇。在剡，为戴公(逵)起宅，甚精整。戴始往旧居，与所亲书曰：'近至剡，如官舍。'"本篇8桓冲征刘驎之为长史，遣人船往迎，"赠贶甚厚"。《晋书》卷九一《杜夷传》记杜夷不应征命，镇东将军周馥"乃自诣夷，为起宅宇，供其医药"。《晋书》卷九九《桓玄传》："玄以历代咸有肥遁之士，而己世独无，乃征皇甫谧六世孙希之为著作，并给其资用。"……官府的馈赠，有的隐士接受了，如戴逵；真隐士"洁行廉约"，如宋纤、翟汤、刘驎之等，馈赠皆一无所受。

当有人微讽许询说，听说箕山隐士许由好像不是这样时，许回答说："筐篚苞苴，故当轻于天下之宝耳。"意思说，许由能使尧把天下都禅让给他，我受这些筐里装的、草里包的微末之物，岂非太轻太轻？显然，许询接受官府馈赠是心安理得的。在中国隐逸的历史上，从许由到孙登、翟汤、刘驎之，都是传统的隐士，许询、戴逵则不一样，他们不再恪守洁行廉约的隐士品德，在拥抱自然山水的同时，也常常出入官府，接受诸侯的馈赠，行为洒脱纵放，既有辞荣不仕的美名，又享受比较优裕的物质生活。这是名教与自然调和之后出现的新式隐士。

193. 谢庆绪"累心处都尽"

郗尚书与谢居士善，常称："谢庆绪识见虽不绝人，可以累心处都尽。"尚书，郗恢也，别见。檀道鸾《续晋阳秋》曰："谢敷字庆绪，会稽人。崇信释氏，初入太平山中十余年，以长斋供养为业，招引同事，化纳不倦。以母老，还南山若邪中，内史郗愔表荐之，征博士，不就。初，月犯少微星，一名处士星，占云：'以处士当之。'时戴逵居剡，既美才艺，而交游贵盛，先敷著名，时人忧之。俄而敷死，会稽人士以嘲吴人云：'吴中高士，便是求死不得。'"(《栖逸》17)

郗尚书评价谢庆绪有两点：一是识见不绝人，即识见不比常人高明。这好理解。二是"累心处都尽"。此颇难索解。难解在于郗恢的评价仅是结论，不见论证。"累心处"指什么？何谓"累心处都尽"？全无说明。

感谢刘孝标注引檀道鸾《续晋阳秋》,才使读者了解谢庆绪的身世以及他的佛教信仰,帮助我们解开"累心处都尽"一句蕴含的秘密。"累心",谓劳心,指心为外物所拘系而觉劳累。嵇康《养生论》说:"外物以累心,不存神气,以醇泊独著,旷然无忧患,寂然无思虑。"这段话差不多可以作"累心处都尽"的注脚。不过,嵇康是用老庄无为哲学祛除累心处,谢庆绪则用奉佛做到"累心处都尽"。正如檀道鸾《续晋阳秋》所说,谢庆绪"以长斋供养为业",累月积年的斋戒奉佛,闭塞声色视听,进入禅定境界。因此,所谓"累心处都尽",指的是经过佛教禅定的修习,达到五蕴皆空的玄寂之境。

谢庆绪佛学造诣很深,曾作《安般守意经序》,阐明意是"众苦之萌基,背正之元本",也就是纷杂的意是众苦萌生的根基,违背正觉的源头。他又解释什么叫"守意":"正觉慈愍,开示慧路,防其终凶之源渐,塞其忿欲之征兆,为启安般之要径,泯生灭以冥寂。申道品以养恬,建十慧以入微,执九神之逸足,防七识之洪流,故曰守意也。"(见僧祐《出三藏记集》卷六)总之,"守意"的意思是:堵塞各种欲念的细微征兆,泯灭生死的界线,防止种种神识的泛滥,游心于自空、常寂的玄冥之境。

据汤用彤先生说,东汉桓帝以前,佛教禅法未闻流行,汉晋之间,《般若》、《首楞严》、《成具》相继译出,大乘禅法渐盛。汉末,安世高之禅法尤为学佛者宗尚,其译大小《安般守意经》尤为中夏最初盛传之禅法(见汤用彤《汉魏两晋南北朝佛教史》第五章"佛道")。谢庆绪《安般守意经序》即宗尚安世高的禅法。谢在若耶山中长斋供养,并"招引同事",是东晋禅法兴盛、习禅者渐多的特殊例子。至此,郗恢称赞谢庆绪"累心处都尽"一句的含义能够得到确切的解释。

又,郗恢与谢居士友善,原因是恢亦奉佛。《续高僧传》卷二九《释僧明传》载:东晋孝武帝宁康三年(375),释道安造襄阳金像寺丈六无量寿佛像。第二年冬天,佛像严饰完毕,"刺史郗恢创莅此蕃,像乃行至万山,恢率道俗迎还本寺"。《法苑珠林》卷五三记前秦武威太守赵正晚年遁迹名山,专精经律,"晋雍州刺史郗恢钦其风尚,逼共同游"。因郗恢、谢庆绪皆奉佛,故两人友善,而郗自然能准确道出谢"累心处都尽"的禅定功夫。

贤媛第十九

194. "狗鼠不食汝余"

魏武帝崩，文帝悉取武帝宫人自侍。及帝病困，卞后出看疾。太后入户，见直侍并是昔日所爱幸者。太后问："何时来邪？"云："正伏魄时过。"因不复前而叹曰："狗鼠不食汝余，死故应尔。"至山陵，亦竟不临。《魏书》曰："武宣卞皇后，琅邪开阳人，以汉延熹三年生齐郡白亭，有黄气满室移日。父敬侯怪之，以问卜者王越。越曰：'此吉祥也。'年二十，太祖纳于谯。性约俭，不尚华丽，有母仪德行。"(《贤媛》4)

曹操刚死，曹丕就把父王生时的爱幸者接收过来，占为己有。后来曹丕病笃，卞太后前去视疾，一看服侍的都是昔日曹操喜欢的宫女；又问后得知这些宫女来时曹操尚尸骨未寒，愤而叹曰："狗鼠不食汝余，死故应尔。"曹丕死，卞太后至其葬地，亦不哭。

曹丕悉取曹操宫人自侍，从礼教角度看，行若乱伦。况且父王刚死，便那样的迫不及待，难怪卞太后斥之为"狗鼠不食汝余"，骂他早就该死了。史称魏文帝慕通达，他取曹操宫人自侍，正是通达的举动。此事从思想与门风探讨，与曹操的作风还大有关系。

曹操重刑名之学，对儒家思想造成很大的冲击。他再三下求贤令，要求"举贤勿拘品行"，"唯才是举"，即或不仁不孝，偷金盗嫂之徒，若有才干，也在网罗之列。曹操的出现，使士风更迅速地趋向通脱。通脱的重要表现之一是两性关系的松弛与开放。曹操本人就是个好色之徒。苏朗母杜氏，关羽屡请于曹操，求以为妻。曹操疑杜氏有色，及城陷，见杜氏果然美色，乃自纳之(《三国志·魏志·明帝纪》裴注引《献帝纪》)。何晏母尹氏有美色，曹操纳之，养何晏于魏宫(《魏志·何晏传》注引《魏略》)。曹操南征，张绣等率众降，操纳张济妻，绣恨之(见《魏志·张绣传》)。胜利者往往抢夺失败者的女人，曹操算是典型人物。又曹操、曹丕父子俩都对袁熙妻甄氏有意。《惑溺》1说："魏甄后惠而有色，先为袁熙妻，甚获宠。曹公之屠邺也，令疾召甄，左右白：'五官中郎已将去。'公曰：'今年破贼正为奴。'"曹操屠邺，急令召甄氏，其意正是急着想抢夺甄氏。不意儿子下手比老子更快。曹操说："今年破贼正为奴。"老实交代兴师动众就是为抢一个美妇人。刘孝标注引《魏氏春秋》说："孔融与太祖书曰：'武王伐纣，以妲己赐周公。'"孔融以想当然编造历史，意在讽刺曹操，以心爱的美人赐予曹丕。以上例子都可说明曹操的好色。有其父必有其子。父王刚死，就夺其宠姬幸妾，与曹操抢夺失败者之妻的行径非常相似。曹丕悉取武帝宫人，实有其父遗风。

曹操通脱，不要妻妾为自己守寡。他经常对众妾说："顾我万年之后，汝曹皆当出嫁。"(《让县自明本志令》)既然父王如此豁达大度，吩咐自己的众妾当出嫁，那么，当父王死后，把他的婢妾继承过来，变为自己的侍妾，有何不可？岂不比让她们出嫁省心且便捷？卞太后骂曹丕"狗鼠不食汝余"，取曹操宫人自侍固然是原因，但最主要的、不能容忍的是曹操刚死，迫不及待把宫人占为己有。这才是对曹操的大不敬。试想，曹操《遗令》命婢妾及伎女留铜雀台，善待之，自朝至午辄向帐中作伎乐，死后还要享受伎乐，可曹操刚死，曹丕就接收了宫人，难怪卞太后发怒，并诅咒曹丕早该死。

曹丕通达一如其父，全不在乎男女有别之类的儒家礼仪。《言语》10记曹丕为五官中郎将，"酒酣坐欢，乃使夫人甄氏出拜，坐上客多伏，而(刘)桢独平视"。又《三国志·魏志·吴质传》裴注引《质别传》："帝尝召质及曹休欢会，命郭后出见质等。帝曰：'卿仰谛视之。'"鼓励吴质仰头细看郭后。曹丕似乎不屑于金屋藏娇，令夫人出见亲从，让大家共餐郭后、甄后的美色，增添宴饮的欢乐。至于刘桢平视甄夫人，曹操以为他失敬，给予惩罚，那是曹操无名妒火中烧的愚蠢之举。曹丕本来就乐意让大家看他的美妻，否者，他不会对吴质说，你抬头细细看。

由东汉恪守儒家礼仪的传统士风，转变为通脱放达的魏晋新士风，曹操在其中起到了重要作用。曹丕继承其父作风，尚通达与浪漫，从而影响到魏末晋初的士风放荡，与儒家礼仪、节操等道德规范渐行渐远。

195. 许允妇才智超人

许允妇是阮卫尉女,德如妹。《魏略》曰:"允字士宗,高阳人。少与清河崔赞俱发名于冀州,仕至领军将军。"《陈留志名》曰:"阮共字伯彦,尉氏人。清真守道,动以礼让,仕魏至卫尉卿。少子侃,字德如,有俊才,而饬以名理,风仪雅润,与嵇康为友。仕至河内太守。"奇丑。交礼竟,允无复入理,家人深以为忧。会允有客至,妇令婢视之,还,答曰:"是桓郎。"桓郎者,桓范也。《魏略》曰:"范字允明,沛郡人,仕至大司农,为宣王所诛。"妇曰:"无忧,桓必劝入。"桓果语许云:"阮家既嫁丑女与卿,故当有意,卿宜察之。"许便回入内,既见妇,即欲出。妇料其此出无复入理,便捉裾停之。许因谓曰:"妇有四德,卿有其几?"《周礼》:"九嫔掌妇学之法,以教九御妇德、妇言、妇容、妇功。"郑注曰:"德谓贞顺,言谓辞令,容谓婉娩,功谓丝枲。"妇曰:"新妇所乏唯容尔。然士有百行,君有几许?"云:"皆备。"妇曰:"夫百行以德为首,君好色不好德,何谓皆备?"允有惭色,遂相敬重。(《贤媛》6)

许允妇才智超人,堪称魏晋时期的女诸葛。《贤媛》6、7、8三条讲了许允妇的三个故事,充分展现了这位才智之女的非凡风采。

许允妇是阮德如妹,奇丑。自古以来,女性的审美总离不开美艳的标准。从《诗经》、《楚辞》、两汉辞赋、汉乐府民歌、六朝乐府民歌,无不咏唱风姿绰约的美妇人。文学作品如此,现实生活中更是如此,上至王公贵族,下至普通百姓,妇容婉丽终究是择偶的重要因素。两汉在儒家思想的制约下,评价女性首重"妇德",妇女的德行品行被置于崇高的地位。然而女性美感具有不可抗拒的魅力,"妇德"往往被"妇容"打败。许允见新妇奇丑,不愿意入洞房,是再自然不过的事。当此尴尬之际,许允妇表现出杰出的才智。一是预料来客桓范必定会劝说许允,故可无忧。事情果然不出她所料,桓范劝说许允入洞房。二是乘许允入室察看时,果断拉住允不让其走,并与之辩论,指出允"好色不好德"。有理有据,局面由此扭转,"允有惭色,遂相敬重"。

《贤媛》7记许允为吏部郎,用人多用同乡,魏明帝遣兵收之。许允妇急匆匆跑出来告诫允:"明主可以理夺,难以情求。"要他从道理上说服明帝,不可以情求赦免,实际上指出了应对灾难的策略与方法。面对魏明帝的核问,许允以唯才是举的原则回答明帝。经检验,所举乡人皆称职,得到明帝的赞扬。事情结果证实"明主可以理夺"的策略完全奏效。以下倒叙许允被收之初举家号哭,许允妇却从容自若,并断定允不久便还。结果又不出其所料。事情的发展,似乎都在她的掌控之中。有几个须眉能及她的非凡才智?

许允妇最令人称奇的故事是在许允被杀前后,无不料事如神。《贤媛》8说:"许允为晋景王所诛,门生走入告其妇。妇正在机中,神色不变,曰:'蚤知尔耳。'"许允妇何以早知如此?刘孝标注引《魏志》《魏略》《魏氏春秋》交代了原因。从《魏志》可知,许允与夏侯玄、李丰亲善,同属于曹氏政治集团。曹氏集团作假诏书,许允知其内容,把它烧了,但不报告司马师。这在司马师看来,当然是对他的不忠。从《魏略》可知,李丰被收,许允欲往见司马师,却又犹豫不决,引起对方的怀疑。正巧镇北将军李静卒,以许允代静。又有司奏许允擅用公家钱物,减死徙边,道中卒。《魏氏春秋》叙许允为镇北将军,允自喜可以免祸,许允妇却说:"祸见于此,何免之有?"许允妇清醒地意识到许允忠于曹魏,不会有好结果;又看出代镇北将军正是祸,何免之有。其识见高出许允许多。她说:"早知之耳。"意谓早知祸害不免。刘孝标注引《妇人集》载阮氏与允书,"陈允祸患所起",说明许允妇对当时曹氏、司马氏之间的争斗及结果有极其清醒的认识和判断。

许允被杀后,门人欲藏其儿。许允妇说:"无豫诸儿事。"从容镇定,胸有成竹。当司马师派钟会来侦探许允二儿时,许允妇授以儿子"锦囊妙计":"汝等虽佳,才具不多,率胸怀与语,便无所忧;不须极哀,会止便止,又可少问朝事。"许允妇嘱儿应对钟会之计,乃是深察钟会此来的意图之后作出的妙计,本质上是同司马师的斗智。司马师遣钟会时说:"若才流及父,当收。"钟会来者不善,暗藏杀机。许允妇了解儿才具不多,故可自然与钟会语;并令儿子不必极哀,若极哀,会引起钟会的警惕,是否将来为父复仇;若多问朝事,会引起钟会的怀疑。总之,叫儿子低调平庸地面对钟会。避祸之计,一一布置,终于为许允留下了后代。王世懋云:"高识至此,几可与司马宣王对付。"确实,许允妇之才智识见,并不逊于司马懿。

许允妇列为"贤媛",体现出女性评价的新趋向,即以才智不凡的女性为"贤媛"。余嘉锡总释《贤媛篇》说:"有晋一代,唯陶母能教子,为有母仪,余多以才智著,于妇德鲜可称者。题为'贤媛',殊觉不称其名。"余氏所解,恐不解魏晋新文化已不同于两汉,女性审美也与两汉不同。自古以来皆以品德为妇人"四德"(妇德、妇言、妇容、妇功)之首,而魏晋以才智有识者为"贤媛",此正可见传统妇德标准之式微,与当时人物品题推重才智之士相一致。余氏以为《世说》所记"贤媛"殊不称其名,乃囿于旧见,不可取。

196. 王经母临终自若

王经少贫苦,仕至二千石,母语之曰:"汝本寒家子,仕至二千石,此可以止乎!"经不能用,为尚书,助魏,不忠于晋。被收,涕泣辞母曰:"不从母敕,以至今日。"母都无慼容,语之曰:"为子则孝,为臣则忠,有孝有忠,何负吾邪?"《世语》曰:"经字彦伟,清河人。高贵乡公之难,王沈、王业驰告文王,经以正直不出,因沈、业申意。后诛经及其母。"《晋诸公赞》曰:"沈、业将出,呼经,不从,曰:'吾子行矣!'"《汉晋春秋》曰:"初,曹髦将自讨司马昭,经谏曰:'昔鲁昭不忍季氏,败走失国,为天下笑。今权在其门久矣,朝廷四方皆为之致死,不顾逆顺之理非一日也。且宿卫空阙,寸刃无有,陛下何所资用? 而一旦如此,无乃欲除疾而更深之邪?'髦不听。后杀经并及其母。将死,垂泣谢母,母颜色不变,笑而谓曰:'人谁不死。往所以止汝者,恐不得其所也。以此并命,何恨之有!'"干宝《晋纪》曰:"经正直,不忠于我,故诛之。"按傅畅、干宝所记,则是经实忠贞于魏,而《世语》既谓其正直,复云因沈、业申意。何其相反乎? 故二家之言深得之。(《贤媛》10)

司马氏篡魏,伴随着残酷的杀戮,充满血腥。魏高贵乡公曹髦,实在忍受不了司马昭的权势熏天,自率宫中宿卫讨伐之。这当然是以卵击石。王经谏高贵乡公:"今权在其门久矣,朝廷四方皆为之致死,不顾逆顺之理非一日也。且宿卫空阙,寸刃无有,陛下何所资用? 而一旦如此,无乃欲除疾而更深之邪?"指出朝臣及四方之士皆愿为司马昭效力,已不顾逆顺是非,且卫兵又少,寸刃全无,怎能讨司马昭? 此时,也是不顾逆顺之理的王沈、王业将曹髦之举报告司马昭,王经因正直不出。曹髦被司马昭心腹贾充等杀死后,再杀王经,罪名是"助魏,不忠于晋"。王经被杀,株连及母。母无悲戚之容,对儿子说:"为子则孝,为臣则忠,有孝有忠,何负吾邪?"王经忠孝两全,王经母深明大义。母子临终的一幕,感天动地,正如王世懋说:"读史至王章妻、王经母,未尝不流涕也。"

忠于魏的王经被杀,其他如毌丘俭、王凌、诸葛诞、许允,凡忠魏或同情曹魏者,几乎无不遭司马氏毒手。王经说,"今权在其门久矣,朝廷四方皆为之致死,不顾逆顺之理非一日也",虽说的是魏晋易代,实际上也道出了中国历史的真相。凡是新旧政治集团的决斗及交替,忠于旧政权者往往遭受灭顶之灾,新政权必以杀戮替代旧政权。中国改朝换代的铁律古今一律。

理解王经被杀的原因存在误解之处,即刘孝标注引《世语》说:"高贵乡公之难,王沈、王业驰告文王,经以正直不出,因沈、业申意。"其中"正直"一词有不同理解。孝标又注引《晋诸公赞》说:"沈、业将出,呼经,不从,曰:'吾子行矣!'"意思说,王沈、王业将出,驰告司马昭关于曹髦讨伐事,呼王经同往,经不从,说:"你们走吧!"王经忠贞于魏,且正直,留在皇帝身边。孝标按语说:"傅畅、干宝所记,则是经实忠贞于魏,而《世语》既谓其正直,复云因沈、业申意。何其相反乎?故二家之言深得之。"以为傅畅《汉晋春秋》、干宝《晋纪》所记王经正直忠贞于魏,《世语》既称王经正直,又云因王沈、王业申其依附司马氏之意,此为矛盾。

其实,《世说》所说的"经以正直不出"之"正直",不作"忠贞"解,而是指官职。程炎震解释说:"此'正直',谓以尚书在直,非忠贞之谓也。因沈、业申意,固是诬善之辞,然孝标误认'正直'二字与干宝同解,肆其弹射,亦为失矣。"程氏解"正直"为尚书在直,非忠贞之谓,这大体正确。但解释"因沈、业申意"一语似未达其意(此见下)。

吴金华《考释》说:"……从当时侍中、尚书的值班制度来看,《世语》和《晋纪》中的'正直',都是跟'次直'相对而言的。""'正直'是值班官员中的头儿。在皇帝起驾时,只有'正直一人'紧贴皇帝左右,并为皇帝背负大印,而'次直'则没有资格跟皇帝同车,只能随从护驾。(下略)《世语》的'经以正直不出',指高贵乡公在宫中决定讨伐司马昭(文王)那天,王经身为'正直',必须陪侍皇帝而不能出宫;《晋纪》的'经正直,不忠于我',指王经身为'正直'最了解高贵乡公的举动,但却没有忠于司马氏而及时报信。刘孝标将'正直'当作形容词,失之太远;程炎震把'正直'解为正在值班,仍有未达。"吴金华言之有据,可以信从。

以下解释刘孝标注引诸书。《世语》所谓"王沈、王业驰告文王",指高贵乡公将自讨司马昭,沈、业急忙将此报告司马昭。"经以正直不出",如吴氏考释,谓王经此日为正直,必须陪侍皇帝而不能出宫。"因沈、业申意",指不从沈、业秉告司马昭,即《晋诸公赞》所记"沈、业将出,呼经,不从,曰:'吾子行矣!'"之情事,非指王经欲托沈、业两人传达依附司马氏之意。这是王经"助魏,不忠于晋"的主要证据。观《汉晋春秋》记王经谏高贵乡公曰"今权在其门久矣，朝廷四方皆为之致死，不顾逆顺之理非一日也"等语，慷慨激昂，立场何其鲜明，岂会对司马氏表忠心乎？故王经不出，亦绝非因"正直"而无暇出，乃是愤恨司马氏篡逆也。干宝《晋纪》说"经正直"之正直，与《世语》之正直同。"不忠于我"一句是晋人语，谓不忠于晋，揭示司马昭杀害王经的主因。《汉晋春秋》叙王经被杀之始末及原因最详明。综观《世语》、《晋诸公赞》及干宝《晋纪》所记，固无矛盾，皆因孝标误解"正直"为忠贞以及"因沈、业申意"一句所指，以致质疑《世语》所记抵牾也。

197. 山公妇夜穿墉以观嵇、阮

山公与嵇、阮一面，契若金兰。山妻韩氏觉公与二人异于常交，问公。公曰："我当年可以为友者，唯此二生耳。"妻曰："负羁之妻亦亲观狐、赵，意欲窥之，可乎？"他日，二人来，妻劝公止之宿，具酒肉。夜穿墉以视之，达旦忘反。公入曰："二人何如？"妻曰："君才致殊不如，正当以识度相友耳。"公曰："伊辈亦常以我度为胜。"《晋阳秋》曰："涛雅素恢达，度量弘远，心存事外，而与时俛仰。尝与阮籍、嵇康诸人著忘言之契。至于群子屯蹇于世，涛独保浩然之度。"王隐《晋书》曰："韩氏有才识，涛未仕时，戏之曰：'忍寒，我当作三公，不知卿堪为夫人否耳？'"(《贤媛》11)

山公妇夜穿墉以观嵇、阮之后，评价二人说："君才致殊不如，正当以识度相友耳。"一是以为山涛才致比嵇康、阮籍差得远，二是说山涛识度较胜，评价可谓精当。

嵇、阮二人之才，确实远胜山涛。《三国志·魏志·王粲传》说："嵇康文辞壮丽，好言《庄》《老》而尚奇。"裴注引嵇喜《嵇康传》说："少有俊才，博洽多闻……善属文，弹琴咏诗，自足于怀抱之中。"《晋书》卷四九《嵇康传》说康"有奇才，旷迈不群……博览无不该通"。论魏晋之际才能杰出之士，无过嵇康。其所著《声无哀乐论》、《养生论》、《管蔡论》等，为魏晋论文的极佳之作。嵇康诗托喻清远，尤其是四言诗，在三百篇外，别具清峻面目。再有琴技高超，所弹《广陵散》独步当时。阮籍则志气宏放，才藻艳逸。《晋书》本传说他博览群籍，尤好《庄》《老》。嗜酒能啸,善弹琴,早有大名。所作《咏怀诗》八十余首,"言在耳目之内,情寄八荒之外",是两汉古诗之后最佳的五言诗。论文《达庄论》《大人先生传》,气势恢宏,自述怀抱。反观山涛,乃以和光同尘、城府深沉著称,不闻有鸿篇巨著留存于世,在文化史上几无影响。山涛才致殊不如嵇阮,完全合乎事实。王隐《晋书》说"韩氏有才识",从其评论嵇阮及山涛之语看,确实不假。

以下说说山涛的所谓识度之胜。

余嘉锡《笺疏》说:"涛一见司马师,便以吕望比之,尤见赏于昭,委以腹心之任,摇尾于奸雄之前,为之狗功。是固能以柔媚处世者,宜其自以为度量胜嵇、阮,必当作三公也。"余氏据山涛一生行事,鄙称"识度"不过是"迎合之术"。此说有可取之处。不过,说山涛一生行事全是迎合之术,恐怕未必如此。山涛对形势的预判,用人的鉴别,都表现出非凡的识度。例如《识鉴》4 说:晋武帝欲偃武修文,悉召群臣议论。山涛以为不宜如此,因与诸尚书言孙、吴用兵本意。举坐无不咨嗟,皆曰山少傅天下名言。后来诸王骄汰构难,盗贼蜂起,郡国多以无备不能制服,皆如山涛预言。因此说山涛识度过人,不能一概看作是"迎合之术"。

山涛作吏部尚书,居选职十余年,所拔人才无数,皆得其宜,亦能证明其识度非凡。《政事》7 说:"山司徒前后选,殆周遍百官,举无失才,凡所题目,皆如其言。唯用陆亮,是诏所用,与公意异,争之不从。亮亦寻为贿败。"所谓"凡所题目",指推荐人才的评语,世称"山公启事"。能做到"殆周遍百官,举无失才,凡所题目,皆如其言",若不有非凡识度,焉能到此境界?诏用陆亮,山涛争之不得,可见涛在选用人才时,不用"迎合之术"。

故山涛妇称涛"正以识度相友",山涛则说:"伊辈亦常以我度为胜。"不是妇谬誉,夫自诩,倒是合乎事实的对话。在魏晋易代之际的险恶政治生态中,山涛见微知著,知司马氏取代曹魏的结局不可避免,不得不和光同尘,这固然有迎合司马氏的一面,说他明哲保身可以,说他骨头软也可以,但若完全否认他的识度,把他的识度一律与迎合之术画等号,这恐怕是低估了山涛的智慧,也不理解大多数知识者在严酷政治的重压下,必然会求生存而与世俯仰的人类历史现象。

198. 贾充前妇刚介有才气

贾充前妇,是李丰女。丰被诛,离婚徙边。《妇人集》曰:"充妻李氏,名婉,字淑文。丰诛,徙乐浪。"后遇赦得还,充先已取郭配女,《贾氏谱》曰:"郭氏名玉璜,即广宣君也。"武帝特听置左右夫人。李氏别住外,不肯还充舍。《晋诸公赞》曰:"世祖践阼,李氏赦还,而齐献王妃欲令充遣郭氏,更纳其母。充不许,为李氏筑宅,而不往来。充母柳氏将亡,充问所欲言者。柳曰:'我教汝迎李新妇尚不肯,安问他事。'"郭氏语充,欲就省李,充曰:"彼刚介有才气,卿往不如不去。"《充别传》曰:"李氏有淑性令才也。"郭氏于是盛威仪,多将侍婢。既至,入户,李氏起迎,郭不觉脚自屈,因跪再拜。既反,语充。充曰:"语卿道何物?"按《晋诸公赞》曰:"世祖以李丰得罪晋室,又郭氏是太子妃母,无离绝之理,乃下诏敕断,不得往还。"而王隐《晋书》亦云:"充既与李绝婚,更取城阳太守郭配女,名槐。李禁锢解,诏充置左右夫人。充母柳亦敕充迎李,槐怒,攘臂责充曰:'刊定律令,为佐命之功,我有其分,李那得与我并!'充乃架屋永年里中以安李,槐晚乃知,充出,辄使人寻充。诏许充置左右夫人。充答诏,以谦让不敢当盛礼。"《晋赞》既云世祖下诏,不遣李还,而王隐《晋书》及《充别传》并言诏听置立左右夫人,充悼郭氏,不敢迎李。三家之说并不同,未详孰是。然李氏不还,别有余故。而《世说》云自不肯还,谬矣。且郭槐强狠,岂能就李而为之拜乎?皆为虚也。(《贤媛》13)

中古时期的婚姻与政治有密切关系。贾充、贾充前妇李氏、贾充后妇郭氏,一夫二妻之间的矛盾曲折,始终为当时政治的变化所左右,由此演绎出一幕幕悲喜剧。

贾充前妇是李丰女。李丰忠于曹魏,为司马氏杀害。贾充与李丰女离婚,李氏发配乐浪。贾充娶郭配女玉璜。晋武帝践阼,李氏得以赦还。武帝下诏贾充置左右夫人。李丰女生二女褒、裕,褒为齐王攸妃,欲令贾充出后妇郭氏而纳前妇李丰女。迎不迎李氏,在当时争论甚烈,几成一重要事件。据《贾充传》说:"(齐王)妃欲令充遣郭而还其母。时沛国刘含母,及帝舅羽林监王虔前妻,皆毌丘俭孙女。此例既多,质之礼官,皆不能决。虽不遣后妻,多异居私通。充自以宰相为海内准则,乃为李筑室于永年里而不往来。荃、浚每号泣请充,充竟不往。会充当镇关右,公卿供帐祖道,荃、浚惧充遂去,乃排幔出于坐中,叩头流血,向充及群僚陈母应还之意。众以荃王妃,皆惊起而散。充甚愧愕,遣黄门将宫人扶去。既而郭槐女为皇太子妃,帝乃下诏断如李比,皆不得还,后荃恚愤而薨。"以上记载,对晋初政治如何影响婚姻有很重要的认知意义。魏晋易代,许多人家破人亡。古代历史如此,现当代史也是如此。晋武帝还算开明,大赦天下,受益者中包括因受父兄株连而发配边疆的妇女,得以返回中原。然怎样对待这些大赦归来的妇女,能否回归原先的家庭,因人数太多,礼官也不能决断。既然不能遣后妇,就让前妇异居别处,私下往来。贾充自以为宰相,要作天下表率,于是筑室永年里,供李丰女居住,两不往来。但李丰女两个女儿不肯,叩头至流血,向贾充及群僚陈述母亲应还的意愿。贾充母柳氏也命贾充迎还李氏。但贾充这位表率天下的"优秀宰相"就是不答应。剥开贾充道貌岸然的外衣,恐怕是害怕后妇的"河东狮吼"。王隐《晋书》及《充别传》说"充惮郭氏,不敢迎李",这才是贾充不与李氏私相往来及不愿迎还李氏的真正原因。李氏几个女儿请求贾充迎还李氏,多年都无结果。后来,郭氏女贾南风立为皇太子妃,武帝乃下诏断如李比,凡大赦归故里者皆不得还夫家,李氏之女荃惠愤而薨。

刘孝标注引王隐《晋书》及《充别传》详细交代李氏不还贾府一事的原始本末,以为"三家之说并不同,未详孰是。然李氏不还,别有余故。而《世说》云自不肯还,谬矣"。并以为郭槐强狠,岂能就李而为之拜?皆为虚也。

按,如前所述,李氏女还不还贾充府,不仅仅是贾充家事,其背后与当时政治紧密相关,原因很复杂。《世说》说:"李氏别住外,不肯还充舍。"好像李氏赦还后,自己不愿还充舍。但孝标以为李氏女不还,别有缘故,《世说》为谬。然则《世说》谬在何处,孝标未尝明言。余嘉锡《笺疏》以为李氏不还,"虽缘郭槐妒嫉,及有赦禁断,然二女同居,其志必不相得"。鄙意以为郭槐妒嫉固为李氏不还之因,而"有赦禁断"乃发生在郭氏为太子妃母之后,李氏不还乃在其前。李氏不还,原因当有多种:一是李氏身世之故。李丰为魏之忠臣,丰诛,李氏与司马氏有杀父之仇。而贾充为晋之大忠臣,可谓李氏之间接仇人。李氏重节义,岂肯还其舍?二是贾充不许还之故。李氏所生二女及充母皆督促充迎李氏,充却畏郭槐妒嫉,又欲作"海内准则",执意不肯迎李氏。李氏审时度势,自然不肯还。三是李氏个性之故。李氏乃大名士之后,"刚介有才气",既不肯屈节新朝,亦不屑见妒嫉、强狠之郭氏。

再者,孝标以为郭氏强狠,《世说》说她拜李氏乃是虚妄。鄙意以为虚妄恐未必。晋武帝大赦,李氏得还,郭氏对李氏的"淑性令才"不会一无所知。故当李氏遇赦始回之初,郭氏在好奇心驱使下,想看看李氏是否有才德,这并非不合情理。贾充深知李氏"刚介有才气",劝郭氏不如不去。郭氏既好奇,又好胜,"盛威仪,多将侍婢",企图以势压倒李氏。这是郭氏"强狠"个性的表现。换句话说,正因为郭氏"强狠",所以非要去看"刚介有才气"的李氏。殊不知李氏的刚介气度和才气自能压倒"强狠",郭氏不觉脚自屈,因跪再拜。笔者以为《世说》之描述,并不虚假,反倒十分符合郭氏的个性。

李氏事迹又见《贤媛》14。此条内容一是介绍李氏作《女训》。刘孝标注引《晋诸公赞》及《妇人集》,说李氏有才德,作《典式》八篇。按,《典式》当作《典戒》。二是叙贾充死后,李、郭女各欲令其母合葬,经年不决。贾充生前身后,李、郭二家女各为其母争名分,争斗不息。今人读此可理解古人婚姻与政治的关系,以及对于丧葬礼仪的重视。

199. 湛氏截发待客

陶公少有大志,家酷贫,与母湛氏同居。同郡范逵素知名,举孝廉,逵,未详。投侃宿。于时冰雪积日,侃室如悬磬,而逵马仆甚多。侃母湛氏语侃曰:"汝但出外留客,吾自为计。"湛头发委地,下为二髲,一作髢。卖得数斛米,斫诸屋柱,悉割半为薪,剉诸荐以为马草。日夕,遂设精食,从者皆无所乏。逵既叹其才辩,又深愧其厚意。明旦去,侃追送不已,且百里许。逵曰:"路已远,君宜还。"侃犹不返。逵曰:"卿可去矣,至洛阳,当相为美谈。"侃乃返。逵及洛,遂称之于羊晫、顾荣诸人,大获美誉。《晋阳秋》曰:"侃父丹,娶新淦湛氏女,生侃。湛虔恭有智算,以陶氏贫贱,纺绩以资给侃,使交结胜己。侃少为寻阳吏,鄱阳孝廉范逵尝过侃宿,时大雪,侃家无草,湛彻所卧荐剉给,阴截发,卖以供调。逵闻之叹息。逵去,侃追送之。逵曰:'岂欲仕乎?'侃曰:'有仕郡意。'逵曰:'当相谈致。'过庐江,向太守张夔称之。召补吏,举孝廉,除郎中。时豫章顾荣或责羊晫曰:'君奈何与小人同舆?'晫曰:'此寒俊也。'"王隐《晋书》曰:"侃母既截发供客,闻者叹曰:'非此母不生此子。'乃进之于张夔,羊晫亦简之。后晫为十郡中正,举侃为鄱阳小中正,始得上品也。"(《贤媛》19)

读陶侃母截发待客的故事,有两个问题最值得注意:一是交游的重要,二是寒门仕进的艰难。

交游之风早在东汉就已盛行,送往迎来,日夜不绝于途。交游之所以盛行,主要是官场请托所致。在迈进仕途的过程中，得到有力者的推荐和提携非常关键。刘孝标注引《晋阳秋》说："湛虔恭有智算，以陶氏贫贱，纺绩以资给侃，使交结胜己。"侃母有智略远谋，以微薄的纺绩所得，供给陶侃交接胜流所用。湛氏明白，寒士没有胜流的提携，无法进入仕途。范逵来投宿，她在冰雪积日，又室如悬磬的极度贫寒时刻，截发、斫柱、剉荐，款待范逵和从者多人。"逵既叹其才辩，又深愧其厚意"。范逵怀着感动，至洛阳后，在羊（一作杨）晫、顾荣等人面前美言陶侃。陶侃日后大富贵，建立不世功勋，成为东晋的大功臣，全靠陶母的聪明才智。没有湛氏就没有陶侃。范逵得到湛氏厚待后，"过庐江，向太守张夔称之。召补吏，举孝廉，除郎中。"没有范逵的提携，当然也就没有陶侃始入仕途。侃母截发待客的故事，证明交游胜流，实在太重要了。

寒士又是亡国之余，陶侃的仕进之路注定艰难坎坷。《晋书》卷六六《陶侃传》说："（范）夔察侃为孝廉，至洛阳，数诣张华。华初以远人，不甚接遇。侃每往，神无忤色。华后与语，异之，除郎中。伏波将军孙秀，以亡国支庶，府望不显，中华人士耻为掾属。以侃寒宦，召为舍人。时豫章国郎中令杨晫，侃州里也，为乡论所归。侃诣之，晫曰：'易称贞固足以干事，陶士行是也。'与同乘，见中书郎顾荣，荣甚奇之。吏部郎温雅谓晫曰：'奈何与小人共载？'晫曰：'此人非凡器也。'尚书乐广欲会荆阳士人，武库令黄庆进侃于广，人或非之。庆曰：'此子终当远到，复何疑也。'"以上一段，详叙陶侃在洛阳被人轻视，种种尴尬与难堪。张华为洛阳大名士，地位崇高，然不甚接远人。"远人"者，多半指南人。由此可见，"远人"若想进入上流社会，没人引荐就意味无门可入。但陶侃不怕挫折，几次谒见张华，"神无忤色"。张华终究有识力，与陶侃言谈之后，"异之"。至于孙秀，视陶侃为亡国奴。"府望不显，中华人士耻为掾属"，这二句最能说明江南寒士在洛阳卑贱穷困的境遇。吏部郎温雅不解羊晫与陶侃同乘，说："奈何与小人共载。"凡此，皆可见北方上层人物对江南贫寒者的轻蔑。给予陶侃帮助的多是南人。庐江太守张夔与陶侃同郡，豫章国郎中令羊晫，是侃州里。中书郎顾荣虽为江南吴郡望族，不过在洛阳人看来，也是亡国之余，境遇不会好。正是这些人向陶侃伸出援手。羊晫与侃同乘，见中书郎顾荣，目的是请顾为侃延誉。而顾荣甚奇陶侃，不负侃所望。面对温雅的不逊，羊晫回答说："卿已不能养进寒俊，且不可毁之。"后羊晫举陶侃为鄱阳小中正，才使侃在仕途站稳脚跟。

湛氏不愧是贤母，教育侃分清公私，饮酒有限。《贤媛》20 载：陶公少时作鱼梁吏，尝以坩鲊饷母。母封鲊付使，反书责备侃说："汝为吏，以官物见饷，非唯不益,乃增吾忧也。"孝标以为吴司徒孟宗为雷池监,以鲊饷母,母不受,非陶侃,怀疑后人因孟宗事假托为陶侃。然笔者却以为陶侃既曾作鱼梁吏,则偶尔送鲊饷母为人之常情,不能因孟宗、陶侃二人行事相类,便疑心陶侃作鲊饷母一事为张冠李戴。

200."我见汝亦怜,何况老奴"

桓宣武平蜀,以李势妹为妾,甚有宠,常著斋后。主始不知,既闻,与数十婢拔白刃袭之。《续晋阳秋》曰:"温尚明帝女南康长公主。"正值李梳头,发委藉地,肤色玉曜,不为动容,徐曰:"国破家亡,无心至此,今日若能见杀,乃是本怀。"主惭而退。《妒记》曰:"温平蜀,以李势女为妾。郡主凶妒,不即知之。后知,乃拔刃往李所,因欲斫之。见李在窗梳头,姿貌端丽,徐徐结发,敛手向主,神色闲正,辞甚凄惋。主于是掷刀前抱之,曰:'阿子!我见汝亦怜,何况老奴。'遂善之。"(《贤媛》21)

如果问世间有一种陋习,不可解也不可思议,千万年都无法消除,此陋习是什么? 答曰:女人之妒。它根源于人的深刻本性,在同类之间肆虐和互害。引起女人之妒的具体原因林林总总,而最常见的原因,是同类的美貌。女人的美貌,最能引起女人之妒,亘古不变。尤其是共处一时无法分离的女人,美女的存在犹如仇敌当前,由此演绎出无数悲剧和闹剧。

这次,李势妹成了桓温妻南康长公主的仇恨目标。公主的妒火烧不了桓温,雄豪的丈夫不吃她这一套。她只能烧新来的美妾,竟然带了数十婢女,拿了刀子,去袭杀一个弱女子。然而,出现在她面前的是一幅绝美的画面:李势妹正在梳头,"发委藉地,肤色玉曜,不为动容"。那美人既美在长发,又美在肤色。这二美正是古代女性美的主要内涵。古时以发长为美。《后汉书》卷一〇《皇后纪·明德马皇后传》李贤注引《东观记》说:"明德马皇后美发,为四起大髻,但以发成,尚有余,绕髻三匝。"《邺中记》说:"陆逮妹,才色甚美,发长七尺。"女性肤色历来以白为美。《晋书》卷三一《惠贾皇后传》载晋武帝欲为太子娶卫瓘女,元后则欲婚贾氏,武帝说卫公女有五可,贾女有五不可,其中一可说卫公女美而长白,贾公女丑而短黑。说明晋时女子以白为美。《容止》2说,何平叔美姿仪,面至白。同篇12说,裴令公有俊容仪,时人以为"玉人"。连男子都以白为美,何况女子?"不为动容"一句写李势美面对杀气汹汹的长公主,神色闲正,视若无睹。"国破家亡"数句,道出"无心至此"的本怀。

在一夫多妻的古代社会,妻妾之间必会争宠,争宠必会冲突。李势妹不屑于长公主之妒;本心居然是"若能见杀"。于是,眼看不可收拾的冲突顷刻消解,公主妒意全消,惭愧而退。刘孝标注引《妒记》,描写细致生动:"主于是掷刀前抱之,曰:'阿子!我见汝亦怜,何况老奴。'遂善之。"悲剧转瞬间变成喜剧。

李势妹的故事很有趣,且令人回味和思索:何以公主的凶妒会消解。原因主要有二:一是李势妹容色美的魅力,二是公主的怜悯之心。公主说:"我见汝亦怜,何况老奴。"怜者,爱也。李势妹"发委藉地,肤色玉曜",是少见的美妇人,楚楚可怜。凶妒的公主一见李势妹,油然而生爱怜,以至放下屠刀,怜而善之。魏晋是注重人格美的时代,晋人懂得品鉴美、欣赏美。而女性的审美是审美的最高形式,魅力无限。凶妒异常的公主为女性美的魅力击倒,如果不是唯美主义深入人心,那是不可想象的。"我见汝亦怜,何况老奴。"证明女性美不仅能征服男子,也能征服妒妇。所以说,李势妹容色之美的魅力,是消解这场冲突的最重要原因。

再者,公主的怜悯心起了重要作用。善与美不可分离,善是发现美、欣赏美的心理基础。绝对凶邪之徒,不会有美感。很难想象杀人不眨眼的屠夫能感受美、欣赏美、呵护美。女性美的魅力不可抗拒,但非得有爱美之人才能感受并懂得欣赏之。公主虽妒火中烧,但尚未丧失善心,因此还能感受李势妹的容色美。若公主凶妒到底,李势妹再楚楚可怜也无魅力,公主也绝不会放下屠刀,怜悯对方的亡国奴处境。所以,故事中的公主是值得称赞的人物。李贽赞美道:"贤主哉!虽妒色而能好德,过男子远矣。"(《初潭集·夫妇·妒妇》)钟惺说:"'我见亦怜'四字慧甚。因思世上妇人见妒者,正愚丑耳。"称赞公主好德和智慧,也就是称赞她的善心。世人若有怜悯之善心,悲剧就有可能变成喜剧。

201. "不意天壤之中,乃有王郎"

王凝之谢夫人既往王氏,太薄凝之。既还谢家,意大不说。太傅慰释之曰:"王郎,逸少之子,人身亦不恶,汝何以恨乃尔?"答曰:"一门叔父,则有阿大、中郎;群从兄弟,则有封、胡、遏、末。封胡,谢韶小字。遏末,谢渊小字。韶字穆度,万子,车骑司马。渊字叔度,奕第二子,义兴太守,时人称其尤彦秀者。或曰封、胡、遏、末,封谓朗,遏谓玄,末谓韶。朗玄渊。一作胡谓渊,遏谓玄,末谓韶也。不意天壤之中,乃有王郎!"(《贤媛》26)

痴人痴语,妙人妙语,才人才语。"不意天壤之中,乃有王郎",是历史上有名的才女之语。也只有谢道韫这样的风流才女,才说得出这两句极有个性和时代特征的妙语。

才华卓绝的谢道韫嫁给平庸的王凝之,"意大不说"是很自然的。世上有许多遗憾事,才女嫁给庸夫愚夫便是世间的大憾事。一朵鲜花插在牛粪上当然大不堪,插在粗劣的花瓶里,也是大委屈。但即使不堪与委屈,许多才女还是忍受了,郁闷之余自认薄命。嫁鸡随鸡,嫁狗随狗,总是大多数。谢道韫却发泄不堪和委屈,"大薄凝之",回到娘家老大不高兴。尽管叔父谢安劝慰开导,说凝之"人身亦不恶",道韫她还是公然表达对丈夫的轻蔑和不满。"不意天壤之中,乃有王郎"这两句,把极度的轻蔑和失望表达得淋漓尽致,无以复加。

如何评价谢道韫这两句话,须站在才女的角度,了解她们的心理,能欣赏她们对精神自由的追求,才能作出中肯的评价。譬如刘应登说:"此二则皆妇人薄忿夫家之事,不当并列《贤媛》中。"以为王右军郗夫人和王凝之妻谢道韫,都是薄忿夫家,不当列入"贤媛"。凌濛初则说:"'忿狷'为是。"以为谢道韫属于忿狷,不承认她是"贤媛"。似乎薄忿夫家便是有违妇道,是忿狷,不合贤媛标准。刘、凌二人评谢道韫,显然是陈腐之见。他们不理解魏晋时期的思想解放以及精神自由的思潮,势必会造成女性情感的觉醒和开放。鄙薄平庸的丈夫,表达失望、怨愤的情绪,有何不可?况且,一个杰出的才智之女,对配偶有更高的要求与期待,难道不是天经地义?

谢道韫有诗才,咏雪说"未若柳絮因风起",后人称美为"咏絮才"。所作《登山》诗说:"峨峨东岳高,秀极冲青天。岩中间虚宇,寂寞幽以玄。非工复非匠,云构发自然。气象尔何物,遂令我屡迁。逝将宅斯宇,可以尽天年。"描写泰山的峻极于天,寂寞幽玄,表达终老于山中的意愿。写景咏怀,有后来谢灵运诗的味道。反观王凝之除草隶外,实在乏善可陈。《晋书》卷八〇《王羲之传》仅载凝之笃信五斗米道,孙恩攻会稽,僚佐请为军备御之,凝之竟不从,入室祈祷,对诸将佐说:

"吾已请大道,许鬼神相助,贼自破矣。"不设武备,贼没有自破,凝之反而被贼害了。如此平庸的凝之,真所谓"不意天壤之中,乃有王郎"。

后人读《世说》,或许都会感慨王谢二家联姻,结局却很不妙。先是王珣娶谢万女,珣弟珉娶谢安女,终以猜嫌离婚,以至谢安与王珣不相往来。谢道韫嫁与王凝之,虽未至离婚结局,情况也并不佳。早知如此,何必当初王谢联姻?世事常有出人意料者。而王谢联姻以及后来因何事猜疑,必有未发之覆。

刘义庆把谢道韫归之为"贤媛",乃是欣赏道韫的文才与奇情。"不意天壤之中,乃有王郎"二语,不仅表现了深受魏晋风度影响的著名才女的奇情异彩,而且有着历久弥新的典型意义。世间凡才女嫁与愚夫,难免有内心的不满和怨恨。谢道韫二语,道出了家有愚夫的才女的普遍情绪,能引发她们的强烈共鸣。

202. 王夫人有"林下风气"

谢遏绝重其姊,张玄常称其妹,欲以敌之。有济尼者,并游张、谢二家,人问其优劣。答曰:"王夫人神情散朗,故有林下风气;顾家妇清心玉映,自是闺房之秀。"(《贤媛》30)

谢氏家族多风流名士。受门风的直接影响以及前代名士的流风遗韵的熏陶,谢道韫成为东晋最有才华的女性。谢遏(玄)绝重其姊,当是敬重她的才华与风度。《贤媛》28载:谢道韫问谢遏:"汝何以都不复进?为是尘务经心,天分有限?"谢玄在谢家子弟中算是佼佼者,可道韫仍不满他的不进步,指出其原因或许是尘务经心,或许是天分有限。于此可见道韫怀抱非比寻常,趣味超俗,并崇尚天分。言为心声,不以尘务经心,天分又高,正是道韫自身的写照。

张玄之妹不详。《晋书》卷九七《谢道韫传》言及张玄妹的经历,仅"亦有才质,适于顾氏"二句。东晋时僧尼出入上层社会,是佛教大发展的一大表征。《言语》51注引《续晋阳秋》说:"(张玄)出为冠军将军、吴兴太守。会稽内史谢玄同时之郡,论者以为'南北之望'。"此条说济尼并游张、谢二家,则此时谢玄当为会稽内史,张玄为吴兴太守,二郡毗邻,故济尼得并游之。

人问王夫人、顾家妇优劣,济尼回答道:"王夫人神情散朗,故有林下风气;顾家妇清心玉映,自是闺房之秀。""神情散朗"与"林下风气",确切地道出了谢道韫的神情风度。散朗,也是魏晋人物审美范畴之一。散,萧散,洒脱。朗,爽朗,高朗。例如《谗险》说:"王平子形甚散朗,内实劲侠。"《晋书》卷九二《袁宏传》说:"风鉴散朗。"道韫以为其弟谢玄不上进是"尘务经心",则不以尘务挂怀便是神情散朗之表现。济尼品藻谢道韫"神情散朗"一语,后来用以评论诗文、书画,成为艺术风格之一种。林下,谓以嵇康、阮籍为代表的竹林名士。《赏誉》29说:"林下诸贤,各有俊才子。"道韫有林下之风,是说她有竹林名士的流风遗韵。余嘉锡《笺疏》释"林下风气"说:"此言王夫人虽巾帼,而有名士之风,言顾不如王。《晋书·列女传》所载道韫事迹,如施青绫步障为小郎解围,嫠居后见刘柳与之谈议,皆足见其神情之散朗,非复寻常闺房中人举动。《艺文类聚》卷八八引其《拟嵇中散诗》曰:'遥望山上松,隆冬不能凋。顾想游下憩,瞻彼万仞条。腾跃不能升,顿足俟王乔。时哉不我与,大运所飘飖。'居然有论养生服石髓之意,此亦林下风气之一端也。道韫以一女子而有林下风气,足见其为女中名士。至称顾家妇为闺房之秀,不过妇人中之秀出者而已。不言其优劣,而高下自见,此晋人措词妙处。"

  按,余氏所释是也。今再补充几例,以证道韫的林下之风:《艺文类聚》卷五五录谢道韫《论语赞》佚文,评卫灵公问陈于孔子事。《晋书》卷九六《道韫传》:"叔父安尝问《毛诗》何句最佳,道韫称,吉甫作颂,穆如清风,仲山甫永怀,以慰其心。安谓有雅人深致。"唐张怀瓘《书断》卷中说:"谢道韫有才华,善书,其为舅所重。"《隋书·经籍志》著录《谢道韫集》二卷,魏晋女作家寥寥,道韫可居其首。又《晋书》本传载:"及遭孙恩之难,举厝自若。既闻夫及诸子已为贼所害,方命婢肩舆抽刃出门,乱兵稍至,手杀数人,乃被虏。"临危不惧,胆略非凡。道韫读《论语》《诗经》皆有见识,显然对经学有研究。清谈则"为小郎解围",足见其玄思入微;咏雪曰"未若柳絮因风起",诗思曼妙。《拟嵇中散诗》有"论养生服石髓之意",《登山诗》写泰山景致,兼述怀抱。道韫之天分、个性、怀抱、玄思、风度、胆略、文才、书艺,绝不逊于魏晋名士,即使在历代巾帼中,亦足称一流人物。

术解第二十

203. 郭璞术数之精

晋明帝解占冢宅,闻郭璞为人葬,帝微服往看,因问主人:"何以葬龙角?此法当灭族。"主人曰:"郭云此葬龙耳,不出三年,当致天子。"帝问:"为是出天子邪?"答曰:"非出天子,能致天子问耳。"青乌子《相冢书》曰:"葬龙之角,暴富贵,后当天门。"(《术解》6)

东西晋之交的郭璞是个博学多能的奇才。《晋书·郭璞传》说璞好经术,博学有高才,言论辞赋为中兴之冠。好古文奇字,妙于阴阳历算。但篇幅最多的是郭璞精于术数的故事,诸如占卜、相墓、形法之精妙,神乎其神。

术数是中国古代文化的重要部分,属于神秘文化,始于秦汉之后,盛行千年。《术数》此条及后面二条记郭璞相墓、卜筮等,皆反映当时术数的流行。关于术数的源流及内容,《四库全书总目》卷一〇八言之甚简明,说:"术数之兴,多在秦汉以后,要其旨不出乎阴阳五行、生克制化,实皆《易》之支流,傅以杂说耳。物生有象,象生有数,乘除推阐,务究造化之源者,是为数学。星土云物,见于经典,流传妖妄,寖失其真,然不可谓古无其说,是为占候。自是以外,末流猥杂,不可殚名,史志总概以五行。今参验古书,旁稽近法,析而别之者三,曰相宅相墓,曰占卜,曰命书相书。并而合之者一,曰阴阳五行。"(见子部术数类一)四库馆臣指出术数"其要旨不出乎阴阳五行,生克制化,实皆《易》之支流,傅以杂说耳",这是正确的。读《汉书》卷三〇《艺文志》,能大致了解班固之前有关术数的著作。西汉哀帝时,刘歆总群籍,奏其七略,其一为术数略,凡百九十家二千五百二十八卷,真是洋洋大观。且术数并不仅仅存在于术数略中,在《易》、阴阳家、五行、蓍龟、形法等家中都有。例如班固说《易》"秦燔书而易为筮卜之事,传者不绝",《古杂》八十篇、《杂灾异》三十五篇、《孟氏京房》十一篇、《灾异孟氏京房》六十六篇等,都与术数有关。班固又说阴阳家,"及拘者为之,则牵于禁忌,泥于小数,舍人事而任鬼神"。可见阴阳家的末流,变成术数家。班固又讲五行的流变,说:"其法亦起五德终始,推其极则无不至。而小数家因此以为吉凶而行于世,寖以相乱。"五行家也变为专讲吉凶,与术数合流。又说杂占"然惑者不稽诸躬而忌訞之见,是以《诗》刺'召彼故老,讯之占梦',伤其舍本而忧末,不能胜凶咎也"……至三国两晋间,术数家辈出。据管辂之弟管辰说,"术数有百数十家,其书有数千卷"(见《魏志·管辂传》注引《辂别传》)。仅以吴地而言,如吴范委身服事孙权,"每有灾祥,辄推数言状,其术多效,遂以名显"(《吴书·吴范传》)。赵达"治九宫一算之术,究其微旨"(同上《赵达传》)。两人极为吴主重视,故陆机《辨亡论》曰:"术数则吴范、赵达,以机祥协德。"又《吴书·赵达传》注引《吴录》曰:"孤城郑妪能相人,及范、(刘)惇、达八人,世皆称妙,谓之八绝云。"

本篇开头说晋明帝善占卜及相墓相宅,听说郭璞为人择地而葬,就微服跑去看。晋明帝与葬家主人的对话,讲到"龙角"、"龙耳"之类,当是郭璞《葬书》中的内容。《世说音释》引《事玄要玄》说:"晋郭璞《葬书》曰:势止形昂,前涧后冈,龙首之藏,鼻颡吉昌,角目灭亡。"关于郭璞著《葬书》,可参考《四库全书总目》卷一〇九郭璞《葬书》一卷的提要:"葬地之说莫知其所自来。《周官·冢人》墓大夫之职,称皆以族葬。是三代以上,葬不择地之明证。《汉书·艺文志》形法家始以宫宅地形,与相人相物之书并列,则其术自汉始萌,然尚未专言葬法也。《后汉书·袁安传》载安父没,访求葬地,道逢三书生指一处,当世为上公。安从之,故累世贵盛。是其术盛传于东汉。以后其特以是擅名者,则璞为最著。考璞本传载璞从河东郭公受《青囊中书》九卷,遂洞天文、五行、卜筮之术。璞门人赵载尝窃《青囊书》,为火所焚,不言其尝著《葬书》。《唐志》有《葬书地脉经》一卷,《葬书五阴》一卷,又不言为璞所作。"云云。《葬书》一卷是否为郭璞所作,虽无可考,但历来认为郭璞最精于相墓,当无疑问。

此条记晋明帝问主人何以葬龙角,刘孝标注引青乌子《相冢书》。《旧唐书》卷四七《经籍志》、《新唐书》卷五九《艺文志》皆有《青乌子》三卷。《艺文类聚》与《太平御览》等类书中存有青乌子《相冢书》的少许佚文。

《术解》7记郭璞过江后居于暨阳(今江苏江阴),母亡卜葬,去江水不足百步,人以近水为言。郭璞说:"将当为陆。"以后沙涨,去墓数十里皆为桑田。郭璞葬母择地离江边不盈百步,后沧海桑田,诚为精妙。于此看来,相墓之术不可全斥之为荒谬。盖相墓相宅属于形法,班固说:"形法者,大举九州之势以立城郭室舍形。"观察地势的变化趋利避害,或预判未来,不无科学道理。术数固然多猥杂难以征信,不过其中与地理、天象、气候相关者,也有符合自然科学的部分,对此就不可统统抹杀。

204. 郗愔信道甚精勤

郗愔信道甚精勤,常患腹内恶,诸医不可疗。闻于法开有名,往迎之。既来便脉,云:"君侯所患,正是精进太过所致耳。"合一剂汤与之,一服即大下,去数段许纸,如拳大,剖看,乃先所服符也。《晋书》曰:"法开善医术,尝行,莫投主人,妻产而儿积日不堕。法开曰:'此易治耳。'杀一肥羊,食十余脔而针之。须臾儿下,羊脊裹儿出。其精妙如此。"(《术解》10)

郗愔信道精勤,于法开医术高明,是这个故事的两大看点。

《排调》51 记谢中郎说:"二郗谄于道,二何佞于佛。"刘孝标注引《中兴书》说:"郗愔及弟昙奉天师道。"余嘉锡《笺疏》说:《御览》六六六引《太平经》说郗愔"心尚道法,密自遵行。善隶书,与右军相垺。手自起写道经,将盈百卷。于今多有在者"。陈寅恪以为郗氏先代在西晋时就已崇奉天师道,郗氏为东晋天师道世家,二郗之父郗鉴,鉴之叔父郗隆,于西晋时即与赵王伦关系密切,而伦为天师道信徒。"故以东晋时愔、昙之笃信天师道,及愔字道徽、恢字道胤而推论之,疑其先代在西晋时即已崇奉此教。"(详见陈寅恪《天师道与滨海地域之关系》)

道教符书为神仙方术之一种,起源甚早。汉末五斗米道首领张角造作符书,诳言"符水咒说以疗病"(《后汉书》卷七一《皇甫嵩传》)。余嘉锡《笺疏》说:"《魏志·张鲁传》注引《典略》,谓太平道及五斗米道皆教病人叩头思过,因以符水饮之……是奉天师道者,皆以符水治病。然亦有无病服符者。《真诰·协昌期篇》有'明堂内经开心辟妄符':用开日旦朱书,再拜服之,一月三服。郗愔所服,盖此类也。"又葛洪《抱朴子·内篇·遐览》、《登涉》录符书达数百卷之多,称"符出于老君,皆天文也。老君能通于神明,符皆神明所授……"《宋书》卷六二《羊欣传》

说:"(欣)有病不服药,饮符水而已。"可见道教徒颇惑于符水治病。郗愔就是受天师道符水治病的诳言蛊惑,热衷服符,落得"常患腹内恶,诸医不可疗"的不明之疾,有生命之虞。

幸亏请来于法开。法开生平见于《高僧传》卷四。佛教在中土弘法之初,高僧精通医术并非鲜见。盖印度原始佛教有"五明"之学,其二为"医方明"。医术,是早期佛教徒必修的一门学问。在世界宗教史上,利用异术传教向来是重要的手段,而医术亦为异术之一种。康僧会译《六度集经》卷四说:"昔者菩萨,时为凡夫,博学佛经,深解罪福,众道医术,禽兽鸣啼,靡不具照。"《缁门警训》卷四说:"然往古高僧亦多异学,或精草隶,或善篇章,或医术驰名,或阴阳显誉。皆谓精穷,傍涉余宗。无非志在护持,助通佛化。"可知僧人学医术,是西域佛教以术数弘教的遗风。

汉晋间不少高僧都精医术。例如《高僧传》卷一《竺法兰传》:"克意好学,外国典籍,及七曜五行,医方异术,乃至鸟兽之声,无不综达。"同上卷三《求那跋摩传》:"躬自引材伤王脚指,跋摩又为呪治,有顷平复。"康僧会《安般守意经序》称安清"针脉诸术,觇色知病"(僧佑《出三藏记集》卷六)。刘敬叔《异苑》卷六:"沙门有支法存者,本自胡人,生长广州,妙善医术,遂成巨富。"《高僧传》卷四《于法开传》:"或问法师高明刚简,何以医术经怀?答曰:'明六度以除四魔之病,调九候以疗风寒之疾,自利利人,不亦可乎?'孙绰为之目曰:'才辩纵横,以术数弘教,其中开公乎!'"于法开与人的这段对话,最能说明高僧"以医术经怀"的目的。于法开还撰有《议论备豫方》一卷(见《隋志·医方类》)。其医术的精妙给时人留下深刻印象。

巧艺第二十一

205. 韦仲将能书

韦仲将能书。魏明帝起殿,欲安榜,使仲将登梯题之。既下,头鬓皓然。因敕儿孙勿复学书。《文章叙录》曰:"韦诞字仲将,京兆杜陵人,太仆端子。有文学,善属辞,以光禄大夫卒。"卫恒《四体书势》曰:"诞善楷书,魏宫观多诞所题。明帝立陵霄观,误先钉榜,乃笼盛诞,辘轳长絙引上,使就题之。去地二十五丈,诞甚危惧,乃戒子孙绝此楷法,著之家令。"(《巧艺》3)

魏青龙三年(235),魏明帝大造洛阳宫室,起昭阳、太极殿,筑总章观,命韦仲将(诞)题榜。如何题榜?多种文献的说法并不一致。《世说》谓"欲安榜,使仲将登梯题之"。依《世说》所记,榜已悬于高台,仲将登长梯就榜题之。刘孝标注引卫恒《四体书势》则说:"诞善楷书,魏宫观多诞所题。明帝立陵霄观,误先钉榜,乃笼盛诞,辘轳长絙引上,使就题之。"是误先钉榜,以笼悬韦诞上,使就题榜。《法书要录》卷一说:"魏明帝起凌云台,误先钉榜而未题,以笼盛诞,辘轳长絙引之,使就榜书之。"此说同卫恒《四体书势》,是误先钉榜而未题,笼韦诞上使就榜题之。以上三说都以为误先钉榜,乃使韦诞至高处题榜。不同者是《世说》使韦诞登梯,而《四体书势》《法书要录》以笼盛诞。二相比较,后者较可信。试想,凌云台去地二十余丈,何来此长梯?即使有长梯,韦诞独自如何上去?而以笼盛诞使上就合理多了。高空作业用此法,至今仍不废。

再有一个疑问:榜是平地题就,悬之高台后,或有人觉得有瑕疵,使韦诞描润,还是榜本来就未题,误钉其上,悬韦诞题榜?卫恒《四体书势》《世说》《法书要录》持后说,《书断》卷中持前说,说是"凌云台初成,令诞题榜。高下异好,宜就加点正"。意思说，韦诞题榜后，或说佳，或说不佳，看法不一，于是使诞上，再加描润。余嘉锡《笺疏》即据《书断》所言，称"此榜仍是在平地书就，及悬之台上，方觉其不佳。榜既高大，又已订牢，取之甚难，故悬诞使上，令就加描润耳。高下异好，书画之常。怀瓘此说，必别有所据，足以正从来相传之失矣"。然余氏所谓"怀瓘此说，必别有所据"，其实找不到任何依据。早于《书断》的卫恒《四体书势》和《世说》皆以为榜先误钉，乃悬韦诞使就题之。

又有李治《敬斋古今黈》卷六引《晋书·王献之传》、《书法录》、王僧虔《名书录》所载，以为"凌云殿非小小营构，其为匠氏者必极天下之工，其为将作者亦必极当时之选。楼观题榜，以人情度之，宜必先定，岂有大殿已成而使匠石辈遽挂白榜哉！误钉后书之说，万无此理。"李氏不信有误钉后书之说，主要依据是《晋书·王献之传》所载谢安要献之题榜事：太极殿新修成，谢安欲使献之题其榜，难言之，以魏时凌云殿榜未题而匠者误钉之，乃使韦仲将悬之就题之故事试探之。献之揣知其旨，正色曰："仲将魏之大臣，宁有此事？使其若此，有以知魏德之不长也。"李治说，"献之语谓宁有此事，则亦自不信也。"又说，"晋书又称诞书比讫，须发尽白，此更不可信者"。按，谢安说韦诞题榜的情节，与卫恒《四体书势》全同，可知误钉后书之说非凭空臆造。若此事子虚乌有，谢安何必虚构？实际上也难以虚构。子敬不愿书而推诿之，故称"宁有此事"。卫恒距韦诞近仅数十年，谢安距魏明帝也不过一百余年，二人说韦诞题榜事全同，应该最接近真实。为何不信卫恒、谢安，宁信数百年之后的张怀瓘和《晋书》中的王献之推诿之语？

李治不信误钉后书的另一理由是造凌云台这样的大工程，作者与工匠皆极天下之选，不可能发生误钉榜后书的大纰漏。此理由确有道理，但世上任何事都会发生。凌云台之作者，固然尽一时之选，然钉榜之匠人，非皆是鲁班，一时疏忽，不无可能。重大工程发生低级错误，在所难免。以今视昔，并非不可理喻。

至于余氏信《书断》所谓"高下异好，宜就加点正"之说，谓榜乃平地上书就，及悬之台上，方觉不佳，遂使诞上，令就加描润。这样解释看似圆通，细审之，恐怕也难取信。试想，韦诞是当时著名书法家，魏宫观及宝器皆其所题。若在平地题榜，必先心摹久之，然后手拟，觉榜佳好，方悬之台上。榜一经题写，钉之高处，不可更改。岂会榜已钉毕，观者"高下异好"，此说佳，彼曰不佳，再悬诞使上，就榜描润。若如此，韦诞还是个独步当世的书法家吗？故笔者仍信奉卫恒和谢安的误钉后书之说。

《世说》称"韦仲将能书"。兹对韦诞的书艺略作介绍。韦诞是汉魏之际著名书家,张芝弟子,也曾师邯郸淳。唐张怀瓘《书断》卷中说:"服膺于张芝,兼邯郸淳之法,诸书并善,尤精题署。"唐张彦远《法书要录》卷一说,韦诞为张芝弟子,善草,"诞书最优"。晋卫恒《四体书势》说:"汉建初中,扶风曹喜少异于(李)斯,而亦称善。邯郸淳师焉,略究其妙,韦诞师淳而不及也。"(见《晋书》卷三六《卫恒传》)又唐韦续《墨薮》卷一说:"繇见蔡伯喈笔法于韦诞坐上,自搥胸三日,其胸尽青,因呕血,大祖以五灵丹救之得活。繇苦求之不得。及诞死,繇令人盗掘其墓,遂得之。"若此传说可信,则韦诞亦曾师蔡邕笔法。据上可知韦诞师承渊源,远源李斯、曹喜,近师张芝、邯郸淳、蔡邕。

关于韦诞书艺,《书断》引袁昂说:"仲将书如龙拏虎踞,剑拔弩张。"引张华说:"京兆韦诞子熊,颍川钟繇子会,并善隶书。"又说韦诞善八分书、隶书、章草、飞白、小篆。八分隶、章草、飞白入妙,小篆入能。其风格如袁昂说,骨力非凡。

206. 钟会善书,荀勖善画

钟会是荀济北从舅,二人情好不协。荀有宝剑,可直百万,常在母钟夫人许。《孔氏志怪》曰:"勖以宝剑付妻。"会善书,学荀手迹,作书与母取剑,仍窃去不还。《世语》曰:"会善学人书。伐蜀之役,于剑阁要邓艾章表,皆约其言,令词旨倨傲,多自矜伐,艾由此被收也。"荀勖知是钟而无由得也,思所以报之。后钟兄弟以千万起一宅,始成,甚精丽,未得移住。荀极善画,乃潜往画钟门堂作太傅形象,衣冠状貌如平生。二钟入门,便大感恸,宅遂空废。《孔氏志怪》曰:"于时咸谓勖之报会,过于所失数十倍。彼此书画,巧妙之极。"(《巧艺》4)

钟会、荀勖,魏末晋初的两个佞人。沾亲带故,却情好不协。《晋书》卷三九《荀勖传》说,勖父早亡,"依于舅氏",从外祖是魏太傅钟繇。又说勖是钟会从甥,少长舅氏。考《魏志·钟繇传》:"初,文帝分(钟)毓户邑,封繇弟演及子劭、孙豫列侯。"则荀勖外祖乃钟演,母钟夫人是钟演之女。从外祖是钟繇。《晋书》卷三九《荀勖传》所记不误。钟会既是荀勖从舅,又是少长游处,但不知何故情好不协。莫非家事不睦所致?

钟会才具非凡,智谋出众。可他的聪明常助其佞邪。他模仿荀勖的手迹,写信给荀勖母钟夫人,窃走价值百万的宝剑而不还。"作书与母取剑",此母是指荀勖之母钟夫人。杨勇《校笺》说:"'夫'上,《御览》一〇八、三四三引《世说》有'太'字,是。今据增。"将"钟夫人"改为"钟太夫人"。杨勇此改大误。《世说》明言荀勖宝剑在母钟夫人处。此母乃勖母,非钟会之母也。张怀瓘《书断》卷中也说:"会尝诈为荀勖书,就勖母钟夫人取宝剑。"可证勖母钟夫人不误,不可改为钟太夫人。因所谓"钟太夫人"若指荀勖祖母,则是钟会从母。若指钟会母,荀勖为何将宝剑寄存彼处?钟会取剑何必模仿荀勖手迹?何况《世说》明言荀勖宝剑在母钟夫人许。故钟夫人绝不可改为钟太夫人。杨勇《校笺》轻易改动《世说》原文不止一次,此为又一例。

钟会善书,模仿他人手迹可以乱真。刘孝标注引《世语》:"会善学人书。伐蜀之役,于剑阁要邓艾章表,皆约其言,令词旨倨傲,多自矜伐,艾由此被收也。"钟会学邓艾书一事见于《魏志·邓艾传》:邓艾伐蜀,屡建奇功,上章表司马昭,提出建议。"钟会内有异志,因邓艾承制专事,密白艾有反状"。裴松之注引《世语》(即《世说》刘孝标注引),详述钟会在剑阁拦截邓艾章表,学邓艾书,使词旨傲慢,自夸伐蜀之功。司马昭得钟会伪造的邓艾章表,遂诏书槛车征邓艾,最终邓被斩。钟会模仿荀勖手迹,与学邓艾书同一伎俩,只是后果严重程度差异而已。钟会模仿他人书,以害人为目的,当年自以为得计,其实搬起石头砸自己的脚,哪能称用其所长!

荀勖遭钟会暗算之后,想着如何报复。遂偷偷到钟会兄弟新造的住宅,在门堂上画太傅钟繇的形象,衣冠状貌栩栩如生。钟氏兄弟俩入门,一见亡父形象就大悲恸,新宅不用而废。荀勖报复,画钟繇形象之所以得计,是利用古人守礼的一丝不苟。《礼记·杂记下》说:"免丧之外,行于道路,见似目瞿,闻名心瞿。"孔颖达《正义》解释说:"'见似目瞿'者,谓即除丧之后,若见他人形状似于其亲,则目瞿然。'闻名心瞿'者,闻他人所称名与父名同,则心中瞿瞿然。上云'目瞿',此应云'耳瞿'。而云'心瞿'者,但耳状难明,因心至重,恻隐之惨本瞿于心,故直云'心瞿'。"《礼记》说,孝子三年守丧之后,倘若在外见他人模样与亡父相像者,则目惊;倘若闻他人名字与亡父名相同者,则心惊。钟会依附司马氏,不顾顺逆之理,然恪守丧礼,不愧是孝子。于此可见,古人说的忠孝,终究是两回事。

以下略说钟会书艺及荀勖画艺。

张怀瓘《书断》评钟会书:"会善书,有父风,相备筋骨,美兼行草,尤工隶书。逸志飘然,有凌云之志,亦所谓剑则干将镆铘焉。"(《三国志补注》卷四引)张彦远

《法书要录》卷一说："张芝、索靖、韦诞、钟会、二卫,并得名前代,古今既异,无以辨其优劣,惟见笔力惊绝耳。"梁袁昂《古今书评》:"钟会书字十二种意,意外殊妙,实亦多奇。"(《御定佩文斋书画谱》卷八)钟繇父子,书名盛于魏晋之际。钟会有父风,筋骨兼备,善行草,尤工隶书,所谓"逸志飘然,有凌云之志","笔力惊绝"。可见非是凡品,不仅仅善于模仿他人书。

荀勖奸佞,而博学多才艺。《术解》1说荀勖善解音声,《术解》2记荀勖知味。荀勖画在顾恺之前享有盛名。张怀瓘《书断》卷中说:"自过江东,右军之前,世将(王廙)书与荀勖画为明帝师。"张彦远《历代名画记》卷二说:"画今粗陈大略云:至如晋明帝师于王廙,卫协师于曹不兴,顾恺之、张墨、荀勖师于卫协……"又曰:"以晋宋为中古,则明帝、荀勖、卫协、王廙、顾恺之、谢稚、嵇康、戴逵(已上八人晋)、陆探微、顾宝光、袁倩、顾景秀之流是也(已上四人宋)。"《历代名画记》卷五评荀勖画说:"谢(赫)云,荀与张墨同品,在第一品卫协下,顾骏之上。"据朱谋垔《画史会要》一,荀勖曾画有《大列女图》、《小列女图》。

207. 顾长康画妙绝于时

太傅云:"顾长康画,有苍生来所无。"《续晋阳秋》曰:"恺之尤好丹青,妙绝于时。曾以一厨画寄桓玄,皆其绝者,深所珍惜。悉糊题其前。桓乃发厨后取之,好加理复。恺之见封题如初,而画并不存,直云:'妙画通灵,变化而去,如人之登仙矣。'"(《巧艺》7)

谢太傅(安)说:"顾长康画,有苍生来所无。"评价极高,指出了顾恺之画在画史上的划时代意义。谢安之后,姚最、张怀瓘都以为顾恺之超越前代。《历代名画记》卷五说:"姚最云:'顾公之美独擅往策,荀、卫、曹、张,方之蔑然。如负日月,似得神明。慨抱玉之徒勤,悲曲高而绝唱,分庭抗礼,未见其人。'""张怀瓘云:'顾公运思精微,襟灵莫测,虽寄迹翰墨,其神气飘然在烟霄之上,不可以图画间求。象人之美,张得其肉,陆得其骨,顾得其神。'"顾恺之画之所以"独擅往策",在于以形写神,虽寄迹翰墨,然神韵生动,所谓"不可以图画间求"。《历代名画记》卷二《论顾陆张吴用笔》说:"或问余以顾、陆、张、吴用笔如何?对曰:顾恺之之迹,紧劲联绵,循环超忽,调格逸易,风趋电疾,意存笔先,画尽意在,所以全神气也。"其中"意存笔先,画尽意在"二句,概括了顾恺之画的神韵飘然于墨迹之间的艺术特征。

刘孝标注引《续晋阳秋》,主要讲顾恺之"痴绝"的故事,以桓玄窃画的情节展开。桓玄其人虽说也雄豪,但不逮其父桓温。若论艺术气质,则父逊于子。桓玄善属文,喜书画。张彦远《历代名画记》卷一说:"桓玄性贪好奇,天下法书名画,必使归己。及玄篡逆,晋府名迹,玄尽得之。玄败,宋高祖先使臧喜入宫载焉。"同上卷二说:"昔桓玄爱重图书,每示宾客。客有非好事者,正飡寒具,以手捉书画,大点污。玄惋惜移时。自后每出法书,辄令洗手。"又何法盛《晋中兴书》说:"刘牢之遣子敬宣诣玄请降,玄大喜,陈书画共观之。"陈思《书小史》卷六说:"(桓)玄尝取羊欣为征西行军参军,玄爱书,呼欣就坐,仍遣信呼顾长康,与共论书,至夜不倦。"凡此,可见桓玄固然性贪好奇,但爱重图书的艺术气质,毕竟常人难及。

顾恺之以一厨画寄桓玄,悉糊题其前。糊题,黏合也,即《晋书》卷九二《顾恺之传》、《历代名画记》卷五所说的"封题",作为他人不得擅自开启的标识。不料桓玄窃画,然后"好加理复",意谓细心修理如初,好像从未打开过那样。顾恺之发厨,见画已不存,完全想不到画被桓玄窃去,居然说,"妙画通灵,变化而去,如人之登仙矣"。真是痴得可爱。《晋书》本传说,"恺之有三绝,才绝画绝痴绝。"读谢安语及《续晋阳秋》,可见恺之的画绝和痴绝。恺之的痴绝,除《续晋阳秋》所记桓玄窃画外,还有《晋书》本传中的恺之与谢瞻月夜长咏,瞻将眠,叫人代咏,恺之不觉,咏之至天亮而至。又桓玄曾以一片柳叶诳骗恺之,称此是蝉的翳叶,拿来自蔽,别人就看不见你。恺之信以为真,引叶自蔽,桓玄就对着他小便。二次都上别人的当,上当后仍蒙在鼓里。

痴绝为性,才绝为才,画绝为艺。三绝之中,痴绝为本,为源,有了痴绝,才有才绝、画绝。顾恺之痴绝之"痴",非是愚笨、不慧,乃天真、迷恋、专注不分之谓也。技艺之事,非得专注迷恋至于"痴",才有可能有所成就,有所创造。杨维桢《痴斋志》一文从顾恺之痴绝,再说到晋人的"痴道":"余尝疑顾恺之称三绝,而痴当其一。痴者不慧之名也。使恺之果痴,尚能以才绝、画绝命世耶?不知其痴黠所寄也。桓温谓其痴黠各半。吁,恺之之黠果可以无慧求之耶?晋士大夫往往用痴养慧,如王述、王堪之流是也。老子固尝论辨与巧矣,曰:'大辩若讷,大巧若拙。'此晋人用痴道也。"(《东维子集》卷二十一)杨维桢以为晋士大夫往往"用痴养慧",说甚新而有味。确实,晋人贵真,至于极致,就与"痴"相通。晋人巧艺如王羲之字、顾恺之画、卫玠之谈,皆是由"痴"而生慧,慧而生艺,然后有字绝、画绝、谈绝。不迷恋专注于一事一物,无有天真之心性,随世俯仰、察言观色,计较势利,剽窃抄袭,世间哪会有绝活绝艺?可以这样说,一切超一流的精神成果和艺术神品,皆是痴绝的产物。讷、拙、痴,是孕育天才思想家与艺术家的最佳营养。

208. 庾道季评戴安道画行像

戴安道中年画行像甚精妙。庾道季看之,语戴云:"神明太俗,由卿世情未尽。"戴云:"唯务光当免卿此语耳。"《列仙传》曰:"务光,夏时人也。耳长七寸,好鼓琴,服菖蒲韭根。汤将伐桀,谋于光。光曰:'非吾事也。'汤曰:'伊尹何如?'务光曰:'强力忍诟,不知其它。'汤克天下,让于光。光曰:'吾闻无道之世,不践其土,况让我乎?'负石自沈于卢水。"(《巧艺》8)

何谓"行像"?刘孝标无注,研究者解释也不一。秦士铉《世说笺本》说行像犹"立像"。恩田仲任《世说音释》说:"行,即行住坐卧之行。"却不释"行像"。朱铸禹《汇校集注》说:"此即后世所谓行乐图之类。"杨勇《校笺》说:"行像,即形象。"按,《世说笺本》、朱注、杨勇《校笺》皆不确。《世说音释》释"行"为行走之行,其说是。行像乃指佛像也,能移动,故曰行像。《广弘明集》卷一五:"凉州南百里崖中泥塑行像者:昔沮渠蒙逊王有凉土,专弘福事,于此崖中大造形像,千变万化惊人眩目。有土圣僧可、如人等,常自经行,无时暂舍,遥见便行,人至便止,观其面貌,如行之状。"法显《佛国记》记法显于西域观行像:"最先行像离城三四里,作四轮像车,高三丈余,状如行殿,七宝庄校,悬缯幡盖。像立车中,二菩萨侍,作诸天侍从,皆金银雕莹,悬于虚空。像去门百步,王脱天冠,易著新衣,徒跣持华香,翼从出城迎像。"唐玄奘《大唐西域记》卷一亦云:"佛像莹以珍宝,饰之锦绮,载诸辇舆,谓之行像。"法显、玄奘所见行像乃立车中而行,可证行像之行乃行走之行。行像或为画像,或为塑像。《法苑珠林》卷二三:"(昙)远曰:'见佛身黄金色,形状大小如今行像。"

以佛像为题材的佛教艺术始于东汉明帝时。《历代名画记》卷五说："汉明帝梦金人长大，顶有光明，以问群臣。或曰西方有神，名曰佛，长丈六，黄金色。帝乃使蔡愔取天竺国优瑱王画释迦倚像，命工人图于南宫清凉台及显节陵上。以形制古朴，未足瞻敬。阿育王像至今亦有存者可见矣。后晋明帝、卫协皆善画像，未尽其妙。泊戴氏父子皆善丹青，又崇释氏，范金赋采，动有楷模。至如安道潜思于帐内，仲若悬知其臂胛，何天机神巧也。……"汉明帝命工人图天竺国优瑱王画释迦倚像，乃是描摹，非是创造。晋明帝、卫协画佛像未尽其妙，说明东晋之初，佛像艺术尚处于初期阶段，未臻精妙。到了东晋中期的戴逵父子，既善图画，又信奉释迦，具备宗教信仰与图画技艺的双重条件，佛像艺术在他们手里，得到了质的飞跃。《法苑珠林》卷二四说："晋世有谯国戴逵，字安道者，风清概远，留遁旧吴，宅性居理，游心释教。且机思通赡，巧疑造化，乃所以影响法相，咫尺应身。乃作无量寿挟侍菩萨，研思致妙，精锐定制。潜于帷中密听众论，所闻褒贬，辄加详改。核准度于毫芒，审光色于浓淡，其和墨点采，刻形镂法，虽周人尽策之微，宋客象楮之妙，不能逾也。委心积虑，三年方成，振代迄今，所未曾有。凡在瞻仰，有若至真。俄而迎像入山阴之灵宝寺，道俗观者，皆发菩提心。……逵又造行像五躯，积虑十年。像旧在瓦官寺。"所记戴逵造像，乃雕塑无量寿佛像，此从"核准度于毫芒，审光色于浓淡，其和墨点采，刻形镂法"数语可知。又造行像五躯，也是雕塑。《世说》此条说戴逵"画行像甚精妙"，既称"画"，则非指雕塑，殆即《历代名画记》卷五记顾恺之于瓦棺寺画维摩诘之类。由此证明上文所说行像有雕塑，也有绘画。

戴逵的佛像画作可以考见的还有观音像。米芾《画史》说："戴逵《观音》亦在余家家山，乃逵故宅。其女舍宅为寺，寺僧传得其相，天男端静，举世所觌。观音作天女相者，皆不及也。《名画记》云，自汉始有佛，至逵始大备也。"戴还作有《五天罗汉图》（见裴孝源撰《贞观公私画史》）佛像画艺术至戴逵始大备，超越前人。戴逵之所以能取得如此成就，与佛教在东晋迅速发展，造石佛像、铸金像、雕刻佛像的时代风气有关。释道安在襄阳铸造丈八阿弥陀佛金像，顾恺之也画佛像，作有《唐（疑为康）僧会像》、《八国分舍利图》（《贞观公私画史》）。

至于庾道季看戴逵画行像，对他说"神明太俗，由卿世情未尽"，乃是借题发挥，嘲谑戴逵"世情未尽"，并非指所画佛像显得"神明太俗"。《雅量》34注引《晋安帝纪》言逵"尤好游燕，多与高门风流者游，谈者许其通隐"。逵虽有高尚之名，然非真正栖迟衡门者，故庾戏之。

209. "传神写照,正在阿堵中"

顾长康画人或数年不点目精。人问其故,顾曰:"四体妍蚩,本无关于妙处,传神写照,正在阿堵中。"(《巧艺》13)

顾恺之说过许多有趣的话,涉及人生的各种体验。其中"传神写照,正在阿堵中"二语,是作为一流画家的最经典的言论,道出了顾恺之画艺的重要创作经验,确立了人物画的基本原则。艺术理论博大精深,创作经验林林总总,但似乎罕见能超越"传神阿堵"的简洁明了,击中理论之核,让人击节赞叹不已。

"传神阿堵"的艺术经验,既有深远的文化传承,也有当时人物审美的现实背景。西谚说"眼睛是心灵的窗户",由眼睛之窗,窥见心灵之奥。同样的意思,孟子早就说过。《离娄上》说:"存乎人者,莫良于眸子,眸子不能掩其恶。胸中正,则眸子瞭焉;胸中不正,则眸子眊焉。听其言也,观其眸子,人焉廋哉?"以为眼睛是人最重要的器官,胸中正与不正,皆可由眸子传达出来。汉末以降,随着品题人物的现实需要,观眸子乃成审察人物的共识。刘劭《人物志》说"征神见貌,情发于目",蒋济《眸子论》称观眸子可以知人。从孟子到蒋济的有关观眸子可以知人的言论,成为顾恺之"传神阿堵"的文化资源。此外,盛行于魏晋的品题人物略形重神的审美风尚,则对顾恺之的画论产生直接影响。

明显的事实是:观人物眸子,首先是作为品鉴人物的方法,然后再借鉴成了人物画的创作原则。《世说》中不乏观人观其眸子而得其神的例子。《容止》6:裴令公目王安丰:"眼烂烂如岩下电。"刘孝标注:"王戎形状短小,而目甚清炤,视日不眩。"王戎形状短小,然无关乎神明,而"眼烂烂如岩下电",才传达出王戎的精神。同篇10:裴令公有俊容姿,一旦有疾,至困,惠帝使王夷甫往看。裴方向壁卧,闻王使至,强回视之。王出,语人曰:"双眸闪闪若岩下电,精神挺动,体中故小恶。"裴楷双眸闪闪,精神挺动,王夷甫由观裴之眸子,叹其"神俊"。

关于眸子关乎神明的看法,王右军夫人郗氏也有精彩的言论。《贤媛》31说:王尚书惠尝看王右军夫人,问:"眼耳未觉恶不?"答曰:"发白齿落,属乎形骸;至于眼耳,关乎神明,那可便与人隔。"郗氏以为发齿属于形骸,眼耳关于神明,这与顾恺之"四体妍蚩,本无关于妙处,传神写照,正在阿堵中"等语如出一辙。右军夫人、顾恺之的见解,代表了魏晋人物审美重神略形的精粹。描摹人物特重眸子的创作经验,与现实中的人物审美重神的原则完全一致。

顾恺之人物画独步当时。《巧艺》11说:"长康好写起人形。"刘孝标注引《续晋阳秋》说:"恺之图写特妙。"俗语云,画鬼易画人难。盖人面目各异,神明多不同。顾恺之《论画》说:"凡画人最难,次山水,次狗马,台榭一定器耳,难好而易成,不待迁想妙得也。"山水、狗马、台榭,"不待迁想妙得",言外之意画人须迁想妙得,此是画人最难处。所谓迁想妙得,大概指艺术构思。《巧艺》11记顾恺之欲画殷荆州(仲堪),仲堪因瞎一目,不愿画。顾说:"明府正为眼耳。但点童子,飞白拂其上,使如轻云之蔽日。"如何画仲堪的瞎目,真是难事。恺之点瞳子后,使飞白拂其上,如轻云之蔽日。经此构思和处理,瞎目岂止不难看,反而有轻云蔽日之美感。这是顾恺之点睛与迁想妙得的极佳例子。《巧艺》9记顾恺之画裴叔则,颊上益三毛。人问其故,顾曰:"裴楷俊朗有识具,正此是其识具。看画者寻之,定觉益三毛如有神明,殊胜未安时。"《晋书》卷三五《裴楷传》说:"楷明悟有识量。"《赏誉》8记裴楷目夏侯太初、钟士季、傅兰硕、山巨源,都能见其识量非凡。顾恺之给裴楷颊上加三毛,作为其识量的标识。三毛,成了裴楷的"传神阿堵"。《巧艺》12说:顾长康画谢幼舆在岩石里。人问其所以,顾曰:"谢云:'一丘一壑,自谓过之。'此子宜置丘壑中。"此以岩石的典型环境,衬托谢鲲的爱好丘壑的典型性格。以上数例,皆是顾恺之人物画迁想妙得的高明之处。点睛是传神写照,颊上益三毛,置于岩石中,亦是传神写照。

《历代名画记》卷五记有顾恺之《魏晋胜流画赞》说:"写自颈已上,宁迟而不隽,不使速而有失。"可知恺之刻画眼睛之外,亦精心刻画颧颊。苏轼《传神记》说:"传神之难在目颧。顾虎头云,传形写影都在阿睹中。其次在颧颊。……凡人意思各有所在,或在眉目,或在鼻口。虎头云:'颊上加三毛,觉精采殊胜。'则此人意思盖在须颊间也。"(《经进东坡文集事略》卷五三)《宣和画谱》卷五《人物叙论》:"……若夫殷仲堪之眸子,裴楷之颊毛,精神有取于阿堵中,高逸可置之丘壑间者,又非议论之所能及。此画者有以造不言之妙也。故画人物最为难工。虽得其形似,则往往乏韵故。"顾恺之画殷仲堪、裴楷、谢鲲,非有固定模式,但皆能传人物之精神韵致,此正是迁想妙得之故。依据人物的不同特征,即抓住"传神阿堵",再精心构思,达到以形写神的目的。顾恺之人物画之所以能超越前人,奥秘盖在于此。

宠礼第二十二

210. 羊孚往卞范之许

卞范之为丹阳尹。羊孚南州暂还,往卞许,云:"下官疾动不堪坐。"卞便开帐拂褥,羊径上大床,入被须枕。卞回坐倾睐,移晨达莫。羊去,卞语曰:"我以第一理期卿,卿莫负我!"丘渊之《文章录》曰:"范之字敬祖,济阴冤句人。祖嵊,下邳太守。父循,尚书郎。桓玄辅政,范之迁丹阳尹。玄败,伏诛。"(《宠礼》6)

此则故事难懂在于卞范之对羊孚所说二语:"我以第一理期卿,卿莫负我!"何谓"第一理"?"理"指什么?"期"作何解?说者纷纭。

贺昌群以为第一理是指"绝对原则"。杨勇《校笺》说:"贺昌群《魏晋清谈思想初论》曰:'绝对之原则,魏晋人称为第一理,盖"至理无言,言则无类。"(郭象注《齐物论》语)第一理无法立名,其名毕竟为相对的、二元的,而其所寄托之内容,则为一元的、绝对的。此犹张冠李戴,名实不符之说者。又恐人刻舟求剑,执名谈实,于是不得不反复言之,而又反复否定之。'此时人第一类之观点大致如此。而推展延伸,理即成为礼及事之代辞矣。《晋书·谢尚传》:'闻君能鸲鹆舞,一坐倾想,宁有此理不?'以此正同。"又张㧑之《世说新语译注》释"第一理"为"第一等善谈哲理之人"。张万起、刘尚慈《世说新语译注》则谓"第一理指头等重要的事理",略同贺昌群之"绝对之原则"。

鄙意以为上述诸解恐怕都未得卞范之二语之本意。贺昌群释"第一理"为"绝对之原则",本来就夹缠不清,此姑且置之不论。杨勇《校笺》由此推演出"理"为"礼及事之代辞"之结论,更令人茫然不解。若依杨勇《校笺》,则"第一理"为"第一礼"或"第一事",此成何义?又《谢尚传》"宁有此理不"句之"理",表示某种事物的存在,可释为"情况"、"可能"。与《谢尚传》"此理"意义相同的例子如陶渊明《移居》诗之二说:"此理将不胜,无为忽去兹。""此理",指移居之后的赋诗饮酒的快乐生活,也不可解释为此种道理。王导问"宁有此理不",是怀疑是否存在谢尚作鸲鹆舞,一坐倾想这种情况的存在。若如杨勇《校笺》谓"此理"正与"第一理"同,简直不知所云矣。"第一理"犹同"人理"、"物理","第一"是对"理"的规定,形容理之最佳。"第一理",谓最佳的状况,或最佳的存在。期,希企,期盼也。"以……理期",乃常见句式。《晋书》卷一一五《徐嵩传》:"汝曹羌辈,岂可以人理期也。"《宋书》卷六〇《范泰传》:"河南非复国有,羯虏难以理期。"此二例中之"理期",意义相同,皆谓(羌羯)难以以人之情理看待之。"我以第一理期卿",句式与"岂可以人理期也"相同,区别在一是"第一理",一是"人理",而"理"之意义稍有不同。卞范之说"我以第一理期卿",意谓我希企你以最好的情况,故后云"卿莫负我"也。

  羊孚在卞范之处休息时间不短,羊临走时,卞有所嘱咐或请求。刘义庆编《世说》时,截取卞之二语,读者不知其语之背景与由来,故茫然难解。不过,卞倾心于羊孚,且有所期盼,还是能看出来的。至于卞范之为何期盼羊孚,其因更难知。《伤逝》18 记羊孚暴卒,桓玄与羊欣书曰:"祝予之叹,如何可言!"哀痛溢于言表,乃羊孚诚为桓玄腹心也。卞范之虽得重用,然桓玄不亲之。疑卞有求于羊孚,遂发此语耳。

任诞第二十三

211. 竹林七贤

陈留阮籍、谯国嵇康、河内山涛三人年皆相比,康年少亚之。预此契者,沛国刘伶、陈留阮咸、河内向秀、琅邪王戎。七人常集于竹林之下,肆意酣畅,故世谓"竹林七贤"。《晋阳秋》曰:"于时风誉扇于海内,至于今咏之。"(《任诞》1)

阮籍、嵇康等七人游于竹林,世谓"竹林七贤"。这是"竹林七贤"得名的由来。《文选》卷二一颜延之《五君咏》李善注引《魏氏春秋》说:"(嵇)康寓居河内之山阳,与河内向秀友善,游于竹林。"又《水经注》卷九《清水》篇说:长泉水源出白鹿山东南,伏流迳十三里,重源浚发于邓城西北,世亦谓之重泉水也。又迳七贤祠东,左右筠篁列植,冬夏不变贞萎,向子期所谓"山阳旧居"也。后人列庙于其处。庙南又有一泉,东南流注于长泉水。郭缘生《述征记》所云:白鹿山东南二十五里有嵇公故居,以居时有遗竹焉。又《太平御览》卷一八〇引《述征记》说:"山阳县东北二十里,魏中散大夫嵇康园宅,今悉为田墟,而父老犹谓嵇公竹林,时有遗竹也。"据此可知,魏末嵇康园宅有竹林,至东晋末,嵇康故居尚有遗竹。阮籍、嵇康等游于竹林,当实有其事,时人因之称他们为"竹林七贤"。

然陈寅恪先生在《陶渊明之思想与清谈之关系》一文中提出新说,以为"竹林七贤"之名是天竺佛教名词和中土"事数"风气的混合体,云:"大概言之,所谓'竹林七贤'者,先有'七贤',即取《论语》'作者七人'之事数,实与东汉末三君八厨八及等名同为标榜之义。迨西晋之末僧徒比附内外典'格义'风气盛行,东晋初年乃取天竺'竹林'之名加于'七贤'之上,至东晋中叶以后江左名士孙盛、袁宏、戴逵辈遂著之于书(《魏氏春秋》《竹林名士传》《竹林名士论》),而河北民间亦以其说附会地方名胜,如《水经注》卷九《清水》篇所载东晋末年人郭缘生撰著之《述征记》中嵇康故居有遗竹之类是也。"(《陈寅恪史学论文选集》)寅恪先生《三国志曹冲、华佗传与佛教故事》又说:"寅恪尝谓外来之故事名词,比附于本国人物事实,有似通天老狐,醉则见尾。如袁宏《竹林名士传》、戴逵《竹林七贤论》、孙盛《魏氏春秋》、臧荣绪《晋书》及唐修《晋书》等所载嵇康等七人,固皆支那历史上之人物也。独七贤所游之'竹林',则为假托佛教名词,即 Veluh 或 Veluvana 之译音,乃释迦牟尼说法处,历代所译经典皆有记载,而法显、玄奘所亲历之地。"(同上)

杨勇《校笺》引陈寅恪说,并进而谓"竹林"乃"寺院之代词":"然则,此'竹林'一词,为梵文译语,即竹林寺或竹林精舍也,与我国佛寺、精舍意同。如此,则《世说》中所谓'林下诸贤'(《赏誉》二九)、'林下风气'(《贤媛》三〇)之'下'字无义,与'京下'、'都下'意同,即竹林寺、竹林精舍也。《赏誉》七九'把臂入林'之'林'字,则为'竹林'二字之缩写,指清谈,非入山林意。《伤逝》二'竹林之游',《品藻》七一'竹林优劣',以及《排调》四'竹林酣饮',皆指七贤。唯《任诞》一'常集于竹林之下'之'之'字,疑是衍文,盖后人已误解为实有景色之竹林,而不知'竹林'是精舍、寺院之代词矣。"

陈寅恪、杨勇对于"竹林七贤"的解释,实难信从。中土人物的品题,用名词加上事数,早已有之。例如托名陶潜的《圣贤群辅录》,记东汉群贤,有"韦氏三君"、"汝南六孝廉"、"公沙五龙"、"济北五龙"、"京兆三休"等,事数前面的名词起规定人物活动范围或时间的作用。"竹林七贤"之"竹林"也如此——因常游于竹林,故以"竹林"规定之。寅恪先生谓"竹林"乃同汉末三君八厨等同为"标榜之义",其说是。然谓"竹林七贤"之名来自"东晋初年乃取天竺之名加于'七贤'之上",又谓"七贤所游之'竹林',则为假托佛教名词",这种看法缺乏确切证据,仅是推论而已,而其实质是否认"竹林"实有其地。至于杨勇《校笺》进而发挥,谓竹林"即竹林寺或竹林精舍",其说更难取信。据现有资料,阮籍、嵇康等皆与佛教无涉,为何要与"竹林寺"、"竹林精舍"牵连在一块?《任诞》此条谓"七人常集于竹林之下",则此竹林乃实有其地,决非寺庙可知。又《伤逝》2 谓王戎预"竹林之游",《排调》4 谓"嵇、阮、山、刘在竹林酣饮",皆可证竹林乃实地。东晋初年人李充《吊嵇中散文》云:"寄欣孤松,取乐竹林。"竹林与孤松对举,亦说明竹林乃实有之景,为七贤游乐之地。《水经注》卷九《清水》篇记七贤祠及祠左右"筠篁列植",《述征记》记父老犹称"嵇公竹林",皆为实录,岂是佛教翻译名词"竹林"之假托？

212. 阮籍遭母丧饮酒食肉

阮籍遭母丧,在晋文王坐,进食肉。司隶何曾亦在坐,《晋诸公赞》曰:"何曾字颖考,陈郡阳夏人。父夔,魏太常仆。曾以高雅称,加性仁孝,累迁司隶校尉。用心甚正,朝廷惮之。仕晋至太宰。"曰:"明公方以孝治天下,而阮籍以重丧,显以公坐饮酒食肉,宜流之海外,以正风教。"文王曰:"嗣宗毁顿如此,君不能共忧之,何谓？且有疾而饮酒食肉,固丧礼也。"籍饮啖不辍,神色自若。干宝《晋纪》曰:"何曾尝谓阮籍曰:'卿恣情仁性,败俗之人也。今忠贤执政,综核名实,若卿之徒,何可长也！'复言之于太祖,籍饮啖不辍。故魏晋之间,有被发夷傲之事,背死往生之人,反谓行礼者,籍为之也。"《魏氏春秋》曰:"籍性至孝,居丧虽不率常礼,而毁几灭性。然为文俗之士何曾等深所仇疾。大将军司马昭爱其通伟,而不加害也。"(《任诞》2)

阮籍遭母丧,饮酒食肉,此事又见于《任诞》9:"阮籍当葬母,蒸一肥豚,饮酒二斗,然后临诀,直言'穷矣'！都得一号,因吐血,废顿良久。"刘孝标注引邓粲《晋纪》说:"籍母将死,留人围棋如故,对者求止,籍不肯,留与决睹。既而饮酒三斗,举声一号,呕血数升,废顿久之。"余嘉锡《笺疏》指出:"居丧而饮酒食肉,起于后汉之戴良。故《抱朴子》以良与嗣宗并论。"戴良的居丧行径,见范晔《后汉书》卷八三《逸民列传》:"……及母卒,兄伯鸾居庐啜粥,良独食肉饮酒,哀至乃哭,而二人俱有毁容。或问良曰:'子之居丧,礼乎？'良曰:'然。礼所以制情佚也,情苟不佚,何礼之论！夫食旨不甘,故至毁容之实。若味不存口,食之可也。'"戴良这番议论初视惊世骇俗,实质并不违背礼,所以当有人问他是否合乎丧礼时,他回答:"是。"

《仪礼·丧服传》说:"居倚庐,寝苫,枕块。……啜粥,朝一溢米,夕一溢米。寝不说绖带。"《礼记·丧大记》说:"期,终丧不食肉,不饮酒。"兄伯鸾居庐啜粥,完全照丧礼的规矩办。戴良与兄不同,饮酒食肉,所注重者乃哀之真情,并不是礼之虚形。《礼记·檀弓上》:"子路曰:'吾闻诸夫子：丧礼,与其哀不足而礼有余也,不若礼不足而哀有余也。'"孔子很准确地指出了居丧时礼与情二者之间的关系,认为哀为重,礼为轻;哀为真情,礼为形式。戴良的居丧行径,正是实践了先师孔子重视哀情的遗训,以为礼的作用是制情,情不放纵,还谈什么礼呢?虽食肉饮酒,但犹似嚼土食泥,则何必拒绝酒肉?

明了戴良对于丧礼的看法,那么也就不难理解阮籍的居丧行为。阮籍遭重丧,照常饮酒食肉,也是重哀情之真,轻丧礼之虚。这种举动可能更多地受到《庄子》的影响。《庄子·渔父》说:"处丧以哀为主。""处丧以哀,无问其礼矣。礼者,世俗之所为也;真者,所以受于天也,自然不可易也。故圣人法天贵真,不拘于俗。"阮籍既"不拘于俗",公然称"礼岂为我设也",自然就会摆脱丧礼之拘束,而重至孝之真情。邓粲《晋纪》说,阮籍母死,饮酒三斗,举声一号,吐血数升,废顿久之。如果没有至孝真情,何来如此至哀大痛?

汉晋之际,虽礼法尚严,但毕竟人之自然情性已空前活跃奔涌,逐渐冲破了名教的桎梏。同时,礼教形式的虚伪性也日益暴露,假居丧,伪孝子并不少见。《后汉书》卷六六《陈蕃传》载:"民有赵宣葬亲而不闭埏隧,因居其中,行服二十余年,乡邑称孝,州郡数礼请之。郡内以荐蕃,蕃以相见,问及妻子,而宣五子皆服中所生。"如此"孝子",难怪陈蕃要以"诳时惑众,诬汙鬼神"之罪法办了。而从《抱朴子·外篇·讥惑》看来,假居丧者就更普遍了:"又闻贵人在大哀,或有疾病服石散,以数食宣药势,以饮酒为性命。疾患危笃,不堪风冷,帏帐茵褥,任其所安。于是凡琐小人之有财力者,了不居于丧位,常别居房,高床重褥,美食大饮,或与密客引满投空,至于沉醉。曰:'此京洛之遗法也。'"所谓"京洛遗法",乃指戴良、阮籍之流居丧时的饮酒食肉之风。居丧服药,以饮酒为性命,或许尚情有可原,而那些凭借财力,不复居丧位,以"京洛遗法"为借口,实质大肆享受的"凡琐小人",则既无丧礼之形式,亦无大哀之痛情。

尚待探究的是,当何曾以礼教为由攻击阮籍时,司马昭为何替籍辩护?叶梦得《避暑录话》上以为阮籍阴附司马,并称籍《劝进》之文,乃见附昭之真情。余嘉锡亦同此说。这种看法不为无见,但还有其他原因。司马昭说阮籍"毁顿如此",意谓有哀痛之实,不是不孝;又说"且有疾而饮酒食肉,固丧礼也"——与丧礼不冲突。司马昭比何曾通达许多,他理解孔子所说的与其哀不足而礼有余,不若礼不足而哀有余的遗训。有病而饮酒食肉的规矩,也确实载于礼典。《礼记·曲礼上》曰:"居丧之礼,……有疾则饮酒食肉,疾止复初。不胜丧,乃比于不慈不孝。"据孔颖达的解释,居丧若有疾不饮酒食肉,则不留身继世,灭性有违父母生前之意,等同于不慈不孝。可见,居丧若有病饮酒食肉,本是丧礼。《魏书·曹休传》裴松之注引《魏书》说:"休丧母至孝。帝使侍中夺丧服,使饮酒食肉,休受诏而形体益憔悴。"这证明居丧若致形体毁顿,完全而且应该饮酒食肉,否则也是不慈不孝。司马昭忧阮籍"毁顿如此",并称居丧有疾而饮酒食肉,无碍丧礼。这与曹丕下诏夺曹休丧服,硬使他饮酒食肉正相同,都表现出对丧礼的真正理解。

问题是阮籍居丧有病饮酒食肉,是旨在留身继世即传宗接代,还是另有缘由?前引《抱朴子·外篇·讥惑》说:"或有疾病服石散,以数食宣药势,以饮酒为性命。"石散,又名寒食五石散或寒食散。《言语》14刘孝标注引秦丞相(当为"秦承祖"之误)《寒食散论》曰:"寒食散之方虽出于汉代,而用之者寡,靡有传焉。魏尚书何晏首获神效,由是大行于世,服者相寻也。"关于寒食散在两晋流行的情况,余嘉锡《寒食散考》论之甚详(见《余嘉锡论学杂著》,中华书局,1963年)。窃以为阮籍居丧饮酒食肉,很可能与服寒食散有关。服寒食散一为治病,二为延年。阮籍有病,且对延年养生之术不无兴趣。如《晋书》卷四九《阮籍传》说:"籍尝于苏门山遇孙登,与商略终古及栖神导气之术。"《咏怀诗》说:"独有延年术,可以慰我心。""愿登太华山,上与松子游。""修龄适余愿,光宠非己威。"……嵇康为阮籍的同道,可能服寒食散。他也与道士孙登游,后"遇王烈,共入山,烈尝得石髓如饴,即自服半,余半与康,皆凝而为石"(《晋书》卷四九《嵇康传》)。看来,王烈深谙服五石散之秘诀。据余嘉锡《寒食散考》,王戎也服散。戎居丧饮酒食肉,可以肯定与服散有关。阮籍与嵇康、王戎常相游处。《任诞》8说:"阮公邻家妇有美色,当垆酤酒。阮与王安丰常从妇饮酒,便眠其妇侧。"阮籍既常与王戎饮酒,而戎服散,则籍有可能"独善其身"吗?隋巢元方《诸病源候总论》卷六《寒食散发候》篇引皇甫谧说:"近世尚书何晏,耽好声色,始服此药,心加开朗,体力转强。京师歙然,传以相授,历岁之困,皆不终朝而愈。众人喜于近利者,不见后患。晏死之后,服者弥繁,于时不辍。"(转引自余嘉锡《寒食散考》)阮籍年辈略晚于何晏,而晏服寒食散得神效后,京师服散之风大行,因此,嗣宗完全可能受此影响。阮籍的行为与常人相异,也有服散的症候。石散性热,服药后须脱衣露袒,饮热酒。例如《晋书》卷六八《贺循传》说:"循辞以脚疾,手不制笔,又服寒食散,露发袒身,示不可用。"史称阮籍、刘伶及当时贵游子弟露袒箕踞,此或许与服散后行药气有关。王羲之《杂帖》说:"自丧初不哭。"余嘉锡解释说:"服散忌哭泣,故虽遭丧不哭。"阮籍丧母,箕踞不哭,亦似服散症候。结合当时服散风气、阮籍交游及其行为判断,籍极有可能服散。倘若如此,则阮籍母丧饮酒食肉,除有意摆脱礼教的拘束外,还与服寒食散有关。

213. 裴楷吊丧

阮步兵籍也。丧母,裴令公楷也。往吊之。阮方醉,散发坐床,箕踞不哭。裴至,下席于地,哭,吊唁毕便去。或问裴:"凡吊,主人哭,客乃为礼。阮既不哭,君何为哭?"裴曰:"阮方外之人,故不崇礼制。我辈俗中人,故以仪轨自居。"时人叹为两得其中。《名士传》曰:"阮籍丧亲,不率常礼。裴楷往吊之,遇籍方醉,散发箕踞,旁若无人。楷哭泣尽哀而退,了无异色。其安同异如此。"戴逵论之曰:"若裴公之制吊,欲冥外以护内,有达意也,有弘防也。"(《任诞》11)

裴楷往吊阮籍母丧,"阮方醉,散发坐床,箕踞不哭"。《礼记·丧大记》说:"期,终丧不食肉,不饮酒。"规定于父母守丧期间,不可饮酒食肉。裴楷来吊,依丧礼规定,主人必须哭。此见于《礼记·杂记上》:"凡丧服未毕,有吊者,则为位而哭,拜,踊。"为位,指在丧位上。阮籍却已离开丧位,喝醉了酒,散发坐床,箕踞不哭。《北堂书钞》卷八五引《裴楷别传》说:"阮籍遭母丧,楷往吊。籍乃离丧位,神气晏然,纵情啸咏,旁若无人。"《裴楷别传》所记,与本条情景相似。裴楷来吊,阮籍离开丧位,不哭不拜不踊,反而神气晏然,纵情啸咏,旁若无人。这是完全不守丧礼行为。裴楷见此,"哭,吊唁毕便去"。既不执丧主阮籍手,也不问。按照丧礼,"凡吊丧者,既哭兴踊,进而问其故,哀之至也"(见应劭《风俗通义》卷三)。可现在丧主阮籍一概不遵丧礼,裴楷也就哭毕就走。有人因之问裴楷:"凡吊,主人哭,客乃为礼。阮既不哭,君何为哭?"意思照丧礼的规矩,主人哭,吊客也哭。阮籍不哭,你哭什么? 裴楷以方外方内之别答之,"时人叹为两得其中"。

裴楷之答,显然源于《庄子·大宗师》中的寓言故事:"子桑户死,未葬。孔子闻之,使子贡往侍事焉。或编曲,或鼓琴,相和而歌曰:'嗟来!桑户乎。嗟来!桑户乎。而已反其真,而我犹为人猗。'子贡趋而进曰:'敢问临尸而歌,礼乎?'二人相视而笑曰:'是恶知礼意。'子贡反,以告孔子曰:'彼何人者邪? 修行无有,而外其形骸,临尸而歌,颜色不变,无以命之。彼何人者邪?'孔子曰:'彼游方之外者也,而丘游方之内者也。外内不相及,而丘使女往吊之,丘则陋矣。'"郭象

注："人哭亦哭,俗内之迹也;齐死生,忘哀乐,临尸能歌,方外之至也。""夫知礼意者,必游外以经内,守母以存子,称情而直往也。若乃矜乎名声,牵乎形制,则孝不以诚,慈不任实,父子兄弟,怀情相欺,岂礼之大意哉!""夫理有至极,外内相冥,未有极游外之致而不冥于内者也,未有能冥于内而不游于外者也。故圣人常游外以冥内,无心以顺有。故虽终日挥形,而神气无变;俯仰万机,而淡然自若。"读懂了《大宗师》中子贡吊子桑户之死的故事以及郭象的几段注,也就大体能理解裴楷往吊阮籍母丧的故事。裴楷吊丧,见到阮籍方醉,散发坐床,箕踞不哭,这与子贡吊子桑户死,见二人编曲鼓琴而歌相似。此二人孔子称之为方外之人。方外之人齐死生,忘哀乐,故临尸而歌。郭象又以为此二人是知"礼意者"。阮籍母丧,饮酒食肉,吊客来,不在丧位,箕踞不哭,故裴楷称其为方外之人,不崇礼制。然则,阮籍不守丧礼,是否就是不知礼意?否。《任诞》9说:"阮籍当葬母,蒸一肥豚,饮酒二斗,然后临诀,直言'穷矣'!都得一号,因吐血,废顿良久。"可见阮籍只是抛弃了丧礼的外在形式,内心无比哀痛,真情难及。他是真正的知礼意者,与那些"矜乎名声,牵乎形制,则孝不以诚"的假孝子迥然有别。裴楷自称俗中人,以仪轨自居,遵丧礼而哭,是俗内之迹。"时人叹为两得其中"者,是赞叹裴楷所说二者皆得其中。中,当也。

须进而解释的是戴逵"欲冥外以护内,有达意也,有弘防也"三句的意思。"冥外以护内",意同郭象所谓"理有至极,外内相集"。外内似有别,而达道者能冥灭内外之别。郭象注:"未有极游外之致而不冥于内者也,未有能冥于内而不游于外者也。故圣人常游外以冥内,无心以顺有。"以为绝对的理是方外方内,相冥如一。圣人游于方外,以方外宏大方内,以无心顺遂现实之有,即似有实无。戴逵称裴楷"欲冥外以护内","冥外",指理解阮籍"不崇礼制",不以其非;"护内",指己乃方内人,"以仪规自居"。"达意",指楷能外内相冥,以方内而能体无通于方外。"弘防",义同郭象所说的"冥内",对内外相冥的体认。总之,裴楷既能指出方外方内之别,但又能理解二者相冥如一,安于同异,不分优劣。从裴楷吊丧,能约略可见自然与名教相冥的迹象。

214. 孔群好饮酒

鸿胪卿孔群好饮酒,王丞相语云:"卿何为恒饮酒?不见酒家覆瓿布,日月糜

烂？"群曰："不尔。不见糟肉乃更堪久？"群尝书与亲旧："今年田得七百斛秫米，不了曲糵事。"群，已见上。(《任诞》24)

好饮风气起于汉末。比如孔融常说："坐上客常满，樽中酒不空，我愿足矣。"(《后汉书·孔融传》)曹操《短歌行》说："对酒当歌，人生几何。"酒是及时行乐的最佳消遣物。曹植《当来日大难》说："阖门置酒，和乐欣欣。"酒能促使家族的和乐融融。魏末，以竹林名士为代表，饮酒之风特盛，或借酒以逃世忘世，或以酒浇愁，或寻求精神刺激。这与魏晋易代的时局险恶有关，也同人生不永的时代意识有关。阮籍曾大醉六十日，让司马氏与之联姻的念头不了了之，就属于借酒逃世的行为。至于以后元康之徒的狂饮烂醉，那是纯粹的寻求酒精的刺激了。

魏晋人的任诞，纵酒狂饮是最主要的表现。《任诞》篇中的许多故事都与纵酒有关。阮籍就不用多说，其他如阮宣子、山季伦、张季鹰、毕茂世、周伯仁、孔群等，无一不是超级酒徒。这些人的纵酒，已经很少有避世的因素，大都为了享受酒醉时轻飘飘的生理体验。孔群好饮酒，恐怕也属于此类。

这个故事的精彩，在于王导与孔群的对话。

王导问："卿何为恒饮酒？不见酒家覆瓿布，日月糜烂？""日月糜烂"，《晋书》卷七八《孔群传》作"日月久糜烂邪"，语意显明而宛转，较《世说》佳。王导以酒家覆瓿布日久糜烂为喻，劝孔群不可恒饮酒，意谓恒饮酒非摄生之道，犹覆瓿布，时间久了糜烂可知。王导劝孔群节制饮酒，说明晋人喜酒，同时也懂得恒饮酒会伤身的道理。《文选》嵇康《养生论》说："滋味煎其府藏，醴醪鬻其肠胃。"醴醪，即美酒也。以为美酒会伤害肠胃。本篇2载："刘伶病酒，渴甚，从妇求酒。妇捐酒毁器，涕泣谏曰：'君饮太过，非摄生之道，必宜断之！'"陶潜《形影神》诗说："日醉或能忘，将非促龄具？"刘伶妇一同陶潜，皆知饮酒太过，非摄生之道。

可是，孔群对王导的劝喻，断然予以否定："不尔。不见糟肉乃更堪久？"糟，泛指酒糟或浊酒。糟肉，或作"糟中肉"，指用浊酒或酒糟腌制的肉。孔群说"不见糟肉乃更堪久"？意思是说，难道不见糟肉比(鲜肉)保存更久吗？北魏贾思勰《齐民要术》卷九"作肉糟法"条说："春夏秋冬皆得作。以水和酒糟搦之如粥，著盐令咸，内捧炙肉于糟中，著屋阴地。饮酒食饭皆炙噉之，暑月得十日不臭。"这条文献可以印证更早的晋人已经掌握制作糟肉的方法，能在夏天保持糟肉十日不臭。孔群隐喻自己好比糟肉，比你们这些不饮酒的鲜肉保存更久，为恒饮酒辩护。

王导和孔群都是用常见的生活现象,各自表达对恒饮酒一事的理解,通俗、妥帖、有趣味。尤其是孔群的回答,妙不可言,袁中道叹为"韵极"!确实,恒饮酒影响健康,然不饮酒者难道一定比恒饮酒者更长寿?其实未必。深究生命的长久与短促,其实与饮酒不饮酒并无必然联系。孔群任性而行,喜酒就喝,而且常饮,管它摄生不摄生,只珍重当下的享受。真是有韵味之人。

故事以孔群与亲旧书作结,也十分巧妙。"今年田得七百斛秫米,不了曲糵事。"七百斛秫米,还不够酿酒之用,可见耗费粮食数量惊人,孔群恒饮酒的程度也就可想而知。堪称孔群同道的陶潜,作彭泽令,"公田悉令吏种秫稻,妻子固请种秔,乃使二顷五十亩种秫,五十亩种秔。"(《宋书》卷九二《陶潜传》)用一半秫米酿酒,说明恒饮酒者消耗了多少粮食。史书上常见年灾歉收,下禁酒令的记载,也反映出酿酒太费粮食的情况。

215. 周顗秽杂无检节

有人讥周仆射与亲友言戏,秽杂无检节。邓粲《晋纪》曰:"王导与周顗及朝士诣尚书纪瞻观伎,瞻有爱妾,能为新声。顗于众中欲通其妾,露其丑秽,颜无怍色。有司奏免顗官,诏特原之。"周曰:"吾若万里长江,何能不千里一曲!"(《任诞》25)

有人讥笑周顗"秽杂无检节",真是一点不冤枉。因为周顗实在太流氓了。刘孝标注引邓粲《晋纪》说:"王导与周顗及朝士诣尚书纪瞻观伎,瞻有爱妾,能为新声。顗于众中欲通其妾,露其丑秽,颜无怍色。有司奏免顗官,诏特原之。"试想,身为朝廷高级官员,众目睽睽之下居然露出自己的性器官,意欲调戏同僚的爱妾,而且毫无羞耻之色。如此骇人听闻的事,历史上能找出第二例吗?

可是,有司上奏要免周顗的官,结果皇帝下诏原谅了。对此,方苞很不理解,愤愤地说:"'顗于众中欲通其妾,露其丑秽',如此之人不杀何待?岂但免官而已哉!原之何为?"王世懋则说:"达人先须去欲,周顗、谢鲲何乃以色为达?"不明白当时名士为什么"以色为达"。李慈铭对《世说》此条所记表示怀疑,说:"伯仁在洛之时，名德已重，及乎晚节，大义凛然，人推国士之风，世有断山之目，王敦见之而面热，贲泰叹以为振衰，《晋阳秋》谓其'正情嶷然，一时侪类，无敢媟近。'虽渡江以后，忧伤时事，多醉少醒，盖亦信陵之遗意，何至如邓粲所记'大众之中，欲通人妾，露其丑秽'，此乃盗贼所不敢，禽兽所不为，诬妄不经，悖谬斯甚。或由王敦、王导之徒，衔其诐辞。自好之士，所不道也。"（《越缦堂读书简端记》）

李氏以为有国士之风的周顗，不可能做出连盗贼、禽兽都不敢为的行为，疑心是王敦、王导之徒的诬蔑。余嘉锡《笺疏》据葛洪《抱朴子·疾谬篇》所述，汉末之后悖礼伤教的风气，以及沈约《宋书·五行志》一"晋惠帝元康中，贵游子弟相与为散发裸身之饮，对弄婢妾。逆之者伤好，非之者负讥"的记载，说明男女防闲的松弛，是当时之风气如此。"伯仁大节无亏而言戏秽杂，盖习俗移人，贤者不免。以彼任率之性，又好饮狂药，昏醉之后，亦复何所不止？固不可以一眚掩其大德，亦不必曲为之辩，以为必无此事也。"余氏从彼时风俗立说，言而有据，可信从也。

周顗正情嶷然固是事实，但晚年荒醉亦非诬妄。《排调》15谢鲲讥嘲周顗说："卿类社树，远望之，峨峨拂青天；就而视之，其根则群狐所托，下聚溷而已。"刘孝标注："谓顗好媟溷故。"谢鲲意谓顗外有名士风姿，内实行为媟溷。周顗于众中露其丑恶，正印证谢鲲之评。《晋书》本传说："尚书纪瞻置酒请顗及王导等，顗荒醉失仪，复为有司所奏。诏曰：'顗参副朝右，职掌铨衡，当敬慎德音，式是百辟。屡以酒过，为有司所绳。吾亮其极欢之情，然亦是濡首之诫也。'"所谓"荒醉失仪"，其实即邓粲《晋纪》所记"露其丑秽"之事。盖伯仁因酒醉昏乱，才有此丑态。若在清醒之时，恐怕不会如此悖谬荒唐。周顗晚年醉日多，醒日少，以至于众人眼前"露其丑秽"，他的"酒过"也实在太严重了。

东晋之初，阮籍与元康名士的任诞之风犹盛，周顗秽杂无检节，就是这种风气的反映。但在另一方面，周顗"深达危乱"，是非分明，正气凛然，为著名的骨鲠之臣。在王敦之乱中，为国慷慨而死。东晋儒道兼综，周顗便是在这一时代风气下形成的人格范型。"吾若万里长江，何能不千里一曲！"周顗自比万里长江，非常形象地道出了他的人格特征，或者说是人格魅力：万里长江，浩荡东流，是"正情嶷然"的象征；"千里一曲"，则意谓有时不妨任诞不拘礼节。若万里长江，径直东流，无有千里一曲，岂成自然之长江？方苞以为如此之人不该原谅，应该杀，此论不仅"一眚掩其大德"，也说明方氏于东晋名士的任诞之风不理解，于人性的复杂性、丰富性则更是完全茫然了。

216. 谢镇西往尚书墓还

王、刘共在杭南,酣宴于桓子野家。伊,已见。谢镇西往尚书墓还,葬后三日反哭。诸人欲要之,初遣一信,犹未许,然已停车;重要,便回驾。诸人门外迎之,把臂便下。裁得脱帻,著帽酣宴。半坐,乃觉未脱衰。尚书谢袭,尚叔也,已见。宋明帝《文章志》曰:"尚性轻率,不拘细行。兄葬后往墓还。王濛、刘惔共游新亭,濛欲招尚,先以问惔曰:'谢仁祖正当不为异同耳?'惔曰:'仁祖韵中自应来。'乃遣要之。尚初辞,然已无归意。及再请,即回轩焉。其率如此。"(《任诞》33)

这是又一个违反丧礼的故事。谢尚在叔父尚书谢袭葬后三日,往尚书墓哭。此时,王濛、刘惔正在桓伊家里酣饮。诸人得知谢尚从尚书墓返回,想邀他来饮酒。依照丧礼,谢尚还在叔父丧中,不可饮酒。王濛、刘惔当然知道丧礼的规矩,却还要拉谢尚饮酒,岂不是设套败坏别人的德行吗?可见丧礼在东晋虽然仍地位崇高,但有些风流名士并不真的把它当回事,剩下只有丧礼的形式意义。于是,王濛等人派人去邀请谢尚。谢尚口头上不答应,车子却停下,似乎不想回家了。诸人晓得谢尚意志不坚定,再去邀请,对方果然允诺,调转车头直往桓子野家。

到了桓伊家门口,见王濛、刘惔等人已站在门外迎接了。谢尚拉着他们的手臂下车,入门,扯下包扎发髻的头巾,戴着居丧带的布帽,立刻酣饮起来。酒喝到一半,才发觉丧服仍穿在身上。"未脱衰",指未脱丧服。衰,通"缞",丧服。《三国志·吴志·虞翻传》说:"孙策征会稽,翻时遭父丧,衰绖诣府门,(王)朗欲就之,翻乃脱衰入见,劝朗避策。"谢尚经不起王濛等人的诱惑,一见酒就迫不及待地酣饮,早就忘了自己还在叔父丧中,不能饮酒食肉的礼制,哪想到丧服还穿在身上?

谢尚不守丧礼,初看似乎中了王濛、刘惔的圈套,其实是他本人意志不坚之故。若"我心匪石,不可转也",则无论诸人遣信也罢,一邀再邀也罢,都不可能把他拉住。王濛等起初派人去邀,谢尚"犹未许,然已停车",表明他已无归去之意。

再邀,果然回驾往桓伊家。因此,问题还是在谢尚为叔父守丧不过是形式,并不真诚。

至于王濛、刘惔,明知谢尚为叔父居丧,却再三设法拉他喝酒,也属于任诞行为。刘孝标注引宋明帝《文章志》,记此事始末与《世说》稍有不同。《文章志》先总括二句:"尚性轻率,不拘细行。"后写王濛、刘惔共游新亭,濛欲招谢尚,先以问刘惔,说:"谢仁祖正当不为异同耳?"意谓邀谢仁祖,他大概不会有异议吧?刘惔有一流的知人之鉴,回答道:"仁祖韵中自应来。"意思说,谢尚乃有韵之人,应该会来的。不出刘惔所料,再邀,果然谢尚就来了。《文章志》所记谢尚的故事,旨在证明谢尚轻率,不拘细行。不过,其中还有值得注意的地方,就是刘惔评谢尚"韵中"。《世说音释》解释说:"谓心中有韵致,不同常人之拘执也。"这样解释大体可从。韵谓情韵、性情。刘惔以为据仁祖之情韵,应该会来。如此,在刘惔看来,谢尚居丧饮酒违不违礼完全无关紧要,他看中的是仁祖之韵。谢尚在丧中饮酒,兴致高得竟然"未脱衰",当然不会受到讥议,反倒是件韵事。东晋时期的情与礼的冲突贯穿始终,礼往往不敌情。谢尚的故事同样证明性情与礼制是有冲突,比如王濛初遣一信,谢尚"犹未许",便是情礼之间还在犹豫,然"重要,便回驾",说明礼不敌情,一击就垮。居丧废礼,脱落礼教,然任达之士谓之"韵"。这是情的大胜利。

217. 袁彦道樗蒲

桓宣武少家贫,戏大输,债主敦求甚切。思自振之方,莫知所出。陈郡袁耽俊迈多能,《袁氏家传》曰:"耽字彦道,陈郡阳夏人,魏中郎令涣曾孙也。魁梧爽朗,高风振迈。少倜傥不羁,有异才,士人多归之。仕至司徒、从事中郎。"宣武欲求救于耽。耽时居艰,恐致疑,试以告焉,应声便许,略无嫌吝。遂变服,怀布帽,随温去与债主戏。耽素有艺名,债主就局,曰:"汝故当不办作袁彦道邪?"遂共戏。十万一掷,直上百万数,投马绝叫,傍若无人,探布帽掷对人曰:"汝竟识袁彦道不?"《郭子》曰:"桓公樗蒲失数百斛米,求救于袁耽。耽在艰中,便云:'大快,我必作采。卿但大唤。'即脱其衰,共出门去。觉头上有布帽,掷去,著小帽。既戏,袁形势呼祖,掷必卢雉,二人齐叫,敌家顷刻失数百万也。"(《任诞》34)

桓温少时樗蒲，输去数百斛米。债主讨债甚切，桓温想翻本，想不出办法，遂求救于袁耽(彦道)。樗蒲，古博戏名，相传老子入胡所作。此说最早见于后汉马融《樗蒲赋》："伯阳入戎，以斯消忧。枰则素旃紫罽，出乎西邻。"(《艺文类聚》卷七四)旃、罽皆游牧民族常用之毛织物，则出乎西戎有此可能。《政事》16注引《中兴书》说："(陶)侃尝检校佐吏，若得樗蒲博奕之具，投之曰：'樗蒲，老子入胡所作，外国戏耳。"《资治通鉴》卷九三《晋纪》一五也说：陶侃曰："樗蒲者，牧猪奴戏耳!""牧猪奴"者，是对游牧民族的鄙称。

再说桓温求救袁耽时，耽正居丧。怕耽犹豫不决，桓先试探，告知求救之意。袁耽一听就答应，毫无为难之色。袁"遂变服"——脱下居丧时穿的缞服，换上日常穿的衣服，怀里塞个布帽，跟着桓温去与债主樗蒲。耽素有艺名，艺名这里指樗蒲技艺之名，可见晋人视樗蒲为一门技艺。前面说"耽俊迈多能"，樗蒲即是一能。债主就局，对袁耽说："你不能作袁彦道吧?"《晋书》卷八三《袁耽传》说："耽素有艺名，债者闻之而不相识"；因不相识，故袁彦道虽在眼前却谓之曰"卿当不办作袁彦道也"。真所谓"有眼不识泰山"。

于是开始樗蒲。十万一掷，至百万数。直，谓钱物。本篇26记温峤与商贾樗蒲数次，输得精光，连人都被扣不能走。温与庾亮善，于舫中大叫庾亮说："卿可赎我!"庾立刻送去钱物，人才得以回来。又《宋书》卷一《武帝纪》说："刘毅家无儋石之储，樗蒲一掷数百万。"晋宋间樗蒲真是罕见的豪赌，骇人听闻。"投马绝叫"之"马"为赌具。马融《樗蒲赋》说："马则玄犀象牙，是蹉是礲。""马为翼距，筹为策动。"据此，马与筹是樗蒲的两个赌具，大概同后世的骰子之类。由于樗蒲的游戏规则早已失传，也就不知马、筹如何运作。绝叫，指樗蒲时大声喝采。刘孝标注引《郭子》，描写袁耽与债主樗蒲的场面，就具体多了。袁耽对桓温说："大快，我必作采。卿但大唤。"又说："既戏，袁形势呼祖，掷必卢雉，二人齐叫。"袁耽所说的"我必作采"之"采"，是赌局上马、筹显示的形势。徐震堮《校笺》引《唐国史补》说：洛阳令崔师本好为古之樗蒲，"其法，其骰五枚，分上为黑，下为白，黑者刻二为犊，白者刻二为雉。掷之全黑者为卢，其采十六；三雉三黑为雉，其采十四；二犊三白为犊，其采十；全白为白，其采八；四者贵采也……贵采得连掷，得打马，得过关，余采则否。""我必作采"，是说我必得贵采。"卿但大唤"，即《世说》所言"投马绝叫"，《郭子》所说"袁形势呼祖，掷必卢雉，二人齐叫"。赌者投马、筹时，吆喝大叫，所谓"呼卢喝雉"，助成贵采。

袁耽果然是樗蒲的高手，顷刻之间使敌家失数百万。赢了之后，把布帽掷向债主说:"你认识袁彦道吗!"料想债主此刻必定大吃一惊,原来对手就是艺名遐迩的袁彦道!居丧期间樗蒲,"投马绝叫,傍若无人",一掷百万,赢了嘲笑对手有眼不识泰山,活画出袁扰"魁梧爽朗,高风振迈,倜傥不羁,有异才"的个性。

豪赌最能见出一个人的性格。本篇26记温峤未居高位时,屡与商贾樗蒲,几次输得精光,在船上大呼庾亮:"卿可赎我!"桓温年轻时家贫,照常玩樗蒲不误,大输。这些超级赌徒,一掷百万,面不改色心不跳,况且又在贫贱时,其豪迈气概与强大的心理,一般人难以做到。然正是这些人,后来成就大事业。英雄逐鹿天下,是否与豪赌仿佛?

当然,樗蒲终究是真金白银的博戏,为争输赢,必定伤和气,甚至反目成仇。也是这位袁彦道,与桓温樗蒲,见形势于己不妙,"遂厉声掷去五木"(见《忿狷》4)。葛洪批评博戏的害处,说:"每观戏者,惭恚交集,手足相及,丑詈相加,绝交坏友,往往有焉。"(葛洪《抱朴子·外篇·自叙》)只要有博戏,葛洪所说的现象就永远存在。

218. "张屋下陈尸,袁道上行殡"

张湛好于斋前种松柏,《晋东宫官名》曰:"湛字处度,高平人。"《张氏谱》曰:"湛祖嶷,正员郎。父旷,镇军司马。湛仕至中书郎。"时袁山松出游,每好令左右作挽歌。山松别见。《续晋阳秋》曰:"袁山松善音乐,北人旧歌有《行路难曲》,辞颇疏质,山松好之,乃为文其章句,婉其节制,每因酒酣,从而歌之,听者莫不流涕。初,羊昙善唱乐,桓伊能挽歌,及山松以《行路难》继之,时人谓之'三绝'。"今云挽歌,未详。时人谓"张屋下陈尸,袁道上行殡"。裴启《语林》曰:"张湛好于斋前种松,养鸲鹆;袁山松出游,好令左右作挽歌。时人云云。"(《任诞》43)

张湛好于斋前种松柏,时人谓"张屋下陈尸"。刘应登解释说:"言松柏可为棺具。"凌濛初则说:"当因冢墓必栽松柏,故云。"凌氏所解是。"屋下陈尸"者,即指"斋前种松柏"。《史记》卷三九《晋世家》:"重耳谓其妻曰:'待我二十五年不来,乃嫁。'其妻笑曰:'犁二十五年,吾冢上柏大矣。'"《三辅黄图》说:"汉文帝霸陵不起山陵,稠种松柏。"(《太平御览》卷九五四)《汉书》卷六五《东方朔传》:"柏者,鬼之廷也。"颜师古注:"言鬼神尚幽闇,故以松柏之树为廷府。"古诗《去者日以疎》:"出郭门直视,但见丘与坟。古墓犁为田,松柏摧为薪。"陶渊明有《诸人共游周家墓柏下》诗,又其《拟古》诗之四:"松柏为人伐,高坟互低昂。"苏轼《江城子》词悼念亡妻:"料得年年断肠处,明月夜,短松岗。"皆证古人墓上及墓周多植松柏。

时袁山松出游,每好令左右作挽歌,时人谓"袁道上行殡"。刘孝标注引《续晋阳秋》说:"袁山松善音乐,北人旧歌有《行路难曲》,辞颇疏质,山松好之,乃为文其章句,婉其节制,每因酒酣,从而歌之,听者莫不流涕。"据此,袁山松作挽歌,是从文辞和曲调两方面改造北人《行路难曲》,由疏质变为文雅,使之具有强烈的艺术感染力。

挽歌为送葬时的丧歌,由挽柩者歌唱。古代丧礼,灵柩空,道上唱挽歌以送之。《晋书》卷九六《烈女传》载:段丰妻慕容氏,被逼改适余炽而自尽。及葬,灵柩路经余炽宅前,炽闻挽歌之声,恸绝良久。又刘敬叔《异苑》卷六:"灵入室凭几,忽于空中掷地,便有嗔声曰:'何不作挽歌,令我寂寂上道耶!'"袁山松出游,每好令左右作挽歌,情形如道上行殡。

挽歌的起源有多种说法。一说出于田横门人。崔豹《古今注》说:"《薤露》、《蒿里》治丧歌也,本出田横门人。横自杀,门人伤之,为作悲歌。言人命息,如薤上之露,易晞灭也。亦谓人死魂魄归于蒿里。至武帝时,李延年分为二曲。《薤露》送王公贵人,《蒿里》送士大夫庶人。使挽柩者歌之,亦谓之挽歌。"本篇45载:"张骖酒后,挽歌甚凄苦。桓车骑曰:'卿非田横门人,何乃顿尔至致?'"可知桓车骑(冲)认为挽歌出于田横门人。一说谓在春秋战国时。《乐府解题》说:"《左传》云:'齐将与吴战于艾陵,公孙夏命其徒歌《虞殡》。'杜预注:'送死《薤露》歌即丧歌,不自田横始也。'"本篇45刘孝标注:按《庄子》曰:"绋讴所生,必于斥苦。"司马彪注曰:"绋,引柩索也。斥,疏缓也。苦,用力也。引绋所以有讴歌者,为人有用力不齐,故促急之也。"《春秋左氏传》说:"鲁哀公会吴伐齐,其将公孙夏命歌《虞殡》。"杜预注:"《虞殡》,送葬歌,示必死也。"《史记·绛侯世家》说:"周勃以吹箫乐丧。"然则挽歌之来久矣,非始起于田横也。一说谓出于汉武帝役人之歌。挚虞《挽歌议》说:"《新论》以为挽歌出于汉武帝役人歌劳,声辞哀切,遂以为送终之礼。"从《左传》及《庄子》之文来看,挽歌可能始于春秋时。

汉末以后,挽歌发生变化,不再仅仅作为丧歌,始有放荡情志之功用。应劭《风俗通》说:"京师殡婚嘉会,酒酣之后,续以挽歌。"(《太平御览》卷五五二引)应劭之说，包含有关挽歌的丰富信息，值得探索。一是挽歌原来作为送葬之用的丧歌，现在殡葬之外，婚事及嘉会也用。那么，为何喜事亦唱挽歌？二是酒酣之后，为何续以挽歌？笔者以为婚事嘉会亦唱挽歌，一者是汉末通达风气的表现。魏晋的任诞之风，其实也是始于汉末的。"酒酣之后，续以挽歌"，与魏晋任诞之士实在无甚区别。二者是后汉的音乐艺术以悲苦为美。古诗是理解汉末审美风尚的极佳文献。其中涉及音乐的古诗有《西北有高楼》："上有弦歌声，音响一何悲。"《东城高且长》："当户理清曲，音响一何悲。"李陵录别诗《寂寂君子坐》："乃命丝竹音，列席无高唱。悲意何慷慨，清歌正激扬。长哀发华屋，四坐莫不伤。"（以上皆见《古诗纪》卷二〇）读《古诗十九首》为代表的古诗，那种强烈的悲酸苦辛的美感十分动人。上面所举的写到音乐的几首古诗，无一不反映彼时音乐艺术以凄清悲苦为美的风格。挽歌辞曲皆悲哀，正合汉末的审美时尚。故殡葬唱挽歌是传统，喜事嘉会唱挽歌是任达，是欣赏。当然，不论殡葬婚娶及嘉会，唱挽歌的深层意识都是悲哀生命的易逝，对生命的无比留恋。尤其是"酒酣之后，续以挽歌"，最能体现汉末生命意识的觉醒。酒酣乃享受现世之欢乐，挽歌为悲歌人生之短暂。悲喜交加，大喜大悲，既是享受人生的欢乐，也是悲哀人命的短促。无可奈何，唯有及时行乐。至于曹操以挽歌反映汉末时事，其《薤露》、《蒿里》，被誉为"诗史"。那是挽歌的别调。

东晋任诞之风弥漫天下，作挽歌亦成常见的任达之举。山松、桓伊之外，庾晞、武陵王晞也喜挽歌。庾晞每自摇大铃为唱，使左右和之（见《晋书》卷二八《五行志中》）。武陵王晞喜为挽歌，自摇大铃，使左右习和之（《黜免》7注引《司马晞传》）。袁山松所作挽歌内容不可知，然由"听者莫不流涕"一语推测，必定以哀苦为主。其余的挽歌，恐怕也是如此。任达的表面，深藏着对死亡难免的恐惧和悲哀。在袁山松之后不久，大诗人陶渊明也作《挽歌诗》三首，表达对生死之道的了悟，坦然以对无可避免的死亡，与前辈挽歌的哀苦大不相同，成为挽歌中之杰作，超前绝后。

219."何可一日无此君"

王子猷尝暂寄人空宅住，便令种竹。或问："暂住何烦尔？"王啸咏良久，直指竹曰："何可一日无此君。"《中兴书》曰："徽之卓荦不羁，欲为傲达，放肆声色颇

过度,时人钦其才,秽其行也。"(《任诞》46)

王子猷爱竹,称"何可一日无此君"。这是中国文人生活史上很有名的故事,成为后世文艺作品的题材而流传至今。如何理解王子猷的爱竹?是单纯喜爱竹子的形态美,还是它的翠叶不凋零、直节挺拔,成为超俗和不变的气节的象征,借以寄托情志?鄙意以为是前者。子猷爱竹,不过爱竹子的自然形态美,并不涉及人格寄托。

竹子修长曼妙,自古为人喜爱。尤其南方之竹,种类特多,形态秀美,冬夏不凋,极具观赏价值。人们爱竹、种竹、用竹、写竹,有着悠久的历史。《诗经·卫风·淇澳》写道:"瞻彼淇澳,绿竹猗猗。"《太平御览》卷九六二引《汉书》说:"梁王兔园多植竹,中有修竹园。"东方朔《七谏》说:"便娟之修竹兮,寄生乎江潭。"(《楚辞章句》卷一三)《太平御览》卷二一引《语评》说:"陆机夏在洛,忽思斋东头竹筱中饮,语刘宝曰:'吾思乡转切矣。'"王羲之、许询、谢安等长期生活在会稽,"此地有崇山峻岭,茂林修竹"(《兰亭集序》),一丛丛翠竹点缀群山,是最常见的景观。读东晋永和九年王羲之、谢万等人所作的兰亭诗,其中多有修竹的描写:"青萝翳岫,修竹冠岑。"(谢万《兰亭诗》)"回沼激中逵,疏竹间修桐。"(孙统《兰亭诗》之二)表现喜爱修竹之情。王子猷生于斯,长于斯,又受父辈审美意识的熏陶,喜爱修竹很自然。令人叹为观止的是他爱竹爱到极致,以至一日不可无此君。

王子猷种竹、爱竹的言行给后人留下深刻印象,被激赏至今。为人熟知的苏轼《于潜僧绿筠轩》诗说:"可使食无肉,不可居无竹。无肉令人瘦,无竹令人俗。人瘦尚可肥,士俗不可医。"(《东坡全集》卷四)显然,此诗是由子猷爱竹的典故而来,且对典故本身作出新的诠释,所谓"不可居无竹"、"无竹令人俗",将竹看作清高脱俗之人格象征。至南宋人陈郁《藏一话腴》外编卷下,说子猷爱竹是"君子借竹养性":"(上略)是亦此君之不以霜雪而改柯易叶也。子猷曰:'不可一日无此君。'苏长公曰:'无竹令人俗。'岂为观美耶?借竹以养性,不为俗子之归耳。古今诗人风流意度、清节高趣,政自不凡。如竹可爱,使人一见洒然意消。余得俗子之诗曰:'俗子俗到骨,一挹已涸人。'不知此曹面何得有许尘。正子猷、长公之所畏避者也。"苏轼赋予竹以清高脱俗的品格,陈郁以为子猷"借竹以养性",是与宋人崇尚节操,士人精神生活的雅化以及大谈心性之学的时代风气有关。从此,子猷爱竹的典故附丽越来越浓的道德意味,赏竹与士人清高的品格,劲直的气节联系起来。其实,子猷"秽其行",爱竹纯是观美,绝无借赏竹养性或寄寓清高人格的意味。刘义庆将子猷爱竹归入"任诞",刘孝标则注引《中兴书》说:"徽之卓荦不羁,欲为傲达,放肆声色颇过度,时人钦其才,秽其行也。"毫无欣赏子猷之意。说明迟至南朝,人们皆认为子猷其人"秽其行",根本不把他的爱竹当回事。直到唐修《晋书》,《王徽之传》几乎都记子猷的任诞放达行为。《中兴书》说"时人钦其才,秽其行",然"钦其才"之"才"语焉不详,"秽其行"却触目皆是。至于陈郁所谓"君子借竹养性"的言论,南朝人恐怕连做梦也梦不到。

  古今评论王子猷,笔者以为王楙《野客丛书》卷四"王子猷操行"条还比较可取,他说:"王子猷多言俗事,谢安以为不如献之。仆谓此特以一时之言察其优劣耳,未考其终身之行也。《子猷传》所载率多旷达,如不答长官,拄笏而看西山。不顾主人,坐舆而造竹下。山阴雪夜,咏《招隐诗》而访戴逵。观此数事,胸中洒落,亦自不凡,未易贬之也。然《传》又云'人钦其才而秽其行'。仆观此语,始知其为人内行不谨,为当时所鄙,信非子敬之比,惟史氏没其迹而不书。盛陈前数事,且居名父之下,名弟之上,左右掩映。故后世闻其风者,击节赏叹,以为不可及,而莫知有大节之累云。"王楙以为《晋书·子猷传》所载的旷达任诞之事表现出子猷"胸中洒落,亦自不凡",此为后世击节赞赏;然"内行不谨,为人所鄙",有大节所累。所言大致是,但未必皆得其真。王子猷性格有两点引人注目:傲达和洒落不凡。时人秽其行,即指其傲达作风和《中兴书》所说的"放肆声色颇过度",后者很有可能是妓乐的过度。时人钦其才,可能是钦其音乐才能。王子猷善琴,读《任诞》16 即知。子猷的洒落不凡,本篇所载的爱竹,雪夜访戴安道,王子猷出都,《简傲》16 王子猷过吴中赏竹,都显示了他的爱美之心,精神的自由纵放,为后世击节赞赏。

220. 王子猷出都遇桓子野

  王子猷出都,尚在渚下。旧闻桓子野善吹笛,《续晋阳秋》曰:"左将军桓伊善音乐。孝武饮燕,谢安侍坐,帝命伊吹笛。伊神色无忤,既吹一弄,乃放笛云:'臣于筝乃不如笛,然自足以韵合歌管。臣有一奴善吹笛,且相便串,请进之。'帝赏其放率,听召奴。奴既至,吹笛,伊抚筝而歌怨诗,因以为谏也。"而不相识。遇桓于岸上过。王在船中。客有识之者,云是桓子野。王便令人与相闻,云:"闻君善

吹笛,试为我一奏。"桓时已贵显,素闻王名,即便回下车,踞胡床,为作三调。弄毕,便上车去。客主不交一言。(《任诞》49)

王子猷赴召京师,泊舟清溪侧。子猷在船上,而此时桓子野(伊)恰好坐车从岸上过。有客认识桓子野,说子野在岸。子猷早闻子野大名,知其善吹笛,于是派人传话给子野:"闻君善吹笛,试为我一奏。"桓伊此时已显贵,也早闻王徽之名,当即下车,两脚叉开坐于胡床上,为子猷作三调。吹完曲调,便上车而去。二人不交一言。

王子猷邀桓子野吹笛,是历史上有名的艺林佳话,最生动地诠释着魏晋风流的涵义。于是,子野吹笛之地,后世成了金陵的一处名胜,称"邀笛步"或"笛步"。《江南通志》卷三〇:"邀笛步在上元县青溪桥右,王徽之邀桓伊吹笛处。"明清时期,有多少文人雅士流连于邀笛步,遐想六朝风流。如今,清溪边的邀笛步早已渺无影踪,但这并不妨碍我们遐想当年发生的故事,品味其中蕴含的醉人的美感。

上面讲到子猷爱竹的故事时指出,子猷的性格一是傲达,一是洒落不凡。子猷邀子野吹笛,是他以上两大性格特征的充分表现。子猷邀子野吹笛,子野为作三调。按世俗的礼仪,子猷应该向子野表示谢意,至少也要言谈几句。然"客主不交一言",似乎什么也没发生一样。这与他观吴中士大夫家好竹,看毕就想走,不与主人答话相似,都是简傲无礼。但在子猷看来,礼数皆是俗情俗态,一概摆脱。盖子猷邀子野吹笛,只是想欣赏他的笛声美妙,并不是想与对方交朋友。邀子野吹笛为一时兴起,听完笛声则兴尽;既已兴尽,我何必与子野答话?这与雪夜访戴安道,"乘兴而行,兴尽而反,何必见戴"完全一样。

再说桓子野,也是一个妙人。得知王子猷邀己吹笛,全然忘记纡金曳紫的身份,当即下车,为子猷作三调。他是满足于自己的技艺,也乐意表演技艺。本不欲人赞,亦不欲人谢,故弄毕即走。不带走风中一丝声,水中一片影,潇洒至极,令人绝倒。冯友兰《论风流》说:"王徽之与桓伊都可以说是为艺术而艺术。他们的目的都在于艺术,并不在于人,为艺术的目的既已达到,所以两个人亦无须交言。"子猷邀子野吹笛为欣赏艺术,子野为之吹笛是表演艺术。二人都是醉心艺术,为艺术而艺术。虽不相识,笛声却已经沟通彼此。清孙原湘曾作《邀笛步》诗说:"清溪水清似雪,柯亭竹坚似铁。下车来,三弄毕。上车去,不作别。两相知,不相识。如此江山如此客,六代风流一枝笛。"(《天真阁集》卷四)称子猷、子野

"两相知,不相识",并非过誉。故事之末"客主不交一言"的情景,最能表现二人风度高雅,精神洒脱,毫不在乎俗情俗礼的精神境界,令人回味无穷。

221."名士不必须奇才"

王孝伯言:"名士不必须奇才,但使常得无事,痛饮酒,熟读《离骚》,便可称名士。"(《任诞》53)

王孝伯(恭)所说的名士是自饰,还是讽刺当世所谓"名士"?余嘉锡《笺疏》说:"《赏誉篇》云:'王恭有清辞简旨,而读书少。'此言不必须奇才,但读《离骚》,皆所以自饰其短也。恭之败,正坐不读书。故虽有忧国之心,而卒为祸国之首,由其不学无术也。"余氏说王恭之言是"自饰其短",其说有可取处,但未必皆是。《赏誉》154刘孝标注引《中兴书》说:"恭虽才不多,而清辩过人。"证明王恭确实才不多,虽能清言,但读书少,终究不入流品。他说名士不必须奇才,恐怕真有自饰意味。

不过,王恭所说的名士的三个条件——使常得无事,痛饮酒,熟读《离骚》,固然有自饰其短的意味,但无论如何,道出了中朝以来许多名士的实情,对于如何认识名士,有重要的参考价值。以下依次解释之:

以无事为高的社会怪现状,在晋初就形成风气。干宝《晋纪总论》说:"当官者以望空为高而笑勤恪。"刘谦《晋纪》记应瞻上表说:"元康以来,望白署空显以台衡之量,寻文谨案目以兰熏之器。"《轻诋》11注引《八王故事》说:"夷甫虽居台司,不以事物自婴,当世化之,羞言名教,自台郎以下,皆雅崇拱默,以遗事为高,四海尚宁,而识者知其将乱。"官场"以遗事为高"的风气,与王衍大谈贵无大有关系。《晋书》卷三五《裴頠传》说:"……至王衍之从,声誉太盛,位高势重,不以物务自婴,遂相放效,风教陵迟。"裴頠乃著《崇有论》,批判当世虚无之论盛行而造成的种种弊病:"遂薄综世之务,贱功烈之用,高浮游之业,卑经实之贤。……是以立言藉其虚无,谓之玄妙;处官不亲所司,谓之雅远;奉身散其廉操,谓之旷达……"这种情况至东晋依然如此。元帝时,熊远上书政事有"三失",其一是"选官用人,不料实德,惟在白望,不求才干","称职以违俗见讥,虚资以从容见贵","今当官者以理事为俗吏,奉法为苛刻,尽礼为谄谀,从容为高妙,放荡为达士,骄蹇为简雅"(《晋书》卷七一《熊远传》)。尚无为、贵虚谈、供默无事者称名士,勤于吏职者反为俗吏。何充忙于看文书,却见讥于当世,王濛、刘惔劝其"摆拨常务,应对玄言"(见《政事》18及刘孝标注引《晋阳秋》)。卞壸处境亦同何充。壸有实干之才,勤于吏事,不肯苟同时好,却"为诸名士所少,而无卓尔优誉"(见《晋书》本传)。上述例子,证明王恭所说"但使常得无事"即可称名士,为可信也。

再说"痛饮酒"。纵饮之风自汉末始,迄东晋之终而不衰。痛饮酒可称名士,盖在生命意识觉醒之后,及时行乐、享受人生,成为多数人的共识。痛饮酒,正是及时行乐的最佳选择之一。酒醉之后,一时不省人事,不知俗世之险恶、是非、名利、贵贱、优劣、高下……物我两忘。故王蕴说:"酒正使人人自远。"(本篇35)王荟说:"酒正自引人著胜地。"(本篇48)王忱说:"三日不饮酒,便觉形神不复相亲。"(《晋书·王忱传》)孟嘉答桓温说:"公未得酒中趣耳。"(《晋书·桓温传》)……读陶渊明《饮酒》诗其十三,或许有助于理解为什么痛饮酒能称名士的疑问。此诗说:"有客常同止,趣舍邈异境。一士长独醉,一夫终年醒。醒醉还相笑,发言各不领。规规一何愚,兀傲差若颖。寄言酣中客,日没烛当炳。"陶公以醒者为愚,以醉者为颖。盖醒者整天算计如何争名夺利,而醉者玉山倾倒,自远俗世。既然时人青睐醉者,那就容易理解为何痛饮酒可称名士了。故胡毋辅之嗜酒放诞,王澄许为"后进领袖";羊曼任达纵酒,赞为"中兴名士"。嗜酒甚者名之通,次者名之达。

熟读《离骚》为何可称名士?这问题颇难解释,难在史书中罕见读《离骚》的事例,只能从魏晋文化精神与楚汉浪漫主义二者关系来探讨。魏晋《庄子》学空前兴盛,而庄子、屈原同为楚文化的杰出代表,二者在精神上有相通之处。《离骚》情感奔放,想象奇特,颇具自由精神,与《庄子》的终极取向虽异致,但与后者同是浪漫主义精神之花的灿烂绽放。魏晋文化重情、重自然,与《庄子》的摆脱一切羁绊之精神品格最相契合,同时也受楚汉浪漫主义的影响。特别是阮籍、嵇康的诗文,明显受楚辞的影响。陆云《九愍》说:"昔屈原放逐而《离骚》之辞兴,自今及古,文雅之士莫不以其情而玩其辞而表意焉。"(《陆士龙集》卷七)从陆云所谓"文雅之士莫不以其情而玩其辞而表意焉"一语,可知魏晋"文雅之士"喜爱并模拟骚体赋的真相。再有《排调》45记谢安问王子猷"云何七言诗"?子猷答以《楚辞·卜居》二句:"昂昂若千里之驹,泛泛若水中之凫。"虽是"排调",亦能见名士对《楚辞》之熟悉,陆云所谓古今文雅之士赏玩《离骚》的说法由此得到部分的证实,也就解释了何以熟读《离骚》便可称名士的问题。

简傲第二十四

222. 阮籍戏刘公荣

王戎弱冠诣阮籍,时刘公荣在坐,阮谓王曰:"偶有二斗美酒,当与君共饮,彼公荣者无预焉。"二人交觞酬酢,公荣遂不得一杯,而言语谈戏,三人无异。或有问之者,阮答曰:"胜公荣者,不得不与饮酒;不如公荣者,不可不与饮酒;唯公荣可不与饮酒。"《晋阳秋》曰:"戎年十五,随父浑在郎舍,阮籍见而说焉。每适浑俄顷,辄在戎室久之,乃谓浑:'浚冲清尚,非卿伦也。'戎尝诣籍共饮,而刘昶在坐,不与焉。昶无恨色。既而戎问籍曰:'彼为谁也?'曰:'刘公荣也。'浚冲曰:'胜公荣,故与酒;不如公荣,不可不与酒;唯公荣者,可不与酒。'"《竹林七贤论》曰:"初,籍与戎父浑俱为尚书郎,每造浑,坐未安,辄曰:'与卿语,不如与阿戎语。'就戎,必日夕而返。籍长戎二十岁,相得如时辈。刘公荣通士,性尤好酒。籍与戎酬酢终日,而公荣不蒙一杯,三人各自得也。戎为物论所先皆此类。"(《简傲》2)

阮籍与王戎共饮二斗美酒,在坐的刘公荣(昶)却不得一杯。有人问原因,阮籍回答:"胜公荣者,不得不与饮酒;不如公荣者,不可不与饮酒;唯公荣可不与饮酒。"阮籍的戏言,其实是从刘公荣本人的几句话变化而来。《任诞》4载:"刘公荣与人饮酒,杂秽非类。人或讥之,答曰:'胜公荣者不可不与饮,不如公荣者亦不可不与饮,是公荣辈者又不可不与饮。'故终日共饮而醉。"刘公荣与人饮酒,不分对象,终日共饮而醉,故《世说》归于"任诞"。阮籍则是其他人都可与之饮,唯公荣可不与饮,公荣遂不得一杯,故《世说》归于"简傲"。刘辰翁指出:"殆用公荣语调公荣。"王世懋说:"即以公荣语翻出更妙,滑稽之雄。"二人的解释是正确的。阮籍变化公荣语以戏公荣,诚滑稽至极。

阮籍戏公荣,在刘孝标注引的《晋阳秋》里,成了王戎戏公荣。余嘉锡《笺疏》说这是"此即一事,而传闻异辞耳"。然鄙意以为阮籍与刘公荣相识在先,公荣好酒,嗣宗嗜酒,二人必常共饮。《任诞》4 记公荣与人饮酒,杂秽非类,人或讥之。此"人",或许即阮籍亦未可知。因籍作清白眼,正不喜非类者。而公荣所答"胜公荣者"云云,籍必当了解。故籍与王戎饮时,变化公荣语以戏之。《晋书》卷四三《王戎传》,也是阮籍戏公荣。我以为这是合乎情理的。理由有二:一,阮籍长王戎二十岁,初识戎时,戎年仅十余岁。《晋阳秋》说:"戎年十五,随父浑在郎舍,阮籍见而说焉。"据陆侃如《中古文学系年》下册考证,阮籍与王戎父王浑共事而相交,"戎年恐仅十一二岁"。王戎初出茅庐,恐怕不会贸然戏语前辈。二,《晋阳秋》叙王戎曾与阮籍共饮,刘公荣在坐,不与焉。"既而戎问籍曰:'彼为谁也?'曰:'刘公荣也。'"接着王戎戏公荣"胜公荣者,故与酒"云云。既然王戎不认识公荣,问籍"彼为谁也"?却又说"胜公荣"、"不如公荣"。初见陌生人,不知对方底细,岂能说"胜公荣"、"不如公荣"等语?故《晋阳秋》所载为王戎语,此大不可信。以上虽是笔者的推测,但自以为甚合情理。余氏《笺疏》却说此是"一事而传闻异辞",遂将当时酒徒的有趣生活,变成直白无聊,笔者以为不可取。

223. 陆士衡诣刘道真

陆士衡初入洛,咨张公所宜诣;刘道真是其一。陆既往,刘尚在哀制中。性嗜酒,礼毕,初无他言,唯问:"东吴有长柄葫芦,卿得种来不?"陆兄弟殊失望,乃悔往。(《简傲》5)

陆机虽是吴地俊才,出身又显赫,但终究是"亡国之余",初至洛阳,被人轻视。张华为当时文坛领袖,有知人之明,一见陆机兄弟,大为欣赏,以至说:"伐吴之役,利获二俊。"张华于陆机有知遇之恩,故陆初至洛阳,便咨询应当拜访哪些名人,其意是希望得到权势人物和社会名流的奖掖提携,以谋求仕途上的发展。张华即指点:刘道真是应该谒见的人物之一。由此可见,刘道真是当时名士,对于品评士人有一定的影响力。余嘉锡《笺疏》注引颜师古《汉书叙例》说:"刘宝字道真,高平人,晋中书郎,河内太守,御史中丞,太子中庶子,吏部郎,安北将军,侍皇太子讲《汉书》，别有《驳议》。"就是这样一个名士，当陆机兄弟真诚前来拜访时，却别无他言，只问"东吴有长柄葫卢，卿得种来不"这等烦琐小事。放诞傲慢的态度，使陆机兄弟大为失望。

此事一表现了刘道真的任诞，二反映出中原人士对南方人士的轻视。关于刘道真居丧不废饮酒，余氏《笺疏》引《抱朴子·外篇·讥惑》后指出："据抱朴之言，则居丧饮酒，自是京洛之习俗。盖自阮籍居母丧，饮酒食肉，士大夫慕其放达，相习成风。刘道真任诞之徒，自不免如此。"以为道真居丧时不遵礼法，乃是慕阮籍居丧时的放达；陆氏兄弟谨守礼法，故乍闻道真之言，骇然失望。至于道真轻视陆氏兄弟，余氏仅以"南北相轻"一语带过。故对此作深一层的解读。

陆氏兄弟诣刘道真，必定会自报家门。道真初见，可能不识陆氏兄弟为南土俊才，但不会不知吴中大姓陆氏，以及陆逊、陆抗的大名。既不谈经济策，也不言文章事，唯问你们带来长柄葫芦种子否，确实是对来客的傲慢和轻视。这种中原士族对江南人士的傲慢，乃是普遍现象，并非刘道真独有，由此看出胜利者的自负和亡国者的无奈，其实质也是二者之间的对立和冲突。陆氏兄弟不仅遭遇刘道真的轻视，而且也曾被卢志侮辱。《方正》18载："卢志于众坐中问陆士衡：'陆逊、陆抗，是君何物？'答曰：'如卿于卢毓、卢珽'。士龙失色。既出户，谓兄曰：'何至如此，彼容不相知也。'士衡正色曰：'我父祖名播海内，宁有不知？鬼子敢尔！'"陆逊、陆抗是陆机兄弟的祖父和父亲，为东吴建立了赫赫功勋，"名播海内"，无人不知。卢志于大庭广众之下直呼陆机兄弟父祖之名，那是公然侮辱和挑衅。他之所以敢如此，原因是东吴为晋所灭。在他看来，任你陆机兄弟是什么"江南之秀"，终究是亡国奴。面对卢志的挑衅，陆机以牙还牙，事后又骂卢志是"鬼子"。这反映了中原士族藐视江南旧族，必然要引起后者的反抗。

由于江南人士是"亡国之余"，在仕途上就遭到中原士族的挤压。《晋书》卷六六《陶侃传》载：陶侃父丹为吴扬武将军，吴亡后，陶侃至洛阳，数诣张华，华开头认为侃是远方而来的南人，"不甚接遇"，后来侃才得到赏识，除郎中。但伏波将军孙秀还是以为侃"亡国支庶，府望不显，中华人士耻为掾属"。陶侃的例子很能说明，江南的"亡国之余"被中原士族轻视，要想谋个官职多么不易。

晋室南渡初期，为稳固江东政权，采用笼络当地人士的策略，轻视吴人的情况才有了改变。《晋书》卷六八《顾荣传》说："时南土之士未尽才用。"顾荣书奏陆士光等"南金"，元帝皆采用。这表明，东晋初年中原士族和江南士族的矛盾已经在一定程度上缓和了。

224. 谢万往见王恬

谢公尝与谢万共出西,过吴郡。阿万欲相与共萃王恬许,恬,已见,时为吴郡太守。太傅云:"恐伊不必酬汝,意不足尔。"万犹苦要,太傅坚不回,万乃独往。坐少时,王便入门内,谢殊有欣色,以为厚待己。良久,乃沐头散发而出,亦不坐,仍据胡床,在中庭晒头,神气傲迈,了无相酬对意。谢于是乃还,未至船,逆呼太傅,安曰:"阿螭不作尔。"王恬,小字螭虎。(《简傲》12)

谢安与谢万过吴郡,万欲与安一起拜访郡太守王恬。谢安觉得王恬未必会酬对他们,劝万不必去,免得自讨没趣。"意不足尔",犹意不足往也。然而谢万不听,执意拉谢安同去,安坚决不肯。谢万于是独往。

谢万进了郡府,坐了一会,王恬便入内。谢万很高兴,以为王恬要好好招待自己。又在门外等了许久,才见王恬沐头散发而出,亦不坐,仍据胡床,在中庭晒头,神气傲迈,毫无招待自己的意思。《晋书》卷六五《王恬传》说恬"性傲诞,不拘礼法"。此文多层次刻画王恬的傲慢:谢万来访,把他晾在外面许久,自己入内沐头洗发。此其一。披头散发出来后,"亦不坐,仍据胡床"。坐,指符合礼仪之跪坐。胡床用以家居,或非重要的场合。客人诣门,王恬"亦不坐,仍据胡床,在中庭晒头",待客无礼之甚。此其二。"神气傲迈,了无相酬对意",毫无接待来客的意思。此其三。谢万满怀希望诣门,不料主人简傲如此,觑得自己如无物,失望与尴尬可想而知。

谢万碰了一鼻子灰,回来了。还未走到船边,就朝着谢安的背影叫兄。王恬的傲慢,好像给他沉重的一击。但谢安只平静地说了一句:"阿螭不作尔。"不作尔,旧本或作"故作尔"。李贽解释:"故作尔,故如此也。"按,作"故作尔"较胜,意谓"故如此",即"本来如此"。谢安预料王恬傲慢不为礼,故劝万不必往。谢万遭冷遇,不出谢安所料,故称王恬之简傲本来如此。兄弟俩在这件事上显示出识见的高下。

为何王恬如此傲慢?主要原因王氏是首屈一指的旧贵族,而谢氏还未挤进著名世族的行列。对此,余嘉锡《笺疏》有中肯的分析:"江左王、谢齐名,实在安立功名以后。此时谢氏兄弟甫有盛名,而其先本非世族,故阮裕讥为新出门户。王恬贵游子弟,宜其不礼谢万也。"谢氏只有到谢安掌权之后才成为望族。当然,王恬性格傲诞,若面对他人,或许也会神气傲慢。这就不是世族、寒族所能解释了。

最后,对这个故事发生的时间作些考证。《晋书》卷七六《王允之传》载:"咸康中,进号西中郎将,假节。寻迁南中郎将,江州刺史,莅政甚有威惠。时王恬服阕,除豫章郡,允之闻之惊愕,以为恬丞相子,应被优遇,不可出为远郡,乃求自解州,欲与庾冰言之,冰闻,甚愧,即以恬为吴郡。"考《晋书》卷七《成帝纪》,咸康五年(339)七月王导卒,则王恬服阕,作吴郡太守,当在咸康八年(342)七月之后。谢安、谢万过吴郡,亦在此时。二谢年二十余,皆未出仕。二人初出茅庐,王恬可能闻所未闻,难怪觑得谢万如无物。

225. 王子敬兄弟见郗公

王子敬兄弟见郗公,蹑履问讯,甚修外生礼。及嘉宾死,皆著高屐,仪容轻慢,命坐,皆云:"有事,不暇坐。"既去,郗公慨然曰:"使嘉宾不死,鼠辈敢尔!"愔子超有盛名,且获宠于桓温,故为超敬愔。(《简傲》15)

王子敬兄弟见郗公,前恭后倨。之所以如此,郗公道出原因:"使嘉宾不死,鼠辈敢尔!"刘孝标注:"愔子超有盛名,且获宠于桓温,故为超敬愔。"指出先前子敬兄弟见郗公"甚修外生礼",是因为郗愔之子郗超有盛名,而且得到桓温宠幸的缘故。

这个故事描写子敬兄弟前后见郗公的不同,有两个细节值得注意:前是"蹑履问讯",后是"皆著高屐"。一前一后,由所著鞋子的变化,写出子敬兄弟由恭敬至轻慢。"蹑履问讯",是恭敬守礼的表现。刘盼遂解释道:"按古者入室脱履而行席上,晋时尚然(《雅量篇》'子敬不遑取履')。此条及《排调篇》'谢遏蹑履问讯',皆言入室问讯,不暇脱履,正以形容其恭敬之甚也。《庄子·天道篇》'士成绮雁行避影,履行遂进而问',正同此意。"又汉刘熙《释名》:"履,礼也,饰足所以为礼也。"王子敬兄弟见郗公,蹑履问讯,正是循礼的表现。"皆著高屐"之"屐",

是在非严肃的场合所穿。程炎震《世说新语笺证》引清卢文弨《龙城札记》卷三说："纨绔少年喜著高齿屐,见《颜氏家训》中。大抵通侻之服,非正服也。宋阮长之为中书郎,直省,应往邻省,误著屐出阁。依事,自列门下。事见《南史》,盖宫省谨严之地,宜著履舄。在直所,容可不拘,而出阁则必不可以亵,此其所以自劾也。"与宋阮长之误著屐出阁相同的是东晋徐应桢。《北堂书钞》卷一三六"著屐出合"条引《义熙起居注》说："兼黄门郎徐应桢出为散骑,著屐出省阁,有司奏,乃免官。"可见著屐出阁乃轻慢,在官场是要免职的。故事特别出色的地方,是摹写子敬兄弟仪容和语言,一种轻慢之态,如在目前。

世态炎凉,是这个故事显示的基本意义。郗超生前身后,子敬兄弟对郗公的态度截然不同,难怪郗公慨然骂这群外生是"鼠辈"。有人或许觉得郗公"鼠辈"之称太过分,于是曲为子敬兄弟卫护。比如刘辰翁说："备极世情,只'儿辈'是,别本作'鼠辈',非。"实际上,《世说》各种版本都作"鼠辈",无有作"儿辈"者。若作"儿辈敢尔",此成何语?再有余嘉锡《笺疏》引清姚鼐《惜抱轩笔记》卷五说："《晋书·郗超传》言王献之兄弟于超死后简敬郗愔,此本《世说》,吾谓其诬也。子敬佳士,岂慢舅若此?"姚鼐又以为郗超权重在简文时,及桓温丧,郗超已失势。他不相信郗超的存没会影响到子敬兄弟轻重郗愔,故称《世说》《晋书》所载为诬言。姚鼐的结论,建立在并不可靠的论据上,欠说服力。一是说子敬是佳士,佳士岂会慢舅若此?这种推论不合逻辑。佳士并不什么都佳。子敬固然可称佳士,但自矜门第高华,性亦傲慢。本篇17记子敬游观顾辟疆名园,不与主人打招呼,旁若无人。顾勃然不堪,说："傲主人,非礼也;以贵骄人,非道也。失此二者,不足齿人伦耳。"子敬非礼且以贵骄人,确实不足挂齿。子敬简傲,子猷更甚。甚至郗超在世时,子猷就对舅父轻慢,出言不逊。《排调》44说:郗司空(愔)拜北府,王黄门(子猷)诣郗门拜云："应变将略,非其所长。"骤咏之不已。郗仓谓嘉宾曰："公今日拜,子猷言语殊不逊,深不可容。""应变将略"二句是陈寿评诸葛亮语。王子猷认为郗愔无将才,故一再曼声咏吟"陈寿诸葛评",借以表达轻视舅父的意思。郗超还在,子猷对其舅已经言语殊不逊,何况郗超死后,世态炎凉,时过境迁。子敬兄弟轻慢其舅,我看颇合乎情理。二是说桓温死后,郗超失势。其说亦与事实不符。考桓温卒于孝武帝宁康元年(373),郗超卒于太元二年(见《通鉴》)。桓温丧,郗超权势或稍减,然桓豁、桓冲皆握重兵,桓党势力犹盛。而郗超为中书郎,亦为显职。《晋书》本传谓超死之日,"贵贱操笔而诔者四十余人,其为众所宗贵如此"。只有在郗超死后,郗氏家族的政治影响力才遭遇重大打击,从此一蹶不振。王子敬兄弟轻视郗家，最后发展到子敬与郗家离婚（见《德行》39 及刘孝标注引《王氏谱》），虽有外部势力的干涉因素，但郗超之死导致郗家势力的衰落，无论如何是重要原因。

　　世态炎凉，本为人类社会常态。王氏作为东晋望族之冠，绝不会不关注、不在意当时世家大族的消长。《贤媛》25 载："王右军郗夫人谓二弟司空、中郎曰：'王家见二谢，倾筐倒庋；见汝辈来，平平尔。汝可无烦复往。'"右军郗夫人之言，说明王氏倾心交结谢安、谢万，因谢氏名望正处于上升期，而郗氏自领袖人物郗鉴死后，郗愔、郗昙虽为名公之子，影响力却大不如前。王家轻重谢氏、郗氏，正折射出王氏很在意世家大族的权势的升降。由此考察子敬兄弟对郗公的前恭后倨，不能不说这正是王氏趋炎附势的门风。王家轻视郗家由来已久，只是由于郗超才智超群，又得桓温宠信，间接掌握生杀予夺的权力，见郗公时才"蹑履问讯，甚修外生礼"。郗超一死，马上轻慢其舅。这个故事真实反映了子敬兄弟的俗情俗态，绝非《世说》、《晋书》的诬言。

排调第二十五

226. 诸葛恪与豫州别驾相嘲

诸葛瑾为豫州,遣别驾到台,瑾,已见。语云:"小儿知谈,卿可与语。"连往诣恪,《江表传》曰:"恪字元逊,瑾长子也。少有才名,发藻岐嶷,辩论应机,莫与为对,孙权见而奇之,谓瑾曰:'蓝田生玉,真不虚也。'仕吴,至太傅。为孙峻所害。"恪不与相见。后于张辅吴坐中相遇,环济《吴纪》曰:"张昭字子布,忠正有才义,仕吴为辅吴将军。"别驾唤恪:"咄咄郎君。"恪因嘲之曰:"豫州乱矣,何咄咄之有?"答曰:"君明臣贤,未闻其乱。"恪曰:"昔唐尧在上,四凶在下。"答曰:"非唯四凶,亦有丹朱。"于是一坐大笑。(《排调》1)

诸葛恪与豫州别驾相嘲,由别驾唤恪开始:"咄咄郎君。"咄咄是感叹声。感叹郎君什么?可以任意想象。诸葛恪承别驾之叹,嘲之曰:"豫州乱矣,何咄咄之有?"意思说,豫州已乱矣,有什么好感叹呢?王世懋评点这二句说:"恪发端殊未见致。"意谓恪发端不见得有趣。笔者以为王氏似乎未读懂。诸葛恪父为豫州刺史,而别驾又从豫州来,恪却突然称"豫州乱矣",语似平常,实出人意表,有趣得很。奈何王氏说"发端殊未见致"?别驾回答:"君明臣贤,未闻其乱。"意思说,刺史开明,僚属贤能,未听说豫州有乱象。恪说:"昔唐尧在上,四凶在下。"四凶,相传为尧舜时代四个部族首领。《左传·文公十八年》:"舜臣尧,宾于四门,流四凶族浑敦、穷奇、梼杌、饕餮,投诸四裔,以御魑魅。是以尧崩而天下如一,同心戴舜以为天子,以其举十六相,去四凶也。"此以唐尧比恪父瑾,而以四凶戏比瑾之僚属。"四凶在下",别驾自然也包括其中,应该被流放的。别驾反嘲说:"非唯四凶,亦有丹朱。"丹朱,指尧子。《史记》卷一《五帝本纪》:"尧曰:'谁可顺此事?'

放齐曰:'嗣子丹朱开明。'尧曰:'吁!顽凶,不用。'"张守节《正义》:"郑玄云:'帝尧胤嗣之子,名曰丹朱,开明也。'"此以尧子丹朱戏比恪。意谓豫州之乱,非唯四凶,尧子丹朱也有份。诸葛恪辩论应机,豫州别驾亦善嘲谑。一以四凶嘲别驾,一以丹朱嘲诸葛恪。针锋相对,敏捷机智,引来一座大笑。

刘孝标注引《江表传》说,诸葛恪"辩论应机,莫与为对,孙权见而奇之",云云。由诸葛恪与豫州别驾相嘲,可见恪辩论应机,莫与为对的风采。在东吴名士中,诸葛恪言辞敏捷,最善排调。孙权本人也喜嘲谑,又有诸葛恪这样的人物,嘲戏之风盛行江表。《吴志·诸葛恪传》裴注引《恪别传》说:"权尝飨蜀使费祎,先逆敕群臣:'使至,伏食勿起。'祎至,权为辍食,而群下不起。祎嘲之曰:'凤凰来翔,骐驎吐哺,驴骡无知,伏食如故。'恪答曰:'爰植梧桐,以待凤凰,有何燕雀,自称来翔?何不弹射,使还故乡!'祎停食饼,索笔作《麦赋》,恪亦请笔作《磨赋》,咸称善焉。"又曰:"太子尝嘲恪:'诸葛元逊可食马矢。'恪曰:'愿太子食鸡卵。'权曰:'人令卿食马矢,卿使人食鸡卵何也?'恪曰:'所出同耳。'权大笑。"又注引《江表传》说:"曾有白头鸟集殿前,权曰:'此何鸟也?'恪曰:'白头翁也。'张昭自以坐中最老,疑恪以鸟戏之,因曰:'恪欺陛下,未尝闻鸟名白头翁者,试使恪复求白头母。'恪曰:'鸟名鹦母,未必有对,试使辅吴复求鹦父。'昭不能答,坐中皆欢笑。"葛洪《抱朴子·外篇·疾谬》说:"不闻清谈论道之言,专以丑词嘲弄为先。以如此者为高远,以不尔者为骎野。"又说:"嘲戏之谈,或上及祖考,或下逮妇女。"葛洪对汉末以降嘲戏之盛行颇有微词,实此种风气与思想解放有关,表现人们对智慧语言的追求及幽默、谐趣之精神风貌。换言之,排调是一种语言游戏,主要目的是娱乐;故不能用道德礼仪评价它。

227.《头责子羽文》

头责秦子羽云:子羽,未详。"子曾不如太原温颙、颍川荀寓、温颙,已见。《荀氏谱》曰:"寓字景伯,祖式,太尉。父保,御史中丞。"《世语》曰:"寓少与裴楷、王戎、杜默俱有名,仕晋至尚书。"范阳张华、士卿刘许、《晋百官名》曰:"刘许字文生,涿鹿郡人。父放,魏骠骑将军。许,惠帝时为宗正卿。"按许与张华同范阳人,故曰士卿,互其辞也。宗正卿或曰士卿。义阳邹湛、河南郑诩。《晋诸公赞》曰:"湛字润甫,新野人。以文义达,仕至侍中。诩字思渊,荥阳开封人。为卫尉卿。祖泰，扬州刺史。父褒，司空。"此数子者，或謇喫无宫商，或尫陋希言语，或淹伊多姿态，或謷哗少智谞，或口如含胶饴，或头如巾虀杵。《文士传》曰："华为人少威仪，多姿态。"推意此语，则此六句还以目上六人。而"口如含胶饴"则指邹湛，湛辩丽英博，而有此称，未详。而犹以文采可观，意思详序，攀龙附凤，并登天府。"《张敏集》载《头责子羽文》曰："余友有秦生者，虽有姊夫之尊，少而狎焉。同时好昵，有太原温长仁颙，颍川荀景伯寓，范阳张茂先华，士卿刘文生许，南阳邹润甫湛，河南郑思渊诩。数年之中，继踵登朝，而此贤身处陋巷，屡沽而无善价，亢志自若，终不衰堕，为之慨然。又怪诸贤既已在位，曾无伐木嘤鸣之声，甚违王、贡弹冠之义。故因秦生容貌之盛，为头责之文以戏之，并以嘲六子焉。虽似谐谑，实有兴也。"其文曰："维泰始元年，头责子羽曰：'吾托子为头，万有余日矣。大块禀我以精，造我以形。我为子植发肤，置鼻耳，安眉须，插牙齿。眸子摛光，双颧隆起。每至出入之间，遨游市里，行者辟易，坐者竦跽。或称君侯，或言将军，捧手倾侧，伫立崎岖。如此者，故我形之足伟也。子冠冕不戴，金银不佩，钗以当笄，帢以代帻。旨味弗尝，食粟茹菜，限摧园间，粪壤污黑。岁莫年过，曾不自悔。子厌我于形容，我贱子乎意态。若此者乎，必子行己之累也。子遇我如雠，我视子如仇，居常不乐，两者俱忧，何其鄙哉！子欲为人宝也，则当如皋陶、后稷、巫咸、伊陟，保义王家，永见封殖。子欲为名高也，则当如许由、子威、卞随、务光，洗耳逃禄，千岁流芳。子欲为游说也，则当如陈轸、蒯通、陆生、邓公，转祸为福，令辞从容。子欲为进趣也，则当如贾生之求试，终军之请使，砥砺锋颖，以干王事。子欲为恬淡也，则当如老聃之守一，庄周之自逸，廓然离欲，志陵云日。子欲为隐遁也，则当如荣期之带索，渔父之灌澥，栖迟神丘，垂饵巨壑。此一介之所以显身成名者也。今子上不希道德，中不效儒墨，块然穷贱，守此愚惑。察子之情，观子之志，退不为于处士，进无望于三事，而徒玩日劳形，习为常人之所喜，不亦过乎！'于是子羽愀然深念而对曰：'凡所教敕，谨闻命矣。以受性拘系，不闲礼义。设以天幸，为子所寄，今欲使吾为忠也，即当如伍胥、屈平。欲使吾为信也，则当杀身以成名。欲使吾为介节邪，则当赴水火以全贞。此四者，人之所忌，故吾不敢造意。'头曰：'子所谓天刑地网，刚德之尤。不登山抱木，则寒裳赴流。吾欲告尔以养性，诲尔以优游，而以虮虱同情，不听我谋。悲哉！俱寓人体，而独为子头。且拟人其伦，喻子侪偶。子不如太原温颙、颍川荀寓、范阳张华、士卿刘许、南阳邹湛、河南郑诩。此数子者，或謇喫无宫商，或尫陋希言语，或淹伊多姿态，或謷哗少智谞，或口如含胶饴，或头如巾虀杵，而犹文采可观，意思详序，攀龙附凤,并登天府。夫舐痔得车,沈渊得珠,岂若夫子,徒令唇舌腐烂、手足沾濡哉!居有事之世,而耻为权图,譬犹凿池抱瓮,难以求富。嗟乎子羽!何异槛中之熊,深穽之虎,石间饥蟹,窦中之鼠。事力虽勤,见功甚苦,宜其拳局剪戚,至老无所希也。支离其形,犹能不困,非命也夫!岂与夫子同处也。'"(《排调》7)

  先释题。头,指秦子羽之头。子羽,刘孝标注曰"未详"。杨勇《校笺》以为"子羽疑为虚设之词。头责秦子羽者,殆即头责人之羽毛也"。孝标把子羽看作实有人物,杨勇《校笺》看作虚拟人物,当以后者为是。然所谓"头责子羽"者,非如杨勇《校笺》所谓"头责人之羽毛",而是子羽之头,责子羽其人。文中说子羽"事力虽勤,见功甚苦",付出甚多,所得甚少,行为不合时宜,始终困顿,以至头亦为之不快也。《头责子羽文》将子羽之头与子羽其人分开,通过头责问子羽,表达文章的主旨。构思之奇特,空前绝后,具有很高的审美价值。

  《世说》本条文字节取《头责子羽文》结尾前的一段。应该感谢刘孝标的注,完整地保存了张敏《头责子羽文》。《艺文类聚》卷一七录《头责子羽文》,文字有删节,不如刘孝标注引的完整,且语意不顺畅。作者张敏,晋初人。洪迈《容斋随笔》五笔卷四说:"有张敏者,太原人,仕历平南参军、太子舍人、济北长史。其一篇曰《头责子羽文》,极为尖新。"严可均编辑《全晋文》卷八〇说:"张敏太原中都人,咸宁中为尚书郎,领秘书监,太康初出为益州刺史。"余嘉锡考张敏著作及行事说:"《隋志》有晋尚书郎《张敏集》二卷,梁五卷。《唐》、《宋志》仍二卷……《文选》五六《剑阁铭》注引臧荣绪《晋书》曰:'张载作《剑阁铭》,益州刺史张敏见而奇之,乃表上其文。世祖遣使镌石记焉。'据今《晋书·张载传》,事在太康初。"

  《头责子羽文》的主旨,见于此文的序:"有太原温长仁颙,颍川荀景伯寓,范阳张茂先华,士卿刘文生许,南阳邹润甫湛,河南郑思渊诩。数年之中,继踵登朝,而此贤身处陋巷,屡沽而无善价,亢志自若,终不衰堕,为之慨然。又怪诸贤既已在位,曾无伐木嘤鸣之声,甚违王、贡弹冠之义。故因秦生容貌之盛,为头责之文以戏之,并以嘲六子焉。虽似谐谑,实有兴也。"文章的讽喻意义有二:一是秦子羽"屡沽而无善价",为之慨然,即表达"士不遇"的感慨。而此种感慨,在历来的诗文辞赋中常见。二是讽刺诸贤既已显贵,"曾无伐木嘤鸣之声,甚违王、贡弹冠之义",对困厄的友人不施以援手。此种怨愤情绪,也早于古诗中见之,如

"昔我同门友,高举振六翮,不念携手好,弃我如遗迹"。《头责子羽文》的主旨其实是传统的,并不"史无前例"。它的新奇及文学价值,全在于构思的出人意表。

全文九百余字,以头与子羽的对话展开,层层叠叠,纷至沓来。语言诙谐尖新,想象匪夷所思,极为可观。先是头责子羽,又分二层:头自述"我形之足伟",责子羽"行己有累"。头与子羽发生的冲突,暗喻子羽"身处陋巷"的无价值。头之"形之足伟",其实是说子羽形之足伟。然而子羽形之足伟有什么价值呢?真所谓空有一副好皮囊。而子羽"行己有累",暗喻子羽在现实中的困境,从而寄寓"士不遇"的感慨。以上是第一层意思。"子欲为人宝也"以下是第二层意思,又分"欲为人宝"、"欲为名高"、"欲为游说"、"欲为进取"、"欲为恬淡"、"欲为隐遁"六个段落,代表人生的多种选择,借以"显身成名"。可是子羽"上不希道德,中不效儒墨,块然穷贱,守此愚惑",人生之路皆堵塞不通。后是子羽回答头之责问,解释为何不能"显身成名"的原因:"以受性拘系,不闲礼义","为忠"、"为信"、"为介节",皆为人之所忌,"故吾不敢造意"。总之,一切无能为力。头听完子羽自述之后,悲呼:"悲哉!俱寓人体,而独为子头。"作子羽之头真是太悲哀了。文章最后一段点出主旨:温顗等六子皆有毛病,然"犹文采可观,意思详序,攀龙附凤,并登天府。夫舐痔得车,沈渊得珠,岂若夫子,徒令唇舌腐烂、手足沾濡哉"!通过六子之达与子羽之穷的对比,显示社会是何等不公!感叹子羽"何异槛中之熊,深窅之虎,石间饥蟹,窦中之鼠",困顿无以复加。何以如此?"非命也夫!"归之于天命。最后以"岂与夫子同处也"一句结尾,头不愿与子羽同为一体。想象奇特,谐趣满篇,令人激赏。

洪迈《容斋随笔》卷四谓《头责子羽文》"颇有东方朔《客难》、刘孝标《绝交论》之体",指出此文源流所自,是很有见地的。东方朔《答客难》一类文章设主客问答,抨击社会不公,抒写失志之愤。《文心雕龙·杂文》说:"自对问以后,东方朔效而广之,名为《客难》,托古慰志,疏而有辨。扬雄《解嘲》,杂以谐谑,回环自释,颇亦为工。班固《宾戏》,含懿采之华;崔骃《达旨》,吐典言之裁;张衡《应间》,密而兼雅;崔寔《客讥》,整而微质;蔡邕《释诲》,体奥而文炳;景纯《客傲》,情见而采蔚。虽迭相祖述,然属篇之高者也。至于陈思《客问》,辞高而理疏;庾敳《客咨》,意荣而文悴。斯类甚众,无所取裁矣。原兹文之设,乃发愤以表志。身挫凭乎道胜,时屯寄于情泰;莫不渊岳其心,麟凤其采,此立本之大要也。"《头责子羽文》继承东方朔《答客难》、扬雄《解嘲》前代作家作品的表现手法,以主客问答的形式,"发愤以表志"。显然,它的形式与题材,仍然是传统的。

《头责子羽文》的创新,主要体现在构思新巧,超乎前人。它的主客问答,一方是子羽之头,一方是子羽其人。这样巧妙又新奇的构想,为前代所无。其次,语言尖新,嘲调谐趣。关于谐隐文学的起源及魏晋谐隐文学,《文心雕龙·谐隐》有过系统的论述,其中说到魏晋谐隐文学的盛行:"……至魏文因俳说,以著笑书;薛综凭宴会,而发嘲调。虽抃笑衽席,而无益时用矣。然而懿文之士,未免枉辔。潘岳《丑妇》之属,束晳《卖饼》之类,尤而效之,盖以百数。魏晋滑稽,盛相驱扇,遂乃应场之鼻,方于盗削卵;张华之形,比乎握舂杵。"早于魏晋的扬雄作《解嘲》,已经"杂以谐谑"。至魏晋排调嘲戏之风大盛,影响谐隐文学的兴盛,如刘勰所说,"魏晋滑稽,盛相驱扇",所举"张华之形,比乎握舂杵",即是《头责子羽文》。出现这种现象,表明文学走向自觉。《头责子羽文》满篇嘲谑,写子羽种种失志之状,温颙等六子形体之可笑,语言尖新多出人意表,真魏晋谐隐文学中之杰作也。

228. 王浑与妇钟氏共坐

王浑与妇钟氏共坐,见武子从庭过,浑欣然谓妇曰:"生儿如此,足慰人意。"笑曰:"若使新妇得配参军,生儿故可不啻如此。"《王氏家谱》曰:"沦字太冲,司空穆侯中子,司徒浑弟也。醇粹简远,贵老庄之学,用心淡如也。为《老子例略》、《周纪》。年二十余,举孝廉,不行。历大将军参军。年二十五卒。大将军为之流涕。"(《排调》8)

如果戴着儒家礼教的有色眼镜,真的很难看清魏晋自由精神的高扬,更遑论中肯评价和欣赏赞美了。魏晋的思想解放和精神自由,是继春秋战国之后又一次伟大的文化革命。称它伟大,不仅仅是《老》、《庄》思想的复活,开启思想解放的新纪元,更深刻的变化在人性极大地摆脱礼教的束缚,向自然回归。妇女的解放历来是伟大革命的标志。魏晋妇女在相当程度上获得言语和行动的自由。然而,恪守儒家礼仪的人,往往不能理解妇女言行自由的意义,甚至如钟夫人那样才智出众的女性,也遭致非议。

钟氏与其夫王浑共坐,笑着说:"若使新妇得配参军,生儿故可不啻如此。"这是夫妻之间的俏皮话。不料钟夫人的戏言,引来许多腐言。王世懋说:"此岂妇人所宜言,宁不启疑,恐贤媛不宜有此。"袁中道说:"太戏。"(《舌华录》卷四《谑语》)李慈铭更严厉,话也更难听:"闺房之内,夫妇之私,事有难言,人无由测,然未有显对其夫,欲配其叔者,此即倡家荡妇、市井淫妲,尚亦惭于出口,赧其颜颊,岂有京陵盛阀,太傅名家,夫人以礼著称,乃复出斯秽语?齐东妄言,何足取也。"可叹无人能读懂钟氏戏言的本意及意义。王世懋说钟氏不宜说此话,"宁不启疑",意思是要引起丈夫的怀疑。这也太低估了王浑的智力与度量。他岂听不懂妻子戏言,会怀疑她与小叔子有染?至于李慈铭把戏语看作"秽语",居然说钟氏"欲配其叔者"。这就不单是迂腐,简直有一点弱智。妻子对着丈夫说句笑话,就断定她心里想着越轨了。天下岂有是理?在李慈铭这些人看来,妇人非要"举案齐眉",闺门之内守礼如君臣,才能称"大家闺秀"。

殊不知魏晋时思想解放,嘲谑成风,夫妇相嘲亦不鲜见,此为妇女生活相对自由所致。钟夫人之语,其意嘲王浑不及其弟王沦。刘孝标注引《王氏家谱》说:"醇粹简远,贵老庄之学,用心淡如也。为《老子例略》《周纪》。"据此推测,王沦是个学者,以《老》《庄》为宗归。而"醇粹简远"、"用心淡如",都是品目人物的好词。王沦早丧,司马昭为之流涕,可见其人颇有才望。由此可以看出,钟氏戏谑王浑,是有褒贬意味的。

229. 荀鸣鹤、陆士龙共语

荀鸣鹤、陆士龙二人未相识,俱会张茂先坐。张令共语,以其并有大才,可勿作常语。陆举手曰:"云间陆士龙。"荀答曰:"日下荀鸣鹤。"陆曰:"既开青云,睹白雉,何不张尔弓,布尔矢?"荀答曰:"本谓云龙骙骙,定是山鹿野麋,兽弱弩强,是以发迟。"张乃抚掌大笑。《晋百官名》曰:"荀隐字鸣鹤,颍川人。"《荀氏家传》曰:"隐祖昕,乐安太守。父岳,中书郎。隐与陆云在张华坐语,互相反复,陆连受屈。隐辞皆美丽,张公称善。云世有此书,寻之未得。历太子舍人、廷尉平,蚤卒。"(《排调》9)

魏晋名士初次见面,往往来一番"共语"。共语,其实就是一起谈论。为什喜欢共语？因为共语能见出谈论的水平，譬如言辞的有趣，思维的敏捷，风度的雅俗等等。当然，共语也能给大家快乐。共语本质上是一种语言游戏，不是辩论赛，非要决出胜负的。荀鸣鹤（隐）、陆士龙（云）二人不相识，同在张茂先处坐。张令共语，因二人都是大才，要他们"可勿作常语"，意思是不要平庸，要谈出水平来。

于是陆士龙举手自报家门："云间陆士龙。"荀鸣鹤答："日下荀鸣鹤。"云间、日下，后人一般认为是两个地名。但它们从何而来，学者有异说。周一良《魏晋南北朝史札记》"习凿齿与释道安之对话"条说："陆氏吴郡吴人，而陆逊封于华亭。陆云因字士龙而自称云间，后世因用为华亭之别名。"徐震堮《校笺》则说："华亭古名云间。《元和郡县志》：'华亭，天宝十年置。《吴地记》：地名云间。'"周氏以为云间之名由士龙而来，此说源自《至元嘉禾志》卷一："若夫云间之名，则自陆士龙对张茂先所谓'云间陆士龙'一语得之也。"但《至元嘉禾志》及周氏皆未说明为何云间可以从士龙得之。而徐震堮《校笺》谓"华亭古名云间"之说，不知何据？陆机被害，感叹不复闻华亭鹤唳，说明华亭之地名早在云间之前，所谓"华亭古名云间"之说不能成立。云间之名，固由"云间陆士龙"而来，然云间与士龙二者的关系应该进一步申说，才能理解为何士龙可称云间。笔者以为"云间陆士龙"者，与古人以为龙乘云而游有内在逻辑的联系。《后汉书》卷八三《矫慎传》说："足下审能骑龙弄凤，翔嬉云间者，亦非狐兔燕雀所敢谋也。"张衡《南都赋》说："驷飞龙兮骙骙。"曹操《气出倡》说："仙道多驾烟乘云驾龙。"曹植《当墙欲高行》说："龙欲升天须浮云。"证明龙翔云间的观念，自古而然。陆机之所以自称"云间陆士龙"，也是据龙翔云间之古有观念。

再释"日下荀鸣鹤"。日下，亦非地名。周一良解释说：荀鸣鹤"其称日下，当由字鸣鹤而来。荀氏隶籍颍川颍阴，在洛阳东南不远，西晋颍川郡所治许昌县又为汉魏旧都，此荀鸣鹤所以自夸日下之又一原因欤"？（同上）周氏既称"当由荀隐字鸣鹤而来"，又谓颍阴在洛阳东南不远，郡治许昌又为汉魏旧都之故。考中古文献中不见有所谓"日下"之地名。《太平寰宇记》卷一七二说："日下谓之四荒。"即泛指极远边荒之地。然则都城洛阳为何称日下？若颍川郡可称日下，则其余近洛阳之郡治是否也可称日下？凡此皆无法解释矣。正如上面解释云间与士龙一样，周氏对于日下与鸣鹤二者的关系，犹未达一间。鄙意以为日下即"白日之下"之意，与云间相对文，表鸣鹤之方位。龙游云间，鹤翔日下，皆自命不凡，如此而已。后人误以云间、日下为地名，遂将问题复杂化，不复得古人原意。又刘盼遂考《唐韵》《声类》中日、雉二字的韵部比邻，读音相近，谓陆士龙取以相谑。刘氏之说也迂曲不可信。若依刘说，雉谐音日，则陆云之语意为"既开青云见白日，何不张弓射之"？然则究竟射白雉，还是射白日？显然，所谓日、雉相代之说难以成立。其实，陆云之语承荀鸣鹤"日下荀鸣鹤"而言，"既开青云见白雉"，意即"日下见鸣鹤"也。"开青云"暗对日下，白雉暗指鸣鹤。然为何不直言鸣鹤，而言白雉？盖魏晋时盛行射雉，而无有射鹤。鹤色多白，故以白雉代指。陆云之语谓既已开青云见日下之白鹤，何不张弓射之？

"本谓云龙騤騤"数句，是荀鸣鹤承陆云"云间陆士龙"而言。"云龙"者，云间之龙也，此又可证云间乃表方位，绝非地名。騤騤，《诗·小雅·采薇》："四牡騤騤。"马强壮貌，此形容龙之劲健。定，毕竟，表肯定判断。《方正》47："人言汝胜我，定不如我。""云龙"二句意谓原以为乃云中矫健之龙，然毕竟是山野麋鹿。兽弱，指山鹿野麋。荀鸣鹤数语乃反嘲"云间陆士龙"非是云中强龙，实乃山野弱兽，我有强弩，迟发亦中耳。袁中道云："前狂后谑。"（《舌华录》卷四《谑语》）其说是也。刘孝标注引《荀氏家传》说："隐与陆云在张华坐语，互相反复，陆连受屈。隐辞皆美丽，张公称善。"陆云是否接连屈居下风，无从证明。但荀鸣鹤反嘲陆云之语，确实漂亮，令人欣赏。由此可见张华所谓大才共语，"可勿作常语"者，乃应对敏捷，言辞华美，于谐趣中见才气耳。

230. 唯闻王丞相作吴语

刘真长始见王丞相，时盛暑之月，丞相以腹熨弹棋局，曰："何乃渹？"吴人以冷为渹。刘既出，人问见王公云何。刘曰："未见他异，唯闻作吴语耳。"《语林》曰："真长云：'丞相何奇，止能作吴语及细唾也。'"（《排调》13）

王丞相于盛夏之月，以腹熨弹棋局，说："何乃渹？"刘孝标注："吴人以冷为渹。""何乃渹？"，犹言何其凉快也。弹棋局以玉为之（丁廙《弹棋赋》："文石为局。"李商隐诗："玉作弹棋局。"），玉性清凉，时值盛夏，以弹棋局贴于腹上，取其清凉也。刘真长始见王丞相，既出，人问王公云何，刘答："未见他异，唯闻作吴语耳。"刘孝标注引《语林》说："真长云：'丞相何奇，止能作吴语及细唾也。'"。刘真长的回答,显然对王导作吴语意有不屑。"丞相何奇"二语,不屑之意较《世说》更加明显。《品藻》43注引《语林》说:"刘真长与丞相不相得。"可印证刘惔确实不屑王导。缘何如此?有探索的必要。

考王导卒于晋成帝咸康五年(339)。刘惔卒于晋穆帝永和四、五年间(348、349),年三十六(《晋书》本传)。《世说》此条说,刘真长始见王丞相。始见之年究竟在何年,难以考证。但据二人年纪判断,真长始见王导以弱冠之年比较合理。假设真长二十岁见王导,则大概在成帝咸和七、八年间(332、333)。此时苏峻之乱平定不久,王导为求社会稳定,宽宥乱党。刘惔可能与庾亮、温峤、郗鉴等政见相同,不满王导晚年略不省事的行政作风,故说"丞相何奇","唯闻作吴语耳"。

刘惔不屑王导作吴语,无独有偶,支道林亦讥讽王子猷兄弟作吴语。《轻诋》30说:支道林入东,见王子猷兄弟,还,人问:"见诸王何如?"答曰:"见一群白颈乌,但闻唤哑哑声。"真长、林公初看皆讥王氏作吴语,其实不可等同而语。前者有政治意味,后者纯粹讥嘲子猷兄弟唧唧喳喳全是吴语。然二者显现一种文化现象,即从王导至子猷兄弟,王氏数世作吴语,说明北人南来不可避免受吴语的影响。如果说南渡之初王导作吴语,还有笼络江东人士的用意,那么到了子猷兄弟,数世之后,北人日常语言,基本上已操吴语。关于北人作吴语的意义,陈寅恪《东晋南朝之吴语》一文论之甚详(见《陈寅恪史学论文集》)。陈氏释此条说:"琅琊王导本北人,沛国刘惔亦是北人,而又皆士族。然则导何故用吴语接之?盖东晋之初,基业未固,导欲笼络江东之人心,作吴语者,乃其开济政策之一端也。"又释《政事》12王导接待宾客数百人一事说:"……但值东晋创业之初,王导用事之际,即使任是士流,当亦用吴语接待。"余嘉锡《笺疏》引陈氏之文,进而论之:"然则西晋之末,因中原士大夫之渡江,三吴子弟慕其风流,已有转易声音以效北语者。相沿日久,浸以成俗。但中原士大夫与吴中士庶谈,或不免作吴语。王子猷兄弟虽系出高门,而生长江左,习惯成自然,竟忘旧俗。群居共语,开口便作吴音。固宜为支道林之所讥笑矣。"陈先生从政治角度论南渡之初王导作吴语,余先生从语言环境的视角论吴语的普及。合此二者,可能会更真实地解释东晋吴语影响北人的文化现象。王导接待宾客数百人,固然有笼络江东人士的用心,但如果说对同是北人的刘惔作吴语,也有笼络之意,恐怕就牵强了。王导闲居家中作吴语,说明即使南渡之初,北人亦不能不随乡入俗,不能不受吴语的影响。北人南来,日常生活与交往,非得与南人打交道,能听能讲吴语,是生活的必须。时间稍久,自然也能说吴语。数世之后,王子猷兄弟生于斯,长于斯,正如余先生所言,"习惯成自然","群居共语,开口便作吴音"。此皆语言环境使然也。

231. 谢幼舆、周侯互嘲

谢幼舆谓周侯曰:"卿类社树,远望之,峨峨拂青天;就而视之,其根则群狐所托,下聚溷而已。"谓顗好媟渎故。答曰:"枝条拂青天,不以为高;群狐乱其下,不以为浊。聚溷之秽,卿之所保,何足自称!"(《排调》15)

谢幼舆(鲲)戏嘲周侯(顗)好像社树,"远望之,峨峨拂青天;就而视之,其根则群狐所托,下聚溷而已。"要理解谢鲲的嘲谑,须先知晓社树是什么。社,古代谓土地神。《国语·鲁语上》:"共工氏之伯九有也,其子曰后土,能平九土,故祀以为社。"韦昭注:"社,后土之神也。"《礼记·月令》:"(仲春之月)择元日,命民社。"郑玄注:"社,后土也,使民祀焉。"社树,即社所种植的树木,使民众望见即起尊敬之心,同时象征土地神的功德。《五礼通考》卷四三说:"《白虎通》云:'社稷所以有树何也,尊而识之也,使民望见即敬之。又所以表功也。'"《论语·八佾》说:"哀公问社于宰我,宰我对曰:'夏后氏以松,殷人以柏,周人以栗,曰,使民战栗也。'"唐苏鹗《苏氏演义》卷上说:"《周礼》文:二十五家为社,各树其土所宜木。今村墅间,多以大树为社树,盖此始也。"按,据宰我对哀公,各代社树不同,或松、或柏、或栗,遂以木名社,如松者松社,栎者栎社。社树多大树,如谢鲲所说,"远望之,峨峨拂青天"。

然而谢鲲为何以社树比喻周顗?盖周顗早有"国士"之称,德望素重,气局正大高峻,使人望而敬之。例如《晋阳秋》说周顗"正体嶷然,侪辈不敢媟也"(《言语》30注引),邓粲《晋纪》谓"伯仁清正嶷然,以德望称之"(《品藻》14注引)。周顗的德望和高峻的气质如社树,"远望之,峨峨拂青天。"但社树若近而视之,则不堪入目:"其根则群狐所托,下聚溷而已。"何以近看社树底下如此污秽?原因在社树原是神圣的标志,但久而久之,敬鬼神之心变为亵渎,社树之下或淫祭,或游宴,已非庄敬之地,若近而视之,则为群狐所托,下聚溷秽而已。

社树"异化"现象可从阮宣子伐社树得到印证。《方正》21记阮宣子(修)伐社树,有人止之。宣子说:"社而为树,伐树则社亡;树而为社,伐树则社移矣。"阮宣子缘何伐社树?一是他不信鬼神,二是社本为庄严的祭祀场所,现在变为淫祀之地。又《广弘明集》卷一〇《叙王明广请与佛法事》说:"鬼非如敬谓之为谄,拜求社树何惑良多。若言社树为鬼所依资奉而非咎,亦可殿塔为佛住持修营必应如法。若言佛在虚空不处泥木,亦应鬼神冥寂,岂在树中。"可见社树底下,展览的不是庄敬,而是贪婪、荒唐与愚昧。谢鲲以近看社树的龌龊比周颛,刘孝标注说出了原因:"谓颛好媟渎故。"周颛末年荒醉,"尝经三日不醒,时人谓之'三日仆射'"(《任诞》28)。刘孝标注引《晋阳秋》说:"周侯末年,可谓凤德之衰也。"最令人吃惊的,竟然于大庭广众之中,欲通纪瞻爱妾,"露其丑秽,颜无怍色"(《任诞》25注引邓粲《晋纪》)。谢鲲以社树比周颛,正是嘲戏其远看正大高峻,让人敬畏,近看确是污秽堆积。

周颛回答说:"枝条拂青天,不以为高;群狐乱其下,不以为浊。聚溷之秽,卿之所保,何足自称!"前四句承谢鲲之嘲,仍以社树为喻,以为不论高与浊,皆不经怀。《庄子》说:"举世誉之不加劝,举世非之不加沮。"此所谓"至人无心"是也。后二句反讥谢鲲,意谓"聚溷之秽",正为卿之所有。《晋书》卷四九《谢鲲传》说:"鲲不恂功名,又无砥砺行,居身于可否之间,虽自处若秽,而动不累高。"周颛所言"聚溷之秽",当指鲲"自处若秽"。《世说抄撮》:"保,任也。谢亦有挑邻女等事,故周亦嘲及。"其说是。谢鲲嘲谑周颛,以社树为比,是周颛性格的夸张描绘,其实并不有恶意,仅是调笑而已。

232. 谢安捉鼻曰:"但恐不免耳"

初,谢安在东山居布衣时,兄弟已有富贵者,翕集家门,倾动人物。刘夫人戏谓安曰:"大丈夫不当如此乎?"谢乃捉鼻曰:"但恐不免耳。"(《排调》27)

谢安早年高卧东山,携妓邀游,声名著于朝野。朝廷屡次征召,谢安不为所动。看他的样子,好像立志敝屣功名,终生布衣,坚持隐士的操守而不变。可惜"但恐不免耳"一句,泄漏了隐德终究会坠失的消息。

谢安当初长期在东山作布衣,其中一个原因是"兄弟已有富贵者"——谢尚、谢奕、谢万皆为方伯,盛于一时。既然谢氏门中有多位兄弟作方伯,那么我在东山枕流漱石,享受山水的乐趣,不是远胜风尘仕途吗!须知那是一个隐逸高于入仕的时代,悠然山水的隐士,甚至比浮沉宦海风波者更有名气。隐居的谢安,就比他作官的弟弟谢万名气大得多。

可是,谢安妻子刘夫人却心羡富贵了。看看丈夫的兄弟们,不是刺史就是太守,出门或归家时车轮隆隆如雷声,引得人们纷纷驻足观望,何等神气。这时,刘夫人就越发觉得难耐寂寞,便玩笑似的对谢安说:"大丈夫不当如此乎?"谢安听了,捏着鼻子说:"恐也不免如诸兄弟耳。"余嘉锡《笺疏》解释谢安这句话说:"安意盖谓己本无心于富贵,固屡辞征召而不出。但时势逼人,政恐终不得免耳。安少有鼻疾,语音重浊(见《雅量篇》注)。所以捉鼻者,欲使其声轻细以示鄙夷不屑之意也。《能改斋漫录》三乃谓'安所以不仕,政畏桓温。其答妻之言,盖畏温知之而不免其祸,非为不免富贵也。'以其文义考之,其说非是。"余氏的解释部分可取。下面我们再作一些分析:

余先生称谢安"本无心于富贵",此言恐未必。《晋书·谢安传》说安放情丘壑,简文(指简文帝司马昱)时为相,说:"安石既与人同乐,亦不得不与人同忧,召之必至。"意思是谢安忧乐与常人相同,征召必到。日后,谢安果然出仕,证明简文之言确实有见。

天下之忧乐与人同者,是因为挂怀天下之事。谢安隐居东山,绝不是不闻世事。《通鉴》卷一○○记晋穆帝升平三年(359),谢安之弟谢万率军击燕,一副名士派头,只是啸咏自高,未尝抚爱将士。谢安深为忧虑,对谢万说:"汝为元帅,宜数接对诸将以悦其心,岂有傲诞如此而能济事也。""安虑万不免,乃自队帅以下,无不亲造,厚相请托。"可见这位似乎充耳不闻世事的隐士,实际上人情练达,对其弟谢万的空疏十分了然,不惜亲自替其补救。史称谢安"矫情镇物",貌似无心于富贵,其实也是矫情的一种。

《晋书·谢安传》说:"及万黜废,安始有仕进之志。"谢安北伐失败,废为庶人,时在升平三年。而在前不久的升平元年五月,镇西将军谢尚卒。升平二年八月,豫州刺史谢奕卒。几年之间,谢氏兄弟死的死,废的废,眼看"新出门户"岌岌可危。为了保持谢氏的富贵,振兴家门,谢安只能出仕。当他捏着鼻子说"但恐不免耳"时,谢尚应该还未卒,而此时他已萌生出仕之心。当谢万兵败废黜后,加上朝廷一再征召,谢安终于作了桓温的司马。总括谢安出仕原因大致有三:一是身边刘夫人心羡富贵;二是其弟谢尚、谢奕相继卒,谢万废黜;三是朝廷"严命屡

排调第二十五

征"。为谢氏家族的长远利益考虑,不得不出仕。若相信他真的"无心于富贵",恐怕不免皮相。

233. 了语与危语

桓南郡与殷荆州语次,因共作了语。顾恺之曰:"火烧平原无遗燎。"桓曰:"白布缠棺竖旒旐。"殷曰:"投鱼深渊放飞鸟。"次复作危语。桓曰:"矛头淅米剑头炊。"殷曰:"百岁老翁攀枯枝。"顾曰:"井上辘轳卧婴儿。"殷有一参军在坐,云:"盲人骑瞎马,夜半临深池。"殷曰:"咄咄逼人!"仲堪眇月故也。《中兴书》曰:"仲堪父尝疾患经时,仲堪衣不解带数年,自分剂汤药,误以药手拭泪,遂眇一目。"(《排调》61)

作了语与危语不见史籍记载,仅保存于《世说》此条中,是中国俗文学史的非常珍贵的资料。从这个故事看,了语、危语的创作形式与联句诗相似,不同的是规定一个韵部,每句表现同一主题。比如了语每句句末用了韵,危语句末用危韵。《世说笺本》说:"燎、旐、鸟,皆用了字,同韵。炊、枝、儿、池,皆用危字,同韵。"按,了、燎、鸟在《广韵》中为筱韵;旐为小韵。以上四字,在《诗韵合璧》中同为筱韵。危、炊、儿、枝在《广韵》中同为支韵。了语三句,皆有"了"义;危语四句,皆有"危"义。了语、危语的意思多不难懂。唯"矛头淅米剑头炊"一句要作一点解释。淅米,犹今语淘米。《说文·水部》:"淅,汰米也。"《仪礼·士丧礼》:"祝淅米于堂,南面用盆。"郑玄注:"淅,汰也。"《淮南子·兵略训》:"百姓开门而待之,淅米而储之。"高诱注:"淅,渍也。"程炎震说:"……析与淅古字通,故韩、孟联句有'析玉不可从',俗谬改作淅。若淅米,则不合用矛头也。"余嘉锡《笺疏》则谓程氏此说穿凿,"淅米固不合用矛头,炊饭岂当用剑头耶?此不过言于战场中造饭,死生呼吸,所以为危也。"按,余嘉锡《笺疏》谓"剑头炊"不过言"战场中造饭",其说是。矛头生火为兵者之象。《汉书》卷九六下《西域传下》:"姑句家矛端生火,其妻股紫陬谓姑句曰:'矛端生火,此兵气也,利以用兵。'""剑头炊"义同"矛端生火"。《汉书》之例证明"矛头淅米剑头炊"确是兵者之象。

桓玄、殷仲堪、顾恺之三人作了语、危语,是一种文字游戏,当然也须文思敏捷,兼有文字音韵的功底。这个故事最精彩的是殷仲堪参军的二句,突然而来,一下子击中仲堪的缺陷,使整个场面立刻变成排调的气氛。仲堪眇一目,参军即兴吟出"盲人骑瞎马,夜半临深池"二句,既暗喻仲堪,又写出危情之至,精彩无与伦比。世间的危情,恐怕再没有比"盲人骑瞎马,夜半临深池"更甚了。突如其来的排调,"咄咄逼人",使仲堪彻底陷入绝境,完全丧失招架的能力。当然,嘲调别人的生理缺陷,未免不厚道。

轻诋第二十六

234. "元规尘污人"

庾公权重,足倾王公。庾在石头,王在冶城坐,大风扬尘,王以扇拂尘曰:"元规尘污人。"按王公雅量通济,庾亮之在武昌,传其应下,公以识度裁之,嚣言自息。岂或回贰,有扇尘之事乎?王隐《晋书·戴洋传》曰:"丹阳太守王导问洋得病七年,洋曰:'君侯命在申,为土地之主。而于申上冶,火光昭天,此为金火相烁,水火相炒,以故相害。'导呼冶令奕逊,使启镇东徙,今东冶是也。"《丹阳记》曰:"丹阳冶城,去宫三里,吴时鼓铸之所。吴平,犹不废。"又云:"孙权筑冶城,为鼓铸之所。"既立石头大坞,不容近立此小城,当是徙县治,空城而置冶尔。冶城,疑是金陵本治,汉高六年,令天下县邑城,秣陵不应独无。(《轻诋》4)

东晋初期有两大家族最有权势,一是王氏,以王敦、王导为代表;一是庾氏,以庾亮、庾冰兄弟为代表。王氏发家早,南渡之初,王氏子弟就布列朝廷重要职位,以至有"王与马,共天下"之说。元帝末年,王敦谋反,不久被平定,王氏势力遭遇空前打击。虽然王导凭借建立东晋政权的丰功伟绩,仍居于丞相高位,但与司马氏毕竟产生了裂痕。明帝时,庾亮之妹立为皇后,庾氏家族由此兴起,庾亮成为政坛的新星。太宁三年(324)明帝崩,遗诏庾亮、王导辅政,陶侃、祖约不在其例,侃、约疑心庾亮改动遗诏。此事说明庾亮之权超过了王导。成帝之立,庾亮功劳最大,加亮给事中,徙中书令。太后临朝,政事一决于亮。庾亮权势达到鼎盛。《世说》此条说"庾公权重,足倾王公",即指庾亮以元舅辅政。

下面探索这个故事发生的时间以及背景。

刘孝标注:"王公雅量通济,庾亮之在武昌,传其应下,公以识度裁之,嚣言自息。岂或回贰,有扇尘之事乎?"细读此注,孝标以为这个故事发生在庾亮外镇武昌时。"传其应下",指庾亮欲起兵东下废王导。此事见于《雅量》13:"有往来者云:'庾公有东下意。'或谓王公:'可潜稍严,以备不虞。'王公曰:'我与元规虽俱王臣,本怀布衣之好。若其欲来,吾角巾径还乌衣。何所稍严?'"孝标说"公以识度裁之,嚣言自息",即《雅量》13注引《中兴书》说:"于是风尘自消,内外缉穆。"但既已"嚣言自息"了,为何王导又以扇拂尘曰"元规尘污人"?孝标难以解释,遂说:"岂或回贰,有扇尘之事乎?"猜测庾亮、王导之间,又产生新矛盾而互疑了。显然,孝标对自己前面的解释并不十分自信。可是,唐修《晋书》将《雅量》13与《轻诋》4二条内容并而为一,认为其事都发生在庾亮镇武昌时,并取孝标此条注,作《王导传》说:"时亮虽居外镇,而执朝廷之权,既据上流,拥强兵,趣向者多归之。导内不能平,常遇西风尘起,举扇自蔽,徐曰:'元规尘污人。'"《通鉴》卷九六《晋纪》一八,又从《晋书·王导传》,定此事在咸康四年(338)。直至近人程炎震始发现《资治通鉴》之误,说:"此云庾在石头,王在冶城,盖咸和二年间。《晋书·王导传》云:'亮居外镇,据上流,拥强兵。'则是亮镇武昌时,《通鉴》因之系之咸康四年。盖以苏峻叛前,王、庾不闻有郄也。"

笔者以为程氏之说得其真。如上文所说,太后临朝,政事一决于亮。此时庾亮权最重。苏峻之乱,咎由庾亮。乱后,庾亮自责,上书欲远离政局。成帝下诏挽留庾亮,出镇武昌。虽然"亮居外镇,据上流,拥强兵",但经苏峻之乱的挫折,权势毕竟大不如前。朝廷执政之权又归王导。尽管庾亮一度有废王导之意,但孤掌难鸣,无人响应。从庾亮、王导权势的彼此消长判断,这个故事最有可能发生在咸和一、二年间(326、327)。若咸康四年庾亮外镇武昌,则不在石头。而咸和一、二年间庾亮所以在石头,是因为陶侃、祖约不在顾命之列,二人怀疑庾亮在遗诏上做了手脚,并放出怨言。庾亮以备不测,修石头以备之。而王导此时在冶城。关于庾在石头,导在冶城的局势,有确切证据能证实之。《御览》卷五九三引《语林》说:"明帝函封诏与庾公亮,误致于王公。王公开诏,末云'勿使冶城公知'。导既视表,答曰:'伏读明诏,似不在臣。臣开臣闭,无有见者。'明帝甚愧,数月不能见王公。"透过明帝的可笑的纰漏,能窥见当时政坛形势。"勿使冶城公知"一语,可证史言"政事一决于亮"得其真。王导读诏后戏言"无有见者",其实对庾亮权重之情势了然于心。不满之下,称"元规尘污人"自在情理中。诏称王导为"冶城公",则导此时已在冶城,而庾亮在石头。若庾在武昌,明帝决无可能诏与庾亮而误致王导。故鄙意以为此条所记为实录也。刘孝标注、《晋书·王导传》《通鉴》皆称庾亮在武昌权倾王导，王导不平，以扇拂尘说："元规尘污人。"此说无法解释庾在石头，王在冶城二语，不可信从。

235. 王丞相轻蔡公

王丞相轻蔡公，曰："我与安期、千里共游洛水边，何处闻有蔡充儿？"《晋诸公赞》曰："充字子尼，陈留雍丘人。"《充别传》曰："充祖睦，蔡邕孙也。充少好学，有雅尚，体貌尊严，莫有媟慢于其前者。高平刘整有隽才，而车服奢丽，谓人曰：'纱縠，人常服耳。'尝遇蔡子尼在坐，终日不自安。见惮如此。是时陈留为大郡，多人士。琅邪王澄尝经郡入境，问：'此郡多士，有谁乎？'吏曰：'有江应元、蔡子尼。'时陈留多居大位者，澄问：'何以但称此二人？'吏曰：'向谓君侯问人不谓位也。'澄笑而止。充历成都王东曹掾，故称东曹。"《妒记》曰："丞相曹夫人性甚忌，禁制丞相不得有侍御，乃至左右小人亦被检简，时有妍妙，皆加诮责。王公不能久堪，乃密营别馆，众妾罗列，儿女成行。后元会日，夫人于青疏台中望见两三儿骑羊，皆端正可念。夫人遥见，甚怜爱之，语婢：'汝出问，是谁家儿？'给使不达旨，乃答云：'是第四、五等诸郎。'曹氏闻，惊愕大恚，命车驾，将黄门及婢二十人，人持食刀，自出寻讨。王公亦遽命驾，飞辔出门，犹患牛迟，乃以左手攀车阑，右手捉麈尾，以柄助御者打牛，狼狈奔驰，劣得先至。蔡司徒闻而笑之，乃故诣王公，谓曰：'朝廷欲加公九锡，公知不？'王谓信然，自叙谦志。蔡曰：'不闻余物，唯闻有短辕犊车，长柄麈尾。'王大愧。后诋蔡曰：'吾昔与安期、千里共在洛水集处，不闻天下有蔡充儿！'正念蔡前戏言耳。"（《轻诋》6）

王丞相轻蔡公，说："我与安期、千里共游洛水边，何处闻有蔡充儿？"刘孝标注引《晋诸公赞》、《充别传》、《妒记》，解释王导何以轻蔡谟。其实，《晋诸公赞》、《充别传》是介绍蔡充生平，与蔡谟关系并不大，无助于理解王导对蔡的轻诋。只有《妒记》，才交代了王导轻蔡谟，原因是忿蔡开他的玩笑。王世懋说："此非注不得所以。"确实，若孝标不注引《妒记》，便不解王导何以轻蔡谟。

然而王导轻蔡谟二语究竟何意？王鸣盛《十七史商榷》卷五〇"《王导传》多溢美"条说："以惧妇为蔡谟所嘲，乃斥之曰：'吾少游洛中，何知有蔡克儿！'导之所以骄人者,不过以门阀耳。"但细味王导二语,并无以门阀骄人的意思,好像只是倚老卖老,轻蔑蔡谟不见前辈风流。再者,《妒记》叙蔡谟嘲王导之后,王大愧,后贬蔡,云云。并非当时老羞成怒,立即轻蔑蔡谟。蔡谟讽刺王导,也不止王公急急忙忙驾牛车保护别馆众妾一事,还曾讽刺王导幸妾干政且纳货,谓之"雷尚书"(见《惑溺》7)。故王导不满蔡谟时日已久,非一时一事而至忿。

王导轻视蔡谟二语,与《企羡》2 所记几乎相同:"王丞相过江,自说昔在洛水边,数与裴成公、阮千里诸贤共谈道。"说明王导过江后,经常缅怀昔年与众名士于洛水边的游宴生活,并以此标榜。我颇怀疑或许王导与过江名士正在清谈,蔡谟跑来大煞风景,而王积忿蔡谟,故当即贬斥"何处闻有蔡充儿"!过江之初,王导、周顗等名士,因对当年洛水边游宴谈道的升平景象不能忘怀,存亡继绝,在江南继续清谈游宴,传承中朝名士风流。而蔡谟有父风,乃君子正人者流,《晋书》本传称谟"性公亮守正,行不合己,虽富贵不交也"。《方正》40 说:"王丞相作女伎,施设床席。蔡公先在坐,不说而去,王亦不留。"蔡谟不喜女伎,故不说而去;王导见蔡谟殊少风流雅趣,故亦不留。此事说明风流名士与严肃端方之士终究不相得。王导轻蔡谟说:"我与安期、千里共游洛水边,何处闻有蔡充儿?"言外之意是,我与安期、千里共游洛水边的时候,你蔡充儿不知在哪里呢!你有资格在我耳边唠叨吗?

236. 简文与许玄度共语

简文与许玄度共语,许云:"举君亲以为难。"简文便不复答,许去后而言曰:"玄度故可不至于此。"按《邴原别传》:"魏五官中郎将尝与群贤共论曰:'今有一丸药,得济一人疾,而君父俱病,与君邪?与父邪?'诸人纷葩,或父或君。原勃然曰:'父子一本也。'亦不复难。"君亲相校,自古如此,未解简文诮许意。(《轻诋》18)

简文与许玄度共语的故事非常难懂。许说:"举君亲以为难。"好像是回答一个难以处理的问题。简文听后不回答,当是难回答,或不便马上回答。许去后说:"玄度故可不至于此。"意思说,许本来可以不至于此(说这种话)。许玄度究竟说什么?为何简文于事后诮许?这二点很难理解,以致异说不少。刘孝标注引《邴原别传》后说："君亲相校,自古如此,未解简文诮许意。"以为许玄度所说"君亲以为难",可能是与简文谈论有一丸药,究竟先给君还是先给父这样一个老问题,但他又说"未解简文诮许意"。所以我们读刘孝标注,仍然看不懂这个故事。刘辰翁说与刘孝标不同,说："似谓玄度无忠国事耳。举君亲谓忠孝两难也。"以为许玄度不忠于国事,以忠孝两难为辞。日人《世说抄撮》说："许盖以君与亲二件相难以谈资也,故简文以为害德而不应也。与注所引之旨盖异。"虽指出许谈论君与亲相难,但具体为何事相难,仍然不知所云。唐长孺《魏晋南朝的君父先后论》一文说："刘孝标注引《邴原别传》所载与上引《魏志·邴原传》相同的故事,并云:'君亲相较,自古如此,未解简文诮许意。'许询何故对简文帝提出这个问题,可能也与当时桓温于晋室对立的局势有关,这一点可以不管。但刘孝标以为君亲相较,自古如斯的说法实在是魏晋以后的定论,从上面所引故事看来,自汉以至三国君亲之间是容许有所选择的。"(详见《唐长孺文存》)概括以上诸家所说,主要有两种解释:一是刘辰翁所谓"忠孝两难",一是刘孝标、唐长孺所谓"君父先后"。笔者以为第一种比较可信。试进而解释之:

先略考简文与许玄度共语的时间。《言语》69:"刘真长为丹阳尹,许玄度出都,就刘宿。"《建康实录》卷八:"永和三年(347)十二月,以侍中刘惔为丹阳尹。"据此,简文与许玄度共语,或在此时。

再释简文与许玄度共语究为何事。许说"举君亲以为难",当是刘义庆编《世说》时,截取二人谈论之结论。前面必有共语的内容,为编者舍去,致使读者不明许"举君亲以为难"一语缘何而发。刘孝标注引《邴原别传》,意在解释二人共语先君后父问题,然当年曹丕与僚属共论时,邴原就勃然道:"父子一体也。"亦不复难。可见谈论此问题殊无意义,还引起人们的反感。许询高尚之士,简文清言领袖,何以再谈此陈腐论题?《赏誉》95 记许玄度送母出都,以玄度早死推测,许母于永和初或在世,且年纪不会很大。疑简文与玄度言语间,或请许出仕,而许以母在对,以为君亲两难也。以上推测,可以找到证据。本篇 31 说:"王中郎举许玄度为吏部郎,郗重熙曰:'相王好事,不可使阿讷在坐头。'"以"相王好事"判断,王中郎举许玄度为吏部郎,很可能出于简文的旨意。否者,王坦之举许,何必说"相王好事"?许询高情远致为一时之冠,自然不会出仕,以忠孝两难为托辞。郗昙以为许询不可在坐头,是深刻了解玄度的隐士品格,不宜在官场。或许是许玄度态度决绝之故,简文便不复答。待许去后,简文诮玄度坚拒之态不应如此,表达其不满及无奈之意。

237. 王坦之与林公绝不相得

王坦之与林公绝不相得，王谓林公诡辩，林公道王云："著腻颜帢，缊布单衣，挟《左传》，逐郑康成车后，问是何物尘垢囊！"中郎，坦之。帢，帽也。《裴子》曰："林公云：'文度著腻颜，挟《左传》，逐郑康成，自为高足弟子。笃而论之，不离尘垢囊也。'"（《轻诋》21）

王坦之和支遁绝不相得，又见于《轻诋》25："王北中郎不为林公所知，乃著《论沙门不得为高士论》。大略云：'高士必在于纵心调畅，沙门虽云俗外，反更束于教，非情性自得之谓也。'"合以上二条观之，王坦之和支遁相处不好，既有学术宗致不同的原因，也有本土思想与佛教冲突的原因。王谓林公"诡辩"，攻击林公的佛教哲学的独特思辨。林公称王"逐郑康成车后"，看不起对方因循守旧，简直成了污秽不堪的臭皮囊。

支遁是东晋中期首屈一指的高僧，玄谈特妙，神理独悟，名流宗仰。以至王濛称其"实纤钵之王、何也"（《赏誉》110）；孙绰《喻道论》则将他比作向秀；郗超《与亲友书》更推崇备至，说"林法师神理所通，玄拔独悟，数百年来，绍明大法，令真理不绝，一人而已"。支遁既精佛理，又妙《庄》《老》，谈《逍遥游》独标新理于向郭之外，诸名贤从此用支理，且"才藻新奇，花烂映发"，使王羲之"披襟解带，流连不能已"（见《文学》36）。在佛理方面，支作《即色游玄论》、《道行指归》、《大小品对比要钞》等，会通玄佛，表现出通、新、变的理论品格。

与支遁迥异，王坦之坚守儒学，摈斥《庄子》。《晋书》卷七五《王坦之传》说："坦之有风格，尤非时速放荡，不敦儒教，颇尚刑名学，著《废庄论》。"文中呵"庄子之利天下也少，害天下也多"。当时名士，多半喜好《庄子》，孜孜不倦探寻庄生之幽旨，行为作风也实践着《庄子》倡导的自由精神。至于名僧，常常借《庄子》义理阐发佛典。与此相反，王坦之的学术和作风，却仍谨守儒家的思想体系，这简直与支遁代表的新学风背道而驰。两人"绝不相得"，当然在情理之中了。

王坦之以为林公"诡辩"，说明他对支道林学问的不理解。《文学》35载："支道林造《即色论》，论成，示王中郎。中郎都无言。支曰：'默而识之乎？'王曰：

'既无文殊,谁能见赏。'"《即色论》是高度抽象的佛教论文,与质实的儒家经典迥异,如"色即为空,色复异空"一类见解,在王坦之看来等同戏言,故目之为"诡辩"。当然,王所谓"诡辩",倒不一定就是对支遁的个人攻击。从大的文化背景而言,自佛教传入以来,对它的蹈虚不实的"坐而论道"的指责几乎从未断绝。《牟子理惑论》中的"问者"就责难佛教:"老子云:知者不言,言者不知。又曰:大辩若讷,大巧若拙。君子耻言过行。设沙门有至道,奚不坐而行之,何复谈是非,论曲直乎?"晋宋间的宗炳《答何承天书难白黑论》云:"周孔疑而不辩,释氏辩而不实。"以上指责佛教的言论,反映了中土宗尚儒学的人士对佛教抽象思辨的不认同,以为是言过其行,所论多在视听之外,辩而不实。王坦之称林公"诡辩",与《牟子理惑论》中的"问者"对佛教的责难一脉相承。

当时轻视支遁者,唯有王坦之及其弟王祎之。其父王蓝田劝祎之说:"勿学汝兄,汝兄自不如伊。"意谓不要学坦之轻视林公,汝兄本身就不如人家。知子莫若父,还是王蓝田看得分明:坦之小看林公,因为自己不如他人。"不如"者,当指学术上因循守旧,大不如支遁独悟神解。

林公嘲讽坦之"挟《左传》,逐郑康成车后"。坦之如何挟《左传》,追随郑玄,难知其详。不过,从谢安"䞶功之惨,不废妓乐",坦之苦谏;以及坦之"标章摘句"(《晋书》卷七五《王坦之传》),为他人释疑等思想行为与学术作风来看,他显然仍旧是汉代儒学宗主郑玄的拥趸者,与魏晋新学风有很大距离。一是儒学的坚守者,一是玄学与佛学的神悟者,两人发生言语冲突,甚至互相嘲弄,自然不难理解。

238. 孙长乐作《王长史诔》

孙长乐作《王长史诔》云:"余与夫子,交非势利。心犹澄水,同此玄味。"《礼记》曰:"君子之交淡若水,小人之交甘若醴。"王孝伯见曰:"才士不逊,亡祖何至与此人周旋!"(《轻诋》22)

东晋中期的文士,孙绰文名最高,檀道鸾《续晋阳秋》称为"一时文宗"(见《文学》85注引)。《晋书》本传说:"绰少以文才垂称,于是文士,绰为其冠。温、王、郗、庾诸公之薨,必须绰为碑文,然后刊石焉。"《文心雕龙·诔碑》叙蔡邕、孔融后,即论孙绰说:"及孙绰为文,志在于碑,温、王、郗、庾,辞多枝杂,桓彝一篇,最为辨裁矣。"可知孙绰是魏晋诔碑作者中第一流人物,享有盛名。他的诔碑及赞,确实雅致有文采。例如释道壹文锋富赡,孙绰为之赞曰:"驰骋游说,言固不虚。唯兹壹公,绰然有余。譬若春圃,载芬载敷。条柯猗蔚,枝干扶疏。"(《言语》93注引《名德沙门题目》)释法汰高亮开达,孙绰为汰赞曰:"凄风拂林,明泉映壑。爽爽法汰,校德无怍。事外萧洒,神内恢廓。实从前起,名随后跃。"(《赏誉》114注引《名德沙门题目》)支敏度才鉴清出,孙绰作《敏度赞》曰:"支度彬彬,好是拔新。俱禀昭见,而能越人。世重秀异,咸竞尔珍。孤桐峄阳,浮磬泗滨。"(《假谲》11注引《名德沙门题目》)《文学》78记孙绰作《庾公诔》,袁羊说:"见此张缓。"于时以为名赏。虽然袁羊品鉴之语费解,但既然时称"名赏",则《庾公诔》必为时人普遍赞赏。又如孙绰为刘惔《诔叙》说:"神犹渊镜,言必珠玉。"(《赏誉》116注引)这二句描写刘惔的精神与清言特点,十分准确。孙绰品鉴人物与鉴赏文学作品,也见解高明。例如评潘岳、陆机说:"潘文烂若披锦,无处不善;陆文若排沙简金,往往见宝。"(《文学》84)是古今评论潘、陆文学风格的最经典言论。

  孙绰是时人看重的碑诔大手笔,但在传主后辈的眼中,却是个借他人祖宗美化自己的伪君子。孙作《王长史诔》,王孝伯看后就心生厌恶,说:"才士不逊,亡祖何至与此人周旋!"意思说,我亡祖怎么会与你这样的人交往呢!《王长史诔》写道:"余与夫子,交非势利。心犹澄水,同此玄味。"这几句与其说是赞美王濛,毋宁说是赞美孙绰他自己。"余与夫子"如何如何,虚构或夸饰他与王濛二人淡若水的"君子之交",称内心平静如澄水,与长史一起体验远离世俗的玄味。明明是被世人鄙视的伪君子,硬要傍着死人的美名,为自己的脸上贴金。但事实正如王孝伯所说:"亡祖何至与此人周旋!"

  孙绰的伎俩,在庾亮之子庾羲那里遭到更严厉的斥责。《方正》48说:"孙兴公作《庾公诔》,文多托寄之辞。既成,示庾道恩。庾见,慨然送还之,曰:'先君与君,自不至于此。'""文多托寄之辞"一句,便是孙绰为已故名人作碑诔的伎俩。他的私货和无耻,就塞在这些"托寄之辞"中。在局外人如袁羊等人看来,《庾公诔》写得不错。其实外人多不问底细,往往只看文辞。作为庾亮儿子的庾羲,当然会一眼看出诔文中的"托寄之辞"。比如说"咨予与公,风流同归","君子之交,相与无私"等句,把自己抬到与庾亮同样的高度,好像他的风流与庾亮不分彼此,又是无私的君子之交。试想,说庾亮与孙绰为君子之交,岂不是给自己贴金的同时,给庾亮抹黑?小人绑架君子,意在美化小人为君子。难怪庾羲把《庾公诔》还给孙绰,断然指出他的诔文虚假不真。刘辰翁评点说:"兴公到处为死人所摈。"王世懋说:"兴公一生受此等苦,死犹烦人。"确实,孙绰借名流美化自己,宜乎一生常遭人白眼,惹人厌烦。

孙绰"为死人所摈"的例子还有本篇9:"褚太傅南下,孙长乐于船中视之。言次及刘真长死,孙流涕,因讽咏曰:'人之云亡,邦国殄瘁。'褚大怒曰:'真长平生何尝相比数,而卿今日作此面向人!'孙回泣向褚曰:'卿当念我。'时咸笑其才而性鄙。"孙绰假惺惺地对刘惔之死表示哀痛,其实也是"托寄之辞",虚构刘惔生前与自己关系密切的假象。孙绰想不到自己的虚伪表现,立刻引起褚裒的大怒,指出刘惔生前何曾与你孙绰亲密,你今日雅托知己,在人前装出虚情假意。"时咸笑其才而性鄙"一语,是时人对孙绰才性的确切评价。孙绰有文才,而道德低下。才性不一,孙绰是一典型。

借为已故名人作碑诔或写纪念文章,塞进私货,所谓"文多托寄之辞",乃是古今无行文人的拿手好戏。近时偶见沪上某公大写数十年前为最高领袖注释古代史籍的旧事,文中多见"托寄之辞"。好像亲受圣上重托,又猜度圣意如何如何。给人的印象一是他亲受圣恩沐浴,二是如履薄冰,为领袖效劳,为"革命"作贡献,三是洞见圣上幽深莫测之城府。此公伎俩可与孙绰有一比。不妨稍改动王孝伯之语评论之:"遗老不逊,我皇何止与此人周旋!"

239. 谢公不喜裴启《语林》

庾道季诧谢公曰:"裴郎云:'谢安谓裴郎乃可不恶,何得为复饮酒。'庾龢、裴启,已见。裴郎又云:'谢安目支道林如九方皋之相马,略其玄黄,取其俊逸。'"《支遁传》曰:"遁每标举会宗,而不留心象喻,解释章句,或有所漏,文字之徒,多以为疑。谢安石闻而善之曰:'此九方皋之相马也,略其玄黄,而取其俊逸。'"《列子》曰:"伯乐谓秦穆公曰:'臣所与共儋纆薪菜者有九方皋,此其于马非臣之下也。'公使行求马,反曰:'得矣,牡而黄。'使人取之,牝而骊。公曰:'毛物牝牡之不知,何马之能知也?'伯乐曰:'若皋之观马者,天机也。得其精亡其粗,在其内亡其外。见其所见,不见其所不见。视其所视,遗其所不视。若彼之所相,有贵于马也。'既而马果千里足。"谢公云:"都无此二语,裴自为此辞耳。"庾意甚不以为好,因陈东亭《经酒垆下赋》。读毕,都不下赏裁,直云:"君乃复作裴氏学!"于此《语林》遂废。今时有者,皆是先写,无复谢语。《续晋阳秋》曰:"晋隆和中,河东裴启撰汉、魏以来迄于今时言语应对之可称者,谓之《语林》。时人多好其事,文遂流行。后说太傅事不实,而有人于谢坐,叙其黄公酒垆,司徒王珣为之赋,谢公加以与王不平,乃云:'君遂复作裴郎学!'自是众咸鄙其事矣。安乡人有罢中宿县诣安者,安问其归资,答曰:'岭南凋弊,唯有五万蒲葵扇,又以非时为滞货。'安乃取其中者捉之,于是京师士庶竞慕而服焉,价增数倍,旬月无卖。夫所好生羽毛,所恶成疮痏。谢相一言,挫成美于千载,及其所与,崇虚价于百金。上之爱憎与夺,可不慎哉!"(《轻诋》24)

裴启作《语林》,见于前《文学》90及刘孝标注引《裴氏家传》,又见于本条及注引檀道鸾《续晋阳秋》。《裴氏家传》说:"裴荣字荣期,河东人。父雅,丰城令。荣期少有风致才气,好论古今人物,撰《语林》数卷,号曰《裴子》。"檀道鸾《续晋阳秋》说:"晋隆和中,河东裴启撰汉、魏以来迄于今时言语应对之可称者,谓之《语林》。"裴启名字,《裴氏家传》作裴荣,孝标对此怀疑:"荣傥是别名乎?"凌濛初解释说:"范启字荣期,裴郎或亦名启,字荣期耳,以为名荣者因字而误也。"曹道衡、沈玉成《中古文学史料丛编》"裴启《语林》"条受凌濛初启发,又有新解,谓裴启字荣期,"盖据《列子》所记古隐士荣启期而取名字。《世说·文学》'孙兴公作《天台赋》成,以示范荣期',范荣期名启,与裴启名字俱同。孝标所见《裴氏家传》'启'作'荣',当是抄录者涉下'荣期'而误。"凌濛初及曹、沈二君解释裴启名字,足资参考。

据檀道鸾说,《语林》作于晋隆和中。隆和为晋哀帝年号,存在仅一年多一点。故《语林》当成书于隆和元年(362),该书内容是辑集"汉魏以来言语应对之可称者",略近于刘义庆《世说新语》,可能更偏重人物语言的辑录。庾道季既称裴启为"裴郎",则裴启此时尚年轻。

庾道季告知谢安,《语林》有记载谢安二语。谢安皆否认,说是"裴自为此辞耳",意谓《语林》所记不实。《语林》所记谢安二语是否是裴启虚造,无从证明。然刘孝标注引《支遁传》谢安评价支道林清谈之语,与《语林》全同。抑《支遁传》中谢安之语,乃出于《语林》耶?梁世释慧皎《高僧传》卷四《支遁传》,亦全同《语林》。若《语林》所记谢安二语出于虚造,难道刘孝标、释慧皎不辨其伪耶?

庾道季见谢安不好《语林》,又言及《语林》所载王东亭(王珣)作《经酒垆下赋》。谢安读毕,既不称赏,又不说其真伪,只是说:"君乃复作裴氏学!"不好《语林》之意,表露无遗。关于王东亭《经酒垆下赋》,须先知其来历。《文学》90说:《语林》始出,即大为远近所传。"载王东亭《经王公酒垆下赋》,甚有才情。"王公,乃"黄公"之误。刘盼遂指出:"黄公酒垆或即为王浚冲所过处也(见《伤逝篇》)。本书《轻诋篇》注引《续晋阳秋》正作黄公酒垆。"刘氏之说是也。王东亭《经黄公酒垆下赋》之题材,即《伤逝》2所记:"王浚冲为尚书令,著公服,乘轺车,经黄公酒垆下过。"此事亦见于《晋书·王戎传》。

然则王戎经黄公酒垆下过一事是否存在?抑或也是裴启虚构?谢安斥庾道季"君乃复作裴氏学",意思很明白:王戎经黄公酒垆下过之事不实,乃裴氏得之传闻。显然,若王戎此事不实,自然王东亭之赋亦无价值。怀疑王戎经黄公酒垆下过的真实性,不仅谢安,稍前的庾亮也说过:"中朝所不闻,江左忽有此论,盖好事者为之耳。"(见《伤逝》2注引《竹林七贤论》)然笔者以为王戎当年既然与嵇康、阮籍等游从,则共酣饮于黄公酒垆在情理之中,而庾爰之问其伯庾亮之事未必可信(参见《伤逝》2札记)。

《语林》因遭谢安诋毁,遂废。檀道鸾对此颇有不满,以谢安帮助安乡人卖了五万蒲葵扇的例子,感慨道:"谢相一言,挫成美于千载,及其所与,崇虚价于百金。上之爱憎与夺,可不慎哉!"由此推测,檀道鸾并不否定王戎当年经黄公酒垆下过一事的真实性。至于谢安诋毁裴启《语林》的原因,檀道鸾也有所揭示,称"谢公加以与王(珣)不平"。王、谢在婚姻问题上交恶,最终竟至不相往来。《伤逝》15记谢安卒,王珣往哭,督帅刁协甚至不让其前,说:"官平生在时,不见此客。"于此可见王、谢交恶之严重程度。《语林》载王珣赋,谢安深忌此书流传渐广,或能张扬王氏声誉,故以太傅之影响诋毁之,遂使裴启遭池鱼之殃。檀道鸾感叹"上之爱憎与夺,可不慎哉",显然对谢安诋毁《语林》之举不以为然。

240. 韩康伯无风骨

旧目韩康伯将肘无风骨。《说林》曰:"范启云:'韩康伯似肉鸭。'"(《轻诋》28)

此句难解在"将肘"一词。将,宋本作"捋"。恩田仲任《世说音释》说:"'捋肘',疑当作'将牢',胡三省注:'将牢,谓先自固而不妄动也,犹今人之言把稳也。'盖言韩康伯将牢太过,所乏者矫矫风节也。"日人《世说补考》说:"'将肘'未详。或云'将'当作'挦'。《前汉书·邹阳传》:'攘袂而正议。'注:'攘袂,犹今人云挦臂。'"余嘉锡《笺疏》说:"《方言》一云:'京、奘、将,大也。秦、晋之间,凡人之大谓之奘。燕之北鄙,齐、楚之郊,或曰京,或曰将,皆古今语也。'据此,则'将'为'壮'之声转。康伯为人肥大,故范启以肉鸭比之。凡人肥则肘壮。此云将肘者,江北伧楚人语也。《品藻篇》云:'韩康伯虽无骨干,然亦肤立。'同讥其无骨,而毁誉不同,爱憎之见异耳。观注语知康伯甚肥,故时人讥其有肉无骨。"以上诸家所释,余嘉锡《笺疏》比较可取。但余嘉锡《笺疏》引《方言》,谓"将"为"壮"之声转,"将肘"乃江北伧楚人之语。此说似乎牵强。旧目韩康伯者为何人虽不可知,当若说是江北伧楚人,终究难让人信服。康伯生于江南,卒于太元五年(380)(见《建康实录》卷九)。假定康伯中年就已肥胖,则此时距南渡之初已有半个多世纪,王子猷兄弟都在满口吴语了,岂会来一个江北伧楚人,以北地难懂的方言品目康伯?笔者以为"旧目"者,当是江南名流。余嘉锡《笺疏》可取之处,在于引《品藻篇》"韩康伯虽无骨干,然亦肤立"二句,谓"康伯甚肥,故时人讥其有肉无骨"。

再回到"将肘"一词。日人《世说补考》谓"将肘"为"挦肘"。"挦肘"语意显豁,又有宋本"将"作"挦"的版本依据。挦肘无风骨,正说韩伯肥胖,肉多不见骨,无有俊爽风度。"旧目韩康伯挦肘无风骨"既然列入"轻诋",范启又说"韩康伯似肉鸭",则晋人的审美意识无疑是以有风骨为美,以肉肥为丑。《赏誉》29注引《晋书》说:"(王)戎子万,有美号而太肥,戎令食糠,而肥愈甚也。"是证明以肥为丑的佳例。反之,晋人以有风骨为美的例子较多。如《赏誉》100注引《晋安帝纪》:"羲之风骨清举。"《晋书》卷四九《阮裕传》:"裕骨气不如逸少。"《晋书·载记·赫连勃勃传论》:"然其器识高爽。风骨魁奇,姚兴见之而醉心,宋祖闻之而色动。"

以风骨为美源于相人之法。《文选》曹植《洛神赋》说:"骨法应图。"吕向注:"骨法人像,皆应图画。"是指美人骨肉得中,即肌丰骨秀,合图画之法。此虽状美人,其实品鉴人物之原则皆同。韩康伯肉肥而无骨秀,故人鄙之无风骨。"风骨"一词,后成为魏晋人物审美范畴及文学作品的普遍审美原则。后者在《文心雕龙·风骨篇》中得到集中反映。

假谲第二十七

241. 愍度道人立心无义

愍度道人始欲过江,与一伧道人为侣,谋曰:"用旧义往江东,恐不办得食。"便共立心无义。既而此道人不成渡。愍度果讲义积年。《名德沙门题目》曰:"支愍度才鉴清出。"孙绰《愍度赞》曰:"支度彬彬,好是拔新,俱禀昭见,而能越人。世重秀异,咸竞尔珍。孤桐峄阳,浮磬泗滨。"后有伧人来,先道人寄语云:"为我致意愍度,无义那可立?旧义者曰:"种智有是而能圆照,然则万累斯尽,谓之空无;常住不变,谓之妙有。"而无义者曰:"种智之体,豁如太虚。虚而能知,无而能应,居宗至极,其唯无乎?"治此计权救饥尔,无为遂负如来也。"(《假谲》11)

支愍度(《高僧传》作敏度)立心无义,实质是东晋初期的佛学依附于玄学。江南玄学正盛,敏度若仍用佛教旧义,"恐不办得食"。为救饥起见,遂立心无义。于此可见,佛教的旧义与玄学不合,当初不受江南谈玄人士的欢迎。

关于旧义与心无义的理论要点,见刘孝标注:旧义者曰:"种智有是而能圆照,然则万累斯尽,谓之空无;常住不变,谓之妙有。"而无义者曰:"种智之体,豁如太虚。虚而能知,无而能应,居宗至极,其唯无乎?"旧义与心无义,主要是对般若的解释不一样。吕澂说:"从这一资料看,讲述般若有新义、旧义的不同,旧义把般若看成一切种智,是无所不知的,因而是有。支敏度已弃旧说,提出了心体的问题,认为心体是无,如太虚,虚而能知,无而能应。"(吕澂《中国佛学源流略讲》第三讲《般若理论的研究》)吕澂把刘孝标注中的"种智",理解为般若,旧义把般若看作是有,心无义讲心体,认为心体是无。陈寅恪《支愍度学说考》一文对心无义和旧义有更简明的解释。他说:"僧肇《不真空论》云:'心无者,无心于万物,万物未尝无。此得在于神静,失在于物虚。'""今据肇公之说,知心无义者,仍以物为有,与主张绝对唯心论者不同。"又说:"然详绎'种智'及'有''无'诸义,但可推见旧义者略能依据西来原意,以解释般若'色空'之旨。新义者则采用《周易》《老》《庄》之义,以助成其说而已。"又汤用彤说:"心无义"是"空心不空境",亦即仅止于"心无",而不否认"物有"(汤用彤《汉魏两晋南北朝佛教史》第九章《释道安时代之般若学》)。以上几种解释,仍以僧肇《不真空论》最简洁准确。"无心于万物,万物未尝无",其实也就是玄学的观点。玄学以无为本,有为末;无为母,有为子。无生有,有生于无。故无是宇宙的终极本体,并不是彻底的空无。刘孝标注"无义者"说:"居宗至极,其唯无乎?"即是指玄学以无为本,无是终极本体。心无义是对佛教旧义的背叛,故坚持旧义的伧道人说支愍度有负如来。

然则旧义的理论核心究竟是什么,仍不够清楚,有解释的必要。吕澂说:"旧义把般若看成一切种智,是无所不知的,因而是有。"此说容易引起误解,好像般若是有。至于寅恪先生说"旧义者略能依据西来原意,以解释般若'色空'之旨",那么,"色空"谓何?般若究竟是有,还是无?这些问题都须解释。笔者以为刘孝标注释旧义是基本正确的。"种智"即般若,般若圆照,无所不知。"万累斯尽,谓之空无",即是"色空"。万物皆因缘和合而成,本质皆为空无。"常住不变,谓之妙有"。此指佛性不变。佛性与法性、涅槃同义。"妙有"是非真实有,也是空无。旧义谓物无自性,一切诸法本性空寂,犹言一切精神世界和物质世界皆是空无。僧肇《不真空论》,精妙阐述了佛教哲学的宗旨。不真即空,空即不真。有为假有,空乃本质。心无义仅说心无,而不否认物有,与佛学宗旨相违,是不彻底的色空观,故《高僧传》卷五《竺法汰传》记法汰称心无义为"邪说",而慧远、僧肇相继破之。《二谛义》说:"言心无义者,然此义从来太久。什师(鸠摩罗什)之前,道安、竺法护之时,已有此义。言心无义者,亦引经云:'色色性空者,明色不可空。'但空于心,以得空观故言色空,色终不可空也。肇师破此义明:得在于神静,失在于物虚。得在神静者明心空,此言为得。色不可空,此义为失也。"(大正藏第45册 No.1854《二谛义》)僧肇破心无义,重点指出心无义之失,在"色不可空",意思是万物不空,为有。这就与佛学的根本宗旨相违。

江东玄谈之士崇尚玄学的本无哲学,尚不理解比玄学更精妙的佛教空观哲学。支愍度意识到佛学旧义与玄学扞格,势必不合名士好尚,妨碍谋食,故审时度势，宁负如来，创立心无义，以迎合江南学风。心无义因与玄学本无哲学合拍，在江南及荆州一带盛行一时。心无义的创立与流行，生动地说明佛教传入江南之初依附玄学，以及中土人士不理解佛学宗旨的历史真相。

黜免第二十八

242. 殷中军废后恨简文

殷中军废后,恨简文曰:"上人著百尺楼上,儋梯将去。"《续晋阳秋》曰:"浩虽废黜,夷神委命,雅咏不辍,虽家人不见其有流放之戚。外生韩伯始随至徙所,周年还都。浩素爱之,送至水侧,乃咏曹颜远诗曰:'富贵它人合,贫贱亲戚离。'因泣下。"其悲见于外者,唯此一事而已。则书空去梯之言,未必皆实也。(《黜免》5)

晋穆帝永和八年(352)九月,中军将军殷浩率众北伐。明年十月,殷浩军至山桑,命平北将军姚襄为前锋。襄恐,反叛,击殷浩。浩弃辎重,急忙退保谯。姚襄至,攻占山桑,焚浩粮草,士卒多逃散。殷中军真可谓一流的清言家,末流的军事家。永和十年二月,征西将军桓温率师北伐关中,上疏奏废扬州刺史殷浩为庶人。抚军大将军司马昱准其奏,徙殷浩至信安。曾经负有盛名的一代名士彻底完结。

废为庶人的殷中军回顾出仕及最终结局,不由怨恨简文起来:"上人著百尺楼上,儋梯将去。"这是比喻,有前后两层意思。前指简文一再征召自己作扬州刺史,把我置于百尺楼上;后指简文儋梯(儋,同担,肩荷,肩扛)且去,置我于上下不得的尴尬境地。

以下分释之:

殷浩为著名清言家,曾为人解梦,鄙称"官本丑腐"、"钱本粪土",说明他对功名富贵看得很淡。早年作过征西将军庾亮及安西将军庾翼的僚属,时间都不长。后来称疾隐居,屏居墓所将近十年,时人比作管仲、诸葛亮。王濛、谢尚等竟然以殷浩或出或处的消息，占卜江左兴旺。这两人拜访殷浩过后，了解浩的隐居之志确然不移。庾翼致书殷浩，劝他出仕，浩坚持不出。晋康帝建元初，庾冰兄弟及何充相继离世，时为会稽王的简文帝开始综理万机。卫将军褚裒推荐殷浩，征为建武将军、扬州刺史。浩上疏辞让，并致书简文。简文回信劝说，甚至称"足下去就即是时之兴废，时之兴废则家国不异"，简直把殷浩看作挽救颓局的救世主。殷浩则频频推让，历数月后方受拜。时桓温既灭蜀，威势转振，朝廷惮之。简文引殷浩为心腹，以对抗桓温，由此浩与温颇相疑贰。殷浩思量：我本来屏居墓所，远离世事，与人清言不止，何等快意，而你简文执意征我作扬州刺史，参综朝政。我之起，实乃应你简文之请。此正所谓"上人著百尺楼上"也。

后殷浩北伐失败，桓温上疏罪浩。简文迫于桓温，终定浩罪罚，废为庶民。当初简文为对抗桓温，引殷浩为心腹。现在却屈服于桓温的威势，不尽力相救，处己于无助境地。虽说废黜殷浩出于桓温的上疏，但简文软弱无能，准桓温之奏请。殷浩被废之后，必定有一种浓重的被抛弃之感，而其真实处境恰似"儋梯将去"，以致百尺楼上之人，上下不得也。殷浩之恨事出有因，合乎逻辑。不恨简文恨谁？

刘孝标注引《续晋阳秋》，记叙殷浩废黜之后的生活及精神状态，且评论说："书空（谓殷浩常书空，自言'咄咄怪事'）去梯之言，未必皆实也。"鄙意以为不论《续晋阳秋》所谓"夷神委命"，还是孝标的看法，恐怕都未得殷浩废黜后的真实。殷浩送外生韩伯，咏曹颜远诗"富贵它合，贫贱亲戚离"，"因泣下"，这才是殷浩真感情的流露。"雅咏不辍，虽家人不见其有流放之戚"，不过是名士常有的矫情与掩饰而已。《晋书·殷浩传》载："后桓温将以浩为尚书令，遣书告之，浩欣然许焉。将答书，虑有谬误，开闭者数十，竟达空函，大忤温意。"如果真如《续晋阳秋》所言浩"夷神委命"，岂有如此错乱行为？所以，笔者宁相信"书空去梯之言"为真实之有。

俭啬第二十九

243. 郗公大聚敛

郗公大聚敛,有钱数千万,嘉宾意甚不同。常朝旦问讯,郗家法,子弟不坐,因倚语移时,遂及财货事。郗公曰:"汝正当欲得吾钱耳!"乃开库一日,令任意用。郗公始正谓损数百万许,嘉宾遂一日乞与亲友,周旋略尽。郗公闻之,惊怪不能已已。《中兴书》曰:"超少卓荦而不羁,有旷世之度。"(《俭啬》9)

宋大儒朱熹赞美陶渊明的真清高,讽刺魏晋人一面清谈,一面招权纳货,权也要,钱也要,实是假清高。读《世说新语·俭啬》中和峤、王戎、卫展、郗愔等人吝啬或聚敛的故事,多少会对魏晋人自诩清高脱俗产生怀疑。尤其是预竹林七贤之末的王戎,甚至对女儿、从子都吝啬异常,不免叫人大跌眼镜。当然,能大聚敛至千万者,非权贵莫属,古今皆如此。

郗愔大聚敛,有钱数千万,尽管有铜臭味,但总比王戎可爱一些。郗愔子郗超有向他借钱的意思,遂开钱库一日,让儿子任意用。可见郗愔聚敛归聚敛,对儿子还是大方的,不像王戎,一毛不拔,六亲不认。郗超则一天之中把库钱全都送给亲友。郗愔本来以为用掉数百万,听说库钱用得精光,"惊怪不能已已"。这个故事,以对比手法写出父子俩的性格大异。刘孝标注引《中兴书》曰:"超少卓荦而不羁,有旷世之度。"郗超散财,表现其卓荦不羁的性格,确实是出类拔萃,世所罕见。刘辰翁说:"吾见嘉宾,每有可喜。"郗超散财亲友,为退隐者办资起宅,临终以一书箱付门生之类,皆是可喜之处。

郗愔大聚敛,是其性格低俗一面的表现。当然,从更深刻的原因分析,聚敛钱财乃是人类贪婪的劣根性。与父亲完全相反，郗超认识到钱财毕竟是粪土，加上性格卓荦不羁，一日之内散尽其父之财。聚敛与卓荦不羁的两种性格冲突，是这个故事蕴含的主要意义。然有人解读这故事有别样的见解。如宁稼雨说："郗愔聚敛财富的重要目的，就是为了资助道教。所以其子郗超成心让其破财，并不仅仅是因为父子间俭啬与奢靡观念的不同，而是宗教信仰乃至政治立场的对立所至。《晋书·郗鉴传》附超传说：'愔事天师道，而超奉佛。'"（详见宁稼雨《魏晋士人人格精神》第438页）窃以为宁说缺少说服力。宗教信仰与敛财或散财之间不存在必然联系。郗愔固然事天师道，但不是信天师道者聚敛必用来"资助道教"。王羲之父子是虔诚的天师道信徒，却不闻有聚敛，也不闻有以财富资助道教之事。至于郗超破其父之财，也非是奉佛之故。若郗超因宗教信仰不同而成心破父财，则何不巧取以之奉佛，却散与亲友？可见郗超乞父财散与亲友，乃是"敦睦九族"之亲亲之义，历来为乡党宗族所重，属"德行"之举，显与宗教信仰及政治立场无关。超性卓荦不羁，自然不喜其父聚敛，故乞其财散与亲友也。此乃个性及宗族观念所致，岂是因奉佛而有意败奉道之财哉？

汰侈第三十

244. 石崇每与王敦入学戏

石崇每与王敦入学戏,见颜、原象《家语》曰:"颜回字子渊,鲁人,少孔子二十九岁而发白,三十二岁蚤死。"原宪,已见。而叹曰:"若与同升孔堂,去人何必有间。"王曰:"不知余人云何?子贡去卿差近。"《史记》曰:"端木赐字子贡,卫人。尝相鲁,家累千金,终于齐。"石正色云:"士当令身名俱泰,何至以瓮牖语人!"原宪以瓮为户牖。(《汰侈》10)

石崇、王敦年轻时进学堂,常常相互戏言。看到颜回、原宪像,石崇感叹说:"假若与颜回、原宪同升孔子之堂,则我与二位贤人相去不会远了。"意思是我也可成圣贤。《言语》75 记谢安说:"圣贤去人,其间亦近。"以为圣贤的崇高常人是可以达到的。石崇也是此意。王敦听后说:"不知他人对你说的话如何评说?依我看来,子贡倒与你比较接近。"这是讽刺石崇与颜回、原宪这样的孔子贤弟子差得远,与子贡相去近,只能做家累千金的子贡。《世说笺本》:"子贡结驷连骑,故以讽石。"其说是。

石崇板起面孔回答道:"士当令身名俱泰,何至以瓮牖语人!"刘孝标注:"原宪以瓮为户牖。"《孔子家语》说:原宪"居鲁,环堵之室,茨以生草,蓬户不完,桑枢瓮牖,上漏下湿,坐而弦歌"(《言语》9 注引)。石崇二语在驳斥王敦嘲讽的同时,说出了所谓"身名俱泰"的人生价值观:既身享富贵,又有令名,名利兼收。显然,石崇标榜的"身名俱泰",与颜回、原宪的圣贤品格相去何止千里!颜回、原宪之所以尊为贤人,根本在于他们安贫乐道的伟大品格。孔子称赞颜回说:"贤哉回也!一箪食,一瓢饮,在陋巷,人不堪其忧,回也不改其乐。贤哉回也!"(《论语·

雍也》)原宪居贫,仍"坐而弦歌"。《孔子家语》载:原宪在鲁,身居陋室,衣衫褴褛,"子贡轩车不容巷,往见之,曰:'先生何病也?'宪曰:'宪闻无财谓之贫,学而不能行谓之病。今宪贫也,非病也。夫希世而行,比周而友,学以为人,教以为己。仁义之慝,舆马之饰,宪不忍为也。'"原宪以为贫不是病,仁义不行才是病。而富有的子贡对原宪的安贫乐道的人格精神并不理解。石崇见颜回、原宪像,说自己若升孔子之堂,与他们相去不远,其实只是羡慕二人之名,而完全懵懂二人安贫乐道的伟大品格。故王敦讽刺他与子贡相近。

安贫乐道,君子固穷,是原始儒家高扬的伟大人格和精神风范,影响后世十分深远。老庄则尊重现世的享受,主张及时行乐。《老子》第四十四章说:"名与身孰亲?"张翰说:"使我有身后名,不如实时一杯酒。"故凡信奉《庄》《老》者,皆轻名重身;重儒教者,则重名轻身。此自然与名教所由判也。石崇主张"身名俱泰",颇能代表当时一部分人的人生价值取向,即身名兼美,名利双收,从中透露出自然与名教开始调和的消息。王戎、王恺、和峤、何曾、何劭、庾敳诸人皆好聚敛,生活奢侈,为"身名俱泰"的典型人物。其末流,一面标榜清高,窃世间之虚名;一面谋权聚敛,取不义之富贵,沦为原宪所说的"仁义之慝,舆马之饰"的伪君子。

忿狷第三十一

245. 王令诣谢公

王令诣谢公，值习凿齿已在坐，当与并榻。王徙倚不坐，公引之与对榻。去后，语胡儿曰："子敬实自清立，但人为尔，多矜咳，殊足损其自然。"刘谦之《晋纪》曰："王献之性甚整峻，不交非类。"(《忿狷》6)

王令(子敬)诣谢公，王徙倚不坐，是不愿与习凿齿并榻。并榻连坐，属于一般的待客，规格不高。《方正》13 说：杜预拜镇南将军，朝士悉至，皆在连榻坐。羊稚舒后至，听说杜预连榻坐客，不坐就走。独榻，才是尊敬的待客，譬如陈蕃为徐稚独设一榻。谢安见子敬不愿与习凿齿连榻坐，便另设一榻，与习之榻相对，算是给足了子敬面子。

然等子敬一走，谢安就对着侄子谢朗评论子敬："子敬实自清立，但人为尔，多矜咳，殊足损其自然。"在肯定子敬清立之后，指出其矜持做作，有损自然。"矜咳"二字先须释义。恩田仲任《世说音释》："咳与欬同，开代切。《曲礼》曰：'车上不广欬。'郑康成曰：'为若自矜。'疏曰：'欬，声欬也。车已高，若在上而声大欬，似自骄矜持。'"王叔岷《世说新语补正》："案咳借为㑎。《说文》：'㑎，奇㑎，非常也。''矜㑎'，犹言'矜奇'。子敬之清立，由于人为。人为则多矜奇，而损其自然矣。"徐震堮《校笺》："沈校本'咳'作'硋'，疑是。《后汉书·方术列传》序：'夫物之所偏，未能无蔽，虽云大道，其硋或同。'注：'硋音五爱反。'则硋即碍也。矜，矜持；硋，拘执。晋人讲门地，士庶不同坐，书中屡见。谢安见献之不肯与习同榻，故以拘于习俗讥之。"周一良说："矜咳，整峻。"(《马译世说新语商兑》)按，以上诸说，以徐震堮《校笺》为胜。硋，同"碍"、"阂"。《广韵》四："硋，止也，距也。"《说文》："阂，外闭也。"矜咳，即谓矜持而距人。

刘孝标注引刘谦之《晋纪》说："王献之性甚整峻，不交非类。"从子敬的性格解释为什么不肯与习凿齿并榻的原因。余嘉锡《笺疏》则以为子敬门第高贵，鄙习凿齿出身寒士，且有足疾，故不与之并榻，"所谓'不交非类'者如此"。合以上两种说法，可以比较全面地解释子敬的行为。自东汉以来，交游风气盛行，多为名利奔走不息，一些清正之士纠正滥交习气，不妄交为人所重。然过分整峻，以为举世皆俗，唯我独清，就不免矫枉过正了。不看对象，一概以严峻态度待人，就如谢安所说，"殊足损其自然"。子敬整峻个性的形成，与他少年时就仰慕荀粲、刘惔有关。《方正》59说：子敬数岁时观诸门生樗蒲，说了一句"南风不竞"，就遭到门生的轻视，遂愤然说："远惭荀奉倩，近愧刘真长。"为何惭愧荀、刘二人？原因是荀粲"简贵不与常人交接，所交者一时俊杰"(《惑溺》2注引《粲别传》)，刘惔说"小人都不可与作缘"(《方正》51)。子敬"性整峻，不交非类"，与荀粲、刘惔如出一辙。子敬门第高贵，往往以贵骄人。例如闻顾辟疆有名园，先不识主人，径往其家，游历既毕。指麾好恶，傍若无人(《简傲》17)，傲慢与不愿同习凿齿并榻相似。

性格整峻，不交非类，固然值得称道。但不分对象，不论场合，一概以一副整峻不妄交的面孔示人，矜持傲慢，那就会走到清高的反面，"殊足损其自然"，变成令人讨厌的无礼与可笑的做作。

尤悔第三十三

246. 王大将军于众座中论周侯

王大将军于众坐中曰:"诸周由来未有作三公者。"有人答曰:"唯周侯邑五马领头而不克。"大将军曰:"我与周洛下相遇,一面顿尽。值世纷纭,遂至于此!"因为流涕。邓粲《晋纪》曰:"王敦参军有于敦坐摴蒱,临当成都,马头被杀,因谓曰:'周家奕世令望,而位不至三公。伯仁垂作而不果,有似下官此马。'敦慨然流涕曰:'伯仁总角时,与于东宫相遇,一面披衿,便许之三司。何图不幸,王法所裁。凄怆之深,言何能尽!'"(《尤悔》8)

王敦于众座中论周𫖮的故事,发生在王敦谋反、杀害周𫖮之后。是他杀了周𫖮,缘何还在众人面前谈论周侯?《世说》所记不如邓粲《晋纪》明白。原来有一参军在王敦那边摴蒱,临当成都,马头被杀。参军有所感触,遂谈起周𫖮,说:"周家数世有令望,然而位不至三公。伯仁有希望位至三公而未成,正如下官有此马。"王敦听后慨然流涕,说了一番痛惜的话。邓粲《晋纪》叙述故事的始末,清楚有序。若如《世说》,好像王敦率先谈论周𫖮,后有人回答:"唯周侯邑五马领头而不克。"读者就不很明白此人这句话究竟说什么。

然而"邑五马"、"成都"、"马头被杀"这些摴蒱的术语仍须解释,否者依然不解故事的内容以及意义。李慈铭说:"案'邑'疑'已'字之误。"朱铸禹《汇校集注》说:"领头犹云成都邑,谓收成都邑而不克也。"朱氏释"邑成都"为"成都邑"。然何谓"成都邑"?"领头"为何"犹云成都邑"?"收成都邑而不克"又是何意?朱氏似乎把摴蒱的术语"成都",误解成了地名成都。又李毓芙《世说新语新注》用古乐府《日出东南隅行》："使君从南来,五马立踟蹰"二句中的"五马"解释此句,说五马或泛喻大官。这更是明显的误解。杨勇《校笺》说:"孝标引邓《纪》所谓临当成都,马头被杀者也。五马,摴蒲马子,即五木也。……领头,《晋书·周顗传》所谓'博头'也。不克,不克于成也。……邓粲所谓垂作而不果者也。"按周顗官至尚书左仆射。据刘孝标注引《晋纪》,以及《晋书·周顗传》记载"是以摴蒲博具之马为喻。"徐震堮《校笺》释"成都",说:"《御览》七五三引《投壶变》:'三百六十筹得一马,三马成都。'"又说:"案此所云'马头'及下文'下官此马'之'马'疑即《摴蒲经》'打马'、'踏马'之马。"按,徐笺是。马,樗蒲马子,五马即五木。成都,指樗蒲显示已成的局势。马头,即《晋书》说的博头。参军以樗蒲以"临当成都,马头被杀"的形势类比周顗,意谓周顗"垂作而未果"——将至三公,却功败垂成。此参军不知是谁。本篇6注引虞预《晋书》说:"敦克京邑,参军吕漪说敦曰:'周顗、戴渊皆有名望,足以惑众。视近日之言,无惭惧之色。若不除之,役将未歇也。'敦即然之,遂害渊、顗。"在王敦处樗蒲的参军,或许就是吕漪。

本来参军因樗蒲有感而谈论周顗,王敦听罢也就算了,毕竟是他杀了周顗。可是这个刽子手不放过这个话题,乘机洗刷双手沾满的鲜血。他先回顾年轻时与周顗"洛下相遇,一面顿尽"的情景,把自己打扮成周顗的昔日知己。后以"值世纷纭,遂至于此"二语含糊过去,把杀害周顗的罪孽归之于世事的混乱。在邓粲《晋纪》中,王敦说:"何图不幸,王法所裁。凄怆之深,言何能尽!"一面口含天宪,将杀周顗说成是"王法所裁",一面假装痛惜之情,最后还挤出几滴眼泪。王敦杀了人还卖乖,是这个故事最精彩的地方。不论言辞、表情,都称得上是出色的艺术表演。《世说》写王敦,粗豪者居多,唯有此条刻画这个野心家的虚伪卑鄙,令人印象深刻。

247. 温峤每爵皆发诏

温公初受刘司空使劝进,母崔氏固驻之,峤绝裾而去。《温氏谱》曰:"峤父襜,娶清河崔参女。"迄于崇贵,乡品犹不过也,每爵皆发诏。虞预《晋书》曰:"元帝即位,以温峤为散骑侍郎。峤以母亡,逼贼,不得往临葬,固辞。诏曰:'峤以未葬,朝议又颇有异同,故不拜。其令八坐议,吾将折其衷。'"(《尤悔》9)

东晋元帝建武元年（317），温峤奉刘琨之命，往江南劝进。峤母崔氏坚决不放儿子走。温峤忠于晋朝，激于民族大义，绝母衣襟而去。不久，温峤母亡，北方落入异族之手，山河阻隔，峤不得临母葬。无法尽孝，遗恨无穷。但从儒家丧礼制度的角度看，温峤不临母葬是大不孝。问题是此时北中国沦陷于异族，叫温峤如何赴母葬？温峤有栋梁之材，朝廷重用他，然礼学家以为峤孝道有亏。早在温峤渡江不久，朝廷以为散骑侍郎，他本人就以未得改卜葬送为由固让不拜，朝议也有不同意见，为此元帝下诏说："温峤不拜，以未得改卜葬送，朝议又颇有异同。为审由此邪？天下有阙塞，行礼制物者当使理可经通。古人之制三年，非情之所尽，盖存亡有断，不以死伤生耳。要经而服金革之役者，岂营官邪？随王事之缓急也。今桀逆未枭，平阳道断，奉迎诸军犹未得径进，峤特一身，于何济其私艰，而以理阂自疑，不服王命邪？其令三司八座、门下三省、外内群臣，详共通议如峤比，吾将亲裁其中。"（《晋书》卷二〇《礼志》中）元帝诏书以为行礼制者要根据实际情况，通情达礼。古人制三年为父母守丧，为的是不以死者伤生者。守丧者应该随王事之缓急，也就是以国家利益为上。元帝诏又为温峤不得亲临母葬辩护，以为北方未平，平阳道断，即使军队也难于进军，温峤一人，如何前往？而峤自疑与礼制有违，固辞不拜，难道可以不服王命邪？元帝诏通情达理，以为温峤应该服从王命。在礼制与王命发生冲突时，元帝"亲裁其中"，解决忠孝不能两全的矛盾。

然礼制的影响根深蒂固，乡品决定士人升迁的力量依旧强大。"迄于崇贵，乡品犹不过也，每爵皆发诏。"说明忠孝不能两全的矛盾不因元帝一次下诏就可解决。即使在温峤建立巨勋之后，每次进爵，朝廷都要发诏。《晋书·孔愉传》说："初，愉为司徒长史，以平南将军温峤母亡，遭乱不葬，乃不过其品。至苏峻平，而峤有重功。愉往石头诣峤，峤执手流涕曰：'天下丧乱，忠孝道废。能持古人之节，岁寒不凋者，惟君一人而已。'时人咸称峤居公，而重愉之守正。"温峤居公为忠，但遭乱不临母葬，乡品不过其品。这使温峤憾恨又无奈，感叹忠孝难以两全，唯有流泪而已。余嘉锡《笺疏》引吴承仕说："乡评不与，而发诏特进之。然则平人进爵，必先检乡评矣。当时九品中正之制乃如此。"从乡品不与杰出人物温峤，可见汉代以来作为举荐人才的乡品，影响士人的升迁，具有匪夷所思的力量。兹再举一例：孙吴时名将朱才，屡有战功，"本郡议者以才少处荣贵，未留意于乡党，才乃叹曰：'我初为将，谓跨马蹈敌，当身履锋，足以扬名，不知乡党复追迹其举措乎！'于是更折节为恭，留意于宾客，轻财尚义，施不忘报，又学兵法，名声始闻于远近。"(《吴志》卷五六《朱治传》)此事证明乡品是举荐人才的基础,甚至可以无视荐举人物的已有的名声与官宦经历。乡品不佳者,会严重影响仕途的升迁。

不过,乡品的弊病也是显而易见的。如温峤不得亲临母葬,是山河阻陷而不得不如此,峤又能何为?不体察情势,斤斤计较于不可能之事,岂非于理难通?随着世家大族退出政权中心,九品中正制最终寿终正寝,这是符合历史发展的必然结果。

纰漏第三十四

248. "臣进退维谷"

殷仲堪父病虚悸,闻床下蚁动,谓是牛斗。《殷氏谱》曰:"殷师字师子,祖识,父融,并有名。师至骠骑咨议,生仲堪。"《续晋阳秋》曰:"仲堪父曾有失心病,仲堪腰不解带,弥年父卒。"孝武不知是殷公,问仲堪:"有一殷病如此不?"仲堪流涕而起曰:"臣进退维谷。"《大雅》诗也。毛公注曰:"谷,穷也。"(《纰漏》6)

孝武帝只听说有一姓殷者病虚悸,而不知是仲堪父,问仲堪。仲堪流泪回答说:"臣进退维谷。"《世说笺本》解释说:"'进'谓答帝之问,则又暴父之异疾;'退'谓如为父隐而不答,则又违帝之问,故云进退皆穷也。"晋人虽任诞放达,但谨守孝道。不论父在或父亡,有道父名者皆触犯父讳。故仲堪父病虚悸,人前不能道。《任诞》50载:桓南郡被召作太子洗马,船泊荻渚。王大服散后已小醉,往看桓。桓为设酒,不能冷饮,频语左右令"温酒来",桓乃流涕呜咽,王便欲去,桓以手巾掩泪,因谓王曰:"犯我家讳,何预卿事!"桓玄父名温,故"温酒"犯其家讳。余嘉锡《笺疏》解释说:"《颜氏家训·风操篇》曰:'《礼》云:"见似目瞿,闻名心瞿。"有所感触,恻怆心眼。若在从容平常之地,幸须申其情耳。必不可避,亦当忍之,不必期于颠沛而走也。梁世谢举甚有声举,闻讳必哭,为世所讥。又臧逢世,臧严之子也,笃学修行,不坠门风。孝元经牧江州,遣往建昌督事,郡县民庶,竞修笺书。有称严寒者,必对之流涕。不省取记,多废公事。'由颜氏之言观之,知闻讳而哭,乃六朝旧俗。故虽凶悖如桓玄,不敢不谨守此礼也。"桓玄闻"温酒"流泪,仲堪流泪说"进退维谷",皆是《礼记》所说"闻名心瞿"之故,为守礼的表现。

孝武犯人之讳，与礼有违，属于纰漏，《晋书·殷仲堪传》说，"帝有愧焉"。与孝武犯他人家讳相同的是元帝问贺循："孙皓烧锯截一贺头，是谁?"贺循还未回答，元帝想起来了，说："是贺劭。"贺劭是贺循父，因孙皓凶暴骄矜，上书切谏，为孙皓残酷杀害。元帝大纰漏，触犯贺循家讳。贺循痛彻心肺，流涕说："臣父遭遇无道，创巨痛深，无以仰答明诏。"与殷仲堪一样，进退维谷。元帝愧惭，三日不出（《纰漏》2）。孝武、元帝所以发生纰漏，在于疏忽了《礼记》的问讳规定。《礼记·曲礼上》："入竟而问禁，入国而问俗，入门而问讳。"郑玄注："皆为敬主人也。"孔颖达《正义》："入门而问讳者，门，主人之门也。讳，主人祖先君名，宜先知之，欲为避之也。"《楚辞·东方朔〈七谏·谬谏〉》："愿承闲而效志兮，恐犯忌而干讳。"王逸注："所畏为忌，所隐为讳。"入门而问讳，是古老的习俗，避免"犯忌而干讳"，引起主人的悲痛。故王蓝田拜扬州，主簿有请讳之举（见《赏誉》74）。不知臣下忌讳，有意无意犯人家讳，使人"闻名心瞿"，这是无礼行为，宜乎孝武有愧，元帝惭愧至三日不出。

惑溺第三十五

249. 荀奉倩与妇至笃

荀奉倩与妇至笃，冬月妇病热，乃出中庭自取冷，还以身熨之。妇亡，奉倩后少时亦卒，以是获讥于世。《粲别传》曰："粲常以妇人才智不足论，自宜以色为主。骠骑将军曹洪女有色，粲于是聘焉，容服帷帐甚丽，专房燕婉。历年后，妇病亡，未殡，傅嘏往喭粲，粲不哭而神伤。嘏问曰：'妇人才色并茂为难，子之聘也，遗才存色，非难遇也，何哀之甚？'粲曰：'佳人难再得，顾逝者不能有倾城之异，然未可易遇也。'痛悼不能已已，岁余亦亡，亡时年二十九。粲简贵，不与常人交接，所交者一时俊杰。至葬夕，赴期者裁十余人，悉同年相知名士也，哭之感恸路人。粲虽褊隘，以燕婉自丧，然有识犹追惜其能言。"奉倩曰："妇人德不足称，当以色为主。"裴令闻之曰："此乃是兴到之事，非盛德言，冀后人未昧此语。"何劭论粲曰："仲尼称'有德者有言'，而荀粲减于是，力顾所言有余，而识不足。"（《惑溺》2）

荀奉倩（粲）与妇感情至笃，冬天，妇病发烧，奉倩到中庭受冻，然后回房以冷身子贴着妻子，以降低体温。这种给爱妻疗病的方法，也只有奉倩这样笃于感情的丈夫才想得出。妇亡，奉倩不久亦亡。如此笃于夫妻之情的男子，古今不多见。

然荀奉倩与妇感情至笃，是否源于忠贞不渝的爱情？其实非是。奉倩之死，与其说是殉情，毋宁说是殉色。重色，是与妇至笃的主要原因。据刘孝标注引《粲别传》，奉倩妇是骠骑将军曹洪女，有美色，娶后"专房燕婉"。妇亡，奉倩不哭而神伤。傅嘏往吊，问："妇人才色并茂为难，子之聘也，遗才存色，非难遇也，何哀之甚?"奉倩回答说:"佳人难再得,顾逝者不能有倾城之异,然未可易遇也。"二人的对话,反映出两种女性审美观念及其分歧。傅嘏以为妇人才色并茂为佳,批评奉倩"遗才存色"。傅嘏之论,代表了魏晋时期女性审美的主流意见,相比汉代的女性审美,体现出时代的新意识。班昭作《女诫》说:"女有四行,一曰妇德,二曰妇言,三曰妇容,四曰妇功。夫妇德不必才明绝异也,妇言不必辩口利辞也,妇容不必颜色美丽也,妇功不必工巧过人也。"(《后汉书》卷八四《曹世叔妻传》)"四行"中虽有"妇容"一项,然"不必颜色美丽也"。班昭《女诫》,源于更古老的轻视女性容色美的观念。《资治通鉴》卷一一五《晋纪》三七胡三省注:"《左传》晋叔向欲娶于申公巫臣氏,其母止之曰:'甚美,必有甚恶。'此语类之。"可知春秋战国时期,存在着视妇人色美为性恶根源的极端言论,后世发展成为"女色亡国论",歪曲了影响中国历史进程的真正原因。尽管女色被道德看作洪水猛兽,可是在以男性为中心的现实世界里,罕见好贤如好色者也。

至魏晋之世,礼教衰弛,人性觉醒,作为女性审美主体的"妇德"渐被忽略,才色上升为主要审美尺度。《贤媛篇》里的女子多有才智,便是明证。而好色及赞美女色的风气,泛滥于上流社会。曹操屠邺,急召美慧的甄后,左右说:"五官中郎已将去。"曹操说:"今年破贼正为奴。"(《惑溺》1)说明曹操屠人之城,目的是抢一个绝色美人。又曹魏宠臣夏侯尚,"尚有爱妾嬖幸,宠夺嫡室;嫡室,曹氏女也,故文帝遣人绞杀之。尚悲感,发病恍惚,既葬埋妾,不胜思见,复出视之。文帝闻而恚之曰:'杜袭之轻薄尚,良有以也。'然以旧臣,恩宠不衰。"(《三国志·魏志·夏侯尚传》)夏侯痛失爱妾以致发病恍惚,与荀奉倩约略相近了。重色之风,在文士辞赋中得到充分反映。汉末王粲《神女赋》说:"发似玄鉴,鬓类刻成。质素纯皓,粉黛不加。朱颜照曜,晔若春华。口譬含丹,目若澜波。美姿巧笑,靥辅奇牙。"刘桢《鲁都赋》说:"众媛侍侧,鳞附盈房。娥眉青眸,颜若濡霜。含丹吮素,巧笑妍详。披耀日之珍筓,珥明月之珠珰。圭衣纷裶,振佩鸣璜。"(《太平御览》卷三八一引)余如阮瑀《止欲赋》、繁钦《弭愁赋》、陈琳《神女赋》诸作,皆大写美人之容色,而不涉其才德。

荀粲"妇人德不足称,当以色为主"的名言,生长于魏晋人性解放的土壤,但又超越它的时代。当然,荀粲借鉴了古代的文化资源,这就是汉武帝时代的《李夫人歌》:"北方有佳人,绝世而独立。一顾倾人城,再顾倾人国。宁不知倾城与倾国,佳人不可得。"荀粲回答傅嘏说:"佳人难再得,顾逝者不能有倾城之异,然未可易遇也。"明显是概括了《李夫人歌》意。荀粲对于女性审美的特出贡献,在于抛弃了以德论女性的传统思想观念,把容色提升至最主要的地位。这种女性审美的新观念,具有冲击传统"妇德"的巨大能量,岂止在当时骇人听闻,在后世也产生永恒的回响。可能意识到荀粲言论会有长久的破坏力,裴令(楷)故意淡化和弱化之,说:"此乃是兴到之事,非盛德言,冀后人未昧此语。"轻描淡写地说荀粲之言是一时兴趣之语,希望后人不要被迷惑。可是,历史的发展完全不理会裴令的提醒,唐宋之后,上流社会与骚人墨客几乎无不折腰于美色。尤其是明清时期的名士,歌唱、赞美与研究美人之色与态,全然不讲"妇德"。品鉴和享受美色,成为士大夫文人最为醉心的审美活动与生活趣味。

仇隙第三十六

250. 司马无忌欲报父仇

王大将军执司马愍王,夜遣世将载王于车而杀之,当时不尽知也。《晋阳秋》曰:"司马丞字元敬,谯王逊子也,为中宗湘州刺史。路过武昌,王敦与燕会,酒酣,谓丞曰:'大王笃实佳士,非将御之才。'对曰:'焉知铅刀不能一割乎?'敦将谋逆,召丞为军司马。丞叹曰:'吾其死矣。地荒民解,势孤援绝,赴君难,忠也;死王事,义也。死忠与义,又何求焉!'乃驰檄诸郡丞赴义。敦遣从母弟魏乂攻丞,王廙使贼迎之,薨于车。敦既灭,追赠骠骑,谥曰愍王。"虽愍王家亦未之皆悉,而无忌兄弟皆稚。《无忌别传》曰:"无忌字公寿,丞子也,才器兼济,有文武干。袭封谯王、卫军将军。"王胡之与无忌长甚相昵,胡之尝共游。无忌入告母,请为馔。母流涕曰:"王敦昔肆酷汝父,假手世将。《司马氏谱》曰:"丞娶南阳赵氏女。"《王廙别传》曰:"廙字世将,祖览,父正。廙高朗豪率。王导、庾亮游于石头,会廙至。尔日迅风飞帆,廙倚船楼长啸,神气甚逸。导谓亮曰:'世将为复识事。'亮曰:'正足舒其逸耳。'性倨傲,不合己者面拒之,故为物所疾。加平南将军,薨。"吾所以积年不告汝者,王氏门强,汝兄弟尚幼,不欲使此声著,盖以避祸耳。"无忌惊号,抽刃而出,胡之去已远。(《仇隙》3)

晋元帝永昌元年(322),王敦谋反,起兵于武昌。湘州刺史愍王司马丞(《晋书》本传作"承")唱义,驰檄湘州诸郡,共同抗击王敦。敦遣魏乂攻丞,丞兵败被执。敦命王廙于车内杀丞。当时愍王之子无忌兄弟皆年幼,不知杀父仇人是王廙。王廙之子胡之(修龄)与无忌自小亲密,胡之曾与无忌共游,无忌入告母,请作馔款待胡之。母流涕对儿子讲出了王廙杀害无忌之父的秘密。无忌知悉父被害的真相,惊号,抽刀而出,欲杀胡之。胡之去已远。

本篇4也叙司马无忌欲报父仇的故事,应该与《仇隙》3共读,方能见出无忌报仇之志的坚韧不拔。无忌追杀王廙之子胡之,也追杀另一子耆之(修载):"应镇南(詹)作荆州,王修载、谯王子无忌同至新亭与别,坐上宾甚多,不悟二人俱到。有一客道:'谯王丞致祸,非大将军意,正是平南所为耳。'无忌因夺直兵参军刀,便欲斫修载。走投水,舸上人接取得免。"刘孝标注引《中兴书》说:"褚裒为江州,无忌于坐拔刀斫耆之,裒与桓景共免之。御史奏无忌欲专杀害,诏以赎论。"孝标质疑说:"前章既言无忌母告之,而此章复云客叙其事,且王廙之害司马丞,遐迩共悉,修龄兄弟岂容不知?法盛之言皆实录也。"以为何法盛《中兴书》是实录,否认《世说》此条的真实性,理由是前面一条既然无忌母已说出杀父仇人是王廙,而此条又说有一客人指出杀害闵王丞是平南(王廙为平南将军)所为,且无忌已知杀父仇人,天下人也皆知王廙杀闵王,则修载兄弟岂会不知无忌会报父仇而追杀之?孝标的质疑是合乎情理的。

司马无忌追杀仇人之子王胡之、耆之,坚持不懈,以至南平太守王胡之为避司马无忌之难,置郡于澧阴(见《识鉴》27)。可见,古人的杀父之仇是无解的。虽然,"御史奏无忌欲专杀害",但朝廷并不如后世拘捕或判刑,只是"诏以赎论",象征性地给予惩罚。如何看待和处理杀父之仇,古今理念存在巨大差异。古人认为杀父之仇必报,是基于杀人必须偿命的天理。不报杀父之仇,便不是孝子。《礼记·曲礼上》:"父之仇,弗与共戴天。"郑玄注:"父者子之天,杀己之天,与共戴天,非孝子也。行求杀之乃止。"无忌仇恨发于孝心,必欲杀胡之、耆之,是符合古礼的。照郑玄的注释,父仇不共戴天,必杀仇人乃止。盖古人为报杀父之仇,追杀仇家之子合乎礼,往往为官府宽宥,受人们赞扬。桓温父桓彝在苏峻之乱中为人杀害,后桓温手刃仇人之三子,不仅不受惩罚,反而为时人赞赏,就是一个显例。后世淡化杀父之仇,鼓吹"一笑泯恩仇"。然杀人者未见偿命,逍遥于法外,此天理何在?受害者岂能泯灭恩仇,与仇人之家共戴天?

251. 王右军素轻蓝田

王右军素轻蓝田,蓝田晚节论誉转重,右军尤不平。蓝田于会稽丁艰,停山阴治丧。右军代为郡，屡言出吊，连日不果。后诣门自通，主人既哭，不前而去，以陵辱之。于是彼此嫌隙大构。后蓝田临扬州，右军尚在郡。初得消息，遣一参军诣朝廷，求分会稽为越州，使人受意失旨，大为时贤所笑。蓝田密令从事数其郡诸不法，以先有隙，令自为其宜。右军遂称疾去郡，以愤慨致终。《中兴书》曰："羲之与述志尚不同，而两不相能。述为会稽，艰居郡境。王羲之后为郡，申慰而已，初不重诣，述深以为恨。丧除，征拜扬州，就征，周行郡境，而不历羲之。临发，一别而去。羲之初语其友曰：'王怀祖免丧，正可当尚书；投老可得为仆射。更望会稽，便自邈然。'述既显授，又检校会稽郡，求其得失，主者疲于课对。羲之耻慨，遂称疾去郡，墓前自誓不复仕。朝廷以其誓苦，不复征也。"（《仇隙》5）

王右军素轻王蓝田（述），是有他充分理由的。右军是一流的风流名士，早著令誉。年未弱冠，王敦就称之"汝是我家佳子弟，当不减阮主簿"。王导赞叹说："逸少何缘复减万安邪？"（《品藻》9）阮裕亦目羲之为"王氏三少"之一。右军的风骨、书艺得到时人的普遍赞赏。庾亮称："逸少国举。"（《赏誉》72）国举，国士也。殷浩道右军说："逸少清贵人。"（《赏誉》80）刘孝标注引《文章志》说："羲之高爽有风气，不类常流也。"《赏誉》100 注引《晋安帝纪》说："羲之风骨清举也。"反观"蓝田为人晚成，时人乃谓之痴"（《赏誉》62），早年声誉远不如右军，故右军素轻之。然大器晚成，蓝田凭着他的踏实与真率，晚年声誉越来越重。右军心理就很难平衡了。一个人是否有气局、有度量，是否真能悟透一己的不足道，在平素看轻之人反而超越自己的时刻，往往能见分晓。可是，右军的心理不健康，显出气量的狭隘。他与王蓝田的仇隙，源于轻视对方，见对方声誉转重，心理不平衡，进而凌辱对方，结果反为对方凌辱，最终愤而辞职。

《世说》此条、《晋书》卷八〇《王羲之传》，都有右军在王蓝田居丧时轻凌对方的记载。《晋书》说："时骠骑将军王述少有名誉，与羲之齐名，而羲之甚轻之，由是情好不协。述先为会稽，以母丧居郡境，羲之代述，止一吊，遂不重诣。述每闻角声，谓羲之当候已，辄洒埽而待之。如此者累年，而羲之竟不顾，述深以为恨。"《世说》此条记右军轻凌王蓝田，态度更加恶劣。据丧礼：凡吊，主人既哭，客亦哭尽哀，前执孝子手。若不前而去，则为无礼。蓝田见右军来吊，应该很感激。可是蓝田既哭，右军竟然不执孝子手而去。这种举动不是一般的无礼，是有意凌辱。"于是彼此嫌隙大构"，冤家做到底。

蓝田居丧,右军无礼,此为彼此仇隙之一。蓝田征拜扬州刺史,右军耻居其下,遣使诣朝廷,求分会稽为越州。稍后蓝田检校会稽郡,求其得失,右军受辱。此为仇隙之二。仇隙之所以又生,责任仍然在右军。大概在永和十年(354)二月,以前会稽内史王述为扬州刺史。扬州刺史历来是江左最显赫的职位。据刘孝标注引《中兴书》说:蓝田丧除回京师,右军对友人说:"王怀祖免丧,正可当尚书;投老可得为仆射。更望会稽,便自邈然。"依然看轻蓝田,说他到老至多作仆射,再想作会稽太守,大概邈然难得了。岂知事情完全出于右军意料,蓝田显授扬州刺史,简直是对右军沉重一击。他的心理不平衡之严重,可想而知。其实,此时右军若能平静其心,淡然处之,不见得一定不能相安。但右军耻居人下,派人去朝廷,请求分会稽为越州,企图以此逃避扬州刺史的管辖。结果使者受意失旨,分会稽为越州一事未果,"大为时贤所笑",自取其辱。蓝田怀恨右军有年,终于等来了整治右军的机会,借检校会稽郡之名,寻找右军的毛病。右军既耻又愤,遂称疾辞郡守。永和十一年(355),右军在父母墓前作《誓墓文》,发誓永不复仕。

王羲之与王述构怨,失在右军。右军风流名士,却仍不免心胸狭隘。若以为东晋名士皆精神洒落,不屑于世俗名誉与权位,则未得其真。世称右军风流,然真实的右军俗情不淡,何况不如右军者乎?右军《誓墓文》说:"止足之分,定之于今。"觉悟实在晚了一点。若早定止足之分,何来许多不平愤慨,末了墓前苦誓之苦耶?